DANS LA COLLECTION NUITS NOIRES

Venero Armanno
Sombre déluge, 2000

David Baldacci
La Simple Vérité, 1999
Sous haute protection, 2001
Un homme sous influence, 2003
Une seconde d'inattention, 2004

Alice Blanchard
Le Bénéfice du doute, 2000

Joe Connelly
Ressusciter les morts, 2000

Robert Crais
L.A. Requiem, 2001
Indigo Blues, 2002
Un ange sans pitié, 2002
Otages de la peur, 2003
Le Dernier Détective, 2004

Daniel Easterman
Le Jugement final, 1998
K, 1999
Incarnation, 2000
Le Masque du jaguar, 2001
Minuit en plein jour, 2002
Maroc, 2004

Barry Eisler
La Chute de John R., 2003

Dick Francis
Jusqu'au cou, 1999

Kathleen George
Voleurs d'enfants, 2002

Lucretia Grindle
Comme un cri dans la nuit, 2004

James Grippando
Une affaire d'enlèvement, 1998
À charge de revanche, 2001
La Secte de l'ombre, 2002
La Rançon de la colère, 2003
À l'abri de tout soupçon, 2004

Arthur Hailey
Détective, 2000

John Lescroart
Faute de preuves, 1998
Meurtre par pitié, 1999
Rien que la vérité, 2001
La Dernière Audience, 2003

Matthew Lynn
L'Ombre d'un soupçon, 1998

Brad Meltzer
Délit d'innocence, 1999
Mortelle défense, 2000
Chantage, 2001
Les Millionnaires, 2003

Doug Richardson
Le Candidat de l'ombre, 1998

John Sandford
La Proie de l'esprit, 1998
La Proie de l'instant, 1999
La Proie secrète, 2000
Une proie certaine, 2001
Nuits d'enfer, 2002
Une proie rêvée, 2003
Une proie sans défense, 2004

Lisa Scottoline
Une affaire de vengeance, 2003
Une affaire de harcèlement, 2005

J. Wallis Martin
Le Poids du silence, 2001
Descente en eaux troubles, 2002
Le Goût des oiseaux, 2003
La Morsure du mal, 2004

Michael Weaver
Le Mensonge, 1999

Don Winslow
Mort et vie de Bobby Z, 1998
Du feu sous la cendre, 2002

LE TUEUR DES TORNADES

DU MÊME AUTEUR

Le Bénéfice du doute, Belfond, 2000, et Pocket, 2002

ALICE BLANCHARD

LE TUEUR DES TORNADES

Traduit de l'américain
par Florence Hertz

belfond
12, avenue d'Italie
75013 Paris

Titre original :
THE BREATHTAKER
publié par Warner Books, Inc., New York.

Si vous souhaitez recevoir notre catalogue
et être tenu au courant de nos publications,
vous pouvez consulter notre site internet,
www.belfond.fr
ou envoyer vos nom et adresse, en citant ce livre,
aux Éditions Belfond,
12, avenue d'Italie, 75013 Paris.
Et, pour le Canada,
à Interforum Canada Inc.
1050, bd René-Lévesque-Est,
Bureau 100,
Montréal, Québec, H2L 2L6.

ISBN 2-7144-4072-X

Pour Doug,
ma lumière dans les ténèbres

« Esprit, viens des quatre vents, et souffle sur ces morts... »

Livre d'Ézéchiel (37,9)

Prologue

COMME UN FÉTU DE PAILLE

Rob Pepper, fou de colère, entra dans la jolie cuisine jaune.

— Dis donc, Jenna ! Qu'est-ce que tu fabriques ?

Le téléphone collé à l'oreille, sa femme leva vers lui un regard agacé. *Encore au téléphone !* Son maquillage trop lourd – épaisse couche de rouge à lèvres, ombre vert foncé sur les paupières – lui donnait l'air vulgaire.

— J'arrive ! maugréa-t-elle en soufflant sa fumée.

Il regarda sa montre. Elle était pendue au bout du fil depuis un quart d'heure alors qu'elle avait promis de regarder le film avec eux. Elle gâchait l'après-midi de leur fille. On était samedi, il pleuvait ; c'était un jour à manger du pop-corn devant une cassette de Jackie Chan. Rob et Jenna avaient juré à leur fille, Danielle, de faire l'effort de ne pas se disputer et de passer pour une fois une journée tranquille en famille. Ça n'en prenait pas le chemin !

— C'est qui ?

— Rita.

— Bon, ben tu dis ciao à ta copine, et tu viens regarder le film avec nous.

Elle ne réagit pas. Elle se servait d'un bol fêlé pour jeter ses cendres et était accroupie sur sa chaise de cuisine comme un petit singe : pieds sur le siège, genoux remontés devant la poitrine, avec ses adorables orteils en forme de cacahouète, agrippés contre le bord. Elle était à croquer dans son petit haut couleur pêche et son vieux jean troué. Rob était amoureux de Jenna Kulbeck depuis la cinquième. Fou d'elle, gaga. Jenna avait toujours été une moins que rien. Un peu pute, même. La traînée de la classe. Il aurait dû savoir que ça allait mal tourner... Une gamine si petite qu'il se serait bien vu la promener partout avec lui dans sa poche. Elle éveillait son instinct protecteur. Peu de temps après leur sortie du lycée, ils s'étaient donnés l'un à l'autre sur un coin d'herbe caché entre des peupliers, et environ un mois plus tard Jenna lui avait annoncé qu'elle était enceinte. Après la naissance de Danielle, elle avait fait trois fausses couches coup sur coup. Trois garçons mort-nés, nommés Robert Jr., Victor pour son père à elle, et Farley pour son oncle préféré à lui.

— Son altesse royale va-t-elle daigner se joindre à nous ? demanda-t-il, s'essayant au sarcasme pour camoufler son irritation.

— Oui, une minute.

— C'est ce que tu dis depuis un quart d'heure.

Elle fit la sourde oreille.

— Bon, très bien, Jenna, comme tu voudras !

Il ouvrit le réfrigérateur, sortit une bouteille de bière et la décapsula. Il faisait chaud, humide, un temps presque tropical. Il jeta un coup d'œil par la fenêtre. Le ciel était menaçant. *Nuages en chou-fleur, des récoltes font le bonheur.* Il jeta sa capsule dans la poubelle et sortit de la pièce en lui adressant un geste dégoûté pour bien lui montrer ce qu'il en pensait. Dans le couloir, il s'arrêta, un peu honteux, pour écouter à la porte.

— ... on n'est jamais tranquille... ce sale con...

Quoi ? Elle le traitait de sale con ? Il glissa un regard dans la cuisine, se demandant si elle le faisait exprès. Les cheveux de Jenna, noirs et soyeux, lui arrivaient juste sous l'oreille. Elle fixait sa cigarette d'un air morne et la tapota d'un doigt nerveux pour faire tomber la cendre. *Et leur fille, elle s'en fichait, de leur fille ? Est-ce que plus rien ne comptait pour elle ?* Rob commençait à avoir des doutes sur sa fidélité. Depuis quelque temps, elle passait trop de coups de téléphone discrets, sortait trop souvent pour acheter des produits dont ils avaient absolument, impérativement besoin sur l'heure, comme du beurre de cacahouète, du papier-toilette ou un journal télé.

Il resta dans le couloir à ruminer. Était-ce sa faute à lui si leur mariage battait de l'aile ? Bon, oui... peut-être un peu, d'accord. Il s'estimait en partie responsable. Il n'avait pas beaucoup d'argent. Au printemps, il devait se lever à quatre heures et demie tous les matins pour semer, réparer la moissonneuse-batteuse, travailler dans les champs, et ce, dix-huit heures par jour. À la nuit tombée, il s'écroulait sur son lit comme une masse. Il dormait à poings fermés, il ronflait. Ils n'avaient pas fait l'amour depuis une éternité. L'été et l'hiver étaient des saisons plus tranquilles. Mais ce n'était pas une raison pour punir Danielle. Jenna n'avait qu'à s'en prendre à lui au lieu de faire payer ses frustrations à leur fille. Vraiment, elle exagérait ! Il fit demi-tour et rentra dans la cuisine.

— Ne quitte pas, soupira Jenna. Bon, quoi encore ?

— Alors ?

— Alors quoi ?

— Le film, tu viens ou quoi ?

Elle ferma les yeux, exaspérée, le visage froid, dédaigneux.

— Je suis au téléphone.

Ça me fait une belle jambe.

— Ah, oui ! Rita, c'est ça ?

— Arrête !

Elle agita les doigts de pied, les soulevant les uns après les autres comme les touches d'un piano mécanique.

— Fiche-moi la paix, Rob.

— C'est ça, et à ta fille, tu y penses ? Tu lui fais de la peine.

Il vit à son air coupable qu'il avait enfin fait mouche. *Pas trop tôt, sale garce !*

De retour dans la salle de séjour, il adressa un sourire rassurant à sa fille de quatorze ans et reprit place par terre, devant la baie vitrée. Danielle occupait le vieux fauteuil en osier aux accoudoirs tressés. Jenna, elle, s'installait toujours sur le divan, où elle se recroquevillait, comme pour se protéger. Il cala sa bouteille de bière dans les poils du tapis, puis il regarda Jackie Chan. L'acteur faisait des moulinets avec une chaise.

— J'ai raté quelque chose ? demanda-t-il.

— Le méchant vient d'attaquer, mais Jackie Chan se défend à tour de bras.

— À tour de chaise, tu veux dire !

— Ha, ha ! Très drôle, papa.

— Je suis le père le plus cool de la planète.

— Cool, Raoul.

— Passe-moi le pop-corn, rigolote.

— Maman ne vient pas ?

— Elle arrive.

Elle lui jeta un regard en coin.

— Ça va, vous deux ?

— Mais oui, impec.

L'exploitation le crevait ; ça le préoccupait tellement qu'il n'avait pas le temps de penser à sa femme. Après huit heures sur un tracteur, on n'avait plus envie de faire grand-chose. On revenait avec des bourdonnements dans les oreilles, le dos en compote. Si Jenna se lassait de la vie à la ferme, il n'y pouvait rien. Au début, ça ne l'avait pas gênée, pourtant. Bronzée dans son maillot une pièce blanc, elle avait souvent fait des pointes de danseuse, les jambes tendues, fines avec des pieds très minces, et ses orteils flexibles, longs et souples, dont elle faisait ce qu'elle voulait. Elle lui posait les mollets sur les genoux, lui entourait le pénis de ses dix orteils, et les glissait de haut en bas. Elle arrivait même à ramasser des objets avec, des bouteilles de bière et des cubes en bois, et des trombones aussi.

Le vent se leva brusquement.

Danielle tourna la tête.

— Qu'est-ce qui se passe ?

Il regarda par la fenêtre et vit des feuilles tomber. Il était devenu très zen, question temps. On ne pouvait rien contre la météo, de toute façon.

— Il va y avoir de l'orage, c'est bon pour les récoltes.

Danielle stabilisa le bol de pop-corn sur le bras de son fauteuil.

— C'est pas la sirène du village, qu'on entend ?

Il appuya sur pause.

— On dirait. Tu te souviens de ce qui est arrivé la dernière fois qu'elle s'est déclenchée ?

— Il n'est rien arrivé du tout.

— Et la fois d'avant ?

— Rien non plus.

— Et la fois d'avant ? Et celle d'avant ?

Elle sourit.

— D'accord, t'as raison, papa.

— Bon, passe-moi le pop-corn, ma chérie.

Il regarda autour de lui la pièce garnie de plantes, les fauteuils usés, la table basse encombrée, les affaires de camping entassées dans un coin, le sac de couchage fripé qui traînait par terre, l'horloge poussiéreuse. Il était un peu plus de deux heures de l'après-midi, et ils n'avaient pas de sous-sol où s'abriter. Encore une preuve, sans doute, de son incapacité à prendre soin de sa famille. Rob Pepper n'avait pas été assez malin pour offrir à sa femme et à sa fille une maison ayant une cave, alors qu'ils vivaient en plein Couloir des tornades. Quel pauvre mec ! C'était peut-être une des raisons pour lesquelles Jenna lui en voulait tellement. À cause des générations de ratés dont il était issu. Il regarda par la fenêtre ; les nuages filaient à toute allure.

— Dis donc, papa...

Aujourd'hui, Danielle s'était fait des couettes. Elle ressemblait à une petite fille avec ses cheveux roux, sa salopette et son T-shirt rouge cerise. Mais elle avait la même silhouette voluptueuse que sa mère, le même teint lumineux à vous faire chavirer le cœur, la même vivacité et la même minceur, qui mettraient au supplice tous les malheureux qui croiseraient son chemin.

— Papa, tu ne trouves pas que ça commence à devenir inquiétant, cette tempête ?

Il appuya le goulot de sa bouteille contre ses dents de devant et écouta le souffle violent du vent. L'air vibrait comme un diapason. Jenna avait peut-être raison. Sans doute qu'il ne comprenait rien à rien. Il se leva et s'approcha de la baie vitrée.

Dehors, les nuages tourbillonnaient, s'enroulaient sur eux-mêmes, et le blé ondulait furieusement. Son attention fut attirée par la maison abandonnée, de l'autre côté de la route, où personne n'avait vécu depuis des années. La porte d'entrée battait au vent, comme si une colonne de fantômes en sortait, les uns après les autres, pour prendre la clé des champs. Les Pepper vivaient tout au bout de Shepherd Street, à Promise, dans l'Oklahoma, un des coins les plus paumés de la région. Il n'y avait rien à des kilomètres à la ronde, à part les étendues de blé d'hiver, quelques rapaces qui tournoyaient dans le ciel, des serpents à sonnettes, et la route défoncée qui menait à El Reno vers le sud, et Munchkinland vers le nord.

— Hé, papa ! s'exclama Danielle en lui tirant la manche. T'as vu ? Ça va décoiffer !

Il regarda dans la direction qu'elle désignait et vit une tornade au loin. Il en eut la chair de poule. Le tourbillon était encore à plusieurs kilomètres, mais il avançait droit sur la maison, levant une nuée de poussière. Il fallait se mettre à l'abri de toute urgence ! Il n'aurait même pas le temps de libérer ses bêtes.

— Jenna ! hurla-t-il. Rapplique !

— Maman, où t'es ? cria Danielle.

Ils se retrouvèrent à la porte du séjour.

— Qu'est-ce qu'il y a ? Pourquoi vous criez comme ça ? protesta Jenna.

— Une tornade nous fonce droit dessus ! répondit Rob.

— C'est une blague ?

Elle voulut ouvrir la porte d'entrée pour regarder, mais il la tira en arrière.

— Aïe !

Elle se débattit et, par peur des ravages que pouvaient provoquer ses ongles longs et durs, Rob la relâcha.

— Je t'interdis de me brutaliser, sale con !

— Maman, tais-toi ! supplia Danielle.

Elle les contemplait avec le regard inquiet d'une adolescente beaucoup plus adulte que ses parents.

Jenna se frotta le bras, remâchant sa rancœur, mais elle avait compris le danger.

— Vite, dans la salle de bains ! cria-t-elle.

— Non, attends. Il vaut mieux se mettre au milieu de la maison. La salle de bains, c'est l'angle le plus exposé.

— On conseille une pièce petite, sans fenêtres, au rez-de-chaussée… comme un placard ou une salle de bains.

— Ne discute pas, Jenna. Elle a été rajoutée, ça risque de s'effondrer.

Elle ne le croyait qu'à moitié, mais céda.

— Bon, alors dans l'entrée. Vite !

Il y avait une torche dans le tiroir du meuble de télévision. Rob s'en saisit et l'alluma. Un souffle de vent fit claquer les stores. Il arracha les coussins du canapé et attrapa le vieux duvet couvert de poils de chat, qui le fit éternuer. Il avait lu quelque part qu'en cas de tornade il fallait entasser de vieilles couvertures, des édredons, des matelas pour se protéger des projectiles.

Dans l'entrée, ils aménagèrent un nid à l'aide des coussins et du sac de couchage. Danielle s'accroupit au milieu, le menton contre la poitrine. Jenna s'installa derrière elle et l'enveloppa de ses bras pour la protéger.

— Je reviens tout de suite, annonça Rob en courant dans l'escalier.

Au premier, la maison gémissait comme une personne à l'agonie. Les fenêtres de l'étage s'étaient ouvertes, et il fut happé par un courant d'air étrange. Il dut s'arc-bouter pour résister. Impossible d'avancer ! Un bruit terrible montait dans la maison, pareil au vrombissement d'une centaine d'hélicoptères survolant le toit. Pendant un instant terrifiant, le tourbillon le fit vaciller comme un arbre malmené par la tempête, puis, brusquement, le libéra.

Les poumons brûlants, Rob courut dans le couloir et entra dans leur chambre. Il arracha les couvertures, attrapa le matelas en mousse par les poignées et le jeta par terre. Ensuite, il fouilla dans la grosse commode en chêne pour trouver le portefeuille qui contenait leurs cartes de crédit et les papiers d'assurance. Il le coinça dans la ceinture de son jean, puis traîna le matelas dans l'escalier.

De retour dans la petite entrée, il appuya le matelas contre le mur pour former un abri au-dessus de sa femme et de sa fille, et les rejoignit en se glissant par l'étroite ouverture. Il les enveloppa de ses bras, puis ne bougea plus. Il n'y a rien de plus doux au monde que la tiède respiration de Danielle, songea-t-il.

— Merde ! s'exclama Jenna.

En s'éclairant avec la torche, elle tournait le bouton de la radio qui grésillait sur toutes les longueurs d'onde.

— Allez ! Dites quelque chose !

Rob, serré contre elle dans leur refuge minable, eut du mal à soutenir son regard furieux. *C'est ça, c'est ma faute...* D'accord, il y avait mieux que lui, avec son grand pif et ses pantalons de pépé, mais il subvenait à leurs besoins, quand même ! Elle aurait pu le remercier.

— Où est Boulette ? s'écria soudain Danielle.

— Ne t'en fais pas, chérie, les chats, c'est malin, assura Rob. Elle va trouver un bon coin où se planquer.

Comme si la chatte n'avait attendu que ce moment, un miaulement plaintif perça le tintamarre des vitres secouées par le vent.

— Boulette ! hurla Danielle, les yeux se remplissant de larmes. Papa, va la chercher !

— Calme-toi... Il ne faut plus qu'on bouge d'ici.

Elle éclata en sanglots, et Jenna, le gratifiant d'un regard assassin, ordonna :

— Va la chercher !

— Quoi ?

— Boulette ! Papa, sauve-la ! supplia Danielle.

Super... Même en ne faisant rien, il trouvait encore le moyen de s'attirer les foudres de sa femme. Avant qu'elle explose, il reprit la torche et s'extirpa de leur abri de fortune.

Un froid glacial s'abattit sur lui. À quatre pattes, les poils des bras hérissés, il balaya l'entrée avec le faisceau lumineux, passant sur le guéridon en acajou fabriqué par son grand-père, sur le portemanteau croulant sous les cirés, puis sur un vieux cadre à photos qui claquait contre la tapisserie fatiguée. Les rafales étaient assourdissantes.

Va la chercher. N'importe quoi.

Il se dirigea vers la cuisine, maladroit comme un robot mal réglé. Le tonnerre ne grondait pas, mais éclatait avec des claquements sourds et puissants, semblables à des tirs de mortier. L'air circulait si vite que Rob avait du mal à avancer. *Merde !* Il dépassa les pieds massifs de la chaise de l'entrée, tourna dans le couloir et dirigea sa lumière dans la cuisine.

La chatte tricolore s'était réfugiée dans l'espace étroit entre la cuisinière et le meuble. Rob vit ses yeux briller.

— Minou, minou !

Elle recula.

— Viens ici, ma minette !

Elle recula encore.

— Mais rapplique, espèce d'enfoirée !

Boulette se hérissa, bondit et lui échappa.

— Merde !

Les nerfs à vif, Rob tourna le cou pour essayer de voir où elle se sauvait. Il entendit un crépitement, distant mais très inquiétant, puis une explosion. Il se couvrit la tête juste à temps pour se protéger des éclats de verre qui pleuvaient sur lui. Un vent violent se rua dans la maison, le heurtant de plein fouet. Quelques secondes s'écoulèrent, qui durèrent une éternité. Quand il se décida à relever la tête, il vit qu'une énorme branche était passée à travers la fenêtre de la cuisine.

— Putain, marmonna-t-il en fixant le rideau en lambeaux qui dansait dans le vent.

Il avait l'impression d'être avalé par un aspirateur. La pression montait dans ses oreilles. Le frigo oscillait d'avant en arrière. Rob éclaira les quatre coins de la pièce, mais la chatte avait disparu. *Qu'elle aille se faire foutre.* Il fit demi-tour et remarqua une poignée de clous fichés dans le mur non loin de sa tête. Sa tension monta d'un cran.

— Rob ?

C'était la voix de Jenna, très étouffée.

Un rouleau de papier-toilette se déroula sur le carrelage, puis vira vers lui en se dressant comme un cobra. La bande de papier sinueuse dansa au-dessus de sa tête, en apesanteur. Pas croyable ! Ses tympans étaient près d'éclater. Il rampa dans le couloir en direction de l'entrée ; la pression montait toujours. Il se jura de faire installer un abri antitornade s'ils s'en sortaient. Il avait vu des publicités. Il donnerait son sang. Il s'occuperait des sans-abri. Il réciterait sa prière tous les soirs. Il ne dirait plus un seul gros mot. Il ferait n'importe quoi, tout ce qu'on voudrait.

Mon Dieu, par pitié, épargnez-nous…

Tant bien que mal, il regagna l'entrée, s'éclairant de sa torche dont le rond passa de nouveau sur les pieds du guéridon, le paillasson rouge et vert, puis une paire de chaussures de sport sur le seuil de la porte d'entrée… Quoi ? Retour en arrière. Comment ça, des chaussures de sport ?

Des chaussures flambant neuves, blanc de blanc à bandes beiges, trop propres. Il n'en revenait pas de voir ces chaussures bien lacées, avec le bas du jean sagement baissé. Un nuage de poussière vola dans ses yeux, lui arrachant une exclamation étranglée.

Aveuglé, il pensa que la porte d'entrée s'était ouverte, puisque la poussière entrait ; des feuilles et des brindilles pleuvaient sur lui, des débris cognaient sur les murs.

— Qui est là ?

Les yeux brûlants, il essayait de voir à travers ses larmes. Qui était-ce ? Un sauveteur ? Un cambrioleur ? La peur le prit aux tripes.

Je n'y vois plus rien !

Il eut un mouvement de stupeur en distinguant une silhouette qui entrait d'un pas décidé, broyant des morceaux de verre sous ses semelles. Puis la porte se referma avec un claquement sec.

EN AVRIL, NE TE DÉCOUVRE PAS D'UN FIL

1

Charlie Grover, chef de la police de Promise dans l'Oklahoma, fut surpris de trouver les immeubles imposants de Main Street encore debout, les fenêtres et les toits intacts. Au poste, il avait cru assister à la fin du monde, mais, maintenant, il constatait que le centre-ville avait résisté à la fureur de la tempête. Il n'y avait plus un souffle de vent ; l'air était humide et lourd. Ses phares éclairaient des monceaux de détritus déposés par la tornade. Pareils à des guirlandes de Noël, de longs rubans de bandes vidéo flottaient dans les arbres, des câbles électriques noirs serpentaient au milieu de la rue, et des particules de polystyrène descendaient lentement du ciel.

Le choc avait été rude, et Charlie rêvait d'un verre. Il s'en voulait de continuer à boire. Sur son lit de mort, Maddie lui avait fait jurer d'arrêter, mais il n'avait pas tenu parole. À sa décharge, il buvait sans excès : il n'était pas alcoolique, il avait juste besoin d'un remontant de temps en temps. Et franchement, l'occasion s'y prêtait. Moins d'une demi-heure auparavant, un gentil cumulonimbus tout blanc avait occasionné une minitornade, de force 1 sur l'échelle de Fujita. Mais, très vite, les vents avaient dégénéré, formant un cône noir, de force 3, qui avait zigzagué dans la campagne au sud de la ville, occasionnant des dommages terribles sur son passage. D'après les témoignages qui commençaient à lui parvenir, la tornade avait dévasté une bande large de quatre cents mètres et longue de quinze kilomètres. Charlie devait coordonner les opérations de sauvetage et évaluer les dégâts afin de déterminer l'ampleur des renforts nécessaires. Par la radio de bord, un de ses hommes, Tyler Drumright, faisait son rapport à travers le grésillement des parasites :

— … le toit s'est envolé… il y en a une autre qui n'a plus une seule cloison debout… Chef ? Vous m'entendez, chef ?

Il prit le micro.

— Allez-y, Tyler, continuez.

— Toujours dans le secteur de Black Kettle. Il y a un homme de cinquante-huit ans qui souffre de douleurs thoraciques, et l'ambulance n'arrive pas.

— Si le cœur lâche, faites-lui un massage cardiaque, les équipes médicales sont en route.

— Il y a beaucoup d'habitants en état de choc dans les rues, mais pour la plupart ils n'ont que des égratignures.

— C'est bien, mon vieux, tenez le coup, vous faites du bon boulot. J'arrive dans cinq minutes.

Il reposa le micro sur son support et eut une brève pensée pour sa petite sœur, Clara Grover, morte trente ans plus tôt à l'âge de deux ans. Il se souvenait d'elle dans son lit, de ses immenses yeux verts.

Ne pas y penser, surtout ne pas y penser…

Cette tornade lui donnait un peu trop de soucis. Il fallait prendre des mesures énergiques, et il était seul maître à bord. L'uniforme ne délivrait pas de l'angoisse. Il essaya de nouveau de téléphoner à sa fille, âgée de seize ans, mais le réseau était saturé. Il lui fallait se convaincre que Sophie n'avait rien. La tornade n'était pas passée par chez eux, leur maison étant située plus au nord, mais il aurait voulu se rassurer, entendre sa gentille voix, son indifférence blasée. *Mais enfin, papa, je vais très bien, qu'est-ce qui te prend ?*

Ses mains se crispèrent sur le volant. La vie pouvait tout vous enlever. Il avait une peur bleue de la vie. Une peur qui le rongeait. Les êtres chers arrachés en un instant au milieu de la nuit... Quelle injustice... Il remua les épaules ; sa douleur au côté gauche se réveillait, comme une colonne de fourmis rouges. Les séquelles de ses brûlures, le tissu cicatriciel des greffes, le faisaient toujours souffrir. Depuis son réveil, il sentait la douleur sourde de la peau, des muscles, des articulations, annonciatrice de mauvais temps. Il aurait dû se douter que la tempête serait forte : il n'avait jamais eu aussi mal.

Trente ans plus tôt, Charlie avait été brûlé au deuxième et au troisième degré sur tout le côté gauche : bras, poitrine, jambe. À présent, un horrible patchwork de chair fondue s'étendait de son oreille à sa cheville, où les marques s'arrêtaient net, comme le bas d'un caleçon long. Par chance, son visage et ses organes génitaux avaient été épargnés (*Merci, mon Dieu !*), mais à cause de la largeur des brûlures les greffes de peau manquaient d'élasticité. Cette raideur rendait ses mouvements difficiles au niveau de la taille, comme si ses vertèbres étaient soudées. Un handicap qui avait retardé son avancement. Pourtant, il était bon tireur, arrêtait les chauffards et traitait les dossiers aussi bien, voire mieux, que ses collègues. N'empêche, il avait dû travailler plus dur pour prouver ses capacités, et venir à bout des résistances du maire Whitmore et de ses conseillers. Il n'avait pas été jusqu'à les poursuivre pour discrimination, mais il aurait eu de bonnes raisons de le faire. Il ne devait ses galons qu'à son courage et à sa ténacité. Charlie se savait taillé pour le métier. Il menait la vie dure aux délinquants de Promise.

— Chef ?

La radio s'était remise à crachoter.

— Chef, répondez !

Il reprit le micro.

— Je vous écoute.

— Nous avons une victime ! Une vieille dame a été arrachée de sa maison. C'est affreux, elle a été projetée de l'autre côté de la route sur une clôture de barbelés... Décédée.

— Je suis dans Willow Road, je suis presque arrivé.

— Mais où sont les secours ?

— Ils sont en route, ne vous inquiétez pas.

— Jusqu'à présent, on dénombre une quinzaine de maisons détruites, peut-être une vingtaine. Des dommages graves. Les gens courent dans tous les sens, c'est la panique.

— Je ne suis plus qu'à quelques minutes de vous. Tenez bon, mon vieux, je compte sur vous.

Au croisement suivant, il bifurqua vers le secteur de Black Kettle. De la route, on avait une vision panoramique de la plaine. Aussi loin que portait le regard s'étendaient des champs de blé d'hiver et des pâturages aux couleurs éblouissantes. La verdeur des prés était émaillée de fleurs sauvages, rouges, orange, et les cornouillers s'épanouissaient. La floraison était en avance pour un mois d'avril, à cause du printemps pluvieux.

Charlie appuya sur l'accélérateur, bien conscient de l'urgence de sa mission. Des gravillons crépitèrent sous les roues de la voiture de police, et le paysage défila plus vite, encadré par d'étroites ceintures d'arbres saupoudrés de poussière brune. La route traversait un pont métallique, puis se faufilait dans la campagne. Avril était le mois du renouveau et, toute la semaine, l'herbe avait poussé, drue et verte. Les dernières plaques de glace avaient fini par fondre dans les bois, laissant place à un tapis rouge et bleu de pinceaux indiens et de lupins. Le printemps, c'est drôle, se dit Charlie en jetant un coup d'œil aux gros nuages d'orage qui filaient à l'horizon. On a beau le guetter, on arrive encore à le manquer.

Il s'arrêta devant un panneau décapité et, de ce nouveau point de vue, embrassa du regard la bande dévastée par la tornade. Le tourbillon avait avancé telle une faux géante, et divisé le secteur en deux. Des maisons cossues à étage il ne restait plus que le rez-de-chaussée. Certaines avaient été poussées hors de leur dalle de fondation. Le château d'eau était renversé ; des vaches et des cochons des fermes avoisinantes erraient un peu partout. Des plaques de tôle ondulée jonchaient la campagne comme des papiers gras.

Charlie parcourut le reste du chemin aussi vite que le lui permettait la route sinueuse, puis il se gara derrière la voiture de patrouille et deux véhicules de secours sanitaire, bloqués par des lignes à haute tension abattues.

Il descendit de voiture.

— Ohé !

Ils devaient être partis à pied. Il grimpa sur le tronc d'un chêne renversé et inspecta la campagne dévastée. Ici, le vent était encore si violent que Charlie devait retenir son chapeau. Deux ou trois groupes de maisons étaient complètement détruits. C'était effarant : murs effondrés, portes de garage enfoncées, toits envolés. Les pelouses étaient ensevelies sous un mètre de débris ; des voitures étaient encastrées dans les bâtiments ; les frênes, particulièrement abondants dans le secteur de Black Kettle, n'avaient plus une feuille sur leurs branches tordues comme des torchons essorés.

Charlie se rappela avec un coup au cœur que Mike Rosengard vivait là. La troisième maison en bas de la route, à droite. Merde, pensa-t-il. Il ne restait plus rien, à part l'escalier qui surgissait des décombres, ne menant plus nulle part.

Le cœur battant à tout rompre, il descendit la pente, écrasant du verre et foulant de la végétation déchiquetée. Le vent le poussait, l'entraînant dans un torrent de détritus. Une odeur de gaz flottait dans l'air… Inquiet, il prit son téléphone portable pour appeler le poste.

— Police de Promise, répondit Hunter Byrd de sa voix nasillarde.

— Hunter, je suis dans le secteur de Black Kettle. Il faut de toute urgence faire venir la compagnie du gaz. Et procurez-nous autant de bulldozers et de pelleteuses que possible pour dégager la voie pour la police et les pompiers. Et prévenez la garde nationale. Nous avons besoin d'un gros soutien logistique, équipes de sauvetage et d'extraction.

— D'accord, patron.

Le sergent Hunter Byrd était le joyeux drille de l'unité. Il inventait toutes sortes de blagues idiotes, comme commander cinquante pizzas à la fois ou imiter des râles étranglés dans la sono générale. On ne savait jamais s'il se payait votre tête, mais aujourd'hui il ne songeait pas à faire de l'esprit.

— Byrd, il faut mobiliser des hommes pour rétablir le courant. On peut savoir ce que foutent les pompiers ?

— Ils sont en route, chef.

À cet instant précis, un bruit de sirènes lui parvint. Il se tourna et vit deux camions de pompiers et une voiture de patrouille qui fonçaient vers lui, perçant la brume avec les éclairs rouge et bleu des gyrophares.

Muni de sa radio portable, Charlie se fraya un chemin à travers les décombres vers la maison de Mike, dont il ne restait qu'un amas de poutres, effondrées sur la dalle de béton nue. Un arbre gigantesque était couché en travers de la pelouse. Une femme mince surgit de derrière la couronne de racines. Jill Rosengard était presque méconnaissable, couverte de boue de la tête aux pieds.

— Jill ? appela Charlie.

Elle ne réagit pas, trop occupée à remplir un sac-poubelle avec des objets qu'elle ramassait par terre.

— Jill, vous m'entendez ?

Un homme sortit la tête de la cave.

— Chef ?

C'était la voix de Mike, profonde et harmonieuse comme des notes de violoncelle. Il portait deux enfants – deux petits garçons tellement sales qu'ils semblaient moulés dans le chocolat.

— Vous avez vu ça ? C'est fou, hein ?

Mike, pieds nus, traversa un bourbier où flottaient des fragments de verre et des fils électriques. Il avait les cheveux plaqués contre son crâne par une épaisse couche de glaise qui lui dégoulinait sur le visage.

Charlie lui posa la main sur le bras.

— Ça va ?

— Oui, on a eu de la chance, vu les dégâts.

Les deux fils de Mike, Sammy et Jerry, fixaient Charlie avec des yeux ronds.

— On s'en est sortis, les garçons, leur dit leur père en les faisant sauter sur ses hanches. Quelle chance !

Il rit de soulagement, tandis que ses fils hochaient la tête à l'unisson.

Le sergent Mike Rosengard était très proche de Charlie, et très bon flic, avec un caractère bien trempé par onze années de métier : six comme homme de terrain, cinq comme inspecteur. Il se plaisait à se vanter d'être le seul Juif de tout l'Oklahoma, et ne lâchait jamais une affaire tant qu'elle n'était pas résolue. De taille et de corpulence moyennes, habillé en costume-cravate bien sage, Mike avait de l'assurance, mais aussi un calme qui lui évitait de paraître trop content de lui. Charlie lui prédisait une brillante carrière.

— Le principal, c'est que les petits n'aient rien, reprit Mike. Vous avez vu ? ajouta-t-il en désignant la Bronco entièrement couverte de boue qui était garée dans l'allée. Pas terrible la nouvelle couleur, hein ?

— Comment va Jill ? demanda Charlie en contemplant la femme de Mike avec inquiétude.

— Elle essaie de récupérer ce qu'elle peut, murmura Mike. La moitié de nos affaires doit avoir atterri à Helena.

— Mais vous êtes sûr qu'elle est dans son état normal ?

— Je crois, pourquoi ? s'inquiéta Mike.

— Il vaut mieux la faire examiner.

Il lança un appel radio pour demander une équipe sanitaire, puis contempla les ruines, d'où s'élevait encore un nuage de poussière. C'était un miracle qu'ils s'en soient sortis.

— J'ai entendu un sifflement assourdissant, expliqua Mike. Nos poubelles ont roulé dans la cour. Le vent m'a claqué la porte à la figure, et puis, soudain, il y a eu un grand silence. De quoi vous flanquer une sacrée trouille. Nous sommes descendus en courant à la cave, et j'ai pris les enfants contre moi. La maison tremblait, craquait… J'avais peur que les petits soient aspirés. Je les serrais tellement fort qu'ils arrivaient à peine à respirer, hein, les bébés ? (Des larmes tremblaient au coin de ses yeux.) Franchement, je n'ai jamais eu aussi peur de ma vie. Tout bougeait, les murs, le plafond, et soudain il y a eu un hurlement… comme si les concurrents d'une course automobile prenaient le virage trop vite. Et là, tout a explosé. J'ai levé la tête, et je n'ai vu qu'un grand trou au-dessus de moi. La maison s'était envolée ! Il n'y avait plus rien ! Nous avons tout perdu d'un coup. La moitié du quartier s'est volatilisée. Ce matin, tout était normal, ajouta-t-il en secouant la tête. Tout était normal, et maintenant il n'y a plus rien !

À droite de la propriété de Mike, une maison avait été soulevée de ses fondations et projetée sept mètres plus loin ; elle était tassée comme une petite vieille endormie sur sa chaise.

— Les voisins sont sains et saufs ? demanda Charlie.

— Dans les environs immédiats, je crois, oui.

La radio portable grésilla.

— Chef ? c'est Lester. Il faut que vous veniez tout de suite !

Charlie porta le micro à sa bouche.

— Où ça, Lester ? Où êtes-vous ?

— Chez les Pepper, dans Shepherd Street, répondit une voix tremblante. Bon Dieu… C'est pas croyable… C'est horrible, chef, grouillez-vous !

2

Une bourrasque envoya voler des feuilles et de la poussière sur Charlie à sa descente de voiture. Il était loin de tout, au bout de Shepherd Street, devant la ferme saccagée de Rob Pepper. Les dépendances s'étaient effondrées : étable, écurie, poulailler, cabane à outils... D'énormes poutrelles métalliques jonchaient le sol. Les grands arbres qui avaient ombragé le jardin étaient presque tous tombés. Le pick-up des Pepper avait traversé la rue et était entré en collision avec un sèche-linge qui passait par là. Dans les champs, de grandes parcelles de blé étaient rasées, et des cochons morts, des poulets déplumés, gisaient un peu partout.

Seule la maison des Pepper se dressait encore, presque intacte, dans cette désolation. Semblable à beaucoup d'autres bâtisses de la région, elle était dépourvue de cave. La tornade l'avait manquée de deux cents mètres à peine. Les fenêtres avaient explosé, la cheminée s'était effondrée et le toit était troué par endroits ; par chance, la structure avait résisté beaucoup mieux que les granges. Charlie se demanda pourquoi, puis se souvint que les tornades comportaient parfois plusieurs tourbillons. Des formations secondaires très puissantes tournoyaient autour du centre ; elles apparaissaient et se dissipaient en l'espace de quelques secondes, ce qui causait des dégâts terribles par endroits, et épargnait le reste.

— Chef ?

Son second, Lester Deere, l'appelait de la véranda.

— Ils sont tous morts, là-dedans.

— Quoi ?

— Les Pepper. Ils sont morts.

Les vêtements de Lester étaient couverts de boue, il avait du sang sur les mains. Lester était peu rigoureux et ne respectait jamais la procédure ; il arrivait en retard au travail, et ce n'était jamais sa faute. Aujourd'hui, son jour de repos, il ressemblait à un employé de ranch avec sa chemise en flanelle et son jean. Quand sa carrière de footballeur professionnel avait pris fin, il s'était négligé. Déjà grand et massif, il avait grossi et laissé pousser sa tignasse blonde qu'il essayait vainement d'aplatir avec des tonnes de gel.

— Ils sont tous morts, là-dedans, répéta-t-il, hébété. J'ai eu un sacré choc. Regardez mes mains… Je n'arrête pas de trembler.

Charlie jeta un coup d'œil aux mains ensanglantées que Lester lui tendait.

— Mais comment est-ce possible ? La maison est presque intacte.

— Allez-y, vous verrez…

Il arrivait à peine à parler.

La porte était ouverte. Il faisait tellement sombre à l'intérieur que Charlie mit une minute à s'habituer à l'obscurité. Une odeur l'assaillit, l'odeur angoissante et cuivrée du sang. Il dirigea la lumière de sa torche sur le désordre qui régnait dans l'étroite entrée. Un guéridon et un portemanteau étaient renversés, les cadres avaient été arrachés des murs et un tapis de verre brisé couvrait le sol.

Il avança lentement. Le rond lumineux de sa lampe passa sur le papier peint à fleurs. Quelques photos avaient résisté à l'assaut : des souvenirs de Noël, Rob Pepper en train de découper la dinde de Thanksgiving, Danielle et sa mère déguisées en poupées pour un Halloween déjà ancien. Au milieu de l'entrée, il tomba sur un tas de coussins avec un sac de couchage roulé en boule, et un matelas trempé. Une radio cassée gisait sur le sol à côté d'une torche encore allumée qui éclairait une portion de plancher. Il examina le matelas et vit qu'il était maculé de sang. Par terre, il remarqua une flaque de sang et des traces brunes qui menaient à l'escalier.

Il monta les marches quatre à quatre, puis suivit les traînées. Elles menaient à la chambre du fond. Il s'arrêta sur le pas de la porte pour reprendre son souffle. Un trou béant s'ouvrait dans le plafond. Une partie du mur et de la toiture avait été emportée. À travers la brèche, on voyait le ciel gris et le jardin. Dans la chambre l'attendait un ravage : vitres cassées, meubles renversés, de la boue partout. Un des tourbillons secondaires avait dû mordre à cet endroit, comme un ogre de conte de fées croque une bouchée de maison en pain d'épice.

La fille des Pepper, une adolescente, était recroquevillée derrière le grand lit, les bras serrés contre la poitrine, comme pour se protéger. Son corps était lardé de projectiles : éclats de verre, de bois. C'était épouvantable. Une sorte de piquet, peut-être un pied de chaise ou un morceau de barrière, l'avait transpercée.

Charlie s'agenouilla devant elle et chercha son pouls. Elle avait la peau cireuse, livide. Ses yeux, grands ouverts, ne réagissaient pas à la lumière, mais les cornées restaient transparentes. La mâchoire était crispée par un début de rigidité cadavérique. Elle lui rappela Sophie. Horrible pensée. Elle portait des couettes, longues et rousses, et en essuyant la boue qui lui couvrait le visage, il remarqua des contusions très nettes au-dessus de la pommette et de l'œil droit.

Quand il se releva, un bref étourdissement le fit vaciller. Il regarda autour de lui : le matelas n'était plus sur le lit, le sommier était mouillé. Un grincement bizarre lui fit lever la tête. Soudain, une pluie de plâtras et de bois brisé s'abattit sur lui, entraînée par une masse qui tombait du trou. Il fit un bond en arrière, retenant un cri.

Le torse de Rob Pepper se balança devant lui, tel un diable jailli de sa boîte, mais à l'envers. Il ressemblait à une pelote d'épingles tant il était hérissé de fragments acérés. Il en avait partout : visage, cou, poitrine. Ses jambes étaient encore coincées dans la charpente.

Un instant, Charlie fut paralysé par l'horreur. Il se demanda si la maison n'allait pas s'effondrer. Peut-être les dégâts étaient-ils plus sérieux qu'il ne l'avait cru au premier abord. Il s'éloigna des deux corps à reculons et faillit trébucher sur un fauteuil à bascule renversé. Il se retourna et ne trouva que du vide derrière lui. Au ras du parquet commençait un précipice.

C'est alors qu'il vit Jenna Pepper. Elle avait été projetée dans un arbre voisin par le vent. Son corps était pris dans un enchevêtrement de branchages à quelques mètres de lui. C'était une femme petite, frêle, un mètre cinquante-cinq pour quarante-cinq kilos, et encore. Cheveux noirs, coupés court, jean délavé, T-shirt orange. Ni chaussettes ni chaussures. Charlie eut du mal à supporter ce spectacle. Un montant de lit lui sortait du corps, comme un manche de sabre. D'autres objets avaient aussi traversé sa poitrine, dont un très long, sans doute un balustre de rampe d'escalier. Les taches de sang sur son T-shirt ressemblaient à des roses. En y regardant de plus près, il crut distinguer des blessures défensives sur les mains et sur les avant-bras.

Son malaise s'accrut. Angoissé par les claquements des vieux stores qui battaient au vent, il retourna voir le corps de Rob Pepper. Il lui retourna les mains, paumes en l'air. Lui aussi portait des marques défensives sur les bras, des lacérations provoquées par une lame de couteau ou de cutter. Et puis il y avait les traînées dans l'entrée et dans l'escalier...

Charlie prit son portable pour appeler Lester.

— Sécurisez-moi la zone.

— Une équipe médicale vient d'arriver, chef.

— Qu'ils s'en aillent. À partir de maintenant, l'accès au périmètre est réservé. Mettez un homme en faction aux deux bouts de la route. Si on vous pose des questions, répondez que c'est à cause d'une fuite de gaz.

Il contempla les yeux de Rob, des yeux sans regard, aux pupilles rétractées comme par un infini regret.

— Vous avez compris, Lester ?

— Alors, ils sont bien morts, hein ?

— Oui, tous morts…

3

Ce soir-là, les Jeep vertes de l'armée patrouillèrent les rues, pendant que des camions de télévision circulaient au milieu des ruines, à la recherche de scènes émouvantes, ou choquantes, à passer au journal de vingt-trois heures. Des volontaires armés de tronçonneuses participèrent au déblayage des routes pour permettre aux équipes de la compagnie du gaz de remettre le réseau en état au plus vite. Les membres des forces de l'ordre, pour la plupart, n'étaient pas rentrés chez eux à la fin de leur service, et les pompiers de la ville travaillèrent jusqu'à l'aube pour éteindre les départs de feu. Les sirènes des ambulances et des voitures de police hurlèrent toute la nuit.

Vers vingt heures, la température chuta et une pluie froide et pénétrante mitrailla la ville. Un millier de personnes durent quitter des maisons privées de chauffage et d'électricité pour se réfugier dans les abris de la Croix-Rouge, où des bénévoles servaient des plats de travers de porc commandés chez Babe's Bar-B-Q et du pain provenant d'un arrêt de routiers. Sur les lieux des différents sinistres, des gens erraient comme des âmes en peine sous la pluie glacée, au milieu d'un brouillard épais que colorait les gyrophares. Les hommes se passaient des bouteilles d'alcool enveloppées dans des sacs en papier, tandis que les femmes s'échangeaient des cigarettes et arpentaient les décombres dans l'espoir de récupérer quelques affaires avant qu'on ne leur interdise l'accès aux ruines. Certains priaient, multipliant les petits marchandages futiles avec Dieu. *Faites que ce soit fini. Faites que le pire soit passé.*

Les journalistes des chaînes de télévision locales brandissaient leurs micros sous le nez de Charlie partout où il allait. Il essayait de répondre aux questions de son mieux, tout en taisant ses soupçons sur le crime. Il avait peur de se ridiculiser, aussi ne ferait-il aucune déclaration avant les autopsies. Là, il saurait à quoi s'en tenir.

— Le courant reviendra d'abord dans les zones alimentées par des lignes enterrées, annonça-t-il aux journalistes qui attendaient devant le poste de police. Les foyers et les entreprises desservis par des lignes aériennes devront attendre un peu plus longtemps. Le retard est dû à l'amoncellement de décombres qu'il faut déblayer. Nous avons besoin de davantage de volontaires possédant des bulldozers et des tracteurs. Merci de diffuser cet appel.

— Pouvez-vous confirmer le nombre de morts ?

— Pour l'instant, nous avons dénombré six décès.

— Y aura-t-il des aides financières pour les victimes ?

— Un représentant de la FEMA[1] doit arriver demain pour étudier un plan de secours.

— Pourquoi Shepherd Street est-elle fermée à la circulation ? demanda un reporter suspicieux.

— Nous vérifions le réseau de gaz qui est très endommagé dans le secteur.

Charlie mentait bien, se référant à un carnet tellement couvert de notes qu'il arrivait à peine à se relire.

— Il y a plus de neuf cents personnes regroupées dans des abris ce soir, et une trentaine de soldats de la garde nationale ont été appelés en renfort. L'alerte a été lancée environ vingt minutes avant l'arrivée de la tornade, ce qui a permis de réduire le nombre des victimes. Les pompiers ont achevé leurs recherches dans le secteur de Black Kettle, et les chiens de la brigade cynophile ont terminé leur

1. Agence fédérale de gestion des situations d'urgence.

travail. Vous pourrez rester en liaison avec nous toute la nuit en appelant la permanence qui a été mise en place pour répondre aux demandes de renseignements.

Au moment où il se tournait pour partir, une journaliste tirée à quatre épingles, de la chaîne KVMX, lui barra la route.

— Nous avons entendu des rumeurs, monsieur. On dit qu'une des victimes de la tornade aurait été assassinée.

— Je ne peux rien ajouter à ma déclaration pour l'instant.

Une nuée de reporters le poursuivit en le bombardant de questions.

— Des vidéos prises par hélicoptère montrent qu'un périmètre de sécurité a été délimité dans Shepherd Street. Pouvez-vous nous dire pourquoi ?

— Je pourrai mieux vous répondre demain matin. Bonne nuit, tout le monde.

— Attendez ! Attendez !

Les équipes de tournage entourèrent la voiture, l'empêchant de partir jusqu'à ce que ses hommes interviennent. Charlie appuya sur l'accélérateur et dépassa les journalistes, qui, livides dans la lumière des phares, criaient encore leurs questions. Une bourrasque fouetta la voiture. Il avait encore un goût de whisky sur les lèvres. *Je n'aurais pas dû : si un journaliste avait senti l'odeur de l'alcool, j'aurais été dans de beaux draps.* Une heure plus tôt, il était passé changer de chemise au poste et en avait profité pour boire quelques gorgées au goulot de la bouteille que l'opérateur radio cachait dans le tiroir de son bureau. En traversant le centre-ville, avec ses rues ruisselantes et ses façades de brique rouge, il ne pensait qu'à l'incroyable affaire Pepper. Jenna, Rob et Danielle portaient tous les trois des blessures défensives aux mains, aux avant-bras et au visage. Il y avait des traces d'un ou de plusieurs corps traînés dans l'escalier, et Danielle avait des égratignures sur les bras et de la boue sur le dos de ses vêtements, ce qui tendait à prouver qu'on l'avait tirée par terre. Il faudrait attendre l'intervention du médecin légiste, et son autorisation de déplacer les corps, pour savoir si les deux autres victimes présentaient le même genre de marques. Il en avait mal au cœur. Son dernier homicide remontait à six mois, et encore, un règlement de comptes entre toxicomanes. La dernière tornade à avoir touché Promise remontait à 1924.

Il tourna à droite sur une route mal goudronnée, et ses phares éclairèrent un paysage tourmenté. Parfois, on compensait une enfance cauchemardesque en devenant prêtre, parfois en devenant criminel ; Charlie, lui, était devenu flic. Il avait passé un diplôme de criminologie à l'université de l'Oklahoma, puis il avait suivi sa formation de policier à Tulsa, où il était resté simple flic pendant plusieurs années avant de rentrer dans sa région. Cette ville ne manquait pas de délinquants, et la drogue, cannabis et amphétamines, surtout, posait un grave problème. Il avait travaillé avec des informateurs, des prostituées, des toxicos. Une fois, il s'était retrouvé seul face à trois truands armés et la fusillade avait été un classique du genre. Il avait tout traité : braquages, viols collectifs, règlements de comptes par balles ou à l'arme blanche. Selon les quartiers, on prenait son bâton ou son revolver. Il avait même tué un homme – ce dont il ne tirait aucune fierté. Cinq ans plus tôt, un ouvrier chômeur avait séquestré ses enfants. Fort d'un cours sur les négociations avec les preneurs d'otages, Charlie était presque arrivé à le convaincre de se rendre, mais le forcené avait soudain menacé de tuer sa fille de quatre ans, et Charlie avait été obligé de l'abattre. On l'avait même décoré, mais il en faisait encore des cauchemars.

En entrant dans Shepherd Street, il fit un signe de tête à la sentinelle de la garde nationale. Il avait positionné autant d'hommes que possible autour de la scène du crime, et encore davantage le long de Main Street et des quartiers commerçants, afin d'empêcher les pillages. Une poignée d'enquêteurs faisait du porte-à-porte dans le voisinage des Pepper, pour tâcher de trouver des témoins qui auraient remarqué des agissements suspects dans l'après-midi.

Le lieu du crime était devenu zone morte, dans la lumière blafarde des voitures de police et le bourdonnement des générateurs. Une équipe technique d'une demi-douzaine de personnes, portant double paire de gants et couvre-chaussures, investissait la maison pour effectuer des prélèvements. Malgré l'épais brouillard, l'hélicoptère d'une chaîne de télévision tournoyait inlassablement au-dessus d'eux, et Charlie attendait avec impatience que le manque de carburant l'oblige à décrocher.

Vers minuit, son vœu se réalisa. On lui signala que la ville était calme. Les habitants auxquels il restait un toit étaient rentrés chez eux. La pluie s'arrêta vers trois heures du matin, et le ciel se dégagea, laissant place aux étoiles. Épuisés, Charlie et ses hommes ne relâchèrent pourtant pas leurs efforts. Ils continuèrent à travailler sur la scène du crime jusqu'à environ cinq heures, quand Roger Duff, le médecin légiste, arriva pour emporter les corps. Charlie voulait l'accompagner à la morgue mais Duff lui conseilla de rentrer chez lui.

— Va embrasser ta fille, Charlie. Les victimes ne vont pas se sauver.

Il était cinq heures trente quand il tourna dans Red Bud Road. Le soleil levant lui tapa dans l'œil et éclaira le duvet qui lui couvrait les phalanges. Il avait mal à la gorge à force de parler, de la boue plein les vêtements, les ongles noirs de crasse. Il n'avait qu'une envie : se coucher et fermer ses yeux fatigués, mais il ne pourrait pas dormir avant quarante-huit heures, au bas mot.

En se garant dans l'allée du garage, Charlie eut la mauvaise surprise de constater que le drapeau avait été arraché. Il était allé s'enrouler, hampe comprise, dans un cornouiller. Ici aussi, la tornade avait laissé son empreinte. Des particules de polystyrène jonchaient la pelouse, parmi quelques planches qui avaient atterri là. Il y avait des enveloppes partout. *Tiens, le facteur est quand même passé !* Le ciel, d'un bleu limpide, ressemblait à du buvard. Il constata avec soulagement que la maison blanche aux volets verts était intacte. Quelques garnitures de bois manquaient, des branches avaient été arrachées, mais c'était tout. Sa fille était en sécurité. Il faisait froid – normal pour un mois d'avril. Alors qu'il traversait le jardin, une hirondelle passa en piqué devant lui pour happer des insectes invisibles.

Charlie s'attendit presque à entendre la voix douce de Maddie en ouvrant la porte. *Chéri ?* Mais il ne reçut pas de bonjour familier, pas de baiser. Il ne sentirait plus jamais la chaleur de son corps, ni ne verrait l'horrible robe de chambre marronnasse qu'elle avait portée au cours des derniers mois de sa vie. La belle, l'intelligente Maddie qu'il n'avait pas méritée. Les médecins avaient tout tenté, puis, quand tout le reste avait échoué, ils avaient proposé de lui implanter des bâtonnets radioactifs dans la tête. La radioactivité devait tuer les cellules cancéreuses, les éliminer en même temps que la moitié de son cerveau sans doute. Sophie n'avait pas pu rendre visite à sa mère à l'hôpital pendant le traitement parce que son contact était beaucoup trop dangereux. Charlie n'avait eu droit qu'à un quart d'heure par jour. Maddie, elle, sa femme adorée, si malade, était restée cloîtrée pendant plus d'une semaine, soumise à une radioactivité extrêmement nocive qui lui avait sans doute fait plus de mal que de bien…

Une odeur de pain brûlé flottait dans l'entrée. Le parquet ciré craquait toujours aux mêmes endroits… mais Maddie n'était plus là. C'était quand il rentrait du travail qu'elle lui manquait le plus. Des photos poussiéreuses s'alignaient sur les murs de l'entrée, et il s'arrêta pour en redresser une : Maddie jeune et souriante à côté de lui, qui le regardait, les yeux rieurs. Il eut un spasme de tristesse et de culpabilité. S'il ne bougeait pas, cela passerait plus vite.

— Charlie ?

C'était Peg, qui sortait de la cuisine en resserrant la ceinture de son kimono bleu.

— Tu m'as flanqué une de ces frousses ! s'exclama-t-elle.

Après la mort de sa femme, Peg Morris, une cousine éloignée de Maddie, était venue à la rescousse, avec son instinct maternel en souffrance et son vieux kimono de soie bleue aux poches déformées par les paquets de cigarettes. Elle vivait à l'autre bout de la ville, mais elle passait parfois la nuit chez eux quand Charlie travaillait tard. Elle n'avait pas d'enfants et avait pris Sophie sous son aile, ce dont il lui serait éternellement reconnaissant.

— Merci d'avoir veillé sur elle, Peg.

— Il n'y a pas de quoi.

Elle avait les cheveux cuivrés et une verrue pas très jolie au coin de la bouche.

— Tu as l'air complètement vanné. Tu veux du pain perdu et du bacon ?

— Je n'ai pas vraiment le temps.

— Et du café ? Tu peux quand même avaler un café ?

— Bon, mais vite fait, alors.

— Alors, ça donne quoi ?

— De gros dégâts, et quelques morts.

— Je sais, Mary Jo Crider, Rob, Jenna et Danielle Pepper, John Payne et Bill Rowley. C'est pas croyable, quand on a appris ça à la radio, on n'en est pas revenus. On entend parler des tornades toute sa vie, mais on croit toujours que ça n'arrive qu'aux autres.

— Et Ben ? demanda-t-il, se rappelant à temps de s'enquérir de son compagnon.

— Il a perdu quelques chevaux, mais ce sont quand même les gens qui comptent le plus.

Il s'immobilisa au pied de l'escalier.

— Tu peux rester encore ce soir ?

— Désolée, Charlie, mais j'ai promis à Ben de passer la soirée avec lui.

— D'accord, ce n'est pas grave. Je trouverai une solution.

Il monta, puis alla frapper à la porte de sa fille, ornée du mot DÉPOTOIRE.

— Sofe ? Tu es réveillée ?

— Oui, répondit une voix ensommeillée.

En entrant dans la chambre de sa fille, avec ses murs ocre, ses rideaux ivoire et son plancher de chêne blond, il eut l'impression de plonger dans une piscine d'ambre clair. *Dépotoire*, le mot était bien choisi. Des vêtements traînaient partout, des magazines, des canettes de soda, des CD et des produits de beauté. Sa chambre était une vraie poubelle, mais elle savait où chaque chose se trouvait. Sophie était enfouie sous sa couette, poings serrés, comme si elle essayait de se raccrocher à la conscience par un filin.

— Salut, bébé.

— Papa ! lança-t-elle en se redressant pour l'embrasser. Je m'inquiétais !

Elle avait les yeux écartés de sa mère, sa bouche sensuelle, le même mélange d'innocence et d'esprit pratique. Elle avait aussi les longs cheveux caramel de Maddie, et sa peau de porcelaine rehaussée de rose aux joues ; mais c'était aussi la fille de son père. Elle était obstinée, méthodique, et les mêmes rides entre les sourcils trahissaient son anxiété. Avec son mètre soixante-huit, elle était plus grande que la plupart de ses camarades de classe, mais n'avait heureusement pas hérité de la maladresse de son père. Par chance, elle avait reçu l'aisance athlétique de sa mère et ses gestes pleins de grâce.

— Beurk, tu pues ! s'exclama-t-elle en se collant l'oreiller sur le nez.

Il passa les doigts sur sa barbe de vingt-quatre heures.

— Merci beaucoup ! J'allais prendre une douche.

— Surtout prends ton temps sous l'eau, et ne lésine pas sur le savon, ajouta-t-elle avec un rire. Tu restes pour le petit-déjeuner, j'espère !

— Je ne peux pas.

— Mais, papa... J'ai envie de passer un peu de temps avec toi...

— Oui, je sais, moi aussi.

— Bon, alors, on se voit quand ?

— Ce soir, ça ira ? Je crois que je vais pouvoir me libérer.

— Je préférerais que tu en sois sûr !

— Je vais faire tout mon possible. Allez, viens, câlin.

Il la prit dans ses bras et la serra un long moment. Cela le rassurait de la sentir contre lui. Maintenant qu'il la savait saine et sauve, il pouvait retourner travailler le cœur plus léger.

— La maison tremblait, papa. On entendait la grêle du sous-sol. Peg et moi, on sursautait tout le temps. On se demandait d'où venaient tous les bruits. J'avais tellement peur que j'ai bien cru que j'allais avoir une crise cardiaque.

— Heureusement que Peg était là.

Elle lui jeta un regard inquiet.

— J'ai essayé d'appeler grand-père, mais le téléphone est coupé.

Il se crispa.

— Ne t'en fais pas. La tornade n'a pas touché son secteur.

— D'accord, mais tu ne crois pas que tu devrais aller voir comment il va ?

— Je suis sûr qu'il est en pleine forme.

— Vas-y, s'il te plaît !

Elle triturait son médaillon, un bijou en forme de cœur retenu par une longue chaîne en argent que sa mère lui avait offert pour ses dix ans. Elle ne l'ôtait jamais. Ce n'était pas le seul souvenir dont elle ne pouvait pas se séparer : elle conservait religieusement une vieille lampe à abat-jour déchiré et une couverture de cheval indienne décorée de motifs traditionnels. À quatre-vingt-dix ans, elle porterait sûrement encore son médaillon.

— Ton grand-père n'a pas besoin de moi, insista-t-il.

— Allez, papa, pour me faire plaisir...

— Rendors-toi.

— D'accord, j'ai compris. Tu te fiches de ton père...

— Tu veux me culpabiliser ?

— Peut-être un peu... Ça marche ?

— C'est bon, J'irai. Tu es contente ?

— Tu lui diras de me téléphoner, d'accord ?

— Je dois boucler deux ou trois trucs avant, mais je te promets d'y aller. Allez, rendors-toi, tête de mule.

— Tête de mule toi-même !

4

Écœuré par l'odeur pestilentielle de la salle d'autopsie, Charlie contemplait le terrible spectacle des corps allongés devant lui. Les trois victimes avaient été placées côte à côte sur des tables chromées identiques : Jenna, Rob et leur fille de quatorze ans, Danielle. Ils avaient été radiographiés, pesés, mesurés, et toutes les marques distinctives, telles que d'éventuels tatouages ou d'anciennes blessures, avaient été répertoriées. Les vêtements ensanglantés, ainsi que les draps ayant servi au transport, avaient été envoyés au laboratoire régional pour analyse, et maintenant ils étaient nus, sans défense, transpercés par les innombrables débris encore fichés dans leurs corps.

— Désolé, je suis en retard.

Roger Duff entra en trombe dans la salle d'autopsie en boutonnant sa blouse blanche sur sa bedaine.

— Comment va Sophie ?

— Très bien.

— Tant mieux. Ta maison a tenu le coup ?

— Quelques dégâts. Rien de grave.

— Je ne sais pas où est passé mon chat.

Duff était un petit homme à fort caractère, un vieux de la vieille, un peu arrogant, mais auquel Charlie s'était habitué avec le temps. Il faisait office de médecin légiste pour l'ensemble du comté et devait souvent sortir de son lit en pleine nuit pour se rendre sur des scènes de crime parfois très éloignées de son domicile. Ils étaient en compétition constante, pour savoir qui des deux avait raison.

Duff prit sa planchette à pince, lut la fiche d'information qui y était accrochée, puis se frotta le menton pensivement.

— Bon, Charlie, refais-moi le topo.

— Les trois victimes portent des coupures défensives aux mains, au visage et aux avant-bras…

— Attends une seconde. Défensives, c'est vite dit. Les coupures auraient très bien pu être causées par des morceaux de verre. On s'accroupit pour se protéger, les bras devant la figure, et quand les fenêtres sont soufflées on est blessé.

— Nous avons trouvé du sang dans l'entrée. Du sang sur les coussins du canapé et sur le matelas qu'ils avaient empilés pour s'abriter.

— Pareil, le sang peut provenir des coupures et des blessures provoquées par les divers objets volants. Des débris ont été projetés dans la maison à travers les fenêtres, les portes, et le trou du toit.

— Et les traînées dans l'escalier ?

— Je ne sais pas, peut-être qu'en voyant Jenna et Danielle blessées, Rob les a portées en haut. On a parfois des réactions étranges quand on panique.

Charlie n'en démordait pas.

— Et les éraflures dans le dos de Rob ? S'il a traîné sa femme et sa fille en haut, comment s'est-il fait ça, lui ?

Duff poussa un gros soupir.

— Charlie, je n'ai pas forcément réponse à tout. Les tornades sont tellement imprévisibles. Par exemple, il y a plusieurs années, dans le Kansas, l'une d'elles a soulevé un gâteau qui se trouvait à l'intérieur d'une maison. Elle l'a emporté dehors et l'a posé doucement sur le capot d'une voiture en émiettant à peine le glaçage. Café ?

— Non, je n'aime pas boire ici.

— À cause de l'odeur ? Tu t'y feras. Bon, d'accord, pas de café, conclut-il en replaçant la planchette à son crochet. On va voir si les autopsies nous en apprennent davantage.

Charlie approcha de la table où reposait Rob, tandis que

Duff fixait un magnétophone à sa ceinture et le micro mains-libres sur sa tête.

— Rob Pepper présente une blessure causée par un objet qui l'a transpercé de part en part au niveau de la poitrine, dit-il dans le micro. Le projectile est toujours en place. Il est en bois et mesure environ soixante-dix centimètres de long. Cet objet, qui semble être un balustre de rampe d'escalier, a pénétré du côté droit par la face antérieure et est ressorti par la face postérieure. Le poumon droit est lacéré et contusionné. L'examen interne permettra de déterminer les dommages infligés au parenchyme pulmonaire.

Il s'interrompit un instant, songeur.

— Tu te souviens de la tornade d'Oklahoma City en 99 ? Il y a eu beaucoup de blessures occasionnées par des objets volants. Terrible. Elle m'en a donné, des cauchemars, cette tornade. Ici, les blessures sont similaires, Charlie, seulement…

— Seulement ?

— Attends une seconde…

Il commençait à faire très chaud. Charlie ôta sa veste pendant que Duff faisait le tour de la table d'autopsie. Pourquoi le légiste avait-il la respiration aussi sifflante ? Ce n'était pas normal. Poils dans le nez, végétations, il fallait bien qu'il y ait une explication. Des taches de soleil tombaient sur le sol par les étroites vitres de la morgue ; l'après-midi touchait à sa fin. Des paillasses de dissection, montées sur des roulettes grinçantes, servaient à examiner et à découper les organes. À côté était pendue une balance destinée à peser les parties prélevées, et un grand baquet permettait de recueillir les écoulements des tables d'autopsie.

Pompes funèbres Ripley, deux ans plus tôt. Maddie allongée sur un chariot, morte d'une tumeur au cerveau, le drap blanc empesé tiré jusqu'à ses épaules.

« Maddie ? »

Une longue cicatrice, pareille à un bandeau, courait sur le sommet de son crâne, qui avait été rasé pour l'opération ; ses cheveux couleur cannelle avaient repoussé, plus épais et plus sombres. Détail aussi incongru que les fleurs sur les décombres d'Hiroshima. Un voile de deuil sur la tête.

« Maddie ? »

Elle avait détesté qu'on l'interroge sur son traitement, que les gens ne s'intéressent qu'à sa maladie. Elle ne voulait pas en parler, préférant rester simplement la femme de Charlie, la mère de Sophie. Une personne normale, qui n'avait rien à voir avec toute cette tristesse.

En se penchant sur elle, un instant, Charlie n'avait plus senti le lien qui les unissait. Non, il s'inquiétait parce que les propriétaires des pompes funèbres l'attendaient dans le couloir. Ils avaient ouvert pour lui. Il avait regardé ses sourcils bien dessinés, la courbe délicate de ses lèvres, son nez. « Bon Dieu, Maddie, je m'en veux. » Il espérait qu'elle lui pardonnerait et rouvrirait les yeux. Qu'elle se réveillerait et le soulagerait de son atroce souffrance.

Duff avait arraché le balustre de la poitrine de Rob et le tenait dans ses mains gantées.

— Bizarre, commenta-t-il en l'examinant.

— Quoi ? Qu'est-ce qu'il y a ?

Charlie remarqua que l'extrémité qui avait pénétré dans le corps, couverte de sang séché, était aussi acérée qu'une lame de couteau.

— Mon père fabriquait des couteaux en bois, commenta Duff. C'est tout simple, en fait. On choisit un morceau de bois dur, au fil bien droit, et on le façonne en lui donnant la forme d'une lame. Ensuite on le fait sécher sur une flamme jusqu'à ce qu'il noircisse. Plus le bois est sec, plus l'arme est dure. On s'arrange pour décentrer la pointe : il ne faut pas la tailler dans la moelle, qui est la partie la plus faible du bois.

— Tu es en train de me dire qu'il s'agit d'une arme fabriquée ?

— Tu vois ces blessures superficielles autour du point d'impact ?

— Oui.

— Pour moi, ça indique que l'agresseur s'y est repris à plusieurs fois pour trouver le point d'entrée. Avec un couteau normal, on a besoin de moins de force pour pénétrer dans la chair, mais avec un couteau en bois… là il faut frapper franchement.

— Donc il faut avoir de la force ?

— Oui, et puis le couteau en bois aura plus de chance d'entrer si on arrive à éviter les os.

Charlie fut révulsé.

— Attends, dit Duff en posant le balustre.

Avec un sifflement de nez mélancolique, il prit une loupe et se pencha sur le visage rigide de Rob Pepper.

— Les contusions m'intriguent… Tu vois ces rougeurs autour de la bouche ?

Charlie se pencha et remarqua une écume sèche au coin du sourire figé du mort.

— Hummm…, fit Duff.

Après quoi il sombra dans un silence dont il n'était pas coutumier.

— Alors ?

— Désolé, Rob, ça ne va pas être agréable.

Duff plaça ses mains gantées de part et d'autre du visage de la victime, puis il tira sur les mâchoires et fit céder les muscles rigidifiés dans un craquement sinistre.

Charlie eut un mouvement de recul.

Duff écarta le maxillaire et regarda dans la bouche de Rob.

— Là, il y a vraiment quelque chose qui cloche.

Charlie s'approcha.

— Tu vois cette dent ? demanda Duff. Ce n'est pas l'une des siennes.

5

Le dentiste des Pepper, Peter Forgaard, avait une tête de boucher, fumait des cigarettes sans filtre et jouait aux courses quand il ne passait pas la roulette. Appelé à la rescousse par Charlie et Duff, il était penché avec eux sur la tête de Rob Pepper, relevée par un bloc de mousse.

— Exact, commenta Peter d'une voix moins brutale que d'ordinaire. Cette dent n'a rien à faire là.

— J'ai remarqué qu'il avait la mâchoire enflée, expliqua Duff. Et puis j'ai vu que la canine supérieure était un peu de travers par rapport aux incisives... et que les gencives avaient saigné...

Peter réfléchit en se triturant la lèvre inférieure. Son sweat-shirt bleu et son training gris étaient encore trempés de la sueur de son jogging matinal. Une étincelle intriguée brillait dans ses yeux.

— Je peux toucher ? demanda-t-il à Charlie.

— Oui, pas de problème.

— Je peux l'arracher ?

— Allez-y.

Peter enfila une paire de gants, choisit une pince et la referma sur la dent. Avec quelques mouvements d'avant en arrière, il la dégagea sans difficulté.

— Quand on arrache une dent, un caillot se forme dans la cavité. Avec un patient mort, il ne devrait pas y avoir de sang. Pourtant, dans le cas de Rob, on dirait qu'il y a eu un saignement.

Charlie leva un visage défait vers Peter.

— Vous voulez dire… qu'il était encore en vie quand c'est arrivé ?

— Tout à fait.

La nouvelle était si choquante que Charlie se sentit comme anesthésié.

— Vivant, mais inconscient…, suggéra Duff.

— Oui, probablement inconscient, approuva Peter.

Charlie transpirait si fort que sa chemise lui collait au dos. Contenant son désarroi avec peine, il se tourna vers le visage rougeaud de Peter.

— Que s'est-il passé, d'après vous ? Comment cette dent est-elle arrivée là ? Vous n'avez pas affaire à un spécialiste : expliquez-moi ça le plus simplement possible.

— Eh bien, quelqu'un a arraché la canine supérieure droite de Rob et en a enfoncé une autre dans la cavité de la gencive. La racine de la dent de remplacement est morte depuis longtemps.

Charlie et Duff le suivirent jusqu'au grand évier au-dessus duquel pendait une radiographie dentaire. Peter l'utilisa pour illustrer son explication.

— Il avait trois couronnes et vingt-cinq dents en bon état. Ce qui nous en fait vingt-huit en tout, puisqu'il n'avait plus ses dents de sagesse. Comme vous le voyez sur la radio, la dent de remplacement est légèrement plus petite que la dent d'origine… plus incurvée sur la surface labiale. La racine est profonde et renflée au point d'insertion. La couronne est large et lancéolée. La surface labiale est convexe et marquée par trois crêtes longitudinales. De toute évidence, cette dent n'a rien à voir avec les autres.

Charlie soupira. Il commençait à se remettre du choc.

— Et Jenna ? demanda-t-il.

— Vous voulez que je jette un coup d'œil ?

— Oui, il faudra les examiner tous.

Accablés, ils approchèrent de la table chromée sur laquelle reposait Jenna Pepper. Duff sembla trouver plus pénible de forcer sa mâchoire délicate. Peter examina méthodiquement ses dents, et trouva vite ce qu'il cherchait.

— Là, déclara-t-il en désignant le fond de la bouche. La deuxième molaire du maxillaire supérieur.

— Je la vois, confirma Charlie.

Duff prit quelques photos, puis Peter, se servant une nouvelle fois de la pince, arracha la dent en deux secondes.

— Comme le montre sa radio, reprit-il en indiquant le tableau lumineux, il y avait un gros plombage dans sa deuxième molaire supérieure, tandis que cette dent-ci est en parfait état. (Il la présenta à la lumière.) Elle est impeccable.

— Et l'absence de plombage prouve sans aucun doute possible que ce n'est pas sa dent ?

— Absolument.

Charlie se tenait très droit, très rigide, ne voulant à aucun prix trahir le moindre signe de faiblesse. Il commençait à saisir l'horreur de ce triple assassinat, la portée de ce qu'ils avaient découvert. Duff avait les traits tendus, Peter était grave. Ils avaient tous peur sans oser l'avouer.

— L'usure est différente, la forme aussi.

— Même la couleur ne correspond pas, ajouta Duff.

Peter jeta un coup d'œil à Charlie.

— Ça, on ne peut pas le mettre sur le dos de la tornade, hein ?

Charlie lança un regard à Duff avant de répondre.

— Nous vous demandons de considérer tout ce que vous avez vu ici comme confidentiel, Peter.

— Vous pouvez compter sur ma discrétion.

— Nous ne savons pas exactement ce qui est arrivé. Nous n'en sommes encore qu'aux hypothèses. Mais le crime s'est produit à peu près au moment où la tornade est passée.

— Je peux vous poser une question, Charlie ?

— Bien sûr.

— Où est passée la dent d'origine ?

— C'est sans doute un crime rituel, coupa Duff. En tout cas, ça y ressemble.

— On ne peut encore rien affirmer, protesta Charlie. Nous n'avons pas terminé les autopsies et nous ne disposons pas non plus de tous les éléments.

— Nous savons quand même pas mal de choses ! Ce n'est pas bien compliqué de penser que le coupable considère les dents qu'il prélève comme des trophées de chasse.

Peter les interrompit.

— Dites, vous montez le chauffage exprès ? On crève de chaud, ici.

Duff mit le ventilateur en marche, tandis que Peter sortait son mouchoir pour s'éponger le visage.

— Vous voulez faire une pause ? proposa Charlie.

— Non, ça va. Ça va. C'est juste de les voir, ces pauvres gens…

— Bon, alors, on continue ?

— Allons-y, messieurs.

Charlie et Duff le suivirent jusqu'à la table où reposait Danielle et l'observèrent en silence tandis que Peter commentait d'une voix blanche :

— Voilà, c'est celle-ci. La seconde prémolaire… elle ne correspond pas. Elle avait encore ses dents de sagesse. Mes radios indiquent un éclat…

Il était si pâle que Charlie eut peur qu'il ne se trouve mal et alla lui chercher un siège.

— Les malheureux, commenta Peter en se laissant tomber sur la chaise. Ils ont même l'air surpris, comme s'ils ne comprenaient pas…

— Aidez-moi à trouver le coupable, coupa Charlie. Dites-moi tout ce qui vous semble pouvoir m'être utile, n'importe quel détail.

— Je ne sais pas… Je n'ai pas grand-chose à ajouter. Les dents de remplacement sont… sont des dents humaines. Elles n'ont pas été arrachées récemment. Il y a plus d'un an. Un an au moins. Je ne sais pas à qui elles appartiennent, mais ce ne sont pas celles de ces trois patients, je peux l'affirmer. Moi, je n'aime pas faire d'extractions, ça vieillit les gens. Je préfère soigner une dent tant qu'il y a une petite chance de la sauver.

— Est-il nécessaire d'être dentiste, ou d'avoir des connaissances particulières, pour arracher une dent ? C'est difficile ?

— Non, pas vraiment. La dent est tenue dans la cavité par un ligament qui relie la racine à l'os du maxillaire. Je préfère utiliser un instrument spécial qui élargit l'espace entre le ligament et l'os et qui brise les petites fibres qui servent de lien. Mais on n'a pas besoin de ça. Il suffit d'attraper la dent avec des pinces et de la remuer d'avant en arrière pour l'arracher. On tourne un coup à gauche, un coup à droite, et on tire. Ce n'est pas plus compliqué.

— D'après vous, on pourrait se débrouiller avec des tenailles, par exemple ?

— Bien sûr, c'est tout à fait suffisant. Surtout si on n'a pas peur d'abîmer les dents voisines... Vous n'avez plus besoin de moi ?

— Non, vous pouvez partir.

Le dentiste se leva et regagna la porte d'un pas lourd.

— Je vais avoir du mal à oublier ce que je viens de voir.

La réaction du dentiste n'aidait pas beaucoup Charlie à dominer son angoisse.

— Merci pour votre aide.

6

Dakota Road commençait plutôt bien, par un restaurant de grillades, Pop Okie's Ribs, puis continuait à travers d'énormes silos à grains et des puits de pétrole asséchés. Elle se perdait ensuite à l'ouest de Promise dans des campagnes où personne ne portait de vêtements de marque ni ne fermait sa porte à clé la nuit. Après s'être garé dans l'allée défoncée, Charlie prit le temps d'admirer la charmante ferme sous le ciel matinal. Elle était blanche, avec des volets rouges et un toit en pignon. Le courant n'avait pas encore été rétabli. Ce désagrément mis à part, la propriété de son père avait été épargnée. Le pick-up Loadmaster de 1951 – bas sur pattes et gris comme un requin – était garé devant la grange, au-delà de laquelle s'étendaient les cent cinquante hectares où Isaac Grover avait trimé la moitié de sa vie.

Charlie resta assis dans sa voiture de service, pendant que le moteur cliquetait en refroidissant. Le choc ne s'était pas atténué. Triple homicide. Meurtre rituel. Chez lui, dans l'Oklahoma. Il ferma les yeux et presque aussitôt sentit une cascade de coups de poing s'abattre sur lui, les poings de son père. Lorsqu'il rouvrit les yeux, il vit un écureuil qui sautillait dans le jardin. Ils avaient emménagé dans la ferme tout de suite après l'incendie qui avait réduit en cendres la maison de Kidwell Road, et brûlé vives sa mère et sa petite sœur, Adélaïde et Clara Grover. Le chagrin de Charlie restait intact, sa colère frémissait encore à fleur de peau. Ses cicatrices réveillaient sans cesse sa mémoire. Il lui suffisait de se regarder pour se souvenir. Le bon Dieu l'avait marqué avec un énorme fer à bétail : les tissus cicatriciels descendaient tout le long de son bras gauche et de sa poitrine. Sur une fesse, il lui restait des cernes jaunes, aux endroits où on avait prélevé la peau pour les greffes, et puis il y avait les contractions dans sa jambe gauche. En classe, les enfants s'étaient moqués de lui. *Charlie le cramé.* Il rentrait de l'école et, stoïque, allait s'asseoir sur son lit. Il plaçait la paume sur différentes parties de son corps pour mesurer le pourcentage de ses brûlures au troisième degré : 1 % pour la tête, 8 % pour les bras, 11 % pour les jambes, 8 % pour le torse. Il avait beau faire et refaire le compte, il retombait toujours sur 28 %.

Il descendit de voiture et traversa la pelouse en direction de la maison. Le gazon bien entretenu faisait la fierté de son père. Il tondait, désherbait sans relâche. Il s'était métamorphosé depuis qu'il avait cessé de boire. Il avait arrêté après l'incendie, trente ans plus tôt. *On peut dire que ç'a été le déclic.* Trop tard pour tout le monde, songea Charlie avec amertume. Maintenant, les coreligionnaires d'Isaac le félicitaient pour son jardin et son beau repentir. Ils avaient recueilli en leur sein un pécheur, et lui avaient pardonné. Trop vite. Charlie croyait entendre les racines de cette pelouse si parfaite assécher la terre comme un siphon. Il monta les marches de la véranda et frappa à la porte-moustiquaire.

— P'pa ?

Pas de réponse. La maison était sombre et silencieuse. La moustiquaire grinça quand il l'ouvrit. Il s'essuya les pieds sur le paillasson et entra. L'entrée sentait la cire. Un poids d'une tonne lui tomba sur le plexus quand il vit une pile d'enveloppes encore fermées sur le guéridon. Des factures impayées. Son père allait encore lui demander de l'argent.

— P'pa ? T'es là ?

Sa voix résonna dans le silence. Il regarda les quelques photos accrochées au mur : des clichés jaunis d'Isaac et de sa famille ; de vieux souvenirs. Le regard douloureux de sa mère..., pauvre Adélaïde. La petite Clara, qui aimait tout le monde. Et un homme aux cheveux noirs, Isaac jeune, dans sa stupeur alcoolique, qui souriait au photographe et redevenait méchant dès qu'il sortait du champ.

On lui a pardonné trop vite.

Isaac avait arrêté de boire le lendemain de l'incendie, mais s'était contenté de remplacer cette dépendance par une autre. Il chassait les orages, à présent. Il courait après les tempêtes comme il avait couru après ses bouteilles. Il allait à l'église le dimanche, et le reste du temps il le passait à chercher les tornades. Jamais ils n'avaient parlé de la nuit du drame.

La ferme était impeccablement propre. Charlie se souvenait que, au contraire, leur première maison de Kidwell Road était toujours en désordre. Le capitaine des pompiers avait conclu que le feu avait commencé dans la cave, dans le fatras de chiffons et de vieux journaux qui l'encombrait. La première étincelle s'était probablement échappée de la chaudière à charbon que son père devait recharger trois fois par jour pendant les mois d'hiver. Il ne ménageait pas plus les objets inanimés que les gens. *Allez, salope, tu vas prendre, oui ?* maugréait-il en tapant sur la porte. De la salle de séjour, le souffle chaud qui montait par la grille de fer forgé semblait jaillir de l'enfer.

— Charlie ?

La voix familière, irascible.

Il pivota sur ses talons.

— Eh ! Ne tire pas !

Isaac abaissa le canon de sa carabine.

— J'ai cru que c'étaient des cambrioleurs.

— C'est moi, p'pa.

— Je vois ça. Viens, on n'a qu'à s'asseoir dehors. Je vais chercher des sodas.

Isaac Grover était un homme de soixante ans, encore vigoureux mais au visage marqué. Insomniaque notoire, il passait ses nuits à discuter sur sa radio amateur avec des gens à l'autre bout du monde. Il travaillait encore ses terres sans en tirer grand-chose. Il élevait quelques vaches, des poules, faisait pousser du soja, mais ses récoltes de blé étaient encore ce qu'il avait de plus lucratif. Autant dire qu'il n'avait pas un sou.

— Je t'ai vu, hier, reprit Isaac, ses mains puissantes croisées sur ses genoux. Toi, tu ne m'as pas remarqué, je crois.

— Où ça ?

— Dans Black Kettle Road. Je déblayais pour donner un coup de main.

Charlie fronça les sourcils.

— Tu aurais dû venir me dire bonjour.

— Tu avais l'air occupé. Allez, viens sur la véranda.

— Je n'ai pas le temps, p'pa.

— Juste un instant. Pose-toi un peu.

Charlie tâcha de dominer son impatience.

— Cinq minutes, alors, j'ai beaucoup à faire.

Il prit place sur l'un des fauteuils en osier ancrés là depuis la nuit des temps, en attendant son père qui s'affairait dans la cuisine. Il avait mis la radio, le *Journal des ranchers et des fermiers*. La petite agriculture ne nourrissait pas son homme. Les insectes et les mauvaises herbes s'attaquaient aux moissons, et les intermédiaires mangeaient le bénéfice. *Si j'avais de l'argent*, disait souvent Isaac, *je ne serais pas agriculteur, ça non. Je me paierais un bateau et je ferais le tour du monde.*

Isaac laissa claquer la porte-moustiquaire derrière lui en le rejoignant sur la véranda, et lui tendit une bouteille bien fraîche.

— Pauvre Mary Jo, soupira-t-il en s'asseyant à côté de Charlie.

Mary Jo Crider était la vieille dame morte la veille.

— Elle nous gardait, moi et Bo-Bo, autrefois, je ne te l'avais jamais dit ? Une fois, elle a laissé Bo-Bo manger trois boîtes de haricots au lard. Il l'adorait. Elle changeait de pull tous les jours. Dire qu'elle a été jetée à vingt mètres de sa porte, sur du barbelé. Pas croyable, hein ? C'est pas possible, quand même.

— Ça s'est passé hier, observa Charlie, et j'ai l'impression que c'était il y a des mois.

— Le ciel nous est tombé sur la tête, répondit Isaac en jetant un coup d'œil à son fils. Alors, t'arrives à tenir le coup ?

— Je fais ce que je peux, p'pa, mais ce n'est pas facile.

— Eh ben vas-y, raconte.

— Une vision d'horreur.

— La mort, c'est toujours horrible.

— Oui… mais là, on ne peut pas faire pire.

Il ne faut pas lui dire, il ne faut surtout rien lui dire. Le plus tard les gens sauront, le mieux ce sera. En fin de matinée, il devait tenir une conférence de presse.

Avec son visage ridé, Isaac avait l'air d'un vieux sage, même ses vêtements étaient fripés. Il n'était maniaque que pour son ménage et sa pelouse, et usait ses chaussures jusqu'à en percer les semelles. On aurait dit un SDF hébergé par M. Propre.

— Tu es allé chasser la tornade, hier ? lui demanda Charlie.

— Oui. Je suis parti vers l'ouest, sur la I-10, et puis j'ai tourné vers le nord, direction Cradle Rock. Le premier orage à lâché un gros cumulo vers la gauche, alors j'ai fait demi-tour. J'ai quasiment tout raté. J'étais bien en place, impec, presque sous le tuba, et en dix minutes, plus rien.

— C'était une force 3, paraît-il.

Isaac, yeux plissés, contemplait le soleil levant.

— Le cumulus est monté comme un champignon atomique, je te jure. On voyait la tour qui s'élevait à toute vitesse. Bon Dieu, je connaissais Rob Pepper depuis qu'il était tout gamin.

Il secoua la tête en silence, ses fins cheveux blancs voletant dans la lumière matinale. Il les portait presque aux épaules, à présent, alors qu'autrefois il avait préféré les coupes militaires.

— Je me souviens de Stretch Pepper du temps où il jetait ses fers à cheval incandescents en l'air et les rattrapait avec ses pinces. Rob était son premier-né. Stretch a offert des bonbons au lieu de cigares. C'était le jour où Bob Schul a gagné le cinq mille mètres. J'en garde, des détails inutiles, là-dedans, commenta-t-il en se tapotant le crâne.

Tout le monde pensait que les Pepper avaient été tués par la tornade, mais personne ne se doutait encore de ce qui était vraiment arrivé.

Isaac retira ses fausses dents et les posa sur l'accoudoir. Charlie avait toujours connu son père avec un dentier. Il s'amusait à faire peur aux gamins en le faisant claquer avec sa langue. Il disait souvent en riant que ses vraies dents l'attendaient dans l'autre monde avec Adélaïde.

— Je connaissais aussi la mère de Jenna Pepper. Céline Kulbeck. Elle avait le feu au derrière, celle-là. Telle mère, telle fille.

— Pourquoi dis-tu ça ? demanda Charlie avec surprise.

— Moi ? Pour rien. Des rumeurs, c'est tout…

— Quel genre de rumeurs ?

— Oh ! Tu sais, on cause, on cause…

Il ne lâcherait rien. Son père était une vraie tête de mule, mais aujourd'hui il avait l'air épuisé. Il était maigre, pâle, la peau plus parcheminée que jamais, les joues creuses. Charlie se demanda s'il se nourrissait convenablement.

Un courant d'air froid passait à travers les planches disjointes. Des corbeaux tournoyaient dans le ciel, et la salopette, le caleçon et la petite serviette de toilette qui pendaient à la corde à linge étaient trempés par la rosée. *C'est quoi, le bruit de rien ?* Un nœud d'angoisse serra la gorge de Charlie. Soudain, il se trouvait projeté dans le passé, au temps des années terribles où ses parents se battaient comme des chiens, criaient, se jetaient des objets à la tête. *Au secours, au secours, faites qu'ils arrêtent…*

Charlie, dans sa chambre du grenier, écoutait ses parents se disputer en bas. Le fracas le faisait sursauter. La petite hurlait. Clara, à deux ans, pleurait beaucoup trop. Elle avait des cheveux blonds, très clairs et des yeux verts qui ne ressemblaient à ceux de personne de la famille, ce qui avait le don de mettre Isaac en rage. « Cette gamine, t'es sûre qu'elle est de moi ? Réponds, sale garce ! » Aux pieds de Charlie, gisaient des jouets cassés. Il venait d'avoir sept ans, et, en bas, c'était la tempête. Des coups, un corps à corps. Au secours, mon Dieu, faites qu'ils arrêtent, je serai toujours sage…

Quand son père frappait sa mère, elle finissait toujours par aller se cacher dans sa chambre et pleurait si fort que son mascara lui coulait sur les joues, comme un maquillage de clown. Ce jour-là, il avait entendu le pas lourd de son père dans l'escalier. Il venait le chercher. Il avait poussé un cri quand, le regard dur, Isaac l'avait attrapé par le col pour le traîner derrière lui dans l'escalier, de marche en marche. Il lui avait hurlé dans la figure : « C'est quoi, le bruit de rien ? Pisseux ! » Il criait comme un forcené : « C'est quoi, le bruit de rien ? » tandis que Charlie restait figé, terrorisé. Perdant vite patience, son père avait défait son gros ceinturon de cuir et l'avait frappé à grands coups sifflants. Charlie s'était couvert la tête en hurlant. « C'est quoi, le bruit de rien ? Pisseux ! »

Quelques minutes plus tard, Isaac était sorti comme un fou de la maison. On avait entendu la porte d'entrée claquer, et les pneus crisser dans l'allée. La voiture était partie à toute allure dans Kidwell Road. Charlie était resté recroquevillé dans le couloir, agité de frissons, sanglotant, avide de réconfort ; mais sa mère n'était pas venue le consoler comme d'habitude. Si, elle était venue, mais elle s'était contentée de le contempler d'un air égaré, et puis elle était repartie.

Ce soir-là, elle avait oublié de monter l'embrasser et de lui souhaiter bonne nuit. Seul dans sa chambre du grenier, Charlie était resté éveillé dans son lit, sans bouger, glacé de terreur. Pourvu, pourvu qu'il ait un accident avant de rentrer, se disait-il. Il percuterait le gros chêne du tournant…

Mais, un peu après minuit, son père était rentré en titubant, soûl et vociférant. Charlie l'entendait à l'étage du dessous qui se cognait contre les meubles, et la voix plaintive de sa mère. Ils avaient recommencé à se disputer, sa mère avait poussé un cri, un seul… puis un silence inquiétant avait suivi. Charlie avait retenu son souffle pendant que, dans la chambre parentale, les ressorts du sommier se mettaient à grincer. Ils avaient grincé longtemps, très longtemps, avant que le silence retombe.

Charlie, pétrifié, clignait des yeux dans le noir pour rester éveillé, effrayé par les ombres du clair de lune. Comme toujours, son père allait monter pour le battre. Dès qu'il s'autorisait à fermer les yeux, il entendait les marches craquer.

Il avait senti une odeur de fumée, si forte qu'il avait vite eu du mal à respirer. De la fumée montait au grenier, épaisse, opaque. Il avait couru jusqu'au palier mais n'avait rien pu distinguer à travers les volutes noires qui montaient vers lui. « Maman ! Maman ! »

Il s'était précipité à la fenêtre et avait regardé dehors. En voyant la campagne paisible éclairée par la lune, il avait soudain senti que tout le monde s'en fichait. Les vaches s'en fichaient. Les chouettes s'en fichaient. La lune s'en fichait. Très vite, le feu s'était engouffré dans la cage d'escalier, avait grimpé vers le grenier en grondant dans un nuage de fumée asphyxiante. Il s'était penché dehors, avait crié au secours – en vain bien sûr. Soudain, un tapis de flammes bleues avait couru sur le plancher jusqu'à la plante de ses pieds. Alors il avait sauté. Il avait sauté pour sauver sa peau ; mais sa peau n'avait été qu'aux deux tiers épargnée.

Et maintenant le père et le fils se retrouvaient face à face, étrangers l'un à l'autre. Ils n'avaient rien à se dire et ne partageaient qu'un intense sentiment de gêne : Charlie était persuadé qu'Isaac voulait lui demander de l'argent sans arriver à se décider. Pour en finir, Charlie prit les devants.

— Bon, tu veux que je te fasse un chèque ?

Isaac le prit très mal.

— Si je voulais que tu m'aides, je te l'aurais demandé !

— Bon, d'accord, je me tais.

— Tu n'as pas le droit de me traiter comme ça !

— Comme quoi ?

— Je ne veux pas de ta charité. Je te le dirais, si j'avais besoin de quelque chose, bon Dieu !

— D'accord, d'accord, ça va...

— Et ne prends pas cet air agacé !

— Je ne suis pas agacé. On n'en parle plus, p'pa.

Isaac empoigna sa bouteille et la vida d'un trait.

— Six morts. Les morts, on dirait qu'il n'y en a que pour eux. Personne ne s'inquiète des centaines de blessés. Parfois, on se demande si ça vaut le coup de vivre.

Charlie étudia son père comme il n'avait pas pris la peine de le faire depuis longtemps : le long nez droit dont il avait hérité, les veines gonflées du cou, le front haut et méfiant, les yeux calculateurs. Ses sourcils à lui deviendraient-ils aussi blancs que ceux de son père ? Aussi touffus ? Son menton se relâcherait-il, l'arthrite engourdirait-elle ses doigts ? C'est alors qu'il remarqua la belle montre en argent que son père portait au poignet.

— Elle est neuve ?

— Quoi ? Ma montre ? On me l'a donnée. Une famille que j'ai aidée, hier. Pour me remercier.

Charlie eut une moue sceptique.

Tu parles, tu l'as ramassée par terre, oui.

— Comment s'appelaient-ils, ces gens ?

— Je ne m'en souviens pas.

— Tu es sûr ?

— Ils ne me l'ont pas dit.

Charlie posa sa bouteille de soda encore à moitié pleine et se leva.

— Il faut que j'y aille.

Isaac lui jeta un regard écœuré, comme si une mouche était tombée dans son potage.

— Pourquoi tu ne me fais pas confiance ?

— Je n'ai pas dit ça.

— Tu n'as pas besoin de me le dire. Mon pauvre gars, c'est triste.

— Qu'est-ce qui est triste ?

— Que tu ne me croies pas, pour la montre. Toi, tu considères que les gens ne sont pas capables de faire un beau geste. De dire merci.

— Et toi tu ne te souviens même pas de leur nom ?

— C'est ce que je raconte, mais ça prouve quoi ?

Charlie soupira.

— Sophie s'inquiétait pour toi, voilà pourquoi je suis passé te voir.

À la mention de sa petite-fille, la mauvaise humeur d'Isaac se dissipa. Il releva la tête avec un sourire.

— Ah bon ? Elle s'inquiétait pour son vieux pépé ?

— Oui. Elle a essayé de t'appeler, mais le téléphone était coupé.

— Mon petit ange…

— Elle voudrait que tu lui téléphones.

— Elle va bien ?

— Bon, salut, p'pa, à plus tard.

Isaac posa les deux mains à plat sur les bras de son fauteuil et se leva d'un air furieux.

— Charlie, je te demande si ma petite-fille va bien !

— Tu ne crois pas que tu aurais pu me poser la question avant ? jeta Charlie en guise d'au revoir.

7

En remontant dans sa voiture, Charlie entendit la radio de bord grésiller. Un appel.

— Oui ? jeta-t-il d'un ton sec.

— Chef ? C'est Hunter. Nous avons trouvé un numéro de téléphone sur une serviette en papier dans le sac de Jenna Pepper. Pas de nom, rien qu'un numéro. Devinez qui a répondu quand on a appelé ?

— Je ne suis pas d'humeur à jouer aux devinettes, Hunter.

— Jake Wheaton.

— Hein ?

— Vous voulez qu'on y aille ?

— Non, je m'en occupe.

Charlie reposa son micro et partit sur les chapeaux de roues.

Les Wheaton vivaient à l'autre bout de la ville dans un terrain vague encombré de carcasses de voitures. Les vieux bâtiments de ferme étaient couverts de graffitis, et Charlie se demandait souvent ce qui poussait dans les champs. En tout cas, le parc à caravanes de l'autre côté de la route abritait un trafic de drogue.

Il trouva Jake Wheaton, dix-neuf ans, dans l'allée. Il était penché sur un pick-up Chevrolet rechromé qui semblait bon pour la casse. Le garçon tenait une torche entre ses dents, ce qui lui laissait les mains libres pour bricoler le moteur de ses doigts graisseux.

— Jake ?

La surprise lui fit lâcher la torche, qu'il rattrapa d'une main. Il fit un sourire vaseux à Charlie.

— Salut, m'sieur l'agent.

Il était soûl, ou défoncé, ou les deux. De gros vaisseaux rouges sillonnaient le blanc de ses yeux.

— Je peux te parler une minute ?

— Pour quoi faire ?

— J'ai deux ou trois questions.

— Bon, d'accord.

Il avait un piercing dans la langue et était d'une maigreur à faire peur. Ses tatouages n'étaient pas mal, plutôt beaux, même : de fins anneaux noirs en haut des bras, et des symboles ésotériques des coudes aux poignets. Il avait les cheveux longs, passés derrière les oreilles, et portait un T-shirt large et un jean taché à l'eau de Javel.

— Tu as appris ce qui est arrivé aux Pepper ?

Jake hocha la tête.

— Dis, tu peux couper le moteur ?

Jake alla tourner la clé de contact, puis s'affala derrière le volant et alluma une cigarette.

— Éteins-moi cette cigarette tout de suite !

Jake obéit.

Charlie attendit qu'il redescende de la cabine, mais comme le jeune homme ne se décidait pas à bouger, il s'approcha.

— Qu'est-ce que tu fais ?

— Je me repose.

— Sors de là.

Jake obéit. Il avait l'air d'un zombi.

— Donc tu sais que les Pepper ont été tués pendant la tornade ?

— Oui, je l'ai entendu à la télé… C'est pas marrant de mourir comme ça.

— Tu les connaissais ?

— Ben oui, Danielle. Et puis une de mes copines suivait les cours de Mme Pepper en arts ménagers.

— Ah ! En cours d'arts ménagers... Mais tu la connaissais personnellement ? Mme Pepper, je veux dire. Ou c'était seulement par ta copine ?

— Comment ça ?

— Est-ce que toi et Jenna Pepper aviez des contacts personnels ?

Jake ne réagit pas. Il se contenta de jeter un coup d'œil vers la route.

— Elle nous invitait à venir manger ce que ses élèves avaient préparé dans la journée. Des frites, des burritos, des trucs de ce genre.

— Donc vous alliez vous régaler après les cours ?

— Ouais, voilà.

— Et tu discutais un peu avec elle ?

Il prit un air innocent.

— Ben oui.

— De quoi vous parliez, tous les deux ?

— Qui ? Moi et Mme Pepper ?

— Oui, c'est ça, toi et Mme Pepper.

— De rien. De tout et de rien.

— Comme quoi ?

— La vie, tout ça... et une fois, elle m'a emmené faire un tour dans sa Pontiac.

— Ah oui ? Quand exactement ?

— Heu... six mois... en gros...

— Six mois ?

— Ouais.

— Et vous avez fait quoi ?

— À quel niveau ?

Ils échangèrent un regard.

— Où elle t'a emmené ?

— Dans la campagne. On cherchait des citrouilles.

— Hein ?

— Elle devait acheter des citrouilles pour son cours, et elle avait besoin qu'on l'aide. Elle voulait apprendre à ses élèves à faire de la tourte à la citrouille. On en a acheté des tonnes. Plein le coffre.

— Et il s'est passé quoi d'autre pendant que vous cherchiez des citrouilles ?

La question ne plut pas du tout à Jake.

— Je ne vois pas.

— Je vais t'expliquer : on a trouvé ton numéro de téléphone dans son sac.

— Eh ben quoi ?

— Pourquoi est-ce qu'elle avait ton numéro, Jake ?

— Je ne sais pas, moi.

— Tu es sûr ? Tu ne sais vraiment pas ?

Jake secoua la tête.

— Dis-moi, Jake, tu aimes bien sourire, hein ?

— Et alors ?

— Tu aimes bien les dents, en général ?

— Quoi ?

— C'est une question comme une autre.

— Vous voulez savoir si j'aime les dents ?

— Je veux surtout savoir pourquoi elle avait ton numéro dans son sac.

Jake haussa les épaules, le regard vide. Il ne donnait pas l'impression d'avoir grand-chose dans la tête.

— Allez, tu ferais mieux de parler, mon garçon.

Après quelques minutes de résistance, il craqua.

— Le jour des citrouilles, on est sortis ensemble.

— Vous vous êtes embrassés ?

— Ouais.

— Quoi ? Tu as embrassé Mme Pepper, la prof d'arts ménagers ?

— Oui, je vous jure.

— Vous avez été plus loin ?

— Plus loin que quoi ?

— Tu as eu des relations sexuelles avec elle ?

— Non, on a... non.

— Donc vous avez fait des trucs pendant que vous cherchiez des citrouilles. Et tu l'as revue après ?

— Deux fois. On l'a revue deux fois.

— Qui ça, « on » ?

— Hein ?

— Tu as dit : « On l'a revue deux fois. »

— Non, « je », je l'ai revue deux fois.

— Il y avait quelqu'un d'autre sur le coup ?

Il ne répondit pas, le nez baissé sur ses chaussures, des chaussures de chantier répugnantes dont les lacets traînaient par terre.

— Alors, Jake, tu me réponds ?

— J'ai pas envie.

— Tu veux que je t'emmène au poste ?

— Vous m'arrêtez ?

— Pas aujourd'hui…

Son visage n'exprima ni inquiétude ni colère et il se contenta de remonter dans le pick-up, puis de remettre le moteur en marche.

— Où étais-tu, hier après-midi ? demanda Charlie en s'accoudant à la portière pour lui parler par la vitre baissée.

Jake alluma la radio. Un rap éclata, et il se mit à hocher la tête au rythme des paroles. Il devait avoir de la bouillie à la place du cerveau.

— J'ai envie de t'envoyer une convocation, pour mettre tout ça au clair, lui annonça Charlie.

Jake tambourina du bout des doigts sur le volant.

— Tu m'as entendu ?

— Ouais, OK.

— Tu accepteras de déposer ?

— Je verrai…, maugréa-t-il en donnant un coup sur la carrosserie pour clore la discussion.

8

Charlie termina la matinée par sa conférence de presse. Il révéla comment étaient morts les Pepper et tâcha de répondre de son mieux aux questions des journalistes. La nouvelle se répandit comme une traînée de poudre dans la ville atterrée. La quincaillerie allait être dévalisée en verrous et l'armurerie en munitions.

Dès midi, des centaines de curieux avaient envahi les environs. L'Institut des catastrophes naturelles prenait en charge le repérage du trajet de la tornade, tandis qu'une équipe de la FEMA travaillait à répertorier l'intensité de celle-ci sur l'échelle de Fujita. Plus d'une trentaine de maisons avaient été détruites dans le secteur de Black Kettle, cent cinquante autres avaient subi des dommages très importants, et cinq cents foyers étaient encore privés d'électricité. La tornade avait soufflé sur plusieurs centaines d'hectares de champs irrigués, emportant les systèmes d'arrosage automatique. Sur son trajet, le vert tendre du mois d'avril avait laissé place à un désert jaune.

À la morgue, Charlie et Duff achevèrent d'extraire les projectiles des corps et les examinèrent avant de les envoyer au laboratoire régional pour un examen plus approfondi.

— Espérons qu'ils trouveront quelque chose d'utilisable, commenta Duff.

Ensuite, Charlie retourna à Shepherd Street, chez les Pepper, où le bourdonnement du générateur lui parvint aux oreilles avant même qu'il descende de voiture. Il fit le tour par l'arrière, où l'herbe du jardin était jonchée de morceaux de toit, et où les rares arbres encore debout retenaient des détritus dans leurs branches dénudées. Il ôta ses lunettes de soleil et ouvrit la porte de la cuisine.

Mike Rosengard leva la tête.

— Salut, chef.

— Tiens, Mike, qu'est-ce que vous faites là ?

— Je sais que vous m'aviez donné une semaine de vacances, chef, mais je ne peux quand même pas rester assis sur mon derrière avec tout ce qui se passe !

Mike était arrivé de Boston onze ans plus tôt. Là-bas, la police avait du pain sur la planche. Des affaires sérieuses, pas des descentes minables pour arrêter des petits trafiquants, ou de simples interventions pour cambriolages ou violences domestiques. Charlie avait souvent peur que son meilleur inspecteur ne finisse par s'ennuyer avec leur maigre moisson d'homicides ; là, au moins, il allait devoir résoudre une énigme digne de Boston.

Il se pencha sur l'évier et saupoudra de la poudre bleue à empreintes digitales sur le robinet. Son front ressemblait à du granit poli, et dans ses cheveux épais et noirs poussait une mèche prématurément blanche, comme si ses soucis, par là, sortaient de son cerveau. Il portait un costume-cravate, sans faux pli.

— L'assassin semble bien connaître les méthodes policières. Il a laissé des empreintes lisses, des empreintes de gants. Ça ne me plaît pas !

— Voilà qui ne va pas me remettre de bonne humeur.

— J'ai entendu parler des dents. Hunter m'a raconté.

— Il vous a aussi parlé des projectiles ?

— Oui, les projectiles, les dents, la totale.

Le vent gémissait dans la charpente.

— Vous avez trouvé où vous reloger ? demanda Charlie.

— Nous sommes chez mon beau-frère. Il a fallu se mettre d'accord sur les places de stationnement et l'heure de nos douches. J'ai l'impression d'être retourné en cité universitaire. (Il se frotta le front, laissant une trace de poudre bleue entre ses yeux, comme un troisième œil.) Je fais ce que je peux pour que les garçons ne fassent pas de bruit, mais hier soir Sammy n'arrêtait pas de pleurer. Enfin, je n'ai pas de quoi me plaindre. Nous ne sommes pas à la rue et nous mangeons à notre faim. Nous avons surtout la chance d'être encore en vie.

— Si je peux faire quoi que ce soit… N'hésitez pas à me demander.

— Merci, patron.

Charlie remarqua que les manches de son costume lui arrivaient trois centimètres au-dessus des poignets, et qu'il portait une étrange cravate bleue à pois verts.

— Là, c'est sûr qu'il faudrait faire quelque chose, commenta Mike avec un sourire en surprenant son regard.

— Je peux vous passer quelques cravates. Je doute que mes costumes vous aillent.

— Les cravates, volontiers. Celle que j'ai est à mon beau-frère, et c'est sa plus classique.

— Bon… Donc l'assassin portait des gants ?

— Oui, ce qui veut dire que le crime était prémédité.

— Les coups répétés, la violence, ça évoque une grande colère, une vengeance personnelle, peut-être.

— D'après vous, il connaissait les victimes ?

— C'est un peu tôt pour l'affirmer.

— Mais la préméditation et la férocité de l'agression le suggèrent.

— C'est une possibilité.

Charlie ouvrit le réfrigérateur pour en inspecter le contenu : des boîtes en plastique contenant des restes, une assiette de vieilles pommes de terre sautées, une tranche de tarte au citron meringuée enveloppée dans du papier d'aluminium. Il referma la porte et examina les aimants. Des personnages de bandes dessinées, un Smiley avec un impact de balle dans le front, une fusée phosphorescente. Ils étaient espacés régulièrement, mais un vide au milieu laissait penser qu'il en manquait un. Il rangea cette observation dans un coin de sa tête.

— Dès que vous aurez cinq minutes, je voudrais que

vous appeliez nos contacts au service météo national pour qu'on nous envoie des photos de l'orage d'hier.

— Bonne idée. Le secteur devait grouiller de chasseurs de tornades munis d'appareils photo numériques.

— Des chaînes de télé régionales ont aussi envoyé des équipes pour filmer la tornade. La voiture de notre client est peut-être dans le tas.

— Marque, modèle et plaque, pendant qu'on y est.

— On pourrait tomber sur deux ou trois témoins.

Un rayon de soleil tapait sur les débris de verre sous la fenêtre. Une branche était passée au travers de la vitre et avait déchiré le rideau décoré de petits chevaux. Le plâtre de l'encadrement était fendu et effrité. Le dessus du comptoir s'était déformé sous la trombe de boue et d'eau qui s'était engouffrée dans la pièce. Charlie imagina Rob Pepper dans son jardin en train de tailler ses arbres. Un homme sympathique, travailleur, qui n'avait eu d'autre ambition que de faire tourner son exploitation. Jenna, elle, avait sans doute espéré autre chose de la vie, avec son air d'être toujours ailleurs. Rob se doutait-il qu'elle le trompait ? Et avec un adolescent, par-dessus le marché !

Un épervier à queue rouge survolait les champs à grands coups d'ailes.

— D'ici, on peut accéder à la nationale assez vite, observa Charlie.

— Entre la voie de chemin de fer et la nationale, la route ne dessert qu'une demi-douzaine de fermes isolées.

— Ce qui explique que personne n'ait rien remarqué d'inhabituel. Pas de véhicule inconnu, pas d'activités suspectes. Duff dit que ce n'est pas très difficile de fabriquer un couteau en bois. Il m'a décrit la méthode.

— C'est l'arme du crime ? Un couteau en bois ?

Couteau en bois, poignard en bois, surin en bois, lance en bois, pique, pieu..., il allait falloir choisir un terme.

— Nous avons dénombré huit armes qu'on a fait passer pour des débris volants. Des balustres d'escalier, des pieds de chaise, des piquets de barrière, de tout. La méthode est tellement astucieuse que nous aurions très bien pu passer à côté.

— Mais… quand même, je m'étonne qu'on puisse tuer avec une arme en bois.

— Duff pense que les victimes étaient inconscientes quand elles ont été poignardées, ce qui aurait facilité la tâche du tueur. Il faut trouver un point d'entrée en évitant les os, et frapper fort.

Mike reposa son pinceau à empreintes.

— Attendez, on aurait affaire à un vrai malade, là…

Charlie se massa les tempes.

— Les radios montrent de multiples traumatismes. Fractures, lacérations, abrasions. Nous pensons qu'il a assommé les victimes, mais que ce sont les coups de poignard qui les ont tuées. Jenna est morte d'une obstruction de la trachée. Les autres se sont vidés de leur sang.

— C'est fou… Il s'est servi de quoi pour les assommer ? Une planche, une batte de base-ball ?

— Duff a trouvé des échardes dans certaines blessures défensives.

— Donc… ?

— Donc une massue, peut-être. Par exemple une branche avec un nœud à un bout. Efficace comme matraque. Les nœuds sont plus lourds, plus denses, ce qui donne davantage de force. L'arme pourrait se trouver encore sur la propriété.

— Vous vous rendez compte de ce que ça implique ? Il aurait apporté ses armes avec lui. Il fallait que l'assassin sache qu'une tornade allait passer ici hier après-midi. Je voudrais bien savoir comment il s'y est pris pour le deviner.

— Nous allons procéder à une nouvelle fouille systématique du terrain pour chercher un morceau de bois portant du sang ou des résidus de cervelle. Où est Lester ?

— En haut. Il fait les poussières.

— J'espère que Hunter le surveille. Je ne veux pas que la moindre fibre nous échappe.

— Oui, patron, il lui colle au train depuis ce matin.

Charlie se dirigea vers l'escalier. Lester n'était pas très rigoureux dans la collecte des indices. Il devait souffrir de ne pas avoir la confiance de son supérieur, mais il ne méritait pas mieux, ce gros paresseux qui ne se remettait pas de ses anciens succès de star du foot. Leurs rapports se détérioraient depuis sa promotion au poste de second. Mike avait été le poulain de Charlie, mais c'était Lester qui avait été nommé à sa place, un an plus tôt, à cause de ses protections politiques. Il était parent du maire. Charlie poussait Mike, et Whitmore défendait Lester. Il n'y avait pas eu de match. Charlie avait très mal pris cette ingérence, et leurs relations en souffraient.

En haut, le parquet craquait. Charlie trouva Lester dans la chambre de Danielle, décorée d'une frise de bleuets au pochoir, ouverte à l'est. Les jours ensoleillés, c'était sans doute la pièce la plus gaie de la maison. Lester était vautré à plat ventre sur le lit.

— Lester ?

Celui-ci se releva, un mini-aspirateur à la main. Il avait les yeux injectés de sang, comme s'il dormait mal.

— Salut, patron.

— Dites, Lester... Vous faites le boulot correctement, j'espère.

— Bien sûr, patron, répondit-il avec un froncement de sourcils.

— Suivez les conseils de Hunter, d'accord ?

— Je sais ce que je fais !

Des animaux en peluche s'amoncelaient sur le lit défait... des peluches bon marché, fabriquées à Taiwan. Charlie inspecta la collection de poupées de porcelaine qui le fixaient de leurs yeux inexpressifs. Il y avait un cube de photos en Plexiglas sur le bureau désordonné, avec un cliché de Danielle en camp de vacances. Elle portait un T-shirt qui disait « Jésus t'♥ » et souriait, le soleil dans les yeux. Une pile de cassettes de rock se dressait à côté d'un lecteur sur la table de nuit. Très oppressé, Charlie les passa en revue, devinant une présence étrangère. Quelqu'un était passé par là et avait redressé les cassettes, il en était sûr. Impression peu fondée, mais tenace. L'alignement était trop parfait pour être l'œuvre de cette gamine.

— Vous avez touché aux cassettes, Lester ?

— Non.

— Vous en êtes bien sûr ?

Lester accueillit cette nouvelle vexation avec un sourire contraint.

— Tout à fait sûr, patron, pourquoi ?

— Passez l'aspirateur dans cette zone avec un soin particulier. Et ne touchez pas aux cassettes. Demandez à Mike de relever les empreintes. Compris ?

— Vous pourriez me faire un peu confiance, chef !

Le bruit du générateur monta dans le silence.

— D'où venait le sang ? lui demanda Charlie à brûle-pourpoint.

— Quel sang ?

— Celui que vous aviez sur les mains hier quand je suis arrivé. Vous aviez de la boue sur les vêtements et du sang sur les mains.

— J'ai dû toucher le corps… de la petite, Danielle. Je sais qu'on est censé ne toucher à rien, mais il fallait bien que je m'assure qu'elle ne vivait plus, chef. J'ai peut-être aussi un peu touché le matelas.

Charlie hocha lentement la tête.

— Bon, d'accord, je n'aurais pas dû. Il ne faut rien toucher, mais je ne savais pas s'ils étaient morts.

— Pourtant, ce n'est pas ce que vous m'avez dit quand je suis arrivé.

— Hein ?

— Quand je suis entré dans la chambre, j'ai vu le corps de Danielle dans le coin, mais je n'ai pas vu Rob. Rob est tombé du plafond pendant que j'étais dans la pièce.

— Je l'avais vu, chef. J'ai levé ma torche pour regarder le trou dans le plafond. Le corps était pris dans la charpente. J'ai aussi vu Jen… Jenna, dans l'arbre. Putain, c'était horrible…

— À propos, je voudrais bien savoir ce que vous faisiez là-bas, hier. Ce n'était pas votre jour de congé ?

— Je chassais la tornade, répliqua Lester, sur la défensive.

Il avait l'air vraiment épuisé.

— J'allais vers le nord, par la nationale, quand j'ai vu le cumulonimbus au-dessus de moi. Je me souviens de m'être dit à un moment : « Putain, toutes ces feuilles qui volent ! » Mais ce n'étaient pas des feuilles, c'étaient des morceaux de pneu et des branches et plein de trucs. Et puis j'ai vu une voiture qui faisait des tonneaux dans un champ, et je me suis dit : « Putain de merde, je suis en plein dedans ! Je suis foutu. » J'ai appuyé sur le champignon. Je faisais au moins du cent cinquante. J'ai pris la sortie de Shepherd Street, et c'est comme ça que j'ai abouti chez eux.

— Donc vous avez fait demi-tour pour venir ici ?

— J'étais à l'est sur la 412. J'ai pris la sortie de Shepherd Street et j'ai vu le carnage. Je me suis arrêté pour essayer de faire quelque chose. J'ai cru que je pourrais…

Il secoua la tête, les yeux pleins de regrets et d'un autre sentiment que Charlie n'arrivait pas à analyser.

— Vous connaissiez les Pepper, non ?

— Oui. D'ailleurs, j'ai appris, pour Jake Wheaton. J'aimerais participer à l'interrogatoire.

— Je préfère m'en occuper avec Mike.

— Je voudrais être présent.

— On verra, répondit Charlie on lui donnant une tape dans le dos. Travaillez bien.

— Où allez-vous, patron ?

— Discuter avec le spécialiste des vents.

9

Le Laboratoire d'étude des vents était enfoncé au deuxième sous-sol du Centre de recherche atmosphérique de l'université de Montoya, à Dryden, Oklahoma. Charlie entra dans le hall jaune bulldozer et prit un monte-charge pour descendre de deux niveaux. Des couloirs moquettés de gris menaient aux installations : lancement de missiles, cuves hydrodynamiques, tunnels à vent. L'atmosphère était fraîche et sèche, et les murs vibraient du bourdonnement sourd des nombreux générateurs que renfermait le bâtiment.

— Attention où vous mettez les pieds, conseilla Rick Kripner en le guidant.

Rick avait la petite trentaine, se tenait très droit, comme un homme qui a reçu une éducation stricte, et avait l'air extrêmement distrait. En bon petit génie scientifique qu'il était, il collectionnait les stylos comme un chien les puces. Ils s'étaient déjà vus deux fois, et à chaque rencontre Rick s'était montré des plus serviables, toujours prêt à lui expliquer tout ce qu'il voulait, mais ce n'était pas lui que Charlie venait voir.

— Elle n'en a plus pour longtemps, indiqua Rick. Dix minutes, environ. Nous préparons une expérience.

Il s'exprimait d'une voix rêveuse en tapotant les poches de sa blouse de laboratoire, comme s'il cherchait quelque chose.

Ils traversèrent un couloir étroit où passaient des canalisations et des câbles électriques. Par là, on accédait à l'arrière du laboratoire, immense hangar de vingt mètres de haut où était monté un énorme tunnel métallique, posé sur des béquilles de sept mètres. Charlie repéra au moins deux autres tunnels semblables dans cet espace gigantesque, avant de suivre Rick en haut d'un escalier blanc qui menait à une pièce de contrôle aux parois vitrées.

Rick s'assit derrière la console et tourna quelques boutons.

— Vous voulez bien fermer la porte ?

Charlie obéit, et le bourdonnement s'étouffa. Il s'assit dans un fauteuil pliant métallique très froid et contempla le tunnel à vent. Le long caisson était percé de lucarnes d'observation tout du long, qui lui permettaient de voir Willa Bellman à travers les vitres. Elle bricolait une réplique d'immeuble. Elle portait un T-shirt blanc sous sa blouse de laboratoire, des ballerines noires et un pantalon kaki décoré de petites fermetures Éclair sur les poches et horizontalement en bas des jambes. Pas ordinaire. Il appréciait ses goûts originaux.

— Devine qui est là, dit Rick.

— J'arrive tout de suite, répondit Willa sans relever la tête.

L'interphone était branché.

— Prenez votre temps, lança Charlie.

Les voix résonnaient à cause de l'environnement de béton.

Fluette, jolie, à peine trentenaire, elle avait la peau fine et blanche et des yeux bleus pleins de curiosité. Ses cheveux étaient noirs et bouclés, et son visage ciselé lui donnait un air de chat de race. Six mois plus tôt, ils avaient passé tout un après-midi dans le laboratoire de terrain à discuter des procédures d'alerte en cas de tornade. Le laboratoire de terrain était perché dans une tour météorologique de cinquante mètres de haut et servait à recueillir des données.

Ils avaient travaillé si près l'un de l'autre qu'il se souvenait de tous ses parfums : shampooing à la fraise, pastilles à la menthe, vague odeur de naphtaline de son gros pull...

— Je vous ai vu à la télévision ce matin, annonça Rick.

Charlie hocha la tête, impassible.

— Ces gens dont vous parliez, ils ont été assassinés ?

— Je ne peux pas trop entrer dans les détails.

— Oui, je comprends. Je ne sais pas comment vous faites pour travailler tout le temps avec des cadavres. Moi qui me trouve mal dès que quelqu'un saigne du nez !

— C'est mon boulot.

— Et vous êtes venu pour le boulot aussi ? Si vous voulez que je vous aide à comprendre quelque chose, je serai ravi de vous rendre service.

Charlie avait l'habitude de ces enthousiasmes de bon citoyen. Il regarda sa montre.

Devant eux, à une dizaine de mètres, Willa s'énervait sur sa maquette.

— Eh merde ! saleté de truc !

— Doucement, intervint Rick, nous avons de la visite, je te le rappelle.

— La pression en est où ?

Il appuya sur une touche du clavier de l'ordinateur.

— Calme plat.

— Comment ça ?

— Il n'y a rien, c'est mort.

— Je n'y crois pas !

Charlie sourit, mal à l'aise. Il commençait à avoir trop chaud. Il ne l'avait pas vue depuis six mois. Pourquoi ne l'avait-il pas appelée ?

— Ce n'est pas possible que ça ne marche toujours pas !

Elle acheva ses modifications puis poussa un soupir excédé.

— Qu'est-ce qu'on fait, Rick ?

— Je ne sais pas. On demande à Gordo de recommencer ?

— J'en ai plus que marre d'attendre que Gordo se décide à faire correctement son boulot ! Je veux que cette expérience soit aussi précise que possible.

Elle se pencha avec impatience sur sa tour d'immeuble.

— Attention, tu vas t'éborgner !

Elle se redressa et ôta ses chaussures d'un coup de talon.

— J'en ai ras le bol !

— Elle s'énerve trop, commenta Rick en coupant l'interphone. Ses données sont très fiables, mais ça nous ralentit beaucoup et nos commanditaires sont pressés. Jacobs va nous sonner les cloches.

Il fouilla à nouveau dans ses poches.

— Mais qu'est-ce que j'ai bien pu faire de mes clés ?

— Qui ça ? demanda Charlie.

Willa descendait du tunnel par l'échelle. Elle avait laissé ses chaussures en haut.

— Le Pr Jacobs ? C'est le directeur de cet asile de fous.

Willa entra dans la salle de contrôle, l'œil vif, les joues roses.

— Ah ! Bonjour, chef Grover ! s'exclama-t-elle en lui serrant la main. Ça fait un siècle qu'on ne vous avait pas vu.

— Appelez-moi Charlie.

— D'accord, Charlie. Alors j'ai un copain flic, maintenant !

Elle lui fit un clin d'œil complice, puis récupéra un porte-documents en cuir sur la console.

— Tu ne voudrais pas me rendre un service, Rick ? demanda-t-elle en ajoutant des feuilles à une pile de dossiers branlante. Tu pourrais finir les statistiques des tests d'impact pour moi ? Je suis en retard.

Il se balança sur sa chaise.

— D'accord, mais seulement si tu me remplaces vendredi.

— Pas de problème.

— C'est sûr ?

— Oui, vendredi, ça me va.

Il prit les dossiers et les cala sous son bras.

— Il s'agit de tests pour juger de la solidité des abris antitornades d'une société privée, expliqua-t-elle à Charlie.

— Et c'est pas la gloire, marmonna Rick.

— On se coltine ce genre de clientèle tout le temps, précisa-t-elle en jetant à Charlie un regard tellement sérieux qu'il en eut un coup au cœur. Ils veulent à tout prix leur certificat, mais souvent leur produit n'est pas aux normes, c'est une vraie merde. Ça s'effondre au premier pet de souris.

— La délicatesse faite femme, fit remarquer Rick avec admiration.

— Si nous n'étions pas là, rien ne les empêcherait de mettre ces cochonneries sur le marché.

— Ah ! Vous voilà, traîtresses ! s'exclama Rick en ramassant un gros trousseau de clés sur la console. Elles étaient sous mon nez.

— Où vas-tu ? lui demanda Willa.

Je vais dans mon bureau manger mon sandwich au thon derrière ma montagne de paperasse.

— Ne te plains pas, tu te rattraperas vendredi. À propos, j'oubliais, j'ai besoin du rapport à cinq heures, ça ira ?

— C'est faisable. Au revoir, chef Grover, ajouta-t-il en se tournant vers Charlie. Ravi de vous avoir revu.

— Moi aussi, au revoir, Rick.

Rick sortit de la salle de contrôle et Charlie se retrouva en tête à tête avec Willa. Il y eut une gêne, passagère mais notable, qu'elle réussit à surmonter avec légèreté, alors que lui enfonçait ses mains dans ses poches comme un balourd.

— Vous voulez un coca ? proposa-t-elle.

Elle remonta ses boucles noires sur sa tête, laissant des mèches jouer autour de ses oreilles – des oreilles rondes et nacrées comme des coquillages.

— Sans coca, on ne tiendrait jamais le coup, ici, ajouta-t-elle.

— Je veux bien, merci.

Elle ouvrit le petit réfrigérateur et en sortit deux canettes qu'elle ouvrit avant de lui en tendre une. Leurs doigts se frôlèrent au passage, et il se rendit compte qu'elle avait les yeux gris et non pas bleus comme il l'avait cru. Des yeux couleur crépuscule, gris pur. On devait pouvoir se perdre corps et âme dans ces yeux ombreux.

— J'étais là-bas hier, lui apprit-elle. À Promise.

Il retomba sur terre.

— Je courais après de petits orages dans le Nord quand je me suis arrêtée pour prendre de l'essence. J'ai bien cru que je n'arriverais pas à ouvrir ma portière tellement le vent soufflait. (Elle serra sa blouse blanche autour d'elle avec un frisson.) Un vent glacé, ce qui voulait dire que j'étais au nord du front froid. Donc, si je descendais vers le sud, à l'instant où je sentirais la chaleur, je serais pile au point de rencontre des deux courants. Je suis arrivée juste à temps. C'était une tornade classique en corde, force 3, d'après moi. En tout cas, les dommages étaient de type 3, je vous le garantis.

— Oui, il y a eu beaucoup de casse.

— Nous avons entendu parler des meurtres. La journée a dû être rude pour vous. Comment va votre fille ? ajouta-t-elle avec gentillesse.

— Très bien, merci.

Ainsi donc, elle se souvenait, après six longs mois. C'était encourageant.

— Ma mère est morte quand j'avais douze ans, ajouta-t-elle. Je sais que ce n'est pas facile.

— Elle n'a pas l'air de trop souffrir.

— Croyez-moi, c'est sûrement beaucoup plus dur pour elle que vous ne le pensez…

À part son regard chaleureux, son visage restait neutre.

— Donc, Charlie, qu'est-ce qui vous amène ?

— J'ai quelques questions de climatologie à vous poser.

Elle s'enfonça dans un fauteuil, sourcils froncés.

— Je vous écoute.

— Je voudrais savoir si un chasseur de tornades peut prévoir avec certitude le moment et l'endroit où une tornade va frapper.

— Si on pouvait tout prévoir, on s'amuserait beaucoup moins. C'est pour cette raison qu'on apparente la recherche des tornades à la chasse. Ce que nous aimons, c'est traquer la proie, anticiper ses réactions.

— Donc il y a une grande part de hasard ?

Elle pencha la tête en arrière pour avaler une gorgée de coca.

— La météorologie est une science inexacte, mais la nature nous donne tout de même quelques indications. Par exemple, plus l'orage est stable, plus il a de chances de devenir violent. Et puisque les tornades naissent pendant les orages les plus violents, ce sont ces orages-là que nous poursuivons. Les très gros orages stables.

— Bien, et comment s'y prend-on pour les trouver ?

— On se lève tôt, et on écoute la météo !

— C'est tout ?

— Non, admit-elle avec un sourire. On se branche sur Internet pour avoir accès à un logiciel de modélisation des orages. On étudie les graphiques pour voir comment on se situe, et puis on compare avec les photos satellites et les images radars pour établir une estimation.

— D'accord. Mettons que j'aie rassemblé toutes les informations nécessaires, je fais quoi ?

— Vous vous placez sous un orage très puissant, et vous attendez.

— C'est tout ?

— On regarde, et on réagit en fonction de ce qui se passe.

— Mais encore ? On cherche quoi, exactement ?

Elle se mit à rire.

— Exactement, exactement… Vous êtes exigeant, vous !

— Ah oui ?

— Oui.

Il lui sourit, et elle lui rendit son sourire.

— On cherche des murs nuageux, des tours, des enclumes. On cherche le mouvement, la rotation. Parfois, le temps est tellement brumeux qu'on ne voit même pas sa main. D'autres fois, il y a tellement de turbulences qu'on ne sait plus de quel côté se diriger. Si on a de la chance et qu'on remarque un phénomène intéressant, on se choisit un trajet qui permettra d'intercepter la tornade en formation.

Elle rit devant son air perplexe.

— Vous n'y connaissez vraiment rien, hein ?

— Mon père m'a emmené une fois avec lui. Ç'a été la catastrophe !

— Pourquoi ?

— On s'est retrouvés en pleine inondation, au milieu des éclairs, sous la grêle. Et nous n'avions quasiment plus d'essence.

Le regard de Willa s'éclaira.

— Votre père, c'est le monsieur aux cheveux blancs qui porte toujours un chapeau de cow-boy ?

— Vous le connaissez ?

— Je tombe sur lui de temps en temps.

Le courant passait entre eux, cela faisait des étincelles même, et, lui, il avait une sacrée frousse.

— Comment avez-vous appris à aimer les tornades ?

— J'ai grandi au Texas. Terre rouge, tempêtes de poussière, gros, gros orages. Il n'y avait pas grand-chose à faire dans notre village. Comme distractions, il n'y avait que l'église, le cinéma l'après-midi et la chasse aux tornades.

— Alors vous avez contracté le virus très jeune ?

— Oui, je suis une vraie droguée. Il me faut ma dose d'adrénaline.

— Vous partez souvent en expédition ?

— Dès que l'occasion se présente, dit-elle toujours avec un grand sourire. En fait, Charlie, il n'y a pas de règles dans le domaine, la chasse aux tornades, c'est un art.

Il fit tourner son fond de coca dans sa canette : il n'avait aucune envie de partir. Il aurait voulu lui proposer de la revoir, mais il n'osait pas. Les cicatrices rebutaient les gens, parfois. Il avait déjà lu du dégoût dans certains regards. Il ne voulait surtout pas voir cette répugnance sur son visage à elle. Au poste de police, il lui arrivait de remonter ses manches pour intimider les petits malfrats, les déstabiliser. Mais avec les femmes, on ne savait jamais. Il avait eu quelques aventures après la mort de Maddie. Enfin, « aventures » était un bien grand mot. De brèves rencontres dans des bars avec des secrétaires ou des vendeuses plus très jeunes. Assommé par l'alcool, il les avait suivies chez elles et ils s'étaient livrés à des ébats qui devaient tout à l'abus de whisky. Chaque fois, il s'était esquivé à la première occasion. Il s'en voulait de ne pas les rappeler, ne fût-ce que par courtoisie. Il aurait voulu ne pas se conduire comme les autres.

— Donc, vous n'avez chassé la tornade qu'une seule fois dans votre vie ?

— Il n'y a pas de honte à ça, j'espère ?

Elle devint rouge pivoine.

— Ça vous plairait, je vous assure. Cette sensation incroyable devant ces masses gigantesques qui évoluent dans le ciel, la route qui devient minuscule sous les éléments déchaînés… une vraie chasse au dragon. On fonce à cent vingt à l'heure, la grêle tombe, les éclairs strient le mur nuageux de haut en bas…

— Ça doit faire très peur.

— Oui, très, confirma-t-elle en jetant un coup d'œil à sa montre.

— Je vous retarde ?

— Un peu, mais je ne m'en plains pas.

Une décharge électrique fusa, mais Charlie, expert dans l'art de la dissimulation, enchaîna avec indifférence.

— Une dernière précision. Connaissez-vous quelqu'un qui soit vraiment doué pour chasser les tornades ? Je veux dire exceptionnellement doué ?

Elle prit une gorgée de coca et s'essuya la bouche du dos de la main.

— Je ne connais personne qui soit capable de prédire sans jamais se tromper quand et où une tornade va se former.

Ils s'observèrent un moment. Elle avait un regard ouvert, intelligent, généreux, qui lui plaisait infiniment. Il se leva, et posa sa canette vide sur son fauteuil.

— Eh bien merci pour votre aide…

— Je pourrais vous emmener chasser les tornades, un de ces jours, si vous voulez. Je vous montrerais les ficelles du métier. Vous verriez par vous-même à quel point elles sont imprévisibles.

— Vous savez où me trouver…

Une communication silencieuse s'établissait entre eux, des sensations effrayantes envahissaient Charlie. C'était un moment de gêne mais aussi de bonheur. La dernière fois qu'il avait ressenti des émotions semblables, c'était avec Maddie. Leur première nuit d'amour, elle avait tenu à le déshabiller, revenant à la charge dès qu'il repoussait ses mains. Il avait ôté ses chaussures – rien que les chaussures – puis il s'était allongé tout habillé sur le lit et était resté contre elle sans bouger pendant un long moment, redoutant son regard. Elle lui avait décrispé les poings, délicatement, puis elle lui avait embrassé la paume des mains. Elle avait pris son majeur dans sa bouche et l'avait sucé tout doucement, et il avait fini par la laisser lui déboutonner sa chemise, retirer son jean, le débarrasser de ses sous-vêtements. Il lui avait laissé l'initiative, le corps brûlant. Elle avait fait courir ses mains sur lui, légères, telle une plume sur sa chair meurtrie.

— Tu es beau, avait-elle murmuré. Comme une mappemonde… une belle carte du monde.

Tétanisé, il l'avait laissée explorer son corps, en entier, jusqu'à ce que la gêne se dissipe et que le désir l'emporte.

Il fit un pas vers la porte, mais Willa tendit le bras pour le retenir. Il remarqua qu'elle avait les ongles des mains vernis en bleu foncé, ainsi que ceux de ses orteils qui se devinaient à travers son collant couleur cannelle.

— Charlie, ce matin, quand j'ai entendu parler des meurtres… Je me suis rappelé quelque chose.

Il la laissa continuer.

— Vous vous souvenez de la tornade force 3 du mois de mars dernier, dans le Texas ?

— Non.

— Il y a eu beaucoup de gens ensevelis sous les décombres. Comme les secours n'arrivaient pas assez vite, nous sommes intervenus nous-mêmes. Il y avait une maison… de construction classique, une structure en bois simplement boulonnée à la dalle de fondation, sans attaches spéciales. Il faut être fou pour si mal se protéger dans le Couloir des tornades ! Elle s'est effondrée comme un château de cartes…

— Les occupants étaient chez eux ?

— Oui. Je ne me souviens pas de leur nom, un jeune couple. Ils avaient été transpercés par des quantités de projectiles… C'était horrible. L'homme était mort, mais la femme était encore à moitié consciente.

— Allez-y, continuez.

— Elle est morte de ses blessures cinq heures plus tard, mais, pendant que je la conduisais à l'hôpital, elle a dit des choses vraiment bizarres. Ça n'avait aucun sens, mais ça m'a perturbée.

— Elle disait quoi ?

— « Pitié, ne me tuez pas », ce genre de chose. Elle avait l'air terrorisé. « Quelqu'un est entré dans la maison… Non… Non… je vous en prie, ne nous faites pas de mal. » Elle répétait sans cesse les mêmes phrases. J'ai pensé qu'elle délirait, qu'elle souffrait d'hallucinations, mais maintenant je me demande si ce n'était pas plus sérieux.

Charlie fut du même avis qu'elle.

— Vous pouvez me donner l'adresse exacte ?

10

Dans l'après-midi, Charlie quitta les champs de blé et de tournesols et traversa la frontière de l'État pour entrer au Texas par l'est. La prairie était sillonnée de chemins de terre menant à des derricks qui régurgitaient quelques barils de pétrole chaque jour. On apercevait leurs longs cous d'échassiers métalliques au loin dans les collines caillouteuses, au milieu des mauvaises herbes. Un lièvre fila devant ses roues pour traverser la route, lui causant une belle frayeur.

Il prit la première sortie pour Wink. Des rouleaux d'épines cabriolaient à travers les champs en friche, et les ruines étaient couvertes de graffitis. La tornade de l'année précédente avait ravagé une bande de vingt-cinq kilomètres de long, à travers les comtés de Parson et de Cribbs, laissant une terre nue et des pylônes au bois raboté. Le centre de Wink ne consistait qu'en quelques rues, composées de maisons de plain-pied qui s'étalaient sous un ciel bas et gris. Les efforts déployés pour égayer le village montraient à quel point les affaires marchaient mal. Dans la rue principale, des ballons étaient accrochés aux parcmètres, et toutes les vitrines annonçaient des promotions.

Charlie suivit les panneaux et sortit de la ville en passant devant l'unique banque et son distributeur de billets. Poursuivi par une meute de chiens, il prit une route de campagne déserte. Au bout de quelques kilomètres, il s'arrêta devant un parc à caravanes, où, le toit de la mairie ayant été emporté par la tornade, le shérif avait provisoirement établi ses quartiers. Le Mirador Motor-In était équipé de branchements électriques, disposait de sanitaires communs et d'un petit restaurant de dix tables qui proposait en plat du jour une tourte à la patate douce. Au-dessus de la porte, le thermomètre Pepsi indiquait une température modérée de 28°.

Charlie trouva sans difficulté le trailer du shérif, un vieux modèle Bluebird Wanderlodge dont la peinture bleu et les garnitures argentées étaient éraflées par les impacts de grêle. Le shérif, Jimmy L'Amoureux, l'accueillit à la porte. D'origine amérindienne, avec une belle gueule usée par le soleil, ses cheveux épais lui descendaient jusqu'à la taille.

Le regard du shérif se perdit dans le lointain.

— Avant, on voyait ma maison d'ici. Mais mère nature a tout fichu par terre.

Ils se serrèrent la main. Avec son mètre quatre-vingt-quinze, Charlie avait l'habitude de dominer la situation, mais L'Amoureux le battait de cinq bons centimètres. Ils baissèrent la tête tous deux pour entrer dans le trailer.

— Je suis en plein travail, mais je peux vous accorder quelques minutes, annonça L'Amoureux, poli, mais froid.

— Merci, c'est gentil.

Charlie ôta son chapeau et le suivit dans l'espace étroit encombré de mobilier de bureau. Les parois étaient lambrissées de beau bois blond et, tout au bout, dans une kitchenette fonctionnelle, de la vaisselle sale s'empilait dans un évier en aluminium. Sur une vitre, quelqu'un avait écrit avec le doigt dans la poussière : « C'est sale ! »

— Asseyez-vous, dit L'Amoureux en prenant lui-même une chaise.

Il posa ses pieds chaussés de bottes de cow-boy sur le dessus d'un bureau tellement encombré qu'on n'en voyait plus le plateau.

— Vous avez l'air de vous remettre de la catastrophe, fit remarquer Charlie d'un ton aimable.

— Tu parles…

Charlie ne s'était pas attendu à ce genre de réaction.

— Moi aussi, j'ai eu ma phase optimiste, expliqua L'Amoureux en croisant les bras sur des pectoraux impressionnants. L'année dernière, quand on dégageait les débris. On en avait jusqu'à la taille, les voitures étaient en accordéon, tout était détruit, les maisons, les commerces... Et moi, je me disais : « On va s'en tirer, d'ici peu, on n'y verra que du feu. » Tu parles ! acheva-t-il avec un haussement d'épaules.

— C'est très dur ?

— Quand on apprend que l'usine ne va pas être reconstruite, ça vous fout un peu la journée en l'air. Elle employait soixante-quinze personnes. Trois autres entreprises sont parties. Alors, vous voyez, on se remet, mais tout doucement.

Charlie perdit patience.

— Écoutez, shérif, j'ai vraiment des emmerdes, et j'ai besoin de votre aide pour l'enquête. Pour les leçons de morale, vous repasserez.

L'Amoureux eut un sursaut et regarda Charlie droit dans les yeux.

— Bien, que me vaut le plaisir de votre visite ?

— Je voudrais tous les détails possibles sur le couple qui a trouvé la mort dans la tornade l'année dernière.

— Les Keel ? Audra était femme au foyer. Un joli brin de fille. Du genre hippie, à vouloir sauver les baleines. Matt était représentant. Il avait toujours les poches pleines de téléphones portables et de bips qui sonnaient à tout bout de champ. Il était photographe amateur ; on aurait dit un danseur de salon. Toujours tiré à quatre épingles.

— Il paraît que la maison s'est effondrée ?

— Oui.

— Et l'épouse était toujours en vie quand on l'a tirée des décombres ?

— Exact.

— Elle a dit quelque chose ?

L'Amoureux lui lança un regard en coin.

— Où voulez-vous en venir ?

Charlie vit bien qu'il n'aurait rien sans rien.

— Bon, écoutez, vous avez entendu parler de notre triple homicide, j'imagine ?

L'Amoureux hocha la tête sèchement.

— Au moment où passait la tornade, poursuivit Charlie, une famille a été assassinée de sang-froid, avec toutes les caractéristiques d'un meurtre rituel. Ils ont été tués avec des armes en bois, fabriquées pour ressembler à des projectiles.

— Donc vous venez m'annoncer bien gentiment que les Keel ont été assassinés eux aussi ?

— C'est ce que je voudrais déterminer.

L'Amoureux eut un rire de dérision.

— Moi, ça m'étonnerait beaucoup que quelqu'un s'amuse à tuer des gens en pleine force 3. C'est pas possible, point à la ligne. Les tornades sont complètement imprévisibles. Elles changent de direction sans arrêt, sans parler du danger. Même nous, Grover, nous ne pouvons rien contre les tornades, malgré nos insignes, nos armes. Les tornades tuent, démolissent tout sur leur passage, font des tas de dégâts. En quelques minutes, ajouta-t-il en reprenant son regard lointain.

— Celui qui a tué les Pepper savait qu'un orage violent se dirigeait vers nous. Quand la tornade s'est formée, il est arrivé à deviner plus précisément sa trajectoire…

L'Amoureux leva les yeux au ciel.

— Nous avons trouvé des empreintes lisses provenant de gants sur la scène du crime, insista Charlie, et des armes fabriquées, ce qui indique que le meurtre était prémédité. Le crime lui-même a été préparé et exécuté avec tellement de soin que je ne peux pas croire qu'il s'agissait d'un coup d'essai. Donc je vous repose la question : Audra Keel a-t-elle fait une déclaration avant sa mort ?

L'Amoureux croisa ses longs doigts.

— Ce qu'elle disait n'avait pas grand sens.

— Mais elle a dit quoi ?

— Des phrases sans suite.

Charlie ouvrit son dossier sur ses genoux.

— Les autopsies ont été classées confidentielles par décision du juge. Certains détails doivent rester secrets. Je vous demande de ne révéler à personne ce que vous allez lire.

Avec un grommellement impatient, L'Amoureux redescendit les pieds de son bureau.

Au bout de quelques minutes d'intense concentration, il releva la tête.

— C'est bon, je vous écoute. Vous voulez quoi, au juste ?

— Faire exhumer les corps.

— Écoutez, je vois bien que l'affaire est complexe, bizarre, mais faites-moi confiance. Nous les avons examinés. La mort a été causée par des projectiles propulsés par des vents de trois cents kilomètres à l'heure.

— Avez-vous trouvé des blessures défensives ? Avez-vous examiné les projectiles qui les ont transpercés ? Le légiste a-t-il ouvert la bouche des victimes pour regarder leurs dents ?

Le shérif se pencha vers Charlie, de grosse veines bleues gonflées dans son cou de taureau.

— Vous croyez que j'ai bâclé le travail ?

— Non, bien sûr que non, mais comme vous me l'avez dit vous-même, vous étiez très sollicité. Vous n'aviez aucune raison de penser à un coup fourré alors que vous étiez en pleine catastrophe naturelle. Des centaines de blessés, des ruines partout. Et vous étiez pratiquement seul pour faire face. Il fallait chercher les survivants, trouver des bulldozers, des grues. Il y avait des fuites de gaz. Je connais le truc par cœur, je viens de vivre la même chose chez moi.

— Nous avons eu huit morts en tout, insista L'Amoureux, toujours sur ses gardes. C'est beaucoup pour un petit patelin comme le nôtre. Des centaines de blessés, et pas d'hôpital. Nous n'avions plus du tout de courant.

— Je sais bien. Mais, si les Keel ont été victimes du même tueur, nous le saurons tout de suite en examinant leurs dents.

— Et si vous vous trompez ?

— J'en prends l'entière responsabilité.

Le regard de L'Amoureux se perdit dans le vague pendant qu'il réfléchissait. Il avait un visage rude avec des pommettes hautes.

— C'est bon, dit-il. Je vais en parler aux familles.

— Merci.

— Mais elles en ont déjà assez bavé. Et si elles refusent, on n'insistera pas.

— Je comprends.

Le réfrigérateur du minibar se mit en marche, et le bip de Charlie se déclencha au même moment, ce qui le contraria au plus haut point. Il respira un bon coup pour maîtriser son agacement et regarda le numéro qui s'affichait. Mike.

— Je peux vous emprunter votre téléphone ?

— Faites comme chez vous.

Il poussa un vieux téléphone à cadran vers Charlie, puis disparut au fond du trailer où il s'attela à la vaisselle.

— Salut, patron, dit Mike. Bonne nouvelle. Nos potes de la station météo viennent de nous envoyer par FedEx des photos et des vidéos de la tornade de Promise. Ils croulent sous les documents amateurs, apparemment. Les chasseurs d'orages adorent filer des coups de main à ces mauviettes de météorologues en chaussons…

— Super. Mettez Nick dessus tout de suite. Je voudrais des arrêts sur image de véhicules et de visages, de plaques minéralogiques, pas la peine de vous faire un dessin. Et envoyez les résultats chez moi dès que possible.

— Chez vous ?

— Oui. Ce soir, je travaille à la maison. J'ai promis à Sophie de lui tenir compagnie. Je ne veux pas la laisser seule trop souvent.

— Vous la saluerez de ma part. Ah, chef, Jake Wheaton nous menace de faire appel à un avocat.

— Bon, on le lâche un peu. Pas la peine de trop le chauffer. Et le frère de Rob Pepper ?

— Il a un bon alibi. On l'a laissé repartir avec nos excuses. Il ne nous a fourni aucune information intéressante.

— Nous avons les résultats des analyses de sang ?

— Pas encore, c'est trop tôt.

— Appelez Art Danbury, mettez-lui la pression.

— D'accord, patron.

— Allez, au boulot.

Il raccrocha et composa le numéro de sa fille.

— C'est moi, dit Sophie sans préambule, comme si elle attendait son appel.

— Salut, toi. C'est moi aussi.

— Papa ! J'ai trouvé quoi préparer pour ce soir : des lasagnes végétariennes.

— Ah... ça promet d'être intéressant !

— Tu verras, espèce de carnivore dégoûtant, ça sera délicieux. Tu me promets que tu rentreras bien dîner, au moins ?

— Tu plaisantes ! Je ne raterais ce plat pour rien au monde.

— Tant mieux. Je ne voudrais pas que mes lasagnes se perdent.

— Au contraire, fais-en pour trois et mets une assiette en plus. Nous allons avoir une invitée.

— Qui ça ? demanda Sophie, d'une voix soudain méfiante.

— Je ne lui ai pas encore proposé de venir, mais j'espère qu'elle dira oui.

— Tiens, qu'est-ce qui t'arrive, papa ? Tu ne deviendrais pas timide, quand même ? Qui est cette personne mystérieuse ?

— Tu seras gentille avec elle, j'espère.

— Évidemment.

— Gentille, polie et pas trop ironique, d'accord ?

— Pour qui tu me prends ?

— Pour une adolescente normale. C'est bien ça qui m'inquiète.

— Le dîner sera prêt à six heures, coupa-t-elle. Ne soyez pas en retard, toi et ton invitée-surprise.

Il raccrocha et fixa le cadran, essayant de mettre au point une tactique. *N'en fais pas toute une affaire.* Il avait de violentes palpitations. *Allons, à trente-sept ans, on ne se met pas dans un tel état pour inviter une fille à dîner ! Elle t'a demandé de la rappeler. Qu'est-ce que tu veux de plus ?* Il décrocha, composa le numéro du Laboratoire d'étude des vents, puis demanda le poste de Willa.

— Allô ? Rick Kripner, répondit une voix d'homme.

Raté. Ce contretemps le déphasa complètement.

— Bonjour, Rick, Charlie Grover à l'appareil. Est-ce que Willa est là ?

— Elle est partie pour la journée.

— Ah…

Il enchaîna vite pour masquer son embarras.

— J'allais lui demander de venir regarder des photos pour m'aider… des photos de véhicules qui ont participé à la chasse à la tornade, que nous avons reçues de la station météo. J'espérais qu'elle pourrait identifier certains propriétaires…

— Vous savez, je suis chasseur de tornades depuis des années, moi aussi. Je connais bien ces gens et leurs voitures.

Charlie hésita.

— Vous aimez les lasagnes ?

— Beaucoup.

— Dix-huit heures, ça vous irait ?

— Oui.

Se sentant parfaitement ridicule, Charlie lui dicta son adresse.

11

— Vous ne voulez pas acheter un chien ? demanda Sophie à Rick.

— Pas particulièrement, non, répondit-il avec un sourire.

— Allez, un beau geste. Ils ne valent que cinquante dollars.

Charlie avait remarqué avec amusement qu'elle avait allumé des bougies pour la fameuse invitée-surprise. Ils étaient installés autour de la table de la salle à manger, où les petites flammes leur donnaient un teint cireux. Le crépuscule s'était épaissi, la nuit était tombée. Charlie et Rick finissaient la bouteille de vin, et Charlie se sentait mieux, plus détendu, bien que dépassé par les événements. Par cette histoire de chien, par exemple, à laquelle il ne comprenait rien.

— Nous avons des chiens à vendre, maintenant ?

— Je fais du bénévolat pour caser les orphelins.

— Mais quels orphelins ? Je ne te suis pas, là.

— Je te parle des chiens qui se sont perdus dans la tempête. Personne ne vient les récupérer, et il n'y a pas assez de place dans les chenils, alors on doit leur trouver de nouveaux maîtres. Certains ont des problèmes respiratoires, ajouta-t-elle en se tournant vers Rick, mais on les soigne. On les a vaccinés. Il y en a qui sont vraiment adorables.

— Je te crois, mais c'est trop de responsabilité. Quand on a un chien, on ne peut pas tout laisser tomber pour partir courir après une tornade. Merci quand même.

— Vous me tiendrez au courant si vous changez d'avis, d'accord ?

— Quelle bonne vendeuse ! fit-il remarquer en riant.

— Ma fille est une charmeuse, approuva Charlie.

Dans la lumière vacillante, avec ses cheveux châtain doré, Sophie était encore davantage le portrait de sa mère. Sa beauté innocente mettait le cœur de Charlie à l'envers. Elle était si pure, si sincère.

Il était dix-neuf heures trente, et ils avaient presque fini le plat de lasagnes. Il ne restait qu'un croûton de pain à l'ail, et même les petits pois trop cuits avaient été appréciés.

— Qu'est-ce qu'il y a, dans ton médaillon ? demanda Rick.

— Une photo.

Les joues roses, rayonnante de plaisir, elle ouvrit le boîtier en argent et montra fièrement le portrait d'elle et de Maddie, leurs visages souriants collés l'un contre l'autre.

— C'est ma mère. Elle est belle, hein ?

— Canon !

Elle eut l'air ravi.

— Les gens nous prenaient toujours pour deux sœurs. (Elle jeta un coup d'œil à son père pendant qu'elle refermait le médaillon.) Elle est morte il y a deux ans.

— Je suis désolé…

Rick avait un regard gentil derrière ses lunettes à fine monture métallique. Sa chemise bleu foncé à boutons nacrés était rentrée dans son jean, et ses épais cheveux bruns étaient aplatis par la casquette de base-ball qu'il avait ôtée à son arrivée.

Sophie laissa échapper un bâillement, et Charlie ressentit un immense élan d'amour pour elle. Elle bâillait toujours quand elle était inquiète ou n'avait pas envie d'aborder certains sujets. Elle se rongeait les ongles, aussi, et avait la mauvaise habitude de veiller tard en semaine pour regarder *Conan*. Elle était excellente en mathématiques, en biologie, en littérature et en danse classique, et Charlie était sûr d'une chose : elle brillerait, quelle que soit la voie qu'elle choisirait. Elle pourrait devenir médecin, si elle voulait, avocat, professeur, danseuse étoile. Elle réussirait tout ce qu'elle entreprendrait. Dire qu'elle avait été un bon bébé grassouillet ! Il se souvenait de Maddie, la levant sur ses genoux pour l'encourager à se tenir debout sur ses petites jambes dodues.

Sophie agita la main devant ses yeux.

— Ohé ! Papa, ici la Terre !

— Pardon...

— Je te demandais ce que tu as fait dans le Texas, aujourd'hui.

— Oh, rien, j'ai vérifié deux ou trois choses.

— Quoi, comme choses ?

— Une ville a été touchée par une tornade l'année dernière. Je suis allé voir où en était la reconstruction.

Il préférait lui mentir. Elle était au courant des meurtres, mais il n'avait pas envie de lui raconter les détails macabres.

— J'espère que les maisons seront plus solides, cette fois, commenta-t-elle. Que ça ne s'écroule plus.

— C'est vrai qu'on peut construire des bâtiments capables de résister à des vents de quatre cent cinquante kilomètres à l'heure, intervint Rick, mais les coûts seraient beaucoup trop élevés.

— Moi, je ne comprends pas ! s'exclama Sophie. Pourquoi les écoles de l'Oklahoma ne sont-elles pas toutes construites pour résister aux tornades ? Et pourquoi les maisons n'ont-elles pas toutes un sous-sol ?

— C'est comme ça, répondit Rick avec un haussement d'épaule. C'est la vie.

Elle regarda son père en fronçant les sourcils. Elle était adorable, l'innocence même, un vrai Bambi dans une clairière face à la carabine du chasseur. Gentille avec tout le monde, rêvant de l'avènement de la paix dans le monde, persuadée que son petit papa pouvait toujours tout arranger. Pauvre chérie !

— Boone dit que les gens ne se révoltent que quand il est trop tard, fit-elle remarquer.

Charlie sursauta.

— Boone ?

— Papa…

— Boone Pritchett ? Depuis quand t'intéresses-tu à ce que pense ce garçon ?

Sans lui répondre, elle se tourna vers Rick.

— Il est aussi chasseur de tornades, vous le connaissez peut-être.

— Oui, je l'ai croisé. Il regarde un peu trop les courses de stock-cars à la télé, ce gamin.

— Il ne conduit pas aussi mal que ça, protesta-t-elle en jetant un regard à son père par-dessus son verre d'eau.

Charlie n'était pas content. Boone Pritchett était un adolescent perturbé, et quand on disait perturbé, c'était pour rester poli. Son père, motard, travaillait à l'usine de joints et sa mère était alcoolique et maigre comme un clou. Boone se distinguait par ses méfaits : vols dans les magasins, absentéisme au collège, consommation de cannabis. Il était sur la mauvaise pente, et Charlie n'avait aucune envie que sa fille fréquente un garçon de ce genre.

— Il se balade dans un vieux pick-up Ford, c'est bien ça ? demanda Rick. Rose bonbon, une vraie épave… Il conduit bas sur le siège, chapeau de cow-boy tiré sur le nez… Il ne doit rien y voir.

— Alors, tu t'intéresses à Boone Pritchett, maintenant ? reprit Charlie.

— Papa…, protesta-t-elle en rosissant, élégante et sûre d'elle, un sourire modeste aux lèvres.

— Ça ne m'étonnerait pas qu'il débarque un jour en classe avec un fusil d'assaut pour tirer dans le tas.

— N'importe quoi ! protesta-t-elle avec son air poli de poupée. Et puis je ne risque rien. Je suis la fille du chef de la police, après tout.

— Il a intérêt à bien se tenir.

Elle toussota et se tourna vers Rick pour changer de sujet.

— Et donc, vous êtes ingénieur... Pourquoi vous êtes-vous intéressé au vent, en particulier ?

— Tu as entendu parler de l'échelle de Fujita ?

— Oui.

— Donc tu sais qu'elle sert à classer l'intensité des tornades selon les dommages occasionnés. Les tornades classées force 1 provoquent des dommages dits modérés, les force 2, des dommages importants, les force 3, des dommages sévères, et, pour les force 4, on parle de dommages dévastateurs, ce qui veut bien dire ce que ça veut dire. Une vraie horreur. Alors tu imagines les tornades force 5..., c'est tout simplement stupéfiant.

— Vous en avez vu une ? demanda-t-elle, les yeux brillants.

— Oui, quand j'avais treize ans. Un orage de grêle monstrueux nous est tombé dessus et a aplati le blé sur des kilomètres autour de chez nous. Je vivais seul avec mon père, à cette époque. Ma mère était morte depuis longtemps. Après la grêle, nous sommes allés constater les dégâts, mais il n'y avait plus rien à voir. Il n'y avait plus rien du tout. Les champs avaient été pilonnés. Et le temps n'était pas rassurant. Ça n'était pas terminé. Le vent me hurlait dans les oreilles, continua-t-il en levant rêveusement les yeux au plafond. Je n'entendais pas un mot de ce que mon père me disait, des forces d'une énergie phénoménale se déployaient dans le ciel derrière lui. J'ai voulu m'enfuir, mais il n'a rien voulu savoir. Sa récolte de blé était fichue. Il était endetté jusqu'au cou. Je me souviens que les chiens gémissaient et qu'on entendait un roulement sourd, horrible. Tout à coup, le ciel est devenu tout noir, comme si la nuit tombait. J'ai vu de petites tornades se former autour d'un énorme nuage tourbillonnant... On aurait dit des lassos qui tournoyaient dans le ciel. Et puis il y en a une qui est descendue. Le vortex avançait vers nous à environ quatre-vingt-dix kilomètres à l'heure. C'était fou. Des éclairs partaient dans tous les sens. Et mon père qui restait là... Je lui tirais le bras, mais il me repoussait et il s'est mis à jurer, à insulter le ciel. Jamais je n'oublierai ça. On aurait dit une puce qui s'attaquait à un éléphant... Il était fou de rage, il criait, il agitait les poings en l'air. À un moment il a pris sa carabine et a tiré dessus, comme il aurait cherché à abattre un cerf. Moi, j'ai plongé au sol. Le tuba était juste au-dessus de nous. Il émettait un bruit bizarre, je m'en souviens, un cri aigu, presque humain. Et quand j'ai regardé en l'air, j'ai vu l'intérieur. Le tourbillon était creux, illuminé par-dedans, et il s'enroulait comme un néon, en orange, en violet, en rouge, avec des éclairs qui faisaient des ricochets sur les parois.

Il se tut et les regarda comme s'il ne trouvait plus ses mots.

— Et alors ? demanda Sophie, fascinée.

— La tornade a aspiré mon père. Elle l'a arraché de ses bottes, ses vieilles bottes pleines de bouse de vache. Je vous jure, arraché de ses bottes. Je n'ai pas eu le temps de le voir. En une fraction de seconde, il a disparu.

Sophie eut l'air horrifié.

— Ensuite, elle est passée au-dessus de moi, et elle a défoncé la grange. Les portes ont volé en éclats, le toit s'est déchiré comme du carton. Les chiens ont été emportés. Plus tard, j'ai dû abattre trois chevaux. Vous voyez… ça ?

Il tendit la main droite. Il avait le bout du petit doigt tordu.

— Un projectile a failli me l'arracher. Il ne s'est jamais bien remis.

— Et votre père ? demanda Sophie avec une politesse hésitante que Rick sembla apprécier.

— Je suis désolé, dit-il. Ce n'est pas une conversation pour un dîner.

— En effet, approuva Charlie, nous pourrions passer à autre chose…

— Tu sais papa, ça ne me fait pas peur.

— Je voulais simplement dire que les tempêtes, pour moi, sont plus qu'un incident météorologique, reprit Rick. Ce sont des univers à part entière. Imaginez ces gigantesques masses en mouvement, plus grandes que l'Empire State Building, qui se déplacent à une allure folle.

— Quelle expérience ! souffla Sophie.

Charlie repoussa son assiette.

— Tes lasagnes étaient très réussies, chérie.

— Oui, délicieuses, approuva Rick.

— Merci, dit-elle avec un sourire timide. J'espère que ça vous donnera envie d'arrêter de manger de la viande.

— Comment ? Il n'y avait pas de viande dedans ? s'exclama Rick avec un air de fausse surprise qui la fit rire.

— J'ai mis du seitan, un produit végétarien, expliqua-t-elle, très fière.

Charlie la revoyait petite, tremblant de peur parce qu'elle croyait que le loup-garou se cachait sous son lit. Avec Maddie, ils avaient été obligés de lui lire des histoires pendant des heures et de lui rappeler qu'ils étaient dans la chambre d'à côté. Et maintenant sa fille, cette brindille fragile qui avait peur du noir, prenait fait et cause pour Boone Pritchett, le pire voyou de la région. Ah ! si seulement elle avait pu arrêter de grandir... Mais on avait beau vouloir se raccrocher, quand on tombait dans le puits du temps, on ne remontait jamais.

— Tu n'as pas de devoirs pour demain ? demanda-t-il.

— Enfin, papa...

— Il faut toujours obéir à son père, fit remarquer Rick avec un gentil sourire. C'est lui le chef.

— Peut-être depuis que maman n'est plus là, marmotta-t-elle.

— Qu'est-ce que j'entends ? protesta Charlie.

— Quoi ? J'ai rien dit.

Elle se leva et se mit à empiler les assiettes.

— On desservira plus tard, chérie. Allez, monte.

Elle s'interrompit à contrecœur et tendit la main à Rick.

— Au revoir, à bientôt peut-être.

— Au revoir, Sophie. Ravi de t'avoir rencontrée.

Elle sembla hésiter, puis se tourna vers son père.

— Peg te fait dire que les gouttières sont bouchées, papa.

— Merci, chérie.

— Bon… bonne nuit.

— Bonne nuit, dit Rick en lui faisant un signe de la main alors qu'elle s'apprêtait à monter l'escalier.

— Allons-y, décida Charlie, venez dans mon bureau.

Il lui fit traverser le salon, toujours tel que Maddie l'avait décoré, avec des coussins brodés, de jolis tapis, un mousqueton sur la cheminée, et meublé d'antiquités américaines. Depuis sa disparition, toutes les plantes d'intérieur étaient mortes. Enfin, mortes… il aurait été plus juste de dire que, après l'enterrement, fou de chagrin, il avait fracassé tous les pots. C'était tellement injuste… Pourquoi les plantes lui auraient-elles survécu ?

— Elle est super, votre fille, commenta Rick.

— Oui, elle est d'une adorable morbidité !

Rick fit le tour du bureau en souriant et s'approcha des étagères encombrées par les coupes de Charlie, ses médailles, et de vieilles photos : ses arrière-grands-parents, fiers devant leur bicoque ; sa grand-mère, adolescente, qui vendait les tomates à cinq cents le seau pendant la grande dépression ; des ancêtres aux yeux fermés, comme si le passage du temps avait embrumé leur regard.

Examinant les vieux daguerréotypes, Rick expliqua :

— Mon arrière-grand-père a gagné la ferme familiale au poker. Vous imaginez, si on pouvait encore faire ça aujourd'hui…

— Où vivez-vous ?

— À Pixley, je sais que ce n'est pas glorieux. Je pourrais déménager n'importe où, maintenant, mais c'est là que j'ai grandi. À Pixley, il n'y a pas grand-chose d'autre que l'église, la poste et la caserne des pompiers, mais au moins il y a de l'air pur.

— C'est sûr.

Rick désigna la photo d'Adélaïde.

— C'est votre mère ?

— Oui.

— Moi, je ne me souviens pas de la mienne. Il paraît qu'elle était menue comme un petit oiseau. L'avantage d'avoir perdu ma mère, c'est que les filles se bousculaient pour sortir avec moi. Les femmes, par instinct maternel, sont attirées par les orphelins. Et ça ? demanda-t-il en prenant un trophée de course à pied. Le deux cents mètres, hein ?

— Oui, mais ça ne date pas d'hier. J'en avais tiré une grande fierté à l'époque.

— Je comprends, répondit Rick en jetant un coup d'œil aux anciennes brûlures de Charlie. Pour moi, le sport s'arrête à la télé. (Il reposa le trophée où il l'avait pris.) Vous avez gagné beaucoup de médailles...

Charlie s'assit derrière son bureau et posa les mains sur le buvard bleu marine.

— Je ne suis pas pour autant plus courageux que les autres...

— Peut-être pas, dit Rick en s'installant dans le fauteuil face à lui, mais en tout cas beaucoup plus que moi.

— Au fait, je n'ai pas encore regardé ce qu'on m'a envoyé.

Charlie ouvrit la grosse enveloppe qu'un de ses hommes avait déposée dans l'après-midi et en sortit un épais paquet de photos.

— Elles ont été prises par des reporters et des chasseurs de tornades hier après-midi, expliqua-t-il en les passant en revue. Je voudrais que vous me disiez si vous reconnaissez certains des...

Sa voix s'étrangla. Il venait de repérer une photo du pick-up Loadmaster 1951 de son père. On ne voyait qu'une traînée grise, d'un véhicule passant à toute vitesse devant les lieux du sinistre, mais cela lui fit froid dans le dos. Non, mais non, voyons, il ne fallait pas tirer de conclusions hâtives ; son père lui avait déjà expliqué qu'il était en vadrouille la veille. Il avait participé aux opérations de déblaiement. Il avait volé une montre...

— Que se passe-t-il ?

— Rien, non, rien.

Il fourra la photo dans le tiroir de son bureau puis tendit les autres à Rick.

— Dites-moi si vous reconnaissez certains de ces véhicules.

— Je ferai de mon mieux, mais je ne pourrai jurer de rien, qu'on soit bien d'accord.

— C'est noté.

— Bon, allons-y.

Il les contempla les unes après les autres.

— Tiens, celui-là, c'est un acharné. Je le vois partout. Il s'appelle Paul je ne sais plus comment... Ça va me revenir. Et ce 4 × 4 appartient à un jeune imbécile. Un gosse de riche qui n'a rien de mieux à faire que de se fourrer dans les pattes de tout le monde. Preston J. Hale, de Kansas City. Heu... Cette camionnette, je ne la reconnais pas... Celle-là non plus...

Charlie appuyait machinalement sur le mécanisme de son stylo-bille.

— Vous étiez à Promise, hier ?

— Oui, dit Rick en relevant la tête. Nous étions sortis sur le terrain pour recueillir des données.

— Vous et Willa ?

— C'est ça.

— Vous avez pris des photos ?

— Non, je n'aime pas mettre un objectif entre la tempête et moi. C'est pire qu'un préservatif.

La comparaison fit sourire Charlie.

— En général, nous travaillons en équipe, mais parfois nous nous séparons. Il est préférable de collecter les données dans différentes parties d'un orage, donc nous nous partageons la tâche. Cette fois, Willa a gardé la voiture-laboratoire, et moi j'ai pris mon GMC Sierra. Il faut quatre roues motrices pour chasser les tornades : on ne sait jamais par quel terrain on va passer.

Charlie l'avait en effet vu arriver dans sa camionnette hérissée d'antennes.

— Je m'en suis approché à sept ou huit kilomètres. Je me dirigeais vers l'est sur la 412 quand l'orage a grossi. C'est ce qu'on cherche, de fortes précipitations, surtout de la grêle au nord. J'ai tourné dans Wichita Avenue pour essayer de me rapprocher, et en passant le sommet de la côte j'ai vu un joli tuyau de poêle qui partait vers le nord-est.

— Et ensuite ?

— Il est remonté dans les nuages et il s'est dissipé. Alors j'ai continué vers l'est par la nationale, j'ai traversé Cleo Springs et Ringwood pour essayer de trouver une autre tornade avant la nuit. Mais l'état du ciel n'était pas très prometteur, alors j'ai fait demi-tour et je suis rentré. Dites… Vous avez été déçu quand j'ai répondu au téléphone tout à l'heure, hein ?

Charlie sourit sans répondre, et ils se dévisagèrent avec embarras.

— Elle regrettera beaucoup d'avoir manqué l'invitation, fit remarquer Rick en regardant les dernières photos. Bon, cette Mustang bleue appartient à une chasseuse du dimanche, une certaine Becky Callaham. Ah ! Conrad Holzman. De Tulsa. C'est un type bien. Un habitué qui sait ce qu'il fait. Ceux-là, je ne sais pas. Lui, c'est un ingénieur, il vient de l'Utah.

Il tapota le dernier cliché, une image floue d'une camionnette blanche se dirigeant vers un nuage en enclume dans le lointain.

— Ça, c'est Jonah Gustafson. Un type à surveiller.

— G-u-s-t-a-f-s-o-n ? épela Charlie en notant le nom sur son calepin.

— Caractère de cochon. Il conduit comme un fou. Très acharné. Il s'amuse à détourner les autres chasseurs des bons orages. Un physique inquiétant. Je ne sais pas comment il gagne sa vie ni d'où il vient. Je n'ai rien de particulier à lui reprocher, mais je ne l'aime pas. Personne ne le supporte. Il ne se mêle pas aux autres. Un loup solitaire.

— D'accord. Vous pouvez me le décrire ?

— Un mètre quatre-vingts, quatre-vingt-cinq. Maigre. Émacié, même… On dirait que sa chemise pend à un piquet. Il porte toujours la même casquette de base-ball sale.

Charlie prenait des notes.

— Et il est toujours complètement bourré.

— Des cicatrices, des tatouages ?

— Je ne m'approche jamais assez près pour le savoir.

— Et vous ne savez pas du tout d'où il vient ?

Rick secoua la tête en reposant les photos.

— Je peux vous demander quelque chose ? Vous pensez vraiment qu'un chasseur de tornades peut prendre le temps de commettre un meurtre ?

— C'est vous le spécialiste. À votre avis ?

Rick se massa le menton pensivement.

— C'est concevable, j'imagine. Ça me fait un drôle d'effet de me dire que je connais peut-être un assassin... À part Jonah Gustafson, peut-être, vu le personnage, je ne vois pas qui d'autre...

— Et Boone Pritchett, vous en pensez quoi ?

— Il fait des traversées de tornades. Il va chasser la nuit. C'est dément, mais il faut être très bon pour y arriver.

— Et vous, vous êtes bon ?

— Moi ? Je suis un des meilleurs ! répondit Rick avec un haussement d'épaules.

— Avez-vous déjà pu deviner avec précision où et quand une tornade allait toucher le sol ?

— Bien sûr, pourtant c'est très difficile de prévoir l'évolution d'un mésocyclone sur quelques heures. N'empêche, j'ai vu des gens faire des pronostics avérés trente-six heures à l'avance. Soit ils sont devins, soit ce sont des génies.

— Qui, par exemple ?

— Les seules personnes que je connaisse qui ne se trompent presque jamais sont Jonah Gustafson, Conrad Holzman et Willa.

— Willa ?

Leurs regards se rencontrèrent.

— Elle a tout pour elle, hein, chef ? Intelligente, belle, courageuse...

Charlie essaya de lire entre les lignes. *J'étais là avant vous. Elle est à moi. Pas touche.*

— La prochaine fois que nous partirons sur le terrain, je me ferai un plaisir de vous emmener.

— Et moi ? Je pourrai venir aussi ? lança Sophie de la porte.

Elle adressa un sourire à Charlie pour lui arracher son accord. Un sourire de manipulatrice.

— Allez, dis oui ! S'il te plaît !

— Bon, d'accord, tête de mule, dit-il en se levant. Allez, on va la faire, cette vaisselle ?

12

Jake Wheaton roulait à quatre-vingts dans une zone limitée à cinquante. Il tournait sans but dans son pick-up Chevrolet pour tuer le temps jusqu'à son rendez-vous de vingt-deux heures avec trente grammes de marijuana. Soudain, il remarqua la Chevy Blazer de Lester Deere dans le rétroviseur, qui arrivait à toute vitesse derrière lui.

— Oui, oui, je te vois, sale keuf.

Enclenchant son gyrophare, Lester déboîta sur la route déserte, puis roula parallèlement au pick-up de Jake avec de grands gestes pour lui signaler de s'arrêter.

Jake leva sa canette de bière.

— À la tienne, crevard !

Lester lui cria un ordre par la fenêtre.

— Quoi ? J'entends rien !

Le policier appuya sur l'accélérateur, le doubla et lui fit une queue de poisson.

— Merde !

Jake pila et alla s'écraser le nez sur le volant tandis que son pick-up stoppait en dérapant. Il resta là, étourdi, les pieds dans ses canettes de bière. Lester ouvrit brutalement la portière et l'arracha de son siège en le tirant par la chemise.

— Tu te l'es faite ? hurla-t-il en lui envoyant son poing dans le ventre.

Le choc plia Jake en deux.

— Tu te l'es faite, fils de pute ?

Le souffle coupé, Jake faillit vomir de douleur.

— Qu'est-ce que t'as, petit salaud ? T'as dit quelque chose ?

Lester lui donna un coup dans la figure qui le fit partir en arrière. Jake se prit le menton dans les mains, et oscilla comme un punching-ball.

— Non, non, non...

— Ne mens pas, Jake ! hurla Lester, les yeux fous. Tu te l'es faite ? Hein ? On ne parle que de ça au poste !

— Non !

— Ne me raconte pas d'histoires !

Il empoigna Jake par le col et le souleva à moitié du sol.

— Je sais que c'est vrai !

Il était comme enragé, effrayant avec ses petits yeux exorbités par la haine.

— Bon, d'accord, d'accord, admit Jake en tremblant. Mais juste une fois, sur la tête de ma mère !

Lester poussa un rugissement et lui envoya un crochet à la mâchoire.

Projeté sur la route, Jake atterrit sur le dos. L'air fut expulsé de ses poumons avec un sifflement rauque. Quand il reprit ses esprits, il vit le ciel étoilé, sans trop se rappeler ce qui s'était passé.

Lester ne lui laissa pas de répit. Il se rua sur lui pour lui bourrer les côtes de coups de pied.

— Je t'interdis de raconter ce qui vient d'arriver, compris ? vociféra-t-il, frappant toujours. Tu te la fermes, tu m'as entendu, minable ?

Jake gémit, cracha du sang. Il roula sur le côté pour essayer d'échapper au pied lourdement chaussé, mais la semelle lui écrasa la nuque, plaquant son visage dans la poussière.

— Tu te la boucles ! Tu m'entends ?

— Oui.

— Mieux que ça !

— Je le jure.

— Tu jures quoi ?

— Je jure de la boucler.

Lester le fit rouler sur le dos et se baissa pour coller son visage contre le sien.

— Si jamais tu me balances, tu le regretteras !

— Je ne dirai rien, marmonna Jake avec haine.

— Toi et moi, on ne se connaît pas, compris ?

Lester conclut en lui crachant dans la figure, puis il remonta dans son pick-up et démarra dans un nuage de poussière.

13

Le lendemain soir, Charlie reçut un coup de téléphone du shérif Jimmy L'Amoureux.

— Nous exhumons les corps cette nuit, au cas où vous seriez intéressé.

— Cette nuit ? s'exclama-t-il en levant un regard en l'air, dans la direction de la chambre de Sophie. Ce n'est pas possible d'attendre demain ?

— C'est cette nuit ou jamais, chef. Ça vous intéresse, oui ou non ? Vous préférez que j'appelle la famille pour annuler ?

— Non, attendez, je suis déjà dehors !

La route lui sembla longue. Il n'avait pourtant aucune hâte d'arriver à la triste bourgade de Wink, Texas, avec ses rues fantômes et ses trottoirs lézardés. Il tourna le bouton de la radio, cherchant de la bonne musique pour couvrir le vrombissement du moteur poussif. Les faisceaux de ses phares transperçaient la nuit, et, au loin, des éclairs clignotaient dans les collines arides. Il prit la sortie de Drury et se retrouva sur une route secondaire droite comme une règle. Après quelques kilomètres monotones, il se gara devant un cimetière situé à l'écart de la ville. Le portail de fer forgé rouillé annonçait : PARC DU BON-REPOS. Il s'agissait en effet d'une sorte de parc, éclairé par des lumières de sécurité dispersées à travers les tombes.

Le shérif L'Amoureux le retrouva à l'entrée. Le ceinturon de son uniforme était pourvu d'une boucle en argent massif incrustée d'agates du Montana.

— Vous aimez le whisky ?

— Je ne bois pas d'alcools forts, rétorqua Charlie en descendant de voiture. Enfin, ça m'arrive, mais je me le reproche trop le lendemain.

— Je me suis dit que, une fois nos morts déterrés, on mériterait un bon café-whisky dans le bureau du légiste.

— Ah, je ne dirais pas non.

Le parc du Bon-Repos accueillait un fouillis de pierres tombales grêlées et de fourrés de chênes verts. La gorge irritée par l'humidité froide, Charlie suivit le shérif, trébuchant sur les ronces où se cachaient des canettes de bière vides. Les deux torches balayaient le cimetière, illuminant les anges de pierre blanche aux ailes cassées par des vandales, et les inscriptions gravées dans le granit : « Crains le Seigneur et tu trouveras la paix. »

— La famille n'habite pas dans le comté, expliqua L'Amoureux en se débarrassant, entre le pouce et l'index, de la sueur qui perlait sous son nez. Ils préféraient ne pas venir. Je les comprends.

Ils descendirent un petit tertre et se retrouvèrent sur un chemin goudronné, marqué de traces de skate-board. De l'autre côté s'étendait la partie moderne du cimetière, où les Keel étaient ensevelis depuis plus d'un an. Après quelques instants de flottement, ils trouvèrent les modestes dalles jumelles.

Il n'y avait pas d'herbe sur les tombes ni alentour, par déférence pour les morts, semblait-il. Les deux pierres portaient la même date : 31 mars. Ils n'avaient pas beaucoup de visites : une vieille couronne était encore appuyée à la pierre de Matthew Keel et un ours en peluche détrempé moisissait devant celle d'Audra. Deux roses brunes plantées dans la terre se desséchaient, une devant chaque dalle de granit.

Soudain, un arc de lumière hésitant passa sur le cimetière, et Charlie tourna la tête pour voir ce qui se passait.

Un bulldozer se dirigeait vers eux sur la petite route, phares allumés, crachant un panache de fumée de diesel.

— Ed Olson, le terrassier, expliqua L'Amoureux.

Ed s'arrêta au bord du chemin et descendit de la cabine. Les dents de sa pelleteuse étaient grosses comme le poing. Court sur pattes, voûté, les cheveux grisonnants, Ed avait une lippe molle qui donnait l'impression qu'il allait baver. Il prit ses instructions auprès de L'Amoureux, puis remonta dans sa cabine et effectua ses manœuvres.

Charlie recula tandis que, moteur pétaradant, le bulldozer roulait d'avant en arrière sur une même ligne, pareil à un éléphant hésitant. Éclairé par deux néons, le bras articulé se balança, puis la pelle jaune mordit dans la terre.

Les phares éblouissants de deux autres véhicules apparurent sous la pluie. D'abord arriva une camionnette blanc sale, conduite par une femme d'une cinquantaine d'années aux cheveux teints en roux vif. Elle freina sec et ses roues chassèrent en s'arrêtant, tandis qu'un nuage de poussière s'élevait des pneus.

— J'ai apporté les pelles, Jimmy, annonça-t-elle en descendant.

Elle claqua la portière récalcitrante.

— Bonnie, notre gardienne, expliqua L'Amoureux.

Elle approcha, deux énormes pelles sous le bras, tandis qu'une Mustang noire se garait derrière la camionnette. Le conducteur appuya sur l'avertisseur, ce qui fit aboyer les chiens errants.

— C'est Hodge, notre légiste.

Un obèse portant un jean grande taille sortit de la Mustang et les rejoignit d'un pas lourd. Il avait un visage lunaire, des yeux ronds et un cœur tellement grand que, pour dire bonjour, il y mettait les deux mains.

— Salut, Jimmy, ça va ?

— Ça peut aller, Hodge. Je te présente Charlie Grover, le policier dont je t'ai parlé. Hodge Rogers, notre légiste.

— Enchanté.

Nouvelle poignée de main chaleureuse.

— Pas très joyeux, comme nuit, pour ce genre de sortie, hein ? Hé ! Salut, Bonnie ! Salut, Ed !

— Salut, Hodge ! répondirent Bonnie et Ed en chœur.

Hodge se redressa de bonheur avec un frémissement du triple menton.

— Dis donc, Jimmy, tu m'as donné des cauchemars. C'est quoi cette histoire de dents manquantes et de faux projectiles taillés ?

— C'est le chef Grover qui se pose tout un tas de questions.

Hodge se tourna vers Charlie et essaya de l'impressionner en prenant une grosse voix.

— Je n'ai rien oublié, l'année dernière, je vous assure. Vous ne trouverez pas de dents qui se baladent dans leurs bouches, ou autres bizarreries de ce genre, j'en suis certain.

— On ne sait jamais. N'importe quoi pourrait apporter des éléments nouveaux à mon enquête.

— Oui, je comprends, pourquoi pas ? À chacun ses priorités. Tant pis pour le traumatisme causé à la famille, hein ?

— Ils ne sont même pas là, Hodge, fit remarquer L'Amoureux.

Hodge haussa les épaules.

Une grosse lune jaune, ronde comme une soucoupe, émergea des nuages, et Charlie fit tourner son épaule pour apaiser la douleur qui l'élançait dans son bras gauche.

L'Amoureux était une force de la nature, et ce furent lui, Charlie et Ed qui se chargèrent du plus gros du travail. Pourtant, même avec l'aide de la pelleteuse, il leur fallut plusieurs heures pour extraire les cercueils des tombes, les charger dans la camionnette et les transporter à la morgue.

Le trajet n'était pas long du cimetière au centre de Wink. Charlie se rangea derrière la voiture rouillée du shérif, à l'entrée d'un vieux bâtiment qui portait encore des séquelles de la tempête. Après avoir poussé le portail qui s'ouvrit avec un couinement caoutchouteux, il traversa une pelouse trop piétinée, à l'herbe tassée comme un paillasson. Au loin, on entendait jouer les enfants du village. Il regarda sa montre. Vingt et une heures, vendredi soir. Sophie était sortie avec des amies. Elle devait rentrer à minuit, et il espérait arriver avant elle. Il suivit une allée sombre, entourée d'épais buissons. Entre les nuages, on apercevait quelques étoiles scintillantes.

Sur la porte de derrière, une pancarte disait : DÉFENSE D'ENTRER. ATTENTION, TIR SANS SOMMATION. Les planches grises du bardage avaient besoin d'un bon coup de peinture, et les rideaux étaient tirés au rez-de-chaussée. Charlie sentit la sueur lui couler dans le cou quand il monta sur la véranda et frappa.

— Entrez, dit la voix étouffée de L'Amoureux.

Dans le couloir étroit, une odeur lourde de réfrigération assaillit ses narines. Des portraits austères de notables locaux disparus étaient accrochés aux murs, éclairés par une ampoule électrique nue qui pendait du plafond. Ils descendirent un escalier étroit jusqu'au sous-sol mal éclairé, où un ventilateur sur pied déplaçait l'air nauséabond d'un coin de la pièce à l'autre. Les murs étaient imprégnés d'une odeur douceâtre de décomposition.

Les cercueils rougis par l'argile étaient si bien fermés qu'il fallut un pied de biche pour les ouvrir. Aussitôt, une puanteur affreuse envahit la pièce. Les corps étaient parés de leurs plus beaux atours et semblaient parfaitement conservés. Audra Keel portait des perles dorées aux oreilles et tenait un bouquet de marguerites fanées. Sa peau était couverte d'une poudre blanche de moisissure. C'était une femme grande, bien charpentée. Elle portait une jupe rose et un chemisier blanc à col rond. Matthew Keel mesurait dix centimètres de moins que sa femme, et était vêtu d'un beau costume bleu. Son crâne rasé était couvert d'une ombre noire.

Hodge passa une demi-heure à examiner les fiches dentaires des Keel. Le souffle court, comme s'il faisait un gros effort physique, il ouvrit les mâchoires des victimes et repéra les plombages, fit passer ses instruments sur l'émail, vérifia les dents les unes après les autres, les mains tremblantes. Enfin, il se tourna vers L'Amoureux.

— Pas une ne manque, ni molaire ni prémolaire, sauf les dents de sagesse. Leurs bouches sont dans le même état que sur leurs fiches, avant leur mort.

— Merci, Hodge, dit L'Amoureux en se versant une tasse de café généreusement coupé de whisky.

— Il n'y a pas de quoi.

Il lança un regard chargé de reproches à Charlie.

— Alors, vous voulez qu'on pratique une nouvelle autopsie ?

Charlie encaissait mal le coup. Pas de dents remplacées, cela signifiait qu'ils n'avaient pas été assassinés.

— Non, on arrête là, décida-t-il.

Ils entouraient Matthew Keel pour le soulever et le remettre dans son cercueil, quand Charlie sentit une rugosité sur le dos de la main du cadavre.

— Attendez, dit-il.

Il retourna la main. Des abrasions jaunes, translucides comme du parchemin, zébraient les phalanges.

— Qu'est-ce que c'est ?

Hodge se pencha pour regarder.

— Heu... On dirait des éraflures. En général, ce sont des marques faites après la mort.

— C'est-à-dire ? demanda L'Amoureux.

— Eh bien, des marques qui interviennent après la mort d'une victime, quand on traîne le corps par terre, par exemple.

Ils échangèrent des regards gênés, puis Hodge fit rouler Matthew sur le côté. Après lui avoir retiré sa veste et sa chemise, il trouva les mêmes traces sur le dos du cadavre.

Un long silence suivit.

— Je crois que, finalement, on devrait refaire l'autopsie, dit Charlie.

Hodge se tourna vers L'Amoureux.

— C'est toi qui décides, Jimmy.

— On y va.

L'atmosphère de la morgue devint encore plus oppressante. Après avoir déshabillé les cadavres, Hodge les ouvrit comme des grenouilles qu'on dissèque. Il coupa les anciens points de suture et sortit les sacs en plastique contenant les organes internes. Il réexamina les blessures et les compara aux radios, alors que les vapeurs méphitiques qui s'élevaient des cavités abdominales leur faisaient monter les larmes aux yeux.

— Si, et je dis bien « si », il s'agit d'un homicide, on relèvera des coups portés à la poitrine et à l'abdomen. Le rapport d'autopsie dit qu'ils ont été transpercés par deux pieds de chaise, un balustre et un piquet de barrière. Il y a une photo des débris qui sortent des corps… Je ne sais pas, c'est difficile à dire. Le mieux serait d'examiner les objets, mais je crois que nous ne les avons pas conservés, Jimmy ?

— Je ne voyais aucune raison de les garder, à l'époque.

— Moi, j'avais assez à faire avec les morts et les blessés ! Nous avons perdu le secrétaire de mairie et sa femme, l'organiste de l'église, trois jeunes représentants de la prochaine génération. Zut alors ! On dirait vraiment des blessures défensives aux mains et aux bras. Comment avons-nous pu laisser passer ça, Jimmy ?

— Je n'en sais foutre rien.

— Ces marques ne peuvent pas avoir été causées par des débris volants…

Il continua l'examen interne.

Charlie étudia les photos des rapports d'autopsie. Sur Audra Keel, la blessure de piquet avait été particulièrement violente. La pénétration s'était faite par la poitrine, avait enfoncé le tissu de son chemisier dans la chair, et transpercé le muscle jusqu'à la cavité interne.

— Tenez, voici les radios de Matthew, annonça Hodge en plaçant l'une d'entre elles dans la lumière. Abrasion d'impact sur la crête suborbitale. Hématome à la joue droite. Contusions visibles sur le cuir chevelu.

Il jeta les radios sur la paillasse et ôta ses gants en caoutchouc.

— Contusions à la tête, coups d'arme blanche multiples. Je ne sais plus. J'avais mis tout ça sur le compte de l'effondrement de leur maison. Mais nous n'avons pas trouvé les dents de remplacement que vous cherchiez.

Une ébauche d'idée se dessina dans l'esprit de Charlie.

— Peut-être que la tornade a perturbé sa mise en scène. Elle a foncé droit sur la maison, n'est-ce pas ?

L'Amoureux confirma d'un signe.

— Ses prévisions ont été imparfaites ce jour-là. Il est possible que la tornade soit arrivée plus vite que prévu et l'ait surpris au milieu de son rituel. Il n'a pas eu le temps de s'occuper des dents parce qu'il a dû sortir avant que la tornade lui tombe dessus.

— Possible, mais du coup on n'a plus de preuve.

Charlie se frotta le front, tâchant de réfléchir.

— Si on disait qu'on a fini ? grommela Hodge.

— Tout à fait d'accord, répondit L'Amoureux. La famille a autorisé l'exhumation, et nous avons refait l'autopsie. Maintenant, il faut remettre les corps dans leur tombe.

— Oui... mais... attendez... Que feriez-vous si vous aviez été interrompu au milieu d'une tâche importante ?

— Je ne sais pas. Je reviendrais terminer plus tard ?

— Exactement.

— Et alors ?

— Vous avez des tamis ?

Il était vingt-trois heures trente quand Bonnie, la gardienne du cimetière, les rejoignit près des tombes avec un carton d'ustensiles divers : une passoire à farine, deux à thé, une à légumes, une écumoire, un sucrier, et un panier de friteuse. Ils passèrent la terre du cimetière au crible, à la recherche de deux objets plus petits que des billes. N'importe quelle dent, canine, incisive, molaire, prémolaire, ferait l'affaire. Charlie espérait que le meurtrier était venu dans le cimetière une nuit sans lune après l'enterrement, et avait enfoncé une dent au-dessus de chaque tombe. Encore une théorie sans fondement, mais une théorie quand même.

Vers minuit, la pluie cessa, mais le ciel continua de s'illuminer d'éclairs. L'Amoureux buvait au goulot du Black Jack tandis que Charlie et le terrassier, qui faisait grise mine, s'activaient. Ils décollaient des mottes de terre avec les pelles, puis les passaient au tamis. Ils firent un premier tas, puis un deuxième. Il ne fallut pas longtemps à Charlie pour sentir un picotement au bas du dos. C'était un point profond qui se crispait d'abord sans faire très mal, jusqu'à ce que tous les muscles environnants se tétanisent.

— Passez-moi la bouteille, dit-il.

— Si j'avais pu choisir une façon de venir au monde, fit remarquer L'Amoureux, j'aurais choisi une irruption volcanique au fond de l'océan. J'aurais jailli dans un grand sifflement de magma en fusion...

Charlie le considéra.

— Vous êtes soûl.

— Pas encore, mais presque.

— Allez, passez-moi ça !

Il avait soudain une énorme envie de se retrouver dans le même état. Il prit plusieurs goulées généreuses qui ne firent qu'accentuer la douleur. On aurait dit une coupure de rasoir, ou une ampoule arrachée. Cela irradiait du haut de la cuisse jusqu'au genou, se propageait dans la jambe gauche, comme une brûlure de neige carbonique.

Hodge rentra chez lui peu après minuit, après avoir raccompagné Bonnie en voiture. Elle laissa sur place sa camionnette avec le treuil, et Charlie et L'Amoureux continuèrent, en se soûlant avec un acharnement de bons patriotes. Quand Ed, le terrassier, déserta à son tour vers une heure du matin, Charlie n'avait plus mal nulle part. Il entendait son sang dans ses oreilles. Les mains gonflées par l'effort, il mobilisa toutes ses forces, ne tenant que grâce à la tension nerveuse. Les stèles sentaient la pierre humide, et le vent apportait des aboiements frénétiques.

— Nous perdons notre temps, mon ami, déclara L'Amoureux. Je ne continue que parce que je ne veux surtout pas rentrer chez moi avant d'être ivre mort. Un horrible cauchemar me poursuit : ma mère brandit un couteau au-dessus de mes bijoux de famille. La lame descend et maman hurle : « Tu n'en as pas besoin, hein ? » C'est là que je me réveille.

Charlie éclata de rire. Le ciel s'était dégagé et les étoiles brillaient, innombrables. Vénus luisait comme un charbon ardent. Leurs vêtements étaient couverts de terre, et la poussière les faisait tousser.

— Je dois vous reconnaître au moins votre ténacité, ajouta L'Amoureux.

— Tu parles.

Dans le silence du cimetière ne résonnaient que leur souffle et le choc des pelles dans la terre. Il y avait trop de pierres tombales, trop de dalles de granit autour d'eux. Des papillons de nuit voletaient dans la lumière des phares, et Charlie commençait à avoir des ampoules. L'odeur de mort qu'il n'arrivait pas à expulser de son nez lui étreignait le cœur. Une goutte de sueur roula sur sa tempe et descendit le long de son visage, lui donnant une désagréable impression d'asymétrie. Il sentait le regard des morts peser sur eux. Des légions de morts. Il ne fallait qu'un quart de seconde pour être admis dans leurs rangs, pour devenir un homme horizontal dont la terre aspirait la couleur.

— On laisse tomber ?

— Pas encore, répondit Charlie.

— Pourtant il y a un cheeseburger qui nous attend chez Ruby.

— À deux heures du matin ?

— C'est ouvert jour et nuit. Je vous invite. Il y a tellement de mouches, là-bas, qu'on croirait que les petits pains ont des ailes.

Le vent se leva, balayant les vieilles feuilles mortes du dernier automne, et Charlie cessa de creuser. Il avait les bras en plomb, une sensation de brûlure qui s'étendait du cou jusqu'aux épaules, avec un pic à la saillie des omoplates.

— La bouteille, grogna-t-il.

L'Amoureux la lui tendit en protestant.

— On est claqués, mon pote. Il est temps de jeter l'éponge. Et il faut qu'on les ensevelisse.

Ils remirent le moteur de la camionnette en marche et déroulèrent la lourde chaîne du treuil. Ensuite ils l'attachèrent aux crochets du cercueil d'Audra, qu'ils firent descendre lentement dans le trou. Le treuil protesta, le moteur peina, puis le cercueil toucha le fond de la cavité.

Charlie devait encore descendre pour décrocher les chaînes. Les mauvaises herbes craquèrent sous ses pieds quand il approcha du bord de la tombe et alluma sa torche.

Une forte odeur de terre retournée lui emplit les narines alors qu'il regardait dans le trou. Il sauta dedans, faisant fuir des ombres, et eut l'impression de se faire avaler. Il décrocha la chaîne en frissonnant, puis se hissa à la surface, le spectre d'Audra sur les talons.

Ils descendirent l'autre cercueil, puis remplirent les fosses. Charlie n'en pouvait plus.

— Fin du film, déclara L'Amoureux en tapant les mains pour en chasser la terre. Vous venez casser une croûte ?

— Au paradis des cheeseburgers volants ?

— Oui, et des plafonds enfumés. Et des six desserts. Et de la bonne purée maison.

Dans la lueur brumeuse avant-coureuse de l'aube, Charlie était assailli par le doute. Les deux affaires étaient presque identiques, mis à part le détail des dents. Il arrivait que les psychopathes laissent des indices à la police. Pour certains, cela répondait à un désir inconscient de se faire prendre ; pour d'autres, c'était une façon de s'amuser aux dépens des autorités.

Il balaya la pierre tombale d'Audra Keel avec sa torche. *Épouse et mère bien-aimée.* Merde ! Sophie ! Il avait oublié de la prévenir. Quelle heure était-il ? Mais, au moment de regarder sa montre, il vit briller quelque chose à ses pieds.

Bon sang, les roses !

Il tomba à genoux et se mit à creuser avec les mains.

— Qu'est-ce qui vous prend ?

— Je regarde les roses.

— Mais pourquoi ?

Il sentit du verre au bout de ses doigts, et déterra le tube, scellé par un bouchon en caoutchouc, dans lequel était piquée la tige. Gardées dans ces vases, les fleurs restaient fraîches au moins une semaine.

— Ah ! fit L'Amoureux, je ne voyais pas de quoi vous vouliez parler.

Les mains tremblantes, Charlie dirigea sa torche sur le tube en verre, et vit aussitôt ce qu'il cherchait, ballottant dans un fond de liquide trouble. Une dent humaine.

— Regardez ! s'écria-t-il en levant le tube. La voilà, notre preuve !

14

Charlie rentra chez lui vers trois heures du matin, mais trouva la maison vide.

— Sophie ?

Elle n'était pas dans sa chambre, ni dans le salon, ni dans la cuisine, ni dans la pièce télé. Il remarqua que la lumière était allumée dans le bureau et trouva un éventail macabre des photos de la scène du crime étalées sur sa table. « Merde ! » Ce n'était sûrement pas lui qui les avait oubliées là. Il ne laissait jamais rien traîner qui pourrait la choquer.

Il ressortit par la cuisine, une lampe de poche puissante à la main. Il traversa le jardin, dépassa les poubelles, entra dans le potager et se fraya un chemin à travers les plants de haricots, de maïs, de tomates et de courges. Le rond de sa lumière dansait devant lui, éclairant la prairie fleurie à l'arrière du jardin, où il était presque sûr de la trouver. Autrefois, quand Maddie était en vie, ils allaient pique-niquer là-bas, au milieu d'une marée d'herbes hautes. Sa fille avait un arbre favori, où elle avait pris l'habitude de venir pleurer seule après la disparition de sa mère. Dès qu'il passa la haie de sureaux et approcha du grand peuplier de Virginie, il aperçut Sophie et se sentit mieux.

— Sophie ? appela-t-il doucement pour ne pas l'effrayer.

Elle se tourna vers lui.

— Papa ?

Elle était recroquevillée au pied du tronc, les genoux ramenés entre ses bras frêles. Le vieux peuplier était un arbre imposant, de plus d'un mètre de diamètre, dont la grosse écorce noire grouillait d'insectes. De la charpente massive partait une large couronne de feuilles pointues qui se balançaient au bout de tiges plates. Au moindre souffle de vent, l'arbre crépitait et miroitait au loin ; en fermant les yeux, on avait l'impression d'entendre la mer.

Il s'assit à côté d'elle dans l'herbe humide. Maintenant qu'il était rassuré, il s'offrit le luxe de se mettre en colère.

— Tu sais l'heure qu'il est ? Tu m'as fait mourir de peur ! C'est ça que tu cherchais ? Tu voulais donner une crise cardiaque à ton vieux bougre de père ?

— Exactement. Mon plan machiavélique a fonctionné. Tu sais que tu empestes ? Tu as bu ?

Il détourna la tête dans le noir.

— Tu prends le volant avec de l'alcool dans le sang, et c'est moi qui t'inquiète ?

— Je ne veux pas que tu restes dehors en pleine nuit. Sérieusement, Sophie, tu ne te rends pas compte !

— N'essaie pas de changer de sujet.

— Changer de sujet ? Quel sujet ?

— Je te dis que tu as bu. Tu m'as menti. Tu avais promis de rentrer pour minuit. Tu es un gros menteur imbibé de whisky.

Coupable, il frotta ses yeux fatigués.

— En plus, tu avais encore oublié d'allumer ton portable. Je ne pouvais pas te joindre.

— Tu aurais dû appeler Peg.

— Je ne voulais pas la déranger. C'était toi que j'attendais.

— Il ne faut pas m'en vouloir, chérie. J'ai fait quelque chose de vraiment désagréable, cette nuit.

Elle eut l'air inquiet.

— Quoi ?

— Je ne peux pas t'en parler.

— Pourquoi ? insista-t-elle.

— Il vaut mieux que je ne te raconte pas tout, Sophie, tu le sais.

Des images l'assaillirent, des visions d'éviscération qui le réveillaient au milieu de la nuit, lorsqu'il était le plus vulnérable.

— Même si tu avais de bonnes raisons, maman n'aurait pas été contente.

— Je sais bien..., soupira-t-il en baissant la tête.

— Je t'aime, papa, mais parfois tu mets ma patience à rude épreuve !

Il ne put retenir un sourire qu'il fit tout pour camoufler, mais en vain.

— Je ne vois pas ce qu'il y a de drôle !

— Tu as raison, ce n'est pas drôle du tout.

Elle n'insista pas, mais avait l'air vexé.

Les reproches de sa fille lui faisaient mal. Sa fille chérie qui sentait le parfum d'échantillons gratuits.

— Allez, dit-il, on fait la paix, je te demande pardon.

— Maman ne t'aurait pas laissé t'en tirer à si bon compte.

— Je sais bien. Tu as raison. Je n'aurais pas dû.

Sous le clair de lune, les champs luxuriants vibraient de vie.

— Je suis venue m'asseoir ici, et j'ai trouvé ça beau un moment, mais très vite j'ai vu des formes bouger dans l'obscurité, avoua-t-elle.

— Ne t'en fais pas, je suis là maintenant.

Elle enfouit le visage dans ses mains.

— Ça n'arrivera plus, je te le promets, mon chaton, dit-il en caressant ses cheveux soyeux. Ta mère n'aurait pas voulu que tu sois malheureuse.

Elle s'essuya les yeux et se redressa bravement.

— Tu te souviens de nos pique-niques ? Maintenant, on n'en fait plus jamais...

L'accusation lui transperça le cœur.

— C'est vrai, je n'ai pas été un père très drôle, ces derniers temps.

Elle se recroquevilla de nouveau, comme si elle avait mal, et le silence retomba. La terre boueuse aspirait les talons de

Charlie. Écoutant le chœur des grillons, cette stridulation d'amour incessante, il éteignit la torche. Le paysage se révéla lentement, lumineux sous la pleine lune. Les lumières ambrées du centre de Promise clignotaient au loin. La nuit luisait dans le secret de son intimité.

— Tu veux que je te dise ce qui me fiche le plus la haine ? lança Sophie d'une voix tendue.

— Oui, quoi ?

— J'aurais voulu être là le jour de sa mort.

— Ta mère était très mal en point, vers la fin.

Elle essuya une larme.

— Au début, je rêvais d'elle toutes les nuits, mais plus maintenant.

Il hocha la tête en silence. Pour lui, c'était pareil. Il pensait énormément à Maddie, mais rêvait de moins en moins d'elle. Seuls quelques cauchemars persistaient.

Elle lui jeta un regard sévère.

— Grand-père dit que, de toute façon, on n'est que de la pâtée pour les vers.

— Ton grand-père est un idiot. Il ne faut pas l'écouter.

Elle leva ses yeux sérieux vers le ciel ; deux petites lunes brillantes se reflétèrent dans un lac de larmes qui déborda sur ses joues.

— J'ai oublié de lui dire quelque chose...

— Tu as oublié de lui dire quoi ?

— Qu'il n'y avait pas de meilleure mère qu'elle au monde.

— Ce n'est pas grave, tu sais. Tu n'as qu'à le lui dire maintenant.

Il eut de la peine en la regardant envoyer ses pensées tristes et aimantes vers le ciel. Il se détourna, un énorme nœud dans la gorge. L'herbe se couchait sous le vent, formant des couloirs, des rivières. On entendait les animaux de la nuit : battements d'ailes de chauves-souris, grattements de ratons laveurs, froissements de putois. La bouche pâteuse, il revit soudain l'incendie comme s'il l'avait devant lui, les cendres incandescentes voletaient tels des flocons de neige. Il se souvint de la fureur de son père, de sa ceinture, de ses poings. D'un coup, il comprit que l'habitude de la souffrance le rendait parfois indifférent aux sentiments de sa fille.

— Tu crois qu'elle m'a entendue ? souffla-t-elle.

— Bien sûr, répondit-il sans trop y croire.

Il la prit dans ses bras. Elle résista un peu puis accepta de se laisser réconforter. Comme il l'étreignait, elle finit par se laisser aller tout à fait et fondit en larmes.

DES VENTS MÉCHANTS SECOUENT LES DOUX BOURGEONS DE MAI

1

Un bruit horrible de clous arrachés grinça dans la maison, comme si le bardage s'envolait. Puis il y eut un choc sourd, et Birdie Rideout, cinquante-quatre ans, s'inquiéta pour son mobilier – salon, salle à manger, et chambre rose. Sa maison, sa belle maison craquait de toutes parts. La tornade devait être très proche.

— Tu crois qu'on va s'en sortir ? demanda-t-elle pour la centième fois à son mari.

Il était minuit passé, un 10 mai, par une nuit froide et venteuse. L'orage avait éclaté subitement. Dix minutes à peine s'étaient écoulées entre l'alarme lancée par la sirène du village et la coupure de courant.

Sailor Rideout se pinça l'arête du nez entre le pouce et l'index. Sa femme commençait à l'agacer, mais il voulait être fort pour elle, et tâchait de prendre une expression virile et courageuse. Ils étaient blottis dans le placard de l'entrée, sur le banc étroit fixé le long du mur.

Birdie tenait la lampe de poche sur ses genoux. Éclairé par-dessous, le visage de Sailor lui rappelait une citrouille de Halloween, un jeu d'enfant pour se faire peur.

— Ça va aller, tu verras, dit-il.

— Elle va nous tomber dessus, j'en suis sûre.

— Dieu nous a bien protégés jusque-là !

Le ventre de Sailor l'empêchait de voir ses pieds depuis

longtemps, mais Birdie avait encore le cœur battant quand elle l'apercevait à son insu en train de lisser ses cheveux gris, ou de nourrir les poules, sa brioche débordant de la ceinture de son jean.

Elle entendit un fracas au-dessus du toit, et elle frissonna en imaginant qu'ils allaient être emportés par le vent, comme des graines de pissenlit.

Elle se serra plus fort contre Sailor. Il y avait à peine plus d'une demi-heure, elle était encore bien au chaud sur le canapé du salon, à regarder un vieux film sur leur téléviseur antédiluvien. Son mari dormait comme un bébé – pas elle. Elle avait besoin de se préparer au sommeil en buvant une tasse de lait chaud, calée sur les bons coussins du divan, et de rester devant la télévision jusqu'à une heure tardive. Et voilà qu'ils se retrouvaient dans le placard de l'entrée, apeurés comme des gamins à l'idée que la tornade allait les avaler et les recracher à l'autre bout de la plaine.

Les fenêtres du salon vibraient, et on entendait des claquements bizarres ; des impacts qui vous résonnaient dans les os. La tornade fonçait sur eux comme un avion. De l'autre côté du rayon de la lampe, Sailor se tassait de fatigue, et quand elle lui posa la main sur le bras, elle découvrit qu'il tremblait.

— Sailor, ça va ?

Elle lâcha la lampe pour lui prendre la main. À cet instant, elle sentit un nouveau choc qui remonta par le banc dans sa colonne vertébrale, et elle entendit grincer la charpente. Elle ne voulait pas mourir. Il lui restait tellement de choses à faire…

— Regarde ! s'écria-t-elle, étonnée par une tache de lumière ovale qui passait par intermittence sous la porte.

Sailor s'essuya le front avec la manche.

— C'est les éclairs.

— Mais non !

Avant qu'il puisse l'en empêcher, elle se leva et ouvrit la porte. Ses longs cheveux gris se rabattirent brutalement contre son visage. Elle crut deviner une silhouette qui se déplaçait dans la maison obscure, envahie par le vent. Elle chercha cette ombre des yeux mais ne vit plus rien.

Des souvenirs frémirent au seuil de sa conscience : des robes du soir… des barbecues de Noël… son premier rouge à lèvres… son premier soutien-gorge… sa découverte des garçons… la naissance de leurs fils. Birdie avait vécu à Dogtooth, dans le Texas, toute sa vie, mais ses deux sœurs aînées avaient fui la campagne et s'étaient installées à Houston. L'une s'était mariée à un médecin, l'autre à un avocat, alors qu'elle avait épousé son amour de jeunesse.

Elle dut s'arc-bouter pour refermer la porte. Terrorisée, elle se jeta dans les bras de Sailor.

— Je t'aime ! cria-t-elle pour couvrir les rugissements du vent. Tu le sais que je t'aime ?

— Ne dis pas de bêtises ! hurla-t-il en retour. Ça va aller, je t'assure !

2

Dans les entrailles du Laboratoire d'étude des vents, la salle de lancement des missiles était plongée dans un silence religieux. Et pourtant, malgré la concentration, le ventre de Willa gargouillait sans arrêt. Elle n'avait avalé que quelques bouchées au petit-déjeuner, et bu beaucoup trop de café. Impossible de se forcer à manger. Sans doute à cause du temps. Elle était trop tendue. *Chut, là-dedans !*

Rick s'affairait, sourcils froncés, méticuleux à l'extrême. *Allez, Rick, souris un peu, pour changer.* Malgré son sérieux, ils formaient une bonne équipe, se complétant parfaitement.

— Prêt, annonça-t-il.

Ils chargèrent ensemble le canon à air.

— Il nous reste encore combien de tests ? demanda Willa qui ne tenait plus en place.

— Essais d'impact et de fatigue cyclique.

— Horreur, nous en avons pour la journée !

— Ça m'en a tout l'air.

— Trois ou quatre heures au bas mot.

Elle regarda sa montre. Il était dix heures du matin, et il y avait de l'orage dans l'air, en pleine saison des tornades. Elle transpirait à grosses gouttes. Aujourd'hui, elle ne se sentait pas à son avantage ; elle s'était habillée à la va-vite. Pantalon de toile large, grandes créoles aux oreilles, et ses cheveux, enduits d'huile de noix de coco, lui tombaient dans le dos comme une serpillière mouillée. Elle attrapa un élastique et se les attacha en queue de cheval pour se dégager le visage, puis elle jeta un coup d'œil de regret à son i-Mac posé sur la table encombrée. Les données météo qu'elle venait de télécharger montraient un système nuageux très dynamique qui allait traverser le Texas et une partie de l'Oklahoma dans la journée. Le mouvement tourbillonnaire visible à l'écran était du plus bel effet. L'image radar était tellement magnifique qu'elle en bavait presque. Malgré un week-end entier passé à chasser les tornades, elle restait sur sa faim. Elle ne se lassait jamais, il lui en fallait toujours plus, c'était une vraie drogue.

— Le SPC a lancé une alerte aux tornades pour l'est du Texas, le centre-nord et le nord-ouest de l'Oklahoma, indiqua-t-elle à Rick.

Le SPC était le Centre d'observation des tornades de Norman, dans l'Oklahoma.

— Gordo vient d'appeler pour me signaler une nouvelle tour au nord de Texola, ajouta-t-elle.

— Tu sais, pour moi aussi, c'est un vrai calvaire d'être enfermé ici un jour pareil…

— Sur Radio KXDI, on lance des alertes pour le nord du Texas, mais les images radars ne montrent rien par là-bas.

— Pas étonnant. Ils travaillent sur des données trop anciennes.

— Regarde-moi cette spirale !

L'image satellite montrait un parfait mouvement de rotation, un foyer rouge qui se déplaçait du sud-ouest vers le nord-est.

— Allez, on y va, on lui court après, hein ? Rick ? supplia-t-elle d'une fausse voix de petite fille, en battant des cils.

— Quoi ? Maintenant ?

— Ben oui, maintenant, tu veux tout rater ou quoi ?

Il s'empêtrait dans ses contradictions. Il fit non de la tête. Ce qu'il pouvait être pénible avec sa rigueur et sa conscience professionnelles !

— Tais-toi, tentatrice. Jacobs attend nos résultats depuis hier. Il va nous faire la peau.

— Je t'en prie… je me roule à tes pieds…

Son grand complice prenait la tête sérieuse, calculatrice, dont elle se moquait souvent gentiment. Sa chemise était bien rentrée dans son pantalon, comme un petit garçon. *À l'école, on devait se ficher de lui, le traiter de fayot parce qu'il était bon en maths. On devait coller des punaises sur sa chaise, lui accrocher des papiers avec des blagues dans le dos. En tout cas, c'était ce qu'elle avait subi, elle. Pas drôle… et la cruauté était encore pire quand on était pauvre. Deux grandes sœurs avant elle, dont elle héritait les vieux vêtements devenus trop petits. Pas assez d'eau dans le puits, résultat, elle ne pouvait se laver les cheveux qu'une fois par semaine. Et, à la puberté, elle avait écopé d'acné et de pellicules. Les autres filles la détestaient parce qu'elle était pauvre et bonne en classe, un double handicap… Ça l'avançait à quoi de faire sa maligne ? Elles la ridiculisaient tout le temps, méchantes comme savent l'être les filles, appuyant toujours là où ça faisait mal… ses cheveux de plus en plus gras à mesure qu'avançait la semaine…*

Le père de Willa l'avait introduite dans un autre univers, celui de la confrérie des chasseurs de tornades. Il l'avait tirée de ses malheurs d'écolière, et elle avait fait la connaissance de gens bien, intelligents, drôles. Quand on courait après le vent, on était soulevé de terre, transporté ailleurs… dans un endroit à part. Son père était une tête, et il avait beaucoup d'humour. Il citait Shakespeare à la moindre occasion : « Peut-on te comparer à un beau jour d'été ? Tu es plus exquise, tu es plus brillante ; des vents méchants secouent les doux bourgeons de mai, et la belle saison n'est que trop fuyante. » Il s'amusait même à parodier les vers shakespeariens pour faire rire les autres chasseurs de tornades. « Peut-on te comparer à un bel empoté ! Si tu voulais doubler, il fallait clignoter ! » Il était drôle, mais savait se montrer ferme quand il exigeait de sa fille de bons résultats en classe, même si les filles n'étaient pas censées faire d'études dans leur cambrousse.

— Tu ne me crois pas capable de me mettre à plat ventre devant Jacobs pour le supplier de nous laisser partir à la chasse cet après-midi ? demanda-t-elle. Regarde, ajouta-t-elle en désignant l'écran, ça bouge, ça bouge !

— Je ne sais pas...

— C'est un temps à tuyau de poêle, je te le dis, mon grand.

— Ça ne te dérangerait pas de te concentrer un peu ? Il faut qu'on avance.

— Comme tu voudras, mais tu vas tout rater...

La salle des missiles abritait un canon à air qui servait à lancer des projectiles en bois à des vitesses de plus de deux cents kilomètres à l'heure dans des panneaux tests, afin d'évaluer leur résistance aux débris volants. C'était un couloir de douze mètres de long pour cinq mètres de haut, dont les parois lisses renvoyaient tous les sons. Le ciment avait été peint en orange, sans doute pour l'égayer, mais cela ne servait qu'à le rendre plus étouffant. Au bout de quelques heures, on y devenait complètement claustrophobe. Willa et Rick y étaient enfermés depuis sept heures du matin.

Aujourd'hui, ils testaient des panneaux d'un matériau synthétique de très mauvaise qualité. Un industriel le destinait à la fabrication d'abris antitornades d'appoint, sortes de chambres fortes à installer chez soi quand on n'avait pas de cave. Willa s'était juré de ne pas donner l'agrément au fabricant. Il faudrait la tuer avant.

— Je ne vois pas pourquoi on se fatigue à pousser les tests plus loin, gémit-elle. On sait déjà à quoi s'en tenir. Ah ! si on pouvait simplement marquer « C'est de la merde » sur notre rapport !

Rick perdit son sérieux une seconde.

— Ah, ah ! s'exclama-t-elle. Gros progrès ! Deux sourires en une heure !

— Tu es impossible.

— Mais regarde ça ! clama-t-elle en désignant l'image radar. Ces masses d'air énormes qui entrent en collision ! Orages phénoménaux en perspective !

Il continua sa tâche méthodiquement, vérifiant tout plutôt deux fois qu'une, mais elle voyait bien que sa concentration faiblissait.

— Tu as envie d'y aller, hein, lui susurra-t-elle à l'oreille. Ça te démange…

— Arrête.

— Reconnais que tu en meurs d'envie.

À la radio passait la belle voix de basse de Lou Reed, période Velvet Underground.

— Allez, encore un essai à vitesse plus faible.

— Mais tu veux descendre jusqu'où ? On pourrait lui balancer une tortue pour voir ! On sait déjà que ça ne correspond pas aux normes de la FEMA. Les deux derniers panneaux ont été réduits en charpie, coco.

— Allez, pour me faire plaisir.

Elle soupira, au paroxysme de la frustration. Elle voulait sortir, regarder les nuages, sentir le vent dans ses cheveux. Son père attrapait son appareil photo et l'embarquait dans sa vieille Rambler cabossée. Ils partaient tous les deux vers l'inconnu, dans la tempête. Il savait bouger les oreilles. Il savait prédire quand la foudre allait tomber. Willa baissait la vitre et tournait le visage vers le ciel. De grosses gouttes de pluie l'embrassaient sur les lèvres et les cils. Au moindre coup de tonnerre, on faisait halte pour monter le trépied. *Le baiser de la mort*, lui disait-il. *Quand on règle son appareil pour photographier un éclair, on appelle ça le baiser de la mort. À la seconde où on ouvre l'obturateur… pschit, c'est fini.*

— La cote d'alerte est très élevée sur notre zone, insista-t-elle. Des supercellules isolées vont se transformer en tornades dans l'après-midi.

— Du calme, dit-il en pointant le canon sur le centre du panneau test.

— Allez, on y va, grand lâche.

— Tu es insupportable.

— C'est l'orage qui me rend folle.

— Arrête.

— Tu veux vraiment que je me taise ?

Il s'interrompit, le regard hésitant.

— Tu veux que je te dise ce que je pense, Willa ?
— Oui !
— Eh bien je crève d'envie d'y aller, moi aussi !
— Super ! Vite, vite ! Les dieux de l'orage sont avec nous.
— Bon, mais on finit ce test d'abord, d'accord ?
— D'accord.

Elle souffla sur ses mèches folles pour se dégager le visage.

— La pression monte, dit-elle distraitement en regardant sa montre puis son ordinateur portable pour la centième fois.

Pendant qu'elle attendait le moment du déclenchement, elle imagina les alertes qui étaient en train d'éclater un peu partout. Bonnes nouvelles pour certains, mauvaises pour d'autres. C'était terrible de perdre tout ce qu'on possède en un clin d'œil. La limite de résistance d'une petite maison est assez vite atteinte. Combien de fois avait-elle été témoin de la puissance colossale de ces monstres... Pourtant, les statistiques n'étaient pas alarmantes : les tornades tuaient quatre-vingts Américains par an ; les piscines quatre mille, les voitures quarante mille.

— J'ai réglé la vitesse d'impact à cent cinquante, cette fois, indiqua-t-elle.
— Bon, là, c'est vraiment bas. Accroche-toi !

Elle enfila son casque de protection qui étouffait les bruits, et retint sa respiration au moment où Rick appuyait sur la télécommande. Instantanément, le missile test fut éjecté du canon à air dans un sifflement.

Le long projectile en bois de sept kilos fit éclater le panneau en mille morceaux.

— T'as vu ça ? commenta Rick en inscrivant un commentaire sur sa feuille. Perforation totale du panneau test.

Elle retira son casque, se passa la main dans les cheveux et alla examiner les dégâts. Le projectile lui-même n'était presque pas endommagé, mais le panneau avait été mis en pièces.

— Ils vont devoir revoir leur copie, les gars, ajouta Rick.

Willa revint noter ses observations. Ce seul test, s'il était manqué, suffisait à disqualifier le matériau.

— « Moi, Willa Bellman, lut-elle à voix haute pendant qu'elle remplissait son formulaire, employée par bla-bla, bla-bla, ingénieur assermenté, etc., certifie que les tests d'impact sur les panneaux trucs ne correspondent pas aux normes... » Je souligne *pas*.

— Voilà qui leur règle leur compte définitivement.

— J'appose un bon gros tampon *Refusé* sur la feuille. (Elle regarda de nouveau sa montre.) Bon, je vais voir Jacobs. Ça t'ennuie de finir de remplir les papiers sans moi ? Il faut qu'on soit partis à une heure, autrement, on va tout rater.

Il eut un rire cynique.

— Eh bien ! Elle est sûre d'elle, cette petite !

— Normal. Je mène M. le Pr Jacobs par le bout du nez !

Elle s'interrompit, pensive.

— Au fait, reprit-elle, à ton avis... je propose à Charlie de venir ?

Il la considéra avec condescendance, puis sourit.

— Charlie ? Il te fait de l'effet, on dirait.

Elle rougit jusqu'aux oreilles.

— Allez, insista-t-il, avoue ! On est entre amis.

— Fiche-moi la paix !

— Tu es bien susceptible, tout à coup.

— Mais enfin, je lui ai simplement proposé de l'emmener un jour. Il a dit que ça l'aiderait dans son enquête. Je ne vois pas où est le mal. Pourquoi pas aujourd'hui ?

— Tu as tout à fait raison.

Il baissa la tête sur ses formulaires.

Elle resta là à le regarder écrire, comme si elle avait besoin de son assentiment. Elle avait un peu le tournis, le cœur nerveux.

— Bon... Je vais encore réfléchir...

Rick releva le nez.

— Tu me rends dingue. Qu'est-ce que tu attends, au juste ?

— Je ne sais pas. Euh...

Elle joua avec sa queue-de-cheval, tira sur l'élastique et libéra ses cheveux noirs, qu'elle trouvait trop épais.

— Je ne sais pas... C'est peut-être mieux de ne pas l'appeler...

— Mais pourquoi ?

— Je ne sais pas...

— Enfin, regarde-toi ! Tu es adorable.

— Pas du tout ! J'ai une tête de bol de porridge et les oreilles en feuille de chou.

— Là, tu te vantes ! Maintenant, arrête, tu es pénible. Allez, ajouta-t-il en lui lançant son téléphone portable. Vas-y, éclate-toi.

Elle approcha de l'ordinateur où l'image radar dansait en boucle, séductrice : *Viens me chercher, si tu l'oses !*

Rick tourna le dos, comme si cela l'empêchait d'écouter son coup de fil. Elle composa le numéro du poste de police.

— Allô ?

Prête à défaillir, elle dut s'asseoir.

— Charlie ? C'est moi, Willa Bellman... Que diriez-vous d'aller chasser les tornades aujourd'hui ?

Charlie hésita.

— Quoi ? Là ? Maintenant ?

La ligne grésillait.

— Oui, maintenant, pourquoi pas ? Le ciel est à point. À treize heures, ça vous irait ?

Il y eut un long silence.

— Les images satellites sont incroyables, insista-t-elle, le cœur battant à tout rompre. Le point de rosée est monté de sept à dix-huit. Nous attendons une colonne ascendante dans l'ouest de l'Oklahoma cet après-midi, soulevée par un flux de surface chaud, au nord du front de rafales...

Cela le fit rire.

— Ça veut dire quelque chose, ce charabia ?

— Mais oui, répondit-elle avec un grand sourire. Alors... c'est d'accord ? Je passe vous prendre à treize heures ?

— Entendu.

Il lui indiqua la route à prendre, et elle nota les indications, les doigts crispés sur le stylo.

— Bon, c'est fait, dit-elle en raccrochant avec un coup d'œil à Rick.

Elle se sentait un peu bête de lui avoir promis de l'emmener alors qu'elle n'avait pas encore l'autorisation de Jacobs. Quelle folle !

Rick remonta ses lunettes sur son nez.

— Alors, il vient ?

— Oui. Voilà ce qu'on va faire : moi je vais demander à Jacobs de nous laisser partir, et toi tu prépares la voiture-labo.

Elle prit les clés dans sa poche et les lui jeta.

— OK, Ricky ?

— OK, baby.

Elle sortit de la zone d'essais, un grand sourire aux lèvres.

3

Mike Rosengard attendait sur le pas de la porte, dans son costume parfaitement repassé.

— Bonne nouvelle ? demanda-t-il en remarquant le sourire de Charlie.

— Je viens d'apprendre qu'on m'emmène chasser la tornade cet après-midi.

Son meilleur ami, qui jouait souvent le rôle d'ange gardien, regarda par la fenêtre.

— Mère nature a l'air d'une humeur massacrante. Vous n'avez pas intérêt à trop la déranger.

— Je me dis que c'est une bonne occasion de récolter quelques nouveaux numéros d'immatriculation. Je vais en profiter pour parler à des chasseurs. Je me rendrai mieux compte du contexte.

Il remarqua l'enveloppe brune que Mike tenait dans ses mains tachées d'encre.

— Et ça ? De bonnes nouvelles aussi, j'espère.

— Les rapports du labo sont enfin arrivés. Nous n'avons trouvé que le sang des victimes.

— Même dans les siphons de lavabo ?

— Partout : siphons, robinets, éclaboussures, traînées et taches.

Bon, rien à en tirer.

— Et les empreintes digitales ?

Mike sortit les rapports de l'enveloppe et s'assit.

— Sur quatre-vingt-trois empreintes relevées sur la scène du crime, dix-huit appartiennent à Rob Pepper, vingt et une à Jenna, douze à Danielle, et plusieurs dizaines sont identifiées comme provenant d'amis, de parents, et d'enquêteurs présents sur les lieux. On n'a rien trouvé sur les armes en bois.

— Donc il n'a ôté ses gants à aucun moment...

— On dirait bien.

Charlie venait de passer quelques semaines fastidieuses à éplucher les divers éléments liés à l'affaire. Témoignages, photos de la scène du crime, tasses à café vides, mémos par paniers entiers. Il fallait être doué d'une patience infinie pour s'occuper d'un dossier aussi compliqué. Et puis ils avaient trop peu de moyens. Il leur aurait fallu des hommes, des fonds pour payer les heures supplémentaires, du matériel... et aussi de la chance.

— Et les cheveux ?

— Nous avons des identifications possibles pour Jenna, Rob et Danielle, répondit Mike. Reste un cheveu blond, et sept bruns de diverses longueurs, dont nous ne connaissons pas les propriétaires.

— De toute façon, même s'ils correspondaient à ceux de l'assassin, ce genre de preuve n'est pas recevable devant une cour de justice. La tornade aurait pu déposer l'indice dans la maison, en l'apportant d'ailleurs.

Mike acheva de parcourir le rapport.

— Pas de racines, donc on ne peut pas faire d'analyses d'ADN.

Sans identification génétique, les experts ne pouvaient pas déterminer avec certitude à qui appartenait un cheveu. Et on ne trouvait d'ADN que dans la racine ou dans le tissu folliculaire qui adhérait à son extrémité.

— Bon, je résume : nous n'avons pas de sang, pas d'empreintes, et pas de suspects. (Il regarda en l'air, cherchant l'inspiration au plafond.) On devrait peut-être faire appel à une voyante !

— Ce que je me suis toujours demandé, c'est pourquoi les voyantes ne devinent jamais qu'elles ont affaire à des flics.

Charlie eut un petit sourire. Les stores claquaient au vent. De la fenêtre de son bureau, il avait une vue imprenable du parking et d'un panneau publicitaire artisanal, vantant les mérites des fosses septiques Bernie. Blotti au sein du tribunal, le poste de police comprenait quatre minuscules cellules, une salle de garde qui servait aussi de cantine, et un standard placé dans le hall d'accueil. Le bureau de Charlie, au premier étage, était rempli jusqu'au plafond de boîtes de classement et de plannings poussiéreux. Les corbeilles à papier n'étaient vidées qu'une fois par semaine à cause des coupes budgétaires.

— Bon, il reste encore ça...

Mike lui tendit la photo d'une empreinte de chaussure partielle, mauve pâle, parce qu'elle avait été traitée à la diaminobenzidine.

— D'où elle sort, celle-là ?

— Les types du labo régional sont des acharnés. Vous vous souvenez du verre cassé dans la cuisine ? Ils ont reconstitué la vitre, morceau par morceau, comme un puzzle, et ils ont trouvé cette empreinte partielle. Malin, hein ? Chaussure de jogging de marque courante, pied gauche. L'embêtant, c'est qu'ils ne sont pas arrivés à se mettre d'accord sur la pointure.

— Même en gros ?

— Si. Il y a une hésitation entre le 43 et le 44. Chaussure d'homme. Ça ne nous servira que si nous avons un suspect, pour comparer.

— Ce qui ne nous avance pas à grand-chose pour l'instant.

— Exact.

Mike s'épongea le front.

— Je ne comprends pas, moi, j'étouffe, et vous, vous ne transpirez pas du tout.

— Vous avez bien dormi cette nuit ?

— Comme d'habitude ! Je m'agite jusqu'à l'aube, et juste quand je m'endors les marteaux-piqueurs me réveillent.

Charlie aussi était victime du bruit. Tous les matins, avant même que les oiseaux commencent à chanter, un boucan d'enfer montait sur la région. Le grondement des bulldozers annonçait l'arrivée des terrassiers, des couvreurs, des plombiers, des maçons. Un tiers de la ville ressemblait à un champ de bataille avec ses feux de chantier et ses arbres dépouillés. Sur les ruines, des inscriptions à la peinture disaient : À VENDRE – BRICOLEUR. Tout le monde vendait. Les gens fuyaient la région comme les rats quittent un navire, à cause du prix des réparations. Quatre cent vingt maisons endommagées, soixante-cinq fermes sur sept cent soixante détruites. À Promise, le château d'eau était tombé sur la route et avait noyé un élevage de poulets. L'Agence fédérale de gestion des situations d'urgence estimait les dommages à quarante millions de dollars, mais il ne s'agissait que d'un chiffre provisoire. Et les demandes de prêt se multipliaient.

— J'ai quitté Boston parce que c'est une grande ville où on ne voit pas l'horizon, commenta Mike. Ici, on voit loin, aucun doute là-dessus, mais, justement, ça me fiche la trouille maintenant : la nature, c'est un peu trop sauvage à mon goût.

— Vous n'allez pas déserter, vous aussi ?

— Vous plaisantez ! On s'accroche. Un Rosengard ne renonce pas aussi facilement.

Charlie eut un sourire et lui rendit le cliché de l'empreinte.

— Vous n'avez rien d'autre à me montrer ?

— Si. Là, vous allez adorer, patron, annonça Mike en tirant un autre rapport de l'enveloppe. Des fibres bleu marine trouvées sur les vêtements des trois victimes.

— Ah ! Coup de théâtre !

Charlie lut le rapport, vite mais à fond.

— Donc nous cherchons un vêtement en lainage bleu marine. Gants, pull, écharpe... Une cagoule de ski, peut-être.

Mike fronça les sourcils.

— Il ne faisait pas un peu chaud pour porter de la laine ?

— Le 15 avril, ce n'était pas la canicule. Avant l'orage, il faisait lourd, mais la température a chuté d'un coup.

— Quand même, c'est bizarre de mettre de la laine quand le temps change tellement vite.

Charlie se massa la nuque. *Il aurait dû se douter que Maddie était malade avant qu'il soit trop tard. Tous les signes étaient là : maux de tête, nausées, confusion mentale, cauchemars, insomnies. Les symptômes d'une tumeur au cerveau. « C'est la grippe, répétait-elle. Je suis un peu stressée, ces temps-ci, ça va passer. » Mais ça n'avait pas passé. Les mauvaises nouvelles n'arrivaient jamais sans coup de semonce. Les symptômes lui avaient donné un sentiment désagréable, une angoisse indéfinissable qu'il n'aurait pas dû essayer d'étouffer.*

— Le porte-à-porte n'a rien donné. Nous sommes allés frapper chez tout le monde dans un rayon de cinq kilomètres pour poser des questions. Aucun voisin n'a vu de passant inconnu. Ni de véhicule suspect.

— Et Conrad Holzman ?

— Il a un alibi en béton.

— Jonah Gustafson ?

— Il a un casier plutôt chargé. Nous avons un numéro de téléphone, mais il ne répond pas à nos messages.

— Trouvez-le-moi. Je veux l'interroger.

— J'ai gardé le meilleur pour la fin, annonça Mike en pêchant le dernier rapport, taché de café. On a trouvé du sperme dans le vagin de Jenna Pepper, et ce n'était pas celui de Rob. Un sécréteur sanguin. Groupe AB, rhésus positif.

— Et la fille ?

— Attendez… Ils ont mis : « Absence de déchirure, de contusions. Absence de traces de pénétration. Absence de liquide séminal dans ou sur le corps. Pas de sperme détecté au microscope. » Son hymen était intact. C'est déjà ça.

Mike passa vite à autre chose ; ils éprouvaient tous les deux beaucoup de gêne à évoquer la jeune victime.

— Pour Jenna, les analyses d'ADN devraient nous parvenir bientôt.

— Passez-moi le rapport...

Mike le lui donna et Charlie se mit à lire. Au départ, il s'était attendu à des viols. Les blessures violentes, les coups de poignard répétés, les lacérations, étaient souvent le signe d'une motivation à caractère sexuel.

— Pas de déchirures ou de contusions chez Jenna non plus. Pas de signes de violence sexuelle ou de mutilation. Dans combien de temps peut-on espérer récupérer les résultats ?

— Environ une semaine.

— On ne peut pas faire activer le labo ?

— Je vais en parler à Art Danbury. J'ai un dernier élément qui va vous plaire, ajouta Mike avec un sourire satisfait.

Charlie releva la tête.

— C'est la journée des surprises !

— Devinez qui est dans la salle de déposition.

— On gagne quoi si on répond ?

— Jake Wheaton.

— Tiens ! Il est venu de lui-même ?

— Non, on vient de l'arrêter pour détention de drogue. Vous avez une minute pour aller le voir ?

— Et comment ! s'exclama Charlie en se levant. On va lui pourrir sa journée.

4

Jake Wheaton était prostré sur sa chaise et regardait fixement ses mains. Il portait un sweat-shirt à capuche, un jean, et des chaussures de marche.

— C'est quoi, ta pointure ? lui demanda Charlie.

— Hein ?

— En chaussures, tu fais du combien, allez, réponds.

— Ben je sais pas. Du 43 1/2, pourquoi ?

Charlie s'assit face à lui, tandis que Mike se postait près de la fenêtre et baissait les stores. La pièce était petite et sinistre. Il n'y avait qu'une table et des chaises, une ampoule nue au plafond et un plancher brut.

— Je veux prévenir mon père, protesta Jake.

Il avait les cheveux hérissés par du gel coiffant, et de larges cernes noirs sous les yeux.

— D'accord, tu vas pouvoir l'appeler, répondit Charlie, mais d'abord on va discuter un peu.

— J'ai rien à dire.

— Écoute-moi bien, Jake. Tu t'es fait gauler pour détention de drogue. On peut passer l'éponge, mais il va falloir y mettre un peu du tien.

Jake releva la tête, le regard indécis.

— Ça t'intéresse ?

— Mais quoi… Vous voulez quoi ?

— Disons, intervint Mike, que si tu es bien gentil, et que tu réponds à nos questions, on pourrait fermer les yeux.

— On n'a pas encore fait de rapport, ajouta Charlie.

Le garçon tira sur sa capuche pour s'essuyer le menton.

— Je préfère parler à mon père d'abord. Je n'ai pas droit à un coup de téléphone ?

— Nous t'offrons une chance inespérée de t'en sortir.

— Écoute ce qu'il te dit, insista Mike. C'est un bon deal.

— Je te laisse réfléchir. Mais dis-toi bien que si tu refuses, tu vas foutre ta vie en l'air.

Un silence pesant tomba dans la pièce.

Jake ne quittait pas Charlie des yeux.

— Vous voulez que je fasse quoi ?

— Que tu nous parles de Jenna Pepper.

Son regard se perdit dans le vide.

— Bon, ben d'accord, finit-il par lâcher.

— Tu acceptes de tout nous raconter. Tu vas nous dire qui elle voyait ? Nous donner tous les détails ?

Jake baissa le nez.

— OK, je vais vous donner mon pote.

Charlie et Mike échangèrent un regard.

— Ton pote ? Quel pote ?

5

Sophie Grover s'assit sur le muret d'enceinte du collège, et but une gorgée de coca light à la canette.

Boone Pritchett la fixait de ses yeux bleus, si bleus qu'ils semblaient avoir été volés dans un sac de billes. Il portait des bottes de motard teintes en blanc, et son portefeuille dépassait de sa poche, accroché à une chaîne.

— Viens chasser la tornade avec moi, Sofe, insista-t-il.

Elle sentit monter en elle comme une envie de rire. Ses baskets rouges battaient vaguement la mesure sur le mur en parpaings, au rythme du vieil air de jazz qui s'échappait de l'horrible radiocassette en plastique de Boone.

— Mon père ne veut pas que je te voie. Il a peur que tu aies une mauvaise influence sur moi.

— Il n'a peut-être pas tort.

Elle lui jeta un regard en coin.

— Et si ça me plaît, à moi, de niquer le système ? s'indigna-t-il. C'est pas la mort.

Le muret était couvert de toiles d'araignée qui retenaient des morceaux de feuilles et des insectes morts.

— Allez, lança-t-il, c'est l'aventure, éclate-toi !

— Je ne peux pas.

— Pourquoi ?

— Parce que je n'ai jamais séché un cours de ma vie.

— Tu parles, personne ne remarquera ton absence.

Elle sourit, mal à l'aise. De l'autre côté de la rue, sur un fond de ciel nuageux, une ligne de moineaux oscillait sur un câble téléphonique. Les nuages noircissaient ; il allait pleuvoir.

— Tu vois ce cirrostratus, cette sorte de voile, tout là-haut ? demanda-t-il. Ça veut dire qu'il y a des courants qui montent. C'est bon pour nous. Ça va péter, c'est clair.

— Ah ?

— Oui : il fait humide et des masses d'air chaud et d'air froid sont en train de se rencontrer. C'est le moment de prendre de l'argent au distributeur et de faire le plein.

— Je te jure que je ne peux pas. Mon père me tuerait.

— Il ne le saura jamais.

— On va lui signaler mon absence.

— Mais non ! Il y a plein de moyens. C'est quoi, ton prochain cours ?

— Arrête ! coupa-t-elle avec un rire.

Il avait les dents de devant qui se chevauchaient, comme celles d'un petit garçon, et quand il souriait son visage tout entier s'illuminait, pas seulement les yeux, ce qui le changeait complètement. Il devenait moins dur.

— Obéis comme un mouton si tu n'as pas peur d'être malheureuse toute ta vie, mais sinon, suis tes rêves… Viens avec moi.

La proposition était tentante. Un rayon de soleil perça entre les nuages, et Sophie pencha la tête en arrière pour s'imprégner de sa chaleur. Derrière eux, les portes des vestiaires claquaient déjà. L'heure du déjeuner était bientôt terminée.

— Merde ! s'exclama Boone en écrasant sa troisième cigarette. Ton père est là-bas, dans sa voiture.

Elle rouvrit les yeux. Son père était garé sur le parking, à côté de la camionnette rose de Boone. Il descendit de voiture et se dirigea vers eux, son regard sévère ombragé par le rebord de son chapeau. Il avait des rides plein le front : une ride par an depuis que Sophie était adolescente, plaisantait-il. Mais pourquoi cachait-il toujours son bras brûlé derrière son dos ? Elle avait horreur de ça. Cette manie éveillait en elle son instinct protecteur.

— Papa ! dit-elle en se levant.

— Bonjour, chérie. (Il jeta un regard noir à Boone, mais continua de s'adresser à sa fille.) Tu n'as pas cours ?

— Si, ça va commencer dans deux minutes. J'y allais.

Il baissa les yeux sur les mégots écrasés à leurs pieds. Boone amorça une retraite discrète.

— Attends, mon garçon. J'ai un mot à te dire. Tu as une minute ?

— Oui, monsieur.

— À plus tard, Sophie.

— À plus tard, papa, je vais en cours. Au revoir.

Elle se glissa dans le grand bâtiment sombre et resta à l'entrée pour les observer à travers les portes vitrées. Son père fit signe à Boone de le suivre et le ramena dans le parking. Ils s'arrêtèrent près de la camionnette rose. Elle les regarda un long moment. Tout le collège devait entendre le tonnerre des battements de son cœur.

6

Au cours de l'interrogatoire d'un témoin, il ne faut trahir aucune nervosité. On doit afficher des réactions aussi égales que possible, et poser cinq questions inutiles pour chaque information importante qu'on cherche à obtenir, afin de noyer le poisson. Il ne faut surtout pas se presser ; la vérité, si on s'y prend bien, se dévoile progressivement. Mais Charlie était fou de rage. Sa fille flirtait avec un garçon qui avait couché avec une femme deux fois plus âgée que lui. Dieu sait quelles autres turpitudes il avait commises, sous ses airs innocents !

— Vous avez couché avec Jenna Pepper, déclara-t-il d'un ton neutre. Jake Wheaton et toi.

Boone regarda autour de lui pour se donner le temps de réfléchir.

— Tu n'as rien à me raconter ? Je voudrais bien savoir comment ça s'est passé. Tu ne veux pas me dire comment tu as sauté Jenna à l'arrière de sa Pontiac ?

Boone alluma une cigarette sans répondre, puis tourna la tête vers le collège comme s'il avait envie d'aller en cours… ce qui ne devait pas lui arriver souvent. Par groupes de trois ou quatre, les élèves passaient la grille qu'encadraient de grands chênes. Charlie connaissait Boone depuis qu'il était tout gamin ; un enfant maigrichon, avec un visage d'ange. Boone était un cas social. Charlie avait fait beaucoup pour lui. Il l'avait inscrit aux déjeuners gratuits de la cantine, lui avait trouvé un petit boulot de livreur de journaux et avait obligé plusieurs fois sa mère à suivre des cures de désintoxication. Peine perdue. C'était le dernier prétendant qu'il aurait choisi pour sa fille : orgueilleux, insolent, charmeur, hypocrite. Si la haine avait pu tuer, Charlie aurait fait tomber raide cette racaille.

— Bon, parle-moi du 15. Où étais-tu le 15 avril ?

— Moi ? demanda Boone, sur la défensive. Je chassais les tornades.

— Ici, à Promise ?

— Ben non. Je suis descendu vers le sud.

— Jusqu'où, exactement ?

— Ça va prendre encore longtemps ? Parce que j'ai maths, là.

— Pas plus de sept ou huit minutes. Si tu daignes éclairer ma lanterne, bien sûr. Où étais-tu le 15 avril ? Allez, je veux des détails.

Boone enfonça les mains dans ses poches.

— Il y avait un gros orage qui couvait, avec des vents violents du côté de Burns Flat, Roll et Raydon. Par là-bas.

— Tu étais accompagné ?

— Ben non.

— Tu me parles correctement, compris ? Je vais t'apprendre à vivre, moi.

— Non, j'étais tout seul, murmura Boone.

— Tu as pris de l'essence ?

— Ouais, je crois...

— Oui ou non ?

Boone haussa les épaules, le regard dur.

— Alors, Pritchett, on a peur ? On se dit que ça sent le roussi ? Je te demande si tu as pris de l'essence !

— J'ai dit oui.

— Combien de fois ?

— Deux, je crois.

— Comment as-tu payé ?

— Hein ?

— T'es pas rapide, mon gars ! Pompe automatique avec carte de crédit ?

— Non, en liquide.

— Bon, on avance, on avance, Einstein ! Autre question : dans quelles stations-service t'es-tu arrêté ?

— J'sais plus. Shell, je crois.

— Les deux fois ?

— J'crois.

— T'as intérêt à me dire la vérité.

Boone marmonna un commentaire dans sa barbe.

— Plus fort, je n'ai pas entendu !

Le garçon eut un petit sourire insolent qui mit Charlie en rage. Il avança sur Boone si brusquement que celui-ci trébucha en arrière. Charlie l'aurait volontiers étranglé. Pourtant, ce n'était qu'un adolescent perturbé comme tant d'autres : drogue, famille éclatée, aucun respect pour les filles. Les innocentes dans le genre de Sophie, ils les traitaient comme des traînées.

— C'est pas ma faute si j'aime les tempêtes ! protesta Boone. C'est pas un crime ! Et me touchez pas !

— Tu fiches la paix à ma fille, tu saisis ? articula Charlie avec un calme trompeur.

— Oui, d'accord, j'ai entendu.

— Tu as entendu, mais est-ce que tu as compris ? Tu n'as pas intérêt à t'amuser avec elle. C'est une fille sérieuse. Je t'ai à l'œil.

Boone n'en menait pas large.

— Et là, je te le demande gentiment, profites-en.

À cet instant, le portable de Charlie sonna. Il tourna le dos à Boone pour répondre.

— Chef ?

Il reconnut la voix de Lester Deere, cette voix pitoyable de grand gaillard torturé.

— Qu'est-ce qu'il y a, Lester ? Je suis occupé.

— J'ai quelque chose à vous dire, c'est très important.

— Allez-y.

— Venez. J'ai mon flingue. Je suis au bar, face à la porte.

7

Charlie s'arrêta à l'entrée du bar pour s'habituer à la pénombre. Lester était assis à une table tout au fond du saloon ; sa chaise était tournée vers l'entrée, et son revolver était coincé dans sa ceinture. Rien de bien extraordinaire à cela. En règle générale, les flics s'asseyaient face à la porte, car on ne savait jamais ce qui pouvait arriver.

— Deux cafés, commanda Charlie à la serveuse, une grande rousse un peu trop contente d'elle.

En le voyant, Lester se prit la tête dans les mains.

— Attention, attention, fais pas de conneries devant le patron, marmotta-t-il.

Charlie s'assit face à lui.

— Qu'est-ce qui vous arrive ?

— J'ai un peu abusé…

— Je vois ça.

— Je suis tout scotch, à quatre-vingts pour cent.

— Bon, c'est ma tournée. J'ai du retard, si je veux m'abrutir autant que vous.

Il posa les coudes sur la toile cirée à carreaux, se préparant à une interminable entrée en matière. Lester tenait sa cigarette comme un mauvais acteur de cinéma, à l'envers entre le pouce et l'index. La table ronde était minuscule, le bar vide. Il n'y avait que la serveuse et le propriétaire, un petit barbu qui gardait la caisse. Derrière le comptoir, on avait peint une fresque, récif corallien pas très réussi, et qui détonnait avec le thème de Far West choisi pour le reste de la décoration.

Lester contempla Charlie un long et pénible moment. Il avait été bel homme, mais en très peu de temps il s'était métamorphosé : il avait pris du ventre, s'était avachi. Aujourd'hui, il avait une barbe de deux jours, les yeux minuscules, injectés de sang.

— Ça me plaisait, le foot. J'adorais ce métier. Il fallait se battre. Les matchs, les fans, les filles. Après une vie comme ça, on fait quoi ? On devient quoi ?

— Je ne sais pas, Lester. Vous voulez me donner votre revolver ?

Comme il ne répondait pas, Charlie se tourna vers la serveuse et, levant la voix pour couvrir la musique assourdissante de Lynyrd Skynyrd qui passait dans le juke-box, il lui rappela leur commande.

— Nos deux cafés, mademoiselle !

Ce bar miteux ne lui plaisait pas. Les ivrognes lui rappelaient la ceinture en cuir et la boucle en métal de son père. Il attrapa le verre à moitié vide de Lester et avala son contenu. Du scotch, sec, sans glace. L'alcool lui brûla la gorge. *Délicieux... Bravo ! Maintenant, je m'en veux vraiment à mort.*

— Terminé, dit-il en reposant le verre sur la table.

— Ben tiens... il est vide...

— Donnez-moi votre revolver.

Lester se contenta de le regarder, sans bouger.

— Lester, vous êtes un bon flic. Rentrez chez vous, dessoûlez, et revenez bosser.

— Je voulais vous demander quelque chose.

Il avait des pattes-d'oie, comme tous les flics de la région, qui passaient des années sous le soleil à faire des patrouilles. Ses cheveux blonds mi-longs brillaient à cause du gel ; du gel, de la laque, jusqu'où irait-il pour retrouver sa jeunesse ? Mascara ? Liposuccion ? Sur la table, entre eux, se trouvait une bougie éteinte dans un globe en verre rouge, et une soucoupe en carton argenté pleine de cacahouètes – les cacahouètes salées et grasses que Maddie jugeait mauvaises pour sa santé. Il s'en mit quand même une dans la bouche ; il la croqua et ne sentit qu'un goût huileux.

Lester donna un coup de poing sur la table, qui fit sauter les cacahouètes.

— Bordel, chef ! J'essaie de vous dire quelque chose, mais vous ne m'écoutez pas !

— Allez, donnez-moi votre arme, ne nous compliquez pas la vie.

Lester semblait prêt à bondir, les yeux larmoyants à force de s'apitoyer sur son sort.

— J'avais tout ce que je voulais, et maintenant je suis malheureux. J'ai tout perdu. On pense savoir ce qui vous attend, on croit qu'on va toujours avoir la même vie, on n'imagine pas que ça peut changer. Et puis des années plus tard, on n'en est plus du tout au même point. (Il fit signe à la serveuse.) Hé ! Encore un scotch ! Vite fait !

Elle lui jeta un regard dédaigneux.

— Non pas de whisky, rien que les cafés, intervint Charlie.

Il était une heure moins le quart. Charlie se demanda s'il ne ferait pas mieux d'appeler Willa pour lui annoncer qu'il aurait un peu de retard. Le bar sentait le renfermé. L'aquarium ne contenait pas de poissons. C'était une tradition du saloon : si on était trop soûl pour sortir de l'eau trouble ses clés de voiture, on était trop soûl pour prendre le volant. Avec quelques piranhas, le jeu aurait été un peu plus drôle, pensa Charlie.

La serveuse apporta les cafés sur un plateau, dans des tasses en porcelaine blanche qui cliquetaient sur les soucoupes.

— Trois cinquante, annonça-t-elle, la main sur la hanche.

— Infirmière, une perfusion de vodka…

— Ne faites pas attention à lui, coupa Charlie en sortant un billet de cinq dollars de son portefeuille. Gardez la monnaie.

Du coup, elle devint plus aimable. Elle prit le verre vide de Lester, le posa délicatement sur son plateau et repartit.

— C'est vrai ce qu'on raconte ? demanda Lester, dont le corps penchait beaucoup vers la droite.

— Quoi ?

— La rumeur.

— Quelle rumeur ?

— Il paraît que vous avez sauté du deuxième étage quand vous étiez petit. Parce que dès que c'est plus haut que sept mètres, on n'a plus qu'une chance sur deux de s'en sortir. Plus de sept mètres c'est... c'est du suicide.

Charlie s'essuya les mains avec une serviette en papier.

— Mon gars, tu ferais mieux de changer de sujet de conversation.

Lester brandit un doigt menaçant sous le nez de Charlie.

— Et alors ? C'est normal de se poser des questions ! Je ne vois pas le problème !

Charlie sentait monter une mauvaise colère.

— On ne parle pas de ça, point barre !

— Répondez juste à ma question, chef. Allez... vous avez sauté du deuxième ? Hein ? Pourquoi vous ne voulez rien dire ? C'est classé secret-défense ou quoi ?

Charlie se tut. Lester était un raté, un lâche, un matamore qui se sentait tous les courages après trois ou quatre verres. Il ne se rendait même pas compte que Charlie se moquait bien qu'il ait des protections haut placées.

— Comment ça se fait qu'on ne discute jamais ensemble, vous et moi ? demanda Lester en se levant sur des jambes vacillantes. Pourquoi vous ne m'aimez pas ?

L'odeur d'alcool réveillait de terribles souvenirs. La virilité de vestiaire, les vantardises incohérentes.

— Allez, chef, répondez !

— Asseyez-vous, bordel !

Lester retomba brutalement sur sa chaise.

— Bon, mais vous avez sauté ?

Charlie respirait à peine tant il se contenait.

— Alors, t'as sauté, réponds, pauvre con de débile !

Charlie le prit par le col pour le stabiliser et lui assena un bon coup de poing sur le nez.

La tête de Lester partit en arrière. Il pressa les mains sur son nez d'où jaillissait le sang.

— Bon Dieu… Bon Dieu, mais pourquoi vous avez fait ça ?

Charlie regarda ses mains, qu'il avait reposées sur la tasse de porcelaine. Les doigts de sa main droite commençaient à enfler.

— Putain, je pisse le sang !

Charlie lui tendit un mouchoir.

— Vous avez déjà vu un grand brûlé, Lester ?

Son second le regarda sans comprendre, les yeux mouillés, le mouchoir pressé sur le nez.

— J'étais brûlé au troisième degré. Quand je suis arrivé à l'hôpital, j'avais la peau grillée jusqu'au derme. Je n'ai survécu que grâce à quatorze poches de perfusion. Mon bras gauche était tellement rétracté qu'il a fallu faire une incision de trente centimètres pour rétablir la circulation du sang. N'importe quelle infection aurait pu me tuer. La douleur a failli me rendre fou. Mais ce n'était rien à côté du moment où on m'a enlevé la peau morte.

— Je ne me sens pas bien, bredouilla Lester.

Il eut juste le réflexe de se pencher pour vomir par terre. Charlie n'eut pas le temps d'esquiver.

— Merde !

Il attrapa des serviettes en papier sur la table et essuya ses chaussures. Elles étaient fichues.

Lester se balançait d'avant en arrière, se tenant le ventre. Le propriétaire répandit de la sciure verte par terre.

Charlie regarda sa montre. Il était presque une heure, et il ne voulait pas rater son rendez-vous.

— Donnez-moi votre revolver, Lester.

— J'en veux pas, de toute manière.

Il le lui tendit, et Charlie s'assura que la sécurité était en place.

— J'étais l'amant de Jenna Pepper.

La nouvelle laissa Charlie sans voix.

Lester n'avait pas l'air bien du tout, mais il continua.

— Rob ne se doutait de rien. Elle trouvait des excuses pour sortir de chez elle. Elle allait le quitter, de toute manière. Il était manipulateur, il la maltraitait psychologiquement. Ils ne couchaient plus ensemble depuis des lustres. Elle avait l'impression d'être en prison.

— Lester…

— Dès que je l'ai vue, j'ai compris que cette fille était dangereuse, qu'elle ne m'apporterait que des ennuis. J'aurais pas dû y toucher, mais elle me faisait du bien, putain. Avec elle, je redevenais fort. J'avais du courage.

Certains détails revinrent à Charlie d'un coup : Lester avait été le premier policier à arriver sur place. Il avait du sang sur les mains. C'était un grand amateur de chasse à la tornade. Maintenant, il fournissait le mobile. Pointure ? 43 ou pas loin.

Charlie se leva.

— Prenez votre chapeau.

— Pourquoi ?

— Levez-vous. Je fais ça pour vous.

Lester se leva en titubant.

— De toute façon, dit-il d'une voix pâteuse, vous auriez vite été au courant. Mike a dit qu'il y avait des tests ADN en cours. J'avais couché avec elle la veille. C'est mon sperme que vous avez trouvé.

— Je pourrais utiliser tout ce que vous me confierez contre vous. Vous comprenez ce que je viens de dire ? Allez, venez, ordonna Charlie en l'attrapant par le bras.

— Où on va ?

— Je vous ramène chez vous.

— Bon mais… Je fais quoi, maintenant ?

— Vous rentrez chez vous ! Vous dessoûlez, et vous vous trouvez un bon avocat.

8

Après avoir passé une vingtaine de minutes à rouler, nez en l'air, pour repérer les cumulus en tour et les rouleaux – bandes nuageuses en rotation horizontale –, ils quittèrent la voie principale et prirent une route secondaire mal entretenue. La voiture peinait dans les ornières, pétaradait et secouait Charlie, qui souffrait à chaque cahot. La crosse de son revolver lui rentrait dans les côtes, ses yeux piquaient à force de scruter le ciel. À l'avant, des cartes routières s'étalaient partout ainsi que des listes de numéros de téléphone. Il y avait aussi une trousse de secours, et l'ordinateur portable. À l'arrière s'entassait un fouillis de couvertures de secours, de lampes de poche, de papier collant, de jumelles, d'équipement photographique et de bombes insecticides.

— Comment se fait-il que vous rouliez dans cette épave ? s'étonna Charlie.

Willa conduisait, les cheveux ramenés derrière les oreilles… ses magnifiques oreilles nacrées.

— On fait ce qu'on peut ! Sur ce genre de route, il faut un véhicule qui ne craint rien !

— Mais vous avez assez de reprises pour passer en vitesse hyperexponentielle ?

— Très drôle, Charlie, mais, vous savez, la mode *Star Trek* est un peu passée…

— Il ne faut pas m'en vouloir, je sors très peu.

— Le moteur est en bon état, c'est juste l'habillage qui laisse à désirer.

Elle leva les yeux vers le ciel moutonneux.

— Oui... stratocumulus discontinus... plus ou moins fondus. Pas très prometteur.

Le break Ford de 1982, aux portières dépareillées, était spacieux à l'intérieur, ce qui ne l'empêchait pas de sentir le renfermé. Il devait avoir deux cent cinquante mille kilomètres au compteur, le placage intérieur était éclaté, et la carrosserie beige constellée de points de rouille. Le tableau de bord disparaissait sous un matériel électronique haut de gamme : radio, radar, récepteur GPS, caméra vidéo.

Elle suivit son regard.

— Je sais, je me sens mal dès que je pense aux sommes que j'ai dépensées pour m'équiper. Mais dans la famille on a toujours adoré les gadgets.

— Comment ? Ce n'est pas le labo qui vous équipe ?

— Et j'en suis fière ! J'ai eu six véhicules de chasse en sept ans. Ils durent rarement plus d'une saison. C'est plus que certains mariages, ajouta-t-elle avec un regard en coin.

— Vous êtes divorcée ?

— Oui... Mon prof de météorologie... J'étais jeune et bête. Quand j'y repense, c'était plus de l'admiration que de l'amour.

— Vous êtes restés amis ?

— Euh... joker. Autre question ?

Elle leva vers le ciel un ongle manucuré, verni de rouge foncé.

— Regardez ça, Charlie. Vous voyez ce dôme bien net ? Ce sommet arrondi ? Vous voyez comme la base s'enroule sous la tour ?

— Oui...

La voiture sauta sur une ornière, et il faillit donner de la tête dans le capitonnage crevé.

— Là, ça m'intéresse, ajouta-t-elle.

Elle accéléra, laissant un nuage de fumée d'échappement derrière eux. Le ciel était couleur de ciment frais, et le point de rosée oscillait autour de treize, quatorze – un bon signe, répétait-elle sans cesse. La station météo annonçait des foyers orageux très violents au centre et au nord-ouest de l'Oklahoma dans la journée, mais, jusqu'à présent, leur chasse à la tornade se bornait à poursuivre des nuages qui se dissipaient les uns après les autres. Au cours de leurs brefs arrêts, Willa recueillait des informations et des mesures à bord du véhicule-laboratoire conduit par Rick, et qui était équipé d'un radar Doppler. C'était une camionnette marron portant l'inscription « Centre de recherche atmosphérique » sur un côté, et qu'ils étaient censés suivre, mais qu'ils avaient perdue de vue depuis cinq minutes.

La radio du centre météo de Norman les interrompit avec la diffusion d'une annonce.

« Une alerte de tornade vient d'être lancée, dit une voix d'homme fatiguée, entrecoupée de parasites. Centre-nord et nord-ouest de l'Oklahoma dans l'après-midi... »

— Ah ! ça va souffler ! Bon, Charlie, c'est vous qui naviguez, ajouta-t-elle en lui posant sur les genoux une carte d'état-major en piteux état. Il faut éviter les routes non goudronnées et les voies sans issue. N'oubliez pas de repérer les transversales de dégagement pour fuir en cas de danger.

— Comment ça, fuir en cas de danger ? Je ne savais pas que ça pouvait devenir dangereux, moi !

— Ne vous inquiétez pas, je suis là. Je sais ce que je fais. Détendez-vous et ouvrez grand les yeux.

— Pourquoi pourrions-nous avoir besoin de fuir ?

— Il peut arriver des tas de pépins : une inondation soudaine, une tempête de grêle, une ligne à haute tension arrachée, par exemple. Quel est le plus court chemin d'ici à Lawton ?

Il examina la carte.

— Euh... Prenez la première à droite.

Elle appuya sur l'accélérateur. Ils roulaient de nouveau sur la voie express et dépassèrent des camions qui grognaient en crachant des vapeurs de diesel. La voiture peinait, le vent en face. Charlie eut une pensée pour Lester et ses révélations qui le classaient dans la catégorie des « témoins intéressants ». Il allait falloir lui adresser une convocation officielle pour prendre sa déposition. Charlie ne croyait pas un instant que Lester Deere, cet abruti, était capable de meurtre. Et pourtant, une demi-heure plus tôt, si on lui avait suggéré que Lester était l'amant de Jenna Pepper, il aurait hurlé de rire. On croit connaître les gens, mais on est loin de se douter de quoi ils sont capables.

— Nous suivons un front orageux à évolution lente, qui se situe à une quinzaine de kilomètres au sud-ouest de notre position, annonça Willa. Point de rosée vingt et un, se déplaçant nord-nord-est. Je cherche à croiser sa trajectoire. Nous devons trouver une route qui va vers le sud et qui nous permettrait de passer par-derrière.

Elle lui jeta un coup d'œil.

— Ça va ?

— Oui.

— Pas de regrets ?

— Au contraire ! Je m'amuse beaucoup !

Elle sourit.

— Vous voulez me parler de Maddie ?

Il lui jeta un coup d'œil, et comprit que cela l'intéressait vraiment.

— C'était une femme honnête, sans prétention. (Comme toi, pensa-t-il.) Un jour, sans préavis, elle s'est évanouie. J'ai pensé à une insolation, et je l'ai conduite à l'hôpital. En chemin, elle s'est mise à hocher la tête. « Oui, oui, oui. » Elle ne disait que ça, quelle que soit la question que je lui posais. Ça m'a fait très peur. Je me suis arrêté au bord de la route et j'ai appelé une ambulance. J'ai pensé à une hémorragie cérébrale. Elle ne se souvenait pas de son nom. Elle n'arrêtait pas de fouiller dans son sac et dans son portefeuille pour chercher une pièce d'identité.

Les énormes masses nuageuses, aux couleurs très contrastées, vers lesquelles ils roulaient auraient pu lui plaire, mais il ne voyait plus rien autour de lui. Il n'y avait plus que Maddie qui ouvrait maladroitement son sac, en renversant le contenu sur ses genoux.

— Elle ne se souvenait pas de son nom, répéta-t-il, aussi choqué qu'alors. J'ai suivi l'ambulance, et j'ai rejoint le chariot au moment où on la conduisait aux urgences. Elle a dit : « C'est vraiment gentil d'avoir pris une journée de congé pour m'amener ici. »

— Je comprends, dit Willa avec chaleur. Moi, j'ai perdu ma mère quand j'avais douze ans, et j'y pense encore... Pourtant, quand on songe aux épreuves que traversent certaines personnes, ce n'est pas si terrible. Je me sens toujours un peu coupable d'en parler ; je ne suis pas la plus mal lotie. C'est du passé, je m'en suis sortie. Ça m'a même rendue plus forte. D'une certaine façon, il y avait quelque chose à en tirer...

Ils roulèrent un moment en silence, puis, à travers une trouée du plafond nuageux, Charlie aperçut les tours. Les nuages formaient un panorama gigantesque au-dessus de l'arc de cercle de l'horizon. Les cumulus s'élevaient en colonnes, comme la poussière soulevée par l'explosion d'une bombe atomique. Devant ce spectacle, on se sentait tout petit. En quelques secondes, ils se retrouvèrent sous un déluge. Une pluie forte et serrée mitrailla la voiture, leur bouchant la vue.

— Je n'y vois rien, maugréa Willa. Il faut à tout prix trouver une route qui va vers le sud... Charlie... ?

— Ah, oui, pardon !

Il étudia la carte et essaya de repérer leur position.

— Attendez une seconde...

— Alors ?

— J'y suis...

— Charlie ?

— Prenez la prochaine... la prochaine à gauche.

Mais ce qui, sur la carte, était indiqué comme une route goudronnée se révéla être une piste de terre mal entretenue aux bas-côtés ravinés. Willa freina un peu trop sec. Ils dérapèrent et butèrent sur un obstacle qui repoussa le Ford d'au moins un mètre en arrière. Ils restèrent un moment étourdis, pendant que la pluie crépitait sur le capot et que le brouillard s'introduisait par les fenêtres, s'enroulant devant leurs visages comme de la fumée de cigarette.

Il s'attendait à ce que Willa lui reproche de s'être trompé, mais elle se contenta de rire.

— Ça va ? demanda-t-elle.

— Oui, plus de peur que de mal.

Il se frotta la joue : il s'était mordu la langue. Des trombes d'eau fouettaient la voiture.

— Ce n'est pas ce qui était indiqué sur la carte, se justifia-t-il.

— En Oklahoma, les cartes sont un peu fantaisistes.

Elle attrapa un ciré sur la banquette arrière, l'enfila, puis sortit de la voiture pour juger des dégâts. De grosses gouttes se pressaient en tourbillons étincelants dans la lumière des phares, vomies par un ciel noir. Elle rouvrit la portière et annonça :

— Le silencieux est à moitié détaché. Je vais le remettre en place.

Il sortit pour l'aider.

— Dans quoi sommes-nous rentrés ?

— Une souche.

Elle le regarda comme les femmes regardent parfois les hommes.

— Ce n'est pas grave, mon pot d'échappement est arraché au moins deux fois par an. On ne me connaît pas vraiment tant qu'on ne sait pas ça, Charlie !

Le commentaire le fit rire.

— Quelle bouillasse ! maugréa-t-il.

Le pare-chocs avant était écrasé comme une canette de soda. Willa plongea à l'arrière de la voiture et dénicha un rouleau de toile adhésive. Les bras ballants, Charlie la regarda consolider le silencieux, ne sachant comment l'aider.

— Comme disait mon père, fit-elle remarquer, dégoulinante de pluie, on fait des miracles avec un peu d'huile de coude.

Il l'embrassa.

Elle eut l'air surpris.

— Pardon, je n'aurais pas dû.

— Mais si. Je n'emmène pas n'importe qui chasser les tornades avec moi !

Elle jeta les bras autour de son cou et l'embrassa à son

tour, pleine de désir, pressant ses lèvres douces et adorables sur les siennes.

La foudre frappa le sol à moins de deux kilomètres, et Charlie fit un bond.

— Ça n'est pas tombé loin !

— Nous ferions mieux de nous remettre en route.

Ils remontèrent en voiture, et Willa fit un rapide demi-tour. Ils trouvèrent une route goudronnée, toute droite, bordée d'arbres noirs détrempés. Par un petit trou dans les nuages, Charlie apercevait des sortes de bulles et des interstices aigue-marine entre les sommets des choux-fleurs. Il jeta un coup d'œil à la jauge d'essence. Le réservoir était à moitié vide.

« Tornade au sol ! » crachota la radio.

Charlie scruta le ciel, mais sans rien voir.

— La structure est propice, mais pas de tornade en vue, commenta Willa. Tu vois quelque chose, Charlie ?

— Rien du tout.

— C'est la Tornade invisible, alors.

Les tours nuageuses si spectaculaires retombèrent soudain, formant une couche brumeuse informe. Willa changea de longueur d'onde et prit le micro.

— Rick ? appela-t-elle. Tu es toujours là ? J'ai l'impression qu'on pourrait tomber sur un bon coup.

— Surtout, reste bien sur le flanc sud, répondit-il au milieu des grésillements.

Elle régla la réception.

— Les vents sont forts, reprit-elle. Les éclairs se rapprochent. L'alerte est donnée depuis deux heures...

— J'ai un mur géant devant le nez. Allez vers le sud. Le radar Doppler d'Amarillo a détecté la présence d'un vortex dans un rayon de quatre-vingt-dix kilomètres. Un nouveau système très puissant se forme dans l'étage supérieur avec des vents de deux cent quatre-vingts kilomètres à l'heure. J'ai l'impression que cette fois on en tient une belle. Accrochez-vous !

Un signal d'alerte coupa leur communication. Willa se débarrassa du micro et fit de nouveau demi-tour. L'herbe haute se coucha sous le Ford, et remonta avec vigueur après leur passage.

— Cette fois, je vais essayer d'approcher de l'orage par l'arrière, par la zone non pluvieuse. Nous aurons une meilleure visibilité. Ça te va ?

— Ce n'est pas moi qui vais te contredire.

— Tu peux me contredire quand tu voudras, Charlie, rétorqua-t-elle avec un sourire, ça ne me dérange pas.

Il lui rendit son sourire, et ils entrèrent dans une petite ville placide, semblable à tant d'autres dans la prairie. Les rues, bordées de bâtiments tristes, abritaient des magasins, où on vendait de tout : du tabac à priser, de la bière, des permis de chasse. Par-dessus les toits, le ciel gris acier bouillonnait comme une marmite sur le feu.

— Tu vois ce gros nuage, sur le flanc droit ?

— Oui...

— Ce sont des nuages d'orage. Je ne sais pas lequel choisir. On dirait que le foyer le plus au sud contient des mésocyclones. On ferait mieux de retourner sur la 277.

Le temps fut suspendu un moment, puis elle le rappela à l'ordre.

— Charlie ?

— Ah oui ! pardon, c'est moi le navigateur.

Il reprit la carte, ramollie par l'humidité. Le break roulait en faisant un tintamarre de casserole.

— Tu es sûre que nous ne risquons rien, dans cette épave ?

— Que ce soit ce véhicule ou un autre, ça ne change pas grand-chose.

— C'est-à-dire ?

— C'est-à-dire qu'au départ il faut savoir que l'endroit le plus dangereux où se trouver pendant une tornade, c'est quand même dans sa voiture... Alors il y a quelques risques, conclut-elle avec un coup d'œil amusé.

— Me voilà rassuré !

— Telle est ma vie, Charlie !

— Il faudra que je t'emmène en patrouille, un de ces jours...

Au loin, une brume de pluie tombait des nuages noirs, et le ciel était de plus en plus tourmenté. Une délicieuse odeur de terre humide entrait dans la voiture. À la rencontre des flux d'air chaud et froid, les énormes cumulus s'élevaient à des hauteurs phénoménales. Un nuage en soucoupe était suspendu au-dessus de l'horizon, menaçant et magnifique. Bientôt, ils atteignirent une nouvelle zone de précipitations et, en pénétrant l'épais rideau de pluie, ils furent happés par des turbulences tièdes. Ils passèrent un panneau qui disait : « BIENVENUE À SPLITBACK, OKLAHOMA, POPULATION 2 830 PERSONNES ». En sortant du village, ils repérèrent un nuage en entonnoir qui pendait sous une base nuageuse en rotation. Le tuba descendit lentement jusqu'au sol et, en l'atteignant, souleva un nuage rouge, la légendaire poussière de l'Oklahoma.

Une station de radio locale lança l'alerte :

« La population doit immédiatement se mettre à l'abri ! Une tornade a touché le sol. »

À moins de cinq kilomètres, oscillant au-dessus de la prairie verdoyante, la tornade s'étira en corde et traversa la longue route devant eux, puis elle se souleva gracieusement, reprenant sa forme d'entonnoir. Charlie retenait son souffle. L'air crépitait d'énergie. Ce n'était pas le moment de se tromper de direction.

La radio continuait d'émettre ses messages d'alerte.

« Tout le monde aux abris ! Les risques sont énormes ! Il y a danger de mort. »

Charlie jeta un coup d'œil à Willa, qui roulait à quatre-vingt-dix. Le vent leur rugissait aux oreilles. Des grêlons martelaient le capot, et les rouleaux d'épines volaient à un mètre au-dessus du sol. Sur les bas-côtés, des files de véhicules étaient à l'arrêt. Les chasseurs de tornades observaient le mur-nuage dont descendait une ronde de filaments. En approchant du sol, le tourbillon principal souleva une nuée de terre, de plantes et de buissons.

— Pour l'instant, je dirais que nous en sommes à un niveau 1 sur l'échelle de Fujita, annonça Willa. Ce n'est pas trop mal, pour un 11 mai.

Il y avait une atmosphère de fête dans les voitures à l'arrêt. Des gamins sortaient la tête par les portières, brandissaient des appareils photo. Tous suivaient des yeux le cône capricieux qui dansait à travers les champs. Le ciel était devenu si noir que les voyants lumineux du tableau de bord brillaient dans la voiture. Une vibration commençait à monter dans les roues, comme le roulement d'un train qui approche. Au bout de quelques secondes, la tornade remonta dans les nuages et disparut pour de bon.

— C'était magnifique ! s'enthousiasma Charlie.

— Regarde là-bas, dans les trouées au milieu des stratocumulus, indiqua Willa en désignant le sud-ouest. Il y a une autre tour qui monte, avec des gros dômes bien nets. Tu vois comment la pluie entoure le mur ? Avec ce nuage de grêle bien visible au nord de la queue de l'orage ? À éviter à tout prix.

Elle reprit de la vitesse, et ils filèrent vers le sud, où un nuage en rotation encore plus colossal, de la forme d'une queue de castor, formait un rouleau noir à l'horizon.

« La tempête fait sûrement des victimes en ce moment même », déclara le météorologue de la station locale, affolé.

Ils empruntèrent une petite route à deux voies. Charlie remarqua des phares qui les suivaient au loin. Cela lui rappela qu'il avait un appareil photo à la main, et il se tourna pour s'en servir. Une camionnette Mazda bleue et une vieille Buick Electra apparurent à leur suite, suivies par une Chevy Caprice Classic grise et par une autre camionnette. Une camionnette rose ! Boone Pritchett ! Le petit enfoiré avait séché les cours.

— Il y a trop d'amateurs sur les routes aujourd'hui, se plaignit Willa en jetant un coup d'œil dans le rétroviseur. Allez faire joujou avec vos parapentes, imbéciles ! Allez sauter à l'élastique et fichez-nous la paix !

Elle appuya sur le champignon et ils filèrent vers le second mur sous lequel se formaient des tourbillons éphémères et des tubes de condensation. Charlie eut une poussée d'adrénaline en voyant une nuée de débris soulevée par un courant qui concassait la terre comme un mixeur.

Une tornade en entonnoir était en train de descendre à une vitesse fulgurante. Elle était à sept ou huit kilomètres mais bien visible. Les champs ployaient sous le vent, et le tourbillon rabotait tout sur son passage.

— Pile dans le mille ! On a chopé la plus belle de la journée ! s'écria Willa.

Un coup de frein brutal projeta Charlie en avant.

— Mais dégagez, espèce de crétins ! hurla-t-elle.

Une file de voitures s'était formée, ralentie par des chasseurs du dimanche qui prêtaient plus d'attention au spectacle qu'à la circulation.

— Ils doivent avoir peur de déraper à vingt à l'heure ! cria Willa en klaxonnant comme une enragée.

Devant eux, deux chasseurs de tornades doublèrent les amateurs et Willa se glissa dans leur sillage.

— Allez vous faire foutre ! hurla-t-elle au passage en faisant un doigt d'honneur aux traînards.

Charlie n'en revenait pas.

— Quoi ? Qu'est-ce qu'il y a ? demanda-t-elle, les joues roses.

Il ne put s'empêcher de sourire.

— Quelle sauvage…

— Pour moi, c'est un compliment !

Il y avait de l'électricité dans l'air. Le moteur du break émettait des bruits inquiétants à travers la prairie balayée par la tempête. Des branchages de sureau et de peuplier s'entremêlaient dans le vent. La foudre tombait presque sans discontinuer, illuminant le paysage, accompagnée de détonations titanesques. Des feuilles tourbillonnaient follement dans le ciel. La circulation devenait de plus en plus dense à mesure qu'ils approchaient du monstre.

La tension de Charlie monta encore quand il vit la tornade s'élargir et prendre de la puissance. Il commençait à comprendre pourquoi on se prenait de passion pour ce sport. Tout autour d'eux, des zébrures lumineuses claquaient dans les nuages. De lourdes gouttes de pluie s'écrasaient sur le pare-brise, puis il se mit à grêler.

— Accroche-toi ! cria Willa tandis qu'un tapis de grêlons s'accumulait sur la route devant d'eux.

Les billes de glace frappaient le toit, rebondissant sur le capot.

— Quand un grêlon de la taille d'un œuf vous tombe sur la tête, on le sent passer, avertit-elle. Mais ne t'inquiète pas, les carrosseries et les pare-brise résistent à des grêlons de deux centimètres. Par contre, au-delà de cette taille, on aurait de sérieux pépins.

— Merci, ça me rassure...

Charlie s'accrochait à sa carte routière, et il songea qu'il fallait trouver la route qui leur permettrait de suivre la trajectoire de la tornade. Il chercha des panneaux de signalisation, mais l'intersection indiquée sur la carte n'apparaissait pas. Le moteur gémissait, la jauge de température montait. Enfin, ils émergèrent de l'orage et se trouvèrent dans une belle éclaircie. De l'autre côté de cette trouée dégagée, on voyait distinctement la tornade, conique, noire, bordée de rose sur un ciel de charbon. Le vent sifflait, assourdissant. Il aplatissait l'herbe dans les champs et soufflait les débris de feuilles, les gardant en suspension dans l'air.

— La horde nous suit, annonça Willa en jetant un coup d'œil dans le rétroviseur.

Charlie se tourna sur son siège pour prendre de nouvelles photos des véhicules qui arrivaient derrière eux.

Il avait les mains moites, et l'impression que ses cheveux montaient comme des blancs en neige. Ils tournèrent dans Eyebright Road, où ils tombèrent sur un panorama grandiose de prairie constellée de fleurs sauvages violettes et jaunes. Quand le soleil jaillit de derrière les nuages, le vortex noir prit une couleur laiteuse. Le soleil leur chauffa brièvement le visage avant de disparaître, et le grondement du vent monta encore. La route était parallèle à la progression de la tornade, qui n'était plus distante que de quelques kilomètres. Charlie était suffoqué qu'ils aient réussi à s'en approcher autant.

— J'entends sa voix, dit Willa. Écoute, elle nous parle...

Il tendit l'oreille. En effet, il distinguait un son très distinctif, un gargouillement, une cascade, comme de l'eau. Une odeur froide et lourde chargeait l'atmosphère.

Willa, qui agrippait le volant de toutes ses forces, gardait le cap avec peine.

— Merde ! cria-t-elle en perdant le contrôle du break.

La voiture fit un tête-à-queue, et dérapa en travers de la route mouillée. Par réflexe, Charlie tendit le bras pour empêcher Willa d'être projetée en avant en fin de course. À travers le pare-brise, il vit que la tornade s'amincissait. Elle s'étira comme de la guimauve, devint aussi fine qu'une cordelette, et remonta dans les nuages, où elle disparut.

Le rose aux joues, le regard étincelant, Willa se lamentait.

— Quelle idiote ! Je n'y crois pas !

— Mais pas du tout, tu t'es débrouillée comme un as !

Elle avait encore les mains crispées sur le volant et regardait les éclairs qui suivaient la retraite des nuages. Les mamelons accrochés au plafond orageux prenaient des teintes or et argent dans le soleil renaissant, tandis que le vent retombait peu à peu.

— Et maintenant, qu'est-ce qu'on fait ? demanda Charlie, dont le cœur retrouvait un rythme plus paisible.

— Maintenant, on se trouve un boui-boui sympa et on analyse les données.

Elle le regarda en souriant. Elle était splendide, d'une beauté touchante, si peu classique.

Il résistait à une terrible envie de l'embrasser quand une fourgonnette de secours sanitaire, toutes sirènes hurlantes, les croisa, fonçant dans la direction opposée. Sans attendre, Willa redémarra, fit demi-tour et la suivit.

Ils la pistèrent sur des routes de campagne désertes qui retournaient vers le village par le sud. Quand l'ambulance s'immobilisa sur le bas-côté, Willa freina juste derrière elle. La camionnette de Boone était pliée en accordéon autour d'un chêne dénudé. Autour du tronc, des cercles avaient été imprimés par la tornade.

Ils descendirent en hâte du break et coururent jusqu'à l'endroit de l'accident. Deux secouristes immobilisaient déjà Boone dans un matelas coquille. Il était couché sur le dos, hébété. Son chapeau de cow-boy avait disparu, et ses cheveux étaient saupoudrés de particules de polystyrène. Il toussa, s'étranglant avec son sang. Le secouriste lui dégagea la gorge avec le doigt, pendant que sa collègue lui fixait une minerve.

— Tête stabilisée.

— Pas de dent manquante, mais mieux vaut lui passer un coup d'aspirateur dans la gorge.

La chemise de Charlie était trempée de sueur. Bas sur l'horizon, dans un ciel encore chaotique, les nuages de traîne fuyaient rapidement. Le vortex avait dû soulever la camionnette comme un jouet et la projeter sur l'arbre. La carrosserie était criblée de trous et toutes les vitres avaient éclaté.

— Cinquante battements par minute…

— Allez, on le charge et on s'arrache.

Le vent faisait galoper l'herbe devant eux. Derrière le sifflement du vent, Charlie entendait une sorte de cri, une voix presque humaine. Les hurlements de Clara, seule dans son lit, la nacre de ses dents à peine sortie de ses gencives roses, comme des petits coquillages.

— Papa ?!

Il revint brutalement à la réalité en entendant la voix de Sophie. Son cœur s'était emballé. Sa fille était sortie d'un bosquet et arrivait vers lui en titubant, couverte de boue et de sang. Le blé se divisait autour elle, filait sous le vent. Il fut pris d'une panique telle qu'il en eut le souffle coupé.

— Sophie ?

Il traversa la route en courant et la prit dans ses bras, la souleva de terre, la serra si fort qu'elle poussa un cri.

— Ça va ? Tu es blessée ?

— Est-ce qu'il est mort ? gémit-elle en regardant par-dessus l'épaule de son père, terrorisée.

Il devenait fou ! Son cœur battait comme un tambour. Que faisait-elle là ? Elle avait des coupures partout. Il lui tâta le crâne à travers ses cheveux trempés et emmêlés par le vent.

— Tu t'es cogné la tête ?

Elle n'eut pas l'air de comprendre.

— Il est mort ? répéta-t-elle. Il est mort ?

— Non, dit-il, envahi par la colère. Il est dans le cirage, c'est tout.

— Il ne va pas mourir, papa ?

— Chut, calme-toi, chérie, dit-il doucement, malgré sa fureur.

— On était dans la camionnette. On aurait cru qu'il faisait nuit, et il pleuvait vraiment fort. On approchait de la tornade, mais une branche nous est tombée en plein dessus. Le pare-brise a explosé. Boone a essayé de garder le contrôle, mais après la tornade est arrivée…

Elle éclata en sanglots, et il la serra contre lui pour la protéger de tous les vents, de tous les loups-garous, de tout ce qui faisait mal.

— J'avais attaché ma ceinture, ajouta-t-elle avec un frisson, mais pas Boone. Il a été éjecté de la camionnette. Moi, j'avais ma ceinture, papa… alors je n'ai rien eu. Je me suis détachée, et je suis descendue.

— Merci, mon Dieu !

— Il va s'en sortir ?

— Chut…

— Mais réponds, papa ! insista-t-elle, hurlant presque.

— Tu t'es cogné la tête ? Ta tête, ça va ? Tu n'as pas la tête qui tourne ?

Il lui tâta encore le crâne et se tourna vers les secouristes.

— Venez voir !

La jeune femme accourut.

— Vous avez mal quelque part ? demanda-t-elle.

Très professionnelle, elle posa son stéthoscope sur la poitrine de Sophie.

— Vous n'avez pas de gêne quand vous respirez ?

— Emmenez-la aux urgences, ordonna Charlie, nous vous suivrons.

— Mais papa…

— Nous suivrons l'ambulance, chérie.

9

Charlie rattrapa les secouristes dans le bâtiment des urgences. Sophie se débattait sur son lit roulant, les cheveux plaqués sur le visage par la sueur.

— Qu'est-ce qui se passe ? criait-elle. Où est Boone ?

Son père lui prit la main et la serra entre les siennes, pendant qu'une demi-douzaine de médecins et d'infirmières s'activaient autour d'eux, préparant Sophie pour les radios et les analyses de sang. Une infirmière commença à lui couper ses vêtements pour la déshabiller.

— Papa, qu'est-ce qu'elle fait ? s'écria Sophie, affolée.

— Calme-toi, chérie, dit-il, dégoulinant de sueur. Tout va bien se passer… On te soigne.

Il ne la lâcha pas avant qu'une infirmière le chasse.

— On s'occupe d'elle, vous pouvez attendre dehors.

Dans le couloir, il retrouva Willa, qui se passait nerveusement les doigts dans ses cheveux ébouriffés.

— Comment va-t-elle ?

— Ce n'est pas trop grave, je crois. Bon Dieu, je n'arrête pas de trembler !

Elle lui posa la main sur le bras. La salle d'attente sentait les fleurs mortes et ressemblait à s'y méprendre à celle qu'il avait tant détestée dans son enfance. À l'époque, il n'y avait pas de service pour les brûlés, et on l'avait laissé des semaines en réanimation avant de le transférer en pédiatrie au sixième étage. *Salle d'attente.* Même le mot lui était devenu insupportable. Il n'y avait rien fait d'autre qu'attendre, en effet. Là-bas, le temps était suspendu. Il avait préféré arpenter les couloirs en tirant la potence du goutte-à-goutte.

— Je vais le tuer, grogna-t-il.

Son pantalon et sa chemise étaient couverts du sang de sa fille.

Willa le regarda dans les yeux, cherchant à capter son attention.

— Elle n'est pas gravement blessée.

— Plus jamais ça, plus jamais !

— Charlie, reprit-elle en lui pressant la main, elle va très bien. Elle avait attaché sa ceinture. Elle est consciente, cohérente, elle bouge normalement.

— J'ai perdu ma sœur. Ma mère. Maddie. Il n'est pas question que je perde ma fille à cause d'un petit con !

Il regardait droit devant lui, sans rien voir, en état de choc. Au bout de quelques minutes, il se leva pour interroger la réceptionniste, une petite brune assez froide, qui lui dit que le médecin allait venir lui parler dans un moment.

Dans un moment. Il savait ce que cela signifiait.

Il se rassit sur la vieille banquette et fixa le carrelage marron. Willa attendit avec lui en silence, dans cette atmosphère qui vibrait du bruit de la télévision, incessant comme celui de la pluie sur un toit. Il avait la bouche sèche. Au distributeur d'eau, il élabora un plan : il lui interdirait de sortir pendant un mois, il l'enverrait en pension, il… il la bouclerait dans la tour d'un château et jetterai la clé aux oubliettes. Il essaya de se calmer et retourna s'asseoir, repoussant les cheveux collés sur son front. *Salle d'attente.*

Combien avait-il subi d'opérations en tout ? Vingt ? Vingt-cinq ? Il avait insulté les infirmières qui l'obligeaient à plier les bras, à plier les jambes. Il avait détesté les pansements, la crème antibiotique, le rituel du nettoyage des plaies, tous les jours. Il n'avait jamais autant fourni d'efforts de sa vie. Maintenant, il comprenait qu'elles avaient agi pour son bien.

— Chef Grover ?

Il releva la tête. Un jeune médecin préoccupé avançait vers lui.

— Je suis le Dr Russ Pressler.

Charlie se leva.

— Comment va-t-elle ?

Pressler avait les yeux enfoncés, les cheveux frisés.

— Elle a eu de la chance, dit-il du ton distant que cultive le corps médical. Pas d'os cassés, pas de traumatisme crânien. Nous avons soigné ses petites plaies, et nous lui avons fait une piqûre de sérum antitétanique. Elle se sentira mieux demain. Elle a seulement besoin de repos, et des analgésiques légers suffiront.

— Ses coupures au visage et aux bras vont-elles laisser des cicatrices ?

— Non, le verre Securit se brise en petits cubes, ce qui donne des coupures rectilignes et très superficielles. Il ne lui en restera aucune marque. Nous attendons encore les résultats du scanner, mais ensuite elle pourra partir. Nous l'avons installée avec l'autre blessé. Il est dans le coma. Stabilisé, mais encore sous respiration assistée et sous monitoring.

— Je veux les voir.

Le médecin l'emmena en réanimation vers un coin isolé par un rideau jaune d'or.

Boone Pritchett gisait sur un lit électrique, un tube endotrachéal fixé dans la bouche par du pansement adhésif. Il avait les yeux entrouverts, mais était inconscient.

Sophie se tenait debout près du lit, vêtue d'une chemise d'hôpital. Elle serrait contre elle un sac en plastique qui contenait ses vêtements ensanglantés.

— Il y avait de l'air froid qui passait à travers le plancher de la camionnette, dit-elle sans regarder son père. J'avais les pieds gelés.

Charlie l'observa, son bébé à la peau douce, qui avait une expression figée difficilement soutenable.

— C'est arrivé très vite, ajouta-t-elle en essuyant une larme. Le ciel est devenu tout sombre, et il s'est mis à pleuvoir. J'ai eu l'impression que la camionnette s'envolait. J'ai fermé les yeux…

— Il a mis ta vie en danger. Je ne le lui pardonnerai jamais.

Elle se tourna vers lui, si fragile qu'il eut envie de la prendre, de l'emmener, et de ne plus jamais la quitter.

— Boone n'est pas aussi terrible que tu crois.

— Sophie… il est pire que tout.

Elle eut l'air affolé.

— Non, il est très intelligent… Ce n'est pas parce que son père est un pauvre type que lui…

— Chérie, je ne veux plus que tu le voies.

Des larmes d'indignation lui remplirent les yeux.

— Mais c'est injuste ! Tu es complètement borné !

— Ta mère aurait réagi comme moi. Je ne veux plus que tu fréquentes ce garçon.

Elle croisa les bras, se balançant d'avant en arrière, tâchant de ravaler ses larmes.

— Plus jamais ! Je ne veux plus jamais vivre ça, Sophie !

— Mais pourquoi, papa ? s'écria-t-elle.

À l'évidence, elle ne comprenait pas la gravité de ce qui venait d'arriver, qu'elle avait failli mourir.

— Tu m'as menti. Tu m'avais dit que tu retournais en classe.

— Et alors ?

Il eut un nouveau choc. Il s'obligea à respirer bien à fond avant de répondre.

— Je te demande pardon ?

— Ça t'étonne ? Mais je ne suis pas parfaite, figure-toi !

Il se domina encore pour ne pas aggraver la situation.

— Ce n'est ni l'endroit ni le moment d'en discuter. Nous verrons plus tard.

Elle se mit à jouer avec son médaillon, tordant la chaînette en argent.

— Tu n'as pas le droit de m'interdire de voir mes amis. Je vois qui je veux. Je suis libre !

— Tu n'as pas l'air de réaliser…

— C'est toi qui ne comprends rien !

Le bip de Charlie retentit, et il l'arracha de sa ceinture. C'était Mike.

— Chérie, dit-il en lui posant la main sur le bras, il faut que je passe un coup de fil.

— Ne me touche pas ! hurla-t-elle en se dégageant. Vas-y, téléphone, je m'en fiche !

Il prit son téléphone portable.

— Oui, Mike, que se passe-t-il ?

— Double homicide, chef. Hier soir, dans le Texas. Un couple d'un certain âge. Circonstances intéressantes. Une tornade a touché terre à environ trois cents mètres de chez eux.

La nouvelle le chatouilla dans le bas de la nuque, comme une plume.

— Vous pouvez passer me prendre tout de suite ? demanda-t-il.

10

Il faisait nuit quand ils arrivèrent sur les lieux du crime. Les gyrophares de la police locale les accueillirent dans un silence inquiétant. Le courant était coupé dans tout Dogtooth à cause de la chute des lignes électriques, et une brume grise enveloppait la maison. Charlie, très tendu, monta sur la véranda avec Mike ; les lumières de leurs torches donnaient vie à des ombres inquiétantes.

Dans la maison régnait une obscurité totale. Charlie eut un sursaut quand il éclaira les patères de l'entrée, surpris par les capes de pluie, toutes flasques, qui pendaient au-dessus de bottes boueuses. On était en pleines années soixante-dix : décalcomanies de marguerites sur la porte de la cave, rampe violette menant au premier étage, encore entourée de guirlandes de Noël lumineuses. Il remarqua que des balustres avaient été arrachés, trous sinistres ressemblant au sourire édenté des lanternes de Halloween. Le vent referma la porte-moustiquaire dans un claquement qui leur fit faire un bond.

— Putain, j'ai eu peur ! souffla Mike avec un sourire penaud.

Un ordre bourru éclata dans le noir.

— Ne touchez à rien !

La voix venait d'un passage, au bout du vestibule. Ils traversèrent un couloir étroit et passèrent une porte qui ouvrait sur une grande salle de séjour. L'ameublement était ancien, avec des lambris d'acajou et de chêne ornés de colonnettes, et il y régnait une odeur humide de renfermé, mêlée à une autre, vaguement familière, qui fit se dresser les cheveux sur la tête de Charlie.

— Grover ?

Le shérif Chester McNeese était un homme d'apparence frêle, mais doté d'une personnalité de géant. Ses cheveux, très clairs, étaient tondus à ras. Il avait le visage grêlé de trous d'acné, et la détestable habitude de faire claquer sa langue sur ses dents de devant.

— Bonjour, shérif.

Ils se serrèrent la main, un geste qui, dans le noir, semblait trop intime.

— Je vous présente l'inspecteur Rosengard.

— Bonjour, dit McNeese en donnant une poignée de main à Mike. Rosengard, c'est juif, non ?

— Oui… Je crois bien que je suis le seul juif de tout l'Oklahoma, répondit Mike, appelant à la rescousse sa plaisanterie habituelle.

— Il faut de tout, je ne suis pas regardant. Je respecte toutes les religions.

— Bien répondu, fit Mike avec un sourire poli.

— Derrière vous, annonça McNeese.

Charlie et Mike se tournèrent.

Une scène macabre les attendait. Deux corps sans vie étaient installés côte à côte, en position assise, sur le divan de cuir, la bouche entrouverte. L'homme portait un pyjama de gros coton, et son hâle très brun rendait ses lèvres presque blanches. La femme avait les hanches larges, et ses jambes repliées sous elle avaient provoqué une inclinaison de son corps vers l'homme. Elle portait un pantalon en Stretch vert et de petites chaussures blanches. Ils avaient entre cinquante et soixante ans. L'homme tenait entre ses doigts un cigare à moitié consumé ; la femme ressemblait à un abricot sec. Les blessures de projectiles étaient diverses, certaines simplement pénétrantes, d'autres transperçantes. Les objets en bois fichés dans leurs corps les rendaient infiniment inquiétants.

Charlie eut mal pour eux, et sentit se réveiller ses douleurs cicatricielles.

— J'imagine que c'est le même gars, commenta McNeese.

Un tremblement dans sa voix trahissait sa peur, même s'il essayait de la dissimuler.

— C'est le tueur dont on a parlé dans les journaux ?

Charlie hocha la tête. Un cap venait d'être franchi : le meurtrier n'essayait plus de camoufler ses crimes. Il mettait en scène ses victimes, défiait ouvertement la police.

— La tornade a touché le sol à trois cents mètres au nord de la maison, leur apprit McNeese. D'après les dommages, elle a parcouru dix kilomètres. Un parc à caravanes a été dévasté. C'est là-bas que nous avons concentré le plus gros de nos troupes. Trois morts, beaucoup de blessés. Fractures, traumatismes crâniens. Les gens erraient, comme de vrais zombis, les vêtements en lambeaux. On n'a trouvé ces deux-là que tard dans l'après-midi. Un voisin inquiet qui est passé les voir. C'est pas croyable, un truc pareil…

— Il semble y avoir peu de projections de sang dans le séjour, fit remarquer Charlie. Pas de désordre, ni de meubles renversés.

Mike approuva du regard.

— Personne n'est passé le voir puisque la maison n'a pas été touchée, continua McNeese. Nous avons combattu des incendies toute la nuit, et dégagé les survivants des décombres.

Charlie découvrit une ligne de gouttelettes de sang et des traînées brunes sur le tapis d'Orient. Il les suivit jusqu'à la cuisine, où les aimants du réfrigérateur et les cartes de recettes avaient glissé de la porte et étaient tombés dans une mare de sang. La théière était froide. Un mug de thé, à température ambiante, était posé sur la table en chêne. Le calepin du téléphone était couvert de griffonnages. Le sol, les murs et le plafond étaient inondés de sang.

C'est alors qu'il remarqua une mise en scène étonnante. Une ribambelle d'appareils électriques était alignée sur le plan de travail en Formica rose : un robot ménager, un mélangeur, un ouvre-boîte électrique, une cafetière et un mixeur. Tous étaient branchés, et à l'intérieur des bols du robot, du mélangeur et du mixeur se trouvaient des couverts en argent : fourchettes, couteaux, cuillères.

Stupéfait, Charlie contempla cette installation, puis il dirigea le rond de sa torche par terre. Le sang sur le lino avait été nettoyé par endroits à grande eau. Il trouva un balai à laver planté dans un seau métallique dans la buanderie. Si on vaporisait le sol au Luminol, on verrait certainement apparaître les cercles de sang laissés par le fond du seau.

Quand il retourna dans le séjour, trois adjoints du shérif étaient en train de procéder à un relevé d'indices à la lumière des torches. Personne ne pipait mot. Charlie éclaira le divan de cuir ensanglanté.

— À votre avis, pourquoi tous ces couverts dans les appareils électroménagers ? demanda-t-il à McNeese.

— Pas la moindre idée. Ça me dépasse. Je ne vois pas ce qu'il peut vouloir nous dire en mettant des fourchettes et des cuillères dans des mixeurs !

Charlie dévisagea la femme, dont les lunettes à monture en faux diamants étaient rouges de sang et posées de travers sur son nez.

— Identité des victimes ?

McNeese claqua la langue sur ses dents.

— Birdie et Sailor Rideout. Exploitants agricoles. Lui faisait aussi des travaux de maçonnerie. Un type sans histoires. On ne fait pas plus tranquille. Les gâteaux aux noix de pécan de Birdie sont célèbres dans la région. Ils ont eu quatre enfants, bien élevés, des citoyens respectables. Ma gamine va en classe avec un de leurs petits-enfants. Sailor et moi, nous sommes vaguement parents, à un degré éloigné.

Un chat sauta sur la moustiquaire de la cuisine, cherchant à s'y accrocher. Charlie sursauta.

— Ouste ! fit McNeese en allant le chasser.

Se sentant presque complice de la mise en scène, Charlie s'approcha pour inspecter les coussins rembourrés, la boîte de mouchoirs en papier sur la table basse, les stores qui ne s'enroulaient pas jusqu'en haut. Les pendules se contredisaient. Les rebords de fenêtre accueillaient une collection de vieux outils en pierre, vestiges trouvés dans les champs : morceaux de poteries, pointes de flèches. Des reliques d'un autre temps. Soudain, Charlie vit le bras de Sailor se replier. Il eut la chair de poule, même s'il savait qu'il ne s'agissait que d'une illusion d'optique provoquée par le ballet des lampes de poche. Il se pencha vers lui et détecta une rougeur suspecte autour de la bouche. La joue de Birdie était un peu gonflée.

— Il faudra dire au légiste de vérifier les dents des victimes, indiqua-t-il au shérif. Les résultats doivent rester strictement confidentiels. J'aimerais que vous me transmettiez le rapport d'autopsie, si possible.

— Pas de problème, je ne suis pas un type égoïste.

La télévision avait été tirée juste devant les victimes. On voyait aux marques du tapis qu'elle avait été récemment déplacée. Pas très loin derrière, il y avait un aspirateur, branché à la même prise. Charlie éclaira le téléviseur sur lequel étaient posés des bibelots : vache en porcelaine, champignons rouges à pois blancs arborant de larges sourires. L'aspirateur était un gros Hoover marron à manche, debout au milieu du tapis. De l'autre côté de la pièce, dans une bibliothèque en bois blanc, il vit une collection de 33 tours. Au milieu, une chaîne Pioneer avait la place d'honneur, encadrée par deux modestes haut-parleurs.

Charlie fit abstraction des remarques échangées autour de lui pour se concentrer sur ses observations. Cette fois, l'homicide était plus qu'évident, ce qui signifiait que le mode opératoire du meurtrier évoluait. Malheureusement, il s'enhardissait.

Il reporta son attention sur l'aspirateur. L'auteur avait-il surpris Birdie pendant qu'elle faisait le ménage ? C'était douteux. On avait trouvé beaucoup de sang dans la cuisine et c'était sans doute là qu'avait eu lieu l'agression. Dans ce cas, pourquoi cette mise en scène ? Parce qu'il se prenait pour Dieu ? Parce que, pour lui, les victimes étaient des poupées, ses jouets, il se sentait le droit d'en faire ce qu'il voulait ?

Il devait s'agir d'un tueur calme, méthodique, qui prenait son temps. L'homme n'avait pas peur des éléments déchaînés. Il évoluait dans les tempêtes comme un poisson dans l'eau. Il narguait la police. Les criminels aussi regardaient la télévision. Les criminels lisaient les journaux. Tout en récapitulant, Charlie avait l'impression que sa conscience plus aiguë du crime le séparait des autres comme la paroi fine et tremblante d'une bulle de savon.

Soudain un vacarme infernal éclata. Toutes les lampes s'étaient allumées d'un coup, tous les appareils électriques s'étaient mis en marche en même temps. Par réflexe, Charlie dégaina son revolver et, le bras raide, le tint contre la jambe de son pantalon. Des vrombissements assourdissants montaient de toutes parts. Le robot, le mélangeur, le mixeur, butaient sur les couverts avec des bruits de train qui déraille, des sifflements d'obus ; des rires fusaient de la télévision à plein volume, l'aspirateur gémissait en zigzaguant sur le tapis. Et, au travers de ce tintamarre insupportable, Charlie crut distinguer une chanson basse et douce. Un disque sur la platine.

Revenant peu à peu de sa frayeur, il fit jouer les doigts de sa main armée pour la décontracter. Les autres étaient encore figés comme des animaux pris dans des phares de voiture. Le volume de la chaîne était réglé assez bas, comme si le tueur avait voulu leur susurrer la chanson à l'oreille. C'était la version années cinquante des Platters de « Smoke Gets in Your Eyes ». Quand Charlie reconnut l'air, une angoisse incandescente brûla dans sa poitrine. Il posa le doigt sur la détente. La maison entière vibrait comme un poumon. Même le couple mort avait l'air de dresser l'oreille.

Dégoulinant de sueur, il se tourna vers Mike.

— Attention, dit-il, c'est exactement la réaction qu'il voulait provoquer.

11

Sophie était étendue dans son lit, vêtue d'un T-shirt de foot trop grand pour elle. Elle avait le visage tuméfié, couvert de petites égratignures, et ses bras étaient emmaillotés dans des bandages. Charlie eut le cœur serré.

— Elle est sympa, commenta-t-elle avec un regard appuyé. Ton invitée-surprise...

Il sourit en hochant la tête et écarta avec le pouce les longues mèches de cheveux humides qui tombaient dans les yeux de sa fille.

— Essaie de dormir.

Elle se tourna vers le mur ; manifestement, elle lui en voulait encore.

— Tu veux que je laisse la porte ouverte ?

— Non. Bonne nuit.

Il ferma, traversa la maison vide, posa sa veste sur le bras du divan, puis alla chercher de la bière à la cuisine. Le réfrigérateur ronflait trop fort. Un de ces jours, il allait rendre l'âme. Charlie se savait incapable de le réparer : il était nul en bricolage, nul en mécanique, nul en électricité. Une grande déception pour son père qui avait été horrifié en apprenant son intention d'entrer dans la police.

Charlie sortit deux bières et rejoignit Willa sur la véranda du jardin, où l'air était frais et agréable. Les étoiles scintillaient dans un ciel à présent pratiquement dégagé. Ils avaient pris place sur la balancelle grinçante, à peine éclairés par le rougeoiement de la lampe à griller les insectes. Il se sentait à la fois très léger et très lourd.

— Ça va ? demanda-t-elle. Tu as l'air complètement HS.

— Il paraît que je suis borné, c'est ce que j'ai appris aujourd'hui... (Il se frotta le visage.) Merci d'être restée avec elle.

— Ça m'a fait plaisir, elle est adorable.

— Elle ressemble à sa mère.

— Sans doute, mais j'ai détecté deux ou trois points communs avec son père !

Elle sortit les pieds de ses sabots boueux et les posa sur le plancher de bois peint.

— Elle a son caractère, approuva-t-il avec un sourire, c'est certain.

— À l'âge de Sophie, j'avais des boutons, pas de poitrine, et un skate-board que j'idolâtrais. J'étais le mouton à cinq pattes du collège. Je dessinais des pénis dans les marges de mes devoirs, et je passais tout le cours à les effacer avant de rendre ma copie.

Il accentua le balancement en s'appuyant au dossier. Cela faisait du bien de sourire. Les longs cheveux noirs de Willa chatoyaient dans la lumière de la lampe antimoustique, et on devinait le renflement de ses seins sous son gros pull en laine.

Elle porta sa bouteille de bière à ses lèvres et pencha la tête en arrière, révélant le dessous blanc de son menton. Il la regarda avaler, fasciné par le mécanisme de la déglutition. Elle attendit un instant, sans doute pour éviter de paraître trop curieuse, puis demanda :

— Alors ? Que s'est-il passé ?

— Il y a eu un double homicide dans le Texas. Des gens sans histoires. Pas un ennemi au monde.

— Quel âge ?

— Un couple dans la cinquantaine.

Le criaillement des oies sauvages résonnait au-dessus d'eux, un son caractéristique, magnifique. Il adorait les nuits de l'Oklahoma, si sauvages qu'on avait l'impression d'être pris à bras-le-corps par la nature, enlacé par l'obscurité.

— Ils ont été tués de la même manière que les autres ? demanda-t-elle avec émotion.

— Oui.

Elle accusa le choc.

— Le meurtrier pourrait être quelqu'un que tu connais, poursuivit-il.

— Un chasseur de tornades ?

— Demain matin, je te ferai apporter des photos par coursier. Je voudrais que tu les regardes pour me dire si tu reconnais les véhicules que nous n'avons pas encore réussi à identifier. Ça ne t'ennuie pas ?

— Pas du tout.

— Je ne voudrais pas te faire peur…

Elle tourna la tête vers le jardin obscur avec un frisson.

— Les chasseurs que je connais… ce sont de vrais passionnés. Ils adorent le temps extrême. Ils pourraient faire des milliers de kilomètres pour voir une tornade rien que cinq minutes.

Comme elle, il plongea les yeux dans le grand mystère de la nuit. Au milieu des vastes plaines, un homme tuait pour le plaisir.

— Cette fois, la tornade est passée à trois cents mètres de la maison. Comment peut-il faire des prévisions aussi précises ?

Elle réfléchit un peu.

— Il nous surpasse. Il a tout compris, Charlie. C'est un maître. Il en sait mille fois plus que nous tous réunis.

— Mais comment y arrive-t-il ?

— Je ne sais pas… Soit il domine parfaitement le principe des images radars, l'interprétation de l'effet Doppler, et connaît sur le bout des doigts toutes les conditions météo qui entourent la formation des orages et des tornades, ou alors…

— Ou alors ?

— Ou alors il y va à l'instinct. C'est une sorte de génie qui se met à la place du vent, qui pense comme s'il était une tornade.

Il lui jeta un regard, et ils ne dirent plus rien. Le vent jouait dans les arbres, bruissait doucement dans le feuillage. Willa passa le doigt dans le creux de la main de Charlie, éveillant son désir. Il essaya d'imaginer l'endroit où elle avait grandi, un village texan à la terre rouge, une maison délabrée, une bande de gamins débraillés. Et elle, petit garçon manqué à nattes, qui guettait la pluie, un œil toujours tourné vers le ciel.

— Je sais que c'est devenu un cliché, mais tu as entendu parler du principe de l'aile de papillon ? demanda-t-elle.

— Oui. Un papillon bat de l'aile en Chine, et le lendemain, une tornade s'abat sur l'Oklahoma.

— Exactement. Les processus météorologiques sont extrêmement sensibles. Les conditions atmosphériques de toutes les régions du monde s'influencent les unes les autres. Il n'y a aucun contrôle possible, aucune façon d'opérer de prédictions à l'échelle mondiale. J'espère aller en Chine un jour pour voir ce fameux papillon battre de l'aile. Je veux assister à la vraie naissance d'une tornade, ajouta-t-elle, sa main réchauffant celle de Charlie. Tu admets ça, toi, qu'une chose aussi subtile, aussi jolie, puisse avoir un effet aussi dévastateur ?

Tandis qu'ils se balançaient doucement, Charlie admira les lignes simples et belles de son visage.

Les paupières de Willa clignaient de fatigue. Elle regarda sa montre. Quand elle lui lâcha la main, il se sentit tout nu. Elle remit les pieds dans ses sabots et se leva.

— Il faut que je rentre, Charlie.

Il tâcha de ne pas laisser percer sa déception.

— Oui, la journée a été éprouvante…

Elle posa sa bouteille encore à moitié pleine et fit cliqueter machinalement ses clés dans sa main.

— On pourrait dîner ensemble, un de ces soirs, proposa-t-elle.

— Oui, ça me ferait plaisir.

— Vraiment ?

— Je t'appelle.

Il se pencha vers elle pour lui donner un baiser. Ils s'embrassèrent un long, très long moment, jusqu'à ce qu'elle s'écarte de lui avec un sourire.

— Oui, je pense que tu me rappelleras...

Cela le fit rire.

— Viens, madame Irma, je te raccompagne à ta voiture.

12

Trois jours plus tard, Sophie alla rendre visite à Boone à l'hôpital. Il était allongé sur le dos, les yeux fermés. Quand la ventilation assistée s'interrompait, elle retenait son souffle, comptant les secondes avant l'inspiration suivante. Les infirmières disaient n'importe quoi, se prenaient très au sérieux : « Mieux vaut être réaliste vu les circonstances. Statistiquement, les chances pour qu'il reprenne connaissance sont très faibles. » Elles passaient de lit en lit, faisaient les soins, consultaient les feuilles de température et tenaient des propos décourageants que Sophie n'avait aucune envie d'entendre. Elle, elle voulait qu'on lui donne de l'espoir. *Il va ouvrir les yeux, il va me sourire…*

Le chagrin montait et descendait par petites bouffées. Seul le beau soleil qui filtrait à travers les stores vénitiens lui donnait du courage. Elle avait tiré une chaise près du lit et lui tenait la main, une main moite et molle. Cela lui rappelait la période où sa mère était hospitalisée. Elle lui avait horriblement manqué, mais, quand elle était revenue à la maison au bout de deux semaines, Sophie avait ressenti comme une gêne, une distance. Plus tard, elle avait compris que c'était de la peur. Si elle redevenait trop proche de sa mère, elle souffrirait encore plus quand elle partirait pour de bon.

N'empêche qu'il avait bien fallu se quitter. Tout avait changé, alors. Une période très dure pour elle, et personne n'avait semblé s'en rendre compte. Les gens ne comprenaient pas l'ampleur de sa souffrance. Pas même sa meilleure amie, Katlin, qui ne pouvait jamais parler longtemps du chagrin de Sophie sans changer de sujet. « Il faut se remettre. La vie continue. » C'était ça, le plus dur, on n'avait pas le droit de s'attarder sur son malheur, même avec ses proches.

Boone, lui, n'était pas comme les autres. Il l'écoutait parler de sa mère pendant des heures. C'était la seule personne au monde qui semblait comprendre sa douleur... Mais à cause de leur amitié, elle se coupait de tous ceux qu'elle aimait. Son père l'avait privée de sortie, ses copines la critiquaient aussi. Elles méprisaient les mauvais élèves, ceux qui n'étaient pas destinés à aller à l'université. Dire qu'on prétendait que l'Amérique était une société sans classes !

Le menton dans la main, Sophie regardait Boone dormir. Il avait un teint de bébé – rose, lisse – et il était bien peigné. D'ordinaire, il avait les cheveux en bataille, mais sa mère lui avait rendu visite le matin et l'avait coiffé en arrière comme un petit garçon. Elle avait aussi apporté un carton d'affaires à lui qu'elle avait laissé au pied du lit : sa Game Boy et son skate, ainsi que des jeux vidéo portant des noms effrayants. Comme si les jeux pouvaient remplacer l'amour d'une mère. Sans doute, après son passage, était-elle vite retournée se soûler dans un bar. Sophie comprenait Boone. Comme elle, il avait grandi sans amour maternel.

Une infirmière rousse entra dans la chambre et remonta les stores. La lumière l'éblouit.

— Il en est où ? demanda Sophie en clignant des yeux.

— Pas de changement pour l'instant, répondit l'infirmière en réglant le goutte-à-goutte, mais la pression dans son cerveau commence à baisser.

— C'est encourageant, non ?

— Peut-être. Ne te fais pas trop d'illusions.

L'infirmière vérifia le rythme cardiaque, tapota l'oreiller et repartit.

Sophie retomba au fond de sa chaise, l'angoisse au cœur. Finalement, la mort n'était peut-être pas aussi horrible qu'on le pensait. C'était peut-être pareil que s'endormir pour faire la sieste, ou comme fondre lentement au soleil, si on était un glaçon. Les molécules d'eau, avec la chaleur, se dispersaient dans le bleu du ciel. Qui sait si la mort n'était pas un accomplissement qui vous apportait la sérénité.

Elle réfléchissait, les yeux fixés au mur, perdue dans ses pensées, quand la main de Boone bougea dans la sienne.

Elle sursauta et se pencha vers lui.

— Boone ?

Il répondit par un frémissement de paupières.

— Infirmière ! Vite ! cria-t-elle.

Elle serra la main de Boone et sentit les os sous la peau, les tendons, les muscles.

— Boone ?

Il agita les doigts, et elle se retint de rire.

— Je t'aime, dit-elle.

Il eut une torsion du visage qui ressemblait à un sourire, et qui l'atteignit en plein cœur.

Puis il ouvrit ses yeux bleu électrique.

13

— Putain, où est passé Lester ? cria Charlie en sortant de son bureau, furieux.

À l'accueil, le sergent Hunter Byrd releva la tête.

— Je ne sais pas, chef.

Sous les néons, ses cheveux bouclés rougeoyaient, comme s'ils étaient teints.

— Combien de messages avez-vous laissés sur son répondeur ?

— Trois.

— Bon, eh bien laissez-en un quatrième, s'il vous plaît. Dites-lui de se bouger le cul. Il ne s'agit que d'une petite entrevue courtoise.

— Courtoise ?

— Quoi, ce mot vous dérange ?

Avec un haussement d'épaules, Hunter prit le téléphone.

— Non, patron, pas du tout.

— J'ai les résultats de l'autopsie des Rideout, interrompit Mike.

— Dans mon bureau.

Dès qu'ils eurent refermé la porte sur eux, Charlie s'assit dans son fauteuil et fit tinter les glaçons qui remplissaient son verre en plastique. Une sourde appréhension le minait. Voilà trois jours qu'ils n'avaient ni vu ni eu de nouvelles de

Lester. Charlie en tirait la conclusion que son adjoint avait plus qu'une aventure amoureuse à se reprocher.

— Je voulais vous poser une question, commença Mike. À votre avis, pourquoi le tueur a-t-il mis « Smoke Gets in Your Eyes » sur la chaîne des Rideout ?

— Je ne sais pas.

— J'ai ma petite idée là-dessus. Il aurait pu choisir n'importe quoi d'autre. J'ai jeté un œil sur les autres disques, il y avait le choix.

Charlie posa son verre de glaçons. Le ventilateur du plafond soulevait quelques feuilles sur son bureau qui croulait sous la paperasse. Ils avaient rassemblé assez de documents sur les trois affaires pour remplir une dizaine de gros dossiers. Mais rien, pas même le temps radieux, ne parvenait à l'apaiser.

— Où voulez-vous en venir, Mike ?

— Je pense qu'il voulait nous faire passer un message. Ce disque, ces paroles : « Smoke Gets in Your Eyes », la fumée te pique les yeux… Vous voyez où je veux en venir, chef ?

Charlie eut une montée d'angoisse. Ses peurs les plus profondes revinrent à la surface.

— C'est un criminel intelligent, provocateur, poursuivit Mike. Il veut voir jusqu'où il peut se révéler sans se faire prendre. Cette mise en scène est une façon de nous introduire dans son sale petit jeu.

— Donc vous pensez que l'auteur me connaît, n'est-ce pas ?

— L'allusion à la fumée viserait qui d'autre ?

Charlie médita cette suggestion très déplaisante. *Lester Deere, Boone Pritchett, Jake Wheaton, Jonah Gustafson.* Liste très incomplète… Ils devaient avoir interrogé plus d'une centaine de chasseurs de tornades pris en photo près du lieu du crime ce jour-là. Jusqu'à présent, aucun résultat. La plupart avaient des alibis. Le public, la presse, ses supérieurs, tous exigeaient des résultats immédiats, mais Charlie n'avait aucune piste. Rien de rien. Sur son bureau traînait une photographie de Danielle Pepper pendant l'autopsie ; il la tourna pour ne plus la voir.

— Il a peut-être seulement entendu parler de vous, patron, avança Mike. Il a vu votre photo dans les journaux, ce qui lui a donné l'idée de vous adresser ce message. Je ne sais pas. En tout cas, j'ai la quasi-certitude qu'il n'a pas mis ce disque au hasard. Il y a une raison. Une raison tordue, mais une raison quand même.

Charlie posa des yeux songeurs sur la fenêtre. Dans l'air vibrant de chaleur, le parking était plein à craquer. Aidé de ses hommes, il avait consciencieusement comparé les blessures des Pepper avec les projections de sang trouvées dans la maison. Sans l'ombre d'un doute, le tueur était droitier. À partir des expertises de laboratoire, des photos et de la trajectoire des éclaboussures de sang, ils étaient arrivés à reconstituer un scénario plausible. Le tueur s'était d'abord attaqué à Rob Pepper dans l'entrée. Il l'avait frappé avec un bâton à la poitrine, aux bras, à l'abdomen et à la tête. Le deuxième coup à la tête l'avait assommé. Le tueur s'en était ensuite pris à Jenna Pepper avec la même arme : un gourdin noueux qu'ils avaient retrouvé dans la propriété. Il lui avait porté des coups violents à la tête, à la poitrine et aux bras avant d'arriver à lui faire perdre connaissance. Les deux victimes avaient laissé des traces de sang sur les murs du couloir et sur le paillasson, qui indiquaient qu'ils avaient essayé de lui échapper en rampant vers la porte.

Pendant ce temps, Danielle s'était réfugiée dans la cuisine, où le tueur l'avait suivie et lui avait assené un coup extrêmement violent à l'arrière du crâne. Malgré sa blessure, elle avait réussi à s'enfuir et à se cacher derrière le piano du séjour (on avait retrouvé de la poussière dans ses cheveux). Il l'avait arrachée de sa cachette, l'avait assommée en la matraquant sur le front, puis il avait traîné les trois victimes à l'étage, dans la chambre des parents. Là, avec une cruauté et une sauvagerie inimaginables, il avait perpétré ses actes les plus atroces. Il fallait que l'auteur soit relativement fort, pensa Charlie, et n'ait aucun scrupule. C'était de la folie d'agir dans ces circonstances, risqué et provocateur.

Mike ouvrit un dossier.

— « Birdie et Sailor Rideout, respectivement âgés de cinquante-quatre et cinquante-six ans. Les traces de sang correspondent aux groupes sanguins des victimes. Des entailles défensives aux bras et aux mains, des contusions à la tête. Lésions transperçantes ou pénétrantes, armes en place… » Voilà, ça continue pendant des pages, ajouta-t-il avec un regard rapide à Charlie. Je vous donne juste les grandes lignes.

Il survola les feuilles suivantes.

— Tiens, ils ont ramassé des échantillons de terre et de plantes sur la scène du crime. Des fibres d'isolant thermique, des fibres d'amiante et de minuscules traces de plâtre. Un plâtre très ancien, qui remonte à environ cent ans. Rien qui corresponde à ce qu'on peut trouver sur la propriété.

— Ça ne veut rien dire, le vent pourrait avoir tout apporté.

Mike se renversa sur sa chaise, ce qui tendit sa chemise à rayures sur son torse.

— Pas de fibres de laine bleu marine, chef. Rien que du coton blanc.

— Trop courant, ça ne sert à rien.

— Tous les cheveux récupérés dans les évacuations appartenaient aux victimes, mais on en a trouvé des orphelins dans la maison. Deux cheveux châtains mi-longs, un blond court, un noir court, et un mi-long blanc, tous appartenant à des individus de race blanche.

Charlie fronça les sourcils. Cela lui faisait penser à son père, ce cheveu blanc.

— Et puis plusieurs poils de lapin, noirs.

— Des poils de lapin ?

— D'après le labo, oui.

— Je ne crois pas que les Rideout avaient des lapins…

— Pas à ma connaissance. C'est ce qui a attiré mon attention. (Il s'interrompit pour tourner une page.) On a retrouvé une fibre de tapis, verte, dans les cheveux de Birdie Rideout, et des fibres bleues de jean sous ses ongles.

— Ça ne nous apprend pas grand-chose. Les fibres de jean sont aussi courantes que le coton blanc. Aucun intérêt.

— Nous en arrivons aux dents. La canine supérieure droite de la femme avait été extraite et remplacée par une dent encore non identifiée. L'incisive inférieure gauche de l'homme a subi le même sort.

— Les dents, c'est notre fil conducteur, conclut Charlie en agitant ses glaçons. Ce sont elles qui vont nous mener au tueur.

— Tout à fait d'accord.

— J'aimerais bien que vous demandiez à McNeese de nous prêter un moment celles qu'il a.

— D'accord. (Mike tourna les pages.) Pas d'agression sexuelle. Pas de sperme. Aucune manipulation des vêtements qui pourraient suggérer le viol. Pas de témoins oculaires. Pas de témoignages d'activités suspectes. Pas d'indices compromettants. C'est à peu près tout.

— Et les Pepper ? Du nouveau ?

— Rien, mis à part des centaines de témoignages téléphoniques inutiles, répondit Mike avec l'ébauche d'un sourire. Tout le monde a sa théorie. Et beaucoup de ces gens se disent médiums.

— Des nouvelles de Gustafson ?

— Oui, nous avons dégoté une adresse, répondit Mike en faisant retomber sa chaise. Justement, je m'apprêtais à lui rendre visite, puisqu'il refuse de répondre à nos appels téléphoniques.

Charlie se leva.

— Qu'est-ce qu'on attend ?

Hunter les arrêta en chemin.

— Chef ? Il y a une dame au téléphone... Elle veut absolument vous parler en personne. Elle dit que c'est au sujet des meurtres.

— Je vous rejoins dehors, dit Charlie à Mike.

Il prit le téléphone.

— Allô ?

— Chef Grover ?

Il y eut un déclic.

— Oui, madame, je vous écoute.

— Je voulais vous dire quelque chose sur les meurtres commis le mois dernier.

— Je vous écoute.

— Voilà, reprit-elle avec un fort accent texan, quand j'étais petite il y a eu une tornade là où je vis, à Dime Box, dans le Texas. Une force 2. Horrible. Maman, Dickie et moi, on s'est cachés dans le placard sous l'escalier. On se croyait plus en sécurité là-dedans. Il y avait des vents terribles, je ne sais pas si vous vous en souvenez... la moitié de la ville a été détruite.

Charlie fronça les sourcils.

— Oui... ?

— Donc nous étions cachés dans le placard. On tremblait de peur. À un moment, j'ai jeté un coup d'œil par la porte, et j'ai vu un petit bonhomme qui se promenait chez nous. J'ai cru que c'était un lutin ! J'ai cru qu'il y avait un lutin dans la maison ! Maintenant, je me dis que ça devait être un petit garçon. Il a traversé l'entrée. Un petit garçon d'environ... oh, je ne sais pas. Cinq ou six ans...

Charlie ne voyait pas où elle voulait en venir.

— Après la tornade, il n'y avait plus ni lutin ni petit garçon chez nous, bien sûr. Je me suis dit que j'avais rêvé. Et puis nous nous sommes aperçus avec stupeur que notre argenterie avait disparu. Notre télé aussi. Et la radio. Il faut bien préciser que la tornade nous a frôlés, mais que notre maison a été épargnée. Nos affaires s'étaient volatilisées comme par enchantement. J'ai eu envie de vous raconter ça...

— Bien, madame, je vous remercie de nous avoir appelés, sincèrement.

— Je n'arrive pas à me sortir ce souvenir de la tête.

— J'en prends bonne note, je vous remercie de votre appel.

— Non, c'est moi qui vous remercie, chef Grover. Merci à vous et à vos hommes pour tout votre travail.

— J'espère ne pas vous décevoir, conclut-il avant de raccrocher.

14

Jonah Gustafson vivait entre deux bretelles d'autoroute à l'est de Tulsa. Il avait des cheveux châtains mi-longs, des mains osseuses, et un regard égaré. Le soleil couchant, qui se déversait à travers les vieilles fenêtres de sa salle de séjour, l'éclairait sur son canapé en vinyle, face à Charlie et Mike. Il portait un jean, une veste en cuir, et avait les pieds nus et sales. Pointure 44, à première vue. Au-dessus de lui était accrochée une photo de paysage lunaire, et Charlie remarqua que ses mains tremblaient pendant qu'il se roulait une cigarette.

— Merci d'avoir accepté de nous recevoir, dit Charlie.

— Pas de problème.

Une camionnette blanche d'une propreté immaculée était garée dans l'allée. On entendait des enfants jouer au fond de la maison.

— Vous avez des gosses ?

— Trois fils. Des petits démons.

Jonah ne les regardait pas en face. Il buvait un grand bourbon soda, et arrivait à peine à monter le verre à sa bouche.

Charlie hocha machinalement la tête. Les garçons braillaient sans retenue.

— Nous avons interrogé de très nombreux chasseurs de tornades qui se trouvaient à proximité de Promise dans la journée du 15 avril. Nous espérons que vous pourrez nous apporter des éléments complémentaires.

— Vérification de routine ?

— Purement de routine.

Jonah avait une grosse cicatrice blanche à l'emplacement du sourcil droit.

— Vous voulez savoir quoi, au juste ?

— Vous avez suivi quel itinéraire, ce jour-là ?

— Je suis parti de Ponca City.

— Dans le Kansas ?

— Oui. Les réseaux de surveillance météo locaux s'excitaient, alors je suis entré en communication radio, j'ai branché mon portable, et j'ai reçu deux alertes vers le sud-ouest. Confirmées par Nexrad et le radar Doppler local. J'ai fait demi-tour, et j'ai entendu un grand bruit dans le moteur. J'ai du bol, je me suis dit.

— Pas de bol, plutôt…

Il sourit, but une gorgée, et tira sur sa cigarette.

— Quand c'est mauvais, c'est toujours bon.

Charlie regarda autour de lui. Le séjour était modeste. Pas de plantes, pas de rideaux, pas de décoration. Des stores décrépits, des meubles inélégants et bon marché, et de nombreux placards et étagères sur mesure.

— Vous vous y connaissez en menuiserie ?

— Pas mal. J'ai fabriqué la table de la cuisine en agglo. Et le support à CD, aussi. Le meuble de la chaîne, c'est moi, pareil. Je vous en fait une pour cinquante dollars matériaux non compris. Hé ! C'est fini ce boxon ? hurla-t-il en direction des chambres.

Il reprit son verre dans sa main droite et eut un sourire d'excuse.

— Ma femme m'a largué. Avec trois gamins, dont un qui n'est même pas à moi.

Charlie se contenta de hocher la tête pour le laisser parler. *L'auteur était droitier. On avait trouvé des cheveux châtains sur les deux scènes de crime. Chaussures taille 44. En gros, ça collait.*

— Elle m'accompagnait à la chasse aux tornades tout le temps, ma femme. On s'est rencontrés pendant un orage de grêle. On en a ramassé plein nos poches, comme des gamins, et on est rentrés les fourrer dans le congélo. Six mois plus tard, ma femme servait des cocktails à la grêle à notre mariage. (Il tira une bouffée de sa cigarette roulée à la main, aspirant la fumée à fond.) La première chose qu'elle m'a dite, c'est : « Une camionnette blanche ? Pourquoi blanche ? Le blanc, ça se salit. Mais bon, elle va pas rester sale longtemps. Une bonne pluie, c'est mieux qu'une station de lavage. » Elle était superbelle en plus, ma femme. Un cul d'enfer.

— Et après, que s'est-il passé ?

— Cette salope s'est barrée avec un motard.

— Non, je veux dire, au cours de la journée du 15 avril.

— Ah ! oui, fit-il, son visage étroit lui donnant l'air roublard et bête à la fois. Ben, je suis reparti vers l'Oklahoma où un gros orage était en train de se former. Il y avait des dômes et des enclumes magnifiques. Sur le flanc nord, j'ai vu une belle tour, aussi, et le flanc nord-ouest explosait dans la stratosphère… pas croyable.

— Donc vous êtes passé par Promise, ce jour-là ? intervint Mike.

— Oui, en bas du centre-ville. Et *boum* ! tout de suite après, une énorme pluie me tombe dessus, et je sens la route s'exciter sous mes roues. Ça grondait, un vrai tremblement de terre. J'ai bien cru que j'allais me faire avaler. Les conditions changent en un rien de temps. J'ai vu la tornade traverser l'autoroute. Elle a renversé un semi-remorque. Et puis, soudain, un gros morceau de maison est tombé du ciel et s'est écrasé juste devant moi. Là, j'ai abandonné ma position : la baraque commençait à m'avancer dessus.

— Vous avez quitté la zone ?

— Je veux ! Je me suis tiré vite fait.

— Où êtes-vous allé ?

— Il y avait une autre alerte vers Burns Flat et Reydon, par là-bas. Vous savez qu'ils ont un parc d'attractions sur les tornades, à Burns Flat ? C'est triste, mais c'est comme ça.

— Le 15 avril, avez-vous approché de Shepherd Street ?

— Sûrement pas !

— Vous n'êtes pas passé devant chez les Pepper ce jour-là ?

— J'aime pas trop ces insinuations. Où vous voulez en venir ?

— Vous n'avez pas d'objection si je jette un coup d'œil chez vous ?

— Si !

Un bruit de pas.

— Papa ?

Un petit garçon apparut dans l'encadrement de la porte. Il avait un trou à l'emplacement des deux dents de devant. Le détail n'échappa pas à Charlie.

— Viens là, toi.

Jonah attrapa son fils pour l'attirer contre lui et le serra fort dans ses bras.

Le petit garçon posa sur Charlie un regard brillant d'hostilité. Son uniforme ne semblait pas attirer sa sympathie.

— Comment tu t'appelles ?

— Je suis le chef Grover. Et toi ?

Jonah reconnut le nom et changea d'expression.

— Grover ? Vous êtes de la famille d'Izzy Grover ?

— Oui, c'est mon père.

— Celui-là, c'est un dur, fit remarquer Jonah avec un rire aigre, un vrai gangster. Il colle au train de tout le monde, il cogne dans les petites bagnoles japonaises pour les forcer à sortir de la route. Il se moque de tout. Ce vieux bonhomme et sa veste mitée, il faudrait le calmer un peu.

Charlie eut un coup au cœur. Il se souvenait soudain du caban de son père.

— Vous parlez d'Isaac Grover, c'est bien ça ? Environ soixante ans, les cheveux blancs ?

— Ouais, c'est ça. Si on ne se gare pas quand il arrive, il vous roule dessus avec son pick-up pourri.

Charlie ne se sentait pas bien. Son père sortait son vieux caban bleu marine de la naphtaline en automne et le portait parfois jusqu'en juin. *Un caban bleu marine.* Oui. *Des fibres de laine bleu marine.*

— Izzy Grover et son Loadmaster déglingué ! La dernière fois il a fallu lui soulever le moteur pour réparer le carter. Il a fait je ne sais combien de fois le tour du compteur. Y faudrait tout remplacer dans cet engin, et vite.

Charlie ne faisait plus attention à lui. Il avait l'impression d'être tombé dans un trou d'air.

— Merci d'avoir répondu à nos questions, dit-il en se levant.

15

Charlie roulait à toute allure à bord de son véhicule de police. Il passa devant la First Baptist Church et le bosquet de pacaniers morts, et continua en direction du domicile de son père. Il se gara dans la longue allée, mit le frein à main et resta dans la voiture, phares éteints. Devant lui s'étendait la pelouse fraîchement tondue avec ses arbres noirs. La maison sous la lune lui faisait peur. C'était un lieu de danger, de douleur.

Il descendit de voiture, au comble du malaise, et monta les marches de la véranda.

— Ohé ! cria-t-il en frappant à la porte.

Comme personne ne répondait, il s'approcha d'une fenêtre pour regarder à l'intérieur.

Son père était assis sur le canapé du séjour, assoupi dans le clignotement bleuté de la télévision. On aurait dit une nature morte. Charlie cogna à la vitre, ce qui réveilla le vieil homme en sursaut.

— P'pa, il faut que je te parle !

Isaac se leva avec les gestes incertains d'un somnambule.

— Charlie ? C'est toi ?

Au bout d'un assez long moment, la porte-moustiquaire s'ouvrit avec un grincement.

— Qu'est-ce que tu viens faire ici ? demanda son père d'une voix pâteuse.

La lumière de la véranda éclairait étrangement sa tête, accentuant la forme des os, comme s'il n'y avait pas de chair sur ce crâne : avancée de l'arcade sourcilière, pommettes hautes et joues creuses, lèvres mesquines avalées par la bouche édentée. Charlie se dit qu'il se cachait l'évidence depuis le début : son père était droitier, il chaussait du 44, c'était un chasseur de tornades expérimenté, un homme violent au passé chargé. Son pick-up Loadmaster avait été photographié à proximité du lieu du crime le 15 avril, et un cheveu blanc, mi-long, d'individu de race blanche, avait été trouvé chez les Rideout. Et maintenant, il y avait le caban. Un caban en laine bleu marine. *Son père ? Non, impossible.*

— Eh bien, ne reste pas planté là, entre.

Charlie obéit, aussitôt assailli par l'odeur de la vieillesse. Il ne pouvait jamais entrer chez son père sans prendre une attitude défensive. Son corps portait un entrelacs de cicatrices fines et blanches, causées par la lanière de cuir. Le corps se souvenait, même si l'esprit croyait avoir oublié.

— Tu veux boire quelque chose ?

— Non, merci.

Le séjour était propre et bien rangé, les meubles regroupés en îlots. Il n'y avait pas de confort, pas de fleurs, de photos, de livres. Rien qu'une coupe remplie de pièces de monnaie, une pile de vieux magazines, du matériel électronique, et une télévision qui donnait une teinte violette aux visages.

Charlie marqua un temps d'arrêt. Il y avait un lecteur de CD qu'il n'avait jamais vu. Et aussi un ordinateur portable.

— Où as-tu trouvé tout ça ?

— Chez Dirty Ed. C'est de l'occasion. Ça te dérange ?

Le portable était ouvert sur la table basse. À l'écran, on voyait l'image satellite d'une masse nuageuse en rotation. Charlie eut un nouveau choc, un doute croissant.

— Depuis quand te branches-tu sur Internet ? Je croyais que tu détestais ça.

— Tu croyais, mais tu te trompais ! C'est l'équipement de base pour chasser les tornades : ordinateur, GPS, téléphone portable. J'ai aussi racheté des pneus neufs pour mon pick-up. J'aurais pas dû ?

Ils étaient à des lieues l'un de l'autre, à des décennies d'incompréhension.

— P'pa, j'ai à te parler.

— De quoi ?

— De la montre. Où as-tu pris cette montre ?

— Je te l'ai déjà dit ! protesta Isaac, agressif.

— Oui, d'accord, mais là, je veux la vérité.

Son père remonta le bracelet métallique pour le cacher sous la manche de son sweat-shirt orange.

— Je t'ai expliqué qu'un couple de gens bien…

— … te l'avait donnée, je sais. Tu peux me dire leur nom ?

Son père le fusilla du regard.

— Papa…, je sais très bien que tu l'as volée.

— Sors de chez moi !

— Tu sais, c'est moche, les histoires de flics et de secouristes qui volent sur les lieux des sinistres. C'est un des actes les plus méprisables qu'on puisse commettre. Les proches des victimes n'osent pas demander qui a pris les bijoux, le portefeuille qui manquent. Alors dis-moi, papa, est-ce que tu l'as volée, cette montre, ou est-ce que tu l'as trouvée par terre ? Je voudrais tellement que tu l'aies trouvée par terre…

— Ah ! C'est la vérité, que tu veux ? Eh bien je vais te la dire, moi, la vérité ! (Il lui lança un regard méchant, puis se laissa tomber sur l'horrible canapé à fleurs.) Tu t'es regardé ? Tu rentres chez toi tous les soirs à pas d'heure, et tu imagines qu'elle t'attend toute seule dans votre grande maison vide, cette pauvre petite. Qu'est-ce que tu crois ? Que ça lui plaît de grandir comme une orpheline ?

Charlie ne s'était pas du tout attendu à un coup bas de ce genre.

— Elle est malheureuse, et toi, tu n'es jamais là. Elle a besoin de son père, d'avoir quelqu'un pour la réconforter, pour l'écouter. D'après ce qu'elle m'a dit, tu n'étais presque jamais là non plus du temps où Maddie était en vie. Elle entendait sa pauvre maman pleurer toute seule dans son lit le soir, même si elle n'était pas du genre à se plaindre. Elle disait que c'était normal, que c'était ça, la vie d'une femme de flic. Elle disait…

— Ferme-la ! cria Charlie avec haine. Je t'interdis de me faire la morale !

Le vieil homme le considéra d'un air sardonique.

— Je croyais que tu voulais que je te dise la vérité, railla-t-il avec une telle indifférence que Charlie en eut mal au ventre.

— Pour qui tu te prends, bon Dieu… alors que tu me flanquais des dérouillées tout le temps ?

— Je ne t'ai pas touché depuis des années, cracha Isaac avec fureur. Pas depuis l'incendie.

— Ah bon ! alors tout va bien, dans ce cas. On passe l'éponge, c'est ça ? On ne traiterait pas un chien comme tu m'as traité !

Isaac ne disait rien.

— Puisqu'on se dit la vérité, papa, autant se la dire complètement, alors. Parle-moi de l'incendie. L'incendie qui a tué maman et Clara. C'est toi qui as mis le feu, hein ? Ou peut-être que tu étais trop soûl pour te rendre compte de ce qui se passait ?

Le regard de son père se fixa sur lui.

— Allez, raconte-moi ce qui s'est passé !

Charlie se rendit compte qu'il serrait convulsivement un objet froid et pointu dans sa main. Ses clés de voiture.

— Tu as mis le feu, hein ? C'est toi ?

Isaac détourna la tête.

— C'était un accident.

— Vas-y, disculpe-toi, tu es très fort pour ça.

— Tu ne sais pas ce que tu dis.

— Ben voyons ! Je n'étais pas là, peut-être ? Je n'ai pas le droit de connaître la vérité, c'est ça ? Tu sais ce que je faisais les jours où tu frappais maman ? Quand tu la rouais de coups ? J'allais m'asseoir au bord de son lit pour lui tenir son miroir. Elle se remettait du fond de teint, du rouge à joues, pour couvrir ses marques. Elle avait des tas de petits pinceaux dans des boîtes de maquillage laquées. Et une fois, tu sais ce qui s'est passé ? Tu l'avais battue plus fort que d'habitude… elle pleurait dans sa chambre… et moi, je me suis caché sous mon lit. Elle m'appelait, mais je me suis planqué, parce que je ne voulais plus de ça, j'aurais voulu être à des milliers de kilomètres… Tu imagines comme ça m'a rendu fier de moi…

Isaac baissa la tête et enfonça le poing dans un coussin.

— Arrête, mon gars…

Une voix ensommeillée les interrompit.

— Papa ?

Charlie se tourna d'un bloc.

Sophie les regardait de la porte du séjour, le visage gonflé de sommeil, en pyjama.

— Quelle heure est-il ? demanda-t-elle.

— Qu'est-ce que tu fais là ?

— Je suis venue dormir chez grand-père. Tu n'étais pas à la maison, alors…

— Prends ta veste ! Mets tes chaussures !

— Pourquoi ? Où on va ?

— On rentre. Je te ramène !

— Mais qu'est-ce qui te prend ?

Il l'attrapa par le bras et la tira dans l'entrée, le cœur battant à tout rompre. Il ouvrit la porte du placard et fouilla dans les manteaux, les cirés et les vieux pulls à l'odeur de moisi.

— Je n'avais pas de veste, protesta-t-elle.

Il ne vit nulle part le caban.

— Allez, on y va !

— Mes chaussures !

— Tu en as plein à la maison.

— Mais papa !

Il la traîna dehors sans l'écouter.

16

— Qu'est-ce qui t'a pris ? ronchonna Sophie pendant le trajet du retour.

— Rien.

— Comment ça, rien ? Mais vous vous hurliez dessus, tous les deux.

— Non, on ne hurlait pas, ce n'est pas vrai.

Devant eux, un énorme break blanc Polara de 1960 avec quatre adolescents entassés dedans faisait des zigzags au milieu de la route. La conductrice avait un téléphone collé à l'oreille. En temps normal, Charlie aurait mis son gyrophare sur le toit et serait intervenu, mais il était en train de se disputer avec Sophie, et pour une fois il se fichait royalement de ce qui se passait autour de lui.

— De quoi vous parliez ? insista-t-elle.

— Tu sais ce que ça veut dire « privée de sortie » ?

— Je me sentais seule ! Peg ne peut pas passer sa vie avec moi, tu sais. Tu voudrais que je fasse quoi ? Tu n'es jamais là.

Le véhicule fit une embardée devant eux, et Charlie appuya brutalement sur le frein.

— Quelle idiote !

— Elle ne se rend pas compte qu'elle est dangereuse, fit remarquer Sophie doucement.

Il appuya sur l'avertisseur. Le break tourna à droite dans un chemin de terre et s'éloigna dans un nuage de poussière.

— Papa..., tu ne vas pas les arrêter ?

— Non.

Ils poursuivirent leur route dans un lourd silence. Le bourdonnement du moteur donnait la migraine à Charlie. Maintenant, il allait devoir inventer une excuse pour retourner fouiner chez son père ; il voulait trouver le caban et prélever un échantillon de fibres pour l'envoyer au labo. Si les fibres ne correspondaient pas, il serait fixé. Mieux valait écarter au plus vite ces soupçons délirants qui le perturbaient et l'empêchaient de continuer l'enquête efficacement.

— Alors, reprit Sophie, tu ne veux toujours rien m'expliquer ?

— T'expliquer quoi ?

— Ce qui se passe entre toi et grand-père. Tu ne dis rien, mais je sais bien qu'il y a quelque chose.

Il se sentit pâlir. Quelques minutes plus tôt, il avait reproché à son père de lui cacher la vérité, et lui-même faisait la même chose avec Sophie depuis toujours.

— Nous avons des problèmes de communication, admit-il.

Elle attendit qu'il continue, ne le lâchant pas du regard.

— Ton grand-père n'a pas toujours été comme il est aujourd'hui...

— C'est-à-dire ?

— Les gens sont complexes, Sophie. Ton grand-père... Autrefois, ton grand-père était alcoolique et il était très violent.

Elle eut l'air incrédule.

— C'était il y a longtemps. Il s'est calmé après l'incendie, mais avant il me frappait.

— Il te faisait mal ? demanda Sophie, son haut front plissé d'inquiétude.

Un poids glacé lui écrasait le plexus. *Nez cassé. Fractures diverses. La ceinture. Oui, il me faisait très mal.*

— Il ne se contrôlait pas. Ses coups pouvaient être extrêmement violents.

— Pourquoi tu ne m'en as pas parlé plus tôt ?

— Parce que je ne voulais pas que tu lui en veuilles.

Elle tremblait, maintenant, les bras serrés autour du corps, comme si elle avait peur.

— J'ai appris trois choses de mon père quand j'étais petit, continua-t-il. Ne pas parler, ne pas faire confiance, et ne rien sentir. J'ai eu beaucoup de mal à m'en sortir. J'avais honte, aussi, comme si j'étais coupable de sa violence, de son malheur. Je croyais que je ne méritais pas son amour.

Sophie lui jeta un regard apitoyé.

— Vivre avec un alcoolique, c'est un peu vivre avec un fauve, tenta-t-il d'expliquer. On a toujours peur qu'il passe à l'attaque, sans savoir ce qui aura déclenché sa colère. Dans mon enfance, j'étais en permanence sur le qui-vive.

Il la sentit se rapprocher tendrement.

— Je ne t'ai rien dit parce que je t'aime beaucoup, chérie, et que ce n'est pas une histoire très drôle.

Elle lui posa la tête sur l'épaule, un geste que faisait Maddie autrefois. Il était resté fidèle à sa femme pendant dix-sept ans, même s'ils avaient eu des hauts et des bas, comme tout le monde, mais il l'avait aimée du fond de son cœur. Elle l'avait accepté, avec ses cicatrices, ses traumatismes. Quand ils s'étaient rencontrés, il était bien mal en point. Vingt et un ans, noceur, buvant comme un trou. Un imbécile. Elle l'avait aidé à mûrir, à devenir un homme.

— Je savais que grand-père n'était pas un ange, fit remarquer Sophie, mais là, ça me donne envie de vomir.

— Il ne faut pas que tu le prennes en grippe.

— Pourquoi ?

— Parce que… parce qu'il a besoin d'être aimé par quelqu'un de gentil comme toi.

— Oui mais…

— C'est du passé. Il n'a pas bu une goutte d'alcool depuis trente ans. Tu as voulu savoir, et je ne t'ai pas menti. Écoute, je suis désolé d'avoir réagi si mal tout à l'heure. Je n'avais pas le droit de m'énerver contre toi.

— Ce n'est pas grave.

— Si, c'est grave. Et sache que je regrette de ne pas pouvoir passer toutes mes soirées à la maison.

— Parfois, j'ai l'impression que tu m'évites.

— Mais pas du tout ! J'ai trop de travail, rien d'autre.

Elle sourit, les bras élégamment posés sur les genoux.

— Tu veux que je te raconte une chose vraiment bizarre qui m'est arrivée ?

— Je t'écoute, chérie.

— Le mois dernier, pendant la tornade… toutes les roses de maman ont été soufflées par le vent, et c'était tellement beau… Les pétales se sont envolés en tourbillonnant dans le ciel. C'était magnifique, et effrayant à la fois… comme si maman était là… et qu'elle me protégeait de là-haut.

Il sourit, mais à cet instant son téléphone portable se mit à sonner, rompant leur complicité.

— Pardon, chérie.

— Ce n'est pas grave, vas-y, réponds.

Il prit le téléphone, qui lui sembla glacé.

— Allô ?

— Charlie ? Roger Duff. Viens tout de suite à la morgue.

— Que se passe-t-il, doc ?

— Tu ne le regretteras pas, fais-moi confiance.

Voyant son hésitation, Sophie leva les yeux au ciel.

— Vas-y !

— Tu es sûre ? demanda-t-il en rempochant son téléphone. Bon, je n'en ai pas pour longtemps.

17

— J'étais sûr que tu voudrais être averti tout de suite, Charlie, dit Duff. Le Dr Robles du labo régional est expert en la matière. Je viens de lui parler au téléphone pendant plus d'une heure.

Charlie se tenait face à lui, de l'autre côté de la table en acier où cinq dents humaines, chacune dans un sachet en plastique, étaient étalées.

— Deux incisives, une canine, une prémolaire et une molaire, énuméra Duff en pointant son stylo-bille pour les désigner. C'est ce que nous avons récupéré jusqu'à présent. Cinq cartes de visite.

— Les dents de remplacement ?

Duff s'essuya le front puis se redressa d'un air important.

— C'est ça. Nous naissons tous avec deux jeux de dents dans la mâchoire. Un jeu de dents de lait, et un de dents définitives. En général, les dents de lait sont toutes sorties à l'âge de trois ans, c'est alors que, entre trois et six ans, les dents permanentes commencent à percer. À treize ans, elles sont toutes en place. Tu me suis ?

— Parfaitement.

— Bien. J'ajoute que les dents sont caractéristiques pour chaque individu : leur forme, leur alignement, etc. Donc, par analyse et par comparaison, et sans endommager les dents, le Dr Robles est parvenu à la conclusion relativement sûre que les cinq dents appartenaient à la même personne.

La nouvelle fit accélérer le rythme cardiaque de Charlie.

— Mais, continua Duff, mais… elles ont été arrachées à différents stades de développement de la personne à qui elles appartenaient.

La sueur perlait au front de Charlie.

— Deux sont des dents de lait, trois sont des dents définitives, et aucune n'est postérieure à la préadolescence.

— Alors si je comprends bien… un pauvre gamin s'est fait arracher les dents une à une ?

— Exactement. Le Dr Robles a trouvé des marques de tenaille sur l'émail. Bon, entendons-nous bien, il y a une marge d'erreur. Il n'est pas absolument certain que les cinq dents proviennent de la même bouche. Ce n'est encore qu'une théorie. Pour en être sûr à cent pour cent, il faudrait effectuer un test de recherche d'ADN mitochondrial, mais cela entraînerait la destruction des indices.

— Donc il reste envisageable qu'elles proviennent de personnes différentes ?

— C'est possible, oui. Il se peut aussi que cette ou ces personnes soient mortes à l'heure actuelle.

Charlie se souvint de Jonah Gustafson, en train de serrer son fils dans ses bras.

— Je viens d'interroger un suspect dont le gamin à perdu des dents de lait.

— Il a quel âge ?

— Sept ou huit ans. Le type reconnaît même qu'il chassait les tornades le 15 avril. D'après mes informations, il est parfaitement capable de prédire où et quand une tornade va frapper le sol. Il a trois fils. Je ne sais pas de quel âge… Je n'en ai vu qu'un.

— Bon, le principal, c'est de les protéger. S'ils sont maltraités, il faut les tirer de ses pattes.

— Oui, je vais contacter la police de son secteur.

Duff remit son stylo-bille dans sa poche de poitrine.

— J'ai promis de les renvoyer au labo le plus vite possible.

— Donc, dit Charlie en croisant les bras dans la lumière

crue des néons, nous avons une nouvelle victime. L'enfant, ou les enfants, à qui appartenaient ces dents…

— De toute ma carrière de médecin légiste, je n'ai jamais vu une chose pareille. Et j'en ai vu, des violences, des atrocités. Mais ça… je n'arrive même pas à comprendre.

Charlie se demanda combien de temps le tueur restait près de ses victimes, à les regarder.

— Il n'y a rien à comprendre, Duff. Ça n'a pas de sens.

18

Le lendemain, les services sociaux retirèrent ses fils à Jonah Gustafson. Raison officielle : incapacité à les éduquer. La maison était propre, mais les placards de la cuisine étaient vides. Quatre packs de bière dans le réfrigérateur, mais pas de lait. Des litres de bourbon, mais pas de vitamines. Une robuste assistante sociale fourra les vêtements des petits dans un sac de sport, pendant que plusieurs officiers de police retenaient Jonah. Gémissant au milieu des mauvaises herbes de son jardin, il regarda partir le fourgon de la police. Trois petits visages ahuris étaient pressés contre la vitre arrière, telles des décalcomanies pâlottes.

Jonah se tenait le ventre comme si on lui avait donné un coup de poing.

— Mais pourquoi vous m'avez fait ça ? hurla-t-il.

Charlie eut un peu mauvaise conscience : il le comprenait ; si on lui avait retiré sa fille, il aurait eu l'impression qu'on lui arrachait le cœur. Après la mort de Maddie, il s'était laissé aller pendant une brève période. Il s'était comporté en irresponsable, avait été un très mauvais père. Il avait bu non-stop, s'était noyé dans le whisky, la tequila. Pendant trois semaines, Mike l'avait suivi de bar en bar, répétant patiemment : « C'est bon, chef, maintenant il est temps de rentrer, Sophie vous attend. » Heureusement, son meilleur ami, son ange gardien, avait été là pour le dessoûler et pour le reconduire chez lui chaque fois. Il avait prêté une oreille patiente à ses élucubrations d'ivrogne, ne l'avait pas laissé tomber. *Personne n'est innocent. Nous sommes tous coupables de quelque chose.*

— Mes enfants ! cria Jonah. Pourquoi vous me faites ça ? !

— Ne vous en prenez qu'à vous-même, rétorqua Charlie, toute compassion envolée.

Jonah avait eu de nombreux démêlés avec la police : coups et blessures, violence conjugale, arrestations pour conduite en état d'ivresse, possession de drogue avec intention de la revendre. Mais, même s'il était un dealer bien connu de la police de Tulsa, les preuves étaient insuffisantes pour son inculpation. Et, puisque Charlie ne pouvait pas non plus établir de lien entre lui et les homicides, il n'était pas possible de l'arrêter pour ce motif. En attendant, il fallait à tout prix mettre les enfants en sécurité.

Charlie alla rendre visite aux petits Gustafson dans le centre d'accueil de l'aide à l'enfance. Les trois rouquins, de moins de dix ans, étaient assis en rang d'oignons sur un lit, nez baissé, pieds agités.

— Alors, les artistes, ça va ?

— Oui..., marmonnèrent-ils.

Charlie savait bien ce que c'était, de vivre avec un alcoolique : on avait l'impression de jouer à saute-mouton dans un champ de mines. Il aurait voulu leur expliquer qu'ils seraient beaucoup plus heureux loin de leur père, mais il s'en garda bien. Ce n'était pas son rôle. Le sac de sport gisait, mou et vide, au pied du lit, et Charlie remarqua une substance jaune crayeuse sur les poignées de nylon bleu.

— C'est quoi, cette poussière jaune ? demanda-t-il en désignant le sac.

Ils regardèrent sans comprendre. Le plus âgé avait neuf ans, le cadet sept et le benjamin cinq. Il leur manquait des dents à tous les trois, et les autres étaient très cariées.

— Votre papa, il vous tape, parfois ? demanda-t-il au plus âgé des trois. Il vous donne des raclées ?

— Oui...

Il avait les cheveux très clairs, les yeux bleus, et un joli visage, mais dès qu'il ouvrait la bouche on était choqué par sa dentition.

— Il vous tape avec ses mains ou sa ceinture ?

— Les deux...

Charlie ne comprenait que trop bien leurs réticences, et il n'en avait que plus envie de les protéger. Ils étaient attendrissants dans leurs pantalons de velours difformes, leurs sweats à capuche bleu marine, et leurs casquettes de base-ball.

— Je peux regarder votre dos ? demanda-t-il. (Les garçons se lancèrent des regards furtifs.) Juste un petit coup d'œil, d'accord ? ajouta-t-il en s'adressant au plus âgé des trois.

Mal à l'aise, celui-ci se leva du lit et avança jusqu'à Charlie, puis il se tourna et releva le sweat à capuche et le T-shirt. Son dos était strié de cicatrices rose pâle, larges comme deux doigts.

— Comment tu t'es fait ça ?

— En jouant. Je suis tombé sur une barrière.

— Tu es sûr ? Bon, tu peux te rasseoir.

L'enfant retourna près de ses deux frères.

— On peut rentrer chez nous, maintenant ? demanda-t-il d'une voix plaintive.

— Pas tout de suite. Vous allez vivre ici un moment.

— Pourquoi ?

— C'est mieux comme ça.

Celui de sept ans mourait visiblement d'envie de parler. Tout à coup, il explosa.

— Où c'est que tu t'es fait ça ? demanda-t-il en désignant le bras gauche cicatrisé de Charlie.

— Dans un incendie.

— Ça fait mal ?

— Les brûlures au deuxième degré, oui, très mal. Celles au troisième degré, non, parce que les nerfs sont détruits. C'est votre père qui vous a arraché vos dents ?

Les garçon se lancèrent des coups d'œil, ne comprenant visiblement pas la question.

— Non, répondit le grand.

— Il n'a jamais tiré sur vos dents pour les aider à tomber ?

— Ben si, admit le plus petit.

— Tais-toi, gronda son grand frère. Autrement, tu ne verras plus jamais papa.

Charlie ne lâchait pas le petit des yeux.

— Comment il a fait, pour les enlever ?

— Il a tiré avec les tenailles.

Charlie eut un frisson.

— Il a fait ça pour te l'enlever parce qu'elle ne tenait presque plus ! protesta le grand. Tu ne dis plus rien, compris ?

— Une dernière question...

— Papa a dit qu'on n'était pas obligés de parler à la police ! hurla-t-il, avant de se tourner vers ses frères. Ne lui répondez plus, ou je le répéterai à papa !

Charlie n'insista pas. Il discuta un peu de sport pour alléger l'atmosphère. Ils préféraient le base-ball aux autres sports et admiraient les Sooner et Greg Dobbs. Ils dirent aussi que leur mère était partie un jour, et qu'elle n'était pas revenue.

— Vous ne l'avez pas revue depuis ?

Ils firent non de la tête.

— Elle n'a même pas passé un coup de téléphone ?

Les yeux du grand se remplirent de larmes.

— Je crois qu'elle nous a oubliés.

Les hommes de Charlie n'avaient pas retrouvé la femme de Gustafson. Elle avait disparu depuis plusieurs années sans laisser de traces. Jonah n'avait pas été mis en examen, puisqu'il n'y avait ni corps ni preuve d'homicide, mais sa disparition était suspecte. L'affaire était loin d'être claire, et Charlie se jura de tout mettre en œuvre pour découvrir ce qui était arrivé.

Il retourna voir Jonah, mais fut accueilli par son avocat. Il le rejoignit dehors. Jonah était pendu au téléphone. Il remuait ciel et terre pour récupérer ses enfants.

L'avocat s'appelait Andrew Findale, et son cuir chevelu avait subi tellement d'implants que son crâne ressemblait à celui d'une poupée. Veste en tweed, lunettes en écaille, il avait cet air irritable que la crise de la cinquantaine donne souvent aux hommes.

— Jonah ne souhaite pas vous parler pour l'instant, déclara-t-il en articulant avec exagération. Il ne vous fait pas confiance.

— Ce type est une ordure de dealer et Dieu sait quoi d'autre, rétorqua Charlie. Dites-lui que je compte bien tirer les gamins de ses pattes.

Il reprit sa voiture dans le soleil couchant, si fatigué qu'il pouvait à peine enchaîner deux idées. Son portable sonna.

— Allô ?

— Papa ? dit la voix de Sophie. Tu es en retard.

19

Willa Bellman vivait à une trentaine de minutes en voiture. Elle lui avait dit de prendre la première à gauche en sortant du village. C'était une charmante route de campagne.

La maison semblait sortie d'un livre d'images : clôture blanche, jardin fleuri, chats endormis sur la véranda. Des lanternes en papier pendaient aux branches du jardin, et de bonnes odeurs s'élevaient du gril où cuisaient des steaks enrobés de sauce brune. Charlie eut la surprise de découvrir que Rick Kripner officiait au barbecue, bière dans une main et spatule dans l'autre. Il portait un short ample et un T-shirt de l'université de Dryden.

— Bonjour, chef, dit-il en lui serrant la main. L'affaire avance ? Vous avez du nouveau ?

— Il y a du progrès, oui, rétorqua Charlie, peu loquace.

Il n'avait pas très envie de parler de son malaise, de ses soupçons croissants, de sa certitude que le tueur n'était pas loin.

— Tu veux une bière ? proposa Willa.

Elle était très attirante, en dos-nu rouge et en jean délavé, avec des pendants d'oreilles en argent qui orientaient les regards vers son visage.

— Ça va ? demanda-t-elle en riant.

— J'admire le paysage.

— Tu n'as pas l'air de te douter que ce genre de regard pourrait te mener un peu loin à ton goût !

Sophie arriva en galopant comme un poney et se jeta à son cou.

— Ah ! Quand même, te voilà !

Ses coupures au visage et au cou étaient presque guéries, mais ses bras étaient encore constellés de petites croûtes.

— Rick nous racontait des histoires super... Vas-y, reprit-elle en se tournant vers Rick, répète celle des poulets à mon père, s'il te plaît !

— Parfois, les poulets sont tellement stressés pendant les tornades qu'ils perdent toutes leurs plumes.

— Et les grenouilles !

— Il est arrivé que des tornades emportent des centaines de grenouilles, des crapauds, des poissons. Une fois, dans le Colorado, des milliers de canards morts sont tombés du ciel. Une pluie de canards. Pendant la même tornade, un porte-cravates où pendaient sept cravates a été déplacé de soixante kilomètres par le vent, sans qu'une seule cravate ne tombe.

Sophie avait l'air fascinée. Elle en oubliait de ne pas se mordiller les lèvres, si bien que son rose à lèvres lui avait teinté les dents. Charlie savait parfaitement d'où lui venait cette soudaine passion pour les tornades. De Boone Pritchett. Boone se remettait de son coma, et Charlie se doutait qu'ils communiquaient en secret. Plusieurs fois, il avait surpris Sophie au téléphone, qui avait bouché le micro et attendu qu'il ressorte pour continuer sa conversation. Il avait laissé faire, sentant que plus il interdirait leur amitié, plus sa fille serait tentée de se jeter dans les bras de son beau héros tatoué.

— N'oubliez pas de lui rappeler aussi que les tornades, c'est très dangereux, recommanda Charlie.

— Papa, arrête !... Tu t'inquiètes pour rien.

— Charlie, tu veux bien m'aider à porter la glacière ? interrompit Willa.

Ils entrèrent dans la cuisine, parfumée d'une délicieuse odeur caramélisée ; des tartelettes à la myrtille refroidissaient sur le plan de travail. Charlie l'aida à sortir une glacière pleine de bières et de sodas, puis ils s'assirent à la table de pique-nique pendant que Sophie et Rick terminaient les grillades.

— Je voudrais te demander de m'excuser par avance si, par hasard, tu me trouvais parfois un peu prétentieuse, dit Willa, bière à la main.

— Prétentieuse ? Pourquoi ?

— Il faut toujours que je fasse mieux que tout le monde, et je sais que ça peut énerver. Je n'y peux rien, je suis comme ça. Donc je préfère te demander pardon dès maintenant, pour que ce soit réglé une bonne fois pour toutes.

Charlie eut un sourire.

— Bon, si j'ai bien compris, tu veux tellement être parfaite que tu t'arranges pour dépasser aussi les autres avec tes excuses ?

— Tu as tout compris !

Tout en riant, il jeta un coup d'œil à Sophie et Rick, en grande conversation.

— C'est toi qui l'as invité ? demanda-t-il, tâchant de ne pas sembler trop étonné.

— Non, c'est Sophie.

— Quoi ? Sophie ?

— Mais oui, pourquoi ?

— Pour rien, répondit-il avec un petit air satisfait. Juste… Dès qu'il s'agit de toi, je sens comme une légère tension chez Rick.

— Mais non, pas du tout, Rick est comme mon frère.

— Et il le sait ?

Elle se pencha pour lui donner un petit baiser. Ils étaient un peu timides, ce soir. Le soleil était tombé à l'horizon, et ses derniers feux ambrés se reflétaient sur les lèvres brillantes de Willa. Elle était tellement belle qu'elle lui faisait perdre la tête.

La sonnerie de son portable, inévitablement, gâcha cet instant magique.

— Tu ne réponds pas ? demanda-t-elle.

— Je m'en fiche.

Elle se saisit du portable qui était posé entre eux sur la table.

— Allô ? Oui, une seconde, dit-elle avant de le lui tendre.

Il leva les yeux au ciel et le pressa contre son oreille.

— Il se passe un truc pas normal.

C'était Mike.

— J'ai une vie privée, quand même…

— Oui, bien sûr, moi aussi d'ailleurs. Lester a disparu.

— Quoi ?

— Je viens d'avoir ses parents au téléphone. Ils se font beaucoup de souci. Le maire aussi est inquiet.

— Bigre…

— Personne ne l'a vu depuis trois ou quatre jours. Ses parents, ses oncles, ses cousins… Ils ont téléphoné partout pour essayer de le trouver, et maintenant, ils paniquent. Je fais quoi ?

Charlie leva les yeux vers le ciel et vit le premier signe de la nuit, Vénus. Une planète qui, contrairement aux étoiles, ne scintillait pas.

— On n'a qu'à envoyer quelqu'un chez lui pour voir.

— Tyler en revient. Il y a un peu de désordre, mais pour Lester ça n'a rien d'extraordinaire. Sa voiture n'est plus là.

— Bon, OK. Alors on lance un avis de recherche à tous les shérifs du comté et aux voitures de patrouille. D'après moi, ce n'est pas bien grave. Pour le reste, on verra demain.

20

Le lendemain matin, Charlie et Mike allèrent faire un tour chez Lester Deere. Il vivait au fin fond de nulle part, dans un désert où seul le bruit des tôles des granges se tordant sous le soleil était perceptible.

Par cette radieuse journée de mai, le vent avait dégagé le ciel.

Ils tournèrent dans une allée défoncée envahie de touffes d'herbe. Pas un arbre autour de la bâtisse blanche. Une antenne satellite était posée sur le toit, des baffles étaient accrochés devant la maison, et des hirondelles glissaient dans le ciel au-dessus des dépendances.

Ils prirent le chemin dallé jusqu'à la maison, puis montèrent l'escalier de planches brutes de la véranda. Trois chaises en alu étaient disposées face au soleil levant.

— Lester ? appela Charlie en frappant avec son poing sur la porte. Ohé ! Il y a quelqu'un ?

Pas de réponse. Ils entrèrent.

La maison sentait fort la vieille bière, et le vent tiède faisait voleter les rideaux en dentelle. Ils traversèrent le séjour, trouvant des montagnes de canettes de bière vides, de boîtes de pizza et de linge sale.

— On a fait la nouba, jugea Charlie en repoussant une canette avec le pied.

Ils visitèrent le rez-de-chaussée, cherchant des signes de lutte. Les murs de la cuisine étaient bleu ciel, sans aucune trace suspecte. Pas d'éclaboussures de sang, rien non plus par terre ; pas de meubles renversés.

Le séjour était de toute évidence la pièce à vivre. Il y avait encore une vidéo dans le lecteur. Charlie l'éjecta. C'était un match opposant les Pirates aux Tigers. Lester aimait se repasser ses plus beaux exploits. Content de lui, mais en même temps assez modeste. Un drôle de mélange. Il vivait dans le passé. Grand sportif au collège, vice-président du conseil des élèves, bourreau des cœurs. Le genre de brute qui avait gâché la vie de Charlie, comme Hoyt Bledlin par exemple…

Tout en inspectant la maison, Charlie ne put s'empêcher de repenser à son vieil ennemi, Hoyt, qui l'avait torturé pendant toute la durée de sa scolarité, de la primaire à la dernière année de lycée. Après l'incendie, les cheveux de Charlie étaient tous tombés et avaient mis très longtemps à repousser. Les autres élèves avaient rivalisé d'esprit, et leur cruauté l'avait vraiment atteint, surtout à huit ans. *Charlie le chauve ! Ohé ! du genou !* et : *Attention, ça s'attrape !* Pendant ce temps, il avait aussi souffert physiquement, parce que la peau greffée ne poussait pas aussi vite que le reste de son corps. Au collège, Hoyt avait adoré lui lancer des allumettes enflammées au visage. Il lui faisait aussi exploser des pétards dans le dos pour lui faire peur. *Eh ! Charlie le cramé ! Ça te rappelle quelque chose ?* Il avait également découvert qu'en froissant de la cellophane sous son oreille il lui rappelait le bruit du feu. Hoyt, tout un poème… Il était mort depuis cinq ans. Il s'était enfoncé un tuyau d'aspirateur dans la bouche après une énorme cuite. De l'eau avait coulé sous les ponts, mais le souvenir de ces tortures morales lui revenait régulièrement.

À l'étage, ils visitèrent toutes les pièces. Dans la chambre de Lester, les tiroirs du secrétaire étaient grands ouverts, et des vêtements jonchaient le sol. Son portefeuille, son arme de service, son revolver personnel et sa montre étaient introuvables. Lester ne se séparait jamais de sa montre, une

Eagleton numérique, résistante aux chocs, et étanche jusqu'à deux cents mètres.

— Je ne la sens pas, cette disparition…, commenta Charlie. Il était convoqué pour faire une déposition qui devait l'éliminer de la liste des suspects.

— Il ne serait pas en fuite tout de même !

— Pourquoi pas…

— Mais qu'est-ce qu'il aurait à cacher ? Il a eu une aventure avec une des victimes, et alors ? Ça ne le rend pas coupable de meurtre pour autant.

— On va quand même demander un relevé de ses communications téléphoniques.

— Pourquoi cet imbécile aurait-il fait ça ?

— Je ne sais pas.

Mike poussa un soupir.

— On va dire quoi, au maire ?

Charlie secoua la tête. La journée commençait mal.

JUIN

1

Toby Lake, dix-sept ans, fourra le linge sale dans la machine à laver, versa une dose de lessive en poudre, referma le couvercle et mit le programme en marche. Sa mère était sortie faire des courses, et il espérait qu'elle aurait le temps de rentrer avant l'orage. D'abord il avait fait froid, puis étouffant, et maintenant de grandes bandes noires, parallèles à l'horizon, avançaient vers la maison. Il frissonna et enfila le pull que sa mère lui avait tricoté l'automne précédent, dans sa phase « bonne mère de famille ». La machine se mit à trembler, comme d'habitude, et il donna un coup de poing sur le couvercle pour faire cesser les vibrations.

Il mit les écouteurs de son baladeur sur ses oreilles et retourna dans le séjour, où il se laissa tomber sur le canapé. Un souffle de vent violent gonfla les voilages, et il se redressa.

— Duke ? appela-t-il en cherchant le chien des yeux. Ici, Duke !

Son labrador noir, tout pataud et bigleux qu'il était, devait être allé courir après les lapins. Il rabaissa la visière de sa casquette des Texas Rangers et monta le son de la chanson d'Eminem, qu'il écouta en battant la mesure avec son pied. À la télévision, un type en costard présentait la météo avec un air catastrophé. S'il fallait croire tout ce qu'on disait à la télé, la Terre croulerait sous les calamités. Il enleva ses écouteurs et prêta l'oreille une seconde.

« Et maintenant, pour en savoir plus sur les tornades et sur les dommages qu'elles peuvent occasionner, voici un sujet de… »

Une coupure de courant stoppa net l'émission.

Impressionné, Toby se leva pour regarder par la fenêtre. Les voilages, qui volaient en tout sens, se cognaient à son visage. Il pleuvait à torrents. Il dut essuyer la vitre qui s'embuait. Des éclairs tombaient tout près, presque à la limite du pré des vaches. Leur petite ferme était au bout de la route, après les grosses exploitations de Wolf Pass, dans le Texas. Pour rien au monde, il ne deviendrait agriculteur comme son père. Son rêve, c'était de travailler à la radio.

La porte d'entrée s'ouvrit d'un coup sous une rafale, et il courut la refermer. À cause du vent, il dut y appliquer toutes ses forces et, enfin, le pêne s'engagea avec un déclic. Essoufflé, Toby s'appuya contre le battant. Et Duke ? Où était passé ce chien ? Il faisait trop sombre pour un début d'après-midi. Du coin de l'œil, il crut remarquer un mouvement dans la cuisine. Il aurait juré voir quelqu'un entrer par-derrière… *Merde*, voilà qu'il avait des hallucinations, maintenant.

À tout hasard, il se saisit de sa batte de base-ball en aluminium.

— Il y a quelqu'un ? cria-t-il en l'agrippant fermement et en se dirigeant à pas lents vers la cuisine. On a de la visite ?

Il s'arrêta sur le seuil un moment, mais ne vit rien que la table, les chaises, le buffet de bois blanc. Quel idiot ! Il s'était flanqué une belle trouille tout seul.

Il reçut un coup sur la tête, rapide, violent. Il resta hébété, sans comprendre. Du sang coulait sur sa figure. Il recula en titubant, trébucha dans le séjour où, paniqué, il plongea derrière le canapé. Il se cacha, accroupi, pendant d'interminables secondes, tremblant de peur, tandis que des salves de grêle crépitaient dehors sous les mugissements insoutenables du vent. Tout autour de lui, dans la poussière, traînaient de vieux jouets de chien mâchouillés. Soudain, il entendit Duke pleurer dehors.

— Duke ? cria-t-il.

À cet instant, un coup s'abattit sur sa nuque, et la batte de base-ball vola de ses mains. On l'empoigna par les cheveux et il fut tiré hors de sa cachette. Hurlant, il se débattit si bien qu'il parvint à se libérer ; mais son front reçut un nouvel impact, et un filet de sang l'aveugla. Il cria de nouveau, bataillant contre des ombres. Il parvint à sortir par la porte de la cuisine et courut à l'aveuglette dans le champ de luzerne à l'arrière de la maison.

— Duke ! hurla-t-il, clignant les paupières pour se dégager les yeux.

Il passa la vieille barrière et se retrouva dans le pré des vaches. Au loin, il vit un chariot de grande surface qui avançait tout seul en cahotant sur la route. Le blé, haut et blond, sifflait sur une seule note. Des bandes d'oiseaux s'étaient rassemblées au sol, sous les arbres, et des pétales dégringolaient du ciel ; on aurait dit de la neige.

— Duke, ici !

Mais le chien ne répondit pas à son appel. L'épaisse brume qui montait du champ voisin s'anima, s'éleva en tourbillonnant. Puis, encore plus incroyable, une sorte d'entonnoir descendit du ciel et avança lentement vers lui, comme dans un rêve.

Toby n'en croyait pas ses yeux. Le nuage de débris qui se soulevait à la base de la tornade jaillissait dans les airs, emportant des objets gigantesques. Il en vit un se précipiter sur lui. Incapable de bouger, Toby n'arrivait même plus à penser. Son dernier cri mourut dans sa gorge au moment où la plaque de tôle ondulée lui tranchait le cou.

2

D'une humeur massacrante, Charlie se gara sur le bord de la route et coupa le moteur. Le nom, Lake, écrit sur la boîte aux lettres, lui indiqua qu'il était arrivé à destination. La mort d'un jeune, ça faisait toujours un choc. Le soleil déclinant perçait à travers de gros nuages, dardant sur la terre des rayons en clair-obscur. Une Buick bleu nuit était embourbée sur le bas-côté. La tornade de force 2 de la veille avait contourné la maison à moins de quatre-vingts mètres, et avait jonché la campagne de débris.

La ferme était vraiment délabrée : peinture pelée, moustiquaires rouillées. Charlie descendit de voiture et se dirigea vers la véranda. Le bouton de la porte faillit lui rester dans la main. Il traversa une entrée sombre et s'arrêta à la porte du séjour.

Il découvrit une pièce simple au plancher brut, avec un gros poêle à bois, éclairée par le timide soleil qui passait à travers les voilages. La victime était au milieu de la pièce, de dos, assise sur le vieux canapé. Charlie ne voyait que l'arrière de la tête de l'adolescent, appuyée à un coussin. Il portait une casquette des Texas Rangers et avait des écouteurs sur les oreilles. Le canapé et la télévision étaient aspergés de sang.

— Chef Grover ?

Il se tourna et vit le shérif à la porte de la cuisine.

Le shérif Dorsey, petit homme tonique à la peau tannée par le soleil, avait des yeux d'un bleu glacier étonnant.

— Nous avons reconstitué un scénario du meurtre d'après les traces de sang, annonça-t-il. Nous pensons que le gamin se tenait là où je me trouve quand il a reçu le premier coup.

Il y avait des éclaboussures de sang sur les murs, et des gouttelettes au plafond, traces caractéristiques de coups répétés, dans la trajectoire ascendante de l'arme.

— D'après vous, demanda Charlie, il s'agit d'une mise en scène ?

— Venez voir...

En contournant le canapé, Charlie eut un haut-le-cœur. Il n'y avait pas de corps. Le tronçon sanglant du cou était planté dans un piquet lesté par un coussin brodé. Le visage avait un air un peu étonné, comme celui d'un enfant pris la main dans un sac de bonbons. Les cheveux mi-longs étaient blond pâle, et les yeux bruns, frangés de longs cils noirs.

Charlie eut du mal à retrouver sa voix.

— Comment s'appelle-t-il ?

— Toby.

— Où est le corps ?

— Dans la cuisine. Vous imaginez le choc de la mère quand elle l'a trouvé en rentrant ! Elle est bonne à enfermer.

Charlie alla se rendre compte par lui-même. Dans la cuisine, trois sacs à provisions renversés vomissaient leur contenu sur le lino. Dans l'écuelle du chien, on avait versé de la pâtée, qui avait gardé la forme de la boîte de conserve. Des traînées menaient de la porte du jardin à la table où était assis le corps sans tête de l'adolescent, bras posés de part et d'autre d'un set de table jaune. Un ordinateur avait été placé devant lui, et des informations météo s'affichaient à l'écran, ainsi que l'image radar d'une zone nuageuse en virgule.

Pour Charlie, ce meurtre était pire que les autres. Les tueurs en série, même s'ils changeaient parfois de mode opératoire dans le détail, gardaient plus ou moins les mêmes procédés. Pourtant, cette décapitation était très différente des autres crimes. Le tueur devenait plus audacieux, prenait des risques. La section était trop nette pour avoir été effectuée à la hache ou à la scie… Derrière lui, le shérif Dorsey intervint :

— Nous avons trouvé une plaque de tôle derrière la maison. Nous pensons qu'il a eu la tête tranchée accidentellement pendant la tornade.

Cette information n'ôtait rien au dégoût qu'éprouvait Charlie. L'événement avait sans doute nourri les fantasmes pervers du tueur. Le vent devenait son complice ; peut-être même qu'il s'identifiait à la tornade, ne faisant plus qu'un avec elle.

— Les journaux l'appellent le Tueur des tornades, soupira le shérif Dorsey. Ce salaud a même les honneurs d'un surnom.

— Le Tueur des tornades, le Tueur aux débris, l'Éventreur de la prairie, énuméra Charlie en enfilant une paire de gants en latex. Des noms, on lui en a donné beaucoup. Vous permettez ?

— Allez-y.

Il retourna dans le séjour et, avec un luxe de précautions, il prit la tête entre ses mains. La bouche livide commençait à se contracter, raidie par un début de rigidité cadavérique. Charlie repoussa les lèvres pour examiner la dentition. Une incisive du maxillaire inférieur avait été remplacée par une dent sanglante.

— Là, dit-il.

— Quoi ?

— Cette dent, elle n'est pas d'origine.

Le shérif se pencha et émit un sifflement.

— Demandez à votre légiste de l'envoyer au labo régional pour examen. Nous y conservons déjà les autres.

— Il y en a d'autres ?

— Oui, et nous tenons à ne rien laisser filtrer dans la presse. Votre rapport doit rester confidentiel.

Ils entendirent un chien aboyer à la porte, et le shérif alla ouvrir.

— Salut, mon vieux, dit-il en s'agenouillant pour caresser le labrador. Désolé, tu ne peux pas entrer.

Charlie eut une inspiration soudaine. Le tueur avait épargné le chien… Et si, au début, il avait épargné les maîtres et tué les chiens ?

3

— Oui, nous recueillons les chiffres des victimes de tornades depuis six ans, marmonna Rick, penché sur son clavier d'ordinateur. Nous cataloguons le nombre de morts, de blessés, les pertes en bétail, toutes sortes de données.

Charlie réfléchissait en tambourinant du bout des doigts sur la table. Le bureau de Rick était situé au rez-de-chaussée, « le centre névralgique » du laboratoire, comme il l'appelait plaisamment. Il y avait un faux panneau de signalisation en plastique accroché au mur : « SILENCE, ON PENSE ». Des Post-it jaunes étaient collés un peu partout, et une impressionnante batterie de matériel électronique occupait les étagères. Punaisée à une plaque de liège en compagnie d'une quantité d'autres notes, une affichette au feutre noir annonçait : « LE GÉNIE EST À LA CHASSE ».

— Voyons voir… chevaux, vaches, cochons… (Il tapa une commande qui afficha de nouvelles données.) Parfois, il y a tellement de carcasses après une tornade qu'il faut creuser des fosses communes dans les champs.

Charlie jeta un coup d'œil à un moniteur sur lequel tournait un nuage en spirale.

— Pas croyable, ces signatures radars, hein ? commenta Rick.

— Je n'y connais rien.

— Ne vous en faites pas, vous vous y mettrez vite. D'après Willa, vous avez des aptitudes.

Charlie le dévisagea en silence.

— Que se passe-t-il ? s'inquiéta Rick. Ça ne va pas ?

— Ce serait plutôt à moi de vous poser la question.

— Je ne vois pas...

— Il y a une gêne entre nous à cause de Willa.

— Mais non, Willa et moi, nous sommes simplement amis, rien de plus.

— En êtes-vous sûr ?

— Je vous jure que vous vous faites des idées. Willa, c'est comme une sœur pour moi.

— Bon, si vous le dites...

— Je suis un peu mal luné, mais ça n'a rien à voir avec vous. Je n'ai pas fermé l'œil de la nuit, à cause de mes algorithmes.

— Je vous remercie de bien vouloir me consacrer un peu de votre temps, dans ce cas.

— Je vous en prie. Voilà, j'ai trouvé. Animaux domestiques : chats, chiens. Tenez, regardez ça, quelqu'un a perdu son lama, transpercé par un piquet de barrière... Je m'en souviens, il a fallu l'achever.

— Si vous pouviez me fournir la liste de tous les animaux domestiques qui ont été tués par des débris volants au cours des six dernières années, ça me serait très utile.

— Sur tous les États-Unis, ou juste pour le Couloir des tornades ?

— Dans un rayon de huit cents kilomètres autour de Promise. Vous pouvez me l'imprimer ?

Rick pianota sur le clavier, puis appuya sur « imprimer ».

— Vous essayez de repérer les invariants ? demanda-t-il en se tournant vers Charlie. Nous faisons pareil ici, pour les orages. Nous étudions les schémas qui se répètent, comme vous le faites pour les crimes. C'est ça, la science, trouver les constantes, les répétitions.

— Je pense qu'il a d'abord commencé par les animaux. En général, les tueurs en série se font la main sur les bêtes, puis ils passent aux humains.

Rick eut un mouvement d'effroi.

— Donc, en somme, vous essayez de retracer son apprentissage ?

— Nous suivons toutes les pistes possibles en espérant que l'une d'elles, au moins, va nous mener quelque part.

Quand la dernière page fut expulsée de l'imprimante, Charlie rassembla les feuillets, puis étudia les chiffres, sourcils froncés.

— Qu'est-ce que ça donne ? demanda Rick.

— Beaucoup de chiens sont morts il y a trois ans. Il ne me reste plus qu'à convaincre les gens de me laisser exhumer leurs compagnons.

4

Treize personnes de la liste refusèrent de donner leur autorisation, mais cinq acceptèrent. Charlie passa le reste de la semaine à courir du Texas à l'Oklahoma et au Nebraska pour exhumer des chiens au fond des jardins, et inspecter ce qui restait de leurs dents. À seize heures, le vendredi après-midi, il se retrouva dans un tranquille village du Kansas, chez les Cavitt, qui avaient perdu leur golden retriever trois ans plus tôt. La cour de la petite exploitation familiale était le paradis des poules et des chèvres, et servait de terrain de jeu à une joyeuse bande de petits garçons à vélo et de petites filles sur des skate-boards.

M. Cavitt avait les yeux enfoncés, des cheveux gris ramenés en arrière, et une volumineuse pomme d'Adam. Il donna à Charlie une poignée de main vigoureuse sans lâcher sa bêche rouillée.

— Venez, c'est par-derrière, annonça-t-il avec calme.

Ils firent le tour de la maison et entrèrent dans un jardin ombragé par de grands ormes.

— Il faut faire attention à ce qu'on dit aux enfants, expliqua M. Cavitt en le guidant vers une grande dalle rose. Si on s'amuse à leur raconter que le chien a été « endormi », ils risquent d'avoir peur d'aller se coucher.

Alors on le leur annonce tel quel : votre pauvre vieux toutou est mort.

Charlie se joignit à lui pour soulever la pierre plate, puis M. Cavitt enfonça la bêche dans la terre.

— Salem était un bon chien, commenta-t-il tout en creusant. Quand je rentrais des champs, il était là dès que j'ouvrais la porte, et il me faisait la fête. (Il s'interrompit, posant ses mains calleuses sur ses hanches.) Faut croire que je deviens sentimental, avec l'âge, ajouta-t-il, les larmes aux yeux. C'est plus dur que je n'aurais cru.

— Attendez, je vais le faire.

Charlie prit les opérations en main et sortit le squelette du chien. Des cocons de larves d'insectes vides étaient mélangés aux os. Il ramassa le crâne, ouvrit les mâchoires et vit tout de suite ce qu'il cherchait : une dent humaine, beaucoup plus petite que celle qu'elle avait remplacée.

5

Ce soir-là, Sophie se rendit à une fête organisée par des jeunes de son âge. Les garçons et les filles buvaient de la bière et s'embrassaient en écoutant du heavy metal. Elle suivit Boone dans le jardin, où les arbres se couvraient de nouveau d'une brume verte de jeunes feuilles. Ils s'assirent sur des chaises longues, et Boone laissa tomber ses béquilles dans l'herbe.

— Heureusement qu'il y a les médicaments, fit-il remarquer en tirant sur sa cigarette. Je n'ai pas mal du tout.

Il portait une chaussure de sport au lacet défait, un maillot de corps noir et, à cause de son plâtre, un jean décousu sur le côté d'une jambe.

— Regarde ce ciel…

— Pas assez couvert à ton goût ?

— La merde.

Elle regarda l'étoile du Berger et la lune, qui venaient d'émerger d'une ribambelle de nuages.

— De toute façon, avec ta jambe, tu ne peux plus courir après les tornades pour l'instant. En plus, ta camionnette est bonne pour la casse.

— Tu pourrais me conduire, Sofe…

Elle rit, soulagée que la saison des tornades soit presque terminée. Elle espérait qu'il n'y aurait plus de morts.

Quand elle entendait le vent souffler, elle en avait mal au ventre.

— On retourne faire la fête ? demanda-t-elle.

Il se pencha vers elle et l'embrassa.

Elle lui trouva un goût salé et ressentit une sorte de joie, une euphorie que gâchait malheureusement un fond d'angoisse. Elle eut un mouvement de recul.

— Tu veux qu'on monte dans une chambre ? proposa-t-il.

Elle le regarda au fond des yeux.

— D'accord...

La maison appartenait à des amis de Boone, dont les parents étaient partis pour le week-end. À l'étage, ils trouvèrent une chambre vide avec un grand lit, une télévision et un fauteuil orange près de la fenêtre. Sophie s'enferma dans la salle de bains pour essayer de se calmer, mais la lumière était trop crue, le lavabo trop brillant.

Elle ne comprenait rien à ses désirs. On avait beau suivre les cours d'éducation sexuelle, lire des livres, dans la vraie vie rien ne se passait comme on le racontait. Elle avait lu qu'en moyenne les femmes couchaient avec une vingtaine de partenaires avant de se marier, mais c'était difficile à croire. Elle, elle n'avait jamais couché avec personne et ne voulait se donner qu'à l'homme de sa vie.

Quand elle retourna dans la chambre, elle trouva Boone nu, debout devant la télévision allumée, qui jetait sur sa peau comme un halo.

— J'ai un préservatif, annonça-t-il.

Elle hocha la tête et le rejoignit.

— Je peux te déshabiller ? demanda-t-il, la voix changée par le désir.

Elle le laissa baisser la fermeture de son jean.

Au départ, elle eut mal quand il la pénétra, puis un passage se fit, et elle sentit les battements du cœur de Boone se superposer aux siens. Il bougea sur elle avec un mouvement de va-et-vient, la respiration haletante, poussant des gémissements et, soudain, elle fut prise d'un tremblement incontrôlable. Elle ferma les yeux très fort, dominée par ce plaisir qui l'envahissait par surprise.

Ensuite, il resta allongé contre elle, traçant des mots sur son dos nu. Elle n'en reconnut pas un seul.

— À quoi tu penses ?

— À rien, répondit-elle, calme et apaisée.

— Tu crois que ton père est un type bien, hein ?

— Pardon ? s'exclama-t-elle en se tournant vers lui.

— Tu crois que les flics sont tous des types bien, toi.

— Je ne vois pas où tu veux en venir.

Il se tut, se renfermant sur lui-même.

Frissonnante, elle tira les couvertures jusqu'à son cou. Elle avait une douleur sourde entre les jambes, qui ne passait pas.

— Boone, qu'est-ce qui se passe ?

— Il y a des choses que je voudrais bien te dire, mais je ne peux pas.

— Quel genre de choses ?

— Rien, rien du tout.

Elle lui caressa la joue du bout des doigts.

— Toi et moi, c'est pour la vie, murmura-t-il.

— Oui, souffla-t-elle en le serrant fort dans ses bras.

Une heure plus tard, Sophie rentrait chez elle. Elle traversa la pelouse en courant ; la nuit sentait fort le lilas, et des papillons de nuit voletaient autour de l'ampoule de la véranda. La maison n'avait pas changé, c'était elle qui se sentait différente. Elle s'arrêta à l'entrée du séjour, où son père lisait, assis sur le canapé. Il ferma son livre et leva les yeux vers elle.

— Bonsoir, papa, dit-elle, la bouche sèche. Je vais me coucher. Bonne nuit.

— Tu n'étais pas chez Katlin, ce soir ! l'accusa-t-il d'un ton sévère.

Flûte !

Plus la réponse mettait de temps à venir, plus il avait l'air en colère.

— Excuse-moi, papa.

— J'ai appelé chez Katlin. Elle m'a dit que tu étais allée à une fête avec Boone Pritchett. Je ne peux pas tolérer le mensonge, Sophie. Ça ne te ressemble pas.

Un silence se fit, très lourd.

— C'était une fête normale, papa. Il n'y a pas de quoi te mettre dans cet état.

— Tu en es bien sûre ?

Elle eut un rire qui sonna faux. Elle avait encore mal entre les jambes et sa culotte était tachée de sang.

— Tu m'as raconté des histoires ! attaqua-t-il, furieux. Tu y es allée en cachette. Je t'attends depuis des heures, je guette toutes les voitures qui passent en espérant que c'est toi. Qu'est-ce que tu as ? ajouta-t-il en la scrutant. Tu as bu ?

Elle s'appuya au mur.

— Un tout petit peu… juste une bière.

Il se leva et traversa la pièce pour la rejoindre.

— C'est réglé, jeune fille, tu es privée de sortie pendant un mois !

Elle eut envie de le pousser, de se débattre, de l'affronter physiquement.

— C'est injuste ! hurla-t-elle.

— À chaque bruit de moteur, je m'attendais à entendre une sirène d'ambulance. Je t'interdis de recommencer, tu m'entends ?

— Et toi, tu rentres toujours à l'heure, peut-être !

— Je t'interdis de le revoir.

— Je te déteste !

— Comme tu voudras, déteste-moi si ça te chante. Je ne te laisserai pas gâcher ta vie.

— C'est ma vie, je la gâche si je veux !

Elle monta en courant dans sa chambre et s'effondra sur le lit défait, tellement malheureuse, tellement fatiguée, qu'elle ne trouva même pas la force de pleurer.

6

Après une succession de centres commerciaux et d'ateliers de soudure, Charlie se retrouva dans la campagne, où montait la stridulation entêtante des grillons. Il arriva à un croisement, prit le tournant trop vite et rebondit sur un trou. Ces petites routes desservaient si peu d'habitations qu'elles se détérioraient sans qu'on les répare.

Boone vivait chez ses parents, dans la partie la plus pauvre de Promise. Le manque d'argent jetait la discorde dans les familles, et le téléphone servait surtout au trafic de drogue. Charlie essayait de se raisonner : il fallait rester mesuré, y aller doucement. Après tout, il ne pouvait s'en prendre qu'à lui-même : il avait surprotégé sa fille, l'avait gardée trop innocente. Elle ne jugeait pas les gens. Elle était ouverte, honnête, confiante. Un peu de cynisme et d'esprit critique ne lui aurait pas fait de mal. Boone Pritchett, lui, n'était que trop transparent. Transparent pour tout le monde, sauf pour elle.

Il se gara au bord de la route et descendit de voiture. De l'autre côté d'une clôture de fil de fer barbelé surmontée d'une pancarte « DÉFENSE D'ENTRER » se trouvait une sorte de terrain vague. Dans l'herbe haute jonchée de détritus, il vit la camionnette en accordéon de Boone. Un pick-up couleur rouille plus grand était garé juste derrière – celui de Pritchett père. Charlie avait arrêté Eddie Pritchett sur la route un nombre incalculable de fois pour diverses infractions, dont conduite en état d'ivresse.

Il ouvrit la barrière grinçante, traversa la forêt vierge et alla frapper à la porte de la maison.

— Police !

Boone ouvrit avec un éclair moqueur dans le regard.

— Qu'est-ce que vous voulez ?

— Viens voir dehors.

— Pourquoi ?

— J'ai à te parler.

— Vous allez m'arrêter ?

— Pas tout de suite.

Le dévisageant de ses yeux bleus, Boone rétorqua :

— Dans ce cas, je n'ai rien à vous dire.

Charlie lui assena un coup de poing dans la figure et il s'effondra comme un sac de blé. Ensuite, le traînant par la capuche de son sweat-shirt, il le tira dehors.

Boone hurla, pressant les mains sur son nez en sang. Il frappa par terre avec son pied valide pour essayer de ralentir Charlie.

— Il va falloir apprendre à danser mieux que ça, commenta Charlie en le remettant debout à bonne distance de la maison.

Un lampadaire les éclairait d'une pâle lueur, que relevaient les phares des rares véhicules qui passaient sur la route. Charlie l'attrapa par le col et le secoua.

— Si tu revois ma fille, tu es mort.

— Vous croyez me faire peur en me cassant la gueule ?

Charlie le saisit par les oreilles et devint vraiment méchant.

— C'est simple. Je t'interdis de voir Sophie, point final. Compris ?

— Mais qu'est-ce que je vous ai fait ?

— À moi, rien, petite racaille, mais c'est ce que tu veux faire à ma fille qui me fout en rogne.

— Je lui ferai rien, connard.

Un gaillard baraqué apparut à la porte, bouchant le rectangle de lumière qui sortait de la maison.

— Qu'est-ce qui se passe, bordel ?

C'était Eddie Pritchett.

— Je discute avec votre fils, dit Charlie, ravalant sa fureur. Ne vous mêlez pas de ça.

— Vous n'avez pas le droit de parler à un mineur sans l'autorisation de ses parents !

Il ne portait qu'un jean serré et des mitaines en cuir. Son torse était tout entier tatoué de têtes de mort.

— Si vous voulez l'arrêter, arrêtez-le, autrement, vous dégagez de chez moi !

Charlie fixa Boone, puis, après une hésitation, le relâcha.

— Ramène tes fesses, imbécile ! cria Eddie à son fils.

L'adolescent battit en retraite, mais avant de rentrer il se tourna vers Charlie.

— Jamais je ne pourrais lui faire de mal !

— Je t'aurai averti ! tonna Charlie. Si tu l'approches, tu le regretteras.

— Vous avez pas bientôt fini ? beugla Eddie. C'est de l'intimidation, je vais vous poursuivre en justice !

— Ça va, la ferme.

— Brutalités policières ! On vous colle un procès au cul !

— Mais oui, mais oui, marmotta Charlie. Tu t'en tires à bon compte, petit salopard !

7

La base du pouce de Charlie le démangeait, et il avait les paupières lourdes. La caféine ne lui faisait plus rien. En intraveineuse, peut-être… ? Il avait mis au point une technique pour avoir l'air de travailler tout en se reposant un peu. Le front appuyé sur une main, il baissait la tête sur les papiers posés devant lui comme s'il était en pleine réflexion. Cela lui permettait de fermer les yeux discrètement et de piquer un petit somme.

— Toc, toc.

Charlie se redressa avec un sursaut.

— Alors, on fait une petite ronflette ? demanda Mike en riant.

— Pitié, je dors moins qu'un requin.

— Moi, pareil. Bon, devinez quelle chanson passait en boucle dans le baladeur de Toby Lake.

— Je ne sais pas.

— « I'm on Fire », de Bruce Springsteen. Je brûle…

Charlie eut un haussement d'épaules indifférent, mais la nouvelle le perturbait plus qu'il ne voulait le montrer.

— Pure coïncidence…

Derrière la fenêtre, la chaleur faisait miroiter le goudron du parking. Une volée d'oiseaux s'élança dans le ciel bleu au-dessus des peupliers.

— Des nouvelles de Lester ?

— Nous avons lancé un avis de recherche sur sa voiture. Nous avons organisé une battue autour de chez lui. Nous avons montré sa photo dans tout le comté et interrogé plus d'une centaine de connaissances et de parents. Et toujours rien.

— Il doit bien être quelque part !

— Qu'est-ce qu'on fait maintenant ?

Charlie poussa un grognement agacé. Ils avaient du travail jusqu'au cou, la routine du mois de juin : agressions sexuelles, conduites en état d'ivresse, cambriolages, règlements de comptes entre toxicomanes. Ils n'avaient vraiment pas besoin de cette disparition. Ah ! si seulement le monde pouvait s'arrêter de tourner pendant qu'ils essayaient de résoudre cette affaire...

— La liste de ses appels téléphoniques n'a rien donné ?

— Nick est dessus. Il analyse aussi ses relevés de cartes de crédit.

— Bon. Attendons de voir s'il trouve quelque chose.

Où était-il, le bon vieux temps des périodes creuses ? Lire son journal les pieds sur le bureau en sirotant une bière. Quel bonheur ce serait...

— Le rapport d'autopsie de Toby Lake est arrivé ?

— Oui. Les blessures sont semblables à celles des autres affaires, annonça Mike en s'asseyant et en posant les papiers sur ses genoux. Traumatisme à la tête, lacérations défensives aux deux bras, pénétration d'un piquet de barrière d'un mètre de long...

Charlie écoutait avec une extrême attention.

— Trois empreintes de gants lisses, continua Mike. Pas de sang à part celui de la victime. Pas de sperme. Pas de marques d'effraction sur la porte. Exactement comme les autres fois.

— Aucune trace d'aucune sorte ?

— Si, nous avons de la chance... (Il chercha une page.) On a trouvé des particules sur les chaussettes et dans les revers de pantalon de la victime.

— Quel genre ?

— Matière plastique ordinaire. Chlorure de polyvinyle, utilisé pour de nombreux produits : tuyaux d'arrosage, matériel ménager. Ils précisent que ce sont des particules microscopiques jaunes.

Charlie se redressa.

— Des particules jaunes ?

— Oui, c'est ça.

— Autour des chevilles ?

— Chaussettes et pantalon.

Les roulettes du fauteuil de Charlie grincèrent sur la moquette tandis que, d'une poussée, il se propulsait vers le téléphone. Il décrocha.

— Hunter ? Passez-moi la police de Tulsa.

8

Le sergent Dwight D. Harbuck, de la police de Tulsa, avait fait équipe avec Charlie à l'époque où ils étaient simples flics. Comme l'affaire couvrait plusieurs districts, ils réactivaient leur ancienne collaboration et s'apprêtaient à procéder à une arrestation commune. DD – appelé ainsi par son ami Charlie – était un homme de devoir, immaculé, aussi bien dans son uniforme que dans ses pensées.

— J'espère qu'ils vont lui trouer le cul ! lança-t-il à Charlie en tournant brutalement dans l'allée de Jonah Gustafson. Je l'assaisonnerais bien moi-même, je m'en bats l'œil. J'en ai jusque-là de tous ces bâtards.

Une voiture radio pila derrière eux et deux hommes en uniforme en jaillirent, arme au poing.

— Vous deux, passez par-derrière, ordonna Harbuck.

La camionnette blanche du suspect était garée devant la maison. Charlie tapota sa poche de poitrine où il avait rangé le mandat d'arrêt, puis il tendit le bras le long du corps, plaçant son revolver derrière sa jambe pour le camoufler. Il monta les marches de la véranda derrière Harbuck, qui tapa à la porte avec le poing.

— Police, ouvrez !

Sans attendre de réponse, il enfonça la porte d'un coup de pied et se rua à l'intérieur.

Le soleil entrait à flots par les larges fenêtres du séjour, teintant la pièce d'un glacis doré à la Vermeer. Harbuck retraversa l'entrée en quelques pas, brandissant son 38 mm à bout de bras.

— Police, vous êtes cerné !

La main crispée sur son arme glacée, Charlie emboîta le pas à Harbuck et ils entrèrent dans la cuisine, où la bouilloire sifflait sur le feu. Les deux autres membres de l'équipe encadraient déjà le suspect.

Jonah Gustafson, surpris devant la cuisinière, avait les bras levés, un mug de café ébréché à la main.

— Qu'est-ce que vous foutez ? demanda-t-il, ahuri.

— Alors, ça va, mon gars ? enchaîna Harbuck.

Il rengaina son arme et saisit le bras de Jonah pour le lui tordre dans le dos.

— Vous êtes en état d'arrestation. Que quelqu'un enlève cette bouilloire du feu, merci !

Un de ses hommes courut à la gazinière.

— Vous m'arrêtez pour quel motif ?

— Montre-lui le mandat.

Charlie posa le double sur la table de la cuisine, puis lui ôta sa casquette de base-ball crasseuse, révélant ses cheveux châtains mi-longs. *Cheveux châtains, race blanche.* Charlie fit une fouille au corps, et trouva des billets dans toutes les poches, un bip, et un cigare, Opus X de la République dominicaine.

— Vous aimez cette marque, vous ? demanda Harbuck en empochant le cigare.

— Je veux savoir pourquoi vous m'arrêtez ! hurla Jonah.

— Un adolescent a été tué le 9 juin. À Wolf Pass, dans le Texas. Nous avons trouvé des éléments sur place qui nous ont conduits jusqu'à vous.

— Moi ?

— Nous avons relevé sur les lieux une substance jaune qui correspond à une matière que nous avons trouvée sur votre sac de sport.

— Substance jaune ? C'est quoi, cette histoire ?

— On peut aussi dire chlorure de polyvinyle, PVC de son petit nom, c'est-à-dire du plastique. Le labo régional a analysé les particules de votre fourre-tout et les a comparées avec celles présentes sur les chaussettes de la victime et sur ses chevilles. C'est par là que le tueur l'a saisi pour le traîner par terre. Même matière.

— Une seconde, une seconde ! Le 9 juin ? J'étais chez moi le 9 juin, toute la journée !

Il était d'une maigreur à faire peur et portait la raie au milieu, bien droite, les cheveux plaqués par du gel. Charlie devait reconnaître qu'il faisait des efforts surhumains pour rester calme et montrer sa bonne volonté.

— Quelqu'un peut-il corroborer vos dires ?

— Non... Écoutez, je ne veux qu'une seule chose, récupérer mes gosses. Je me suis inscrit dans un programme de désintoxication. Je ne bois plus... Je fais tout ce qu'il faut.

— Tu te crois malin, hein ? ironisa Harbuck.

— Non, pas du tout, je suis un pauvre con, mais je vous jure que je n'ai tué personne... Enfin, c'est dingue, c'est pas possible !

— Pourtant, nous t'arrêtons pour homicide volontaire, mon grand.

Harbuck lui passa les menottes, les serrant à fond.

— Putain... Attendez... J'ai bien eu une paire de gants jaunes, des gants de travail. Ils étaient très vieux. Tissu blanc... enfin, plus très blanc... avec les paumes en caoutchouc jaune. Le caoutchouc a cuit et il partait en poussière. Sans doute que c'est ça qu'on a trouvé sur mon sac. Mais je vous jure devant Dieu... Je les ai perdus ces gants de merde, il y a longtemps !

— Vous les avez perdus ? répéta Charlie.

— Oui, il y a deux ou trois mois, je vous jure. Putain. Je veux appeler mon avocat !

Harbuck attrapa le visage de Jonah entre ses mains en lui enfonçant les doigts dans les joues.

— Espèce de salopard, je vais t'écraser la tête, tu vas voir !

— C'est ça, frappez-moi, je vous colle un procès !

L'affaire était réglée. Ils perquisitionnèrent le domicile de Jonah et récoltèrent quelques indices : résidus poudreux blancs sur une balance électronique, sachets en plastique vides, plus d'un millier de dollars en liquide. Charlie fouilla les placards et les commodes, à la recherche d'un vêtement bleu marine, mais ne trouva rien. Il n'y avait aucune tache de sang discernable, rien qui ressemble à des fibres de tapis vert. Les tapis de sol de la Chevrolet étaient bordeaux. Ils cherchèrent partout les gants blancs à paumes jaunes, mais impossible de mettre la main dessus. Jonah chaussait du 44 et possédait des Nike et des Adidas. Ils emportèrent toutes ses chaussures. Ils confisquèrent également le matériel de menuiserie. Une fois tous ces éléments récupérés, ils poussèrent le suspect dehors et le firent grimper dans le fourgon.

Jonah se mit à se balancer d'avant en arrière, comme s'il perdait la tête.

— C'est dingue, c'est n'importe quoi ! Je n'ai tué personne !

Harbuck démarra.

— La ferme !

— Putain, je n'ai tué personne ! hurla Jonah, les veines du cou saillantes. Espèces de connards ! Allez-y, arrêtez-moi, mettez-moi en tôle, foutez ma vie en l'air !

Le portable de Charlie sonna.

— Chef ? hurla Mike pour compenser la mauvaise liaison. On a trouvé la voiture de Lester !...

9

À trente kilomètres à l'ouest de la frontière de l'Oklahoma et du Texas, une patrouille avait découvert la Chevrolet bleue de Lester Deere, garée derrière une ferme en ruine.

Charlie roulait à travers champs. Il escalada un talus, redescendit le plus doucement possible, la voiture penchée à l'extrême, et retrouva brutalement la piste à bétail qu'il suivit jusqu'à l'endroit où Mike avait garé sa voiture. Des cirrus filamenteux projetaient leurs douces ombres sur les vastes étendues d'herbe. Le vent était tellement chaud qu'on avait l'impression d'être poursuivi par un sèche-cheveux. Le terrain immobile, sculpté par les bisons, la pluie, le vent, avait le poli d'un galet au fond d'une rivière.

Mike apparut et le rejoignit à travers les herbes hautes.

— J'ai fait un petit tour, patron. Pas d'autres traces de pneus, pas d'empreintes. On voit clairement l'endroit où il est sorti de la route pour se garer. Après, les traces disparaissent.

— On retourne jeter un coup d'œil.

Ils descendirent une pente, puis remontèrent l'autre versant, soulevant des nuées de sauterelles à chaque pas. Ils glissèrent en bas d'un talus et trouvèrent un chemin de terre où la vigne sauvage s'emmêlait dans les fossés. Ils se penchèrent sur les traces de pneus qui menaient à l'endroit où la Chevrolet de Lester avait été abandonnée. Elle était garée derrière un bâtiment aux murs de pierre éboulés, envahi par du chiendent jaune.

— La carrosserie est intacte, commenta Charlie en faisant le tour de la voiture avec Mike. Les portières ne sont pas verrouillées et la clé est encore sur le contact.

— Donc, il ne doit pas être loin, conclut Mike, nez collé à la vitre, en se protégeant de la lumière avec les mains. Le compteur secondaire est à cinq cents.

— Nous sommes à cent cinquante kilomètres de Promise.

— Pas de sang sur les sièges ni sur le sol, à première vue.

Charlie s'éloigna de la voiture et explora du regard les buissons et les rochers au loin. On imaginait sans peine les dinosaures des anciens marécages ; on les voyait avancer, s'enliser dans la boue, et mourir là, leurs os se fossilisant au cours des millénaires. La mer s'était retirée des millions d'années plus tôt après avoir façonné le paysage. Les amateurs trouvaient des merveilles dans la craie : brachiopodes, trilobites...

Le regard de Charlie fut attiré par un oiseau qui décrivait des cercles dans le ciel. Pour tromper leurs proies, les éperviers de la région avaient changé d'aspect au cours du temps et pris l'aspect de vautours. Ils leur ressemblaient maintenant à s'y méprendre, les pattes mises à part, qui, grises chez les vautours, étaient restées jaunes chez eux. Il plissa les yeux pour mieux voir. C'était un oiseau à pattes grises. Un vautour ! Le charognard se laissa tomber vers le sol et disparut derrière une hauteur.

La peur au ventre, Charlie partit comme une flèche. Il courut à travers l'herbe qui lui fouettait les jambes. À bout de souffle, il s'arrêta sur le bord friable de la crête et regarda en contrebas, dans une ravine brûlée de soleil.

— Vous voyez quelque chose ? cria Mike derrière lui.

Horrifié, Charlie eut un mouvement de recul. Deux cadavres étaient étendus sur le ventre au-dessous de lui. Il descendit la pente en se retenant avec les mains et les talons dans la terre meuble, puis se laissa glisser jusqu'en bas, soulevant cailloux et poussière sur son passage. Il atterrit brutalement, ce qui ne dérangea en rien le vautour qui fouillait à coups de bec la bouillie sanglante d'une des têtes.

— Dégage ! cria Charlie en agitant les mains.

Mollement, le vautour sauta de côté et s'envola à grands coups d'ailes.

Mike regardait d'en haut, l'air accablé.

— C'est Lester ?

Charlie, terriblement choqué, s'agenouilla à côté du corps aux cheveux blonds. La puanteur des cadavres en décomposition se nuançait d'une odeur de poudre. L'arrière de la tête de la victime, un amas de sang séché et de matière cérébrale, avait été fracassé par la sortie de la balle. Un revolver de service était tombé dans l'herbe, à proximité de la main droite. Des Nike, une ceinture de cuir noir, une chemise Lacoste rentrée à la taille, et un jean flambant neuf. La montre Eagleton marchait toujours. Charlie avait l'impression que les os de son crâne comprimaient son cerveau. Oppressé, respirant le moins possible, il retourna le corps.

À la vue du visage dévasté de Lester Deere, il vacilla. La rigidité cadavérique était déjà dépassée. Les mouches avaient pondu des œufs. *La mort remonte à plusieurs jours.* Il s'essuya les mains nerveusement, retenant des haut-le-cœur. Il remit le corps dans sa position initiale, puis le fouilla. Le portefeuille se trouvait dans la poche arrière du pantalon. Tout y était : permis de conduire et cartes de crédit.

Mike l'avait rejoint. Il se pencha et récupéra un billet de banque qui traînait par terre.

— Regardez-moi ça ! Un billet de cent dollars.

Charlie desserra sa cravate, luttant contre une forte nausée. Il détourna la tête vers le lointain. La prairie s'étendait à perte de vue, à peine coupée par des sillons de tracteur. Tout à coup, il remarqua d'autres billets qui voletaient autour d'eux. Un oiseau lança une trille au-dessus de leurs têtes, et Charlie vit que le vautour, qui cherchait à coups d'ailes une brise assez forte pour le porter, tournait encore à proximité.

Dans un état second, avec l'impression de flotter, Charlie se décida à approcher de l'autre corps. Il le retourna.

— Qui est-ce ? demanda Mike.

— Jake Wheaton.

Il contempla le garçon étendu à ses pieds. Jake ressemblait à une poupée et portait un T-shirt constellé de sang qui disait : « Me prends pas la tête ». Il avait les yeux ouverts et les poings serrés.

Charlie sentit que son visage se contractait, une réaction familière qui le prenait à la moindre émotion forte. C'était l'afflux de sang dans ses anciennes brûlures qui en était la cause, en haut de la poitrine, à l'emplacement du maillot de corps qui avait pris feu.

— On isole le site avec un cordon, et on prend contact avec la police locale.

— Vous pensez qu'ils se sont entretués à cause de l'argent ? demanda Mike en ramassant les billets de cent dollars qui jonchaient le sol.

— J'en sais foutre rien.

10

Plus tard, le même jour, Charlie entra discrètement chez son père. Il s'arrêta net dans l'entrée en s'apercevant dans le miroir. Ses cicatrices le faisaient souffrir, sa tête aussi, d'ailleurs, tant il se fatiguait à comprendre ce qui était arrivé. Autrefois, il s'était trouvé si laid qu'il s'était dissocié de ce monstre qu'il voyait dans la glace, cherchant à se convaincre qu'un autre Charlie, le vrai Charlie, se cachait sous son enveloppe difforme, sa peau fondue.

La maison était vide ; son père travaillait aux champs. Il ouvrit le placard de l'entrée, et examina les manteaux et les vestes, faisant glisser les cintres sur la tringle. *Pas de caban.* Où était-il passé, ce caban fétiche ?

Le pépiement des oiseaux parvenait jusque dans la maison. Le soleil de fin d'après-midi projetait l'ombre des arbres sur le mur du fond. Il referma le placard, prit l'escalier et monta à l'étage. Il s'introduisit dans la chambre de son père, se sentant coupable d'y entrer sans y être invité. Silence… Il balaya du regard les objets de toilette sur la commode, les savates sous le lit, le verre d'eau sur la table de nuit destiné à recueillir le dentier.

De fausses dents… des dents de remplacement…

Charlie ne voulait plus se laisser obséder par ses soupçons. Ils avaient trouvé le tueur. Demain, on fixerait le montant de la caution de Jonah Gustafson, une somme tellement élevée qu'il serait obligé de rester en prison. Charlie n'avait pas d'inquiétude à se faire. Ils tenaient le coupable. Sauf que... on lui avait appris à ne jamais se satisfaire d'un seul suspect. *Dès qu'on fourre son nez quelque part, on découvre un monde secret, tout un univers, grouillant, souterrain.*

Il fouilla dans la penderie : chemises, pantalons, cravates sombres que son père ne portait plus jamais. Une ceinture en cuir avec une boucle en métal. Il eut une réaction de panique : il ne l'avait pas vue depuis des années, mais en ressentait encore la morsure.

Pas de caban fétiche.

Il pensa soudain que ce qu'il cherchait se trouvait sans doute dans la camionnette, qui était garée devant la grange où son père rangeait ses outils de menuiserie. Il devrait aller jeter un coup d'œil, mais il ne s'en sentait pas le courage. La peur que son père le surprenne lui donnait l'impression d'avoir encore sept ans.

Au pied du lit, il y avait une malle poussiéreuse où étaient rangés les vêtements d'hiver. Il l'ouvrit et passa la main dans les piles de pulls, sonda les mitaines, les écharpes, les yeux irrités par l'odeur de naphtaline. De vieilles couvertures de l'armée. *Mais pas de caban.*

Tout au fond, il tomba sur un sac en papier froissé. Il l'ouvrit avec curiosité et trouva à l'intérieur des ballons de baudruche dégonflés, des rouges, des verts, des bleus, des jaunes. Bizarre. Pourquoi son père gardait-il ces vieux ballons fripés ?

Il venait de remettre le sac en place et refermait le couvercle quand il entendit un bruit. Il tendit l'oreille, n'osant plus respirer.

Son père était en bas. Il marchait dans la maison en faisant craquer le plancher. Charlie n'en menait pas large. Comment expliquer sa présence ?

La porte du réfrigérateur s'ouvrit et se referma.

La porte de derrière claqua.

Le cœur de Charlie battait à tout rompre. Il ne voulait pas rester une seconde de plus dans cette maison et s'enfuit comme un voleur.

11

Les corps avaient été transportés à la morgue, empaquetés dans de la neige carbonique.

— Nous avons trouvé un taux d'alcoolémie très élevé dans leur sang, indiqua Duff. Ils étaient tous les deux ivres quand ils se sont tirés dessus.

— Tu es sûr qu'il n'y avait pas de tierce personne ? demanda Charlie.

— Les empreintes des deux victimes ont été relevées sur le revolver. Les tests à l'acide nitrique sur leurs mains sont positifs.

Duff examina l'intérieur du cuir chevelu de Lester ; la boîte crânienne exposée était fendillée comme une coquille d'œuf.

— Lester a tiré et touché deux fois Jake au ventre pendant qu'ils se battaient. Ensuite, Jake a réussi à arracher le revolver à Lester et lui a tiré dans la tête. Quand on se suicide, on met le canon dans la bouche, la méthode est plus sûre. On retrouve des brûlures de poudre sur la langue.

S'efforçant de ne pas se former une image trop réaliste des événements, Charlie s'appuya contre l'évier et croisa les bras. Le corps de Jake était étendu sur la table d'autopsie à côté de celui de Lester. Il avait deux trous nets dans l'abdomen, entourés d'un cercle gris. Les trous de sortie dans le dos étaient irréguliers et avaient laissé échapper beaucoup de sang.

— Tu peux estimer l'heure de la mort ?

— On observe une coloration verdâtre dans les zones inférieures de l'abdomen, gonflement du visage, marbrures. Je dirais trois jours au moment de la découverte. Pareil pour le jeune.

Charlie consulta les certificats de décès.

— Donc Lester à tiré d'abord sur Jake, puis Jake a tué Lester… et il est mort de ses blessures peu de temps après.

— Oui.

Après avoir enlevé le cerveau, Duff dégagea la dure-mère de la boîte crânienne pour étudier les os fracturés du crâne et reconstituer la trajectoire de la balle.

— Le crâne a éclaté à l'endroit où la balle a pénétré, à ce niveau, dit-il en désignant l'endroit de la pointe du scalpel. Les particules d'os ont provoqué des dommages supplémentaires aux tissus. La blessure de sortie est large et irrégulière à l'arrière de la tête. Combien de douilles a-t-on trouvées ?

— Quatre.

— Et elles provenaient toutes de l'arme de service de Lester ?

— Oui.

— Deux tirs au ventre, un à la tête, et un coup manqué. Blessures défensives sur le corps. Traces de morsure sur le bras. Les coups ont été tirés de très près. Il y a du sang et des tissus sur les mains de Jake. Aucun doute, Charlie, ces deux imbéciles se sont entretués.

— Nous avons retrouvé plus de quinze mille dollars éparpillés à proximité, et du haschisch et de la cocaïne dans la voiture de Lester. Je dois être aveugle… Mon second se livrait à un trafic de drogue sous mon nez, et je n'ai rien vu !

Duff retira ses gants avec un claquement et les jeta dans la poubelle.

— Comment l'aurais-tu su ?

Un vieil orchestre, le groupe de Jimmy Dorsey, passait à la radio.

— Jenna Pepper était impliquée, expliqua Charlie. Et Boone Pritchett aussi. J'ai essayé de le localiser toute la matinée.

Il avait beau avoir dit et répété à Sophie de ne plus le fréquenter, il n'était pas sûr de s'être bien fait comprendre.

Duff recouvrit les corps et commença à ranger ses instruments de chirurgie.

— Félicitations, Charlie, tu viens de résoudre deux grosses affaires en quarante-huit heures.

Ce compliment non mérité ne fit aucun plaisir à Charlie, au contraire. Duff n'y comprenait rien ! Charlie aurait dû se douter que Lester faisait du trafic. Il aurait dû empêcher ce drame. Lester avait voulu lui parler, mais lui, il n'avait pensé qu'à respecter la procédure, à passer par le détecteur de mensonges, à vérifier les alibis. Ce fiasco le mettait hors de lui.

— Charlie ?

— Quoi ?

— Jonah Gustafson, le tueur en série...

— Moui, le tueur...

— Tu n'as pas l'air très convaincu. Que se passe-t-il ?

— Rien, une impression...

— Allez, dis-moi ce qui te tracasse.

— Nous n'avons pas retrouvé ses gants jaunes, et ce n'est pas faute d'avoir cherché. Gustafson affirme les avoir perdus depuis plusieurs mois.

— On peut croire ce qu'il raconte ?

— Je ne sais pas... Ces types mentent comme ils respirent.

Particules jaunes, fibres bleu marine, fourrure de lapin noire, un seul et unique poil de tapis vert, chaussures taille 44. Les indices s'accumulaient, déroutants, incontournables.

— Je ne sais pas, Duff..., un coup de fatigue sans doute.

— Suis ton intuition.

— Eh bien ! mon intuition me dit qu'il y a trop d'indices. Des particules jaunes, des fibres de laine bleu marine, de la fourrure de lapin, des cheveux non identifiés, un poil de tapis vert…

— Continue…

— Ça n'est pas logique. L'assassin semble connaître les procédures policières. Il savait que nous récupérerions tous ces indices. Or il est méthodique, très méticuleux. Si Gustafson est le coupable, pourquoi a-t-il laissé traîner tant d'éléments derrière lui ?

— Des éléments peu compromettants. Il porte des gants, il efface ses empreintes de pas…

— Et si l'assassin avait volé les gants de Gustafson pour l'impliquer dans l'affaire et nous induire en erreur ? Ça ne doit pas être bien compliqué de récupérer les affaires d'un chasseur de tornades. Ces gars se retrouvent tous dans les mêmes endroits, des stations-service, des arrêts de routiers, des motels. N'importe qui a pu lui prendre ses gants. Le meurtrier vole des objets et les sème sur la scène de ses crimes. Je finis par me demander si Gustafson ne nous a pas dit la vérité.

La respiration sifflante de Duff s'éleva dans le silence de la morgue.

— Il se servirait du principe de Locard contre nous, tu veux dire ?

— Oui. Tout contact laisse une trace. On dépose des fibres, et on en emporte avec soi. Lui, il nous en donne qui ne lui appartiennent pas… Mais personne, si malin soit-il, ne peut éliminer la totalité des résidus qui lui sont propres.

— Ce qui fait que l'assassin a fatalement abandonné de vraies traces de son passage…

— Exact. Mais lesquelles pour nous tromper, et lesquelles par accident ?

— À toi de le découvrir.

Cheveux blancs, fibres de laine bleu marine… Son père ?

L'expression du médecin légiste s'adoucit quelque peu.

— Charlie, change-toi les idées. Rentre chez toi, va retrouver ta fille.

Charlie releva la tête, tout à ses pensées.

— Tu en as besoin, insista Duff en éteignant le plafonnier. Tu rentres chez toi, et pas de discussion.

— Et toi, Duff, tu vas faire quoi ?
— Je rentre aussi. Je vais faire des bulles de savon avec mon chat.

12

Sophie faisait ses devoirs dans sa chambre. Charlie la trouva assise en tailleur sur son dessus-de-lit bien tiré, en train de mâchonner le bout d'un crayon noir.

— Bonjour, chérie, dit-il en restant à la porte.

— Salut.

Elle ne souriait pas, ne le regardait pas. Elle ne lui avait pas pardonné.

— Qu'est-ce que tu fais ?

— Je travaille.

— C'est un devoir de quoi ?

— Je prépare une interro d'histoire.

— Au fait, on t'a rendu ta dissertation ?

— Oui.

— Alors ?

— J'ai eu un A.

— Bravo !

Il essaya de voir ce qu'elle lisait.

— Tu as une interrogation écrite ?

— Mmm…

Elle portait de grosses chaussettes d'un rose très laid, assorties à son sweat-shirt. Il regarda autour de lui. De vieux ours en peluche délaissés complotaient dans un coin. Ordinateur, télévision, lecteur de CD. Les enfants n'avaient plus besoin de quitter leur chambre.

— Sinon, ça va ?

Elle agita nerveusement le pied.

— Qu'est-ce que tu veux ?

— Je ne sais pas, moi... Tu ne voudrais pas qu'on fasse la paix ?

Elle le foudroya du regard. C'était le portrait de sa mère, son portrait craché.

— Ça se fait, de se pardonner, tu sais, insista-t-il.

— Willa a appelé trois fois. Elle a laissé des messages sur le répondeur. Ton portable est déchargé ?

Il tapota ses poches.

— Je ne sais pas où je l'ai laissé.

L'exaspération vibrait sur son visage.

— Tu n'écoutes jamais tes messages ? Tu n'es pas croyable, tu es pire que grand-père.

— Je ne sais pas si tu as remarqué, mais je travaille comme une brute. Qu'est-ce qu'elle a dit ?

— Je ne suis pas ta secrétaire.

— Stop, je demande une trêve !

Elle posa sur lui un regard hostile.

— Moi, je n'ai rien à me reprocher. Je suis compréhensive, moi. Je ne t'empêche pas de vivre ta vie, moi... contrairement à toi.

— Écoute, chérie... Promets-moi que tu ne reverras plus Boone.

— Papa ! C'est trop dur ce que tu me demandes !

— Tu comptes trop pour moi, je ne veux pas que tu coures le moindre risque.

— Boone n'est pas dangereux.

— Sophie, je t'en prie, je sais de quoi je parle.

Elle leva les yeux au ciel.

— Et Willa ? Tu vas la jeter aussi pour te simplifier la vie ? Allez, rappelle-la.

Vibrante de colère, elle reprit son livre.

Charlie resta à la porte. Voilà, c'était gagné ! Il avait encore tout raté.

— Tu ne vas pas traîner là toute la soirée, si ?

— La porte, tu la préfères ouverte ou fermée ?

— Fermée.

Il descendit écouter les trois messages laissés par Willa sur son répondeur.

Une demi-heure plus tard, Charlie brûlait imprudemment un stop. À chaque feu rouge, il tambourinait avec impatience sur le volant en attendant le vert. Une nuit noire pesait sur la ville, à peine percée d'un fantôme de lune brumeuse. Il traversa l'agglomération au plus vite puis tourna sur la route de campagne, où clignotait un ballet de vers luisants.

Il se gara dans l'allée circulaire qui permettait de faire demi-tour et hésita, tandis que la lune opalescente disparaissait derrière les nuages. Enfin, il se décida à descendre de voiture, desserra sa cravate et contempla la maison ocre pâle aux boiseries vert menthe, bordée de massifs colorés. Pensées, tulipes, iris sauvages…

— Bonsoir, fit Willa derrière la porte-moustiquaire.

Elle portait une chemise de grand-père en coton épais, un caleçon long, et des tongs. Elle avait l'air très déterminée, et un peu méfiante.

— Tu es le roi de l'esquive, tu le sais, ça ?

Il la rejoignit, passa les bras autour de sa taille et l'embrassa. Il la serra fort contre lui, heureux de se retrouver dans le monde complexe de Willa.

— Tu m'as manqué.

Deux chats sautèrent sur la véranda et tournèrent autour de leurs chevilles.

— Mon fan-club, plaisanta-t-elle. Pas très conséquent…

Des papillons de nuit se cognaient à l'ampoule de l'applique, et les chats se frottaient à leurs jambes avec insistance.

— Je suis un pauvre imbécile.

— Tu veux boire quelque chose ? Bière ? Thé glacé ? (Elle lui prit la main.) Je ne sais pas ce que ça aime, les flics !

— Toi !

Elle éclata de rire.

— Ça t'ennuie si on reste dehors ? Il y a trop de livres à l'intérieur.

— Ah bon ?

— Oui, trop de livres et pas assez d'étagères.

Ils s'installèrent à l'arrière, sur la banquette de la véranda du jardin. Non loin, près d'une mare ou d'une rivière, des crapauds coassaient. Le ciel se dégagea un court instant, laissant s'épanouir des milliers d'étoiles au-dessus d'eux. Charlie respira à pleins poumons la riche senteur de terre et d'herbe, puis il ne fit plus attention qu'à la courbe sensuelle des lèvres de Willa. Elle exhalait un vague parfum de rose froissée, et ses mains lui semblèrent un délicat mystère.

— Ça te fait mal, quand on te touche là ? murmura-t-elle en effleurant son bras.

— Non.

Elle fit courir les doigts sur le côté gauche de son cou.

— Combien d'opérations as-tu subies ?

— Je n'ai pas fait le compte. Beaucoup.

— Brrr, fit-elle avec compassion.

— Et en prime, j'ai eu droit à un implant au menton.

Le rire de Willa était si joli, sa bouche si attirante, qu'il dut l'embrasser toutes affaires cessantes. Le cœur plein de désir, il tomba à genoux devant elle, et pressa le visage sur ses cuisses, pardonné.

13

Le lendemain, Charlie broyait du noir dans son bureau devant une photo, celle du Loadmaster gris de son père devant la maison du crime. La journée était humide, nuageuse, étouffante ; de ces chaleurs qui vous collent les cheveux dans la nuque et rendent les mains moites. Il se sentait très mal, tournait et retournait dans sa tête une question obsédante : trente ans plus tôt, quand son père avait arrêté de boire, quel autre exutoire avait-il trouvé à sa violence ?

Mike parut à la porte.

— Nous avons la liste des indices trouvés chez Lester : résidus de cocaïne et revolver sans permis. Nous reconstituons son emploi du temps du mois d'avril à travers ses relevés téléphoniques et ses retraits d'argent dans les distributeurs... Avant le 15, il a beaucoup appelé Jenna Pepper. Après cette date, il a téléphoné plusieurs fois à Jake Wheaton et à Boone Pritchett.

— Il faut absolument qu'on mette la main sur Pritchett.

— D'accord... Donc, admettons que les dealers du coin aient approvisionné Lester en échange de sa protection, on peut penser qu'il refourguait la cocaïne au collège par l'intermédiaire de Jake et de Boone. Et moi qui lui faisais confiance... C'est fou ce qu'on peut se tromper sur les gens !

— En effet... Vous avez autre chose ?

Mike montra le dossier qu'il tenait à la main.

— On a envoyé au labo des empreintes de pneus inconnues relevées dans l'allée des Lake. Le shérif Dorsey vient de nous faire parvenir les résultats. Il s'agirait d'une grosse camionnette, style pick-up, avec des Michelin tout neufs.

Charlie fut saisi par une forte appréhension. Son père avait un pick-up, il ne jurait que par les Michelin, et il venait de changer ses quatre pneus.

— Ce qui disculperait Gustafson, fit-il remarquer.

Mike lui lança un regard interrogateur.

— Gustafson n'a qu'une petite camionnette ordinaire, et il roule avec des pneus Goodyear, précisa Charlie. Et s'il nous avait dit la vérité, Mike ? Si le tueur avait vraiment volé les gants de Gustafson et laissé de faux indices pour nous tromper ?

Mike marqua un temps d'arrêt.

— Tout est possible...

Charlie se frotta les yeux.

— Mon père a un pick-up, reprit-il en lui montrant le cliché. Il vient de se racheter des Michelin.

— Oui ? Et alors ?

— Quand j'étais petit, nous étions très pauvres. Ma mère n'était pas très bonne ménagère. Il y avait tellement de cochonneries chez nous que même l'assistante sociale rechignait à entrer. Le capitaine des pompiers a pensé que l'incendie avait commencé à la cave, où il y avait des quantités de chiffons et de vieux journaux, et des lampes à pétrole...

Mike attendait qu'il continue, étonné par ces confidences.

— Il porte le même caban depuis des années. En laine, bleu marine. Il est droitier, et grand chasseur de tornades devant l'éternel. C'était un homme très violent autrefois, Mike. Il chausse du 44. Il a les cheveux plutôt longs, et blancs, comme celui qu'on a trouvé chez les Rideout. Et puis les dents... Mon père porte un dentier.

— Écoutez, patron, je ne vais pas vous contredire,

répondit Mike qui était resté dans l'encadrement de la porte. Votre père était un vrai salaud. Il a même peut-être commis un crime autrefois, mais il ne faut pas non plus vous emballer.

Le vent, en se levant, fit voler les stores. Il allait pleuvoir cet après-midi, pour l'enterrement de Lester. Pas de chance.

— D'accord, mais il a des outils de menuiserie dans sa grange, reprit Charlie, hypnotisé par la photo de mauvaise qualité du Loadmaster. Si vous le connaissiez comme je le connais...

— À votre place, je ne me monterais pas la tête, mais nous pouvons procéder à des vérifications pour vous rassurer, ça ne devrait pas être bien compliqué. Il n'y a qu'à étudier les empreintes de ses pneus pour voir si elles correspondent. On peut aussi comparer les cheveux, les fibres. Ne vous tracassez pas, patron. C'est fréquent, les fausses pistes.

— Vous avez raison, je dois dérailler.

— En tout cas, ça prouve au moins une chose : vous avez besoin de tirer deux ou trois choses au clair avec lui.

Charlie consulta sa montre.

— L'enterrement est dans une heure. Nous ferions mieux de partir tout de suite.

14

Plusieurs centaines de personnes assistèrent à l'enterrement de Lester Deere. Comme il appartenait à une famille respectée, personne ne voulait croire aux rumeurs sur sa double vie. Après la cérémonie à l'église, un long convoi de voitures traversa la ville pour se rendre au cimetière. Là, Charlie, qui avait retrouvé son père, suivit avec lui le cortège jusqu'à la tombe. Isaac portait un Stetson gris et un imperméable beige informe sur un costume noir de mauvaise qualité.

— Quand je mourrai, Charlie, tu pourras te dispenser de toutes ces singeries. Tu n'auras qu'à disperser mes cendres dans l'œil d'une tornade.

— Tu ne veux pas de cérémonie, papa ?

Isaac considéra l'assistance avec mépris.

— Pfff ! Je préfère me passer des hypocrites et des coiffures du dimanche.

Une grosse couleuvre noire, enroulée sur une pierre tombale, profitait des rares rayons de soleil. Le ciel se couvrait très vite. D'énormes cumulonimbus s'amoncelaient à l'horizon, poussés par un violent vent de sud-ouest.

Charlie souleva son chapeau pour sentir le vent dans ses cheveux.

— Papa, il faut que je te parle.

— De quoi ? grommela son père avec méfiance.

— J'ai besoin de comprendre certaines choses.

Le vieil homme suçotait une pastille, ou un bonbon, ce qui lui faisait plisser la bouche comme s'il remâchait un secret trop amer.

— Je sais ce qui te motive dans la vie, mon fils. Tu veux que je te dise ce que je pense ?

Voilà, c'est reparti...

— Vas-y toujours.

Une odeur de soufre flottait dans l'air, annonciatrice d'orage. Des éclairs commençaient même à strier le ciel, et une tour de cumulus bleutée lâchait des roulements de tonnerre.

— Ce que je pense, Charlie, c'est que toute ta vie tu as voulu te venger de ce qu'on t'a fait subir. (Il lui tapa sur la poitrine du bout du doigt avec une désagréable insistance.) Et maintenant, ça y est, tu prends ta revanche... Tu es le chef, c'est toi qui commandes. Tu peux faire la loi à tout le monde, tu peux jeter les gens en prison, les enquiquiner tant que tu veux... y compris ton pauvre vieux père.

Charlie enfonça les mains dans ses poches.

— Et quel intérêt j'aurais à t'enquiquiner ?

Une lumière jaunâtre éclairait le visage buriné.

— Tu m'en veux de ce que j'ai fait, ou de ce que tu imagines que j'ai fait dans le temps.

— Ah ! Je l'imagine ! Tu n'as pas tabassé maman comme une brute ?

— Je ne suis pas un monstre, Charlie, ne me fais pas paraître pire que je ne le suis. (Il tourna ses yeux froids et larmoyants vers la foule.) Tu ne comprends pas ce que nous avons vécu, ta mère et moi... Tu ne sais rien, rien de rien...

La colère, contenue pendant de si longues années, tendait peu à peu à se libérer. La mémoire du corps... Une image d'une rare violence lui revint, écœurante de clarté : les postillons de son père, et sa bouche hurlante.

— La cérémonie commence, annonça-t-il d'un ton neutre.

Ils rejoignirent le groupe rassemblé autour de la tombe. Sam Deere avait l'air d'en vouloir à la terre entière ;

Tammy Deere, elle, semblait tellement révoltée, tellement malheureuse, que Charlie eut envie de la prendre dans ses bras pour la réconforter.

Le révérend Cavenaugh prononça quelques mots.

— Nous sommes réunis dans ce lieu de paix pour saluer une dernière fois un policier valeureux, et un bon fils. Lester était un homme courageux, et nous étions tous fiers de lui…

L'orage éclata à cet instant, et une multitude de parapluies noirs s'ouvrit dans la foule. Un quart d'heure plus tard, une fois le cercueil descendu dans la fosse et les derniers adieux prononcés, les parents de Lester, le visage défait, s'approchèrent de Charlie. Il chercha des paroles de consolation, mais seuls des clichés éculés lui venaient à l'esprit. Pourtant, Lester avait passé son temps à se vanter de ses exploits ; il y aurait eu de quoi trouver une anecdote pour évoquer sa mémoire.

— Nous étions fiers de lui, dit-il finalement en leur serrant la main. C'était un bon policier, et un bon camarade.

— Vous le laverez des soupçons qui pèsent sur lui, j'espère.

Charlie se tira d'affaire grâce à quelques hypocrisies, accueillies avec une telle gratitude qu'il en eut honte. Il s'éloigna, dégoûté de tout, et de lui-même, et très malheureux. Le chagrin vous jetait par terre et, parfois, il n'y avait qu'un seul remède : une bonne bouteille. Il savait d'expérience que même si la souffrance s'apaisait et qu'il se croyait guéri, un événement quelconque viendrait tôt ou tard réveiller ses souvenirs – une pluie lui rappellerait l'odeur des cheveux de sa mère, une toux évoquerait le rire de sa petite sœur – et, encore une fois, il se retrouverait au tapis.

Il pleuvait à torrents. Charlie ôta son chapeau et leva le visage vers le ciel. Il eut la brève sensation de s'envoler, de sortir de son corps, de sa peau… puis il entendit un crissement de pneus et eut juste le temps de voir l'arrière du pick-up de son père disparaître dans la brume.

Charlie courut à travers le trèfle en fleur, dépassa un massif fraîchement retourné et déboula dans le parking du cimetière. Là, il sauta dans le seul véhicule banalisé que possédait son équipe, une Chevrolet Cavalier couleur citron. Il démarra sur les chapeaux de roues. Il aperçut bientôt les feux arrière du Loadmaster de son père, tout juste perceptibles à travers la pluie battante. Sur une portion de route rectiligne, il gagna du terrain, ses essuie-glaces bataillant contre les trombes d'eau. Quelle folie ! Comment pouvait-il soupçonner son propre père de meurtre ? Absurde. Isaac l'avait brutalisé, autrefois, il avait beaucoup de choses à se reprocher, mais ne s'était-il pas repenti ? N'avait-il pas souffert lui-même ? Charlie avait tort de ne pas le croire, tort de suspecter plus grave que de petits larcins. *La montre.* Mais tout de même, son alibi était un peu léger : il disait s'être trouvé mêlé à une chasse à la tornade, perdu au milieu de dizaines d'amateurs qui encombraient les routes à proximité du lieu du crime. Et puis il avait le chic pour vous mettre sur la sellette, ce qui lui permettait d'éluder les questions. *Je sais ce qui te motive dans la vie, mon fils…*

La route descendait puis remontait très graduellement le long de prés verdoyants où broutaient des vaches, ensuite elle traversait les immenses étendues désertes du sud de la ville. Son père avait-il raison ? Charlie n'avait-il voulu cette carrière que pour prendre sa revanche ? Pourquoi n'était-il pas resté à Tulsa ? Pourquoi avoir choisi la police ? *Parce qu'il voulait découvrir la vérité… la vérité sur ce qui était arrivé cette nuit-là… la nuit de l'incendie… répondre aux questions qu'il se posait depuis des années… lever les doutes qu'il étouffait sans cesse…*

Charlie suivait toujours les feux de position de son père, prenant soin de laisser une trentaine de mètres entre eux pour rester discret. Tandis qu'ils dépassaient des entrepôts de fourrage pour bétail, des hangars à tracteurs, Charlie laissa de nouveau l'angoisse l'envahir. Il avait repéré un grand sac-poubelle noir à l'arrière du pick-up. Le tueur apportait ses armes sur les lieux de ses crimes : pieds de chaise, balustres, piquets de barrière. Comment les transportait-il ? Sur le plateau de son pick-up ?

Le Loadmaster ralentit, stoppa presque, puis tourna sur une voie qui menait à la décharge publique. Charlie appuya sur la pédale de frein et le suivit. Ils franchirent un portail qui s'ouvrait dans un grillage métallique, puis avancèrent dans une allée bordée par des montagnes de cendres. Une odeur désagréable de fruits pourris et de bois brûlé flottait dans l'air. Ils arrivèrent devant un vaste espace dégagé où le Loadmaster s'immobilisa. Charlie, à distance, observa son père. Ce dernier descendit du pick-up, attrapa le sac noir et l'emporta vers un talus derrière lequel il disparut.

Charlie coupa le moteur et descendit de voiture. Une pluie froide s'abattit sur son visage et lui coula dans le cou. Il récupéra son ciré sur la banquette et suivit Isaac, la chaleur de son corps formant de la vapeur au contact de l'air humide. Derrière les monticules d'où montaient des fumerolles, le blé se couchait sous le vent. On aurait dit une étendue d'eau, qui allait et venait sous les énormes bourrasques.

Autour du pick-up flottait une fumée irritante. Un coup d'œil rapide ne lui en apprit pas davantage. Les pare-chocs et le capot étaient constellés d'impacts de grêle ; les pneus Michelin étaient neufs. Sur le plateau, une pile de vieux journaux dégoulinait contre une glacière, à côté d'une boîte à outils et d'une pelle rouillée. Charlie n'avait pas de mandat, il lui était donc interdit de perquisitionner le véhicule. Il ne pouvait ni l'ouvrir ni en retirer des éléments sans le consentement du propriétaire. Les fouilles de voitures provoquaient régulièrement des vices de procédure au cours des procès. Les policiers étaient contraints de s'en tenir à ce qu'ils apercevaient à travers les vitres.

Il ne vit rien à l'avant, à part l'attirail habituel du chasseur de tornades. Pas de traces de sang ni d'armes visibles. Un éclair zébra le ciel sombre au moment où il franchissait le talus. Il repéra le Stetson de son père un peu plus bas. Le vieil homme sembla hésiter, puis il jeta son sac dans la pente. Celui-ci roula jusqu'à se retrouver bloqué par les pieds d'un vieux tabouret de piano. Maintenant, légalement, c'était un objet abandonné, et Charlie pouvait le ramasser et regarder son contenu.

— Papa ?

Son père se tourna avec un sursaut de coupable.

— Qu'est-ce qu'il y a dans ce sac ?

Le vieil homme clignait des yeux sous la pluie.

— Ça ne te regarde pas ! Mêle-toi de tes oignons !

— P'pa, tu sais que je n'ai pas besoin de mandat pour regarder ce qu'il y a dedans...

— Je n'y crois pas ! Tu m'as suivi ? Et tu n'as pas honte ?

15

Les sens aux aguets, le cœur battant à tout rompre, Charlie descendit la pente en dérapant sur les pelures de pommes de terre et le marc de café.

— Qu'est-ce qu'il y a dans ce sac ? répéta-t-il.

— Je t'ai dit que ça ne te regardait pas.

— Laisse-moi passer, p'pa.

Isaac lui lança un regard furieux.

— Va te faire foutre !

Charlie le contourna puis continua sa descente. Il tapa dans le sac avec sa botte pour l'ouvrir, et des bouteilles en roulèrent par dizaines. Bouteilles de vodka, de whisky, qui dégringolèrent en répandant une forte odeur d'alcool. Elles descendirent jusqu'en bas en s'entrechoquant. Charlie se tourna vers son père avec stupeur.

— Depuis quand as-tu recommencé à boire ?

Isaac devint rouge de honte.

— Je ne me suis jamais arrêté. Là, t'es content ?

Un silence se fit pendant qu'ils s'observaient. Puis le vieil homme prit un air mauvais et regarda ailleurs. Le vent portait l'odeur humide et cuivrée de l'orage, et soufflait une chaleur étrange, une chaleur d'ouragan.

— Je vais te demander quelque chose, dit Charlie lentement, et je voudrais que tu me répondes la vérité.

Le visage de son père dégoulinait de sueur.

— Que s'est-il passé le 15 avril ?

Isaac eut l'air vexé.

— Tu sais très bien où j'étais, je te l'ai dit !

— D'accord, et le 11 mai ?

— Ce jour-là, il y a eu quatre tornades, à cheval sur trois États, je te le rappelle. Je ne suis pas descendu plus au sud qu'Ardmore et Durant. J'ai perdu mon temps toute la soirée.

— Peux-tu me prouver que tu n'es pas allé dans le Texas ?

— Comment veux-tu que je te prouve ça ?

— Tu ne t'es pas arrêté en route ? Pour prendre de l'essence, pour manger ? Tu n'as pas rencontré d'autres chasseurs de tornades ?

— Je vois, tu me soupçonnes..., grogna son père en le regardant droit dans les yeux. Tu me crois vraiment capable d'assassiner des gens ?

Venant de sa bouche, la supposition devenait folle. Charlie eut envie de le prendre dans ses bras, de le serrer contre lui de toutes ses forces. Pourtant, il ne pouvait pas en rester là. Sa gorge se serra tandis qu'autour d'eux les montagnes de détritus incandescents se consumaient lentement.

— Oui, je te la pose, cette question. En es-tu capable ?

— On m'a donné tout un tas de vilains noms d'oiseaux dans ma vie, Charlie. Je suis peut-être un beau salaud, mais je t'assure que ce genre de petite distraction, ce n'est pas mon truc.

— Je voudrais bien te croire, papa.

— Je t'emmerde !

Le visage buté, furieux, il se drapa dans son vieil imperméable et lui tourna le dos pour remonter la colline. Charlie l'attrapa par le bras et l'obligea à lui faire face.

— Que s'est-il passé la nuit de l'incendie ?

Isaac se referma comme une huître.

— Ne me demande pas ça.

Les doigts de Charlie lui serrèrent le bras aussi fort qu'un étau.

— Tu ne partiras pas tant que tu ne m'auras pas raconté ce qui s'est passé.

Isaac se libéra d'un geste brusque et renfonça son chapeau sur sa tête.

— J'avais des rêves, dans ma jeunesse, Charlie. De beaux rêves. Je voulais voir du pays. M'engager chez les gardes-côtes. Travailler sur des bateaux, courir les océans... L'appel du large... Mais, manque de chance, Adélaïde est tombée enceinte.

Charlie sentait battre ses tempes sous la pluie crépitante.

— On nous a surpris. On nous a mariés de force. Je l'aimais vraiment, mais le mariage, c'est autre chose... Un gros engagement... Tu te souviens de l'état dans lequel était ta mère, j'imagine.

Charlie eut un mouvement de recul.

— Mais non !

— Elle avait une maladie des nerfs, comme on disait à l'époque. Tu ne te souviens pas de ses sautes d'humeur ? Il n'y en avait que pour elle. Pendant des jours, elle traînait au lit et n'était même pas capable de mettre la bouilloire sur le feu ; à d'autres moments, elle s'agitait dans tous les sens et faisait trente-six mille choses à la fois.

Charlie avait l'impression qu'un essaim d'abeilles bourdonnait dans sa tête.

— Quand elle entrait dans ces états, avachie ou comme une pile électrique, on ne pouvait rien lui dire. Moi, je me sauvais. Je me disais qu'il valait mieux la laisser mijoter dans son jus. Je ne me rendais pas compte qu'elle était vraiment malade. La maladie mentale, c'est comme ça. On croit que les malades vous font des misères exprès. On croit qu'ils sont responsables de leurs actes, qu'ils sont méchants. Finalement, on ne s'en sortait pas. Quand elle allait mal, je sortais boire. Quand je sortais boire, elle allait mal. Et puis un jour, je ne sais plus pourquoi... Là, je ne suis pas très fier de moi... Un jour, sans doute que j'ai un peu trop poussé...

Tu l'as violée, oui, tu veux dire, salaud, criminel ! Charlie n'arrivait plus à déglutir : sa bouche était trop sèche.

Le regard de son père était perdu dans le brouillard laiteux du souvenir.

— Ta mère s'est vengée de moi, cette nuit-là, mais personne n'en est sorti gagnant. Elle a fait une chose terrible, autodestructrice. Je n'ai même pas pu pleurer. Les pompiers et la police n'ont jamais suspecté un incendie volontaire. Pour eux, le feu s'est déclaré à cause de l'installation électrique, du désordre qu'il y avait au sous-sol. Ils ont trouvé des lampes à pétrole, des prises surchargées. Je ne me suis pas amusé à les contredire. Ce n'était pas dans mon intérêt. Nous avions besoin de l'argent de l'assurance. Pourquoi il aurait fallu payer pour les actes d'une malade ?

Menteur ! Fou de rage, Charlie se jeta sur lui, et ils tombèrent au ralenti, s'écroulèrent ensemble et roulèrent dans les ordures. Ils dévalèrent la pente, bras et jambes mêlés, sautant sur des poches incandescentes. Ils dégringolèrent jusqu'en bas, au milieu des lupins bleus qui poussaient dans les cendres. Charlie attrapa son père par le col.

— Espèce de sale menteur ! hurla-t-il.

Un coup de vent emporta le Stetson d'Isaac, qui leva un regard de désespoir vers Charlie.

— Je ne me suis rendu compte de rien ! Je me suis endormi sur elle et, quand je me suis réveillé, la fumée s'engouffrait déjà dans la chambre, tellement épaisse que j'arrivais à peine à respirer. Je suis sorti du lit et j'ai couru à la porte. Je l'ai vue, elle était là, les cheveux collés aux joues. Des flammes gigantesques montaient dans l'escalier derrière elle. C'était affreux. Elle avait le regard vide, complètement éteint, Charlie. Elle a posé les yeux sur moi, et puis elle a fait demi-tour. Elle a disparu. Je ne l'ai jamais revue.

Charlie sentait l'haleine du vieil homme, parfumée d'une odeur de citron qui couvrait mal celle de l'alcool. Une ruse vieille comme le monde. Comment avait-il pu s'y laisser prendre ? Il saisit son père à la gorge, le cœur rempli de haine.

— *Charlie...*

Charlie lui serra le cou pour le faire taire, agité par des soubresauts de fureur. Son père se débattit, mais ne parvint pas à se dégager. Ses lèvres bleuissaient. Il s'agitait en vain, plus faible que son fils, maintenant, devenu un être insignifiant. Le visage horrible, grimaçant. Les narines dilatées. Une pensée traversa Charlie : il aurait été si facile de lui briser la nuque. Il pouvait l'étouffer en une seconde s'il le voulait. *C'est quoi, le bruit de rien ? C'est quoi, le bruit de rien ? Pisseux !* Il serrait si fort qu'il en avait mal aux mains.

Arrête, tu vas le tuer...

D'un coup, il se jeta sur le côté. Puis il se releva, les membres lourds, mortifié, révolté. Ses mains tremblaient. Quelle horreur ! C'était terrible, épouvantable de découvrir de quoi on était capable. Il regarda le ciel noir, et les collines où se dressaient des troncs calcinés par les feux d'ordures.

— Charlie ?

Son père soufflait, la voix cassée, cherchait sa respiration. Ses mèches blanches, qui n'étaient plus protégées par le chapeau de cow-boy, se plaquaient sur ses joues parcheminées.

— Aide-moi à me relever.

Charlie lui tendit la main et le tira sur ses pieds.

— Pourquoi tu ne m'avais rien dit ? protesta-t-il. Espèce d'imbécile, tu n'aurais pas pu me dire la vérité plus tôt ?

— Ça t'aurait servi à quoi ? Tu aurais mieux vécu, après ?

Pris dans la nasse bouillonnante des courants d'air, ils échangèrent un regard grave, se comprenant enfin. Un étrange silence se fit. La tempête semblait retenir son souffle avant de se déchaîner.

La sonnerie du portable de Charlie se planta dans sa tête comme une lame.

— Allô ? aboya-t-il en prenant la communication.

— Charlie ? demanda une voix hésitante. C'est moi, Peg. Écoute, je suis chez toi...

Il entendait son souffle, et l'imagina appuyée au comptoir de la cuisine, portant le jogging bleu et jaune qu'elle quittait rarement, alors qu'elle n'avait jamais fait de sport de sa vie.

— Que se passe-t-il, Peg ? Je suis occupé.

— Je ne trouve pas Sophie. Nous avions rendez-vous, mais elle n'est pas là.

Charlie s'inquiéta aussitôt.

— Nous avions prévu d'aller faire des courses cet après-midi.

— Tu as regardé dans le jardin ? demanda-t-il en se tournant pour se soustraire au regard de son père.

— Partout : dehors, dedans, en haut, en bas. J'ai trouvé un mot.

— Qu'est-ce qu'il dit ?

— Qu'elle est partie à la chasse aux tornades.

— Comment ça ?! Toute seule ?

— Elle n'a écrit que ça. Qu'elle partait à la chasse.

Son angoisse s'amplifia, atteignant l'intensité des situations les plus inattendues, les plus critiques.

— Elle a pris la voiture ?

— Non, elle est toujours dans l'allée du garage. Dire que j'ai annulé une partie de bridge pour elle ! Je déteste qu'on me pose un lapin.

La panique faisait retentir une alarme lancinante dans sa tête. *Boone Pritchett.* Elle devait être partie avec Boone Pritchett ! Puisqu'il avait la jambe dans le plâtre, il ne pouvait pas conduire. Si Sophie n'avait pas pris la Civic, et puisque la camionnette de Boone était en accordéon, ils avaient dû emprunter le gros pick-up rouille du père Pritchett. Charlie ne parvenait pas à croire qu'elle ait pu lui faire ça… Elle lui en voulait, mais était-elle allée jusqu'à lui désobéir en ne laissant qu'un petit mot en guise d'explication ? N'y avait-il donc aucune confiance possible entre eux ?

— Ne bouge pas, ordonna-t-il à Peg. Je te rappelle tout de suite.

Il raccrocha et composa le numéro de Willa au laboratoire, mais il tomba sur un répondeur. Il l'appela sur son portable.

Isaac tournait autour de lui.

— Que se passe-t-il, Charlie ?

Willa ne décrocha pas, et il laissa un message sur sa boîte vocale.

— Willa, c'est moi. Rappelle-moi sur mon portable dès que tu auras ce message.

Ensuite, il chercha le numéro de portable de Rick Kripner d'un doigt fébrile et l'appela.

— Salut, j'écoute !

— Rick ? C'est Charlie Grover.

— Oui ! dit Rick d'une voix chaleureuse. Ça va ?

— Je crois que ma fille s'est mise en danger. Elle est partie chasser les tornades sans mon autorisation. Je l'avais privée de sortie… Je crois qu'elle est avec Boone Pritchett. Il faut que je la retrouve tout de suite !

— Je vois… Ils sont probablement partis vers l'ouest…

— Pourquoi ?

— On a eu le rouge pour l'est du Texas cet après-midi.

— Le rouge ?

— Oui, c'est un signal émis par le centre de surveillance des tornades. Cela veut dire que les conditions sont favorables.

Charlie se sentait de plus en plus mal.

— Où est Willa ?

— Dans le tunnel à vent, elle fait des tests.

— Pouvez-vous lui dire que je cherche à la joindre ?

— Pas de problème. Je peux faire autre chose ?

— Peut-être. Vous comptez chasser les tornades, cet après-midi ?

— J'étais sur le point de partir, en fait. Pourquoi ?

— Parfait. Ça ne vous ennuierait pas d'essayer de la repérer ?

— Avec plaisir. Ils sont dans quel genre de véhicule ?

— Un pick-up Ford couleur rouille, immatriculé dans l'Oklahoma.

— Compris. Je garde l'œil ouvert.

— Appelez-moi tout de suite si vous avez du nouveau.

— Bien sûr.

Charlie raccrocha, défait.

— C'est Sophie ? Il lui est arrivé quelque chose ? insista Isaac en chassant la pluie de ses yeux. Tu vas me dire ce qui se passe, oui ou merde ?

Charlie rangea son portable dans sa poche.

— Allez, viens, fit-il en attrapant son père par la manche.

— Mais où on va, bon sang ?

— Tu m'emmènes à la chasse aux tornades, p'pa.

16

— Tu as froid ?

Sophie frissonna.

— Un peu.

— Tu veux ma veste ?

— Non merci, répondit-elle poliment. C'était qui, au téléphone ?

— Oh, personne. Un ami chasseur de tornades.

Rick Kripner la considéra avec intérêt, le regard intelligent et bienveillant derrière ses lunettes à monture métallique.

— Tu es sûre que tu ne veux pas ma veste ?

— Merci, ce n'est pas la peine.

Elle se retenait de claquer des dents.

Il portait une chemise en flanelle rentrée dans son jean, et ses cheveux, à l'origine bien coiffés, voletaient dans le vent qui s'engouffrait par les vitres ouvertes. Il retira ses lunettes et se pinça l'arête du nez, massant les zones d'appui. Sophie le trouvait plus séduisant comme ça. Il avait de grands yeux bruns, un gentil sourire et le corps musclé, malgré ses tenues ringardes. Il ferait très bien l'affaire pour donner une leçon à Boone.

Boone avait rompu trois jours plus tôt sans la moindre explication. Elle avait cru devenir folle, n'y avait rien compris. Elle n'avait plus autant pleuré depuis la mort de sa mère. Il ne répondait pas à ses coups de fil, refusait de lui parler au collège… Sans doute encore un coup de son père, avait-elle fini par penser. Aujourd'hui, en voyant que Boone n'était pas en cours, elle avait tout de suite pensé qu'il était parti chasser les tornades avec ses amis. Et donc, quand Rick était passé chez elle à l'improviste pour lui proposer de l'accompagner à la chasse aux tornades, elle avait sauté sur l'occasion. S'ils rencontraient Boone, s'il la voyait avec Rick, il péterait un câble. Là, peut-être se rendrait-il compte qu'il l'aimait.

Sophie frissonna malgré elle. Dans sa hâte, elle avait oublié de prendre un pull en partant, et il pleuvait à verse sur la nationale. L'air froid qui entrait en sifflant par les fenêtres lui donnait la chair de poule. Ils roulaient à vive allure dans le GMC Sierra de Rick, un grand pick-up noir à quatre roues motrices, hérissé d'antennes, et elle regrettait déjà son escapade. Son père serait fou de rage. Mais il l'avait bien cherché ! Il n'aurait qu'à s'en prendre à lui-même. *Tant pis pour lui, qu'il s'inquiète ! Qu'il souffre comme il me fait souffrir depuis quelque temps.*

— Alors, ça sert à quoi, tout ce matériel ? demanda-t-elle.

Rick se rengorgea.

— Tu es dans une voiture-laboratoire en parfait état de marchc. Radar Dopplcr, radio-amateur, téléphone portable avec lien Internet, téléphone satellite avec accès à une base de données météorologiques qui couvre l'ensemble du Couloir des tornades hors du réseau. Antenne omnidirectionnelle, caméscope permettant de filmer pendant qu'on roule en supprimant les secousses… Voyons, quoi d'autre ? Système de navigation GPS pour se diriger quand on ne connaît pas les environs, ordinateur de poche et… des tas de logiciels…

— Eh ben ! s'exclama-t-elle avec un rire, t'es vraiment un petit génie scientifique !

— On dit « aficionado de temps extrême » !

— Si tu le dis.

— Tu vois, ces rouleaux transversaux ?

Elle scruta le ciel à travers le pare-brise ruisselant.

— Ce que tu vois là… c'est la naissance d'une supercellule mésocyclonique.

— À tes souhaits !

— Et tu vois ce tapis de mammatus sous le nuage en enclume ?

— Mammouthus ?

— Non, mammatus, de petits nuages en forme de mamelle.

— Toi, t'es vraiment le meilleur de la classe. Mais c'est pas grave, moi, c'est pareil.

— Alors on se comprend. Dis donc, tu grelottes. Allez, prends ma veste.

— Mais c'est toi qui vas avoir froid !

— Vas-y, prends-la.

Il arriva à retirer son caban bleu marine en gardant le contrôle de son véhicule.

— Mon grand-père a exactement le même.

— Les grands esprits se rencontrent.

La doublure bleue du caban ne piquait pas, et les manches sentaient vaguement la pomme de pin. En l'enfilant, elle sentit la chaîne de son médaillon s'accrocher au tissu. Quand elle tira, un maillon se cassa.

— Oh non !

— Qu'est-ce qu'il y a ?

— J'ai cassé ma chaîne.

— Je peux te la réparer, si tu veux.

— Vraiment ?

— Oui, c'est facile, on est tout près.

— Tout près de quoi ?

— De mon labo. (Il tendit la main.) Donne, je vais me dépêcher. Tu n'auras qu'à m'attendre dans la voiture, ça ne prendra qu'une minute.

Elle lui lança un regard inquiet.

— Je ne l'ai encore jamais quitté depuis la mort de ma mère. Je serais vraiment mal si je le perdais… Merci.

— Il n'y a pas de quoi.

Elle lui déposa le médaillon et la chaîne dans la main, et se rasséréna. Bercée par le doux ronronnement du moteur, elle contempla les torrents de pluie qui hachuraient le ciel comme des traits de stylo.

TOURMENTE

1

Son téléphone portable coincé sous le menton, Charlie filait vers l'ouest par la nationale 40, à cent trente kilomètres à l'heure. Des nuages d'orage bleu acier bordés de bronze montaient au loin. Charlie ne savait pas lire le langage du ciel. En bon flic, il lisait celui des corps, des visages, mais on ne lui avait rien appris sur les nuages. Il faisait une chaleur moite étouffante ; les vêtements collaient à la peau. Un rideau noir fermait l'horizon. Il avait réussi à joindre Mike et tâchait de ne pas sombrer dans la panique.

— Boone Pritchett est parti en balade avec ma fille alors que je lui avais ordonné de ne plus l'approcher. Ils ont désobéi tous les deux.

— Vous voulez qu'on les interpelle ?

— Oui, on va lui faire sa fête !

— Je m'en charge.

Charlie mit fin à la communication et continua sa route sans prêter la moindre attention à son père.

Isaac prit une rasade à sa gourde.

— Elle est avec Boone Pritchett ?

— Tu le connais ?

— Un petit enfoiré qui se croit très malin. Sophie m'a raconté l'accident. De nos jours, n'importe quel zozo peut encombrer les routes les jours d'orage. Faudrait un permis de chasse aux tornades. Ces amateurs, ils se croient tout permis.

Il jeta un coup d'œil à Charlie comme s'il avait autre chose à lui dire, un aveu à lui faire peut-être, mais Charlie n'était pas d'humeur. Il ne pensait qu'à Sophie.

— Le soir de l'incendie, à l'hôpital, reprit Isaac, on ne m'a pas laissé entrer dans ta chambre. Il a fallu que je me décrasse avant.

Charlie fixait la route, il n'avait aucune envie de l'écouter.

— Il a fallu que je me nettoie les mains et la figure, et que j'enfile une blouse en papier. Ils disaient que tes chances de t'en tirer étaient de cinquante pour cent. Quand je suis entré en réanimation, je ne t'ai même pas reconnu, sur le lit. La peau s'en allait. Tu avais des tubes qui te sortaient de partout et tu étais encerclé par tout un tas de machines qui faisaient un sacré tintamarre. Et moi, je n'arrivais à penser à rien. Je me répétais : cinquante-cinquante… cinquante-cinquante… Je suis resté à côté de toi, je t'ai tenu la main… Celle qui n'était pas brûlée. Tu t'en souviens ?

Charlie fit non de la tête.

— Je ne pouvais rien t'apporter, à cause des risques d'infection. Pas de fleurs, pas de jouets, rien à manger. On ne pouvait faire entrer que des ballons dans cette salle. Je ne sais pas pourquoi, mais ça, on avait le droit ! Alors je suis allé t'en acheter une grosse grappe, de toutes les couleurs de l'arc-en-ciel.

Il jeta un coup d'œil à son père – il se souvenait de la malle et des ballons de baudruche fripés. On apprenait à vivre avec des cicatrices, mais pas avec la peine qui vous restait dans le cœur.

— Je m'excuse pour tout ce que je t'ai fait et que je ne peux pas rattraper, dit Isaac, la voix tremblante. Et aussi pour t'avoir caché la vérité.

Le portable de Charlie interrompit cet aveu complètement inattendu.

— Mike ? dit-il en répondant, la main crispée sur le téléphone. Tu l'as trouvée ?

— Je viens de discuter avec Boone Pritchett. Je l'ai joint chez lui par téléphone, et il jure ses grands dieux qu'il n'a pas vu Sophie aujourd'hui.
— Il ment.
— J'ai dit à Tyler d'aller vérifier.
— Non, il faut envoyer Hunter avec des renforts. Et qu'ils soient extrêmement prudents. C'est ma fille ! Surtout, appelez-moi dès qu'il y aura du nouveau.
Il raccrocha, le visage fouetté par un vent froid, et freina brutalement.
— Qu'est-ce qui se passe ? demanda Isaac. Qu'est-ce que tu fais ?
— Demi-tour.
— Pourquoi ?
— Elle n'est pas partie à la chasse aux tornades. C'était une ruse.
— Comment ça ?
— Elle est encore en ville.
Il fit le numéro de Rick.
— Salut, j'écoute ?
— Bonjour, c'est encore moi. Je voulais vous mettre au courant, Sophie n'est pas partie chasser les tornades, finalement.
— Ah bon ?
— Non. Plus besoin de la chercher.
— D'accord, c'est vous le chef.
— Merci, Rick.
Il raccrocha.
— Tu appelais qui ? demanda Isaac.
— Rick Kripner.
— Ah, le Petit Miraculé…
Charlie lui jeta un coup d'œil étonné.
— Le « miraculé » ?
— Oui, c'est comme ça qu'on l'appelle.
— Pourquoi ?
— Il y a dix-sept, dix-huit ans, à Wewoka, quand il était gamin, il a réchappé à une force 5. Ce sont les journaux qui lui ont donné ce surnom.
— À Wewoka ? Tu ne veux pas plutôt dire à Pixley ?

— Non, Wewoka. Je me souviens du coin parce que j'achetais mes chevaux chez un propriétaire de là-bas. Tous les journaux en ont parlé. Il y a eu plus de cent maisons détruites. Trente-six morts, dont le père de Rick. Une catastrophe. Rick a été emporté jusque dans un champ, où il a atterri sain et sauf.

Charlie marqua un temps d'arrêt.

— Ce n'est pas ce qu'il m'a raconté.

— Je ne sais pas... Sans doute qu'il a honte de dire que son père était voleur.

— Pardon ? Attends une minute, tu vas trop vite. Raconte-moi ça en détail...

— D'après ce qu'on a appris, le père de Rick Kripner était cambrioleur. Dans les années soixante-dix, début des années quatre-vingt. Il volait dans toute la zone du Couloir des tornades. Il suivait les orages et attendait qu'une tornade avance vers les maisons. Il entrait sans se faire de bile, parce que les gens étaient cachés dans leur cave ou planqués dans un placard, ou trop morts de trouille pour s'occuper d'autre chose. Il emportait l'argenterie et tout ce qui lui tombait sous la main. On sait qu'il emmenait son fils avec lui, parce qu'un jour, pendant qu'il volait chez des gens à Wewoka, la tornade est passée pile sur la maison. Il y a eu six morts, et un seul survivant, le fils. Il n'y a pas grand monde qui s'en souvienne, il me semble. Je range plein de trucs inutiles là-dedans, ajouta-t-il en se tapotant le front.

Saisi d'une peur terrible, Charlie recomposa le numéro de Rick sur son portable. Il tomba sur sa messagerie. Vite, il rappela Peg.

— Charlie ? Je poireaute depuis je ne sais pas combien de temps en attendant ton coup de fil, se plaignit-elle.

— Relis-moi le mot qu'a laissé Sophie, s'il te plaît.

— Hein ?

— Relis-moi son mot, vite.

Il l'entendit chercher ses lunettes.

— Elle dit... : « Je suis partie à la chasse. »

Cela lui rappela le bureau de Rick, et le mot écrit au feutre noir.

— Sois gentille, Peg, reste encore un peu chez nous.

— Charlie, ça n'a pas l'air d'aller. Elle va bien, au moins ?

— Ne bouge pas.

Il raccrocha et rappela Mike.

— Écoute, il se passe quelque chose de louche. Il faut que tu lances un avis de recherche sur un gros pick-up Sierra GMC noir. Nom du propriétaire, Rick Kripner. Tu auras son immatriculation par le fichier, ou peut-être par le Laboratoire d'étude des vents, à l'université de Dryden...

— Que se passe-t-il ?

— Je crois qu'elle est partie chasser les tornades avec ce type, et pas avec Pritchett.

Il y eut un silence à l'autre bout du fil.

— Elle l'a suivi de son plein gré ?

— Il a dû réussir à la convaincre de l'accompagner. Je ne sais pas où ils sont. Je suis inquiet. Il faut la localiser le plus vite possible. Je ne vois pas pourquoi un type de trente ans irait copiner avec une adolescente.

— D'accord, patron. Ne vous inquiétez pas, je m'en occupe.

— Suivez les deux pistes en même temps, et rappelez-moi.

Charlie glissa son portable dans sa poche. Son père lui jeta un regard inquiet.

— C'est dangereux pour elle ?

— Je ne sais pas. Arrête de me poser des questions, papa.

De plus en plus angoissé, il rappela Rick, mais tomba de nouveau sur le message enregistré.

Il regardait droit devant lui, les yeux fixés sur les lignes de pluie argentées qui striaient le ciel. Il réfléchissait à cent à l'heure : Rick était un grand spécialiste de la chasse aux tornades ; il était droitier ; il avait les cheveux plutôt longs, bruns... Et sa pointure ? Charlie n'y avait pas fait attention. Il était extrêmement méticuleux, très organisé, d'une précision scientifique. Il inventoriait scrupuleusement tout ce qui touchait aux tornades, tenait le compte des morts avec un grand luxe de détails et, plus révélateur que tout, c'était ce chasseur de tornades passionné qui les avait lancés sur la piste de Gustafson après avoir semé des indices pour l'incriminer.

Un détail lui revint à l'esprit.

— Papa ? Où est passé ton caban ?

— Mon caban ? C'est la poisse, j'ai dû l'oublier quelque part. Depuis que je l'ai perdu, rien ne tourne plus rond.

Rick Kripner...

— Te souviens-tu d'avoir vu Rick Kripner vers l'époque où tu l'as perdu ? Tu lui as parlé, tu l'as vu ?

— On se croise de temps en temps. Pourquoi ?

— Mais au moment où tu as perdu ton caban ?

— Qu'est-ce qui se passe, Charlie ?

Essayant de maîtriser sa peur, il se contenta de secouer la tête.

Le choix de « Smoke Gets in your Eyes » n'avait pas été le fruit du hasard. « I'm on Fire » non plus. Il s'agissait bien de messages qui lui étaient destinés. Bonjour, chef, je vous connais. Je vous surveille. Je ne vous quitte pas des yeux. Cette démarche rigide, ces chemises boutonnées jusqu'à la glotte, cette tension permanente qui suggérait une douleur intérieure. Dès le plus jeune âge, le petit Rick Kripner avait appris à suivre les tornades et à piller les victimes.

Il se souvint de l'appel venu de Dime Box, dans le Texas. « Nous étions cachés dans le placard. On tremblait de peur. À un moment, j'ai jeté un coup d'œil par la porte, et j'ai vu un petit bonhomme qui se promenait chez nous. J'ai cru que c'était un lutin ! J'ai cru qu'il y avait un lutin dans la maison ! Maintenant, je me dis que ça devait être un petit garçon. »

Elle avait vu Rick qui chassait les tornades avec son père, Rick qui entrait chez les gens pour les voler pendant que les sirènes hurlaient pour annoncer l'arrivée du cataclysme. Et puis un jour, Kripner père avait joué trop gros. Une tornade monstrueuse s'était abattue sur la maison qu'ils cambriolaient, et Rick et lui avaient été projetés dans les champs. Le Petit Miraculé. La mort de son père avait dû le traumatiser au point de lui faire perdre la tête.

D'abord les vols, puis les jeux sadiques avec les animaux. Après les meurtres de chiens, il était passé à ceux d'êtres humains. *Je suis partie à la chasse.* C'était Rick Kripner qui avait soufflé la formule à Sophie. Bon Dieu… !

Non, non ! Ridicule. Encore une fausse piste. Ça ne pouvait pas être lui. Il fallait procéder à des vérifications, trouver des éléments supplémentaires, des preuves tangibles. Il prit la première sortie.

— Où on va, maintenant ? grommela Isaac.

— À Pixley.

— Pixley ? Pour quoi faire ?

— Pour trouver la clé du mystère, peut-être.

2

Charlie tourna sur une route coupée par de vieux rails, qui sillonnait la campagne entre des talus parsemés de fleurs des champs violettes. Il pleuvait des cordes, et en arrivant chez Rick Kripner ils se retrouvèrent en pleine tempête. À travers les torrents d'eau qui dégringolaient sur le pare-brise, ils virent une maison lugubre, avec une grange et un fumoir délabrés sur le côté. La bâtisse de style victorien était isolée au milieu de plusieurs hectares de friches. Les fenêtres en encorbellement faisaient saillie sous un toit haut et pointu couvert d'ardoises vertes. Il y avait même une girouette. Les baies vitrées gardaient leurs anciens vitraux au décor d'azalées, et l'ampoule de la véranda brillait comme un fanal brouillé par le mauvais temps.

— Reste dans la voiture, ordonna-t-il à son père.

— Où vas-tu ?

— Je reviens tout de suite.

Il sauta du pick-up sous la pluie qui crépita sur son chapeau. Dans la lumière grise, la vieille maison ressemblait à un visage monstrueux : la véranda formait une bouche mesquine, la porte d'entrée un nez, les fenêtres des yeux globuleux. Il monta les marches précipitamment, puis s'immobilisa, après avoir entendu ce qu'il avait pris pour une plainte. Il tendit l'oreille et entendit, derrière le gargouillement de l'eau dans les gouttières, un tintement étrange. Il leva la tête. Une forêt de cloches tubulaires, suspendues à la charpente de la véranda, s'entrechoquaient dans le vent, dissonantes et angoissantes.

La porte d'entrée était massive, flanquée de part et d'autre de losanges de verre dépoli. Il tambourina à la porte. Comme personne ne répondait, il approcha d'une fenêtre et se protégea les yeux avec les mains pour regarder à l'intérieur. Il eut un coup au cœur : les appuis de fenêtre semblaient avoir été arrachés à coups de hache. Un mur était dénudé, le plâtre creusé par des circuits électriques et des tuyaux suintants qui ressemblaient à des vaisseaux sanguins.

Il frappa de nouveau au panneau de chêne.

— Police ! Ouvrez !

N'obtenant toujours aucune réponse, il tourna la poignée. La porte n'était pas fermée. Il hésita sur le seuil. *Et puis merde ! Tant pis pour la procédure.* Il entra.

— Sophie ? appela-t-il dans l'immense entrée. Tu es là ?

Il s'arrêta, guettant les sons. Le plafond, haut de quatre mètres, était orné de moulures, et le parquet aux larges lattes était visiblement ancien. Un battement d'ailes le fit sursauter. Un pigeon venait de s'envoler dans le grand escalier. Des balustres manquaient à la rampe, sectionnés à la base, comme des moignons.

Transi de peur, Charlie avança en débouclant son étui de revolver. Il se dirigea vers la petite pièce sombre qu'il avait aperçue de la fenêtre et se figea sur le seuil. Un démolisseur fou y avait sévi : les moulures étaient éclatées, le plâtre arraché, découvrant le squelette en bois des cloisons. Il n'y avait pas de meubles, mais une échelle était appuyée à un mur, et une colonne de fourmis descendait du matériau isolant mis à nu.

Il retourna dans l'entrée obscure, l'arme au poing. La vieille maison bruissait de toutes parts. Le vent sifflait dans la charpente, et un goutte-à-goutte résonnait dans le hall vide. Là aussi, des plaques de plâtre avaient été arrachées des murs. Les zones de bois brut ainsi découvertes formaient un contraste étrange avec les parties intactes, tapissées de papier à motif ancien. À droite, il déboucha sur une petite pièce meublée simplement, avec de hautes rangées de livres, des piles de journaux et de vidéos tirées au cordeau. Les fenêtres à simple vitrage avaient gardé leurs boiseries d'origine. À travers la pluie, sur un fond de brume grise, il vit les tubes métalliques de la véranda osciller au vent.

Charlie traversa le couloir et entra dans un salon austère. La cheminée de pierre avait été utilisée récemment : il trouva des morceaux de papier calcinés au milieu des cendres. Un tapis recouvrait le sol et des rideaux mauves garnis de lambrequins encadraient de hautes baies vitrées. L'ameublement était ancien et disparate, comme hérité au cours du temps : lampadaire Arts déco, buffet massif, horloge de parquet, ensemble de chaises à dossier droit. On avait déposé des câbles débranchés sur le dessus ciré du secrétaire en noyer. L'emplacement d'un ordinateur. Des factures étaient tombées à terre et les tiroirs bâillaient. Charlie inspecta une longue table basse couverte d'un équipement électronique : récepteur GPS, instruments de mesure du vent, de pression atmosphérique. Il passa le doigt sur le bois… Pas un gramme de poussière…

En entrant dans la cuisine, il marqua un temps d'arrêt. Des listes étaient accrochées partout, comme chez un homme sans mémoire. Placards vitrés, évier rustique. Des boîtes de conserve étaient empilées, étiquette vers l'avant. Charlie ouvrit le réfrigérateur, vide, mis à part quelques canettes de bière et des tranches de viande froide. Le congélateur était bourré de grêlons, rangés dans des sacs en plastique étiquetés par tailles et par formes : *billes, balles de golf, balles de base-ball, irréguliers, sphériques*. Les dates et lieux de collecte étaient également indiqués. Dans le jardin, à l'arrière, la véranda s'effondrait.

L'examen de l'étage apportait de nouveaux renseignements sur la personnalité de Rick Kripner. En haut de l'escalier, on arrivait sous une mansarde qui obligeait à se baisser. Suivait une série de petites chambres ternes remplies jusqu'au plafond de piles d'objets étiquetés. Un chaos ordonné. Dans l'une étaient entreposés un fagot de branches tordues, des pages jaunies de cahiers de catéchisme, au moins vingt Tupperware éclatés ou déformés par le vent, et un paquet de câbles noirs sectionnés. Rick avait tout répertorié méthodiquement : dates, villes, intensité sur l'échelle de Fujita. Et puis des balustres, des pieds de chaise, entassés comme du petit bois. Des sachets remplis d'aimants de réfrigérateur. Il en eut froid dans le dos.

Dans la pièce attenante, Charlie trouva une pyramide de parpaings, les plus détériorés vers le haut ; une collection de bouteilles en verre, un monticule de montres et de pendules, les aiguilles arrêtées au moment, sans doute, où la tornade s'était abattue sur leurs propriétaires. Il y avait des ballots de vêtements déchirés, des pages de livres en charpie. Des colliers de chiens et de chats. Des panneaux de signalisation déformés. Des chaînes stéréo et des radios des années soixante-dix et quatre-vingt. De la porcelaine encore intacte.

Dans la salle de bains, peinte en vert amande avec un carrelage mosaïque au sol, il tomba sur des sachets en plastique remplis de rognures d'ongles. Quelle horreur ! Un dangereux maniaque, un obsessionnel du classement. Au moins cinquante rouleaux de papier-toilette s'empilaient sous la coiffeuse, et tout était en double : deux brosses à dents, deux rasoirs, deux porte-savons. Dans l'armoire à pharmacie, les produits étaient rangés par ordre alphabétique, en commençant par l'aspirine. Les robinets étincelaient, l'émail était d'un blanc éclatant. Seule une modeste chambre tout au bout du couloir avait l'air occupée. Elle semblait innocente, avec son étagère de bois blanc sur laquelle était alignée une collection de personnages en plastique. La fenêtre laissait passer un carré de lumière sale. La cheminée était d'origine, en pierre. Sur fond de pluie, on entendait le vent souffler dans le toit. Le couvre-lit était tiré au carré. Les tiroirs de la commode contenaient d'un côté le blanc, de l'autre la couleur. Les murs étaient peints d'un bleu chimique étrange. Sur le vieil électrophone se trouvait un disque de Gloria Swanson de 1932 : *I Love You So Much that I Hate You*. L'amour et la haine… Sur la table de chevet attendait un verre à moitié plein d'un liquide transparent. Charlie le huma. De l'eau.

Il ouvrit la malle au pied du lit et y trouva des liasses de coupures de journaux jaunies, couvrant plus d'une dizaine d'années. Les articles avaient trait aux tornades, ainsi qu'à la récente vague de meurtres. Les oreilles bourdonnantes, il laissa retomber le couvercle, puis alla fouiller le placard.

Les vêtements, pendus à des cintres en plastique, étaient espacés afin d'éviter le froissement ; en bas, des rangées de chaussures immaculées. Quatre paires de chaussures de sport Nike identiques, blanches avec des bandes beiges. Il les souleva du bout de son stylo-bille. Taille 44, bourrées de coton aux pointes. Toutes les autres chaussures étaient du 42.

Tendu à l'extrême, il retourna dans le couloir. *Pas d'éléments de suspicion raisonnable. Perquisition illégale.* Il se méfiait de ses impulsions, de ses transgressions. Il serait stupide de compromettre l'issue du futur procès à cause d'un vice de procédure. Mais c'était sa fille qui avait disparu avec ce dingue. *Sa fille !* Plus rien ne comptait. En regardant autour de lui, il remarqua la trappe qui menait aux combles.

— Sophie ? hurla-t-il. Tu es là-haut ?

Il fit descendre l'échelle escamotable et y grimpa à toute vitesse. Le grenier sentait la naphtaline. Tout était vieux, ici. Vieilles rancœurs, vieux malheurs, vieilles larmes. Un plancher de pin noirci et une lucarne. La charpente, éclairée par une ampoule qui jetait des ombres tremblantes sur la soupente.

Charlie dut baisser la tête pour avancer. À droite de la trappe s'entassaient des bouteilles de whisky poussiéreuses, chacune contenant un fond de liquide ambre sale et portant une étiquette étrange : « 1981, canine supérieure droite ». Il eut la chair de poule. Quelle atmosphère sinistre ! À sa gauche, un piano mécanique avec un épais matelas de poussière sur le couvercle. Même d'ici, on percevait le carillon discordant des tubes métalliques de la véranda. Ce dispositif servait sans doute à tester le vent, à interpréter ses nuances en donnant voix à son souffle. La maison entière vibrait comme une cloche ou – plus exactement – comme un animal à l'écoute du moindre caprice de l'air.

Tout au bout du grenier, une fenêtre étroite donnait sur les champs et l'horizon, qui s'étendait à l'infini. Face à cette fenêtre était disposé un fauteuil en bois à dossier droit. Deux vieilles ceintures de cuir, rigidifiées par l'âge, étaient attachées aux montants. Le temps devint immobile… Charlie contourna le siège. Des doigts glacés s'insinuèrent dans son cou. Il regarda en l'air avec un sursaut. Ce n'était que de l'eau de pluie qui gouttait d'une fissure.

Tout autour du fauteuil, il reconnut des éclaboussures de sang brunes. À côté, sur une table en bois, était disposé un attirail d'instruments de dentiste archaïques : pinces, scalpel, aiguilles et fil, ainsi que deux bocaux en verre. Dans l'un se trouvaient des tampons de gaze, devenus ivoire avec le temps. Et dans l'autre…

Charlie souleva le bocal avec répulsion. À l'intérieur s'amoncelaient des dents humaines, mêlées à des dents d'animaux – chiens, vaches… Il eut beau essayer de rester détaché, professionnel, il chancela devant tant d'horreur.

Il recula, assailli par les fantômes des victimes, par la révolte des disparus. Une douleur presque intolérable enflait dans sa tête. Il resta un instant paralysé, à essayer de recouvrer son sang-froid. Il comprenait à présent les blessures, la profondeur des racines de ce crime inhumain.

3

Charlie dut faire un détour pour éviter un bouchon et se retrouva sur une route perdue de Mayberry sous un tel déluge qu'il devait pratiquement rouler au pas. Les essuie-glaces arrivaient à peine à chasser l'eau du pare-brise.

— L'est du Texas n'a pas l'air mal, commenta Isaac en consultant l'ordinateur portable qu'il tenait sur ses genoux.

— L'air, l'air, ça ne suffit pas ! Il me faut des certitudes, papa !

Charlie se frotta le visage avec colère. Quelle horreur ! La maison l'avait terrifié, et maintenant, il savait : Rick était le Tueur des tornades. Plus aucun doute n'était permis.

— Quand je pense que nous n'avons même pas encore ciblé d'orage ! cria-t-il. On ne sait pas où on va !

— Et encore, quand on aura décidé à quel endroit on a le plus de chances de voir une tornade se former, il restera ensuite à deviner dans quelle direction elle va se déplacer. Il faut qu'on sache où se mettre, et surtout où ne pas aller. C'est le site météo du Texas qui nous donne les points de rosée les plus élevés. Je crois qu'un orage va se former du côté de Matador, mon gars, et qu'une tornade risque de descendre autour d'Aberdeen, mais je dois vérifier.

Il attrapa le micro de sa CB et le colla à sa bouche.

— Ici Papa Veine, je demande un break.

Il ajusta le volume et la puissance, tandis qu'une cacophonie de voix s'échappait du haut-parleur.

— Break 10, répéta Isaac.

Charlie avait le pied au plancher, poussant le Loadmaster au maximum de ses capacités. Les cumulus circulaient rapidement, poussés par un flux de nord-est qui faisait tanguer le pick-up dans un courant chaud. Il était près de dix-sept heures trente. Les souvenirs n'aidaient pas à dissiper la panique, mais une image tendre de Sophie bébé lui revint : elle agitait ses petites jambes en l'air dans son berceau, ses yeux, bleu profond, pleins de curiosité. Il était encore sous le choc de ce qu'il venait de découvrir et il en saisissait à peine toutes les implications.

— Le conducteur de la Wilson rouge qui roule vers l'est me copie ? demanda son père en tournant ses boutons. Break 10. Break 10.

— Pouvez-vous vous identifier ?

— Ici Papa Veine.

— Bonjour, Papa Veine, ici Cloudy. Attention, une sacrée bande de cow-boys déferle sur les routes aujourd'hui.

— Comment est le ciel dans le Texas ? Je cherche un orage bien juteux, Cloudy.

— Donnez-moi votre position.

— Je traverse le comté de Hardeman, vers l'ouest.

— Il y a des orages sur Childress…

— Je veux un gros foyer, cent pour cent supercellule, qui va nous pondre une belle tornade. Aberdeen, ça donne quoi ?

— Aberdeen est à point. Il y a un gros cumulo circulaire qui monte à cinquante mille pieds, direction nord-est à environ cinquante kilomètres à l'heure.

— Pas mal.

— C'est ce qu'on a de mieux.

— Merci, 73.

Isaac reposa son micro dans le support, de la sueur coulait le long de son nez.

— Ça y est, ça se confirme. On a une heure pour arriver, autrement, on risque de tout louper.

— Une heure, pas plus ?

— C'est à Aberdeen qu'il faut aller, fiston.

Charlie conduisait, le visage sombre. À moins que la police de la route ne parvienne à localiser le GMC Sierra noir très rapidement, il ne leur restait guère d'autre solution que d'aller à la rencontre d'une belle tornade, et espérer que Kripner choisirait la même. La réussite ne reposait que sur ce fragile espoir. Il fallait se convaincre que le tueur attendrait d'avoir trouvé une tornade digne de ce nom pour s'attaquer à Sophie, et qu'ils réussiraient à l'arrêter avant qu'il ne lui fasse du mal. Les chances de succès étaient tellement minces que l'entreprise frôlait l'absurdité. Mais que faire d'autre ? Et il ne fallait surtout pas se laisser décourager.

Tout à ses pensées, il manqua l'entrée de la nationale et pila. Il passa la marche arrière en jurant et recula sans aucune visibilité. Soudain, l'arrière du pick-up descendit dans le fossé, et les phares éclairèrent les gouttes de pluie qui se pressaient dans le ciel.

— Qu'est-ce que tu fabriques ? cria Isaac en plaquant les mains au plafond pour éviter de se cogner la tête.

— Je veux prendre la I-40 !

Il passa la première et appuya sur l'accélérateur. À cet instant, le manchon du radiateur se détacha avec un sifflement. Charlie donna un coup de volant et vit l'aiguille de température plonger vers zéro.

— Merde ! Qu'est-ce que c'est que ce bordel ?

— Je m'en occupe. Une seconde !

Son père sauta du pick-up et grimpa sur le plateau sous la pluie. Il dénicha un rouleau de toile adhésive, fit une poupée au tuyau du radiateur, puis remonta dans la cabine et claqua la portière.

— C'est bon, on peut y aller !

Charlie appuya à fond sur l'accélérateur et sentit les roues du Loadmaster progresser lentement sur la pente. Enfin, ils retrouvèrent la route et partirent vers l'embranchement.

— Il serait temps que tu changes les plaquettes de frein, et peut-être aussi la transmission, tu ne crois pas ?

— Je veux bien admettre que le moteur a un peu de mal au ralenti, mais une fois que ça roule, ça roule.

— Je n'y vois rien, se plaignit Charlie en se penchant sur le pare-brise.

— Allez, avance, fiston. Fonce vers le Texas !

— J'espère que tu ne te trompes pas…

— Je ferai un point en route.

Quelques instants plus tard, ils se retrouvèrent sur la I-40, en direction de l'ouest. Les lampadaires défilaient, comme sortis d'un moniteur brouillé par la neige. Le portable sonna. Charlie répondit avec angoisse.

— Mike ?

— Nous avons lancé un avis de recherche sur tout l'État, chef. Toutes les patrouilles de la région essaient de localiser le véhicule.

— Mike, Gustafson n'est pas le type qu'on cherche. Je reviens de chez Rick Kripner. J'ai trouvé des tas de dents arrachées.

— Merde, vous n'êtes quand même pas entré sans mandat ?

— Mais putain, il a enlevé ma fille !

— Patron…

— Je vous dis que Rick Kripner est le Tueur des tornades !

— Vous en êtes sûr, à cent pour cent ?

— Absolument ! Il faut me croire !

— Oui… bien sûr…

— Je crois qu'il se dirige vers Aberdeen.

— Une seconde, on m'appelle sur l'autre ligne.

— Rappelez-moi tout de suite après.

Charlie posa le téléphone sur ses genoux, puis reprit fermement le volant. Il remarqua une empreinte de main sur la poussière du tableau de bord, petite et délicate. La main de Sophie, laissée la dernière fois qu'elle était montée avec son grand-père.

— Tu as raison, soupira Charlie. J'aurais dû passer plus de temps avec elle… Si j'avais été plus présent, ça ne serait peut-être pas arrivé.

— Tu parles ! Personne n'est parfait, tu sais. J'ai eu tort de me mêler de tes affaires.

Charlie avait la gorge tellement nouée qu'il ne parvint pas à répondre.

— Je vais te trouver la bonne tornade, promit son père. Une grosse, une énorme. On va retrouver Sophie, je te le jure.

Un mensonge destiné à le tranquilliser… Charlie en avait tellement fait lui-même, pour rassurer Sophie. *Ta mère va guérir…*

La sonnerie du portable les fit sursauter.

— Chef ? On vient de repérer un Sierra GMC noir à Montoya, annonça Mike. Il se dirigeait vers l'est sur la I-40, mais on l'a perdu de vue il y a cinq minutes. Je crois qu'il va au…

— … au Laboratoire d'étude des vents, acheva Charlie.

— Exactement.

Il jeta un coup d'œil dans le rétroviseur. Son taux d'adrénaline avait grimpé en flèche. Il n'y avait personne derrière lui. Il freina.

— Mais qu'est-ce que tu fiches ? hurla son père.

— Je fais demi-tour.

— Pourquoi ?

— Il est à Montoya.

— Mais tu viens de me dire…

Ils montèrent sur le séparateur. Charlie laissa passer un énorme poids lourd qui fit vibrer leurs portières, puis il repartit dans l'autre sens, vers l'est. Mike lui parlait toujours.

— Chef ? Vous voulez que j'avertisse les forces de l'ordre locales ?

— Non, pas encore. Il faut y aller en douceur.

— Vous ne voulez pas de renforts, patron ?

— Surtout pas. Je ne veux à aucun prix qu'un flic excité mette en danger la vie de ma fille. Avertissez les vigiles de l'université, et dites-leur de me retrouver sur le parking.

— D'accord.

— Et demandez qu'un hélico soit prêt à décoller.

Il raccrocha, puis vérifia que son revolver était bien chargé. À côté de lui, Isaac avait le souffle haletant.

— Changement de tactique, commenta-t-il.

— Je vois ça.

— Accroche-toi, p'pa, dit-il en appuyant sur le champignon.

4

Il était dix-sept heures quarante-cinq quand ils se garèrent sur le parking du Centre de recherche atmosphérique. Charlie repéra tout de suite le GMC de Rick, aligné de biais devant l'entrée.

— Reste là, ordonna-t-il à son père.

Il sauta de la cabine et se précipita vers le pick-up. Au bout de trois pas, il fut stoppé par une lueur aveuglante.

— Chef Grover ?

— Putain ! hurla-t-il en se protégeant les yeux, ôtez-moi cette lumière de la figure !

Le vigile du campus baissa sa torche.

— On m'a dit de vous retrouver sur le parking.

L'homme, jeune et trapu, vêtu d'un uniforme beige, avait le dos voûté et le teint crayeux d'un travailleur de nuit.

— Il paraît que…

— Écoutez-moi bien, coupa Charlie. Nous avons une prise d'otage dans le bâtiment. Vous me suivez ?

— Oui…

— Vous allez m'accompagner à l'intérieur. Surtout, ne prenez aucune initiative. Suivez-moi et faites ce que je vous dirai. Compris ?

Le vigile eut l'air vexé.

— Oui, compris.

La pluie tombait toujours aussi dru. Charlie dégaina son arme et approcha du GMC, dont le moteur tournait. Une patte de lapin porte-bonheur était accrochée à la clé de contact. Cela cadrait : *poils de lapin noirs.* Sous tension, il balaya l'intérieur de la cabine avec sa lampe. Le tapis de sol était vert. *Fibre de tapis vert.*

Le principe de Locard…

Il coupa le moteur, enfouit les clés dans sa poche, et se dirigea vers l'énorme bâtiment. À l'entrée, une plaque en marbre rose indiquait « CENTRE DE RECHERCHE ATMOSPHÉRIQUE ». Il monta les marches et essaya l'un après l'autre les battants de la porte en verre. Fermés.

— Ouvrez ! ordonna-t-il au vigile.

— On ne devrait pas plutôt appeler des renforts ? demanda le jeune homme, qui, de toute évidence n'en menait pas large.

— Je vous dis d'ouvrir !

Docile, le vigile tapa le code sur le clavier, puis glissa sa carte d'accès dans la fente magnétique. Il n'eut plus qu'à pousser le verrou et la porte.

Charlie bloqua le passage à son père qui venait de surgir à son côté.

— Toi, tu restes là. Retourne dans le pick-up.

— Non, je vous accompagne.

— Papa, je t'en prie, nous n'avons pas droit à l'erreur.

— C'est ma petite-fille, je viens, rétorqua Isaac d'un ton buté.

Charlie n'avait jamais su tenir tête à son père. Les coups de ceinture étaient une forme de persuasion qui vous marquait à vie.

— Je ne te gênerai pas, promit le vieil homme.

Charlie jeta un coup d'œil à sa montre. Il fallait se dépêcher. Il pénétra dans le vaste hall suivi par ses deux compagnons. Les lourdes portes de verre se refermèrent derrière eux. Leurs pas résonnèrent dans le bâtiment brillamment éclairé.

— Par ici, dit le gardien.

Sans l'écouter, Charlie les fit passer par le couloir des monte-charges, un boyau sombre décoré de photos de chercheurs posant à côté de leurs machines. Arrivé devant la cage grillagée, Charlie appuya sur le bouton de descente à plusieurs reprises en grognant nerveusement :

— Allez, vite, vite !

— Tu parles que ça va le faire arriver ! ironisa Isaac.

— Tais-toi, p'pa. Et d'ailleurs, tu m'attends ici, tu ne descends pas.

— Charlie, je t'accompagne.

— Ce n'est pas le moment de discuter !

La cabine arriva, les portes s'ouvrirent, et ils entrèrent tous les trois. La fermeture leur sembla prendre des heures. Enfin, ils s'enfoncèrent dans les entrailles du centre. Charlie lança un regard furieux à son père, qui se contenta de détourner la tête. Pendant tout ce temps, le vigile avait laissé sa main sur la crosse de son revolver.

— Vous vous en êtes déjà servi ? demanda Charlie.

— Oui, j'ai été réserviste.

— Parfait, vous me couvrirez.

— Après qui on est ?

— Un homme blanc, la trentaine, taille moyenne, cheveux châtains, yeux bruns, lunettes à monture métallique. Il tient une adolescente en otage… ma fille.

Le monte-charge s'arrêta avec unc sccousse et un grincement. Charlie regarda le gardien droit dans les yeux.

— Si vous la blessez… si par votre faute elle a une seule égratignure, je vous descends.

— Je… je ferai attention, promit le vigile, le visage inondé de sueur.

— Vous avez intérêt !

Les portes s'ouvrirent. Ils sortirent, puis Charlie indiqua à ses deux acolytes de l'attendre. Il s'aventura seul dans le couloir éclairé par la lumière froide des néons qui passait à travers un quadrillage de poutrelles. Les murs émettaient une vibration qui lui tapait sur les nerfs. Ce passage aboutissait à un autre, plus haut de plafond, qui le coupait à angle droit. Charlie regarda prudemment à droite et à gauche avant de faire signe aux autres de le suivre.

Les laboratoires étaient fermés à clé pour la nuit. Charlie essaya les portes les unes après les autres, pendant que le vigile s'embrouillait dans son gros trousseau. À côté de chaque porte, une plaque de cuivre annonçait le nom des installations : cuves hydrodynamiques, structures légères de signaux, tunnels aérodynamiques.

— Essayez celle-ci, ordonna Charlie devant la porte des tunnels à vent.

Il attendit avec impatience que le gardien ouvre et allume. Les projecteurs baignèrent d'une lumière crue l'immense hangar. Éblouis, ils regardèrent autour d'eux. L'attention de Charlie fut soudain attirée par de la fumée blanche qui se pressait contre la vitre du plus grand des tunnels.

— Vite ! Un extincteur ! cria-t-il en se précipitant vers l'échelle.

— Ce n'est pas un incendie, intervint le vigile. C'est un produit chimique qu'ils utilisent pour visualiser le vent… la même chose qu'on prend pour écrire dans le ciel.

La poignée ne tournait pas. Charlie vit qu'un crayon coinçait le pêne. Il le secoua en tous sens et parvint à l'arracher. La porte s'ouvrit d'un coup, et une épaisse fumée blanche suffocante s'échappa de l'intérieur. Toussant, s'étouffant, Charlie resta une seconde à la porte.

— Willa ?

Il était effrayé à l'idée de la perdre.

La fumée toxique emplissait tout le tunnel. Il avança à l'intérieur à l'aveuglette, agitant les bras pour désenfumer l'air, ce qui ne servit pas à grand-chose. Il trouva les aérateurs, et les mit en marche.

— Willa ? appela-t-il, les poumons en feu. Tu es là ?

Il trébucha sur les jambes d'un corps allongé par terre. Il tomba à genoux. C'était elle, sans masque, sans combinaison de protection. Elle était vêtue comme d'habitude d'un jean et d'une blouse de laboratoire, les poches pleines de clés, de stylos, et de calepins. Il l'attrapa sous les bras et la traîna vers la sortie ; elle était si pâle qu'il s'arrêta pour tâter son pouls.

Son cœur battait, mais elle respirait à peine : yeux clos, lèvres bleuies.

— Respire ! lui ordonna-t-il.

Il lui pencha la tête en arrière, lui pinça le nez, et lui fit du bouche à bouche.

Pas de réaction.

— Réveille-toi ! hurla-t-il.

Il lui donna une petite claque.

— Willa !

La panique le submergeait. *Non, c'est impossible ! Nous venons à peine de tomber amoureux, et tu me quittes déjà ?*

— Willa !

La fumée blanche continuait de s'échapper en volutes épaisses par la porte ouverte. Il se pencha sur la jeune femme et lui souffla de nouveau dans les poumons.

Elle toussa, éternua et s'assit.

— Charlie ?

Il en aurait presque ri de soulagement.

— Ça va ?

— Non… Si…, balbutia-t-elle, hébétée.

Il se tourna vers le vigile qui l'avait rejoint.

— Appelez une ambulance.

L'homme sortit son portable.

— Mon respirateur ne marchait plus, expliqua Willa. J'étouffais. J'ai essayé la porte, mais elle ne s'ouvrait pas.

Encore tremblant, fou de rage, il la berçait dans ses bras.

— Il faut absolument que je retrouve Rick. Tu sais où il est ?

Elle fit non de la tête, puis se serra fort contre lui, comme si elle comprenait où il voulait en venir, mais n'avait pas envie d'affronter la réalité.

— Il a pris les clés de la camionnette Doppler…

— La camionnette Doppler ? Est-ce que la camionnette Doppler est sortie du parking tout à l'heure ? demanda-t-il au vigile.

Celui-ci fronça les sourcils.

— Elle n'était pas inscrite dans le registre des sorties ce soir, mais j'ai remarqué qu'elle n'était plus là.

— Quand ?

— Oh, il y a environ un quart d'heure. Ils font ça tout le temps. Ils empruntent les véhicules sans prévenir.

Heureusement, ils les rapportent. Je l'ai marqué sur ma feuille de ronde ! se justifia-t-il d'une voix coupable.

À cet instant, un appel tonna à l'extérieur du hangar.

— Charlie !

C'était son père.

— Je reviens tout de suite, dit-il à Willa.

— Vas-y, je me sens mieux…

— Restez avec elle, ordonna-t-il au gardien.

Il dévala l'échelle et courut dans le couloir. Isaac n'y était pas.

— Papa ? Où es-tu ?

— Par ici !

Il le trouva au tournant suivant, près d'une porte éclairée par la forte lumière blanche. La plaque indiquait « SALLE DE LANCEMENT DE MISSILES ».

Isaac regardait à l'intérieur, blanc comme un linge.

— C'était ouvert…

— Recule.

Levant son revolver, Charlie approcha de la porte avec une extrême prudence. Il fit un pas dans la pièce tout en la balayant avec son arme, bras tendus.

— Police !

Personne. À une extrémité de la salle longue et étroite se trouvait un lanceur orange en forme de tube, que soutenaient deux supports en acier. Charlie passa prudemment derrière le dispositif pour regarder par la vitre armée qui fermait le fond de la pièce. À travers les gouttelettes de condensation, il vit un bassin rempli d'eau dans un réduit exigu. Vide, lui aussi.

Il rabaissa son arme.

— C'est bon, annonça-t-il.

Son père entra prudemment.

À cet instant, l'œil de Charlie fut attiré par un éclat argenté. À l'autre bout de la salle, au centre du panneau qui formait la cible du canon, un objet était accroché. Un objet très familier : le médaillon de Sophie, le seul bijou qui ne la quittait jamais. Il était pendu à un clou au bout de sa chaîne. Charlie sentit la sueur couler de son front.

— Bon Dieu…

Isaac l'avait vu aussi, et il se précipita devant le panneau.

— Non ! hurla Charlie.

Son père se tourna vers lui avec un air étonné.

Il y eut un bruit de décompression, et le canon à air tira un projectile. Une lance en bois de deux mètres jaillit et alla le frapper en pleine poitrine avec un bruit horrible. Un gémissement s'échappa des lèvres d'Isaac au moment où le choc le projetait en arrière.

Charlie s'effondra. Il avait la vue brouillée, son cœur battait à deux cents à l'heure. Il n'arrivait plus à respirer. De très loin, du bout d'un tunnel noir, il entendait hurler : *Oh, mon Dieu ! Mon Dieu...*

Ces cris, c'était lui qui les poussait.

Il ferma les yeux, les rouvrit, tâchant de chasser les taches rouges qui brouillaient sa vue. Quand il put de nouveau voir, il se rendit compte que du sang avait éclaboussé le devant de son uniforme. Il se releva en vacillant et courut vers son père, épinglé comme un papillon.

— Papa !

Il chercha son pouls.

— Papa ?

La lumière crue était trop révélatrice. Le missile avait ouvert la cage thoracique d'Isaac en le transperçant. Par la blessure béante, on voyait son cœur battre faiblement, et le poumon déchiré. Du sang coulait partout. Partout.

— Papa ?

Il examina son visage, ses lèvres grises. Isaac essaya de parler, mais se figea soudain.

Charlie eut beau s'acharner pour détacher la tige du panneau, elle ne bougea pas. Soutenant son père dans ses bras, il voulut appliquer une pression sur la plaie, mais le mal était fait : le cœur transpercé avait cessé de battre.

— Papa ?

Les pupilles du vieil homme étaient de tailles irrégulières, et quand Charlie tapota ses yeux, il n'y eut pas de mouvement réflexe. Les fins cheveux blancs ressemblaient à du duvet. Charlie repoussa d'un doigt tremblant une mèche qui tombait sur le visage immobile. Il entendit une voix dans sa tête. La voix de son père.

Ne t'occupe pas de moi. Va sauver notre petite chérie.

5

Le cœur battant, courant à toutes jambes, Charlie traversa le parking et se jeta sur la portière du pick-up. Il mit le contact, démarra, et sortit en trombe du parking : *Sois fort, respire à fond, tu es un homme.* Il se répétait les mots que son père lui disait à l'hôpital en lui tenant la main, pour l'aider à surmonter la douleur.

La pluie scintillait, poussée par le vent. Il prit son portable et appela Mike au poste.

— Mike ?

— Où en êtes-vous, chef ?

— Ça va mal, articula-t-il, sentant ses lèvres trembler. Mon père est mort.

— Quoi ? !

— Kripner avait piégé le canon à air. Mon père a marché sur le déclencheur. Le médaillon de Sophie servait d'appât. C'est mauvais signe, jamais elle ne s'en séparerait de son plein gré.

Sa gorge se contractait, refusant de formuler l'impensable.

— Je ne sais pas ce qu'il a fait d'elle, mais je refuse de croire qu'il lui ferait du mal. Il la connaît. C'est impossible !

— Chef, calmez-vous.

— Je reprends mon idée de la tornade, je fonce à Aberdeen.

— Une minute, patron. Que s'est-il passé ? Racontez-moi les détails.

— Rick est allé au centre de recherche. Nous l'avons manqué de peu. Il a laissé le Sierra et il a pris la camionnette Doppler. Là-bas, il avait fait le plus de dégâts possible. Willa Bellman a failli y rester. Mon père a été tué. Je n'ai pas trouvé Sophie. Je pense qu'il l'a emmenée. Je pense que... Bon sang ! je savais qu'il changeait de mode opératoire, mais là, ça dépasse tout ! Il ne peut pas la tuer !

— Doucement, chef, doucement.

— Mon idée, c'est qu'il veut trouver une tornade avant de... avant de faire d'autres victimes.

— Tout le service est mobilisé, patron. Toutes les ressources sont à votre disposition.

— Il y a une alerte à la tornade du côté d'Aberdeen. Il doit déjà avoir parcouru la moitié du trajet. J'ai environ quarante minutes de retard à rattraper... Il faut que je me dépêche, Mike. Avertissez la police locale, dites-leur que j'arrive.

Soudain, l'épuisement le submergea. Il avait l'impression de ne plus rien peser, plus rien du tout.

— Je suis presque sûr qu'il se dirige vers Aberdeen pour trouver une tornade. Lancez un avis de recherche sur une camionnette à radar Doppler marron, avec « Centre de recherche atmosphérique » écrit sur le côté. Envoyez des hélicos. Prévenez tout le monde que nous sommes au niveau de danger maximum. Dites-leur bien qu'il détient une otage. Elle a seize ans, elle mesure un mètre soixante-huit, cheveux châtains, yeux bleus... Bon sang, Mike, vous notez, j'espère.

— C'est bon, patron, je n'oublierai pas.

— Et je dois pouvoir vous joindre à tout moment.

— Je suis avec vous. Les téléphones marchent à plein rendement. On va le retrouver, ce dingue, n'ayez pas peur.

— Et surtout, qu'ils fassent attention, c'est ma fille !

— Bien sûr, ne vous inquiétez pas.

Il raccrocha et regarda le ciel. *Supercellule. Trouver une supercellule.* Il fallait qu'il arrive à Aberdeen le plus vite possible. Une fois qu'il serait dans l'est du Texas, il essaierait de repérer les nuages en forme de champignon atomique. De la sueur coulait de son front pendant qu'il observait le ciel à travers la pluie. Son regard fut attiré par un cumulus dont le dessous, pareil à de la laine mauve, amorçait un tourbillon. Il ne restait pas plus d'une heure de jour. Il attrapa la carte routière d'une main tremblante.

Ça ne sert à rien, laisse cette carte.

Il la jeta sur la banquette, tandis que les secondes s'égrenaient dans sa tête. *Tic, tac, tic, tac.* Il claquait des dents. La terre était immense et brumeuse, trop vaste. Au loin, au-delà de la crête des collines, un véhicule roulait sur une route de campagne. Sophie ne pouvait pas être morte. Elle était en vie, il en était convaincu. Elle était quelque part, après les champs de luzerne, après les élevages de bétail. Quand la nuit venait, quand on s'inquiétait pour un être cher, une fille perdue dans le noir… on perdait la raison. C'était trop de deuils, trop de souffrance. Il sentait l'odeur de sa peur, et ne pas être plus fort lui donnait envie de vomir.

Il attrapa son portable d'une main et essaya de nouveau le numéro de Rick, les doigts tremblants, ne s'attendant pas à obtenir de réponse.

— Salut, j'écoute, répondit une voix monocorde.

Charlie aperçut son visage humide de transpiration dans le rétroviseur, son regard rempli d'horreur.

— Rick ?

La réponse ne lui parvint qu'après un temps d'arrêt.

— Oui ?

— C'est Charlie Grover.

Un rire étranglé s'éleva en écho.

— Ah, mais oui… bonjour.

— Je voudrais parler à Sophie, s'il vous plaît, dit-il, le cœur battant à tout rompre.

Un bref silence.

— Oui, répondit finalement Rick, quand j'ai vu les

nuages hier soir, je me suis dit que je ne pouvais pas manquer ça.

Cette réponse évasive indiquait à Charlie que Sophie était encore en vie… et qu'elle écoutait. Autrement, il ne se serait pas donné le mal de répondre à côté.

— Passez-la-moi.

— Non, quand même pas.

— Elle va bien ?

— Impeccable.

Rick se débrouillait pour ne pas prononcer le nom de Charlie. Sophie ne pouvait pas se douter que son père était au téléphone. Charlie en déduisit deux choses : premièrement, sa fille n'avait pas conscience du danger, et, deuxièmement, elle n'était ni attachée ni bâillonnée. Si Rick l'avait mise hors d'état de nuire, il ne se serait pas fatigué à lui cacher l'identité de son correspondant.

Charlie avait suivi un stage – malheureusement bref et fort lointain – de négociations avec les preneurs d'otages. Le preneur d'otage était un désaxé qui ne tenait compte que de son intérêt personnel. Il ne concevait les rapports humains qu'à travers la manipulation et ne pensait qu'à satisfaire ses désirs – tous –, où et quand cela l'arrangeait. Il rejetait toujours la faute sur les autres, qu'il rendait responsables de sa conduite, et il ne connaissait ni le remords ni la culpabilité. Sans doute était-il capable d'un énorme sang-froid. *Attention. Ce genre d'individu est maître dans l'art de retourner les situations. Vous risquez de vous retrouver en train de répondre à ses questions*. Il ne servirait à rien de le menacer. La perspective d'une punition ne le ferait pas changer de comportement. La solution proposée devait lui permettre de sauver la face, sinon, on allait droit au carnage. Il fallait se comporter en fin stratège. *Soyez calme, soyez patient.*

— Que se passe-t-il ? demanda Charlie d'un ton égal. Je croyais que nous étions amis.

— Mais bien sûr, superpotes.

Laissez-le exprimer ses sentiments.

— Je ne comprends pas bien, j'ai fait quelque chose qui vous a déplu ?

— Mais non, on ne va pas se compliquer la tête, maintenant.

— Je veux savoir ce qui vous ennuie. Dites-moi comment je peux vous aider, Rick.

— Franchement, il n'y a rien à faire.

Convainquez-le que la libération de l'otage est dans son intérêt. N'essayez pas de lui raconter d'histoires. S'il respecte l'uniforme, l'introduction d'un négociateur extérieur à la police pourrait aggraver la situation. Occupez-le. Proposez-lui un marché.

— Si vous la laissez partir, je classe l'affaire et je ferme le dossier.

Rick fit de nouveau entendre un rire étouffé.

— Je ne vous suivrai pas. Vous pourrez aller où vous voudrez une fois que vous l'aurez relâchée. Je vous en prie, relâchez-la.

— Vous me prenez pour un imbécile ?

Charlie crispa les mains sur le volant. Il dépassa une station-service, la pluie tambourinait sur le capot. Dans le rétroviseur, il vit de nouveau son visage marqué par la peur.

— Je vous en prie… Écoutez… Il faut négocier.

— Pas question.

Il se raccrocha au volant, mais cela ne l'empêcha pas de se sentir sombrer, de s'effondrer. *Ne vous énervez pas. Ne l'interrompez pas.*

— Je sais où vous allez, je vous suis de près.

— Ça m'étonnerait beaucoup.

— Si, je ne suis pas très loin.

— C'est ça.

Pas de confrontation directe.

— Enfoiré ! Je te colle au cul. Tu vas voir ma gueule dans ton rétro d'ici cinq minutes, espèce de malade ! C'est le pick-up Loadmaster gris, je t'aurai prévenu.

— Quoi ? Ce vieux clou pourri ? C'est une épave, ce truc. On n'en voudrait même pas dans le tiers-monde.

Ne vous mettez pas en colère… n'essayez pas de lui prouver quoi que ce soit…

— Je vais te mettre la main dessus, et je vais te crever, fils de pute !

— On peut toujours rêver.

Ne jouez pas les durs, ne haussez pas le ton…

— Je t'aurai, pauvre cinglé ! Putain de salaud ! J'aurai ta peau !

— Écoutez, dit Rick froidement. Pour vous récompenser d'être aussi sympa, je vais vous livrer un petit secret du métier. Ne vous attachez pas trop aux prévisions météo. Il faut en prendre et en laisser. Beaucoup ne valent rien. Elles vous donnent une vague idée de ce qui va se passer, mais ça ne suffit pas. Aujourd'hui, par exemple, tout le monde fonce vers Aberdeen. Vous n'avez qu'à vérifier. Regardez si les prévisions des douze dernières heures correspondent à votre analyse actuelle, mais si j'étais vous, je me fierais à mon instinct. Si vous vous trompez, ce sera le destin.

Charlie appuya sur ses paupières pour chasser ses larmes.

— Attendez une seconde !

— Bonne chance.

La communication s'interrompit au milieu du sifflement des parasites.

— Allô ? Putain de merde !

Charlie jeta son portable à côté de lui et tendit le bras pour actionner la CB. Un concert de voix de cibistes s'éleva. Il prit le micro et, tâchant de contrôler sa voix, il établit le contact.

— Break, break 10. Où en sont les tornades dans le Texas ? Que se passe-t-il à Aberdeen ? Quelqu'un peut-il me tenir au courant ?

Des rapports sporadiques crépitèrent dans le haut-parleur :

— … nous sommes sur le boulevard… grosse grêle, ralentissez… attention, QRM 22 après l'aire de repos…

Charlie scruta le ciel qui s'assombrissait et tapa du poing sur le volant. Il n'y arriverait jamais ; autant chercher une aiguille dans une meule de foin… Il avait la tête vide, était fourbu comme si on l'avait roué de coups. Le temps filait aussi vite que la pluie sur le pare-brise. À bout de forces, il imagina la camionnette Doppler marron avec Rick Kripner au volant. Il rattrapa le véhicule, le doubla pour rouler à sa hauteur et, flanc contre flanc, visa la tête de Rick avec son revolver. Il appuya sur la détente... lui fit exploser la cervelle. *Il faut que tu la trouves. Arrête tes conneries ! Trouve-la !*

La voix de son père.

Un nouvel élan de fureur le galvanisa. Il appuya sur l'avertisseur et fonça à l'orange dans une pétarade. Une Pontiac bleue pila derrière lui au moment où le feu passait au rouge, tandis qu'il filait sur la bretelle d'accès à la nationale.

6

Sophie posa la main à la base de son cou pour toucher son médaillon : il n'y avait rien. Sans lui, elle se sentait nue. Rick lui avait demandé de l'attendre dans la camionnette Doppler pendant qu'il allait le lui réparer, mais il était revenu du laboratoire les mains vides.

— On le prendra au retour, lui avait-il promis.

Depuis, vingt minutes s'étaient écoulées. Ils roulaient vers l'ouest, sur la I-40, et Rick parlait sans cesse de tornades. Il lui faisait un cours assommant, alors qu'elle n'arrivait pas à ne plus penser à son médaillon. Elle n'aurait jamais dû le lui confier.

— C'est très joli tout ça, fit-elle remarquer, la voix presque couverte par le tonnerre, mais c'est quand même une drôle de passion, la chasse aux tornades. L'autre jour, j'ai failli me faire tuer par une force 2.

— Je sais, mais si tu as eu des problèmes, c'est parce que ton copain, Boone Pritchett, n'est qu'un amateur. Tu as faim ?

— Non, merci.

— Il y a un Mars dans la boîte à gants. Vas-y, tu peux le prendre.

— Non, vraiment, merci.

— Allez, ne fais pas ta timide.

Elle ouvrit la boîte à gants et prit la barre chocolatée par politesse. Elle n'avait pas faim, mais elle déchira le papier et en prit une bouchée par politesse.

— Il commence à se faire tard, ajouta-t-elle.

— Mais non. C'est le meilleur moment de la journée. Les conditions sont idéales. On ne peut pas rater une occasion pareille !

— Non, bien sûr…

— Allez, mange, prends des forces.

Mal à l'aise, elle avala une deuxième bouchée. Elle s'en voulait de s'être laissé entraîner, mais Rick s'était montré très persuasif quand il était passé chez elle. Il avait promis de téléphoner à son père, et il avait même écrit le mot pour elle. N'empêche, son père n'allait pas être content…

— Je ne sais pas… On devrait peut-être rentrer.

— Tu plaisantes ? Il nous reste quarante minutes avant le coucher du soleil, et même après, on pourra encore… Eh, mais qu'est-ce qu'il a ce gros cul à nous coller comme ça ?

Dans le rétroviseur extérieur, elle vit un énorme semi-remorque bleu qui commençait à les doubler.

— Il a de la chance que je sois sympa, fit Rick en relâchant le pied de l'accélérateur. Quand un camion me rattrape, je réduis ma vitesse pour le laisser passer. Je n'ai aucune envie qu'il me colle pendant des heures.

Le camion les dépassa en klaxonnant.

— Je t'ai vu ! bougonna Rick.

Il appuya sur un interrupteur et l'écran plat monté au-dessus de la tête de Sophie s'alluma. Une image radar s'afficha, montrant des formes rouges.

— Regarde-moi tous ces monstres à l'est du Texas. Il est temps de filer vers le nord.

— Mais je croyais qu'on allait à Aberdeen !

— Non, le Texas, c'est pour les gamins. Nous, on va voir ailleurs.

Elle posa son Mars sur ses genoux, l'appétit coupé.

— Tu vois ces deux orages, dit-il en désignant une zone de l'écran. Celui le plus au nord, c'est un vrai mastodonte. Quand ça va péter, ça va péter ! On va jouer avec celui-là.

— Mais on n'est pas censés s'arrêter à la tombée du jour ?

— Quoi, tu as la frousse ?

Elle fit non de la tête, prise d'un étourdissement. Elle regarda le Mars, l'esprit embrouillé.

— Je croyais que tu voulais voir une tornade de près, protesta-t-il.

— Oui, c'est vrai, mais… Oui, bien sûr.

— Je croyais que tu aimais ça.

— C'est sûr, mais…

— Quoi, « mais… mais » ? Tu ne vas pas te dégonfler, Sophie ?

— Non…

— C'est toi qui m'as demandé de t'emmener à la chasse aux tornades. Tu as même beaucoup insisté, si je me souviens bien !

— Je sais. Seulement…

— Ne sois pas aussi craintive ! Ça me met de mauvaise humeur. Je ne suis pas agréable quand on me contrarie.

Elle se frotta les bras. La tête lui tournait. Elle ne comprenait pas ce qui lui arrivait. Il faisait très froid, à cause de l'air conditionné qui était réglé à fond. Ils passèrent devant une pompe à essence fermée, dont le panneau métallique se balançait dans le vent. Elle ne savait plus du tout où ils se trouvaient. La pluie frappait la carrosserie comme de petites griffes d'animaux.

Il lui jeta un regard en coin, les mains crispées sur le volant.

— Excuse-moi, dit-il, je ne voulais pas te faire peur.

— Je le sais bien, répondit-elle doucement. Ce n'est pas grave.

Il avait le visage marbré de plaques rouges, comme s'il était ému.

— Je peux te faire confiance ? murmura-t-il. Tu sais garder les secrets ?

Elle ferma les yeux une seconde, n'ayant aucune envie d'entendre ses confidences.

— Tu te souviens de ce que je t'ai raconté sur la mort de mon père ?

— Oui…

La tornade, le blé, la grange.

Il eut un sourire communicatif.

— Alors ? demanda-t-elle.

— J'ai menti.

— Comment ça ?

— Il est bien mort pendant une tornade, mais dans d'autres circonstances.

Elle luttait pour ne pas s'assoupir. Le ronronnement du moteur la faisait somnoler, et les hachures de la pluie l'hypnotisaient.

— C'est-à-dire ?

Il avait l'air gêné, mais son visage s'anima.

— Je vais te dire…, commença-t-il en lui jetant un nouveau regard. Mon père était un voleur.

— Quoi ?

Du coup, elle reprit un peu ses esprits.

— Il était cambrioleur.

— Ah bon ?

— Il volait les gens pendant les alertes aux tornades. Je sais que j'ai raconté des histoires, mais il ne faut pas m'en vouloir… Tu ne mentirais pas, toi, si ton père était voleur au lieu de flic ?

Sans doute… L'esprit confus, elle serra les mains entre ses cuisses pour les réchauffer. Il faisait tellement froid dans la camionnette que de la buée se formait devant sa bouche.

— Peu importe comment il est mort, continua Rick. De toute façon, il n'a eu que ce qu'il méritait.

— C'est un peu dur de dire ça.

— Tu ne penses pas que certaines personnes sont tellement mauvaises qu'elles méritent de mourir ?

Le silence qui suivit la mit mal à l'aise. Elle ne quittait pas l'horizon des yeux, fascinée par les gigantesques nuages en mouvement. On n'entendait plus que le battement de la pluie et le bruit régulier des essuie-glaces. Rick était bizarre, d'une humeur fantasque qu'elle ne comprenait pas. Une vague impression de danger s'était emparée d'elle, mais, surtout, elle avait envie de fermer les yeux et de s'endormir. On verrait plus tard.

Rick reprit avec une hésitation.

— Tu... tu aurais bien ri si tu m'avais connu à l'époque. J'étais un vrai petit saint. C'est ensuite que je me suis mis à détester tout le monde, tu comprends ?

Déjà tassée sur elle-même, elle se recroquevilla un peu plus, comme si cela pouvait la faire disparaître. Ils étaient sortis de la I-40 et roulaient Dieu sait où, à travers des prairies désertes, avec des maisons abandonnées, des corrals délabrés et des tracteurs rouillés. La pluie dégringolait sur eux, et les grondements sourds du tonnerre ressemblaient au bruit de monumentales lames de fond.

— J'étais différent, au début, continua-t-il. Petit, j'étais doux et ouvert, comme toi. Enfin, pas exactement comme toi. Toi, tu es bien intégrée, hein ?

Elle ne répondit pas.

— Moi, je ne me suis jamais intégré. Oh, j'ai fait semblant. J'étais même excellent à ce petit jeu. Mais on a toujours l'impression d'être en dehors, de regarder les autres et la vie de l'extérieur.

Il la dévisagea, puis se décida à poursuivre.

— Tu vois mon doigt ? demanda-t-il en tendant la main.

Elle se souvint de ce qu'il avait raconté : le bout de son petit doigt était tordu parce qu'il avait été déformé par des débris volants.

— C'est lui qui me l'a cassé.

Il roula sa manche de chemise pour lui montrer des cicatrices rondes, de la taille de pièces de monnaie, sur son bras.

— Il me brûlait avec ses cigarettes quand je faisais des bêtises. Il a découvert très tôt que j'étais mal élevé. Il fallait que je lui demande la permission d'aller aux toilettes. Si j'oubliais, il écrasait sa cigarette sur ma peau.

Elle avait l'impression que ses mains, entre ses genoux, étaient devenues toutes petites.

— Et encore, ce n'est rien comparé à ce qui arrivait quand je commettais une vraie faute. À ton âge, je n'avais plus une seule dent.

— Quoi ? s'exclama-t-elle en se redressant.

— Il m'arrachait une dent chaque fois qu'il voulait me punir. À la moindre incartade, il m'en ôtait une.

Elle le regarda fixement. C'était vrai, il avait les dents trop blanches, trop régulières pour être naturelles.

— J'ai grandi dans la peur de mourir. J'étais petit pour mon âge, gringalet. J'étais le souffre-douleur de la classe. Je portais des manches longues même l'été pour que les autres gosses ne voient pas mes marques. Je n'ai jamais été heureux. Mais, ajouta-t-il en la contemplant, je ne voudrais pour rien au monde être devenu autre chose que ce que je suis maintenant... non, pour rien au monde.

Le cœur de Sophie battait à grands coups dans sa poitrine.

— Il avait installé un fauteuil au grenier, un fauteuil spécial, rien que pour moi, continua-t-il avec le bruit ronronnant du moteur en fond. Il m'y attachait et me laissait mijoter. Pour que j'aie bien peur. J'attendais, tout seul, crevant de trouille, imaginant le pire. Le fauteuil était face à la fenêtre, et je voyais le vent qui séparait les blés dehors. Je pensais que c'était le doigt de Dieu qui écrivait des messages pour moi. Je m'imaginais qu'il voulait me dire quelque chose, ajouta-t-il avec un rire.

Elle se mit à triturer les gros boutons du caban bleu marine. L'histoire devenait insoutenable. *Je veux rentrer chez moi, je veux rentrer chez moi...*

— J'en ai gardé la phobie de l'enfermement. Je ne peux pas prendre l'avion. Et je me refuse absolument à mettre ma ceinture de sécurité.

Elle vit que, en effet, il ne s'était pas attaché.

— J'ai passé des heures dans ce fauteuil à regarder des cellules orageuses se former à l'horizon. Il y avait des nuages en enclume, des rideaux de pluie qui s'abattaient sur la plaine...

En penchant la tête en avant, elle parvint à se voiler le visage avec ses cheveux, pour se cacher un peu.

— J'attendais qu'il monte, qu'il vienne me faire du mal. Il y allait de toutes ses forces. Si je criais, c'était encore pire... Il versait du whisky sur ma figure, dans mon cou...

Il prenait les tenailles. Moi, au début, je ne pouvais pas m'empêcher de hurler. Et puis on apprend à se couper de la réalité. On regarde par la fenêtre et on se met à voir des choses. (Sa voix s'assourdit.) Je me souviens de ma première tornade, une petite, de force 1, minable, une cordelette, mais moi, elle m'a semblé énorme. J'étais attaché dans le fauteuil depuis des heures, et soudain j'ai réalisé que… que je pouvais devenir la tornade… que je pouvais aplatir le blé et avancer avec des coups de tonnerre et des éclairs vers notre maison, et tout anéantir sur mon passage, y compris mon père. Le blé a été bousillé. Papa en a pleuré, et je lui ai dit : « Ne t'inquiète pas, on va en replanter. » Mais à l'intérieur, je savais que c'était moi qui avais arraché son blé. *Moi.* C'était moi qui avais fait si mal à mon père. Je ne peux pas te dire le bien que ça m'a fait !

Un long silence suivit.

Il se tourna vers elle.

— Tu m'en veux ?

— Moi ? De quoi ? demanda-t-elle d'un ton neutre.

— Je ne sais pas. Tu es un peu distante.

Elle avait la sensation de rétrécir de plus en plus.

— Mais non, pas du tout…

— Je t'ai fait peur.

Elle hésita, ne sachant pas ce qu'il fallait répondre.

— Je ne voulais pas te faire peur, continua-t-il avec un regard plus doux. J'ai rêvé de toi, Sophie. De toi et de moi.

La poignée était presque sous sa main. Ils roulaient à quatre-vingt-dix kilomètres à l'heure, dans une région très isolée. Il n'y avait rien, absolument rien, sauf de l'herbe. Fallait-il sauter ?

— Sophie ?

Elle se replia dans le silence.

— Attends, tu vas voir, dit-il. Ça va décoiffer !

Il accéléra et dépassa le poids lourd à une allure folle.

— Allez, on se paie le rodéo de ta vie !

7

Sur la I-40, Charlie fut coincé dans un ralentissement. Une unité mobile de la télévision bloquait une voie et les cadreurs sortaient les caméras. Les files de voitures allaient servir de toile de fond à un journaliste. Charlie klaxonna comme un forcené, puis se faufila d'une file à l'autre avec des signes d'excuse. Finalement, à bout de nerfs, il s'engagea dans un champ et doubla le bouchon en cahotant.

Quand il retrouva la nationale, il était en larmes. Lamentable. Il chialait comme un gosse. Dans sa tête, un murmure lui répétait : *Ne vous attachez pas aux prévisions météo. Il faut en prendre et en laisser. Beaucoup ne valent rien.* Pourquoi lui donner ce conseil ? Pourquoi l'aider ? Où était son intérêt ? Rick cherchait-il à le tromper ? Comptait-il que son instinct ne le mènerait pas au bon endroit ? Le nord du Texas et Aberdeen étaient des centres de forte activité orageuse. Pourquoi ne suivrait-il pas tout le monde ? Et si justement c'était ça que son instinct lui commandait de faire ?

Il ne s'y retrouvait plus. Des ordres contradictoires livraient combat dans sa tête. *Vérifiez les données. Fonce à l'intérieur du Texas, fiston. Ce sera le destin.* Il tambourinait sur le volant, essayant de se concentrer. Il avait recueilli des rapports météo de partout, d'aussi loin que Clarendon, dans le Texas, où un énorme système orageux pondait des petites force 1 et des force 2, qui descendaient sans toucher terre et se dissipaient très vite. Tous les chasseurs se précipitaient dans l'est du Texas. Des véhicules hérissés d'antennes encombraient les routes, et lui, Charlie, que faisait-il ? Il se dirigeait vers Aberdeen comme tout le monde. *C'est à Aberdeen que ça va souffler, fiston.*

Si j'étais vous, je me fierais à mon instinct...

Il jeta un regard fiévreux à l'équipement qui s'entassait dans le pick-up : ordinateur portable, service Internet par satellite et antenne DSS à quatre-vingt-dix-neuf dollars qui servait à télécharger les données. Son père disposait de l'équipement standard minimum. Un modem. Une station CB. Charlie se souvint des conseils de Willa : *On ne se sert plus de la CB autant qu'avant, mais c'est un tort : il y a des routiers partout, et ils sont mieux informés que les météorologistes sur l'état des routes et sur l'aspect du ciel. Il faut penser à leur poser des questions. Les routiers sont les yeux et les oreilles du chasseur de tornades.*

En tâtonnant d'une main, il réussit à télécharger une mise à jour du service météo national sur l'ordinateur portable. L'image satellite des dernières quarante-huit heures montrait de grosses taches rouges qui avançaient du sud-ouest vers le nord-est, couvrant tout l'est du Texas et certaines parties de l'Oklahoma. Au loin, il entendait de violents coups de tonnerre.

Suis ton instinct.

Mais son instinct était des plus embrouillés. Il aurait eu besoin de l'avis d'un expert, d'une personne capable de le guider à travers ce dédale cauchemardesque. Il avait besoin de Willa. *Willa !* Bon Dieu, pourvu qu'elle aille mieux ; elle n'avait pas l'air trop mal quand il l'avait quittée. Il prit son téléphone portable et composa son numéro, mais elle ne répondit pas. Il raccrocha et appela le poste de police.

— Mike ? Je veux que vous me trouviez Willa Bellman. Elle est peut-être encore en route pour l'hôpital... Mike ?

À travers de longs grésillements, il eut le plus grand mal à entendre la réponse.

— … Chef ?… les hélicos ont été rappelés… il fait trop mauvais…

— Comment ?

— … les hélicos ne peuvent plus voler… nous ne sommes pas…

— Je ne vous entends pas !

Les parasites lui crépitaient à l'oreille.

— Mike ! Je perds la connexion !

— … appelé la police de la route… ne pense pas…

Il y eut une dernière salve de friture puis la communication fut coupée. Il était sorti du réseau.

— Putain !

Il jeta son téléphone, devenu inutile, à côté de lui et regarda le ciel. Où fallait-il aller ? Où ? Où ? Rien de ce qu'il tentait n'aboutissait. Une vague de panique montait, et avec elle l'assaut des souvenirs. *Sophie petite, avec ses taches de rousseur, qui marchait pieds nus ; Sophie riant, pleurant, ayant peur des gens qu'elle ne connaissait pas. Sophie en costume de Xena, qui jouait les guerrières. Son drôle de petit sourire. Chewing-gums, tongs, les pièces de théâtre de fin d'année ; le délicat visage de Sophie dans la lumière des projecteurs, tout pâle parce qu'elle avait oublié son texte. Son amour pour elle. Ses inquiétudes…*

Il jeta un coup d'œil dans le rétroviseur et vit qu'un camion réfrigéré arrivait sur lui à toute allure.

— Il va me dépasser, ce dingue ?

Le camion frôla son rétroviseur extérieur, soufflant presque ses vitres et lui donnant l'impression de faire du surplace. Le Loadmaster fut secoué par les turbulences, et le camion se rabattit devant lui. Charlie eut tout le loisir de lire l'autocollant « MON BAHUT POUR UNE BIÈRE ! » collé au pare-chocs arrière.

Charlie alluma le poste CB et prit le micro.

— Hé ! Il y a le feu ?

Le routier qui venait de le doubler avec si peu d'égards envoya une réponse laconique.

— C'est quoi, ton pseudo, l'escargot ?

Charlie, qui n'en avait pas, réfléchit vite.

— Le Cramé.

— Salut, le Cramé, ici c'est Marie-Jeanne. Faut cueillir les petits pois bien frais pour le père Cassegrain, hein ! Attention, boîte à images à la borne 161.

— Je cherche une camionnette Doppler.

Il entendit des grésillements, rythmés par le grincement des essuie-glaces. Dehors, on ne voyait rien à gauche, rien à droite, seulement de l'herbe haute qui se couchait sous le vent. Il essaya de calmer le tremblement de sa voix en reprenant le micro.

— Je cherche une camionnette Doppler marron, répéta-t-il, avec « Centre de recherche atmosphérique » écrit sur le côté.

— Pas vu…

— C'est urgent.

— Désolé, l'ami. Pas le temps. Le canal 9 est réservé aux urgences.

Le camion réfrigéré le distança, envoyant voler des gerbes d'eau. Au bout de quelques instants, Charlie se rangea sur la bande d'arrêt d'urgence sans couper le moteur, tandis que des véhicules de chasseurs de tornades défilaient sur sa gauche.

Il posa la main sur son étui de revolver, de nouveau envahi par la peur. S'il pensait à Sophie, il perdrait la tête, ce qui ne servirait à rien. À l'ouest, le ciel était couleur d'acier ; il se tourna vers la droite, où s'amoncelaient des nuages plus sombres, illuminés par les éclairs. Le ciel était plus prometteur vers le nord-est, sans aucun doute. Bizarre. Pourquoi se ruaient-ils tous vers le Texas ce soir ?

Il régla le sélecteur de canal et lança un nouveau message :

— Je cherche une camionnette Doppler…

Il fallait ajouter des détails tout en restant concis.

— Je cherche une camionnette Doppler marron, avec « Centre de recherche atmosphérique » écrit sur le côté… Une camionnette marron… c'est très urgent.

Il obtint quelques réponses, mais rien ne correspondait à sa description.

Il reposa le micro dans le support métallique et appuya le front sur son poing. Il enrageait, repensant aux cadavres transpercés par des pointes de bois.

Sa tête, ses jambes étaient en feu. Les régions agricoles du nord-ouest de l'Oklahoma n'étaient presque pas peuplées : un magasin général d'équipement, ici ou là, des petites routes qui serpentaient dans la prairie. Il scruta l'horizon et ne vit que des champs et des poteaux téléphoniques à perte de vue. Il tambourina sur le volant.

Suis ton instinct.

Les reliefs des nuages étaient très marqués, avec un horizon nettement plus menaçant vers le nord, où les énormes masses noires étaient veinées par des éclairs. À travers les inquiétants cortèges en mouvement, il aperçut une colonne de nuages d'orage blanc ivoire qui montait comme une explosion atomique. Il fallait trois éléments pour constituer une tornade, il le savait : de l'humidité, des courants ascendants, et des vents forts dans la haute atmosphère, qui créaient un cisaillement vertical favorable à la rotation. La réussite de la traque dépendait de la capacité à se positionner au bon endroit, au bon moment. Le facteur chance était énorme. D'après le ciel, il aurait eu envie d'aller vers le nord-est, et non pas vers l'ouest, contrairement à ce qu'avait l'air de faire tout le monde.

Suis ton instinct.

C'était trop de responsabilités. Et si son instinct le trompait ? Où aller ? Il hésita encore, puis il décida de se faire confiance. Sans véritable raison, il abaissa le frein à main, regarda derrière lui, passa la marche arrière, et, à la bretelle la plus proche, sortit de la nationale.

Il roulait depuis plusieurs kilomètres sur une route allant vers l'est quand la panique le reprit.

Tu te trompes, ce n'est pas possible... Rebrousse chemin. Va à Aberdeen, crétin. Tu vas la perdre !

Il étudia la carte routière et chercha des noms de ville au nord-est de sa position. Ensuite, il changea de canal, et reprit le micro.

— Break 10. Je cherche une camionnette Doppler dans la région d'Erick ou de Texola.

Un El Camino bleu clair le dépassa à vive allure.

— Alors, l'ami, tu veux voir une belle tornade ? intervint le conducteur.

— Oui, où ça ?

— Je viens de recevoir un appel de mon coordinateur de chasse. Il paraît qu'on a fait tout un foin sur le Texas pour rien. Là-bas, c'est mort, mais il y a un orage énorme qui se prépare au nord d'ici.

— Au nord ?

— Oui, du côté de Sweetwater. Une alerte à la tornade vient d'être lancée. J'y fonce... Bonne chance !

Charlie appuya sur le champignon, cherchant une sortie qui lui permettrait de se diriger vers Sweetwater. Au bout de quelques minutes, le ciel s'obscurcit. Il faisait tellement noir qu'il dut se servir de la torche pour étudier la carte. Plusieurs véhicules de chasseurs de tornades le croisèrent, fonçant dans la direction opposée, vers le Texas. Ses doutes l'assaillirent de nouveau.

Il repassa sur le canal 9. La première règle de courtoisie des cibistes était d'écouter avant d'émettre, mais Charlie passa outre une nouvelle fois.

— Ici le Cramé, j'ai un appel d'urgence..., annonça-t-il.

Des voix entrecoupées lui parvenaient : « ... ruban propre... à toi le mike... »

La portée maximale était d'une centaine de kilomètres, selon le terrain et les antennes, et si plus d'une personne émettait en même temps sur un canal, c'était la cacophonie.

Soudain, une voix masculine domina les parasites.

— Le Cramé ? Ici Roue de secours. Tu cherches une camionnette Doppler ?

— Tu l'as vue ? demanda Charlie en se jetant sur le micro.

— Il y a cinq minutes... on passe sur le 12.

Dès qu'on avait établi le contact, on libérait le canal d'urgence. Charlie régla donc la radio sur le canal 12.

— Où ?

Un crépitement le fit sursauter, et un concert de voix assourdissant monta dans le pick-up pendant qu'il réglait la réception.

— J'écoute, Roue de secours. Tu as été brouillé.

— ... vers le nord...

— Répète, je n'ai pas entendu, lança-t-il, la gorge serrée d'angoisse.

— Elle roule vers le nord sur la route 30. Je ne prends pas la 30 très souvent, elle est trop mauvaise.

— Route 30 ?

— Oui, à cinq kilomètres de Sweetwater. Ces amateurs de l'université de Dryden y connaissent que dalle. C'est à Aberdeen que ça souffle aujourd'hui.

— Merci beaucoup.

Il reposa le micro et fonça jusqu'à l'embranchement de la route 30, qui croisait la sienne à angle droit. Il la prit vers le nord, roulant à toute vitesse, sautant sur des nids-de-poule tellement profonds qu'on aurait pu y pêcher la carpe. Pourvu que je n'arrive pas trop tard ! pensait-il, l'angoisse au ventre. *Pourvu, pourvu, par pitié, que ce ne soit pas trop tard !*

8

— Chut…, fit Rick, les lèvres blanches.
— Qu'est-ce qu'il y a ? murmura Sophie.
— Écoute…

Elle le contempla, se sentant mal, comme en transe. Ils étaient arrêtés sur le bord de la route, et autour d'eux seuls des champs les entouraient. Elle remonta son col pour se protéger du froid et retint son souffle, essayant d'entendre, mais elle ne perçut que le tremblement du vent et l'incessant martèlement de la pluie sur la carrosserie. Le pick-up tanguait doucement.

— Le dôme est en pleine explosion thermonucléaire, commenta Rick. On va y avoir droit sous peu ! Tu veux qu'on parte ou qu'on reste ? C'est toi qui décides.

Elle lui jeta un regard interrogateur.

— Il y a des tours énormes. Ça monte haut, je te le garantis. On n'a qu'à rester un peu, ajouta-t-il avec un froncement de sourcils. On sera aux premières loges.

Sophie approuva vaguement de la tête.

Le ciel s'obscurcit d'un coup ; une ombre s'abattit sur le pick-up, couvrant la route.

— Dans les petits orages, la grêle peut avoir la taille de billes, donc, évidemment, il en faut de la plus grosse. Plus la grêle est belle, plus l'orage est puissant.

Il tendit l'oreille.

— Tiens, écoute.
— Qu'est-ce qu'il y a ?
— Ça vient !
Un grêlon énorme rebondit sur le pare-brise, qui s'étoila. Sophie fut terrorisée. Ses mains se crispèrent sur son siège, puis, rebutée par l'humidité froide de la banquette, elle les passa sur le caban pour les réchauffer. La laine se hérissait d'électricité statique.
— On peut partir ? demanda-t-elle, tâchant de cacher sa peur.
Le visage de Rick était tendu à l'extrême ; ses yeux ne quittaient pas les éclairs argentés qui vibraient dans le ciel au-dessus des ronds blancs de leurs phares.
— On peut s'en aller ? insista-t-elle.
— Non, pas encore.
Sa fermeté la dissuada d'insister.
— On va s'en mettre plein la vue. Les grêlons sont très gros. On ne peut pas manquer ça.
Le pick-up oscilla sous une bourrasque de grêle qui s'abattit sur leur droite. Sophie porta la main à son médaillon, puis se souvint qu'elle ne l'avait plus. Des larmes d'angoisse lui montèrent aux yeux et coulèrent sur ses joues. Elle aurait préféré être n'importe où, mais pas là.
— Ça se présente bien, annonça Rick. Ils sont sphériques pour la plupart, certains avec des irrégularités. Il pourrait en tomber jusqu'à cinq centimètres.
— Ne me fais pas de mal, murmura-t-elle.
Il lui lança un regard inquiétant.
— Quand le temps change, dit-il sans quitter son visage des yeux, on ne sait plus ce qu'on fait... On perd pied, tout bascule...
Elle réprima une terrible envie de hurler.
— Je ne regrette pas ce que je suis devenu, ajouta-t-il en se tournant de nouveau vers la vitre. Ça monte à l'intérieur, lentement. Et puis il y a une voix qui te dit : « Cette maison-là, cette maison-ci. » Je ne supporte pas de les voir boucher la vue. J'ai envie que le vent emporte tout.
Malgré sa peur de l'orage, elle attrapa la poignée et la baissa, mais éprouva les pires difficultés pour ouvrir la

portière contre le vent. Elle cria, repoussée à l'intérieur par une rafale de grêlons géants.

Le pare-brise se fendillait de plus en plus. Elle poussa encore un cri, terrifiée par l'avalanche de glace qui martelait le toit, les portières, cabossait le capot.

— Je veux partir, gémit-elle, tremblante. Ramène-moi chez moi !

Il la contempla, perplexe.

— Tu crois vraiment que tu seras plus en sécurité chez toi ?

Un lourd silence suivit.

Il se penchait vers elle, elle amorça un mouvement de recul. Pour le repousser, elle lui griffa le visage.

— Laisse-moi ! cria-t-elle en se débattant avec une peur animale.

Elle chercha de nouveau à ouvrir la portière, mais il lui retint les poignets et l'attira contre lui, si près qu'elle sentit son souffle, vit la ligne pâle de ses lèvres comprimées, sentit la tension de ses jambes, tout contre elle.

— Quand la foudre est si proche, siffla-t-il à son oreille, il faut rester dans la voiture.

Sophie hurla. Elle hurla à pleins poumons, tandis qu'autour d'eux le tonnerre grondait et les éclairs tombaient. Elle se jeta d'un côté à l'autre pour lui échapper, mais il la frappa, paume ouverte, l'atteignant au cou avec la tranche de la main.

Elle eut la respiration coupée.

Elle se mit à trembler… puis tout devint noir.

9

La route 30, aussi droite qu'une colonne de fourmis, devait être la pire de la région. Charlie sauta sur une ornière et se mordit la langue.

— Putain !

Il traversait un village à peine éclairé, secoué, baigné de sueur, un terrible nœud au ventre. Une bourrasque souleva un nuage de brindilles et de feuilles qui fut projeté sur le pick-up. Des grêlons rebondirent sur la carrosserie. En jetant un coup d'œil dans le rétroviseur, il repéra le bord d'un énorme front orageux : une gigantesque supercellule en rotation, qui se déplaçait nord-nord-est en accéléré. Le vent, de plus en plus violent, ratissait l'herbe et malmenait les oiseaux. Il ébouriffait les arbres, arrachait les feuilles et des morceaux d'écorce qu'il recrachait comme des pépins de courge.

Les yeux de Charlie brûlaient d'épuisement. Sa carapace commençait à se fendiller, laissait échapper une irrépressible panique. Les corbeaux abandonnaient la route et leurs repas de hérissons écrasés ; des éclairs jaillissaient des nuages. Charlie avait le pied au plancher. La longue route droite l'aspirait, dans une campagne plate et morne, plantée de jeunes arbres trop maigres pour dissimuler une camionnette. La monotonie du paysage s'insinuait dans le sang tel un poison lent. Un beau matin, on s'apercevait qu'on ne pouvait plus vivre ailleurs.

— Allez, allez...

Le pick-up peinait dans une longue montée, et Charlie dut rétrograder. La peau de son dos tirait de plus en plus fort. Il ne voulait pas penser que son enfant, sa petite fille si douce, perdait espoir. *Elle a du caractère. Elle se défendra.*

Au loin, il distingua un véhicule sur le bord de la route et ralentit. Il sortit son revolver de son étui et le posa sur le siège à côté de lui. Une camionnette était garée sur le bas-côté. Charlie leva le pied et vit qu'elle était surmontée d'une antenne satellite.

La camionnette Doppler marron.

Un cri de joie monta en lui. Il eut envie de piler, de sauter du pick-up, mais ses longues années de pratique policière avaient corrigé son caractère impulsif. S'il s'arrêtait maintenant, il perdrait l'effet de surprise ; Rick aurait l'avantage, et le temps, de faire du mal à Sophie. Il fallait s'y prendre autrement. *N'essayez pas de résoudre tous les problèmes à la fois. Soyez patient. Obtenez que le preneur d'otage se rende sans effusion de sang.*

Il dépassa lentement la camionnette et vit deux silhouettes à l'intérieur, éclairées par la lumière jaune du plafonnier. *Ne t'arrête pas, ne t'arrête pas.* Derrière lui, une énorme colonne nuageuse striée de noir s'élevait dans le ciel, sa base tournant lentement. Ils étaient arrivés au pied d'une formation orageuse gigantesque qui ressemblait à une explosion atomique, avec une tour haute et droite surplombée d'un énorme dôme bosselé en champignon.

La peur au ventre, Charlie continua à rouler pendant quelques minutes qui lui furent une torture, pour s'assurer que la camionnette ne le suivait pas et fit demi-tour. Le mur-nuage changea soudain d'aspect. Sa transparence vaporeuse se solidifia, devint plus brune, plus dense, mise en relief par le soleil couchant qui l'éclairait par-derrière. Une tornade aussi fine qu'un crayon descendit de la base tournoyante et frappa le sol comme un pic à glace.

Ne prêtez pas attention à l'otage, ne semblez pas y attacher grande importance, il prendrait plus de valeur aux yeux de l'auteur de l'enlèvement.

Il éteignit ses phares, ralentit, puis, levant le pied de l'accélérateur, il passa au point mort. Avant l'arrêt, il donna un coup de volant à angle droit. Le pick-up partit en dérapage contrôlé et fit un tête-à-queue sur la route détrempée avec un crissement de pneus et des chocs d'objets sur le plateau arrière.

Le véhicule s'immobilisa en oscillant. À proximité, un transformateur sifflait et, devant Charlie, deux fanions de pluie scintillaient dans le faisceau des phares de la camionnette Doppler. L'air s'était rempli de poussière et de débris. Dents serrées, Charlie attrapa son revolver et sauta du pick-up.

10

Sophie était calme. Au centre de sa tête s'était installée une étrange sérénité. Elle avait mal au cou. Le vent sifflait à travers la camionnette avec un bruit d'harmonica. Une nouvelle bourrasque de grêle frappa les vitres.

Groggy, elle rouvrit les yeux. Rick Kripner se penchait sur elle, la contemplant avec une fascination morbide. Il lui fit peur. Elle ne le reconnaissait pas. Elle se mit à hurler et le frappa au visage.

Il recula en lui bloquant le bras.

— Tiens, on dirait que tu te réveilles, toi.

Elle cria encore.

— Tu ne pourrais pas essayer d'être un peu plus aimable ?

— Lâche-moi ! ordonna-t-elle en se débattant. Lâche-moi !

Soudain, avec une étonnante indifférence, il la libéra et posa les mains sur le volant d'un geste possessif. Il battit la mesure avec les pouces, au rythme des essuie-glaces, le regard fixe, contemplant l'obscurité, comme hypnotisé.

Une nouvelle volée de grêle crépita sur la camionnette. La vitre côté conducteur s'étoila avec un craquement. Derrière eux, Sophie vit une spectaculaire montée nuageuse dans les éclairs. Elle posa la main sur la poignée, bien décidée à sauter, mais il la ramena d'un mouvement brusque.

— On ne fait pas toujours ce qu'on veut dans la vie, Sophie, fit-il remarquer.

Ravalant son dégoût, elle posa de nouveau la main sur la poignée, la respiration haletante.

Il la retenait fermement.

La grêle redoublait. Alors, un événement brutal se produisit. La vitre côté conducteur explosa vers l'intérieur, une pluie de verre vola dans l'habitacle, puis un poing puissant s'écrasa sur le visage de Rick avec un bruit mat.

Sa tête partit sur le côté. Son dentier fut projeté hors de sa bouche, une moitié heurta le crâne de Sophie, et l'autre atterrit sur ses genoux. C'étaient les dents du bas avec leur base rose, humide et répugnante. Elle hurla.

À travers la vitre brisée, un bras attrapa Rick, le tira pour l'extraire de la camionnette. Sophie voulut prendre les clés sur le contact, mais Rick fut plus rapide qu'elle. Il appuya sur la pédale et rabaissa le frein à main. Le pick-up partit en avant dans la tempête, sous les énormes grêlons qui dégringolaient du ciel avec un fracas épouvantable. Les pneus crissèrent sur la route, tandis que Rick criait.

— Mes hents ! Mes hents !

Il tendit la main vers Sophie et répéta :

— Mes hents !

— Quoi ?

Elle fixait avec horreur la bouche effondrée.

Repérant ce qu'il cherchait, il récupéra la moitié de son dentier sur ses genoux et l'introduisit dans sa bouche avec un bruit outragé, tandis qu'ils s'enfonçaient au cœur des éléments déchaînés.

11

— Bordel de merde !

Charlie fit feu sur la camionnette en fuite, visant les pneus arrière. Il avait vu sa fille, vivante. La pluie dégoulinait dans son cou, le vent s'engouffrait dans son uniforme. Il s'était servi de la poignée de son bâton de défense pour briser la vitre puis avait tenté d'assommer Rick. Il en avait encore mal aux phalanges. Il ne mit pas plus d'une seconde à réagir, pendant que la grêle mitraillait la terre et que les feux arrière s'éloignaient en zigzaguant dans le brouillard. Il rengaina son arme et partit au pas de course dans la boue glissante.

Il regagna très vite le pick-up, ouvrit et grimpa dans la cabine. Le vent se chargea de claquer la portière. Il empoigna le volant et démarra. Les roues dérapaient, et il dut faire demi-tour avec prudence.

Le pare-brise étoilé l'empêchait de voir. Il acheva de le casser à coups de crosse de revolver. Sa fille était vivante ! Portait-elle sa ceinture ? Rick en tout cas n'était pas attaché. Il pourrait essayer de leur faire quitter la route. C'était dangereux, mais sans doute moins que de laisser Rick s'enfuir avec Sophie.

La camionnette Doppler tourna brusquement à gauche, coupant à travers champs en direction de la tornade. Charlie quitta la route pour la suivre. Les pneus Michelin projetaient des mottes de terre, sautaient bravement les ornières ; lorsque les deux véhicules regagnèrent la surface asphaltée d'une petite route, les roues patinèrent en gémissant mais elles retrouvèrent vite leur adhérence.

Ils émergèrent de la zone de grêle, et la visibilité s'améliora. Des rayons roses filtraient à travers les nuages. Devant lui, Charlie voyait clignoter les feux arrière de la camionnette qui fonçait vers un spectacle terrible : autour de la tornade des décharges électriques jaunes jaillissaient de toutes parts. À sa base, une nuée de débris et de poussière tournoyait avec une force hystérique. Des vapeurs bleutées flottaient au-dessus de la corde tourbillonnante, bien visibles sur le fond lumineux des éclairs. Le buisson de débris mesurait au moins un kilomètre de diamètre à la base, soulevant des chevrons et des branches, qui sautaient comme des puces. Ce monstre de poussière et de détritus était deux fois plus large que haut et tournait telle une toupie à trois cent cinquante kilomètres à l'heure. Il ne fallait surtout pas croiser son chemin.

La foudre s'abattit, faisant crépiter l'air, et un vent glacé s'introduisit dans la cabine. Charlie regarda sa vitesse : l'aiguille approchait des quatre-vingt-dix, et il n'avait presque plus d'essence. *Ne me laisse pas tomber maintenant, vieille carcasse.* Il fit craquer la boîte de vitesses et accéléra à fond.

Heureusement, les pneus neufs adhéraient au bitume glissant, et il gagna du terrain. Il déboîta sur la voie de gauche et choisit un point d'impact sur le pare-chocs arrière. Il hésita un quart de seconde, puis tourna brutalement le volant vers la droite. Il percuta l'arrière de la camionnette à cent à l'heure environ. Il ressentit les vibrations du choc sur son visage, et le bruit de métal froissé, le hurlement du moteur et des pneus éclatèrent dans un vacarme assourdissant. Ils restèrent accrochés une seconde, puis la camionnette se détacha, de la fumée blanche montant des pneus.

Charlie freina trop brutalement, ce qui bloqua les quatre roues. Il perdit le contrôle et le pick-up pivota dans le sens contraire des aiguilles d'une montre. L'avant, beaucoup plus lourd, entraînait le Loadmaster dans un mouvement circulaire. L'équipement valsa dans la cabine, des morceaux de plastique volèrent comme des éclats d'obus. Une boîte à outils lui cogna le crâne et faillit l'assommer. Le temps sembla ralentir, un silence inquiétant se fit. Il ne vit plus que du noir, sentit l'obscurité s'enrouler sur lui tandis que le pick-up s'élevait vers le ciel et faisait un tonneau.

12

Sophie se cramponna, sentant venir le dérapage. La camionnette fit un tête-à-queue puis continua à tournoyer, sautant sur les trous de la route. Paralysée de peur, elle fut ballottée en tous sens. Enfin, avec un grincement inquiétant, ils s'immobilisèrent.

Une vive douleur monta dans son dos, et un goût de sang lui emplit la bouche. Un bruit d'eau montait, comme un torrent. Il s'amplifia, devint de plus en plus fort, parcouru de tonalités plus graves. Le pare-brise s'était fendillé en milliers de fragments, et à travers le verre fissuré elle crut voir des insectes tournoyer dans la lumière des phares. Non, ce n'étaient pas des insectes… mais des débris soulevés par la tornade.

— Merde ! s'exclama Rick en se frottant le front.

Sophie se tourna vers lui. Leurs regards se croisèrent. Il avait la bouche déformée par ses dents manquantes.

Elle fut de nouveau envahie par la peur. La camionnette était secouée par le vent, comme si la tempête voulait l'emporter. Des craquements de bois brisé se firent entendre. Elle se tourna vers la vitre. Il faisait nuit noire, mais, dans l'explosion d'un transformateur qui jetait un feu d'artifice bleu, elle vit la tornade en forme d'entonnoir avancer vers eux en tournoyant. La terreur se logea en elle comme une bulle qui ne voulait pas éclater, bloquant tout, rendant ses mains insensibles. Son cœur battait à un rythme infernal. Les zébrures orange qui déchiraient le ciel éclairaient le tourbillon. À présent, il avançait sur une rangée de poteaux téléphoniques. L'un après l'autre, ils furent aspirés, arrachés, avalés.

Rick redémarra dans un grondement effrayant. Sophie voulut ouvrir la portière, mais il la retint par le bras. Elle se débattit, cria, mais il ne la lâcha pas.

Un grand souffle d'air ouvrit sa portière violemment, et un homme apparut à côté d'elle, brandissant un revolver. Son visage était couvert de sang, ses cheveux collés au crâne, son uniforme trempé.

— Papa !

Rick appuya brutalement sur l'accélérateur, et la camionnette s'arracha au fossé. Charlie sauta sur le marchepied et s'agrippa, se battant avec la portière qui se refermait sur lui. Il visa et tira.

La détonation fut assourdissante.

La lèvre inférieure de Rick fut arrachée dans une gerbe de sang.

Le regard de Sophie se voila d'horreur.

La camionnette tangua.

Sophie comprit qu'il fallait sauter, mais Rick la retenait de sa poigne de fer.

Une secousse, et son père faillit lâcher prise.

Dominant sa répulsion, elle mordit le bras de Rick, enfonçant les dents dans la peau moite, dans le muscle durci par l'effort. Jusqu'au sang.

Il la lâcha, furieux, hurlant de douleur. Son visage mutilé était atroce à voir : bouche sanguinolente, édentée…

Son père la saisit à bras-le-corps et ils plongèrent ensemble dans le vide. Elle eut l'impression de tomber de la planète à des millions de kilomètres à l'heure. Ils touchèrent le sol en roulant, les bras de Sophie noués autour du cou de Charlie. Ils rebondirent sur l'herbe mouillée, cabriolèrent jusqu'à ce que le champ, enfin, les freine. Le souffle coupé, les poumons en feu, Sophie n'arrivait pas à retrouver sa respiration. *Respire, respire.* Enfin, l'air pénétra dans ses poumons. Elle s'accrocha à son père avec un sanglot de soulagement.

Il l'aida à se relever, et ils eurent le plus grand mal à rester debout dans le vent. Le ciel était parcouru d'éclairs violets. Autour d'eux, l'air tournoyait en hurlant. *Par où fallait-il aller ?* Elle entendit un crissement de pneus et chercha des yeux la camionnette Doppler. Elle la vit, secouée par les flux ascendants, les roues se soulevaient, chassaient, refusaient d'obéir aux coups d'accélérateur que donnait Rick pour s'enfuir.

Son père passa un bras autour de ses épaules.

— Ne te retourne pas ! Vite, sauvons-nous de là !

13

Rick était pris dans des courants terribles, l'entonnoir rugissant était juste devant lui. Le vent montait en hurlant, aspirait tout, pulvérisait de la boue, déchiquetait les feuilles qui volaient dans le ciel. Le bruit de train express si classique lui grondait aux oreilles. Il se battait avec les vitesses, nerveux, en nage. *La salope...* La salope jouait avec lui comme avec un yo-yo. Elle était illuminée par des explosions de transformateurs d'où fusaient des étincelles... elle emportait les poteaux téléphoniques les uns après les autres, les envoyant dans le buisson gigantesque de débris qu'elle soulevait sur son passage.

Bouche ouverte comme un poisson hors de l'eau, il passa la marche arrière et se tourna sur son siège en appuyant sur l'accélérateur.

— Non, non, non ! hurla-t-il en se sentant rattrapé.

Une ronde de cordelettes descendait de l'énorme mur-nuage indigo, et venait virevolter autour du vortex principal, chacune ayant la puissance d'une vraie tornade. Rick ne comprenait pas. Ça ne pouvait pas lui arriver, pas à lui ! Un escadron de morceaux de bois déchiquetés cogna la camionnette de plein fouet, et il entendit un craquement au-dessus de sa tête : l'antenne satellite venait d'être emportée. Il essayait désespérément de s'échapper.

Il y eut une déflagration assourdissante. Les portières étaient bloquées, comprimées par la pression. La pluie d'éclats de verre l'avait lacéré. Tout se mit à tourner. Son matériel de mesures s'entrechoqua, les circuits de l'ordinateur explosèrent.

Il appuyait encore sur l'accélérateur, mais le grondement du moteur ne lui parvenait que très étouffé. Les roues tournaient à vide sur la route détrempée. Deux pneus éclatèrent, ce qui fit faire une embardée folle à la camionnette. Un choc terrifiant se propagea dans tout son corps. *Non !*

La camionnette ne reposait plus que sur deux roues, le châssis se tordait lentement. Les ongles de Rick s'enfoncèrent dans le volant tandis qu'il l'agrippait de toutes ses forces. *Allez ! Bordel ! Allez !* Une rafale le projeta sur la tornade, contre laquelle il s'écrasa avec un bruit infernal, puis il fut avalé par le tourbillon.

Le vent souleva le véhicule, les cheveux de Rick se dressèrent, hérissés par l'électricité, et des bulles d'air bouillonnèrent sous sa peau. La camionnette s'aplatissait, se tordait. Crucifié par une insupportable douleur, il entendit le toit s'arracher dans une gerbe d'étincelles, puis il fut aspiré par le trou avec un grand sifflement. Au moment où il s'envolait, l'épave retomba comme une vieille boîte de conserve.

Il roula sur lui-même dans une vapeur tumultueuse, tête en bas, tête en haut, battant des bras et des jambes au ralenti. Il volait dans les airs, dominant l'obscurité zébrée d'éclairs blafards. Il était suspendu dans un tourbillon de débris de verre, de rouleaux de fil de fer barbelé, de poutres brisées et de grêlons sales. Le temps sembla s'arrêter. Puis, sensation horrible, il sentit s'amorcer la descente juste avant de tomber comme une pierre.

14

Le gigantesque entonnoir déracinait les jeunes arbres, les recrachant comme des bâtons de sucette. Aveuglé par la poussière, Charlie souleva Sophie dans ses bras, et traversa la prairie. La progression était difficile dans l'herbe détrempée, couchée par le vent. Il eut l'impression de mettre une éternité à regagner la route.

Sous la pluie qui leur fouettait le visage, il reposa Sophie et chercha le pick-up des yeux. Il aperçut le faisceau des phares un peu plus loin, qui perçait l'obscurité brumeuse.

— Cours ! hurla-t-il pour se faire entendre. On fonce !

Sophie ne voulut pas le lâcher. Le bras tendu, elle lui tint la main pendant toute leur cavalcade pour garder le contact avec lui. Ils sautèrent dans la cabine, claquèrent les portières sur eux. L'habitacle se remplit du halètement de leur respiration.

— Vite, papa, démarre !

Il tourna la clé dans le contact et appuya sur l'accélérateur, mais le moteur cala.

— Papa !

L'air avait une couleur d'eau sale. Une planche dansa devant eux, puis s'envola tel un oiseau maladroit. La cime des arbres se courbait, poussée par la force de l'entonnoir géant qui zigzaguait à travers les champs.

— Vite !

Non loin d'eux se dressait un peuplier de Virginie solitaire, au tronc massif et à la couronne de feuilles miroitantes, agitées comme des milliers de langues. Cette toison folle était entourée par une bande d'oiseaux qui ondulait comme une queue de dragon. Seulement ce n'étaient pas des oiseaux, mais des pneus de tracteur et des branches. L'air se cisaillait, s'ouvrait en deux.

— Papa, cria Sophie, démarre !

Il tourna de nouveau la clé, appuya sur l'accélérateur, et, cette fois, le pick-up démarra. Charlie passa la marche arrière et recula à toute vitesse sur la route rectiligne.

— Attention ! hurla Sophie.

Derrière eux, un poteau téléphonique se pliait dangereusement. Atteignant son point de rupture, il se brisa. De la sciure vola tandis que le haut sectionné bondissait vers eux. Charlie donna un coup de volant pour l'éviter, et le morceau de bois heurta la route à moins d'un mètre. Cette fois, Charlie préféra faire demi-tour, bataillant contre une pluie de débris qui percutaient le pare-chocs. Le moteur crachait, protestait. L'indicateur de température montait vers le rouge.

— Avance, bon Dieu, avance !

La tempête s'était emparée du carrefour. Les feux de signalisation se balançaient au bout de leurs câbles. Près de l'accès à la nationale, des haies d'aubépine roulaient à l'entrée d'un parc de voitures d'occasion. Soudain, ce fut l'enfer. Un bruit horrible s'éleva : la fin du monde. Une masse sombre fit un saut périlleux au-dessus d'eux, atterrit à quelques mètres et s'éloigna en culbutant. Une Mazda s'envola, traversa la route et s'écrasa sur le rail central dans une gerbe d'étincelles. Puis toutes les autres voitures traversèrent la route, bondissant et titubant.

— Merde !

Charlie roulait toujours, appuyant tantôt sur l'accélérateur, tantôt sur le frein, tandis que des morceaux de carrosserie volaient vers eux, se détachant du nuage de débris.

Une roue de lumière apparut dans le ciel : des phares de voiture qui descendaient en tournoyant. Il pila, tourna le volant, partit en dérapage, et évita de justesse une Pontiac vert pomme qui tombait sur eux.

Sophie poussait des hurlements.

— J'ai peur ! criait-elle en se bouchant les yeux.

Il freina encore pour immobiliser le pick-up qui s'arrêta en glissant. Puis, comme la carrosserie se mettait à vibrer, il fit coucher Sophie sur le plancher. La pression monta dans leurs oreilles, et l'arrière se souleva. La tornade les avait pris, ils s'envolaient. *Non ! Ils n'avaient pas traversé tant d'épreuves pour finir si bêtement !* Si la tornade les tenait, ils allaient mourir.

Le plancher du pick-up et les portières se mirent à onduler. L'air avait une vieille odeur, une moiteur de terre enfermée sous des fondations depuis des siècles. Ils flottaient dans une rivière d'encre, épaisse, presque solide. Le pick-up se cabra, traversa la route en vrille. Des débris s'abattaient dans le plateau comme des balles. Ils tournoyèrent, sautèrent, puis retombèrent sur la route. Un dernier tremblement terrible, puis soudain… inespéré, le calme revint.

Charlie attendit un moment, prostré, dans ce silence étrange, puis il regarda le ciel. La tornade rapetissait doucement, s'affinait en s'éloignant d'eux, puis elle remonta dans les nuages, abandonnant une traînée dans son sillage, une trace blanche semblable à celles que laissent les avions derrière eux.

— Ça va ?

— Oui…, fit Sophie avec un début de sourire.

— On dirait qu'on s'en est sortis…

Elle se mit à rire et se jeta dans ses bras.

15

Ils roulaient en silence. La circulation était souvent interrompue à cause des accidents : voitures encastrées dans des lampadaires, ou écrasées sur des panneaux publicitaires. Sophie avait la tête appuyée à l'épaule de son père. Sa respiration était peu profonde, irrégulière, et elle sursautait au moindre coup de tonnerre. Cela perturbait beaucoup Charlie de se dire qu'aujourd'hui elle avait perdu son innocence.

— On rentre ? demanda-t-elle en redressant la tête.

— Chut... chérie. Je t'emmène à l'hôpital.

— Je vais bien, papa, je te jure. Je préfère rentrer.

— Chut... Repose-toi et laisse-moi faire.

Elle acquiesça à contrecœur et appuya de nouveau sa joue sur l'épaule de son père, le visage éclairé par les derniers rayons du soleil.

— Bon, mais on rentrera tout de suite après, d'accord ?

— Oui, c'est promis.

— Je t'aime...

— Moi aussi, chérie.

Dès qu'il se détendait un peu, il était submergé par une immense fatigue. Il sentait la sueur, une odeur fade. Il était couvert de boue, avait mal partout, mais ils s'en étaient tirés. Un vrai miracle. À force de s'entêter, il était arrivé à joindre l'hôpital, où on lui avait donné de bonnes nouvelles de Willa. Elle avait été soulagée d'apprendre que Sophie était saine et sauve. Le ciel était strié de couleurs éclatantes ; des nuages moutonnants, comme des boulets de charbon, filaient au loin sous les cumulus. L'air sentait bon la menthe, et l'étoile du Berger scintillait sur la plaine. Il était heureux d'être en vie, et conscient de l'être. Son cœur et sa tête, de nouveau, fonctionnaient simultanément.

C'est alors qu'il aperçut une épave dans les champs. La camionnette Doppler marron. Il se gara sur le bas-côté.

— Que se passe-t-il ? demanda Sophie en se redressant.

La camionnette reposait sur le toit dans un champ boueux. La grille du radiateur était défoncée et les pneus déchiquetés.

— Qu'est-ce qu'il y a, papa ?

— Rien, je reviens tout de suite.

— Tu ne vas pas me laisser !

— Ne t'en fais pas, dit-il en la serrant avec un bras. Tu n'as plus rien à craindre, chérie.

— Ne me laisse pas toute seule, je t'en prie.

Il tira son revolver de son étui.

— Je ne vais pas loin, je t'entendrai si tu m'appelles.

— Sois prudent, murmura-t-elle. D'accord ?

Il dévala la pente à travers les herbes hautes rosies par le soleil couchant. Avec d'extrêmes précautions, il approcha du véhicule renversé. Une barre métallique pointait vers le ciel comme un os cassé, et le pare-chocs démantelé ressemblait à une bouche grimaçante. Au-dessus, un arc-en-ciel spectaculaire s'élevait dans le ciel.

Son arme pointée vers la camionnette, Charlie ordonna :

— Sortez du véhicule ! Sortez tout de suite ! Les mains en l'air !

Les vitres étaient fracassées, le toit arraché. Il contourna la carcasse, puis se pencha pour regarder à l'intérieur.

L'habitacle était vide. Charlie se redressa en frissonnant et scruta l'horizon. Les environs étaient parsemés de fermes qu'éclairaient les derniers rayons du soleil. Un nuage papillonnant de monarques fut pris dans les ultimes feux du crépuscule. La tornade avait rasé l'herbe, formant une bande de terre dénudée de plusieurs kilomètres de long au milieu de la prairie.

Il se tourna vers le pick-up d'où sa fille le surveillait avec inquiétude. Le rougeoiement du soleil couchant illuminait son visage. Il se souvint qu'il avait mis son médaillon dans la poche de sa chemise ; il ne le lui rendrait pas avant d'avoir essuyé le sang dont il était souillé. Il laisserait aussi un peu de temps s'écouler avant de lui parler de la mort de son grand-père.

— Papa ?

— J'arrive !

Elle lui adressa un triste signe de la main. Cet instant resterait gravé pour toujours dans sa mémoire.

Il jeta un dernier coup d'œil autour de lui et rengaina son arme. Il allait avertir la police locale. Qu'ils se débrouillent. Sa fille l'attendait. Mais soudain, il remarqua une masse blanche un peu plus loin, écrasée sur le sol noir.

Il sortit à nouveau son revolver de son étui et courut à travers champs, sauta par-dessus des amoncellements de débris et de feuilles détrempées. Une puissante odeur d'humus montait du sol, tandis que ses bottes s'enfonçaient dans la terre meuble. Plus il s'éloignait de la route, plus il s'éloignait de Sophie, et plus il était oppressé. Il franchit le dernier accident de terrain, se demandant ce qu'il allait trouver.

C'était un corps, sur lequel il se pencha dans la pénombre grandissante.

La chemise avait disparu. Les chaussures aussi, ainsi que les chaussettes. La victime défigurée ne portait plus que son jean, le reste de ses vêtements ayant sans doute été aspiré par le vent. Le souffle court, Charlie s'accroupit pour mieux voir. Le cou brisé, le crâne défoncé, donnaient l'impression qu'il était tombé d'une très grande hauteur. Les pupilles de ses yeux – brillants et noirs comme des insectes – étaient dilatées et fixes. Il était bien mort, mais l'identification serait difficile.

Charlie redressa le cadavre. D'anciennes cicatrices zébraient le dos et le haut des bras, certaines très fines, d'autres de l'épaisseur d'un doigt. Des signes incontestables de mauvais traitements dans l'enfance. Réprimant sa colère, il reposa le corps. Les jambes brisées étaient prises dans un rouleau de fil de fer barbelé emmêlé. Il allait falloir couper le métal pour accéder aux poches du pantalon, où se trouvait peut-être un portefeuille ou d'autres preuves de son identité.

Au loin montait le son étouffé des sirènes. Il inspecta la bouche sanglante, écarta les lèvres et découvrit des gencives édentées, puis il passa le doigt le long du maxillaire. Ça ne pouvait être que Rick. La camionnette Doppler était à quelques pas. Les cheveux étaient de la bonne couleur. Il n'avait pas de dents. De petites marques rougissaient les ailes de son nez, signe que la victime avait porté des lunettes.

Les cheveux soulevés par la brise, Charlie eut une soudaine inspiration. Il souleva le bras droit et le tourna. Aussitôt, il trouva la preuve qu'il cherchait : une trace de morsure bien nette. L'empreinte des dents de Sophie dans la chair blanchâtre, très distinctive à cause du chevauchement des incisives.

Oui, sans aucun doute, il s'agissait de Rick Kripner. Charlie laissa retomber le membre froid et essaya de retrouver son calme, mais rien à faire. Le tueur était là… et pourtant, cela ne lui suffisait pas. Il considéra encore longuement le corps brisé, les yeux morts. Rien n'avait plus de sens. Rien n'aurait plus jamais de sens. Rick Kripner avait été un garçon tellement ordinaire…

Il se releva, terrassé par l'épuisement. Les sirènes se rapprochaient. À ses pieds, il vit un morceau de polystyrène à moitié enfoui dans la terre. *Comme une pointe de flèche.* Ici d'autres batailles avaient eu lieu, autrement plus sanglantes que celle qui venait de s'achever. Le vent soufflait aussi à travers l'histoire.

— Papa !

— J'arrive !

Une turbulence agita l'air, un souffle léger. Il sentit comme une tape sur l'épaule. Une pression amicale, un avertissement.

Il se tourna mais ne vit personne, rien qu'un corbeau qui l'observait. Il scruta encore la campagne bruissante. Puis une brise espiègle souffla son chapeau, qu'il rattrapa d'une main avant qu'il touche le sol.

Le vent continua son chemin sans se presser, élégant, mettant au passage du désordre dans les cheveux clairsemés de Charlie et dans ses certitudes ; le vent fit une pirouette à travers la campagne ravagée, étreignant les épaules de la prairie comme un cavalier courtois. Le vent l'avait surprise. Le vent lui avait redonné un souffle de vie, puis avait poursuivi sa route.

Une semaine plus tard

L'Oklahoma se partage en deux parties presque égales, séparées par une broussaille impénétrable de chênes noirs et de chênes verts. À l'est de ce ruban végétal commence le domaine des forêts avec ses pluies abondantes. À l'ouest s'étend une région plus sèche, ancien territoire des Indiens nomades des grandes plaines, qui suivaient la migration des immenses troupeaux de bisons.

D'ouest en est, le terrain descend telles les marches d'un escalier géant. La poussière ocre des canyons balaie les vagues ondulantes de la plaine. Terre rouge, blé jaune, sous un ciel parfois vert à la saison des tornades : les couleurs de l'Oklahoma.

Charlie, en compagnie de Willa et de Sophie, admirait l'horizon du haut d'une colline. La terre et le ciel se fondaient dans une bande brumeuse, et on voyait au loin des nuages d'orage parcourus d'éclairs. Des voiles de pluie ondoyante, du brouillard, le grondement incessant du tonnerre. Son père aurait apprécié le spectacle.

Sophie portait l'urne contenant les cendres de son grand-père, muette de chagrin. Son médaillon avait retrouvé sa place autour de son cou. Au nord s'effilochaient de longs nuages en forme de plume, et le soleil tombait sur une étendue chatoyante de fleurs des champs aux mille nuances de rose et de violet.

Charlie l'aida à ouvrir l'urne et, ensemble, ils se préparèrent à disperser les cendres d'Isaac tandis que Willa lisait à voix haute un poème de Christina Rossetti :

— « Le vent, qui le voit ? Ni vous ni moi : mais si les arbres inclinent leurs branchages, c'est qu'ils saluent son passage. »

Sophie recula en laissant l'urne à Charlie.

— Fais-le, toi, papa, moi, je n'y arriverai pas.

Charlie jeta les cendres au vent.

— Au revoir, p'pa.

Les cendres s'envolèrent, flottant comme une nuée de moucherons sous la lumière céleste qui filtrait à travers les nuages. Sa force lui venait de son père… ses faiblesses aussi ; il s'en était fait une raison.

Willa referma le livre et leur jeta un regard de sympathie. Charlie la serra dans ses bras, pensant au vide qu'elle laissait dans son cœur le matin quand elle se levait pour aller travailler, et à la chaude empreinte qu'elle creusait dans le lit à côté de lui. Elle l'embrassa, une larme sur la joue. Le soleil leur caressa le visage et, l'espace d'un instant, tout sembla aller pour le mieux dans le meilleur des mondes. Charlie Grover était un grand optimiste.

— Adieu, grand-père, murmura Sophie. Regardez, il s'en va.

Ils contemplèrent longtemps le mouvement fluide de la prairie, leur chagrin, comme les cendres, porté par le vent.

Remerciements

Un grand merci à Sara Ann Freed, Jamie Raab et Larry Kirshbaum, Carter Blanchard, Helen Fremont, Wendy Weil, Rich Green et Keya Khayatian, Harvey-Jane Kowal, Kristen Weber, Molly Kleinman et Emily Forland, Eric Brown et Mike Rudell ; et tout particulièrement à mon mari, Doug, dont la sagesse et l'intelligence inspirent ces pages.

DÉJÀ PARUS

Robert Daley
Trafic d'influence, 1994
En plein cœur, 1995
La Fuite en avant, 1997

Daniel Easterman
Le Septième Sanctuaire, 1993
Le Nom de la bête, 1994
Le Testament de Judas, 1995
La Nuit de l'Apocalypse, 1996

Allan Folsom
L'Empire du mal, 1994

Dick Francis
L'Amour du mal, 1998

James Grippando
L'Informateur, 1997

Colin Harrison
Corruptions, 1995
Manhattan nocturne, 1997

A. J. Holt
Meurtres en réseau, 1997

John Lescroart
Justice sauvage, 1996

Judy Mercer
Amnesia, 1995

Iain Pears
L'Affaire Raphaël, 2000
Le Comité Tiziano, 2000
L'Affaire Bernini, 2001
Le Jugement dernier, 2003
Le Mystère Giotto, 2004
L'Énigme San Giovanni, 2004

Junius Podrug
Un hiver meurtrier, 1997

John Sandford
Une proie en hiver, 1994
La Proie de l'ombre, 1995
La Proie de la nuit, 1996

Rosamond Smith
Une troublante identité, 1999
Double délice, 2000

Tom Topor
Le Codicille, 1996

Michael Weaver
Obsession mortelle, 1994
La Part du mensonge, 1995

Composition : Facompo, Lisieux

Achevé d'imprimer sur les presses de

BUSSIÈRE

GROUPE CPI

à Saint-Amand-Montrond (Cher)
en janvier 2005
pour les Éditions Belfond
12, avenue d'Italie
75013 Paris

N° d'édition : 4072. — N° d'impression : 050149/1.
Dépôt légal : janvier 2005.

Imprimé en France

Michael J. Seefried

Kommt ein Kind zum Arzt …

Dem Leben mit Zuversicht begegnen

Den Kindern dieser Welt gewidmet,
im Besonderen
meinem Enkel Leo und meiner Tochter Lou

Bibliografische Information der Deutschen Nationalbibliothek
Die Deutsche Nationalbibliothek verzeichnet diese Publikation in der Deutschen Nationalbibliografie;
detaillierte bibliografische Daten sind im Internet über http://dnb.d-nb.de abrufbar.

1. Auflage 2018

Herstellung: TRIGA – Der Verlag UG (haftungsbeschränkt),
GF: Christina Schmitt
Leipziger Straße 2, 63571 Gelnhausen-Roth
www.triga-der-verlag.de, E-Mail: triga@triga-der-verlag.de
Druck: Druckservice Spengler, Bruchköbel

ISBN 978-3-95828-139-4

Danksagungen

Ohne die Hilfe tatkräftiger und hilfreicher Menschen wäre dieses Buch nicht entstanden. Zuallererst danke ich den Patienten und Freunden, die die Idee hatten und mir Mut machten, dieses Buch zu schreiben. Stefanie Wolff-Heinze hat in den Anfängen den entstehenden Text überarbeitet und Tipps für die Kapitelfolge gegeben, Angelika Reutter hat mir immer wieder wertvolle Hinweise in Gesprächen zum Text und zum Titel gegeben. Anne Rüffer war mir eine große Hilfe, weil sie mir mit fachkompetentem kritischem Blick entscheidend weiter geholfen hat. Alfred und Gabriella Borter haben wiederholt den ganzen Text durchgesehen, teilweise überarbeitet und wertvolle Hinweise gegeben. Alfred Borter hat den fertigen Text noch einmal Korrektur gelesen. Doris Tsangaris gab mir einige Anregungen zum Text und übernahm gemeinsam mit Katrin Kratz die künstlerische Gestaltung.

Ich möchte allen für ihre geleistete Arbeit und die aufgebrachte Geduld von Herzen danken. Meinen „Kindern" Augustin, Elias, Ella, Ferdinand, Gwendolin, Pauline danke ich, dass ich sie einige Zeit ihres Kinderdaseins begleiten durfte und nicht zuletzt danke ich meinem Enkel Leo und meiner Tochter Loulou-Sophie. Durch ihre Anwesenheit in meinem Alltag in den ersten 1 ½ Jahren von Leos Leben durfte ich noch einmal hautnah die Entwicklung eines kleinen wunderbaren Wesens mit vielen sich täglich wechselnden Facetten erleben und verfolgen.

Eisenbuch und Grüningen bei Zürich, im Oktober 2017

Inhaltsverzeichnis

Danksagungen 7

Vorwort 12 - 17

Begegnung als Heilungsimpuls 18 - 21

Teil I

Der Mensch als physisch-seelisch-geistiges Wesen 24 - 31

Der Mensch als sich entwickelndes Wesen 32 - 55

Die Sinne des Menschen – Tore der Seele 56 - 65

Was brauchen Kinder heute? 66 - 79

Teil II

Wann beginnt Erziehung? 82 - 85

Gemeinschaften heute – eine Kulturtat? 86 - 103

Familiensystemische Betrachtungen und Rückführungen 104 - 117

Teil III

Fieber 120 - 127

Impfen – warum (nicht)? 128 - 133

Das Wunder Leben 134 - 139

Warum wird der Mensch krank? 140 - 143

Allgemeine Betrachtungen aus der Praxis 144 - 171

Schlussbemerkung 172 - 173

Anhang 174 - 185

Literaturliste 186 - 191

Vorwort

Kinder heute ins Leben zu begleiten, ist eine anspruchsvolle und herausfordernde Aufgabe. Viele Rahmenbedingungen haben sich geändert, unsere Welt ist freier und reicher, teilweise aber auch starrer und in gewisser Hinsicht ärmer geworden. Beispielsweise gibt es heute nur noch selten Großfamilien, und viele Mütter gehen frühzeitig aus wirtschaftlichen oder arbeitsrechtlichen Gründen arbeiten oder weil sie es einfach wollen. Einige von ihnen können sich nicht vorstellen, sich jahrelang ausschließlich um die Erziehung ihrer Kinder zu kümmern. Mein Eindruck ist, dass wir in festgefahrenen gesellschaftlichen Strukturen leben, die sich über Jahre anscheinend so sehr bewährt haben, dass keine Notwendigkeit gesehen wird, diese zu verändern. Wenn wir die politischen Gegebenheiten um uns herum verfolgen, scheinen diese Strukturen weltweit seit ein paar Jahren zu bröckeln und weisen in eine ungewisse Zukunft. Heranwachsende erleben bei uns jedoch immer noch eine „fertige" Welt, in der neue Ideen weniger gefragt scheinen als in den 50er und 60er Jahren des letzten Jahrhunderts.

Eltern fällt es heutzutage zunehmend schwer, sich auf wesentliche Fragen zur Entwicklung und Erziehung ihrer Kinder zu konzentrieren, wie zum Beispiel:
Wie können wir ein den Bedürfnissen des Kindes angepasstes Zuhause schaffen? Welches Umfeld und

welche Gelegenheiten schaffen wir, damit es seine eigene Kreativität und Phantasie entdecken und entwickeln kann? Müssen wir unser Kind fördern?
Durch die zunehmende Technisierung und enorme Entwicklung der Medien sind Kinder heute einer nie da gewesenen Reizflut ausgesetzt: An vielen Orten erwartet uns eine musikalische Berieselung, z. B. beim Einkaufen, manchmal auch bei Arztbesuchen. TV, PC, Handy, Internet sind allgegenwärtig.
Die Präsenz der Medien prägt nicht nur den Einzelnen: Kommunikation, Gemeinschaftsbildung sowie Lehrpläne in Schulen und Kindergärten unterliegen großen Veränderungen durch die neuen Medien.
Es stellt sich die Frage, ob die Medien für die Entwicklung unserer Kinder sinnvoll sein können oder ob sie deren Entfaltung störend beeinflussen. In den folgenden Kapiteln wird dies beleuchtet.

Augenfällig ist, dass wir uns heute einer Generation von Kindern gegenübersehen, die offenbar anders ist als die Kindergeneration vor 40, 50 Jahren. Die heutigen Kinder scheinen sensibler zu sein. Immer mehr Kinder haben sehr „feine Antennen" und sind in der Lage, die Stimmung unmittelbar wahrzunehmen, die in einem Raum herrscht. Sie spüren geradezu körperlich, wie es den Anwesenden geht. Das führt nicht selten zu erheblichen Schwierigkeiten in Schule und Familie, weil diese Kinder mit ihren sozialen Bedürfnissen aus dem üblichen Rahmen fallen und eine andere Begleitung benötigen. Krank sind diese Kinder jedenfalls nicht; ich nenne sie die „neuen Kinder".

Fragen, die in der kinderärztlichen Sprechstunde zu medizinischen Themen, aber auch zur Erziehung, zur Alltags- und Freizeitgestaltung, zur Ernährung sowie zu Rhythmus und Reisen gestellt werden, zeigen, dass die Eltern von heute nicht mehr „einfach so" Entscheidungen treffen. Sie misstrauen den Vorstellungen über richtiges und falsches Handeln, wie das bei ihren Eltern und Großeltern noch selbstverständlich war. Mir wurde dies in den Jahren 2004 bis 2010 bewusst. In den Jahren davor war es für die meisten Eltern noch selbstverständlich, dass z. B. erkrankte, fiebernde Kinder einer besonderen Betreuung bedürfen und der Alltag anders als üblich gestaltet werden sollte. Das heißt, die Kinder blieben zu Hause und wurden von einem Erwachsenen, in der Regel von der Mutter, betreut. Nach dem Infekt gestand man diesen Kindern noch ein bis zwei Tage der Rekonvaleszenz zu, bevor sie wieder in die Schule oder den Kindergarten gingen. Hinzu kommt, dass früher die Großeltern oft um Rat gefragt wurden, wenn ein Problem auftauchte, während heute die Großeltern oftmals weit weg wohnen und so der Austausch über Alltagsfragen nicht mehr stattfinden kann.

Mit dieser Schrift möchte ich versuchen, Sie dafür zu sensibilisieren, den Blick auf Ihr Kind und auf sich selbst zu schärfen und die Entwicklungsschritte Ihres Kindes in einem übergeordneten, gesamthaften Kontext zu sehen. Ich möchte mithelfen, dass Sie diesen Blick aufrechterhalten oder wieder entwickeln können. Gelingt dies, werden Sie weniger einen klassischen Ratgeber selbst in scheinbar verzwickten Situationen benötigen. Das erreichen wir am besten, wenn wir mit offenem Herzen und der immer wiederkehrenden Überlegung, was das Kind in diesem Moment benötigt, tätig sind; eine Begegnung von Herz zu Herz sozusagen. Dabei habe ich ein besonderes Augenmerk auf die Themen gelenkt, zu denen ich in meiner täglichen Arbeit immer wieder befragt werde und bei denen ich den Eindruck habe, dass die Unsicherheit und teilweise auch die Not am größten sind.

Ich konzentriere mich im 1. Teil des Buches auf Themen, die Ihnen ein Fundament für die Beobachtung und Wahrnehmung Ihrer Kinder vermitteln können, wie z. B. „Der Mensch als physisch-seelisch-geistiges Wesen", „Entwicklungsphysiologische Betrachtungen" und die Kapitel über die „Entwicklungsetappen" sowie die „Sinne des Menschen". Letzteres Kapitel ist aus meiner Sicht sehr wichtig, da ich dank der Sinnesphysiologie viele wichtige Informationen über das Kind herleiten kann. Am Schluss des 1. Teils beschreibt das Kapitel „Was brauchen Kinder heute?" wichtige grundlegende Elemente für die Bedürfnisse des Kleinkindes.

Der 2. Teil des Buches widmet sich Erziehungsfragen, dem Thema Gemeinschaften wie beispielsweise die Familie oder die Eltern als Paar und familiensystemische Betrachtungen.

Wenn wir Eltern werden, werden wir unweigerlich an unsere eigene Kindheit erinnert. Das kann sehr berührend, aber auch sehr einschneidend sein, vor allem wenn ich gegenwärtig ein konfliktbelastetes Verhältnis zu meiner Mutter und/oder zu meinem Vater habe und dadurch der Kontakt zu ihnen leidet oder gar abgebrochen worden ist. Dann ist meine Familie, wir nennen sie Ursprungsfamilie, als System

nicht im Gleichgewicht. Systemisch gesprochen ist es dann sehr schwierig, dass meine jetzige neue Familie ins Gleichgewicht kommt. Diese Thematik beleuchte ich im Kapitel über Familiensystemik und Rückführungen.
Schließlich werden in einem 3. Teil konkrete Themen wie Fieber, Impfungen und typische Krankheitsbilder beschrieben. So können Sie meine Arbeitsweise kennenlernen. In diesem Teil des Buches finden Sie auch ein Kapitel „Das Wunder Leben", welches die Bedeutung der Geburtsstunde aufzeigt und deutlich macht, dass jede Geburt einzigartig ist.
Am Ende des Buches finden Sie einen Anhang, der Ihnen in akuten Situationen Leitfaden sein kann.

Diese Schrift erhebt nicht den Anspruch auf Vollständigkeit. Die behandelten Themen entsprechen der Sichtweise meiner Arbeit und jahrzehntelanger Erfahrung. Dabei möchte ich mich bei den vielen Patientinnen und Patienten herzlich bedanken, die mir durch teilweise „ungemütliche" Fragen geholfen haben, meinen Blick zu schärfen und den Gegebenheiten, Notwendigkeiten, Bedürfnissen und Sehnsüchten unserer Kinder von heute anzupassen.
Ich lade Sie ein, dieses Buch als Arbeitsbuch zu benutzen. Sie können durch eigene Notizen dieses Buch immer mehr zu ihrem persönlichen Begleiter machen.

Notizen

Das Herz ist der Schlüssel der Welt und des Lebens.

Novalis (1772-1801)

Begegnung als Heilungsimpuls

Begegnung bedeutet für mich, mein Gegenüber in seinem Herzen zu berühren. Gelingt dies, hat die Begegnung eine tiefe seelische Qualität. Innerhalb der Familie ist es wichtig, Begegnungen zu ermöglichen; dann wird der Umgang miteinander sehr heilsam sein und die Familie in ihrem Zusammenhalt stärken.

Wir können aus meiner Sicht einen therapeutischen Prozess beginnen und entwickeln, wenn uns, also dem Arzt oder Therapeuten und dem Patienten oder Ratsuchenden, eine solche Begegnung gelingt. Denn nur dann kann eine Empfindung entstehen. Sie stellt meines Erachtens als seelische Qualität das Fundament eines therapeutischen Prozesses dar. Vertrauen, Optimismus, aber auch Angst und Wut haben hier ihren Platz. In einer solchen Therapie können störende Faktoren wie Angst, Wut, Aggression oder Hass so verwandelt werden, dass sie dem Menschen hilfreich sein können. Begegnung wie oben beschrieben ist daher für den therapeutischen Prozess notwendig – egal, ob es darum geht, eine Infektanfälligkeit, eine sich wiederholende Mittelohrentzündung, eine Migräne, eine Essstörung oder eine Schulverweigerung zu behandeln oder den für einen selbst richtigen Weg für die Behandlung einer Krebserkrankung zu wählen. Diese notwendige Begegnung zwischen Patient und Arzt oder Therapeut nenne ich „Begegnung als Heilungsimpuls"; denn im Bemühen um Heilung zeigt sich immer wieder, dass die Emotionen eine große Rolle spielen, nicht der Verstand.

Damit dieser Prozess der Begegnung gelingt, bedarf der Arzt oder Therapeut bei der therapeutischen Arbeit einer gewissen Fähigkeit zur Selbstreflexion, um leiseste Signale seines Gegenübers wahrzunehmen, ohne dass sie durch eigene Gedanken und Urteile beeinflusst werden.
Wir sollten einen Weg suchen, unseren scharfen analytischen Verstand zu reduzieren zugunsten eines phänomenologischen Blickes. Mit phänomenologischem Blick meine ich, dass ich versuche zu verstehen, welche Geste sich hinter einer bestimmten Erkrankung, gewissen Symptomen, einem Verhaltensmuster oder Konflikt verbergen kann. Dazu benötige ich neben dem Wissen um die Krankheitsentstehung eine Diagnose und eine genaue Anamnese des Patienten und seines Umfeldes (Familie, Ursprungsfamilie, Arbeitsumfeld). Mit dieser Herangehensweise versuchen wir dem Menschen in seiner Ganzheit als körperliches, seelisches und geistiges Wesen gerecht zu werden.
Dann kann sich ein Feld öffnen, welches ich einen therapeutischen Raum nenne. Hier kann sich zeigen, was ist und was entstehen kann, indem wir das Ganze im Blick behalten.
Aus meiner Sicht ist es überdies empfehlenswert, sich als Therapeut oder Arzt in regelmässiger Weise mit Fachkollegen auszutauschen.

Ist Begegnung als Heilungsimpuls im familiären Kontext möglich?

Davon bin ich überzeugt, aber es ist eine tägliche Herausforderung und Übung. So, wie es mir gelingt, mir selbst zu begegnen, eigene Gedanken und Gefühle zu verstehen, so wird mir dies auch bei meinen Kindern oder der Partnerin und dem Partner gelingen können. Es ist eine Frage der Einstellung, ob ich das Verhalten meines Gegenübers sofort beurteile oder ob es mir gelingt, innerlich einen Moment innezuhalten, um die Geste und das, was sich hinter dem Verhalten verbirgt, wahrzunehmen. Oftmals sind diese kleinen Momente erstaunlich reich an Informationen und Gefühlen und können zu einem besseren Verständnis beitragen.

Wenn ich noch Altlasten aus meiner eigenen Ursprungsfamilie mit mir umhertrage, sollte ich überprüfen, ob diese einen negativen Einfluss auf meine Partnerschaft oder meine Familie haben. In der Regel ist das so. Dann wäre eine genaue weitere Betrachtung wichtig, um diese Altlasten aufzuarbeiten und zu überwinden (s. Kapitel „Familiensystemik und Rückführungen").

Eine besondere Herausforderung ist, wenn Eltern beabsichtigen sich zu trennen. Gelingt es ihnen, Begegnung in der oben beschriebenen Weise aufrechtzuerhalten, so leisten sie Grandioses für ihre Kinder in dieser schwierigen Phase. In der Regel schaffen sie das nicht alleine und benötigen professionelle Begleitung.

Ich bin der Auffassung, dass jeder Mensch Begegnung als Heilungsimpuls in sein Leben integrieren kann.

Lass nie zu, dass du jemandem begegnest, der nicht nach der Begegnung mit dir glücklicher ist.

Mutter Teresa (1910-1997)

Teil I

Der Mensch als physisch-seelisch-geistiges Wesen

Der dreigliedrige Mensch

Der Mensch ist ein dreigliedriges Wesen. Dies zu wissen ist von Bedeutung, wenn man die Entwicklung der Kinder verstehen möchte. Wenn wir den Menschen betrachten, können wir daher drei Bereiche wahrnehmen, wie sie in der anthroposophischen Menschenkunde benannt werden:

Das Nerven-Sinnes-System,
das Rhythmische System und
das Stoffwechsel-Gliedmaßen-System.

Das **Nerven-Sinnes-System** hat sein Zentrum im Gehirn, jedoch haben wir Millionen von Nervenzellen in unserem ganzen Körper. Dieser Bereich ist die physische Grundlage für das Denken.
Das Zentrum des **Rhythmischen Systems** ist in unserer Körpermitte zu finden. Herz und Lungen sind sehr rhythmische Organe. Herzschlag und Atmung weisen ihren eigenen Rhythmus auf und haben eine rhythmische Verbindung zueinander. Wir reagieren sehr sensibel auf Störungen sowohl dieser beiden einzelnen Rhythmen als auch des rhythmischen Verhältnisses von Herzaktion und Atmung zueinander. Dieses ist üblicherweise 4 zu 1, d. h. auf vier Herzschläge kommt ein Atemzug. Selbstverständlich haben wir viele rhythmische Prozesse im ganzen Körper. Dieser rhythmische Bereich ist die Grundlage

für das Fühlen. Rhythmische Prozesse sind sehr von unserem emotionalen Zustand abhängig.
Das rhythmische System hat noch eine andere Aufgabe. Es ist Vermittler zwischen oben und unten, zwischen dem Kopfpol oder Nerven-Sinnes-System und dem unteren Pol, dem Stoffwechsel-Gliedmaßen-System. Diese Vermittlerrolle ist immens wichtig und leidet sehr oft beim modernen Menschen. Der Mensch wird dann in seiner Mitte schwach, was zu verschiedenen Symptomen oder Krankheiten führen kann, speziell zu Herz-Kreislaufkrankheiten. Auf dieses Thema gehe ich an verschiedenen Stellen dieses Buches ein.

Denken
Fühlen
Wollen

Stoffwechsel-Gliedmaßen-System: Der Stoffwechsel im Verdauungsbereich bildet zusammen mit den Gliedmaßen eine Einheit; dieses System ist Grundlage für den Willen. Zelluläre Stoffwechselprozesse finden wir im ganzen Körper.

Nun können wir Folgendes feststellen:

Nerven-Sinnes-System >> Denken (oberer Mensch, Kopfbereich)
Rhythmisches System >> Fühlen (mittlerer Mensch, Brustbereich)
Stoffwechsel-Gliedmaßen-System >> Wollen (unterer Mensch, Bauchbereich)

In den ersten Lebensjahren, d. h. im Vorschulalter, steht die Entwicklung des Willens im Vordergrund. Es folgen die Entwicklung des Fühlens, die in der Pubertät ihren Höhepunkt erfährt, und dann die Entwicklung des Denkens. Jede dieser drei Epochen dauert ungefähr sieben Jahre, so dass wir erkennen können, dass der Mensch mit etwa 21 Jahren erwachsen wird, d. h. seine sogenannte Erdenreife erlangt. Jetzt ist er ausgewachsen und hat seine grundlegenden seelischen Qualitäten von Wollen-Fühlen-Denken so weit entwickelt, dass er sie als junger Erwachsener zur Verfügung hat. Diese Entwicklungsphasen vollziehen sich nach rhythmischen Grundsätzen, die jeweils eine individuelle Prägung haben.

Der Mensch bildet also nach entwicklungsphysiologischen Gesetzen fundamentale seelische Qualitäten aus, die sich über den dreigliedrigen Menschen herleiten lassen. Diese Qualitäten Wollen-Fühlen-Denken befähigen uns, autonome, freie Menschen zu sein. Selbstverständlich kann ein fünfjähriges Kind schon fühlen und denken. Aber erst, wenn es im 2. Jahrsiebt, also zwischen 7 und 14 Jahren, die Reifung des Gefühlslebens entwickelt, entfaltet sich Fühlen als eigenständige menschliche, seelische Qualität. Dasselbe gilt für das Denken im 3. Jahrsiebt (14 bis 21 Jahre). Erst dann sind entwicklungsphysiologisch die Voraussetzung und die Fähigkeit des logischen Denkens ausgereift.

Es ist der Geist, der sich den Körper baut.

Friedrich Schiller (1759-1805)

Die Wesensglieder des Menschen

Eine zweite Betrachtungsform des Menschen aus der Anthroposophie heraus ist die Darstellung der Wesensglieder des Menschen. Das Verstehen der Wesensglieder ist für pädagogische, entwicklungsphysiologische und medizinische Aspekte wichtig und hilfreich.

Physischer Leib

Der physische Leib des Menschen unterliegt den typischen chemischen und physikalischen Gesetzen, wie wir sie auch bei Mineralien, Pflanzen und Tieren wahrnehmen können. Stirbt der Mensch, ziehen sich die anderen Wesensglieder zurück, alle Lebensfunktionen sind erloschen und der Leib des Menschen zerfällt.
Die Ausbildung des physischen Leibes vollzieht sich v.a. während der Embryonalentwicklung, also während der Schwangerschaft. Bei der Geburt wird der physische Leib geboren.

Lebens- oder Ätherleib

Bei Kindern erleben wir einen sehr dynamischen Lebensleib. Er wird auch Bilde-Kräfte- oder Rhythmusleib genannt. Aufbaukräfte stehen bei Kindern im Vordergrund und sollten von den Eltern durch die Gestaltung eines kindgerechten und liebevollen Umfeldes unterstützt werden, in dem Rhythmus, Struktur, ausreichend Schlaf und gesunde, frische Nahrung den Alltag beleben.
Dem Lebensleib unterstehen sämtliche Lebensfunktionen. An wichtigen Lebensprozessen können wir die Aktivität des Ätherleibes erkennen: Atmung und Herztätigkeit, Wärmehaushalt, Verdauung und Ausscheidung, Hunger, Durst, Schmerzerleben, die Fähigkeit eines individuellen Fieber-Entwickelns sowie der Heilungsfähigkeit bei Wunden. Bei Kindern ist sehr interessant, die Dynamik ihres Wachstums und Zahnens zu beobachten sowie die Modalität, wie

sie Fieber bekommen und wie sie damit umgehen. Da gibt es Kinder, die dies wie nebenbei und unauffällig erledigen; bei anderen verläuft das viel heftiger und rascher.
So erkennen wir, dass der Lebensleib eine sehr individuelle Gestalt annimmt. Einen Lebensleib finden wir auch bei Pflanzen und Tieren.
Im Vorschulalter sind Aktivität und Entwicklung des Ätherleibes sehr stark. Es ist eine wichtige Phase, an der wir erkennen können, wie sich Lebensprozesse einstellen und festigen. Ab der Schulreife, zur Zeit des Zahnwechsels, ist der kindliche Körper fertig geschaffen. Der Ätherleib ist herangereift, seine Entwicklungsphase ist abgeschlossen. Nun entstehen keine neuen Strukturen mehr wie beispielsweise zuvor die Zähne. Jetzt wird der Körper lediglich noch wachsen, bis er um das 21. Lebensjahr die Statur eines erwachsenen Menschen erreicht hat.

Die Schulreife ist daher dieser Moment des Abschlusses der Entwicklungsphase des Ätherleibes. Dann wird ein Teil der Wachstumskräfte frei und kann für die kognitive und intellektuelle Entwicklung zur Verfügung stehen. Wird ein Kind bereits mit fünf Jahren eingeschult, ist diese Phase noch nicht abgeschlossen, so dass Kräfte, die noch dringend für das Wachstum erforderlich wären, für die intellektuelle Entwicklung abgezogen werden. Auf diese Weise werden dem Kind zu früh Lebenskräfte entzogen.

Seelen- oder Astralleib

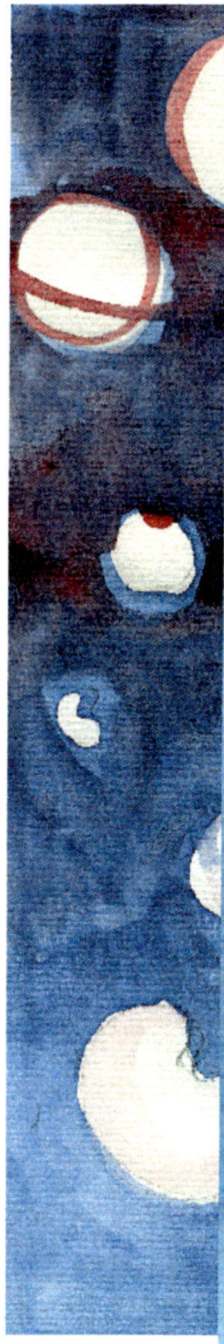

Seelische Qualitäten wie Gefühle, Begierden und Triebe kennen wir beim Menschen und den höheren Tieren. Der Mensch hat bei seiner Ich-Entwicklung die Möglichkeit, diese zu kultivieren. Dies gibt uns die entscheidende Fähigkeit, unser Bewusstsein durch Selbstentwicklung zu schulen. Diese Möglichkeit hat das Tier nicht oder nur in sehr begrenztem Rahmen, wie wir bei domestizierten Tieren wie dem Hund oder dem Pferd sowie beim Affen feststellen können. Durch die Existenz des Astralleibes erleben wir eine Innenraumgestaltung; diese vollzieht sich bei der Lunge bezeichnenderweise mit dem ersten Atemzug. Mit dem ersten Atemzug zieht das Seelische in das Kind ein.

Der Ausdruck „Astralleib" war bereits im Platonismus und in der Renaissance bekannt. Er wurde von Rudolf Steiner neu aufgegriffen und weist uns auf die astralisch-kosmische Verbindung hin. In die Innenräume der Wesen mit Astralleib strömen während der Embryonalentwicklung planetarische und kosmische Kräfte ein, die an der Bildung der Organe mitwirken. Tiere und Menschen, also Wesen, die einen Astralleib haben, können sich fortbewegen, im Gegensatz zu den Pflanzen. Der Astralleib reift mit etwa 14 Jahren aus, dann ist seine Entwicklung weitgehend abgeschlossen.

Ich

Dank der Entwicklung unseres Ichs können wir unsere eigene Individualität erkennen und ein Selbstbewusstsein entwickeln. Unser Ich ermöglicht uns zwischen mir und meinem Gegenüber zu unterscheiden und das Du zu erkennen. Es ermöglicht uns zu denken, zu reflektieren, zu urteilen – oder es nicht zu tun. Durch unser Ich sind wir in der Lage, die anderen Wesensglieder als Instrumente zu einem freien Mensch-Sein zu kultivieren und zu nutzen.
Die Ich-Entwicklung vollzieht sich während des ganzen Lebens; sie hat ihren ersten Höhepunkt mit drei Jahren (Kindergartenreife, s. dort), einen zweiten Impuls in der Phase des Rubikon (s. dort) und mit 21 Jahren kommt es zu einem Abschluss der Kindes- und Jugendentwicklung.

In Ehrfurcht empfangen – in Liebe erziehen – in Freiheit entlassen.

Rudolf Steiner (1861-1925)

Der Mensch als sich entwickelndes Wesen

Entwicklungsetappen

Kleinkindphase
Die ersten 7 Jahre: Entwicklung der Bewegung und des Willens

Die ersten Lebensjahre sind die wichtigsten im Leben des Menschen hinsichtlich seiner Entwicklung. Hier wird ein wichtiges Fundament für das gesamte weitere Leben gelegt. In den ersten 7 Jahren steht die motorische Entwicklung im Vordergrund. Auf der seelischen Ebene findet die Entwicklung des Willens statt – beide laufen gewissermassen parallel und sind abhängig voneinander (s. Kapitel „Der Mensch als physisch-seelisch-geistiges Wesen").

Der „Greifling": 3. Lebensmonat bis Ende 1. Lebensjahr

Das Neugeborene beginnt in den ersten Monaten sehr rasch und zunehmend koordiniert sein Köpfchen, seine Ärmchen und Beinchen zu bewegen. So beginnt es, den Raum für sich zu erobern. Schon bald kann es die Mittellinie kreuzen, findet seine Hand und seinen Daumen und kann selbstständig nuckeln. In dieser Zeit ist das Kind ganz Sinnes-, Instinkt- und Reflexwesen.

Ab dem 3. Monat beginnt es, sich aktiv der Welt zuzuwenden: Die Eltern freuen sich über das erste zugewandte Lächeln, der Blick beginnt zu fixieren und mitzuwandern, das Kind greift nun nach Gegenständen. Die nachahmenden Reaktionen werden in dieser Phase immer ausgeprägter.

Der Mensch spielt nur, wo er in voller Bedeutung des Wortes Mensch ist, und er ist nur da ganz Mensch, wo er spielt.

Friedrich Schiller (1759-1805)

Entwicklung des Spiels

Das Spiel hat eine wichtige Bedeutung für die gesamte Entwicklung des Kindes: motorisch, seelisch, geistig und sozial. Es beginnt zuerst, mit seinen Gliedmaßen zu spielen, und spielt dann mit Gegenständen, die es in den Mund nimmt, damit hantiert und schliesslich betrachtet (Mund-Hand-Augen-Koordination). Es lernt die Unterschiedlichkeit der Gegenstände zu erfahren nach Oberfläche, Größe, Gewicht, Form und Konsistenz (1. Lebensjahr). Dann setzt es sich mit den Dimensionen des Raumes und der Schwerkraft auseinander – sowohl bei sich selbst durch das Laufenlernen als auch anhand von Gegenständen, die es immer und immer wieder fallen lässt oder wegwirft. Welch unermüdliches Bemühen und Erforschen!

Es lernt herumzukriechen und erobert sich so die Horizontale, es schichtet sitzend Dinge aufeinander und lernt so die Vertikale kennen, und wenn es sich am Stuhlbein aufzieht und die ersten Schritte tut, sind das die ersten Schritte in den dreidimensionalen Raum.

Das Kind spielt, um zu erfahren, zu erleben und zu ergründen: So kann es lernen, wie die Welt funktioniert und welchen Platz es selbst in der Welt hat. Auf diese Weise erhält es Bestätigung und damit Selbstbewusstsein und Willensstärke, vorausgesetzt die Eltern „helfen" nicht übermäßig und bieten dem Kind eine geeignete Umgebung und möglichst natürliches Spielmaterial. Es profitieren alle Sinne beim kindlichen Spiel; insbesondere beteiligt sind der Tast-, der Eigenbewegungs- und der Gleichgewichtssinn sowie der Geruchs-, der Geschmacks-, der Seh- und der Hörsinn (s. Kapitel „Die Sinne").

Parallel zu dieser Entwicklung lernt das Kind sprechen. Beobachten Sie ein Kleinkind, wie es mit seinem ganzen Körper ringt, um ein neues Wort richtig auszusprechen. Viele Muskeln sind in dem kleinen Körper bei dieser Tätigkeit des Sprechenlernens mitbeteiligt. Sprechenlernen ist auch Muskelarbeit!

Bäume, Pflanzen und Gegenstände sind für Kinder lebende Wesenheiten. Kinder leben in Bildern; Abstraktes ist ihnen unbekannt. In dieser Bilderwelt leben die Kinder bis in die Pubertät. So ist das zerbrochene Glas das arme Glas und der umgekippte Krug ist der müde Krug.

Der „Sprechling“: Ende 1. bis 3. Lebensjahr

Mit zunehmendem Alter verfeinern sich die Körperbewegungen des Kleinkindes, seine Sinneswahrnehmungen und seelischen Regungen. Einwirkungen des Ichs auf die körperliche und seelische Entwicklung des Kindes sind nur indirekt festzustellen. Daher ist es wichtig, das Kind unbefangen zu beobachten, ohne voreilig zu urteilen und ohne dass das Kind vom Erwachsenen zu etwas aufgefordert wird. Mit großer Zurückhaltung sollten wir Ärzte, Psychologen oder Therapeuten Kinder beurteilen, die bei Tests, die wir vornehmen, nicht die erwarteten Ergebnisse liefern. Solche Testsituationen sind kritisch zu sehen; sie können nicht den unbefangenen und unvoreingenommenen (phänomenologischen) Blick auf das Kind ersetzen. Im Kapitel „Begegnung als Heilungsimpuls“ sprachen wir vom phänomenologischen Blick. Durch eine gute Beobachtung des Kindes und das gezielte Gespräch mit den Eltern zum Verhalten des Kindes im Alltag (auch motorisch und sozial) kann ich mir in der Regel ersparen, das Kind Testsituationen auszusetzen. Dabei sind viele kleine Gesten in der Beurteilung hilfreich, etwa wie das Kind mich begrüsst, wie es sich auf dem Weg vom Wartezimmer zum Sprechzimmer verhält, wie es sich selbst im Sprechzimmer zeigt, ob es scheu auf Mamas Schoß sitzt oder auf Entdeckungsreise geht u. a. .

Ab dem 3. Lebensjahr beginnt das Kind, die Konjugation und Deklination zu gebrauchen und Nebensätze zu bilden. Hier kann ein physiologisches Stottern auftreten, wenn es zu viel auf einmal sagen will. Sollte dies der Fall sein, sprechen Sie selbst langsam und lassen Sie Ihrem Kind Zeit. Mit ungefähr 5 Jahren sollte der Haupterwerb der Sprache vollzogen sein und damit auch das vorübergehende Stottern ein Ende finden.

Das Kleinkind lebt im Hier und Jetzt. Erst gegen Ende des dritten Lebensjahres beginnt ein Zeitgefühl für Vergangenes und Zukünftiges im Kind aufzuflammen. Das bedeutet: Wenn wir ein 2-jähriges Kind fragen, ob es am nächsten Tag das rote oder das blaue Jäckchen anziehen will, oder wenn wir ihm mitteilen, dass wir in vier Wochen in die Ferien fahren, kann es das nicht wirklich begreifen. Daher sollten wir nur mit vorsichtiger Zurückhaltung das Kind intellektuell ansprechen, weil wir durch das Ansprechen des Intellekts den Bereich des Rhythmischen Systems nicht unterstützen.

Die Gefühlsentwicklung des kleinen Kindes ist extrovertiert, und die Gefühle entstehen unmittelbar im Moment und können rasch wechseln. Das Kind erlebt sich als Mittelpunkt der Welt, es ist lebendig und nicht in der Lage, „Rücksicht" zu nehmen. Daher ist zum Beispiel das Handgeben als Begrüßung für ein 2- bis 3-jähriges Kind ein andressiertes Ritual und keineswegs kindgemäß. Kinder dürfen, ohne zu grüßen, an den Erwachsenen vorbei ins Zimmer und in die neue Welt stürzen und sie entdecken. Seien Sie sicher, dass es Sie auf seine Weise begrüßen wird – und wenn es nur ein kurzer Blick ist oder das Einbeziehen ins Spiel. Haben Sie Vertrauen: Das Kind wird gesellschaftliche Gepflogenheiten wie das Handgeben und „Danke sagen" von selbst übernehmen. Es erlebt diese ja täglich bei seinen Vorbildern.

Kindergartenreife und Kinderkrippe

Dies ist ein schwieriges Thema! In der Bevölkerung besteht die Tendenz, die Kinder immer früher, teilweise schon mit 6 bis 9 Monaten in eine Kinderkrippe zu geben. Aus meiner Sicht sollten die Eltern sich über die Entwicklungssituation ihres Kindes bewusst werden, um zu verstehen, was dies für ihr Kind bedeuten kann. Entwicklungsetappen

Wir wissen heute und können aufgrund von Beobachtungen und der Kenntnis entwicklungsphysiologischer Gegebenheiten feststellen: Ein einjähriges Kind ist noch ganz mit seiner Umwelt verschmolzen. Im Kapitel „Entwicklungsetappen – Der Greifling" haben wir es als Sinnes-, Reflex- und Instinktwesen beschrieben. Es kann noch nicht zwischen der Umwelt und sich selbst unterscheiden. Alle Dinge im Außen, die es erlebt, erlebt es im eigenen Körper. So kann es sich noch nicht von Ereignissen im Außen distanzieren. Erst mit etwa 2 ½ bis 3 Jahren entwickelt das Kind die Fähigkeit, zwischen sich und der Umwelt zu unterscheiden. Es beginnt sich als eigenes Individuum wahrzunehmen, das losgelöst von seiner Umwelt existiert. Dies wird als Marker für die Kindergartenreife angesehen. Bis zu diesem Entwicklungsschritt sind feste und enge Kontaktpersonen, am besten die Eltern, Familienangehörige oder enge Freunde, für die weitere Entwicklung des Kindes sehr wichtig. Die Wiener Kinderärztin und Forscherin Emmi Pikler (1904-1984) hat in ihrer jahrelangen mühevollen Arbeit im berühmten Kinderheim Loczy in Budapest diese Erkenntnisse gewonnen und vielfach bestätigt. Sie nennt diese den „Aufbau emotionaler Bindungen durch beziehungsvolle Pflege". Sie stellen das

Fundament für die Entwicklung des Kindes dar. Die Basis hierzu wird in den ersten 3 bis 4 Jahren gelegt (s. Literaturliste und auch Kapitel „Die Bindung" in „Familiensystemische Realität").

Daher ist es für das Kleinkind von entscheidender Bedeutung, eine das Lebensalter berücksichtigende Lösung zu finden, wenn die Mutter einer außerhäuslichen Arbeit nachgeht. Es steht außer Frage, dass es am schönsten wäre, wenn die Betreuung ein anderes Familienmitglied oder eine enge Freundin der Familie übernehmen könnte. Denn zu diesen Personen haben die Eltern eine emotionale Bindung; diese ist entscheidend!

Was für Kinder in diesem Lebensabschnitt noch nicht gemäß ist, sind soziale Interaktionen, weil solche aufgrund ihrer Entwicklung noch nicht dran sind. Die Kinder können ja noch nicht zwischen Ich und Du unterscheiden. Spielgefährten, mit denen sie sich „reiben" können, sind wunderbar und wichtig, wenn sie die Kindergartenreife erlangt haben. Kleine Kinder benötigen ihr „Nest" und ihren gewohnten Alltag. Dies benötigen sie zur Entwicklung und Festigung ihrer Lebenskräfte, zum Aufbau ihrer Bindungsfähigkeit und ihres Selbstvertrauens, und wie wir vorher beschrieben haben zum Aufbau und zur Stärkung ihres Äther- und Astralleibes (s. Kapitel „Die Wesensglieder, der Ätherleib, der Astralleib"). Ebenso sind Interkontinentalreisen für Kleinkinder kritisch zu sehen. Bei diesen ist nicht nur der Alltag in einem Ausnahmezustand, sondern auch der gewohnte zeitliche Ablauf durch die veränderten Zeitzonen.
Ideal wäre, eine kindgerechte Umgebung für die Kleinkinder zu schaffen, in der sie gefahrlos die

Welt für sich entdecken können. Fertiges Spielzeug ist nicht erforderlich, ist dieses doch in der Regel nicht geeignet, die Phantasie und Kreativität anzuregen. Legen Sie wenige Gegenstände in den Kinderbereich; es darf auch ein kleiner Kochtopf, ein Deckel, ein Holzlöffel und ähnliches sein.
Erfreuen Sie sich am Kind, wie es auf Entdeckungsreise geht. Sie dürfen Anregungen geben, müssen ihm aber nichts beibringen. Laut Emmi Pikler sollten wir das unterlassen, weil wir damit ihre enorme Kreativität, ihre Phantasie wie auch ihren Lebenswillen unnötig beeinflussen (s. auch: www.kindererziehung.com/Paedagogik/Alternative-Erziehung/Pikler-Paedagogik.php).

Die Situation in einer Krippe sollte aus zwei Gründen für ein Kleinkind, das den oben genannten Entwicklungsschritt noch nicht vollzogen hat, kritisch hinterfragt werden: Zum einen, weil die Anzahl der Kleinkinder in einer Gruppe in der Regel zu groß ist; zum anderen wechseln aus arbeitstechnischen Gründen im Laufe eines Jahres die Ansprechpersonen immer wieder. Diese beiden Punkte sind aus einer Krippensituation heraus zu verstehen, sie sind aber eben nicht kleinkindgerecht. Ich möchte mich an dieser Stelle nicht gegen Kinderkrippen positionieren. Wesentlich ist mir die Anmerkung, dass die ersten zwei, drei Lebensjahre zu den entscheidendsten in der Entwicklung der Kinder gehören. Wenn hier ein gutes Fundament gelegt werden kann, profitiert das Kind sein ganzes Leben davon – und seine Eltern auch! Eine gute Kleinkindbetreuung ausserhalb des Elternhauses kann da entscheidend dazu beitragen; allerdings kann sie sich auch störend auf die Entwicklung des kleinen Kindes auswirken.

Kinderkrippe und wiederholte Infekte

Bekanntlich werden Kinder häufiger krank, wenn sie in die Krippe gehen. Das ist in gewisser Weise eine logische Konsequenz. Kinder im 1. Lebensjahr sollten eigentlich gar nicht erkranken. Die typischen Häufungen an fieberhaften Infekten und Kinderkrankheiten haben ihren idealen Platz im Alter ab 2 ½ bis 3 Jahren bis zum Eintritt in die Schule. Erkranken hingegen Kinder vor dieser Zeit, so mein Eindruck, kann ihnen eher Lebenskraft genommen werden. Das spiegelt sich auch auf immunologischer Seite wider. Das Immunsystem des Kleinkindes in den ersten beiden Jahren ist noch nicht dafür gemacht, sich mit vielen verschiedenen, fremden Keimen auseinandersetzen zu müssen, sondern es genügt vollauf, wenn es erst einmal die familiären Keime kennenlernt.

Der „Selbstling" – 3. bis 4. Lebensjahr und die Kindergartenreife

Soziales Spiel folgt „strengen" Regeln, wie wir das bei Versteckspielen erleben können. Erst wenn das Kind Ich und Du unterscheiden lernt, das Wort „Ich" richtig benutzen sowie die eigenen Gefühle von denen des anderen trennen kann, ist ein eigentliches soziales Spiel möglich. Bisher hat das Kind gesagt: „Leo hat Hunger", ab jetzt sagt Leo: „Ich habe Hunger." Diese Entwicklung geschieht im 2. bis 3. Lebensjahr. Jetzt können und sollen soziale Interaktion und soziale Auseinandersetzung stattfinden. Insbesondere Einzelkinder profitieren davon, aber nicht nur sie. Zur sozialen Entwicklung gehören neben dem Spiel auch der Streit und das Lernen einer „Kultur des Streits". So kann das Kind mit eigener Wut und Aggression umgehen und diese kultivieren lernen. Das Kleinkind mit 1, 2, 3 Jahren erlebt diese seelischen Qualitäten auch schon, jetzt muss es sich aber mit einem „fremden Gegenüber" auseinandersetzen.

Das Kind lernt von nun an, sich und die Welt als getrennt zu erleben; die symbiotische Einheit mit der Umwelt zerfällt. Jetzt muss es alles selbst tun, erlebt die Umwelt oft als Widerstand und sagt oft „Nein". Das Nein-sagen-Können ist wichtig für die Entwicklung des Kindes und als Funktionsübung zu verstehen. Es dient der Willensentwicklung (Trotzphase). Die Trotzphase beginnt, kurz bevor das Kind „Ich" richtig zu gebrauchen lernt (Kindergartenreife). Mit dem Nein schiebt das Kind seine Umwelt von sich. Es empfindet die Umwelt erstmalig als etwas Fremdes, von ihm Losgelöstes.

Ich
Du

Das Vorschulalter – das Kindergartenkind Die Welt des 4- bis 6-jährigen Kindes ist voller Magie

Die Kinder leben in Bildern, alles ist für sie noch sehr lebendig. Sie sehen Wesen hinter den Dingen, erleben die Aura der Menschen, deren Gefühle und Gedanken. Sie nehmen den Tod wahr als eine zum Leben gehörende Realität, wenn ihr Empfinden von Erwachsenen nicht beeinflusst wird. Wenn ein Elternteil verstorben ist, „lebt" für Kinder der Verstorbene weiter, er ist nur nicht mehr in der physischen Welt sichtbar. Dies ist eine Realität für sie und so könnte es hilfreich sein, den Erdenabschied

gleichzeitig als Himmelsgeburtstag zu sehen.
Auch erfahren die Kinder in diesem Alter Ängste oder sie sehen Geister. Hierbei sollten sie ernst genommen werden, ohne dass die Erwachsenen solche Angstzustände zu bagatellisieren versuchen. Es hilft dem Kind, wenn ein Plüschtier vor dem Bett aufpasst oder ein kleines Licht im Zimmer brennen darf. Man könnte mit dem Kind zusammen den Geist fragen, der unter dem Bett haust, was er will, und sich gemeinsam etwas ausdenken, um ihn verabschieden zu können. In der Welt des Kindes sind diese Erlebnisse sehr real, daher sollten wir damit mit allem Ernst umgehen. Und wenn Sie sich Jahre später an diese Gespräche erinnern, werden Sie mit Rührung nachvollziehen, wie viel Leben, Phantasie und Kreativität sie enthalten.

Märchen: Es ist wichtig, Märchen vorzulesen. Vermeiden Sie Kassetten oder CDs und ermöglichen Sie es Ihrem Kind, vorgelesene Märchen lebendig gesprochen zu erleben; sie werden jeden Tag anders klingen. Kürzen Sie Märchen niemals ab und lassen Sie die „brutalen" Passagen auf keinen Fall weg. Es sind sehr wichtige Elemente für das Erleben des Kindes. Wenn Sie nur ein Wort verändern, wird Ihr Kind Sie sofort „entlarven". Welch unglaubliche Leistung Kinder in ihrer Bilderwelt vollbringen!
Durch Märchen lernen Kinder die soziale, emotionale Welt mit Gut und Böse zu erfassen. Das Kind erfährt: „Ich kann Schlimmes erleben, bin aber trotzdem gut aufgehoben auf dem Schoß von Mutter oder Vater." Märchen und die Erfahrung, geschützt zu sein, bestärken auch seinen Mut zur Phantasie und erleichtern ihm den Umgang mit Ängsten und Unvorhersehbarem. Märchen füttern sozusagen die

Seelenwelt mit kreativen, schöpferischen Bildern, weil das Kind zu dem Vorgelesenen eigene Bilder entwickelt. So erstarkt das Kind als heranwachsendes Wesen, ist doch das Seelenhafte Mittler zwischen dem Physischen und dem Geistigen des Menschen.

Durch die motorische Ausreifung erfährt die Entwicklung des Willens maßgebliche Impulse. Daher sind viele Spiele für Kinder im Vorschulalter Bewegungsspiele. Zum einen, um die Kinder in ihrer motorischen Entwicklung mit Geschicklichkeit und Schnelligkeit zu unterstützen; zum anderen, um ein Fundament und eine Stütze für die Entwicklung des Willens zu schaffen.

TV und Computer im Vorschulalter?
Aus genannten Gründen ist der Gebrauch der Medien (TV, Internet, Computerspiele) in diesem Alter als fragwürdig einzustufen, weil sie Kindern unsichtbare Fesseln anlegen. Die Augen vollführen keine abtastende Bewegung mehr auf das betrachtete Objekt, wie das normalerweise der Fall ist, sondern blicken starr auf den Bildschirm. Die physisch-seelische Entwicklung kann so direkt behindert werden. Zudem beeinflusst regelmäßiger Medienkonsum maßgeblich die Entwicklung und die Entfaltung von Kreativität, Phantasie und Schöpferkraft und hat ebenso einen behindernden Effekt auf die Entwicklung des Sehens als eines schöpferischen Prozesses (s. Kapitel „Die Sinne des Menschen", „der Sehsinn" sowie die Literaturliste). Der Gebrauch von Medien bringt für die Entwicklung von Vorschulkindern keinerlei Nutzen – im Gegenteil, er kann schädlich sein.

Das Schulalter: Die vorpubertäre Phase zwischen 7 und 14 Jahren

Diese Phase beginnt mit der **Schulreife**. Die Kleinkindphase ist abgeschlossen. Verschiedene Entwicklungsaspekte geben uns Aufschluss, dass das Kind nun „schulreif" geworden ist. Allerdings ist es wichtig, nicht nur die intellektuellen Kriterien zu betrachten, sondern auch die kognitiven, sozialen und emotionalen. Es ist nicht immer einfach, dies in angemessener Weise einzuschätzen, um dann die Empfehlung für den Eintritt in die 1. Klasse auszusprechen oder für eine Verschiebung um ein Jahr zu plädieren.
Heute ist die Gefahr groß, dass die Kinder

überwiegend nach intellektuellen Kriterien beurteilt werden. Wir wissen aus vielen Beobachtungen, dass ein früherer Schuleintritt nicht, wie eventuell erwartet, zu besseren Leistungen führt, sondern dass im Gegenteil die Kinder nicht selten langfristig eher zurückbleiben. In den Folgejahren kann es häufiger zu Krisen kommen. Ganzheitlich gesehen sollten die intellektuellen, kognitiven, sozialen und emotionalen Bereiche im Menschen miteinander harmonieren. Aus meiner Erfahrung sollte bei der Einschätzung der Schulreife der Fokus daher auf der emotionalen und sozialen Entwicklung liegen, sekundär auf der intellektuellen.

Ein körperliches Zeichen der Schulreife ist der Zahnwechsel, die berühmte Zahnlücke des Erstklässlers. Die Kinder haben meist erst in den letzten Monaten ihre Körperstruktur verändert; das noch kleinkindlich pummelige Aussehen ist einem gestreckteren Körperbau gewichen, die motorischen Fähigkeiten haben sich entfaltet und erweitert. Ab jetzt werden, wie bereits angedeutet, im jungen Organismus keine neuen Strukturen mehr geschaffen; der Körper wächst lediglich noch in die Länge. Dadurch werden Wachstumskräfte frei, die für die Entwicklung der intellektuellen, kognitiven, sozialen und emotionalen Fähigkeiten zu Verfügung stehen (s. auch Kapitel „Die Wesensglieder, Der Lebens- oder Ätherleib").

Mit dem Eintritt in die 1. Klasse beginnt für das Kind ein neuer Lebensabschnitt, in dem es hoffentlich in „seiner" Schule „seinen" Platz finden kann. Es ist von großer Bedeutung, welche Schule für das Kind gewählt wird. Legt die Schule neben der intellektuellen

Förderung auch großen Wert auf eine musische, künstlerische und sportliche Ausrichtung, um dem Kind in seiner Gesamtheit gerecht zu werden?

Nehmen Sie sich für die Wahl der Schule Ihres Kindes Zeit und versuchen Sie mehrere Schulen kennenzulernen. Besuchen Sie Schulfeste oder den Tag der offenen Tür und befragen Sie andere Familien. So erleben Sie die Schule selbst und wie sie auf andere Familien wirkt.

Mit etwa 9 bis 10 Jahren treten die Kinder in die **„Rubikon-Phase"** ein. Dies ist die Lebensphase des Abschieds von der Kindheit. Die Kinder spüren, dass es nun kein Zurück mehr gibt: Die kindliche Unbeschwertheit geht verloren, die Umgebung wird realistischer eingeschätzt. Das Vertrauen in die Welt ist nicht mehr uneingeschränkt vorhanden. Fragen nach der eigenen Identität treten auf, die Kinder fragen sich, ob die Eltern wirklich die leiblichen Eltern sind, und auch der Lehrer ist nicht mehr „einfach so" der geliebte Lehrer. Ängste vor Unbekanntem oder vor der Dunkelheit können in dieser Phase vorübergehend auftreten. Das Kind reift zum Jugendlichen heran, die vorpubertäre Phase beginnt.

Der Rubikon ist ein kleiner Fluss südlich von Ravenna, der in die Adria mündet. Bekannt wurde er wegen des Bürgerkrieges, den Julius Cäsar circa 40 v. Chr. gegen Pompeius Magnus führte. Der Römische Senat forderte Cäsar auf, sein Heer zu entlassen und seine Befehlsgewalt gegen Gallien niederzulegen. Cäsar widersetzte sich und überschritt mit seinem bewaffneten Heer den Rubikon in Richtung Rom, was einer Kriegserklärung gleichkam. Cäsar war sich bewusst, dass es nun kein Zurück mehr gab, was er durch das berühmt gewordene Wort „alea iacta est" (das entsprechende deutsche Sprichwort lautet: die Würfel sind gefallen) ausdrückte.

In der Rubikon-Phase vollzieht sich auch die Atemreife: Das Kind entwickelt den Atemrhythmus des Erwachsenen (18 Atemzüge pro Minute), das Verhältnis zwischen Herzschlag und Atmung verändert sich auf 4 zu 1 (ca. 72 Herzschläge auf 18 Atemzüge pro Minute). Diese Rhythmen festigen sich nun, sie bekommen eine größere Stabilität. Bis zu diesem Alter konnten Atmung und Herzschlag noch recht unharmonisch nebeneinander her agieren. Die Kinderärzte kennen dieses Phänomen als respiratorische Arrhythmie. Durch diese Stabilisierung der Herz- und Atemtätigkeit kommt es zu einer weiteren Reifung der gesamten rhythmischen Tätigkeit im heranwachsenden Menschen und des Gefühlslebens.

In dieser vorpubertären Phase – vom Schulbeginn bis zur Pubertät – individualisiert sich der junge Mensch weiter. Sie ist im Prinzip die gesündeste Lebensphase. Aus der anthroposophischen Menschenkunde heraus kann man das verstehen, weil die Wesensglieder in diesem Alter recht stabil miteinander konsolidiert sind; Unruhe tritt erst zum Zeitpunkt der einsetzenden Pubertät wieder auf (s. Kapitel „Die Wesensglieder" in „Der Mensch als physisch-seelisch-geistiges Wesen"). In dieser vorpubertären Phase können jedoch Symptome auftreten, die mit der Reifung des Rhythmischen Systems zu tun haben, wie Herzklopfen, Schwindel, Kollapsneigung; auch können wiederholt Bauch- und Kopfschmerzen auftreten, die nicht selten ihre Ursache im seelischen Bereich haben.

Der Verstand irrt – das Gefühl nie.

Robert Schumann (1810-1856)

„Wegen Umbau geschlossen": Pubertät – lediglich Geschlechtsreife?

Ich möchte hinsichtlich der Pubertät den Fokus auf zwei Gebiete lenken: Zum einen auf die strukturellen Veränderungen im Gehirn und im Hormonhaushalt, zum anderen auf den Einfluss der Eisen- und Kupferprozesse in dieser Lebensphase.

Pubertät

Entwicklungsphysiologisch könnten wir als einen Aspekt der kindlichen Entwicklung die Innenraumbildung im weitesten Sinne betrachten. Innenraumbildung haben wir im Kapitel der Wesensglieder als astralische Qualität kennengelernt.

Wir erleben drei Etappen:

Die erste Etappe fällt mit der Kindergartenreife um den 3. Geburtstag zusammen: Das Kind beginnt „Ich" zu sagen, wenn es von sich spricht. Das bedeutet, dass das Kind nun beginnt, sich als Individuum zu begreifen, das sich von der Umwelt abgrenzen kann. Bis dahin war das Kind noch eins mit der Umwelt. Typischerweise setzt hier eine Trotzphase ein, die sich in störrischem Verhalten und einer Phase des „Nein-Sagens" zeigen kann. Diese Phasen sind als Prozess der Individualisierung und Abgrenzung zu verstehen und als Entwicklungsschritte wichtig.

Die zweite Phase entwickelt sich in der 2. bis 3. Klasse; wir haben sie als die Phase des Rubikon oben beschrieben.

Die dritte Etappe ist die Pubertät selbst und scheint oftmals für die Jugendlichen und ihr Umfeld die schwierigste aller Entwicklungsphasen zu sein; sie stellt nicht selten eine besondere Herausforderung für das Kind wie auch für sein Umfeld dar.
Hier vollzieht sich ein tiefgreifender Umbau im physischen und seelischen Bereich. Die Pubertät ist als Höhepunkt der seelischen Innenraumgestaltung zu sehen (s. im Kapitel „Die Wesensglieder" „der Seelen- oder Astralleib"). Nun verfestigen sich körperlich-seelische Tendenzen: Asthma, Allergien oder andere chronische Krankheiten sind nicht mehr so einfach therapierbar wie bisher.
Die Jugendlichen entwickeln eine völlig veränderte Wahrnehmung und Wahrnehmbarkeit nach innen wie nach außen. Sie sind auf der Suche nach Moral und Wahrheit bei sich und im Umfeld. Sie wollen nie so sein wie ihre Väter und Mütter.
Auf der Ebene des Bewegungsapparates (Muskeln, Knochen) kommt es zu einer rasanten weiteren Verfestigung („Sklerosierung"), letzte anatomisch noch knorpelige Bereiche verknöchern, Wachstumsfugen schließen sich definitiv. Im Kapitel „Der dreigliedrige Mensch" haben wir vom Stoffwechsel-Gliedmaßen-System gesprochen. Dieses System ist Grundlage für den Willen und die Bewegung. Daher gehört der Bewegungsapparat in den Bereich des Willens.

Auf der Ebene des Nervensystems (Denken) und der Hormone (Fühlen) scheint vieles verrückt zu spielen. Insbesondere das Frontalhirn wird in dieser Lebensphase stark umgebaut. Es dient uns zu strategischem Denken, Treffen von Entscheidungen, dem Vollzug von Planungen, zur

Fähigkeit, unpassendes Verhalten zu unterdrücken, zur Möglichkeit, mehrere Dinge gleichzeitig zu tun und zur Konzentration, also zur Fokussierung des Denkprozesses auf eine Sache unter gleichzeitigem Ausblenden anderer Dinge.

Während der Pubertät kommt es im Gehirn zu einer Reifung der grauen Substanz der Großhirnrinde, die von den Nervenzellen und den Synapsen gebildet wird. Synapsen sind Verknüpfungsorte zwischen Nerven- und anderen Zellen. Zugleich kommt es zu einem Ausbau der Nervenfasern, über die die Informationen zwischen den Nervenzellen erheblich schneller vermittelt werden. Dieser Ausbau führt zu einer Zunahme der weißen Substanz. Hinzu kommen die hormonellen Schwankungen, die zwischen Hypothalamus (Gehirn) und Nebenniere gesteuert werden.

Heute wissen wir, dass das auffällige Verhalten pubertierender Jugendlicher nur wenig durch das Hormonchaos zu begründen ist. Es sind diese grundlegenden Veränderungen im Gehirn (Frontalhirn), die offenbar maßgeblich zu diesen sensiblen Verhaltensänderungen beitragen. „Das Gehirn entwickelt sich in den Teenagerjahren extrem dynamisch", so Prof. Lutz Jäncke, Ordinarius des Psychologischen Institutes und Lehrstuhls für Neuropsychologie an der Universität Zürich. An

seinem Lehrstuhl wird der Zusammenhang zwischen Gehirnentwicklung und Verhalten untersucht. Der Frontallappen, der Gehirnbereich unmittelbar hinter der Stirn, reift bis ins 20. Lebensjahr, was in dieser Weise bisher nicht bekannt war.
Diese Veränderungen im Frontallappen lassen die Pubertierenden die Welt vorübergehend anders erfahren – und in manchen Situationen wissen sie schlicht nicht, was sie tun. Es ist der Bereich im Gehirn, der für Disziplin, Aufmerksamkeit, Motivation, Urteils- und Einfühlungsvermögen verantwortlich ist. Laut Jäncke sind die Jugendlichen daher weniger in der Lage, umsichtig zu planen, Impulsen zu widerstehen oder Konsequenzen abzuschätzen.
Jäncke geht in der Konsequenz noch weiter und fügt provokativ an, dass im Grunde genommen das gesamte heutige Schulsystem überdacht und reorganisiert werden müsste
(s. www.beobachter.ch/familie/jugend-pubertaet/artikel/pubertaet_denn-sie-wissen-nicht-was-sie-tun).

Rudolf Steiner hat beschrieben, dass wir Menschen entwicklungsphysiologisch gesehen im Bewusstseinsseelenzeitalter leben. Durch die Entwicklung unserer individuellen Bewusstseinsseele können wir Lebensgesetze erforschen und begreifen; auch können wir uns selbst in unserer Tätigkeit des Denkens, Fühlens und Wollens beobachten und darüber reflektieren. So konnten wir ein Instrument entwickeln, das uns auf sozialer Ebene enorme Herausforderungen beschert: Wie ist **meine** Moral, wie **mein** Gewissen, wie **mein** Wahrheitsbegriff? Mein soziales Handeln kann ich jederzeit beleuchten, kritisch hinterfragen, bewerten und verändern. In der Pubertät vollziehen sich revolutionierende

Veränderungen der Selbstfindung, die sehr unter dem Einfluss der aufbrechenden Gefühlswelt stehen. Letztendlich sind dies Meilensteine in der Vorbereitung zur Ich-Entwicklung, die aber zu diesem Zeitpunkt noch nicht vollzogen ist. Dass dem so ist, ist für Eltern und Betreuer eine wichtige Erkenntnis; sie haben es mit Jugendlichen zu tun, jedoch noch nicht mit Erwachsenen. Der letzte Entwicklungsschritt zum Erwachsenen vollzieht sich erst im Anschluss an die Zeit der Pubertät (s. dazu auch Kapitel „Die Wesensglieder" in „Der Mensch als physisch-seelisch-geistiges Wesen").

Innenraumgestaltung ist astralisches Reifen und erfährt einerseits einen wichtigen Höhepunkt in dieser Phase des größten Umbaus, andererseits sollten wir uns eingestehen, dass die Phase der Innenraumgestaltung in der Jugendzeit beginnt und ein Leben lang fortschreitet.

Es scheint also unsere Aufgabe zu sein, dass wir beim Erwachsenwerden die genannten Qualitäten des Menschseins entwickeln. Die physischen Umbauprozesse vor allem im Nervensystem und Hormonhaushalt sehe ich als Kunstgriff der Natur, dem Menschen die Voraussetzungen für diesen Entwicklungsschritt in der Pubertät zu geben.

Eisen und Kupfer

„Der Mensch ist ein siebengliedriges Metall", sagte Rudolf Steiner. Diese sieben Metalle haben eine besondere Beziehung zum Menschen.
Eisen wird das Inkarnationsmetall genannt. Es

ermöglicht dem Menschen, mit Geist und Seele bis in die Leibessubstanz hineinzuwirken. Eisen ist in bedeutender Menge im Blut, d.h. im Hämoglobin, in jedem roten Blutkörperchen als Träger der Atmung vorhanden, zudem auch im Nervensystem und im Stoffwechsel.
Blutarmut ist ein Mangel an Eisen im Blut. Diese kann in der Pubertät auftreten und Symptome wie Müdigkeit, Konzentrationsschwäche, Mangel an Mut bis hin zu depressiven Verstimmungen verursachen. Eisen ist also das Metall der Erdenverbundenheit, der Tatkraft.
In der Schwangerschaft und im Kleinkindalter erscheinen niedrigere Eisenwerte sinnvoll. Wir stellen fest, dass Frauen von der Pubertät an durch den Monatszyklus in der Regel weniger Eisen haben als Männer. In diesem Zusammenhang werden Frauen in ihrer Natur als die kosmischeren, Männer als die irdischeren Wesen beschrieben. Auch wenn es strittig ist, ist es meine Erfahrung, dass Frauen eher dazu neigen, gefühlsbetontere Wesen zu sein, die es leichter haben, Stimmungen wahrzunehmen und auszudrücken, dass andererseits Männer eher dazu neigen, rationellere Wesen zu sein, denen es leichter fällt, mit Fakten umzugehen als mit Gefühlen. Interessant ist, dass der Monatszyklus der Frau dem Mondenzyklus entspricht. Die gebährfähige Frau wird demnach jeden Monat an diesen kosmischen Zusammenhang erinnert.

Es scheint logisch zu sein, dass Frauen eher zu einem Eisenmangel neigen als Männer. Bei einer geplanten Substitution sollte dies bedacht werden.

Wie steht es mit dem Kupfer?

Von schulmedizinischer Seite wird dem Kupfer (noch) wenig Beachtung geschenkt. In der Schwangerschaft bis zum 6. Monat nimmt das Kupfer im Blut zu, das Eisen hingegen ab. Kupfer bewirkt einen astralischen Impuls. Es öffnet gewissermaßen die Stoffwechselprozesse, so dass Eisen wirksam werden kann und somit eine Astralisierung möglich wird (s. Kapitel „Die Wesensglieder, der Seelen- oder Astralleib"). Es ist in bedeutender Weise in vegetativen, also in Lebensprozessen tätig. Die Leber ist das kupferreichste und auch vegetativste Organ. Im Leber-Galle-Prozess arbeiten Kupfer und Eisen gleichsam Hand in Hand.

Ein besonderes Verhältnis hat Kupfer zu Wärme und Licht. Der Kupferprozess gibt die Grundlage zur Anregung von Wärmebildung und Wärmeverteilung. Melanine sind Pigmente, die die Färbung von Haut, Haaren und Augen bewirken; sie können nur unter Mithilfe von Eisen und Kupfer entstehen.
Kupfer scheint bei der Frau eine größere Bedeutung zu haben als Eisen; beim Mann scheint es umgekehrt zu sein. Nach der Pubertät ist beim Mann generell der Eisenspiegel im Blut höher, bei der Frau ist es der Kupferspiegel.
Auch auf der „Metall-Ebene" beobachten wir, wie die Pubertät – als die Phase der Polarisierung zwischen weiblichem und männlichem Geschlecht – die (weiblichen) Kupfer- und die (männlichen) Eisenprozesse definitiv in eine wechselseitige Beziehung treten lässt.

Anhand dieser beiden Aspekte wird deutlich, dass sich in der Phase der Geschlechtsreife, wie die Pubertät auch genannt wird, ein tiefgreifender Umwandlungsprozess sowohl bei der Frau als auch beim Mann vollzieht, bei dem die hormonellen Veränderungen eine eher untergeordnete Rolle zu spielen scheinen.

Der Mensch ist eine Sonne. Seine Sinne sind seine Planeten.

Novalis (1772-1801)

Sinne des Menschen

Tore der Seele

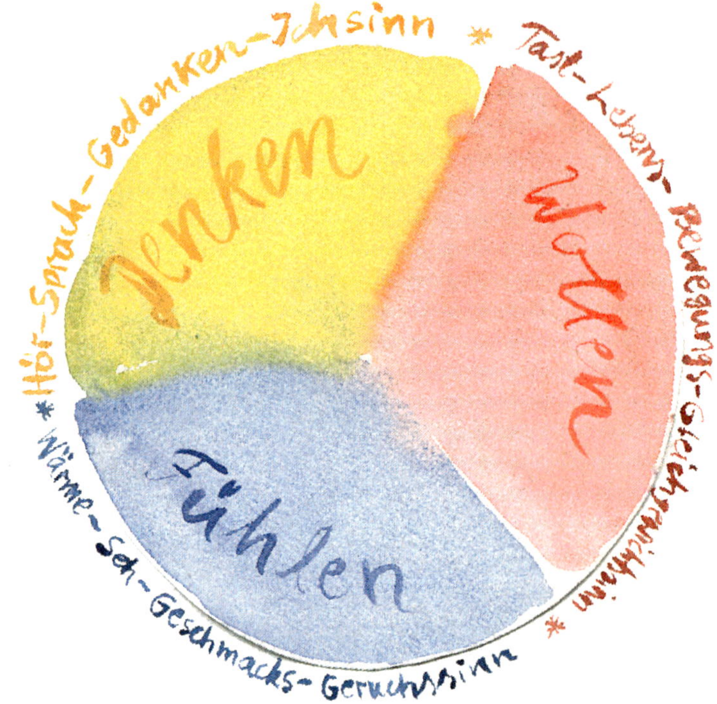

Aus der anthroposophischen Menschenkunde sind uns zwölf Sinne bekannt, die ich hier im Hinblick auf die Entwicklung des Kindes kurz erläutern möchte.

Das Wissen um die Sinnesphysiologie stellt meiner Erfahrung nach für jeden eine große Bereicherung dar, der sich mit Kindern privat oder beruflich beschäftigt. So wird jeder Therapeut, der ein Kind mit Entwicklungsauffälligkeiten begleitet, überprüfen, ob die Sinne des zu betreuenden Kindes regelrecht entwickelt sind oder nicht. Eine besondere Beachtung haben hier die unteren Sinne. Für eine detaillierte Betrachtung verweise ich auf die entsprechende Literatur (s. auch Literaturliste).

Sinne sind Tore der Seele. Sie wurden, wie ich sie hier beschreibe, von Rudolf Steiner 1909 in Berlin erstmalig formuliert. Wir verstehen sie als erhabene Lehrmeister des Menschen. „Durch sie kann der Mensch sich eine unübertreffliche Intelligenz erwerben, mit deren Hilfe er die Welt, das Universum in seiner Vielfalt begreifen und erklären kann", so Steiner.

Die zwölf Sinne bilden eine in sich geschlossene Ganzheit, wie es beim Tagesrhythmus, beim Jahreslauf mit den zwölf Monaten, den zwölf Tierkreiszeichen und den Planeten auch der Fall ist. Wir unterscheiden untere, mittlere und obere Sinne:

Untere oder physische Sinne: Sie geben uns Aufschluss über unsere eigene Leiblichkeit. Zu den unteren Sinnen gehören der Tast-, der Lebens-, der Bewegungs- (oder Eigenbewegungs-) und der Gleichgewichts-Sinn.

Mittlere oder seelische Sinne: Sie geben uns Auskunft über das Verhältnis zwischen uns und unserer Umwelt. Zu den mittleren Sinnen zählen der Geruchs-, der Geschmacks-, der Seh- und der Wärme-Sinn.

Obere, geistige oder soziale Sinne: Diese offenbaren unser Inneres und geben uns ein gesundes Existenzerleben in unsere geistige Tätigkeit; zu ihnen gehören der Hör-, der Sprach- bzw. Wort-, der Gedanken- und der Ich-Sinn.

Die zwölf Sinne berücksichtigen, dass der Mensch ein körperliches, seelisches und geistiges Wesen ist (vgl. das Kapitel „Der dreigliedrige Mensch" in „Der Mensch als physisch-seelisch-geistiges Wesen"). Die Entwicklung der unteren, physischen Sinne vollzieht sich vor allem in den ersten sieben Jahren; sie haben viel mit Bewegung zu tun. Wir entwickeln unseren Willen.

Durch die mittleren, seelischen Sinne entwickeln und kultivieren wir unsere Gefühlswelt (das Fühlen). Diese Entwicklung steht mit 7 bis 14 Jahren im Vordergrund.

Durch die oberen, geistigen Sinne entwickeln und kultivieren wir unser Denken, das wir dann als Erwachsene zu Verfügung haben. Diese Entwicklung vollzieht sich im Anschluss an die seelische Entwicklung im Alter von 14 bis 21 Jahren.

Im Folgenden möchte ich nun die einzelnen Sinne kurz erläutern. In Klammern steht die Qualität, die uns ein Sinn offenbart, bzw. welche Qualitäten wir dank des betreffenden Sinnes entwickeln können.

Physische Sinne

Tastsinn (Abgrenzung, Bewusstsein)

Durch Tasten lernen wir unsere Begrenzung kennen. Der Tastsinn vermittelt uns ein Gefühl für unsere eigenen Grenzen und ermöglicht uns die Abgrenzung gegenüber der Umwelt. Dies gibt uns Vertrauen in uns selbst und Orientierung.

Unsere Umgebung ertasten können wir nicht allein mit den Händen, sondern auch mit den Füßen. In früheren Zeiten hat man die Babys in Strampelsäcke gesteckt, die so bemessen waren, dass sich die Schulterbänder strafften, wenn das Kind die Beinchen ausstreckte – welch herrliche Übung für den Tastsinn! Da ist etwas, das den strampelnden Füßen Widerstand bietet, da ist Materie. Wenn die Füße im Nichts strampeln, ist dies, als befände man sich in einem konturlosen Nebel, was zu einem Gefühl der Verunsicherung führen kann. Durch das Tasten lässt sich Begrenzung erfahren, durch das Erkennen unserer Grenzen erleben wir Bewusstsein.

Lebenssinn (Schmerz, Mitgefühl)

Üblicherweise nehmen wir diesen Sinn nicht wahr. Wir bemerken ihn erst, wenn er Alarm auslöst, weil einer unserer Lebensprozesse nicht mehr in Ordnung ist, zum Beispiel bei Hunger, Durst oder Schmerzen. Dieser Sinn funktioniert als Warnsystem. Er lehrt uns, im höchsten Maße soziale Wesen zu sein. Denn nur durch eigenes Schmerzerleben – physisch und seelisch – lernen wir, Mitgefühl zu empfinden. „Keine Entwicklung ohne Schmerzen", ist ein Leitsatz, der vielen einleuchtet.

Bewegungssinn oder Eigenbewegungssinn (Ziele)

Mit diesem Sinn nehme ich wahr, dass ich mich bewege. In der übertragenen Bedeutung hat dieser Sinn etwas mit unseren Zielen zu tun, mit unserem Lebensplan und unserer Lebensbewegung – körperlich, seelisch und geistig. Der Bewegungssinn wird auch Auftragssinn genannt.

Wenn wir planen, einen Freund zu besuchen, ist ein Teil von uns schon dort, bevor wir aus dem Haus gehen.

Gleichgewichtssinn (Standpunkt)

Wie stolz ist das kleine Kind, wenn es ihm gelingt, die ersten Schritte zu tun und die Horizontale zu überwinden und so den Bereich der Vertikalen zu erobern. Es ist Menschsein pur, wenn wir aufrecht stehen und gehen können, also die Senkrechte für uns behaupten. Wie schwer ist es, einen Säugling zu wickeln, wenn er das Großartige des Sich-Aufrichtens, das Sein in der Senkrechten, begriffen hat. Ab sofort lehnt er die Waagerechte, das Liegen, vehement ab.

In der Vertikalen sind wir wach, in der Horizontalen schlafen wir. Wie rasch schlafen wir beispielsweise ein, wenn wir auf der Couch liegend ein Buch lesen.

Das Gleichgewicht vermittelt uns eine innere Ruhe, ermöglicht uns, einen eigenen Standpunkt einzunehmen und ein Bewusstsein darüber zu entwickeln. Es wirkt entmenschlichend, wenn das Gleichgewicht verloren geht, etwa im Alkoholrausch, bei Seekrankheit oder einer anderen Gleichgewichtsstörung.

Seelische Sinne

Geruchssinn (gut-schlecht, Moralität)

Beim Geruchssinn sind wir unfrei, denn es ist uns nicht anheim gestellt, ob wir riechen wollen oder nicht: wir müssen riechen! Wir empfinden sofort, ob etwas gut riecht oder schlecht, wir beurteilen im Sinne einer moralischen Qualität. Denken Sie nur, Sie kommen in einen kleinen Raum, in dem eine Besprechung mit 20 Personen bei geschlossenem Fenster stattfindet. Wie es Ihnen „ins Gesicht schlägt", während die Anwesenden die schlechte Luft gar nicht bemerkt haben.

Das Fundament unserer eigenen Moralität liegt im Gebiet des Riechens. Wie stellen wir uns beispielsweise die Hölle vor oder das Paradies? Die Vorstellung ist unweigerlich mit einer Geruchsempfindung verbunden.

„Eigenlob stinkt", kennen wir als Ausspruch. Geruch und Instinkt sind sehr nah miteinander verwoben.

Geschmackssinn (gesund-ungesund)

Wir schmecken und essen mit dem Organ, mit dem wir auch sprechen und küssen. Der Geschmackssinn ermöglicht uns, zwischen gesund und ungesund zu unterscheiden. Wenn wir darauf achten, merken wir sofort, was uns gut tut und was nicht. Schmecken ist viel privater und intimer als Riechen. Um zu schmecken, müssen wir selbst etwas hinzufügen. Der Zucker wird erst durch Zutun unseres Speichels süß. Wenn wir etwas schmecken, beginnen wir ein intimes Gespräch mit dem Stoff.

Sehsinn (allumfassend, Gemütssinnesorgan, mit den Augen denken)

Der Sehsinn ist ein allumfassender Sinn, ein Gemütssinnesorgan. Durch das Sehen öffnet sich uns die Welt. Sehen ist ein aktiver schöpferischer Prozess, den Kinder erst lernen. Beobachten Sie einen Menschen, der ein Bild betrachtet. Sie werden erkennen, wie seine Augen das Bild systematisch abtasten. Beim Fernsehen ist uns dieser schöpferische Prozess durch die rasante Bilderabfolge nicht mehr möglich. Wir haben einen starren oder „gefrorenen" Blick.

Wir begegnen im Sehen unseren Mitmenschen (Liebe auf den ersten Blick). Es findet eine Begegnung zwischen zwei Seelen statt. Auch denken wir mit den Augen, daher ist optische Täuschung möglich. Die Seele verlässt über die Augen den Körper, daher bleiben nicht selten die Augen noch geöffnet, wenn man stirbt.

Wärmesinn (alles durchdringend, Enthusiasmus, Begeisterung)

Wärme durchdringt alles, weitet sich aus und transformiert Materie von einem Zustand in den nächsten (Eis-Wasser-Dampf). Wärme hat etwas mit Energie zu tun.

Ohne Wärme gibt es kein Leben. Das Feuer als Krönung der Wärme ist Träger aller Kulturen. Das Wesen der Wärme hat etwas mit Enthusiasmus, Begeisterung und eigener Aktivität zu tun. Ich erwärme oder begeistere mich für etwas.

Wärme hat auch etwas mit der Zeit zu tun; im Kühlschrank wollen wir die Zeit ein wenig anhalten, damit Lebensmittel nicht so schnell verderben.

Geistige Sinne

Hörsinn (lauschen, spirituelle Geste)

Wir können Geräusche wahrnehmen und selbst produzieren. Mit unserem Ohr können wir hören und lauschen. Das Innenohr ist so gebaut, dass aus ihm Leben weggeholt wurde, denn das Knochenmark des Knochens, in dem das Innenohr entsteht, hat seine blutbildende Funktion verloren. Dasselbe geschieht, wenn wir ein Holzinstrument bauen. Wir müssen das Leben aus dem Stück Holz herausnehmen, um ein klingendes Instrument zu schaffen. Nur wenn wir das Stück Holz aushöhlen, wird es ein Instrument werden und klingen können.

Richtig hören oder lauschen gelingt uns am besten mit einer Geste der Zurückhaltung, indem wir unseren Körper so wenig wie möglich beachten. Bei großen Schmerzen wird es uns nicht gelingen, aufmerksam hinzuhören. Beim Lauschen bin ich ganz bei mir und öffne mich ganz dem, was ich erlausche.

Sprach-, Wortsinn (seelischer Ausdruck eines Volkes)

Wenn wir nach einer langen Flugreise in ein fremdes Land kommen und Menschen sprechen hören in einer Sprache, die wir noch nie zuvor gehört haben, erkennen wir unmittelbar, ob sie sprechen oder singen.

Beobachten wir ein kleines Kind, das sprechen lernt und versucht, einzelne Worte zu artikulieren, sehen wir, wie die Sprache den ganzen Menschen erfasst.

Sprache entsteht im Laufe von Jahrhunderten und wird durch Konsonanten und Vokale gebildet. Es ist wesentlich für ein Volk und seine Kultur, ob eine

Sprache überwiegend aus Vokalen besteht oder aus Konsonanten. Mittels der Sprache kommunizieren wir, teilen uns Wesentliches mit. Die Art der Kommunikation hat größte Bedeutung für den Seelenzustand der Menschen oder den eines ganzen Volkes. Denken Sie an die Stoßkraft von Kriegsliedern, Ansagen im Krieg, an die Ausstrahlung einer Nationalhymne oder an die beruhigende Wirkung eines Wiegenliedes. Es ist entscheidend, wie wir sprechen. Das erleben wir im Alltag überall. Marshall Rosenberg hat sich stark mit der „Gewaltfreien Kommunikation" befasst und seine Gedanken in einem Buch publiziert (s. Literaturliste).

Gedankensinn (Idee, machtvoll, realitätsschaffend)

Gedanken vermitteln uns Ideen. Wenn wir den Begriff „Tisch" hören, sieht jeder einen anderen Tisch vor seinem inneren Auge. Gedanken sind sehr machtvoll. Es ist bekannt, dass Gedanken eine Auswirkung auf unser Leben haben. Wenn wir optimistisch sind, denken wir völlig anders, als wenn wir immer nur schwarz sehen und pessimistisch gestimmt sind. Das Glas ist halb voll oder halb leer. „Nicht in Problemen, sondern in Lösungen denken", hat mir einmal jemand mit auf den Weg gegeben. Mittels Gedanken können wir eine Wahrheit entwickeln und Zusammenhänge erarbeiten.

Ichsinn (der höchste, der alle Sinne umfasst)

Durch unser Ich erkennen wir das Du. Wir erkennen, wer hinter einer Idee steckt. Wenn wir einen Vortrag hören, spüren wir, ob wir authentische oder nur „nachgeplapperte" Botschaften des Vortragenden hören. Durch unser Ich findet Begegnung statt;

dazu nehmen wir die anderen Sinne zu Hilfe (s. auch Kapitel „Begegnung als Heilungsimpuls").
Tritt uns zum Beispiel jemand auf den Fuß, ist es ein entscheidender Unterschied, ob es ein Erwachsener, ein Kind oder ein Tier ist. Dieses Beispiel kann ich wörtlich nehmen oder in übertragenem Sinne verstehen. Wir können von einem anderen Ich beleidigt werden, aber nur dann, wenn wir es zulassen. Der Ichsinn ist ein Wahrnehmungsorgan! Durch ihn können wir ein eigenes Bewusstsein (Selbstbewusstsein) entwickeln, uns selbst und das Ich unseres Gegenübers wahrnehmen.

Wie das Kind ist auch der Weise jemand,
der über alles staunen kann.

Tibetanisches Sprichwort

Was brauchen Kinder heute?

Entwicklungsphysiologische Betrachtungen

Bindung

Die wohl grundsätzlichste und wichtigste Eigenschaft im Umgang mit dem werdenden, jungen Leben ist die Bindung. Emmi Pikler (1902-1984) (s. Kapitel „Kindergartenreife und Kinderkrippe“) und Gerald Hüther (*1951) sind nur zwei der vielen wissenschaftlich fundierten Forscher und Praktiker, die sich mit dieser Thematik intensiv befassen. Gerald Hüther, emeritierter Professor der Universität Göttingen, ist ein bekannter Neurobiologe und Buchautor sowie Gründer der Akademie für Potentialentfaltung, Schule im Aufbruch, Schule der Zukunft u.a. (s. Literaturliste).

Wir wissen heute, dass Ungeborene, Neugeborene und Säuglinge sensibelste Sinneswerkzeuge haben. Mit diesen können sie spüren, wie es ihrer Mutter geht und wie die Stimmung in ihrer Umgebung ist. Sie können auch wahrnehmen, was die Menschen in ihrem Umfeld zum Zeitpunkt der Geburt denken und fühlen. So ist es ein enormer Unterschied, ob die Stimmung – auch in Stresssituationen – ruhig, liebevoll und klar ist oder ob negative Gedanken die Situation im Kreißsaal beeinflussen, zum Beispiel „Das schafft die nie", „Wie stellt die sich denn an", „Ich habe große Angst, dass mir der ärztliche Eingriff nicht gelingt, aber ich kann nicht schon wieder den Chef herbeirufen". Alle diese Überlegungen nehmen Kind und Mutter wahr. Wenn die Mutter narkotisiert wurde, ist sie offen, Gedanken und Gefühle der Anwesenden unbewusst zu empfangen – und so auch das Kind. Gedanken und Bemerkungen des Personals in den heute modernen, üblicherweise offenen OPs können daher aufgenommen werden.

Psychologen und Psychotherapeuten bestätigen Zusammenhänge zwischen solchen Wahrnehmungen und später auftretenden seelischen Krisen. Wir haben heute die diagnostisch-therapeutischen Möglichkeiten, solche Zusammenhänge aufzudecken (s. Kapitel „Familiensystemik und Rückführungen").

Bindung

Die Bindung in den ersten Lebensjahren findet idealerweise mit den Eltern statt. Hinzu kommen engste Verwandte wie Geschwister und Großeltern. Jedoch ist die wichtigste Bezugsperson in den ersten zwei bis drei Jahren die Mutter, gefolgt vom Vater. Dies ist nicht zu werten. Es ist eine Lebenstatsache.

Das Gelingen dieser Bindung trägt zur Bildung eines Fundamentes für das ganze Leben bei. Eine gelungene Bindung benötigt jeder Mensch als Lebensgrundlage für ein freies, selbstbestimmtes und durch ein gesundes Selbstvertrauen stabiles Leben. Sie trägt dazu bei, dass wir uns mit unseren Wurzeln verbinden und unsere Individualität in unser Sein integrieren können.

Hat diese frühkindliche Bindung nicht ausreichend stattgefunden, sollten wir das als einschneidendes Ereignis im Leben des jungen Menschen ernst nehmen. Denn wenn wir nicht an unseren Ursprung anschließen können, wenn diese Vertrauensbasis, dieses Fundament am Anfang unseres Lebens fehlt, werden wir Schwierigkeiten haben, unser Leben ganz zu nehmen und voll kreativ auszuschöpfen. Es ist dann wahrscheinlich, dass wir unseren Platz im Leben nicht finden können, was sich auf mannigfaltige Weise zeigen wird. So können wiederholte Depressionen oder soziale Schwierigkeiten im Umgang mit Mitmenschen und Partnern auf eine gestörte Bindungsentwicklung hinweisen. Eine nicht geglückte frühkindliche Bindung kann auch bei Menschen vorliegen, die wiederholt Mobbing-Situationen oder ein Burnout erleben.

Hülle, Nest und Wärme

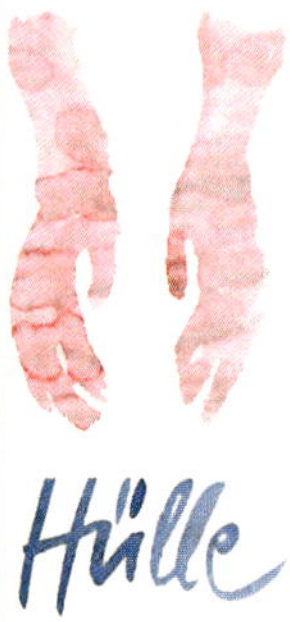

Neugeborene und Säuglinge sind noch ganz Sinneswesen. Wie alle Kinder sind sie darauf angewiesen, dass ihr Zuhause ein Nest für sie ist, welches ihnen Schutz, körperliche und seelische Wärme und Geborgenheit gibt. Dazu gehört Hülle. Unter Hülle verstehe ich, dass die Ausgestaltung des Heimes den Bedürfnissen des Kindes angepasst wird. Die Eltern sollten versuchen, mit den Augen des Kindes zu schauen – einerseits hinsichtlich Gefahrenquellen wie elektrischer Strom oder heiße Herdplatten, andererseits hinsichtlich elementarer Bedürfnisse sowie entwicklungsbedingter Möglichkeiten und Fähigkeiten.

So benötigt ein kleines Kind einen geregelten Tagesablauf, weil es so lernen kann, sich daran zu orientieren. Da die kleinen Wesen noch eine sehr ausgeprägte Sensibilität haben, nehmen sie Stimmungen, ja sogar Gedanken aus ihrem Umfeld wahr. Allerdings können sie sich nicht davor schützen, weil sie noch keine logisch-analytische Denkfähigkeit zur Abgrenzung besitzen. Was das einzelne Kind nun mitbekommt und was nicht, ist individuell verschieden.
Daher verstehe ich an dieser Stelle unter Wärme und Hülle nicht nur die äußere, sondern auch die innere, emotionale Wärme. Wie gehen die Eltern miteinander um? Wie werden Konflikte ausgetragen? Letztendlich: Wie wird Gemeinschaft gelebt? Wie findet der Gebrauch von Medien in Anwesenheit des Kindes statt?

Alle Dinge, die das Kind im Außen mitbekommt, empfindet es so, als ob es diese Wahrnehmungen selbst erleben würde. Entsprechend bildet sich im Kind eine Erfahrung dieses Erlebnisses aus, ohne dass es die Fähigkeit hat, dieses von sich zu weisen oder gar zu verarbeiten. Das gilt besonders dann, wenn es sich um ein schlimmes Ereignis handelt. Die Fähigkeit, zwischen sich und der Umwelt zu differenzieren, lernt das Kind erst zwischen dem 2. und 3. Geburtstag. Dann entsteht Schritt für Schritt im Kind eine gewisse Fähigkeit zur Reflexion und zur Abgrenzung, die sich mit den Jahren langsam weiter entwickeln kann (s. die Kapitel „Der Mensch als sich entwickelndes Wesen" – der „Sprechling" und „Kindergartenreife und Kinderkrippe").
Das Neugeborene ist noch nicht in der Lage, seine

Körpertemperatur konstant zu halten. Es ist darauf angewiesen, dass es ausreichend warm gekleidet wird. Am meisten Wärme verliert das Kind über das Köpfchen und über den Bauch. Daher ist es wichtig, dass Neugeborene und Säuglinge immer ein Mützchen tragen, am besten auch in der Wohnung. In einer Wohnung von 23 Grad ist der Unterschied zur Körpertemperatur des Kindes von 36 bis 37 Grad doch erheblich. Nachts ist eine Zimmertemperatur von 18 Grad auch für die ganz Kleinen ausreichend, wenn sie gut zugedeckt sind.
Somit sollten die Eltern darauf achten, dass die Kinder warm genug, aber nicht zu warm angezogen sind. Synthetische Kleidung führt in der Regel zur Auskühlung. Kinder im Vorschulalter richten erfahrungsgemäß ihr Interesse eher aufs Spielen als auf ihren Wärmehaushalt. Dies ändert sich erst im Schulalter.

Vitamin D

Wenn ein Kind zur Welt kommt, besteht es zu einem hohen Prozentsatz aus Wasser. Die meisten späteren knöchernen Strukturen sind in der Anlage noch knorpelig. Es tritt nun eine immense Wandlung ein und große Teile der Knochen wie die Wirbelsäule verknöchern. So wird die anatomische Voraussetzung geschaffen, dass das Kind sich aufrichten kann und um den ersten Geburtstag herum die Fähigkeit erwirbt, zu gehen.

Fontanellen: Auch das Köpfchen des Neugeborenen ist noch ganz elastisch dank der beiden Fontanellen.

Es gibt eine kleine am Hinterkopf und eine große am Scheitel des Kopfes. Die kleine Fontanelle schließt sich in der Regel mit einem halben Jahr, die große erst zwischen dem 15. und 18. Monat. Wir können beobachten, dass die große Fontanelle sich bei Kindern, die synthetisches Vitamin D erhalten, früher schließt, teilweise schon im Alter von 9 Monaten.
Die Fontanellen haben mechanisch gesehen die Aufgabe, eine geschmeidige Elastizität des Kopfes für den Geburtsvorgang sicherzustellen. Die Fontanellen haben darüber hinaus auch die Aufgabe, den kleinen Kindern eine besondere sensible Fähigkeit zu erhalten. Bildlich gesprochen können wir sagen, dass kleine Kinder mit offener Fontanelle noch eine direkte kosmische Verbindung haben – sie sind noch kosmische Wesen und werden erst mit der Zeit ganz irdisch. Es ist daher von großer Bedeutung, zu wissen, dass wir durch die Gabe von synthetischem Vitamin D ein frühzeitiges Schließen der Fontanelle hervorrufen.

Für die Verknöcherungsprozesse benötigt der Körper reichlich aktives Vitamin D und Kalzium. Liegt Vitamin D nicht in genügender Menge vor, kann ein Mangel entstehen – im schlimmsten Fall eine Rachitis. Dabei kann es infolge eines länger andauernden gravierenden Vitamin-D-Mangels zu Knochenerweichungen kommen. Dies ist in den Jahren der industriellen Revolution gehäuft vorgekommen. In dieser Zeit wurden viele Kinder in Häuser gesperrt und dort beaufsichtigt, weil die Eltern arbeiten mussten. Unter diesen Umständen entstand die typische Rachitis oder Craniotabes. Die Erweichung des Hinterhauptes und krumme Beine zählten zu markanten Symptomen dieser Mangelerkrankung. Es gibt aber auch dezente Symptome in der Knochenentwicklung wie eine ungenügende Verhärtung des Rippenbogens oder der Übergang vom Handgelenk zum Unterarm, die den Verdacht einer beginnenden Rachitis wecken können. Es ist Aufgabe des Kinderarztes bei den Vorsorgeuntersuchungen, sich auch über diese Entwicklung ein Bild zu machen.

Gegenwärtig tritt Rachitis in den Industrienationen nur noch selten auf, weil sich der Lebenswandel der Menschen völlig verändert hat. Die jungen Familien haben heute ein Bewusstsein dafür, wie wichtig es ist, mit ihren Kindern regelmäßig an die frische Luft zu gehen, was zu ausreichend Tageslicht und somit zur Aktivierung von Vitamin D führt. Die tägliche Gabe von synthetischem Vitamin D bei allen Kindern, wie es die Schulmedizin für die ersten Lebensjahre empfiehlt, ist meiner Einschätzung nach in Frage zu stellen.

In den Industrienationen haben die Menschen heute eher das Problem einer zu frühen Sklerosierung. Davon zeugen viele Erkrankungen wie Osteoporose, Herz-Kreislauferkrankungen, aber auch Allergien und Tumorerkrankungen, die trotz einer immer ausgefeilteren Medizin stetig zunehmen (s. Kapitel „Kalte Krankheiten" in „Was ist eine Allergie?")

Vitamin-D-Gabe? Individuelle Entscheidung!

Es wird deutlich, dass wir einer individuellen Kindesentwicklung nicht gerecht werden, wenn wir allen Kindern ohne Unterschied synthetisches Vitamin D geben. Da gibt es Kinder, die eine regelmäßige Beobachtung und eine Substitution von Vitamin D wirklich benötigen. Das betrifft vor allem frühgeborene oder kranke Kinder. Bei anderen sieht man, dass sie eine rasche, sichere Knochenentwicklung durchlaufen. Der Arzt muss daher je nach Kind entscheiden. Im Falle einer Unklarheit besteht die Möglichkeit, sich mittels einer Blutabnahme Gewissheit zu verschaffen; dies ist in der Praxis nur selten erforderlich. Es ist daher sinnvoll, im ersten Lebensjahr die empfohlenen Vorsorgeuntersuchungen vorzunehmen. So kann die Entwicklung des Kindes auch unter diesem Aspekt besser beurteilt werden.

Vitamin D

Gebe ich allen Kindern „nach Schema und Empfehlung" synthetisches Vitamin D, so kann das zwei Folgen haben: Viele Kinderärzte könnten die Sensibilität und Fähigkeit verlieren, das Kind unter dem Aspekt der Knochenentwicklung anzuschauen. Viele Kinder erhalten Vitamin D, ohne dass sie es benötigen würden – aus meiner Sicht betrifft das mehr als 70 bis 80 Prozent. Diese Kinder „verknöchern" daher rascher, als sie es ohne medikamentösen Einfluss tun würden.

Tragetuch: In der Regel haben wir genügend Vitamin D in uns. Entscheidend ist seine Verwandlung in die aktive Form; dies geschieht auf der Haut durch Tageslicht (UV-Licht). Es muss keine direkte Sonneneinstrahlung sein. Stundenlange Spaziergänge mit dem Kind im Tragetuch sind aus diesem Blickwinkel nicht sinnvoll, weil dann das Kind zu wenig oder kein Tageslicht abbekommt. Legen Sie das Kind für längere Spaziergänge daher in den Kinderwagen. Ein

Tragetuch ist wunderbar. Es ist auch sehr hilfreich, wenn Sie zu Hause etwas zu arbeiten haben, das Kind zum Einkauf mitnehmen oder es in den Mittagsschlaf wiegen wollen.

Erfahrungsgemäß ist es für die meisten Kinder völlig ausreichend, bei Bedarf Vitamin D in pflanzlicher Form einzunehmen. In erster Linie aber sollte gewährleistet sein, dass sie regelmäßig, möglichst täglich, an die frische Luft kommen und Tageslicht die Haut direkt „bescheint", im Winter wenigstens Stirn und Gesicht. Bitte bedenken Sie, dass jede Fertigmilch mit Vitamin D angereichert ist; dies sollte bei den Überlegungen hinsichtlich einer Vitamin-D-Gabe berücksichtigt werden.
Der Sklerosierungsprozess verläuft individuell und kann als Inkarnationsgeste verstanden werden: Je „verknöcherter" ich bin, desto mehr bin ich auf dieser Welt angekommen. Nicht umsonst nennen wir heranwachsende Kinder erwachsen, wenn sie ausgewachsen sind. Dies ist üblicherweise mit etwa 21 Jahren der Fall. Zu Recht wurde dieses Alter früher als der rechtliche Eintritt in die Volljährigkeit angesehen.

Rhythmus – unser Lebensquell

Jedes Lebewesen und so auch der Mensch ist auf ein rhythmisches Leben angewiesen. Ohne Rhythmus ist kein Leben möglich. Auch wenn wir in den Industrienationen dazu tendieren, uns von möglichst vielen Rhythmen zu befreien, so wissen wir, dass eine Gestaltung des Tages nach

grundlegenden Rhythmen gesunderhaltende bzw. gesundheitsfördernde Funktionen hat.
Schon Schwangerschaft und Geburt sind rhythmischen Prozessen unterworfen, wenn wir z. B. an die Wehentätigkeit denken. Nach der Geburt ist es das Wichtigste, dass das Kind seinen Atemrhythmus findet und dieser sich in ein rhythmisches Verhältnis zum Herzschlag entwickelt. Dann sollten sich die Ausscheidungen in regelmäßiger Weise vollziehen.
In den ersten Monaten darf das Kind lernen, dass es regelmäßig und nicht irgendwann trinkt und nachts die Pausen länger sein dürfen als tagsüber. So beginnt es schon einen Tag-Nacht-Rhythmus zu leben. Es gibt Kinder, die sich spontan diesem Rhythmus anpassen; anderen muss man etwas helfen. Jedoch ist es so, dass sich die Kinder am Rhythmus der Eltern orientieren und diesen nachahmen. Das bedeutet: Wenn die Eltern einen Rhythmus im Alltag leben, haben es die Kinder leichter.

Rhythmus

Unter Rhythmus verstehe ich eine lebendige, sich wiederholende Abfolge von Ereignissen wie Essenszeiten, Ritualen des Zubettgehens, Meditation oder Gebet. Selbstverständlich sind Ausnahmen im Alltag möglich, etwa am Wochenende.

Schwierig, letztendlich ungelöst bleibt die Frage, zu welchem Zeitpunkt das Leben beginnt: mit der Empfängnis oder mit dem Einsetzen des Herzschlags des Ungeborenen oder mit dem ersten Atemzug? Es ist so, dass die beteiligten Menschen die Geburt, also den Schrei des neu geborenen Kindes (d. h. den ersten Atemzug) mit dem Beginn des irdischen Lebens und der Biographie dieses Menschen

gleichsetzen. Dasselbe gilt für den letzten Atemzug am Ende des Lebens. So können wir die Worte von Rudolf Steiner verstehen, dass in der Atmung der Mensch als Mikrokosmos ganz im lebendigen Zusammenhang mit der Welt, dem Makrokosmos, steht.
Und in der Tat sind wir ganz eingebettet in die Rhythmen der Welt.

Benennen wir einige Rhythmen:

a) Rhythmen des Menschen: Nerventätigkeit, Blutkreislauf mit Atmung und Herzschlag, Stoffwechsel, Lebenszyklen einzelner Zellen wie der roten Blutkörperchen, Nervenzellen, Eizellen, Spermien, Monatszyklus der Frau sowie Heilungsprozesse.
b) Rhythmen der Welt: Tag-Nacht-Rhythmen, unterschiedlich je nach geographischer Lage, Jahreszeiten und damit verbundene Jahresfeste, Ebbe und Flut, Planetenzyklen wie beim Mond.

Rhythmen lassen sich nicht wie der Takt in mathematischen Formeln ausdrücken. Es gibt, wie im Leben selbst, keine Gleichförmigkeit.

Der Rhythmus bei Herzschlag und Atmung, also des Herz-Kreislauf-Systems, ist beim Menschen von zentraler Bedeutung. Der Puls-Atem-Quotient beträgt beim Erwachsenen 4 zu 1, bei durchschnittlich angenommenen 72 Pulsschlägen und 18 Atemzügen pro Minute. Beim Kind ist dieser Quotient deutlich geringer (2 zu 1 beim Säugling, 3 zu1 beim Kleinkind). In der Phase des Rubikon gleicht er sich dem

Quotienten des Erwachsenen an (s. Kapitel „Der Rubikon" in „Der Mensch als sich entwickelndes Wesen").

In der Mitte unseres Körpers haben wir das Rhythmische System (s. Kapitel „Der dreigliedrige Mensch"). Dieses hat eine verbindende sowie eine trennende Aufgabe. Das Rhythmische System verbindet seine Tätigkeit mit der des Nerven-Sinnes-Systems und des Stoffwechsel-Gliedmaßen-Systems, damit der ganze Mensch in harmonischer Weise existieren kann. Es ist erforderlich, gewisse Tätigkeiten im oberen Menschen (Nerven-Sinnes-System) und im unteren Menschen (Stoffwechsel-Gliedmaßen-System) getrennt zu halten. Dies bedeutet beispielsweise, dass intensive Stoffwechselprozesse nicht im oberen Menschen stattfinden sollten und umgekehrt.

Sich wiederholende Mittelohrentzündungen bei Kindern sind ein typisches Beispiel für zu intensive Stoffwechselprozesse im oberen Menschen (s. Kapitel „Typische Krankheitsbilder im Kindesalter – Otitis media – die Mittelohrentzündung"). Das Wichtigste des therapeutischen Ansatzes bei diesem Beispiel ist, den Stoffwechselprozess insgesamt im ganzen Kind wahrzunehmen und zu unterstützen; zudem sollte dies über einen längeren Zeitraum – insbesondere im entzündungsfreien Intervall – geschehen; Ähnliches gilt für andere Krankheiten, die die Tendenz haben, chronisch zu werden, wie die Migräne.

„Rhythmus entsteht durch das Hineinwirken eines Geistigen in das Materielle", sagte Rudolf Steiner. Im Rhythmus werden die heilenden Wirkungen der ätherischen Kräfte physisch erkennbar. Dies kann die Grundlage für die Fähigkeit der Selbstheilung sein.

Für Kinder, insbesondere in den ersten Lebensjahren, ist ein gelebter Rhythmus im Alltag sehr wichtig. Einerseits hilft es den Kindern, sich im Leben zu orientieren, andererseits unterstützt er die Ausreifung und Stabilisierung der Lebenskräfte. So gesehen können Unregelmäßigkeiten im Alltag beim Kind ein stressiges Erleben bedeuten, was auf Dauer die Lebenskräfte (Ätherleib) schwächen kann. Symptome wie Unruhe, Unausgeglichenheit, grundlose Schreiphasen, Schlafstörungen bis hin zu Gedeihstörungen können die Folge sein.

Wenn die Familie am Wochenende und in den Ferien einen anderen Rhythmus lebt, ist dies sicher kein Problem, weil das Unrhythmische im Moment auf eine Art ja wieder rhythmisch ist. Auch lernen die Kinder rasch, dass die Großeltern einen anderen Rhythmus leben als die Eltern. Geplante Reisen sollten diesen Gesichtspunkt berücksichtigen. Die beste Orientierung ist, wenn die Kinder erleben können, wie ihre Eltern Rhythmen im Alltag vorleben. Die Vorbildfunktion des Erwachsenen ist auch hier das Wichtigste.

Teil II

Erziehen ist sanftes Heilen, Heilen ist dramatisches Erziehen.

Paracelsus (ca. 1493-1541)

Wann beginnt Erziehung?

Eltern fragen immer wieder, ob sie denn auch das kleine einjährige Kind schon erziehen sollen. Diese Frage hat eine doppelte Botschaft: Zum einen wird davon ausgegangen, Erziehung sei etwas Negatives, vor dem man kleine, unbeholfene Kinder schützen sollte; zum anderen zeigt sie die Unsicherheit der Eltern.

Erziehung ist in erster Linie eine Frage der eigenen Erfahrungen, der Haltung und der Authentizität. Sie ist eine Einflussnahme auf die Entwicklung und das Verhalten von Kindern und Jugendlichen und hat die Entwicklung zur Selbstständigkeit und die Anpassung an die Gesetze der Außenwelt zum Ziel. Dabei spielen die Erfahrungen unserer eigenen Kindheit eine große Rolle. Auch stellt Erziehung immer ein Abwägen dar zwischen freilassen und streng sein, bzw. Gesagtes einfordern oder nicht. Erziehungsfehler passieren uns allen, das ist menschlich. Jedoch sollten sie als solche kommuniziert werden, gerne auch mit viel Humor. So lernt das Kind, dass auch die geliebten Eltern nicht unfehlbar sind.
Immer nachzugeben beim Kind, vor allem wenn es laut genug und anhaltend schreit, verunsichert

das Kind sehr. Es kann so seine Willensfunktion nicht üben und bekommt keine Ich-Stärke. Mir ist bewusst, dass dies oftmals eine Gratwanderung bedeutet. Untersagen Sie ihrem Kind beispielsweise, Schokolade zu naschen, ist es sicher sinnvoll, sich nicht vom lauten Geschrei des Kindes umstimmen zu lassen, auch wenn manchmal eine Ausnahme angesagt ist. Suchen Sie in einer solchen emotionalen Situation dennoch die Nähe zu ihrem Kind, nehmen Sie es in die Arme, wenn es dies zulässt und „bestrafen" es nicht mit dem Schokoladenverbot. Sie werden erleben, dass Ihr Kind lernt, auch mit solchen Verboten umzugehen, und so können die emotionalen, wutbeladenen Schreiphasen ein Ende haben. Das Kind kann so lernen, dass es nicht alles bekommt, wenn es nur laut genug schreit.

Wenn Eltern selbstsicher und mit einer gewissen Klarheit, Struktur und einer Portion Humor den alltäglichen Fragen des Lebens begegnen, vermitteln sie dies unmittelbar ihren Kindern, die ja nachahmende Wesen sind. Ist die Grundhaltung dem Leben gegenüber stabil, wird den Kindern eine andere Sicherheit vermittelt, als wenn grundlegende Erschütterungen die Eltern belasten. So gesehen beginnt Erziehung mit der Geburt des Kindes. Die Kinder bleiben die Kinder, die Eltern die Eltern. Es ist wichtig, dass die Eltern sich dessen bewusst sind und dass dies in ihrer Haltung immer so bleibt. Eltern können von Anfang an die verschiedenen Qualitäten des kindlichen Schreiens unterscheiden lernen und werden feststellen, dass es große Unterschiede gibt, ob das Kind vor Hunger schreit, weil die Windel voll ist, ob es Schmerzen oder Langeweile hat oder gar

wütend ist. Dabei müssen wir unterscheiden, ob es ein Kleinkind ist oder bereits ein Kindergartenkind, welches begonnen hat, zu reflektieren und zwischen sich und der Umwelt zu differenzieren. Einem Kleinkind müssen wir die Überwindung einer Langeweile oder eines Wutanfalls vorleben und es mit dem Kind gemeinsam tun, einem größeren Kind können wir es schon einmal selbst zumuten, dies zu erproben; wir sollten aber emotional und physisch dabei bleiben und jederzeit unterstützen können.
Ich behaupte einmal, dass Eltern in der Regel für die Emotionen ihrer Kinder nicht verantwortlich sind, auch nicht, wenn es sich um ein erst einjähriges Kind handelt. Es ist sehr eindrücklich zu erleben, wie genau die Kinder um die Wirkung eines entsprechenden Verhaltens ihren Eltern gegenüber „wissen" und dieses Wissen auch einsetzen. Andererseits spiegeln Kinder als nachahmende Wesen nicht selten die emotionale Stimmung, die sie vorfinden. Das sollte Ihnen bewusst sein und mit in ihre Erziehungsüberlegungen einfließen können.

Wie fruchtbar ist der kleinste Kreis,
wenn man ihn wohl zu pflegen weiß.

Johann Wolfgang von Goethe (1749-1832)

Gemeinschaften heute – eine Kulturtat?

Betrachtungen unter dem Aspekt der Kindesentwicklung

Es ist ein grundsätzliches Bedürfnis des Menschen, in einer Gemeinschaft zu leben. Man könnte sagen, dass der Mensch in Gemeinschaft leben muss, weil er nicht dafür geschaffen ist, ganz für sich allein – beruflich und privat – zurechtzukommen.

Solange die Menschheit existiert, existieren auch Gemeinschaften. Wir können sie als Grundelemente der Gesellschaft, als ursprünglichste Form des Zusammenlebens bezeichnen: Familien, Freundschaften, Partnerschaften und Ehen, Sippen, Cliquen sowie „Clans" sind Beispiele von Gemeinschaftsformen.

Eine Gemeinschaft zeichnet sich aus durch ein emotionales Zusammengehörigkeitsgefühl, ein „Wir-Gefühl". Sie charakterisiert sich vor allem dadurch, dass ihre Mitglieder ein gemeinsames Ziel oder einen gemeinsamen Fokus haben. Doch nicht immer ist die Zugehörigkeit zu einer Gemeinschaft freiwillig; es gibt auch unfreiwillige Gemeinschaften.

Rasanter Wandel der Kommunikation und Mobilität

Heutzutage verspüren Menschen einen großen Drang, sich frei entwickeln zu dürfen, unabhängig zu sein und gesellschaftliche Zwänge abzuschütteln. In den letzten Jahrhunderten, vor allem seit der Industrialisierung, haben die Menschen eine enorme Entwicklung durchlaufen. Die rasante Technisierung im Mobilitäts- und Kommunikationssektor (Verkehrsmittel, Telegrafie, Telefon und Internet) sowie der Bewusstseinswandel haben das soziale Miteinander in den letzten hundert Jahren revolutioniert. Per SMS, Apps, Mails oder Telefonkonferenzen können wir uns weltweit mit mehreren Personen gleichzeitig in einem virtuellen Raum austauschen. Wir merken aber, dass diese Art der Kommunikation aus qualitativer Sicht eine andere ist als die des persönlichen Gesprächs. Der Gedankenaustausch „von Angesicht zu Angesicht" gibt uns die Möglichkeit, die Kommunikation mit einer Stimmung aufzuladen bzw. die Mimik des Gegenübers und somit dessen Stimmung wahrzunehmen. Unsere Reaktion auf das, was wir beim Gesprächspartner wahrnehmen, fließt unmittelbar in das Gespräch ein, kann es sogar maßgeblich prägen.

Genannte Entwicklungen im Bereich der Mobilität und Kommunikation haben selbstverständlich auch auf die Ausgestaltung von Gemeinschaften einen besonderen Einfluss: Zum einen ermöglichen sie den Menschen, schneller miteinander in Kontakt zu kommen und Gemeinschaften zu bilden. Auf der anderen Seite haben schnell und spontan geschlossene Gemeinschaften häufig weniger Tiefe und bieten ihren Mitgliedern weniger Konstanz und Verlässlichkeit.

Wie und wo entsteht eine Gemeinschaft?

Anhand der folgenden Beispiele lässt sich exemplarisch betrachten, was es mit freiwilligen und unfreiwilligen Gemeinschaften auf sich hat und in welchen Situationen sie entstehen können:
Wenn heutzutage ein Paar heiratet, geht es freiwillig eine Lebensgemeinschaft ein. Keine Selbstverständlichkeit, denn in vorigen Jahrhunderten wurde die Frau – oftmals gegen ihren Willen – verheiratet. Auch heute gibt es noch Kulturen, in denen diese Art der aufgezwungenen Gemeinschaft üblich ist. Dies wird zunehmend problematisch, insbesondere wenn Familien aus diesen Kulturen hier bei uns leben. Die junge Generation wächst dann unter dem Einfluss unseres kulturellen Lebensalltags heran. Die jungen Menschen kommen unweigerlich in einen schweren Konflikt zwischen ihrer Ursprungskultur und der Kultur, in der sie leben und die sie in der Regel voll und ganz bejahen.
Die Kinder, die aus einer Ehe oder festen Partnerschaft entstehen, gehören dieser Gemeinschaft an. Ob sie freiwillig oder unfreiwillig Mitglieder dieser Gemeinschaft werden, ist eine Sache der persönlichen Betrachtungsweise und wird durchaus unterschiedlich beurteilt. Ich persönlich meine, dass Kinder sich ihre Eltern „aussuchen“, dass also eine gewisse Freiwilligkeit von Seiten der Kinder besteht.

Beleuchtet man dies genauer, kann man immer wieder feststellen, dass das Kind, aber auch Mutter und Vater durch das Bemühen, eine konflikthafte Beziehung zu überwinden, Entscheidendes für das Leben zu lernen vermag. Eine familiensystemische Betrachtung und die Regressionstherapie sind zwei sehr gute Ansätze, einen solchen Weg erfolgreich zu gehen (s. Kapitel „Familiensystemische Betrachtungen und Rückführungen"). Auch in einem solchen Zusammenhang zeigt sich, dass unsere Kinder sehr gute Lehrmeister für uns sind.
Ein schicksalhafter Weg ist nicht fest vorgeschrieben, und es bleibt immer in der Verantwortung der Eltern, eine Familie als Gemeinschaft in guten und schlechten Tagen aufrechtzuerhalten oder – falls das nicht geht – eine Trennung bestmöglich zu gestalten.

Gemeinschaften unter dem Aspekt des Bewusstseinswandels

Die Evolution der Menschheit durchläuft eine Entwicklung des Bewusstseins. Man könnte sagen, dass der Mensch aus diesem Grund aus dem Paradies vertrieben werden musste. Die Geburt Christi und sein Lebensimpuls zeigen eine wesentliche Zäsur unserer Bewusstseinsentwicklung. „Das Mysterium von Golgatha, das sich mit dem Kreuzestod Christi vollzog, ist das zentrale Ereignis der ganzen Erden- und Menschheitsentwicklung. Mit ihm fand die eigentliche Geburt des menschlichen Ichs als Individualität statt", so Steiner. Ähnlich bedeutend sind die Thesen von Martin Luther. Mit anderen Worten ausgedrückt bedeutet dies, dass erst mit der Geburt des menschlichen Ichs eine Bewusstseinsentwicklung voranschreiten konnte. Die Menschen damals standen auf einer anderen Bewusstseinsstufe als heute. Auch durchlaufen die einzelnen Kulturen jede für sich eine solche individuelle Entwicklung. Rudolf Steiner hat dies in verschiedenen Vorträgen beschrieben (s. Literaturliste).

Zwischenmenschliche Begegnungen und das Gestalten von Gemeinschaften unterliegen dem Einfluss unserer Bewusstseinsentwicklung. Ungeschriebene Gesetze der Gesellschaft bzw. des Stammes oder der Familie zwangen das Individuum in früheren Generationen, ein vorgegebenes Verhalten einzuhalten. Die damals selbstverständlichen und nicht hinterfragten Blutsbande funktionieren in den meisten Kulturen nicht mehr: Heute streben wir an, möglichst alle Gemeinschaften bewusst und freiwillig zu bilden und zu gestalten. Die erlangte Freiheit und das Bedürfnis nach Individualisierung sind für viele von uns noch sehr neu, so dass sie keine selbstverständlichen Elemente unserer Persönlichkeit geworden sind. So gesehen ist es verständlich, wenn der Anteil der Single-Haushalte, der geschiedenen Ehen und der Patchworkfamilien noch nie so hoch gewesen ist wie jetzt.

Die Liebe ist ein Erleben des anderen in der eigenen Seele.

Rudolf Steiner (1861-1925)

Die Partnerschaft als Gemeinschaft

Zahlreiche Autorinnen und Autoren haben bereits über die Unterschiede zwischen Mann und Frau gesprochen und philosophiert. Aus meiner Sicht gilt es, den Aspekt zu berücksichtigen, dass das Wesensgliedergefüge bei einer Frau anders ist als beim Mann. Sie verfügt über einen anderen Äther- oder Astralleib. Körperbau, Muskel- und Fettverteilung, Stoffwechsel- und hormonelle Vorgänge sowie Rhythmen und vieles mehr funktionieren bei Mann und Frau unterschiedlich, ebenso das Denken und Fühlen. Doch es gibt durchaus Überschneidungen zwischen beiden Geschlechtern.

C. G. Jung und auch Rudolf Steiner sprechen von „anima" und „animus": Jeder Mann trägt einen weiblichen Teil in sich, jede Frau einen männlichen. In der Tat sind wir alle ja auch ein Teil Mama und ein Teil Papa.

Beobachte oder befrage ich Paare, die eine gute Partnerschaft leben, so stelle ich fest, dass es ihnen gelungen ist, Achtung und eine gewisse Ehrfurcht voreinander zu bewahren. Dies kommt zum vertrauensvollen Tragen, wenn sich Konflikte anbahnen, die zu einer Eskalation führen könnten. Je mehr wir diese Qualitäten in uns selber leben, desto mehr kann eine Partnerschaft gelingen, in der diese beiden Qualitäten als tragende Säulen vorhanden sind.

Die Familie als Gemeinschaft

Wenn ein Paar ein Kind erwartet, verändert sich sein Leben grundlegend. Aus der Gemeinschaft des Paares entsteht eine neue Gemeinschaft, die Familie. Nun gibt es zwei Gemeinschaften: die Paarbeziehung und die Familie. Beide Gemeinschaften bedürfen der Achtung und Pflege. Dies wird im Alltag rasch vergessen. Je mehr die Eltern ihre Partnerschaft als Gemeinschaft pflegen und gestalten, um so mehr kann die Familie als Gemeinschaft gelingen. Zudem sind dann die Eltern – neben ihren erzieherischen Aufgaben – ein gutes Vorbild. Systemisch gesehen hat die Gemeinschaft Partnerschaft vor der Gemeinschaft Familie Vorrang, eine verständliche Tatsache, ist doch eine Familie ohne vorangehende Partnerschaft in der Regel nicht möglich.

Lass den Schmerz sich verwandeln in Liebe.

Bert Hellinger (* 1925)

Erhalt der Familiengemeinschaft trotz Trennung

Für die jetzige Kindergeneration ist es von Bedeutung, dass ungefähr die Hälfte der Familien auseinanderbrechen, weil die Eltern sich trennen. Dies ist in der Regel ein einschneidendes Ereignis für ein Kind. Den Schmerz, die Wut und die Trauer dieser Kinder können die Eltern verringern, indem sie die Trennungsphase gestalten.

Befragt man zehn oder zwanzig Jahre nach einer Trennung diese Menschen, zeigen sich immer wieder zwei Dinge:

- Die Auswirkung der Trennung auf die Kinder wurde meistens unterschätzt. Oft wurde sie von den Kindern als einschneidendes, traumatisierendes Ereignis wahrgenommen.
- Ein nicht unbedeutender Anteil der getrennten Paare würde von später aus gesehen entweder das Auseinandergehen vermeiden oder die Umsetzung noch bewusster bestmöglich gestalten.

So freiheitlich, individuell und eigenverantwortlich wir auch handeln und den Anspruch haben, in einer solch freiheitlichen Welt zu leben, so abhängig sind und bleiben wir natürlichen Gesetzmäßigkeiten gegenüber. Diese sind auch nach einer Trennung vollumfänglich gültig und heißen in einer Familie:
Der Vater ist und bleibt der Vater, die Mutter die Mutter, das erstgeborene Kind das erstgeborene usw. Die gebildete Gemeinschaft als Familie kann durch eine Trennung der Eltern nicht aufgelöst werden. Sie verändert sich, weil der Alltag in anderer Weise organisiert und gelebt wird. Grundsätzlich jedoch bleibt sie bestehen.
Mit „eigenverantwortlich" meine ich in diesem Zusammenhang auch: Ein Partner löst in der Regel eine Partnerschaft auf, weil er keine Möglichkeit mehr sieht, dass die Partnerschaft sich zu einer guten, „lebenswerten" Gemeinschaft entwickeln kann. Oftmals lebt die Person dann in der Vorstellung, dass sich das Leben nach einer Trennung leichter gestalten lasse. Nicht selten geht die Aufmerksamkeit für die

anderen Familienmitglieder verloren. Das kann sich belastend auswirken. Denn natürlich bleibt man als Eltern gefordert, weil die Kinder unter der Trennung leiden und der Unterstützung bedürfen. Besser ist es, wenn Mutter und Vater, allenfalls mit professioneller Hilfe, den Prozess der Trennung gestalten. Wenn beide Ja zur Trennung sagen können, sind sie in einer besseren Position des Gestaltens und des Verarbeitens von Schmerz und Enttäuschung, als wenn ein Elternteil die treibende Kraft ist, der andere aber emotional nicht am selben Ort steht oder sich gar nicht trennen möchte.

Daher ist es für Eltern mit Trennungsabsicht eine wichtige Aufgabe, die Familienbande so gut es geht zu erhalten. Dies kann aus meiner Sicht gelingen, wenn man folgende Grundsätze beachtet: Getrennt werden kann nur die Paarbeziehung. Die Eltern bleiben die Eltern und sie sollten beide, aus familiensystemischer Sicht, ihre Rechte und Pflichten als Eltern vollständig behalten. Dies entspricht auch den grundlegenden Bedürfnissen der Kinder.

Ein „meisterhafter Kunstgriff" der Eltern wäre, die Trennung als Paar von der Erziehungsaufgabe vollständig loszulösen und die Gestaltung des Alltags bestmöglich und bewusst zu organisieren. Persönliches und insbesondere Schmerzvolles, das zur Trennung geführt hat, sollten die Eltern nach Möglichkeit für das Wohl der Kinder zurückstellen. Das schließt nicht aus, dass die Eltern eine neue Partnerschaft eingehen. Der Fokus auf das Wohl der Kinder sollte allerdings bei den leiblichen Eltern bleiben. Denn die Kinder haben Vater und Mutter in sich und sollten spüren, dass es zwischen den Eltern noch ein Gefühl der gegenseitigen Achtung gibt.

Leider zeigt sich im Alltag, dass Paare häufig anders vorgehen. Ihre Trennungsphase ist geprägt von einander zugefügten Verletzungen und Schuldzuweisungen. Sensible Kinder merken, wenn die Mutter den Vater vehement ablehnt und sich sehr verletzt fühlt. Sie lehnt dadurch den väterlichen Anteil im Kind ab, was Kinder spüren. Umgekehrt gilt dies genauso. Mit Schuldzuweisungen kann keine friedliche Lösung gefunden werden. Auch gelingt so die Trennung, also das Voneinander-Lassen, nicht, denn durch die oben beschriebene Verhaltensweise schaffen die Eltern eine Täter-Opfer-Dynamik und ketten sich dadurch aneinander, obwohl sie eigentlich das Gegenteil wollen. Allzu oft laden dann die Kinder Schuld unbewusst auf sich, um ihre Eltern zu entlasten, zu denen sie eine tiefe Loyalität und Liebe (Bindung) empfinden.

Wenn mich Eltern in einer Trennungssituation um Mithilfe bitten, so ist es erforderlich, dass Vater und Mutter einwilligen, sich mit mir an einen Tisch zu setzen. Gemeinsam kann man dann über die bestmöglichen Lösungen für sie und für die Kinder beraten. Gelingt dieser entscheidende Schritt, findet sich in den meisten Fällen ein begehbarer Weg für alle.

Eine neue Kulturepoche löst das Zeitalter der Polaritäten ab – das Wassermann-Zeitalter

In unserer „bewusstseinsreichen" Zeit heute, die einerseits durch den Drang nach Individualismus, Freiheit und Selbstverwirklichung geprägt ist, zeigt sich andererseits eine immer stärkere Vereinsamung des Einzelnen. Zudem leben wir in einer Epoche, in der ein Zeitalter zu Ende geht und ein neues beginnt. Das Fische-Zeitalter ist oder war das Zeitalter der Polaritäten – von Gut und Böse, der Lüge und der Wahrheit, der Liebe und des Hasses usw. –, der unterschiedlichen Weltreligionen, der Sympathie und Antipathie, des Egoismus und des Materialismus. Dieses Zeitalter neigt sich dem Ende zu. Es macht einer Kulturepoche Platz, die den Materialismus als existentielle Größe überwindet und die Polaritäten ausgleichen soll – das Wassermann-Zeitalter.

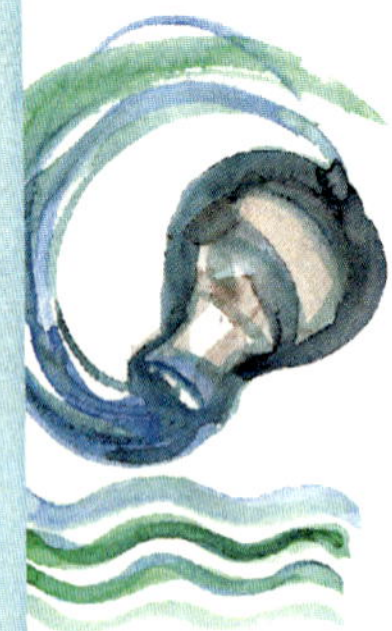

Das Zeitalter wird definiert als ein Zeitraum, der durch den Durchzug des Frühlingspunktes durch das entsprechende Sternbild definiert wird, bisher das Sternbild der Fische und jetzt das des Wassermanns. In der Astronomie sind Frühlings- und Herbstpunkt bekannte Begriffe. Das Charakteristische des entsprechenden Zeitalters ist an das Charakteristische des Sternbildes angelehnt.
Heute können wir erleben, dass zwischen Egoismus und Selbstlosigkeit ein Gleichgewicht entstehen kann und auch die Wahrnehmungsfähigkeit sowie die Kommunikationsformen der Menschen sich verändern. Das Wassermann-Zeitalter kann die Entwicklung der Menschen insofern unterstützen, als

erstarrte Strukturen aufgelöst werden können und einer geistigen Freiheit sowie schöpferischen und innovativen Impulsen Platz machen. Doch haben wir heute ein starkes Freiheitsbedürfnis und daher die Möglichkeit, Entwicklung auch zu verhindern bzw. zu blockieren. In unserem Alltag erleben wir, dass viele gesellschaftliche Bereiche dringend eine grundlegende Strukturänderung erfahren müssten, wie das Schulwesen, das Gesundheitswesen, das Bankenwesen usw.

Wie soll Demokratie morgen gelebt werden? Wenn wir die jüngsten Entwicklungen in Europa betrachten, merken wir, dass der bisher selbstverständliche Demokratiebegriff nicht mehr gültig zu sein scheint oder in Frage gestellt wird.

Die Hippie-Bewegung und die terroristischen Bestrebungen der RAF in Europa, v. a. in Deutschland in den 60er und 70er Jahren des letzten Jahrhunderts, hatten in ihrem Ursprung diese Themen. Das Musical „Hair" mit seinem Song „Aquarius" drückte diese Entwicklung zum Wassermann-Zeitalter bereits aus.

Die ausgeprägte Präsenz der Medien heute birgt in sich die Gefahr, dass sich ein inhaltlicher Austausch zwischen Menschen etabliert, der den Namen „Kommunikation" – also Mitteilung bzw. Austausch von Ideen, Phantasien, Stimmungen – nicht mehr verdient. Grundlegende Elemente menschlichen Seins, wie das Gespräch, können verloren gehen oder gar verrohen. Insbesondere in Gemeinschaften mit Kindern tragen wir Erwachsenen die Verantwortung als Vorbilder, dieses Kulturgut der aktiven Gemeinschaftsgestaltung auch im verbalen Umgang miteinander fruchtbar und menschengemäß zu erhalten und zu pflegen.

Die „neuen Kinder" – auch „Sucherseelen" genannt, eine neue Generation von Kindern mit feiner Wahrnehmung

Wir erleben heute, dass immer mehr Kinder eine feinere Wahrnehmung mitbringen und die Welt offenbar mit anderen Augen sehen, als wir es gewohnt sind. Sehr treffend werden diese Kinder auch als „Sucherseelen" bezeichnet. Solche Kinder sind oft hypersensibel, haben eine sehr gute Intuition für Stimmungen sowie ein gutes Selbstwertgefühl. Oftmals haben sie es schwer, sich anzupassen, können auch rebellisch oder aggressiv sein.

Sucherseelen

Diese neue Kindergeneration wird seit den 1980er Jahren beschrieben. Sie stellt uns vor enorme Herausforderungen, weil diese Kinder teilweise nicht mehr in unsere gesellschaftlichen Normen passen. Hier sind Fachleute aufgerufen, zu unterscheiden, wo solche Kinder eine besondere Form der Begleitung brauchen oder ob sie für einen bestimmten Bereich eine gezielte Hilfe benötigen, weil sie dort eine therapiebedürftige Abweichung aufweisen. Diese Entwicklung impliziert darüber hinaus grundsätzliche Gedanken, wie die Schule zukünftig strukturiert sein sollte.

Der Aufbau und die Organisation einer Schule von morgen brauchen ein neues Fundament: dieses sollte ein Verständnis für die Entwicklung der heutigen Kinder auf körperlich-seelisch-geistiger Ebene widerspiegeln. Dazu gehört, dass die intellektuelle Förderung eine beinahe untergeordnete Rolle spielen sollte. Im Vordergrund stehen Kunst, Bewegung und Musik sowie gesunder, altersentsprechender

Alltagsrhythmus inklusive physiologischer Pausen. Nur so können wir adäquat unsere Kinder auf die Welt von morgen vorbereiten, so dass sie in der Lage sind, die Herausforderungen und die Anforderungen, die auf uns zukommen, mutig und schöpferisch zu meistern.
Andererseits habe ich den Eindruck, dass die neuen Kinder genau die Voraussetzungen mitbringen, die wir für eine zeitgemäße Entwicklung unter dem Aspekt des Wassermann-Zeitalters benötigen. Es ist für viele Kinder fatal und wäre daher für die ganze Gesellschaft fahrlässig, diese Kinder mit Ritalin zu „versorgen", damit sie in der jetzigen Schulstruktur „tragbar" werden, anstatt hinzulauschen, was sie uns sagen möchten. Nicht die Kinder sollten sich der Schulstruktur anpassen; die Schulstruktur sollte sich in ihrer Entwicklung an den Entwicklungstatsachen der heutigen Kinder orientieren.
Ritalin ist ein berühmt gewordenes Medikament, das oftmals bei „neuen" Kindern eingesetzt wird. Die eigentliche Indikation besteht bei schweren Formen von ADHS (Aufmerksamkeitsdefizit-Hyperaktivitätsstörung); Ritalin ist ein Betäubungsmittel. Es ist allgemein bekannt, dass kein Mensch über einen längeren Zeitraum ein Betäubungsmittel einnehmen sollte.

Die Gemeinschaft als Kulturtat meistern

Ob als Partnerschaft, in der Schule oder in einem beruflichen Zusammenhang – eine Gemeinschaft zu bilden, zu pflegen und zu erhalten, ist eine beachtenswerte Leistung aller Beteiligten. Denn gelernt haben wir das nicht.

Unsere Eltern und Großeltern können uns in diesem Punkt kein Vorbild sein, weil zu ihrer Zeit Gemeinschaften anders gelebt wurden, als es heute erforderlich ist. Zudem gestalten wir unser Dasein an einem Scheidepunkt zwischen „alter" und „neuer" Kulturepoche. Dies bringt in unserem Sein immense Veränderungen mit sich, was sich in vielen Lebensbereichen auswirken wird – vor allem in der Frage, wie uns in Zukunft das soziale Miteinander und die Bildung von Gemeinschaften gelingen werden.

Wenn wir Qualitäten wie Achtung und Ehrfurcht im Alltag leben können, wenn wir neugierig auf das blicken, was durch die neue Kulturepoche an uns herangetragen wird wie z. B. auch die „neuen Kinder", und wenn wir diese Veränderungen in unser Leben integrieren können, dann werden wir die Herausforderung „Gemeinschaft als Kulturtat" meistern.

Ohne Sonne kein Leben – aber wie viel Sonne brauchen wir?

In unserem Weltensystem dreht sich alles um die Sonne. Die Planeten inklusive der Erde drehen sich um die Sonne und um sich selbst. So entstehen für uns lebenswichtige Rhythmen: Jahreszeiten, Tag-Nacht-Rhythmus und auch der circadiane Rhythmus (Schlaf-Wach-Rhythmus) im Menschen sind vom Sonnenlicht abhängig. Alles Leben ist ohne Sonne nicht möglich.

Die Sonne kann auch einen Risikofaktor darstellen. Durch übermäßige Sonneneinstrahlung kann Hautkrebs entstehen. Dieser nimmt in den Industrienationen rasant zu, die Patienten werden immer jünger.

Hautkrebs ist beispielsweise bei Frauen zwischen 25 und 29 Jahren die häufigste Krebserkrankung!
Wie können wir uns einerseits vor dem Risiko Sonne schützen, andererseits aber die Sonne als Lebensquell genießen? Ohne Sonne kann der Mensch einen schweren Vitamin-D-Mangel entwickeln; kleine Kinder sind besonders gefährdet (s. Kapitel Vitamin D). Auch hilft die Sonne dem Menschen, seinen Seelenzustand zu stabilisieren, vor allem wenn er zu Schwermütigkeit neigt.

Der schwarze Hautkrebs – das Melanom

Der gefährlichste und gefürchtetste Hautkrebs ist das Melanom. Es entsteht aufgrund der Entartung von Melanozyten. Dies sind Pigmentzellen der Haut, die Melanin synthetisieren und es an die Keratinozyten, der häufigste Zelltyp, abgeben. Das Melanin stellt einen wichtigen Schutz der Haut gegenüber UV-Strahlung dar. Unter UV-Einwirkung kommt es zur Aktivierung der Melanozyten (Hautbräunung). Diese bilden mit den umgebenden Keratinozyten die Melanozyteneinheit. Es ist nachgewiesen, dass das Entarten der Melanozyteneinheit, also die Entstehung des Hautkrebses, mit der Kompetenz des Immunsystems korreliert. Je intakter und stabiler das Immunsystem, desto eher kann die Entstehung eines Hautkrebses verhindert werden. Das adäquate Durchmachen saisonaler Infekte oder die Fähigkeit, Fieber zu entwickeln, kann Hinweise auf die Funktionstüchtigkeit des Immunsystems geben. Sehr eindrücklich wird die Steigerung des Melanomrisikos durch Immunsuppressiva beobachtet. Die regelmäßige

Einnahme fiebersenkender Medikamente oder der „Pille" wurde noch nicht ausreichend untersucht. Dass diese Mittel eine immunschwächende Wirkung haben, ist bekannt.
Eine gute Stabilisierung der Melanozyteneinheit gelingt durch aktive Bewegung und eine wohl dosierte regelmäßige Sonnenlichtaufnahme. Heute stellen wir jedoch in unserem Alltag eine zunehmende Bewegungsarmut fest und lange Aufenthalte in Räumen mit künstlichem Licht, gefolgt von einer „schockartig" einsetzenden Sonnenlichtexposition in der Freizeit. Wir haben es zum allergrößten Teil selbst in der Hand, durch unser Verhalten die Entstehung eines Melanoms zu vermeiden.

Empfehlungen:
• Auch bei intensivem Arbeitsalltag sollten wir in den Pausen ins Freie gehen.
• Stellen Sie Ihren eigenen Hauttyp fest, denn Sonnenempfindlichkeit ist individuell und somit auch die zuträgliche Sonnenexposition (s. www.krebsliga.ch/hauttyp).
• Eignen Sie sich einen sonnenangepassten Lebensrhythmus an: Vor allem in Südeuropa/Übersee eine „Siesta" einhalten (von 12 bis 16 Uhr im Haus bleiben, nicht unter dem Sonnenschirm oder auf der Terrasse) und im Freien eine Kopfbedeckung tragen.
• Verhindern Sie Sonnenbrand; die Entstehung eines Hautkrebses korreliert mit der Häufigkeit von Sonnenbränden im Kindesalter. Kinder und Jugendliche sind besonders empfindlich, weil bei ihnen die Schutzmechanismen der Haut noch nicht vollständig entwickelt sind.
• Gibt es Hautkrebs in der Familie? Dann ist Ihr Risiko

erhöht. Sie sollten einmal pro Jahr einen Hautarzt konsultieren!

• Verwenden Sie Sonnencremes und holen Sie fachkundige Beratung ein in Apotheken, die einen komplementärmedizinischen Ansatz vertreten. Sonnencremes mit synthetischen UV-Filtern können allergische Reaktionen auslösen oder hormonelle (östrogene) Wirkungen haben.

• Lassen Sie sich durch Sonnencremes nicht zu einer exzessiven Sonnenlichtexposition hinreißen. In den Regionen, in denen das Melanom stark zugenommen hat, wird am meisten Sonnencreme verwendet.

Im Johannes-Evangelium wird beschrieben, dass mit dem Sonnenlicht die Liebe Gottes auf die Erde strömt und die Menschen diese Liebe in sich aufnehmen, entwickeln und erwidern können. So können wir die Sonne als geistige Quelle verstehen, die unser Leben ermöglicht durch das Licht und die Wärme, die sie uns schenkt. Letztendlich ist es die Liebe als die allumfassende und stärkste Kraft, die menschengemäßes Leben erst ermöglicht.

Aber warum haben die Menschen in den Industrienationen eine solche „Sonnen-Sehnsucht" entwickelt? Zum einen, weil sie sich durch ihren Alltag der Sonne als allgegenwärtige Quelle zunehmend entzogen haben; zum anderen, weil sie vielleicht durch die Kraft und die Wärme der Sonne den Verlust an sozialer Wärme und letztendlich zwischenmenschlicher Liebe zu kompensieren versuchen? Ich glaube, es ist notwendig, dass wir uns der Beziehung zur Sonne bewusst werden und mit einer entsprechenden Haltung unserem Umfeld gegenüber, zu dem die Sonne gehört, handeln (s. Literaturliste Artikel von Georg Soldner).

Ich glaube daran, dass das größte Geschenk, das ich von jemandem empfangen kann, ist, gesehen, gehört, verstanden und berührt zu werden.
Das größte Geschenk, das ich geben kann, ist, den anderen zu sehen, zu hören, zu verstehen und zu berühren.

Wenn dies geschieht, entsteht Kontakt.

Virginia Satir (1916-1988)

Familiensystemische Betrachtungen und Rückführungen

Familiensystemische Betrachtungen gibt es schon lange. Ich möchte hier zwei Persönlichkeiten exemplarisch nennen: Virginia Satir (1916-1988) gilt als die Mutter der Familientherapie. In ihre Arbeitsweise hat sie immer mehr familiensystemisches Gedankengut einfließen lassen und so ein erstes Fundament für familiensystemische Betrachtungen gelegt (s. Literaturliste).
Bert Hellinger (* 1925) ist sicher heute die bekannteste Persönlichkeit in diesem Bereich. Er hat auf grandiose Weise familiensystemische Zusammenhänge den Menschen nahe gebracht und familiensystemische Zusammenhänge dem allgemeinen Bewusstsein zugänglich gemacht. Auch hat er viel Gutes bewirkt im Zusammenhang mit dem konfliktreichen Zusammenwirken zwischen Völkern wie z. B. Israel und Palästina oder in der Aufarbeitung der tiefen seelischen Verletzungen der Gräueltaten des Zweiten Weltkrieges. Viele berühmte Aufstellungen hierzu sind bekannt (s. Literaturliste).

Allerdings möchte ich mich von seiner Arbeitsweise distanzieren. Ich bin der Meinung, dass man heute nur innerhalb eines therapeutischen Kontextes familiensystemisch arbeiten sollte und nicht „einfach so". Daher lehne ich große Aufstellungen mit mehreren hundert Teilnehmern ab, mit Menschen, die ich nicht kenne und bei denen ich nicht weiß, was mit ihnen im Anschluss geschieht, ob und wie sie weiterbetreut werden.

Ein System ist eine Ganzheit. Jedes Teil ist mit jedem so verbunden, dass jede Änderung eine Änderung des Ganzen bewirkt.

Virginia Satir (1916-1988)

Familiensystemische Realität – ihre Achtung als heilsame Kraft

Wir haben das Bedürfnis, unsere Individualität immer mehr zu entfalten und unsere Freiheit zu leben. Dabei sind wir Lebensgesetzen unterworfen. So wie auf der körperlichen Ebene lebenswichtige Körperprozesse wie Atmung und Herztätigkeit funktionieren müssen, so sollten für das seelische Wohlbefinden gewisse Lebensgesetze berücksichtigt werden, um Entwicklung und Dasein ungestört zu ermöglichen. Die Missachtung dieser Lebensgesetze ist zum Teil familiensystemischen Ursprungs. Ihre Wurzeln finden wir in unserer Ursprungsfamilie, also bei unseren Eltern, Geschwistern, Großeltern, Tanten und Onkeln.

Wir können davon ausgehen, dass das Gleichgewicht in unserer Ursprungsfamilie gestört ist, wenn wir heute ein sehr angespanntes Verhältnis zu unserer Mutter und/oder zum Vater oder gar den Kontakt abgebrochen haben. Da lohnt es sich, zu versuchen, dieses Ungleichgewicht zu beheben.

Die wichtigste Qualität im familiären Zusammenhang ist die Bindung. Weitere wichtige Aspekte sind der Ausgleich und die Ordnung. In den ersten Lebensjahren ist neben der uneingeschränkten Liebe die Bindung die wichtigste Qualität für die Entwicklung eines stabilen Fundamentes für das weitere Leben des Kindes. Wird diese erschüttert, beeinflusst dies in der Regel das weitere Leben des Kindes negativ.

Familien sind Gemeinschaften, so wie es Freundschaften und Partnerschaften sind. Diese nennen wir unter familiensystemischen Gesichtspunkten „Systeme". Systeme zeichnen sich durch eine eigene Charakteristik aus, die wir als Energie, Raum, Aura, Ätherleib oder „Familienäther" wahrnehmen. Kommen wir erstmalig in eine neue Familie, erkennen wir dies sofort. Es ist eine besondere „Familien-Aura", die wir wahrnehmen. Es gibt Regeln, Überzeugungen und Tabus, die anders sind, als wir sie aus unserem System kennen.

Jedes System unterliegt bestimmten Gesetzen, so auch die Familie. Diese sind nicht moralisch im herkömmlichen Sinne zu beurteilen, sondern als familiensystemische Tatsachen zu begreifen.

So sprechen wir im familiensystemischen Zusammenhang nicht von Schuld, weil dieser Begriff zu sehr moralischen Charakter hat und einen „Täter-Opfer-Konflikt“ schafft. Wir verwenden eher das Wort „Verstrickung“, um aufzuzeigen, dass es einen Konflikt gibt, der nicht moralisch bewertet wird.

Die wichtigsten Gesetzmässigkeiten sind:

Die Bindung – die stärkste Kraft oder Urliebe

Wie wir im Kapitel „Was brauchen Kinder heute?“ bereits beschrieben haben, ist die Bindung das wichtigste Element der ersten Lebensjahre. Sie wird vom Kind als Glück und Liebe erlebt, egal wie gut oder schlecht man sich um das Kind kümmert. Das Kind „weiß“, dass es dazugehört. Es ist diese Urliebe, die das Kind instinktiv spürt. Die Bindung geht so tief, dass das Kind sogar bereit wäre, sein Glück und sein Leben der Bindung zuliebe zu opfern.

Der Ausgleich – Geben und Nehmen

Dies ist ein Punkt, der nicht unterschätzt werden sollte. Es ist das Bedürfnis nach einem „Ausgleich von Gerechtigkeit“. Das bedeutet, dass in einer Partnerschaft das Geben und Nehmen zum einen abgesprochen, zum anderen so ausgeglichen gestaltet werden sollte, dass es für beide stimmt. Wenn ein Paar eine Familie gründet, ist es wichtig, dass die Eltern sich daraufhin verständigen, wer sich wann um das

Kind kümmert und wer hauptsächlich die finanzielle Seite abdeckt. Wenn die Frau beispielsweise dem Mann die Berufsausbildung finanziert, sollte sich das Paar verständigen, wie ein Ausgleich geschaffen werden könnte. Wird dies nicht getan, kann sich eine Schuld etablieren, die die gesunde Dynamik der Partnerschaft erheblich stören kann.

Wenn ein 65-jähriger Mann mit einer knapp 30-jährigen Frau eine partnerschaftliche Beziehung eingeht, haben wir die Tatsache, dass der Mann einen erheblichen Teil seines Lebens schon hinter sich hat, die Frau hat ihn noch vor sich. Daraus ergibt sich die Gefahr, dass durch dieses Ungleichgewicht der wichtige Ausgleich in der Paarbeziehung nicht gelingt. Ich behaupte nicht, dass solche Paarbeziehungen nicht gelingen. Man sollte sich aber der Dynamik bewusst sein. Umgekehrt gilt dies genauso.

Eltern-Kind-Beziehung: Zwischen Eltern und Kindern ist ein Ausgleich nicht möglich. Familiensystemisch gesehen bleiben die Kinder ihren Eltern gegenüber immer in der „Schuld". Das ist nicht moralisch zu bewerten. Daher ist es wichtig, dass sich die Kinder, wenn sie groß sind, von ihren Eltern lösen. Hier kann ein Ausgleich auf anderer Ebene stattfinden: Sie können das, was sie als Kinder von ihren Eltern empfangen durften – nämlich das Leben –, weitergeben, indem sie selber Kinder bekommen oder sich in intensiver Weise einer Sache oder einem Projekt widmen.

Die Ordnung

Dies sind Regeln, die das Zusammenleben in feste Bahnen lenken. Dazu zählen wir gemeinsame Normen und Rituale, Überzeugungen und Tabus, die für alle verbindlich sind. Zum Beispiel werden in der Familie die Jahresfeste besonders gefeiert, es gibt bestimmte Angewohnheiten an den Wochenenden, es wird vor dem Essen gebetet oder es gibt feste Essenszeiten. So wird aus Beziehungen ein System mit Ordnung und Struktur. Es ist daher eine besondere Herausforderung für neue Partner, sich aus den gewohnten Ordnungen ihrer jeweiligen Ursprungsfamilie herauszulösen und eine neue eigene Ordnung, ein neues System für ihre gemeinsame Beziehung zu entwickeln.

Das Gewissen – die innere Stimme

Das Gewissen ist die innere Stimme eines Systems. Es ist der Gleichgewichtssinn in Beziehungen. Es „wacht" gewissermaßen über die Bindung, den Ausgleich und die Ordnung, es wacht also darüber, ob eine Haltung oder ein Verhalten das Dazugehörigkeitsgefühl fördert oder ihm schadet. So dienen das gute und das schlechte Gewissen dem Ziel, unsere Bindung an unsere Wurzeln zu sichern, mithilfe des Ausgleichs und der Ordnung.

Bedeutung für die Familie

Wir werden in unsere Familie hineingeboren. Wir haben Eltern, Großeltern, Geschwister – gleichgültig, ob wir in dieser Gemeinschaft heranwachsen oder nicht. Für die familiensystemische Dynamik ist es nicht von Bedeutung, ob die Eltern sich getrennt haben oder wir die Eltern nicht kennen. Früher oder später wird jeder die enorme Kraft, die von unserer Herkunftsfamilie ausgeht, spüren. Kinder, die ihre Eltern nie kennengelernt haben, werden irgendwann eine Sehnsucht in sich entdecken, und zwar auch dann, wenn ihnen verschwiegen wurde, dass sie andere biologische Eltern haben. Diese Sehnsucht nach den leiblichen Eltern ist in uns sehr tief und fest verankert. Sie kann sich auf unterschiedliche Weise bemerkbar machen, etwa durch depressive Verstimmungen, das Gefühl der Leere, Schlaflosigkeit, Beziehungsschwierigkeiten, aggressives Verhalten, Konzentrationsstörungen, u. a.
Es ist die intensive Bindung an unseren Ursprung, die wir auch Urliebe genannt haben, die wir instinktiv spüren. Diese nehmen wir erst unbewusst und dann immer bewusster wahr, auch wenn wir diese Bindung nie leben durften. Jeder von uns hat das Recht, seine leiblichen Eltern kennenzulernen oder möglichst viel über sie zu erfahren.

Alle Menschen, die ich mit solch grundlegenden Fragestellungen begleiten durfte, haben es als wohltuende und befreiende Erkenntnis für ihr Leben erfahren, ihren leiblichen Eltern einen besonderen Platz in ihrem Herzen zu geben, auch wenn diese sie vernachläßigten oder kriminell waren. In einigen

Fällen fiel es den Menschen wie Schuppen von den Augen, als ich dieses Thema ansprach. Denn sie spürten über Jahre eine große Sehnsucht oder Leere, die sie sich nicht erklären konnten. Sie erlebten beispielsweise, dass sie große Schwierigkeiten hatten, sich auf eine Beziehung einzulassen, oder sie hatten Suchtprobleme.
Es muss unterschieden werden zwischen der Tatsache, wer unsere Eltern sind, und dem, was sie in ihrem Leben geleistet, unterlassen oder angerichtet haben.

Für Kinder, die bei Pflege- oder Adoptiveltern aufwachsen, ist es wichtig, diese beiden Realitäten – der leiblichen und der Adoptiveltern – zuzulassen und zu akzeptieren. Adoptiveltern können nicht die leiblichen Eltern sein. Sie leisten Hervorragendes und geben den Adoptivkindern ein Zuhause. Sie sind aber die Adoptiveltern, nicht die Eltern, und stehen familiensystemisch gesehen auf dem zweiten Platz. Dabei ist der erste Platz nicht besser als der zweite.
Nur unter Berücksichtigung dieser Tatsache können Adoptivkinder am besten heranwachsen und die leiblichen Eltern können in ihrer Würde bleiben. Dabei muß keine persönliche Beziehung zu ihnen existieren; relevant ist der Umgang. Es ist daher wichtig, dass Adoptiveltern im Alltag den leiblichen Eltern des ihnen anvertrauten Kindes einen Platz einräumen, indem sie z. B. ein Foto von ihnen aufhängen.
Ich persönlich finde es traurig, wenn Kinder ihre Eltern mit dem Vornamen ansprechen und nicht mit Mama und Papa. Es gibt für jeden Menschen nur einen Papa und eine Mama. Wenn ich meine Eltern mit Mama und Papa anspreche, würdige ich diese

naturgegebene Einmaligkeit. Ich habe immer das Gefühl, dass diese Familien etwas Einmaliges und Großartiges verpassen.
Ich denke, dass auch Adoptiveltern mit Mama und Papa angesprochen werden können, wenn oben Gesagtes über die leiblichen Eltern seinen Platz haben darf.

Unsere Seele „weiß" um die oben genannten Zusammenhänge. Das bedeutet, dass wir in unserem Unterbewusstsein um die Konflikte oder Verstrickungen wissen. Durch eine klassische Familienaufstellung mit Stellvertretern oder mit Figuren (Playmobilaufstellung oder mit Zetteln oder Kissen) sind wir in der Lage, die Dynamik, die in der Ursprungsfamilie herrscht, darzustellen. Wenn wir auf diese Weise Verstrickungen aufdecken, können wir versuchen, wieder eine familiensystemische Ordnung herzustellen. Mit Verstrickung ist hier gemeint, dass das System an einer oder mehreren Stellen aus dem Gleichgewicht geraten ist, weil zum Beispiel ein Familienangehöriger durch eine schlimme Tat, die er begangen hat, aus dem System ausgeschlossen wurde. Oder es wird nach einer Trennung über Vater oder Mutter nicht mehr oder nur noch schlecht gesprochen. Auf diese Weise hat diese Person keinen Platz mehr im System. Dieses Ungleichgewicht im Familiensystem wirkt sich auf alle Mitglieder dieses Systems aus. Oftmals fühlen sich Kinder oder Enkel unbewusst dafür verantwortlich, dieses System wieder in ein Gleichgewicht zu bringen und den Ausgestoßenen wieder in das Familiensystem zu holen.

Wichtig in der familiensystemischen Arbeit ist, dass uns diese Zusammenhänge, die für jedes System gelten, bewusst werden. Die Konsequenz ist, dass jedes Familienmitglied, ganz gleich welches Vergehen es begangen hat, seinen Platz, der ihm im System zusteht, beibehalten kann. So kann diese Person ihre Würde wahren und das System Familie bleibt im Gleichgewicht.

Es scheint für unser Leben von existentieller Bedeutung zu sein, unseren Ursprüngen voll und ganz zuzustimmen. Und zwar in dem Sinn, dass wir ganz zustimmen, dass unsere Eltern unsere Eltern sind. Wenn Sie daher eine konfliktreiche Beziehung zu Ihren Eltern haben, ist es wichtig, diesen Schritt innerlich wirklich von ganzem Herzen zu vollziehen und dabei die Gründe des Konfliktes außer Acht zu lassen. Dies kann durch therapeutische Begleitung gelingen.

In der familiensystemischen Arbeit hat sich gezeigt, dass es komplexe Sachverhalte gibt, die durch eine Familienaufstellung allein nicht zu lösen sind. Insbesondere in der Arbeit mit kleinen Kindern, die unter schweren Erkrankungen oder Störungen leiden, konnten wir immer wieder erkennen, dass der Ursprung des Problems nicht allein im Familiensystem zu finden war. Hört man diesen Kindern aufmerksam zu, erfährt man, dass sie noch einen engen Bezug zu anderen Wirklichkeiten haben als lediglich zu den Realitäten dieses Lebens, sie erinnern sich an frühere Inkarnationen. Hier möchte ich an das Buch von Erika Isolde Schäfer verweisen „Mama, glaub mir, ich habe schon einmal gelebt – Kinder malen ihre früheren Leben – Reinkarnationstherapie mit Kindern".

Rückführungen oder Regressionstherapie

Seit einigen Jahrzehnten hat sich eine Technik etabliert, die wir Rückführungs- oder Regressionstherapie nennen. Durch sie können wir einen Zugang zu unserem Unterbewusstsein erhalten und so zu den Erfahrungen und eventuellen Traumata, zu denen wir mit unserem Alltagsbewusstsein keinen Zugang haben. Bekannte Persönlichkeiten aus der Zeit der Anfänge sind Morris Netherton (deep memory process), Roger Woolger und Hans Ten Dam. Aus Zürich ist der Rückführungstherapeut und Autor Alexander Gosztonyi (1925-2011) bekannt.

Begonnen hat diese Arbeit in den 60er Jahren, als Psychologen und Psychotherapeuten feststellten, dass Bilder und Erfahrungen aus dem Unbewussten von Klienten ihren Ursprung auch in einer anderen Zeit haben können. Durch zahlreiche Forschungen und Rückführungssitzungen konnte aufgezeigt werden, dass unsere Seele in der Lage ist, Erfahrungen abzuspeichern, die nicht aus unserem jetzigen Leben

stammen müssen und die wir auch nicht selbst gemacht haben müssen, sondern uns nahestehende Vorfahren.
So gibt es immer wieder Hinweise, dass Kinder und Enkel von Menschen aus Kriegsgenerationen das Wissen um deren schwere Erfahrungen in sich tragen, obwohl sie diese Erfahrungen persönlich nicht gemacht haben.
Es ist sehr individuell, ob diese Erfahrungen sich als Postulate oder Glaubenssätze in unserem Unterbewusstsein festsetzen oder nicht und dann unsere heutige Handlungsweise sehr stark beeinflussen können. Erika Isolde Schäfer hat in ihrem neuesten Buch „Der Sinn von allem, was einst war – Das holographische Modell der Regressionstherapie" diese Arbeit ausführlich beschrieben.

Es ist wichtig zu wissen, dass weit mehr als 90 Prozent unseres Verhaltens durch Informationen, die in unserem Unterbewusstsein abgespeichert sind, bedingt ist. Wir können immer wieder erleben, dass wir in bestimmten Situationen in ähnlicher Weise reagieren, auch wenn es sich um unterschiedliche Lebenssituationen und unterschiedliche Personen handelt. Beispielsweise können wir erleben, dass wir in verschiedenen Partnerbeziehungen in ähnlichen Situationen dieselben Verhaltensmuster zeigen und so ähnliche Konflikte schaffen. Das kann sich wie ein roter Faden durch unser Leben ziehen. Nur können wir uns dafür meist die Ursache nicht erklären.

Durch eine Rückführungssitzung kann es gelingen, bisher verborgene Zusammenhänge im oben beschriebenen Sinne zu erkennen und aufzulösen. Durch diese Arbeit wird deutlich, dass wir viele Begabungen und tiefgreifende positive Erfahrungen aus anderen Leben mit in dieses nehmen, aber auch negative Ereignisse und Traumata. Diese können heute in Form von Postulaten oder Glaubenssätzen weiter wirken und unser Handeln bestimmen, ohne dass wir uns mit unserem heutigen Bewusstsein dieser Zusammenhänge bewusst werden. Durch die beschriebene Methode wird uns deutlich, dass wir Erfahrungen in uns abspeichern und dass diese in uns weiter existieren – offenbar auch über mehrere Leben hinweg. Es scheint so, dass sich insbesondere Gedanken, Gefühle und Körperwahrnehmungen, die wir kurz vor unserem Tod haben, in uns festsetzen und als Glaubenssätze oder Postulate in einem nächsten Leben unbewusst wirken können.
Daher gehört zu einer Rückführungssitzung, den Todesprozess anzuschauen, um individuell die oben genannten Postulate bewusst zu machen und aufzuarbeiten.

Erika Schäfer hat die Technik der Familienaufstellungen und der Regressionstherapie weiterentwickelt; darüber hinaus hat sie begonnen, beide Verfahren miteinander zu verbinden. So ist es möglich, bei einer Aufstellung direkt eine Rückführung anzuschließen. Diese kann mit dem Klienten selbst oder mit seinem Stellvertreter stattfinden, so wie eine Mutter stellvertretend für ihr Kind rückgeführt werden kann.

Teil III

Im dritten Teil dieser Schrift möchte ich mich mehr konkreten Krankheiten und Krankheitssituationen widmen. Ich werde auch die Frage beleuchten, warum der Mensch überhaupt erkrankt, ja sogar erkranken muss. Ein zentrales Thema in diesem Zusammenhang ist das Fieber.

Suche den Funken,
der das Feuer deiner eigenen Heilkraft entzündet.
Paracelsus

Fieber

Was tun?

Von Fieber spricht man bei einer Körpertemperatur von über 38 Grad. Kinder entwickeln in der Regel rascher Fieber als Erwachsene. Die Temperatur des Körpers wird über das Blut reguliert und die Bluttemperatur wiederum über den Hypothalamus, ein wichtiges Steuerzentrum im Gehirn. Dort wird auch die individuelle Basistemperatur festgelegt. Das bedeutet: Sowohl Körpertemperatur, Fieber als auch die Geschwindigkeit der Entstehung von Fieber und seine Höhe sind sehr individuell. Die Körpertemperatur kann von Mensch zu Mensch variieren und hängt u. a. von seinem Temperament ab. So weist ein Choleriker eine höhere Basistemperatur und höhere Temperaturschwankungen auf als ein Phlegmatiker.

Die Temperamentenlehre ist schon sehr lange bekannt. Sie geht auf die Viersäftelehre von Hippokrates (460-370 v. Chr.) zurück. Rudolf Steiner (1861-1925) hat die Temperamentenlehre wieder aufgegriffen und ihre Wichtigkeit insbesondere im Umgang mit Kindern und deren Erziehung ausgearbeitet. So gibt es Empfehlungen, die Sitzordnung in einer Schulklasse unter Berücksichtigung der Temperamente zu strukturieren. Albrecht Dürer (1471-1528) hat in seinem letzten Werk „Die vier Apostel" in den Aposteln die vier Temperamente in wunderbarer Weise verkörpert. Unsere Körpertemperatur unterliegt auch Tages- und Monatsschwankungen. So haben wir unser Minimum gegen 5 Uhr früh und unser Maximum gegen 17 Uhr. Bei Frauen steigt die Körpertemperatur nach dem Eisprung um etwa ein halbes bis ein Grad.

Bei Neugeborenen und in den ersten zwölf Lebensmonaten sollte Fieber immer zur aufmerksamen Beobachtung und fachlichen Begleitung Anlass geben. Ein möglicher Grund für das Fieber könnte sein, dass das Kind zu wenig trinkt (Durstfieber). Dieses verschwindet dann spontan, wenn das Kind wieder genügend zu trinken bekommt. Allerdings gibt es auch schwerwiegendere Ursachen.

Jedes Kind wird auf seine ganz eigene Weise Fieber entwickeln. Das eine quengelt ein bis zwei Tage, bis es dann endlich Fieber von 38.5 Grad Celsius entwickelt und sich damit sehr schwer tut; das andere Kind entwickelt innerhalb von ein paar Stunden 40 Grad Fieber, ist zwar etwas schlapp, spielt aber noch. Fragt man Eltern, so kennen sie diese individuellen Eigenheiten der Fieberentwicklung bei ihren Kindern.

Fieber ist ein Symptom!

Fieber zeigt uns an, dass der Körper begonnen hat, sich gegen etwas zu wehren. Doch können wir allein aufgrund des Fiebers nicht sagen, warum das Kind Fieber entwickelt hat. Ursache kann ein banaler Infekt, das Zahnen, eine Mittelohrentzündung oder auch der Beginn einer Lungen- oder Hirnhautentzündung sein. Das wird der Verlauf rasch zeigen.
Ob Zahnen zu Fieber führen kann, ist auch unter Ärzten umstritten. Aus meiner Sicht passt Fieber zum Zahnen. Beim Zahnen haben wir eine lokale Entzündung des Zahnfleisches, die den Körper zu einer fieberhaften Reaktion veranlassen kann.
Auch seelische Ursachen können zu Fieber führen. Wenn ein Kind zutiefst erschrocken ist oder einen heftigen Streit der Eltern miterleben musste, kann es in der Folge eine fieberhafte Reaktion entwickeln.
Über viele Jahre wurde Fieber rigoros mit Paracetamol (Dafalgan, ben-u-ron) bekämpft. Der Einsatz dieser Medikamente ist in vielen Ländern wieder reduziert worden, weil man erkannt hat, dass es der Gesundheit dient, wenn man fieberhafte Infekte nicht mit allen Mitteln bekämpft. Immerhin ist Paracetamol ein Medikament und kann zu unerwünschten Reaktionen an der Leber und der Blutbildung oder zu allergischen Reaktionen führen.

Fieber zulassen macht Sinn oder die Unterstützung einer individuellen Entwicklung

Ein fieberndes Kind bedarf der aufmerksamen Begleitung und Pflege. Für den Moment scheint die Begleitung fiebernder Kinder zeitaufwendig oder sogar lästig zu sein. Jedoch können wir oftmals sehen, dass Kinder gestärkt aus einer fieberhaften Erkrankung hervorgehen. Sie streifen etwas von ihrem Kindsein ab zugunsten einer ihnen gemäßen individuellen Entwicklung. Vielleicht sind sie körperlich gewachsen oder sie sind in ihrem Verhalten „erwachsener" und individueller geworden. Ich erlebe in meiner Praxis, dass Kinder, die bei Infekten leicht Fieber entwickeln, insgesamt stabiler sind und robuster erscheinen als Kinder, die kaum oder gar nicht fiebern.

Blut ist ein besonderer Saft

Wie erwähnt, wird die Körpertemperatur über das Blut reguliert. „Blut ist ein besonderer Saft", wie Johann Wolfgang von Goethe im „Faust" treffend formulierte. Im Blut zeigt sich unser Individuellstes. Niemand von uns hat die exakt identische Blutzusammensetzung wie ein anderer Mensch. Im Blut ist unser Ich zu Hause. Jedes Fieber hat somit einen Einfluss auf unser Ich oder besser unsere Ich-Entwicklung. Dies bestätigen viele Eltern, die fiebernde Kinder begleiten. Daher ist es sinnvoll, dass Fieber nicht rigoros gesenkt wird, auch damit die Kinder lernen, mit ihrem Fieber umzugehen. Ein guter Umgang des Körpers mit Fieber kann als Indiz für die gesunde Reaktionsfähigkeit des Immunsystems gewertet werden.

Vorgehen bei Fieber

Ihr Kind bekommt plötzlich Fieber. Das Wichtigste ist jetzt, dass Sie eine gute Wahrnehmung Ihres Kindes haben und dass Sie es aufmerksam beobachten:

Wie geht es Ihrem Kind? Trinkt es ausreichend? Gibt es andere Symptome wie Halsschmerzen, Kopfschmerzen, Husten, die der besonderen Beachtung bedürfen?
Nicht alarmierend ist, wenn das fiebernde Kind nicht oder nur wenig essen will. Es muss ja anderes verdauen (s. nächstes Kapitel „Erholungsphase").
Messen Sie während einer fieberhaften Erkrankung nur dann die Körpertemperatur, wenn es für Sie wichtig ist, die Höhe der Temperatur genau zu kennen, um sich für das weitere Vorgehen entscheiden zu können. In den meisten Fällen aber können Sie die Indikation für ein medikamentöses Eingreifen aufgrund des Allgemeinzustandes Ihres Kindes stellen, wenn es z. B. wegen Fiebers nachts nicht zur Ruhe kommt. In diesem Fall ist es nicht so wichtig, wie hoch die Körpertemperatur ist. In der Regel brauchen Sie nicht öfter als zwei- bis dreimal pro Tag die Temperatur Ihres Kindes zu messen.
Häufiges Fiebermessen hat meist zur Folge, dass die Eltern nervös und unruhig werden. Zum einen können sie so ihre Unruhe auf ihr Kind übertragen, zum andern sind sie selber weniger in der Lage, den Gesundheitszustand ihres Kindes objektiv einzuschätzen.

Fieberkrampf

Im Rahmen einer fieberhaften Erkrankung kann bei einem Kind ein Fieberkrampf entstehen. Dieser sieht aus wie ein epileptischer Anfall, ist aber keiner. Für die Eltern ist das Erleben eines Fieberkrampfes in der Regel ein dramatisches Ereignis. Die Kinder verlieren wie bei einem typischen epileptischen Anfall das Bewusstsein, verdrehen meist die Augen, können blau werden und haben Muskelzuckungen. Meist dauert dieser Krampf nur wenige Minuten. Der Fieberkrampf tritt meist im 2. Lebensjahr auf und ist typisch zwischen dem 6. Lebensmonat und dem 4. bis 5. Lebensjahr zu sehen. Hinsichtlich der Ursache gibt es mehrere Erklärungsversuche, letztendlich weiß man es nicht genau. Ob Fiebersenkung die Häufigkeit von Fieberkämpfen reduziert, ist umstritten bzw. nicht bewiesen. Beim Fieber produzieren wir Pyrogene, sogenannte fiebererzeugende Substanzen. Diese Pyrogene sind in der Lage, die Krampfschwelle des Gehirns zu senken, was die Entstehung eines Fieberkrampfes wahrscheinlicher macht. Eine Fiebersenkung reduziert nicht die Pyrogene, sondern nur das Fieber selbst (s. Wikipedia „Fieberkrampf – Neurophysiologischer Hintergrund").

Erholungsphase – die Rekonvaleszenz

Wenn ein Kind mehrere Tage an einem fieberhaften Infekt litt und wieder gesund wird, hat es enorm viel geleistet. Fieberhafte Erkrankungen sind einerseits anstrengend und kräftezehrend, andererseits unterstützen sie die individuelle Entwicklung des

Kindes. Kinder brauchen daher Fieber. Wie oben berichtet, fördert es die Ausreifung des Immunsystems sowie die Ich-Entwicklung.
Meist haben Kinder während einer fieberhaften Erkrankung keinen oder wenig Hunger. „Das Kind muss doch essen", ist ein Postulat, das sehr tief in unserer Gesellschaft verankert ist. Bitte lösen Sie sich davon und hören Sie auf den Instinkt Ihres Kindes. Leichte Kost und jeweils kleine Portionen sind die beste „kulinarische Begleitung", solange die Kinder das Bett hüten. Aber bleiben Sie auch innerlich ganz ruhig, wenn Ihr Kind jegliches Essen ablehnt. Es kommt sicher die Phase, in der es eventuelle Gewichtsverluste aufholt.

Auch wenn beide Eltern arbeiten und eine Erkrankung des Kindes eine familiäre Stresssituation nach sich ziehen kann, möchte ich für die Kinder sprechen und darauf hinweisen, die Rekonvaleszenzphase als ebenso wichtige Phase wie die Erkrankung selbst ernst zu nehmen. Ideal wäre, wenn die Kinder ein, zwei Tage fieberfrei wären und mindestens einen Tag gesund zu Hause umherspringen würden, bevor man sie wieder in den Kindergarten oder in die Schule gehen lässt.

Sinnhaftigkeit von fieberhaften Infekten und Kinderkrankheiten

Ganzheitlich und immunologisch gesprochen wissen wir, dass Infekte und fieberhafte Erkrankungen bei Kindern für deren Entwicklung hilfreich sein können. Das Immunsystem profitiert davon. Zudem können

Kinder über durchgemachtes Fieber einen Teil ihres Erb-Leibes, mit dem sie geboren wurden, zugunsten einer individuellen Entwicklung ablegen. Das bedeutet, dass das angemessene Begleiten der Kinder bei fieberhaften Erkrankungen sie in ihrer individuellen Entwicklung unterstützt sowie ihr Immunsystem stabilisiert und stärkt. In der Tat beobachten Eltern oftmals, dass ihre Kinder nach einer durchgemachten fieberhaften Erkrankung in ihrem Verhalten reifer geworden oder körperlich gewachsen sind.

Auch bei Erwachsenen können wir Ähnliches beobachten. Wenn Erwachsene bei einem Infekt ein paar Tage ihren Alltagsstress zurückfahren können, fühlen sie sich oft danach gestärkt und fitter als vorher.
Ein Problem heute ist, dass viele Menschen es verlernt haben, einen Infekt „ordentlich" durchzumachen. Das müssen und können sie wieder lernen, denn langfristig ist es für ihre Gesundheit besser. Mit „ordentlich" Durchmachen meine ich, dass dem Erkrankten der Raum gegeben wird, den Infekt gut zu verdauen. In der Regel ist man für den Rest der „Infektsaison" dann auch stabiler.

Impfen

– warum (nicht)?

Das Thema „Impfen" wird seit Jahrzehnten sehr emotional diskutiert. Bücher über „Pro und Kontra" füllen Regale, und ständig erscheinen neue Publikationen. Aus meiner Sicht ist dies wenig sinnvoll: Über das Impfen braucht man nicht emotional zu diskutieren, sondern kann das Thema vielmehr pragmatisch behandeln. Denn um „Pro oder Kontra" geht es meiner Ansicht nach nicht.

Impfungen sind eine hervorragende wissenschaftliche Errungenschaft.
Die Frage ist: Muss ich mein Kind gegen alles, was angeboten wird, impfen lassen, und das zum empfohlenen Zeitpunkt? Was bedeutet es, wenn ich impfe, und was bedeutet es, wenn ich nicht impfe? Konsultieren Sie dazu Literatur, die nicht „Pro oder Kontra" verfasst wurde. Zum Beispiel „Kindersprechstunde" von Wolfgang Goebel und Michaela Glöckler (auch in englischer, italienischer und spanischer Sprache erhältlich) sowie die Broschüre des Konsumentenschutzes in der Schweiz. Informieren Sie sich nicht im Internet zum Thema; es gibt keine Instanz, die die Texte nach ihrer Wertigkeit überprüft. Ich erlebe immer wieder Eltern, die durch die Internetlektüre erst recht ganz durcheinander gerieten.

Ich möchte Ihnen als kritischen Eltern einige Gedanken neben den üblichen Empfehlungen mitgeben:

Versuchen Sie, pragmatisch und klar mit dem Thema „Impfen" umzugehen und nehmen Sie sich vor allen Dingen die Zeit, die Sie benötigen. Das Schwierige für Sie ist, dass Sie eine Entscheidung nicht für sich, sondern für Ihr geliebtes Kind treffen wollen und sollen. Das können Sie am besten, indem Sie Informationen sammeln und „bei sich gesammelt bleiben". Nur so gelingt es Ihnen, den Überblick zu bewahren und zu einer guten Entscheidung für Ihr Kind und sich selbst zu kommen.
Vermeiden Sie Gespräche mit Menschen, die Ihnen Druck, Angst oder Vorwürfe machen wollen. Diese Menschen haben nicht zum Ziel, Sie als Eltern in ihrem Entscheidungsprozess zu begleiten und zu beraten, sondern neigen dazu, Ihnen ihre eigene Meinung aufbürden zu wollen. Daher sind Sie dann eher verletzt oder verunsichert und treffen vielleicht eine Entscheidung, zu der Sie Monate später nicht mehr stehen können.

Meines Erachtens ist es nicht richtig, eine Impfung isoliert zu betrachten.
Ich kann nicht empfehlen, alle Kinder ab dem 1. Geburtstag gegen Masern zu impfen, ohne darauf aufmerksam zu machen, dass die Geimpften dazu angehalten werden sollten, als Erwachsene mittels einer Blutentnahme festzustellen, ob sie noch einen ausreichenden Schutz haben. Niemand kann Ihnen versichern, dass ein Impfschutz ein Leben lang hält. Die Realität zeigt uns dies (s. auch Literaturliste Merkblatt Masern GAÄD).

Schulmedizinisch betrachtet ist jede Krankheit ein Übel, welches es zu vermeiden oder rasch zu überwinden gilt. Daher scheint es schulmedizinisch folgerichtig, uns mit Impfungen möglichst vor allen Krankheiten zu schützen, gegen die wir einen Impfstoff haben. Aber ist diese Vorgehensweise langfristig auf ein Menschenleben gesehen richtig? (s. hierzu auch das Kapitel „Warum wird der Mensch krank?").

Bei den meisten Diskussionen um Impfungen erkennen wir, dass nur ein Teil des Menschenlebens, nämlich die Kindheit, im Fokus ist. Wie steht es mit dem Schutz gegen Kinderkrankheiten im Erwachsenenalter?
Es ist mir nicht verständlich, warum in den eifrigen Diskussionen um Masern, wenn irgendwo welche auftreten, die Anzahl der Erkrankungsfälle nicht nach Alter eingeteilt wird. Bei jeder Masernepidemie treten Masernfälle auch bei Erwachsenen auf, auch bei solchen, die als Kinder geimpft worden sind. Warum benennen die Medien dies nicht?
Frauen sollten im gebärfähigen Alter standardmäßig von allen Frauenärztinnen und Frauenärzten auf einen Rötelnschutz hin untersucht werden. In der Regel wird der Rötelntiter erst bei einer Schwangerschaft getestet. Dann ist es zu spät, den Frauen für die aktuelle Schwangerschaft eine schützende Rötelnimpfung zu verabreichen. Ließe sich bei dieser Blutabnahme nicht gleichzeitig auch prüfen, ob der Schutz gegen Masern, Mumps und Keuchhusten noch gegeben ist? Bei Männern sollte eine ähnliche Prozedur durchgeführt werden oder die Gelegenheit genutzt werden, falls sie sich für das Militär bzw. den Zivildienst anmelden.

Ich empfehle nicht, Jugendliche oder Erwachsene „blind" nachzuimpfen. Wenn ich in einen ausreichenden Impfschutz hinein impfe, ist die Wahrscheinlichkeit für Impfnebenwirkungsreaktionen höher, als wenn der Impfschutz schon nachgelassen hat. Dies ist bekannt und wird von Labors auch bestätigt. Wie die Realität zeigt, hält ein Tetanusschutz beispielsweise viel länger als 10 Jahre, aber eben nicht bei jedem Menschen. Daher ist es sinnvoll, 10 Jahre nach der letzten Impfung mittels einer Blutabnahme den Impfschutz zu kontrollieren und auch die Anzahl der Antikörper zu messen. Aufgrund der Anzahl der Antikörper (sog. Gedächtniszellen) kann ich abschätzen, wie lange der Schutz noch besteht. Objektive Untersuchungen von unerwünschten Wirkungen oder allergischen Reaktionen durch Impfungen gibt es leider keine, weil der Gesetzgeber es bis heute nicht für notwendig hält, eine Meldepflicht einzuführen.

Das Thema Impfungen mit Angst zu verknüpfen, scheint mir nicht sinnvoll und ethisch bedenklich. Mache ich Eltern Angst, so hindere ich sie daran, eine vernünftige Entscheidung für ihr Kind zu treffen, hinter der sie auch nach Jahren noch stehen können. Sie werden gezwungen, aus Angst zu entscheiden. Das bedeutet für Ärzte eine große Herausforderung. Denn sie sollten mit ihren Patienten in einer Weise sprechen, die sie nicht als verantwortungslose und fahrlässige Bürger dastehen lässt, wenn sie die Impfung nicht nach gängiger Praxis durchführen lassen. Vielmehr sollten Ärzte den Patienten Informationen in die Hand geben, die nicht von Pharmakonzernen verfasst wurden und anhand derer die Eltern eine Entscheidung treffen können, mit der sie sich wohl fühlen. Eine solche Herangehensweise festigt auch die Arzt-Patienten-Beziehung (s. Kapitel „Begegnung als Heilungsimpuls").

Wir alle, Eltern und Ärzte, wollen, dass die Kinder gesund heranwachsen – das wird nicht gelingen, wenn wir fanatisch dafür sind, alle Impfungen zu machen, die möglich sind, oder ebenso fanatisch jede Impfung ablehnen. Es wäre auch falsch, einen Impfzwang einführen. Das sehen wir in den Ländern, in denen ein solcher existiert, wie zum Beispiel in Italien. Mit gesundem Menschenverstand, Empathie und einer Portion Pragmatismus den fragenden Menschen gegenüber kann eine befriedigende, dem Wohl des Kindes dienende Entscheidung gefunden werden.

Jedem Anfang wohnt ein Zauber inne.

Hermann Hesse (1877-1962)

Das Wunder Leben

Ist Geburt programmierbar?

Wenn wir an eine hochschwangere Frau denken, oder wenn wir uns eine Geburtssituation vorstellen, können wir diesen Zauber des Lebens wahrnehmen. Und trotz dieses Zaubers steigt die Zahl der Frauen, die einen Kaiserschnitt ohne medizinische Indikation („Wahl-Kaiserschnitt") durchführen lassen, stetig. Auch scheint die Anzahl der Frauenärztinnen und Frauenärzte zuzunehmen, die unsicheren oder ängstlichen Frauen zu diesem Schritt raten. Sie empfehlen den Kaiserschnitt als sichere Entbindungsart „ohne Stress und Schmerzen", und zudem können die Frauen in diesem Fall den Tag, sogar die Stunde der Entbindung selbst bestimmen.

„Wahl"-Kaiserschnitt – die mögliche Bedeutung für Mutter und Kind

Was mag der wahre Grund sein, dass sich Frauen zu einem Wahl-Kaiserschnitt entscheiden? Die häufigsten Gründe, die mir mitgeteilt wurden, waren Angst vor medizinischen Komplikationen, Angst vor Kontrollverlust oder eine inadäquate Begleitung des Frauenarztes bzw. der Frauenärztin, die die Großartigkeit des Geburtsmomentes nicht im Fokus hatten. Einige Frauen, die ich kenne, litten, als sie sich für den Kaiserschnitt entschieden, nicht unter solchen Ängsten, weshalb eigentlich ein Kaiserschnitt aus medizinischen oder psychologischen Gründen nicht gerechtfertigt gewesen wäre.

Machen wir den Versuch, eine andere Betrachtungsweise daneben zu stellen:

Was geschieht genau, wenn eine Frau schwanger wird? – Wir wissen es nicht!

Medizinisch haben wir natürlich viele Erkenntnisse und Erklärungsmöglichkeiten, aber warum die eine Frau schwanger wird und die andere nicht, können wir oftmals nicht beantworten. Die Zahl der Paare, die keine Kinder bekommen, obwohl medizinisch alles in Ordnung zu sein scheint, steigt. Es ist ein Zauber und eine Fügung von Ereignissen, die schließlich zum Gelingen einer Empfängnis führen, die wir nicht bis ins Letzte begreifen, erkennen oder beschreiben können. Wir sehen lediglich, dass es in dem einen Fall gelingt und in dem anderen eben nicht.

Jedes Leben ist einzigartig – jeder Lebensbeginn und jedes Lebensende auch

Aber ist Leben nicht sowieso etwas Zauberhaftes, etwas Geheimnisvolles? Wäre es dann nicht konsequent und richtig, dem Beginn und dem Ende einen entsprechend würdigen Rahmen zu geben?

Viele schwangere Frauen haben die selbstverständliche Gewissheit, dass ihr Kind nicht erst mit dem ersten Atemzug zu leben beginnt, sondern schon vorher anwesend ist.
Wann beginnt Leben? Und wann endet es?

Denken Sie an die vielen Diskussionen um Organtransplantationen, die große Verwirrung gestiftet haben, weil man auf der Suche nach einer lebensnahen Definition des Todes ist. Ist ein Mensch tot, der laut Messung hirntot ist, aber eine stabile Herz-Kreislauf-Situation aufweist?
Ich bin überzeugt, dass jeder Mensch in sich die sichere Empfindung entwickeln kann, wann (sein) Leben beginnt und wann es endet. Es ist sehr eindrücklich, dass wir in einem sehr rhythmischen Zustand sind – sowohl zu Beginn des Lebens als auch zum Ende hin. Während der Geburt sind die Wehen ein rhythmischer Prozess der Kontraktion und der Erschlaffung. So ähnlich, wie wir das unser ganzes Leben lang bei unserem Herzen und unserer Atmung unmittelbar erleben können.

Die Wehen sind intimste Momente der Kommunikation zwischen Mutter und Kind, die beide so wahrnehmen können. Werden sie adäquat begleitet, können sie zu einer weiteren Intensivierung der Bindung zwischen der Mutter und ihrem Kind beitragen.

Geburt und Tod gehören zum Leben! Sind wir berechtigt, da einzugreifen? Was könnte es bedeuten, wenn wir das Leben im Sinne einer Aufgabe oder eines Auftrages als etwas Schicksalhaftes betrachten?

Hören wir unvoreingenommen kleinen Kindern aufmerksam zu, so merken wir, dass es für sie selbstverständlich ist, noch eine andere Welt wahrzunehmen als die physische. Immer wieder dürfen wir erleben, dass sie „wissen“, woher sie kommen, in welchem Kontext sie zu ihren Eltern stehen und warum sie sich gerade diese Eltern ausgesucht haben. Nehmen Sie diesbezügliche Aussagen Ihrer Kinder ernst und freuen sich über ihre Wahrnehmungen. Leider geht dieses „Wissen“ mit dem Älterwerden der Kinder häufig verloren, auch weil die Gesellschaft diese Art der Wahrnehmung oftmals als albern „abtut“ und belächelt (s. auch Kapitel „Rückführungen oder Regressionstherapie“).

In ähnlicher Weise können wir uns selbst fragen und erforschen, mit welcher Intention wir unser eigenes Leben begonnen haben und welches unser Lebensauftrag sein könnte. Tasten wir uns an diese Themen heran, so können belastende biographische Ereignisse oder schwierige Begegnungen mit Menschen aufschlussreich und sinnvoll erscheinen.

Jede Geburt ist einzigartig!

Geburt

Wenn ich den Beginn des Lebens als würdiges Ereignis betrachte, sollte jede Geburt einzigartig sein. So ist es auch in Entbindungseinrichtungen, in denen die verantwortlichen Fachleute den Geburtsverlauf nur dann beeinflussen, wenn dazu eine medizinische Indikation besteht. Eltern, insbesondere Mütter, berichten immer wieder, dass die Art und Weise der Geburt sehr eng mit dem Wesen des Kindes zusammenhängt. Die einen Kinder kommen sehr mühsam auf die Welt und man muss immerzu „schubsen", damit der Geburtsverlauf nicht stagniert; die anderen kommen gleichsam im Eilzugtempo zur Welt. In schwierigen biographischen Lebenssituationen im späteren Leben des Kindes kann es den Eltern eine große Hilfe sein, wenn sie sich das Geschehen der Geburt vergegenwärtigen.

Nehmen wir den Aspekt der Astrologie hinzu, so wissen wir, dass diese Wissenschaft in erheblicher Weise einen Spiegel unseres Lebens bereithält, den geschulte Astrologen in ausgezeichneter Weise lesen können.

Durch den Ort und die exakte Zeit der Geburt können wir mittels komplizierter wissenschaftlicher Berechnungen das Geburtshoroskop einer Person erstellen. Ich war sehr verblüfft, als ich eine erfahrene Astrologin zu gewissen Themen befragte: Sie konnte mir detailliert anhand meines Horoskops Auskunft geben über Inhalte, die sie nicht wissen konnte.

„Wahl"-Kaiserschnitt: mögliche Bedeutung individuell und für eine Gesellschaft

Welche biographische Bedeutung mag es haben, wenn wir den Geburtszeitpunkt künstlich und ohne medizinische Indikation um mehrere Tage verschieben? Welche Dimension für eine Gesellschaft mag es haben, wenn die meisten Kinder per „Wahl"-Kaiserschnitt zur Welt kommen, zu einem vorher berechneten Zeitpunkt?

Zusammenfassend möchte ich die Menschen, die sich mit dem Thema Geburt beschäftigen, also in erster Linie Frauenärzte, Hebammen und Eltern, dafür sensibilisieren und sie ermutigen, die Bedeutung und Größe dieses Zaubers des Geburtsmomentes wahrzunehmen und anzuerkennen. Ich möchte, dass sie diese Realität gleichwertig neben Aspekte der Sicherheit und Schmerzfreiheit stellen. Auch für Fachleute führt diese ganzheitliche Art, ihre Tätigkeit zu sehen, zu einer völlig neuen Geste, und in der Alltagsroutine entsteht etwas Neues, wenn Würdigung und Achtung für den Zauber der Geburt gleichwertig neben Sicherheit und Schmerzfreiheit gestellt werden.
Ich finde es für jedes Paar sehr schade, wenn es diesen Zauber nicht wahrnehmen kann bzw. nicht erleben konnte, weil es ihn durch einen Wahl-Kaiserschnitt nicht zuließ. Dieser Zauber lässt sich auch wahrnehmen, wenn es eine sehr schwierige Entbindung war, die mit einem Kaiserschnitt beendet werden musste. Ein solcher Kaiserschnitt, aus medizinischer Indikation durchgeführt, ist ein Segen für Mutter und Kind und hat erheblich zur Verringerung der perinatalen Sterblichkeitsrate beigetragen.

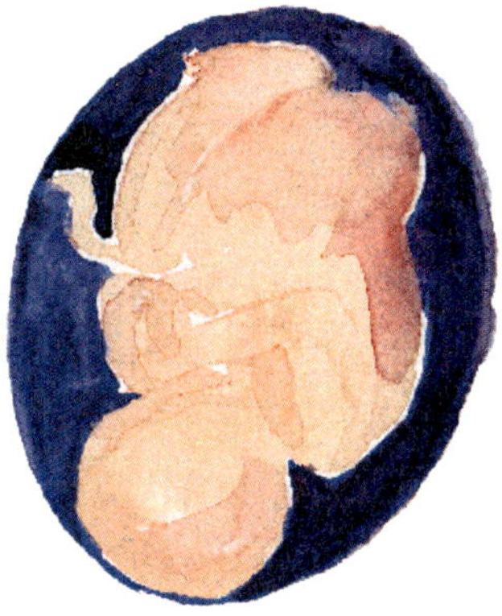

Krankheiten befallen uns nicht aus heiterem Himmel, sondern entwickeln sich aus täglichen Sünden wider die Natur. Wenn sich diese gehäuft haben, brechen sie unversehens hervor.

Hippokrates, ca. 400 v. Chr.

Warum wird der Mensch krank?

Hippokrates (ca. 460-ca. 370 v. Chr.) hat bereits vor mehr als 2000 Jahren erkannt, dass Krankheiten uns nicht „einfach so" befallen, sondern dass sie nach einem individuellen Entwicklungsprozess auftreten. Hippokrates gilt als der berühmteste Arzt des Altertums und ist der Begründer der Medizin als Wissenschaft. Noch heute gilt der Eid des Hippokrates als Leitlinie für ärztliches Tun.
Die Frage: „Warum wird der Mensch krank?" hat aus meiner Sicht eine körperliche, seelische und geistige Ebene, wenn wir den Menschen als dreigliedriges Wesen berücksichtigen. Daher impliziert diese Frage eigentlich drei Fragen.

Die erste Frage lautet: Warum erkrankt ein Mensch in einer bestimmten Situation und ein anderer nicht? Wir wissen es nicht. Wir erleben jedoch immer wieder lediglich die Konsequenz und können „pathophysiologisch" nachvollziehen, was geschehen ist; damit meine ich, wie die Krankheitsentstehung sich vollzogen hat, jedoch nicht warum bei dem einen und bei dem anderen nicht. Das bedeutet, dass wir erkennen, welche Lebensprozesse erst noch richtig funktioniert haben und welche durch die Erkrankung nun typische Symptome entwickelt haben.

Beispiel: Bei „grippalen Epidemien“ erkranken in der Regel nicht alle Menschen. Wir haben Arbeitskollegen im selben Raum, die einen erkranken, andere nicht. Ähnliches gilt etwa auch bei AIDS, Hepatitis B oder anderen übertragbaren Krankheiten. Bei AIDS etwa sind wir nicht in der Lage zu erkennen, warum der eine Mensch sich ansteckt, der andere nicht, der genauso oft ungeschützten Geschlechtsverkehr mit AIDS-kranken Partnern hatte wie der andere. Dies war eine erstaunliche Feststellung bei vielen Interviews und Untersuchungen Mitte der 80er Jahre des letzten Jahrhunderts. Ich war bei solchen Untersuchungen in San Francisco beteiligt, doch diese Erfahrung bestätigte sich andernorts ebenso.

Die zweite Frage ist: Welche seelische Bedeutung hat eine Erkrankung im Leben eines Menschen? Mit anderen Worten: Welche Geste drückt sich durch eine chronische, immer wiederkehrende Erkrankung aus?

Die dritte Frage betrifft die Situation. Zu dieser zähle ich die biographische, also auch die karmische und die familiensystemische:
Warum erkrankt ein Mensch genau in dieser Lebenssituation?
Was soll oder kann er durch die Erkrankung „lernen“? Ist eine solche Frage erlaubt? Dürfen wir annehmen, dass Krankheiten uns zu Lernprozessen verleiten können und wenn Ja warum? Verstehen wir den Spruch von Hippokrates zu Beginn dieses Kapitels richtig, so müssen wir diese Frage mit „Ja“ beantworten, da Krankheit als Folge von „täglichen Sünden“ entstehen kann. „Tägliche Sünden“ empfinde ich nicht als eine moralische Kritik, sondern

eher als Fehlverhalten, was teilweise vermeidbar sein kann, wie z. B. das Vermeiden bekannter Risikofaktoren wie Übergewicht, Rauchen, zu fettes Essen und Bewegungsmangel. Auch möchte ich hier die Lebenshaltung erwähnen. Gehen wir eher optimistisch oder eher pessimistisch durchs Leben? Sind schwierige Lebensumstände für uns eher ein Drama oder versuchen wir die Geste zu verstehen, die sich dahinter zu verbergen vermag? In diesem Zusammenhang möchte ich das Buch „Die Macht des Bewusstseins" von Neville Goddard empfehlen.

Nun fügen sich weitere Fragen an:
In welche Familie mit welchen Krankheitsdispositionen, aber auch Tugenden, Ritualen und Tragödien, ev. auch Traumata bin ich hineingeboren? Wie empfänglich bin ich dafür?
Hinsichtlich Krankheitsdispositionen beobachte ich unterschiedliche Verläufe: z. B. ist die Wahrscheinlichkeit gegeben, dass ein Kind von Eltern, die allergische Erkrankungen haben wie Neurodermitis oder Asthma, auch eine allergische Erkrankung entwickelt. Aber dies geschieht nicht bei allen! Warum wissen wir nicht. Oftmals liegt bei den Eltern aber die Sorge vor, dass ihr Kind auch eine allergische Erkrankung entwickeln wird! Dürfen wir vermuten, dass dieses Postulat der Eltern („ich habe eine Allergie, dann bekommt mein Kind das auch") an der Entwicklung der Allergie beim Kind mitwirken kann?
Ein anderes Beispiel: In einer Familie gibt es über Generationen hinweg bei den Frauen Gallensteine. Nun gibt es zwei Frauen in dieser Familie, die ihre Lebens- und Ernährungsgewohnheiten vollständig verändert haben. Sie haben keine Gallensteine

entwickelt. Ich habe drei solche Familien in meiner Sprechstunde begleitet.

Für welche schweren Konflikte und Verstrickungen meiner Ahnen bin ich empfänglich? Dieses neue Kapitel bekommt in der Heilkunde des Menschen eine immer größere Bedeutung und ist längst nicht mehr nur den psychologischen oder psychiatrischen Fächern vorbehalten: Es geht um die Weiterentwicklung bestehender komplementärmedizinischer Verfahren wie die Homöopathie, anthroposophische Medizin, Elektroakupunktur nach Voll, aber auch die familiensystemischen Zusammenhänge und die Regressionstherapie. Diese Weiterentwicklung ist unsere Aufgabe im neuen Zeitalter und sollte der Entwicklung und dadurch Veränderung der Grundstruktur des Menschen und seiner Wahrnehmungsmöglichkeiten, die immer feiner zu werden scheinen, Rechnung tragen. Lesen Sie hierzu auch den Absatz über die „neuen Kinder" oder Sucherseelen im Kapitel „Gemeinschaften heute – eine Kulturtat?"

Allgemeine Betrachtungen aus der Praxis

Typische Krankheitsbilder im Kindesalter

Otitis media – die Mittelohrentzündung

Sara, ein zierliches blondes 5-jähriges Mädchen, kommt mit seiner Mutter in meine Sprechstunde. Sie hat seit einem knappen Jahr immer wieder akut auftretende und sehr schmerzhafte Mittelohrentzündungen, die mit Antibiotika behandelt werden mussten. Die Entzündungen sind immer heftiger geworden, die Abstände von einer Episode zur nächsten immer kürzer. Sara entwickelt dabei jedes Mal sehr hohes Fieber, meist über 40 Grad.
Sara ist sonst gesund, durchläuft eine unauffällige Entwicklung, nur ist sie empfindlich, was das Essen betrifft. Sie ist sehr wählerisch und isst tendenziell wenig. Der Schlaf ist gut, allerdings schnarcht sie. Bauchweh kommt immer wieder vor. Im Moment geht es Sara gut, sie hat keinerlei Beschwerden.

Familienanamnese und familiäre Situation:

Sara ist das älteste von drei Kindern, es folgen eine dreijährige Schwester und ein einjähriger Bruder. Chronische Krankheiten scheint es in der Familie nicht zu geben. Lediglich die Mutter hat, so erfahre ich, einen empfindlichen Magen und muss aufpassen, was sie isst. Die Mutter hat, als ihr jüngstes Kind sechs Monate alt war, wieder halbtags zu arbeiten begonnen, dies aber wegen einer kompletten Überforderung nach wenigen Monaten wieder beenden müssen. Der Vater arbeitet sehr viel und kommt erst gegen 19 oder 20 Uhr nach Hause. Manchmal muss er auch am Wochenende zu Hause für die Firma arbeiten. Die Familie ist hoch verschuldet, weil sie sich vor ein paar Jahren ein Haus gekauft hat. Die Verwandtschaft wohnt weit weg, man sieht sich nur selten. Seit der Geburt des jüngsten Kindes leben die Eltern in einer schweren Krise. Die Erwartungen, die die Eltern gegenseitig an sich stellen, können sie nicht erfüllen. Wie es im Moment aussieht, droht die Familie auseinanderzubrechen.

Körperliche Untersuchung: Sara ist ein graziles Mädchen mit folgenden Merkmalen: massive Vergrößerung der Rachenmandeln, die sich fast in der Mitte berühren, die Lymphknoten unterhalb des Kiefers sind vergrößert tastbar, die Trommelfelle sind beide gerötet, rechts mehr als links, der typische Lichtreflex ist nicht vorhanden, Herz und Lungen sind unauffällig, die Atmung ruhig, das Abdomen (der Bauch) ist etwas zu stark vorgewölbt, die Peristaltik (Darmgeräusche) ausgesprochen lebhaft. Die Extremitäten sind kalt.
Seelisch ist Sara ein sehr waches Kind, welches Stimmungen unmittelbar wahrnehmen kann. Auf Befragen erfahre ich, dass das Bauchweh immer wieder nach stressigen Situationen auftritt oder nach längeren Einkaufstouren (Reizüberflutung).

Folgendes können wir nun feststellen:

Es zeigt sich ein chronischer, sich wiederholender Verlauf einer Mittelohrentzündung mit Verschlechterungstendenz (intensiver, Abstände kürzer), die kurz nach der Geburt des dritten Kindes erstmalig auftreten. Die akute schulmedizinische Therapie mit Antibiotika, Ohrentropfen sowie Schmerzmitteln beseitigt die akute Situation, führt jedoch nicht zur Heilung und trägt auch nicht dazu bei, künftige Mittelohrentzündungen zu lindern oder zu vermeiden.
Die anhaltende Entzündung beider Ohren und die vergrößerten Lymphknoten und Rachenmandeln sind Zeichen einer andauernden Entzündungsaktivität und Alarmbereitschaft des Immunsystems. Ganzheitlich gesprochen, läuft hier ein zu aktiver Stoffwechselprozess an einem Sinnesorgan ab, wo er nicht hingehört (s. Kapitel „Der dreigliedrige Mensch"). Sara steht zudem aufgrund der schwierigen familiären Situation unter starker Anspannung und ist zu wenig in der Lage, Kind zu sein. Sie fühlt sich, familiensystemisch gesehen, für den häuslichen Ärger verantwortlich (s. Kapitel „Familiensystemische Betrachtungen und Rückführungen").
Seit der Geburt des dritten Kindes und der Überforderung der Mutter fühlt sich Sara offenbar seelisch vernachlässigt.

Therapeutische Überlegungen:
Um eine Heilung bei Sara zu erreichen, müssen wir nicht nur die Mittelohrentzündung im Fokus haben, sondern auch ihre Stoffwechselprozesse im Gesamten sowie das angespannte Familienleben.

Einerseits stellen wir einen übersteigerten Stoffwechselprozess in den Ohren fest, wo er nicht hingehört; andererseits erkennen wir durch Anamnese (wählerisch beim Essen, immer wieder Bauchweh, auch stressabhängig) und körperliche Untersuchung (geblähter Bauch, sehr aktive Darmgeräusche), dass Sara empfindlich ist, was Essen und Verdauung angeht, dass also ihr Stoffwechselorganismus im Gesamten nicht ganz im Gleichgewicht zu sein scheint.
Diese Erkenntnisse führen uns bei den therapeutischen Überlegungen zu zwei Schlussfolgerungen: Zum einen sollte nicht nur Sara eine Zeitlang immer, also auch in den beschwerdefreien Intervallen, therapeutisch begleitet werden, sondern es ist auch der gesamte Stoffwechselorganismus im Fokus zu behalten. Das Fieber ist positiv zu bewerten; der Körper ist in der Lage, sich zu wehren; es besteht noch Eigenaktivität. Es gibt Krankheitsverläufe bei anderen Kindern, bei denen der Körper irgendwann aufgehört hat, Fieber zu entwickeln. Dies ist kein gutes Zeichen. Hier wäre der therapeutische Ansatz, erstmal dahingehend zu wirken, dass das Kind wieder „lernt", Fieber zu entwickeln (s. Kapitel „Fieber").
Ein weiterer Punkt der therapeutischen Intervention bei Sara ist, die Eltern dahingehend zu sensibilisieren, was das Entstehen der Mittelohrentzündung begünstigen kann.

Das kann sein:
- Reizüberflutung (s. o.),
- Inadäquate Ernährung (z. B. viel Fleisch, viel Frittiertes, viel Fettes, zu wenig Frisches, weil damit der Stoffwechselorganismus in unnatürlicher Weise gefordert und schließlich überfordert wird),

- Intellektuelle Überforderung: heutzutage in diesem Alter bei einem intellektuellen Erziehungsstil zu Hause oder im Kindergarten durchaus möglich,
- Familiäre Krisen, auch Partnerkonflikte der Eltern.

Das Kind ist noch ganz Sinnesorgan, nimmt daher auch Stimmungen innerhalb der Familie auf, ohne mit ihnen umgehen zu können. Das werte ich auch als eine Art Reizüberflutung bzw. Überforderung (s. Kapitel "Der Mensch als sich entwickelndes Wesen – Entwicklungsetappen"). Seelisch gesprochen haben wir es mit **Abgrenzung** oder mit **Nicht-hören-Wollen** zu tun.

Pathophysiologie (Verständnis der Funktionalität und der krankhaften Veränderungen):

Wir haben es hier mit dem Mittelohr zu tun. Dieses enthält die Paukenhöhle, die Gehörknöchelchen Hammer, Amboss und Steigbügel und die Eustachische Röhre (Ohrtrompete), die das Mittelohr mit dem Rachenraum verbindet (Druckausgleich). Vor der Geburt ist die Paukenhöhle mit einem klaren gelblichen Sekret ausgefüllt. Die Pneumatisation oder Belüftung des Mittelohres ist ein Atem-Prozess, der erst mit der Geburt beginnt. Diese wird vom Kind selbst gestaltet und muss stets neu errungen werden. Sie ist von der Atmung des Kindes abhängig und kann bei Infekten der oberen Luftwege durch Sekretbildung gestört werden. Dies geschieht im Kindesalter sehr häufig. Erst sekundär kommt es zur Keimbesiedelung, also zu einer bakteriellen Entzündung. Die

Belüftungsstörung durch Sekretbildung ist daher das primäre Problem, nicht die bakterielle Entzündung. Es liegt demnach eine Störung dieses Atemprozesses vor. Atmung hat etwas mit dem Inkarnationsprozess zu tun, d. h. inwieweit wir uns mit der Erde verbinden. Unter Inkarnieren verstehen wir, dass sich die Seele bei der Geburt, d. h. durch den ersten Atemzug, mit dem Leib verbindet, also inkarniert, was übersetzt bedeutet: „sich in den Körper, ins Fleisch begibt". Unter Reinkarnation verstehen wir die Vorstellung, dass eine Seele wiederholte Erdenleben hat (s. Kapitel „die Wesensglieder – der Seelen- oder Astralleib").

Die o.g. Sekretbildung kann zu einem Paukenerguss führen. Nun sind die Gehörknöchelchen in Flüssigkeit gebettet und nicht mehr in Luft; die Weiterleitung des Schalls verläuft daher schwieriger und kann eine vorübergehende Schwerhörigkeit zur Folge haben. In der Regel führt dies zu keinerlei Einbußen in der Entwicklung des Kindes oder seiner Sprachfähigkeit. Ein Paukenerguss verschwindet nach mehreren Wochen meist wieder, kann aber auch einmal hartnäckig sein. Es ist gut, diesen Stoffwechselprozess mit homöopathischen oder anthroposophischen Heilmitteln zu begleiten, weil er so rascher und nachhaltiger ausheilen kann. Früher wurden relativ häufig Paukenröhrchen eingesetzt, damit die angesammelte Flüssigkeit ablaufen konnte. Diese Operation wird heute seltener als noch vor 20 Jahren durchgeführt. Es ist nachvollziehbar, dass ein solcher Eingriff nur kosmetischen Charakter hat und weder die Ursache beseitigt noch zur Heilung führt.

Therapie: Oft wirken die beiden Heilmittel Apis Belladonna c. Mercurius und Levisticum e rad D3 Glob. 2- bis 3mal tgl. eingenommen über mehrere Wochen, dazu immer einen Zwiebelwickel auf beide Ohren von mehrmals täglich je 15 Minuten (wenn akut) bis 2- bis 3mal pro Woche (wenn ohne Beschwerden). Ein weiteres therapeutisches Vorgehen sollte individuell angegangen werden. Im Falle von Sara haben wir den Ernährungsplan etwas geändert und für 3 Monate Gentiana Magen-Globuli vor den Mahlzeiten eingeführt.

Aufgrund der angespannten familiären Situation habe ich mit der Mutter eine familiensystemische Therapiesitzung mithilfe von Playmobilfiguren gemacht (s. Kapitel „Familiensystemische Betrachtungen"), um Hinweise zur familiären Dynamik zu erhalten.
Ich gebe hier nur die Ergebnisse wieder, die für Saras Mittelohrentzündung von Bedeutung sind. Aufgrund dieser Sitzung zeigte sich Folgendes:
Die Mutter ist nicht in ihrer Kraft – systemisch gesehen. Dies zeigt sich auch im Alltag. Der Vater entzieht sich dem Familiensystem, Sara ist zwischen den Eltern fehl am Platz, weil durch sie die Partnerschaft zwischen Mann und Frau als Gemeinschaft gestört ist und Sara so auch nicht ihren Platz als Erstgeborene im System einnehmen kann (s. Kapitel „Die Partnerschaft als Gemeinschaft / Die Familie als Gemeinschaft" in „Gemeinschaften heute – eine Kulturtat?").

Im Anschluss an diese Aufstellung habe ich mit der Mutter oben genannte Ergebnisse besprochen. Die Mutter verstand die Ergebnisse sofort und wusste, dass sie handeln musste und dass es um sie selbst ging.

Wie sich zeigte, wurde bei Saras Mutter ein altes Thema reaktiviert, das mit Überforderung zu tun hatte. Sie ist daraufhin noch einige Male für weitere familiensystemische Sitzungen und Regressionsarbeit in meine Sprechstunde gekommen, um ihre eigenen Themen aufzuarbeiten (s. Kapitel „Familiensystemische Betrachtungen und Rückführungen").
Die Eltern konnten mit diesen Erkenntnissen innerhalb der Familie den Alltag anders strukturieren. Der Vater konnte an zwei Tagen tagsüber präsenter sein, dafür arbeitete er an diesen Tagen bis in den Abend hinein. Die Mutter entwickelte mehr Aufmerksamkeit für jedes einzelne ihrer drei Kinder.

Bei Sara reduzierten sich Verlauf und Intensität der Mittelohrentzündungen. Insbesondere waren in der Akutphase keine Antibiotika mehr nötig. In den folgenden sechs Monaten haben wir die Therapie weitergeführt und zum Teil andere Mittel eingesetzt. Nach sechs Monaten hatte sich die Situation soweit beruhigt, dass Sara Infekte durchmachen konnte, ohne dass die Ohren daran beteiligt waren.
Sara hat sich verändert, ist „runder" geworden und fröhlicher. Sie genießt es, mehr zu spielen, die Atmosphäre zu Hause ist merklich entspannter.

Fazit: Voraussetzung für das Gelingen einer solchen therapeutischen Begleitung ist eine gute Mitarbeit der Eltern sowie eine vertrauensvolle Arzt-Patienten-Beziehung. Es ist für mich ein Muss, bei Bedarf miteinander sprechen zu können. Das heißt, dass ich die Eltern darum bitte, mich unverzüglich zu kontaktieren, wenn ein Infekt oder eine Mittelohrentzündung im Anmarsch sind, auch abends oder am Wochenende. Denn zu Beginn eines entzündlichen Prozesses haben wir meist mehr therapeutische Möglichkeiten, als wenn dieser fortgeschritten ist, das Kind Schmerzen hat und wir dann sofort handeln müssen.

Oftmals kann eine chronische Erkrankung bei einem Kind auch eine familiensystemische Bedeutung haben, wie das hier eindrücklich dargestellt werden konnte; diese gilt es zu erkennen und zu behandeln.

So können wir sagen, dass eine chronische Erkrankung bei einem Kind mir wichtige Informationen hinsichtlich der gesamten Konstitution des Kindes geben kann. In diesem Fall ist das Thema der Stoffwechsel des Kindes. Andererseits kann die chronische Erkrankung auch eine Botschaft in sich bergen, die die ganze Familie angeht. Das bedeutet, sie kann auf ein familiensystemisches Thema hinweisen, wie wir das bei unserem Beispiel gesehen haben. Erkennen die Eltern dies und gehen diese Problematik an, können sie eine wichtige Ursache, die zur Krankheitsentstehung beigetragen hat, bereits im Vorfeld beseitigen und sowohl das Kind als auch die gesamte Familie entlasten.

Konzentrationsmangel oder Konzentrationsstörungen

Was ist Konzentration?

Wenn wir verstehen wollen, was Konzentration eigentlich ist, um zu entscheiden, ob es sich bei einem Konzentrationsmangel oder Unaufmerksamkeit um eine echte Störung handelt oder lediglich um eine Phase der Zerstreutheit, stellen wir fest, dass das nicht so einfach ist.
Wenn wir Menschen aus unterschiedlichen Kulturen fragen, was sie unter Konzentration verstehen oder wann eine Konzentration gut ist und wann nicht mehr, zeigen sich bei Deutschen, Finnen, Norwegern, Schweizern oder Sizilianern, oder Menschen aus Afrika, Südamerika oder Asien erhebliche Unterschiede.
Die öffentlichen Schulen in der Schweiz und in Deutschland haben ab der 1. Klasse in der Regel einen hohen intellektuellen Anspruch. Das bedeutet, dass die Kinder entgegen ihrer Natur viele Stunden täglich still sitzen müssen. Dies ist in anderen europäischen Ländern ähnlich, und es besteht die Tendenz, einen Teil der Schulbildung bereits in den Kindergarten vorzuverlegen. Dies kann für die Gesamtentwicklung des Kindes nachhaltig störend sein, wie wir aus den Betrachtungen der Entwicklungsphysiologie unmittelbar ablesen können (s. Kapitel „Der Mensch als physisch-seelisch-geistiges Wesen – Die Wesensglieder" und „Der Mensch als sich entwickelndes Wesen – Entwicklungsetappen"). Gesundheitsfördernd ist diese pädagogische Entwicklung sicher nicht.

Entwicklung der Konzentration unter dem Aspekt der Bewusstseinsentwicklung des Menschen

Die Menschheit zu Zeiten der Geburt Christi war träumerischer als heute. Die Menschen lebten naturverbundener, waren aber auch der Natur viel stärker ausgeliefert. Es gab keine Schulpflicht, viele Menschen konnten nicht lesen. Fähigkeiten für Berufe wurden von Generation zu Generation weitergegeben und die Biographie eines Menschen war von Geburt an in der Regel in groben Zügen bereits vorgegeben und konnte nicht so freiheitlich gestaltet werden wie heute.

Die Schulpflicht wurde weltweit erstmals Ende des 16. Jahrhunderts im Herzogtum Pfalz-Zweibrücken (im heutigen Deutschland) unter Johann I. eingeführt. Andere Länder folgten im Laufe der folgenden 200 Jahre. Zu Beginn desselben Jahrhunderts schlug Martin Luther seine berühmten Thesen an die Schlosskirche zu Wittenberg und läutete damit den Prozess der Reformation ein.

Beides, Schulpflicht und Reformation, können wir historisch als Beginn eines neuen Zeitalters auffassen (s. Kapitel „Gemeinschaften heute – eine Kulturtat? Gemeinschaften unter dem Aspekt des Bewusstseinswandels"). Die Menschheit beginnt eine Entwicklung, die mit der Entfaltung des individuellen und kulturell-gesellschaftlichen Bewusstseins zu tun hat und sich durch einen zunehmenden Materialismus äußert sowie durch ein immer stärkeres Bedürfnis nach individueller Lebensgestaltung und nach dem Befreien von gesellschaftlichen Normen. Dies beginnt im 16. Jahrhundert natürlich noch sehr

zart und verhalten. Rudolf Steiner formulierte dies als den Beginn des Bewusstseinsseelenzeitalters (s. Literaturliste).
Für unsere Betrachtungen ist dies wichtig, da von dieser Zeit an die Entwicklung der Konzentrationsfähigkeit bzw. des Konzentrationsvermögens, über die wir heute verfügen, begonnen hat.

Wenn wir nun verstehen wollen, ob ein Kind eine Konzentrationsstörung hat oder nicht, sollte man mit großer Sorgfalt vorgehen. Immer wieder habe ich verzweifelte Eltern erlebt, die sich meldeten, weil die Schule ihres Kindes verlangte, sie sollten ihr Kind endlich auf ADS bzw. ADHS testen lassen, damit es bei einem entsprechenden Befund Ritalin erhalten könne. Andere Kinder in der Klasse würden bereits mit Ritalin behandelt und seien nun viel einfacher zu führen.
Es stellt sich für mich die Frage, ob sich die Kinder nach den Gepflogenheiten der Schule und der Lehrer zu richten haben oder ob die Veränderung in der Entwicklung der Kinder, wie wir sie seit mehr als 20 Jahren beobachten, uns dazu veranlassen könnte und sollte, das Schulsystem nicht nur zu reformieren, sondern neu zu entwerfen und zu entwickeln – nämlich im Hinblick auf die Bedürfnisse des Kindes als ein sich entwickelndes körperliches, seelisches und geistiges Wesen.

Für meine tägliche Arbeit hat sich folgende Vorgehensweise bewährt, wenn sich ein Kind mit seinen Eltern mit o. g. Fragestellung vorstellt.

Fragenkatalog bei einem Kind mit Konzentrationsauffälligkeiten:

- Wie alt ist das Kind und seit wann besteht diese Auffälligkeit?
- Besteht diese Auffälligkeit nur in bestimmten Situationen (z. B. nur in der Schule, ev. nur in bestimmten Fächern, aber nie beim Spielen zu Hause mit anderen Kameraden)?
- Gibt es außergewöhnliche Ereignisse in der Familie oder im engen Freundeskreis (Partnerschaftsprobleme der Eltern, schwere Erkrankungen inkl. Sucht, Unfälle)?
- Befindet sich das Kind in einer Krise und bedeutet der Konzentrationsmangel vielleicht einen Rückzug, um die Krise zu überstehen?
- Wie erlebt sich das Kind selbst in Phasen der Konzentrationsschwäche? Man kann z. B. das Kind diese Situation malen lassen.
- Gibt es schulische Schwierigkeiten (Lesen, Rechnen)? Hat eine Abklärung stattgefunden? Liegt ein Bericht vor?
- Steht das Kind unter einem Leidensdruck, besteht eine seelische Not?
- Kann das Kind aufgrund der Konzentrationsauffälligkeit ihm wichtige Ziele nicht erreichen, obwohl die kognitiven Fähigkeiten dafür da wären?
- Entwickelt sich das Kind ansonsten gut?
- Leidet das Kind an einer chronischen Krankheit?
- Nimmt es Medikamente ein?

Bedenken Sie, dass die meisten heutigen Kinder sehr sensibel sind und Stimmungen in ihrem Umfeld gut wahrnehmen können, auch wenn in Anwesenheit des Kindes nicht über belastende Themen gesprochen wird.
In den meisten Fällen werden wir bei einer detaillierten Vorgehensweise fündig, insbesondere dann, wenn das Kind das Symptom der Konzentrationsproblematik neu entwickelt hat. Dann können wir dem Kind in seinem Umfeld wieder so viel Stabilität bieten, dass es seine Krise überwinden kann. Finden wir im Lebensumfeld des Kindes keinerlei Anhaltspunkte, die uns die Konzentrationsauffälligkeit erklären können, oder leidet das Kind von klein auf an Konzentrationsschwierigkeiten, so ist eine detaillierte Abklärung bei einem geschulten Heilpädagogen oder Kinder- und Jugendpsychiater sinnvoll.
Hinsichtlich von Testungen bin ich sehr zurückhaltend und skeptisch, wenn sie voreilig durchgeführt werden, ohne dass das Umfeld und die Gesamtsituation des Kindes wie oben dargestellt genügend beleuchtet wurde. Für den geschulten Blick ist es in der Regel nicht zu übersehen, wenn ein Kind wirklich eine krankhafte Störung im Bereich der Konzentrationsfähigkeit aufweist. Bei Testungen besteht die Gefahr, dass ich mich mehr auf die Test-Ergebnisse verlasse als auf meine Wahrnehmung und Intuition und das Kind in seinem Wesen und seinem ganzen Kontext zu wenig wahrnehme. Es ist allgemein bekannt, dass sich Menschen auf sehr unterschiedliche Weise in Testsituationen verhalten. Daraus Rückschlüsse zu ziehen, ohne gleichzeitig einen umfassenden Eindruck des Kindes durch exakte Beobachtung daneben zu stellen, könnte schwerwiegende Folgen haben.

Ich erlebe immer wieder Kinder, die positiv auf ADHS/ ADS getestet wurden, die in meiner Wahrnehmung aber keine Aufmerksamkeitsstörung haben und denen unter Berücksichtigung der oben vorgeschlagenen Vorgehensweise ohne Medikamente nachhaltig aus ihrer Konzentrationskrise herausgeholfen werden konnte.

Fazit: Eine Konzentrationsauffälligkeit bei einem Kind bedarf immer einer genauen Abklärung des gesamten Umfeldes des Kindes. Nicht selten ist eine neu aufgetretene Konzentrationsstörung ein Hilferuf des Kindes, der ernst genommen werden sollte.

Ernährung allgemein:

Ich möchte ein paar einführende allgemeine Betrachtungen zum Thema Ernährung machen. Für eine detaillierte Ernährungsberatung wenden Sie sich bitte an entsprechende Spezialisten und konsultieren Sie entsprechende Literatur (s. auch Literaturliste).
Grundsätzlich möchte ich sagen, dass jeder Mensch in der Lage ist, sich für „seine" Ernährung zu „sensibilisieren" – das bedeutet, jeder Mensch kann an sich selbst erleben, welche Nahrungsmittel ihm gut tun, welche er verträgt und welche nicht. Beobachten Sie sich, wie es Ihnen nach dem Essen geht. Sind Sie erfrischt? Oder sind Sie müde und müssen sich unbedingt etwas hinlegen? Haben Sie sogar Bauchweh oder vermehrt Luft? Diese Sensibilität können Sie sich selbst aneignen und auch Ihren Kindern von klein auf vermitteln.
Ein Baby kann in der Regel sechs Monate lang voll gestillt

werden. Die Natur hat es nicht umsonst so eingerichtet, dass dann die ersten Zähne kommen – ein Zeichen, dass es jetzt losgehen kann mit der irdischen Ernährung und die kosmische, die Muttermilch, dadurch ergänzt und dann ganz ersetzt wird. Der Darm ist allerdings meist schon mit 4 ½ Monaten so weit entwickelt, dass das Kind Fremdnahrung vertragen würde. Wenn Ihr Kind bereits in dem Alter sehr neugierig ist auf das Essen auf dem Tisch und die Mutter den Eindruck hat, dass ihre Milch nicht mehr reicht, können Sie mit 4 ½ bis 5 Monaten mit dem Zufüttern beginnen. Das heißt aber auch, von diesem Zeitpunkt an ist das Füttern mit Fertigmilch nicht mehr erforderlich!

Ernährung

Neuerdings wird aufgrund von Studien empfohlen, die Kinder nicht 6 Monate voll zu stillen, sondern bereits nach 4 ½ Monaten zuzufüttern. Dies ist aus meiner Sicht Unsinn. Lassen Sie sich bei diesen Empfehlungen sehr detailliert die Quelle mitteilen und überprüfen Sie, wer diese Studien finanziert hat. In der Regel kippt dann die Glaubwürdigkeit solcher Aussagen.

Die beste Reihenfolge, das Zufüttern einzuführen, ist zunächst Gemüse, dann Obst, dann Getreide (vorzugsweise Hirse oder Dinkel), dann Milchprodukte. Viele Mütter wollen mit Karotten und/oder Kartoffeln beginnen. Beide Nahrungsmittel, insbesondere zusammen gegeben, können stopfend wirken. Daher können Sie selbstverständlich auch jedes andere Gemüse geben wie Fenchel, Zucchini, Kohlrabi usw.
Wenn ein Kind vollwertig ernährt wird, muss es weder Fleisch noch Wurst oder Fisch essen. Geben Sie dennoch Fleisch oder Fisch, dann achten Sie darauf, dass beides sicher aus einer artgerechten und biologischen Haltung kommt, am besten vom Biobauern um die Ecke.

Die Neugier der Kinder in diesem Alter können Sie sehr gut für die Nahrungsumstellung nutzen. Viele Kinder wollen „ausschließlich" das essen, was Mama und Papa essen. Es gibt Familien, die ihre Kinder mit „Fingerfood" ernähren wollen. Heute spricht man auch von „baby-led weaning (BLW). Grundlage dieser Ernährungsform ist nach meinem Verständnis, die Breikost zu vermeiden und das Kind zum Experimentieren zu verleiten, indem man ihm ganze Essenstücke, wie Karotte, Kartoffel etc. in die Hand gibt.
Ich würde mich für keine bestimmte Ernährungsform aussprechen und es auch nicht zu eng sehen. Selbstverständlich darf und soll ein Kind auch mit den Händen essen und mit dem Essen experimentieren dürfen. Aber bleiben Sie als Eltern locker dabei und fixieren sich nicht allzu sehr auf „das muss jetzt so und so sein", sondern fragen Sie sich: Was ist für mein Kind das Richtige? Und das kann für jedes Kind etwas anders sein.
Wenn ein Kind im zweiten Lebenshalbjahr erst zwei, drei oder vier Zähne hat, ist es erfahrungsgemäß noch nicht in der Lage, sich ausreichend mit „Fingerfood" zu ernähren.

Ich beobachte immer wieder Familien, die sich auf die „Fingerfood- bzw. die BLW-Methode" festgelegt haben, dass sie ihr Kind damit nicht ausreichend sättigen konnten. Die Folgen sind nicht selten, dass das Kind nachts dauernd erwacht, weil es Hunger hat und der ganze Familienalltag und die Familienharmonie darunter leiden. Dies sollten Sie vermeiden. Denn wenn ein Kind immer wieder hungern muss, ist dies sicher nicht gut für seine Entwicklung.

Sollten die Kinder sehr „wählerisch" beim Essen sein, also vieles nicht „mögen", darf ich Sie dazu ermuntern, sich davon nicht allzu sehr beeindrucken zu lassen. Viele Mütter bestätigen mir, dass ein klares Vorgehen hier ewige Diskussionen nachhaltig beseitigen hilft. Damit meine ich, dass jedes Kind bestimmte Lebensmittel, die es wirklich nicht mag, nicht essen muss. Aber pauschal Gemüse oder Obst abzulehnen, würde ich nicht zulassen. Ich empfehle, dass die Eltern entscheiden, was es zu essen gibt, wobei sie natürlich auf die Wünsche des Kindes Rücksicht nehmen. Sollte ein Kind dann zum Beispiel das Mittagessen zurückweisen, ist das ohne große Diskussion zu akzeptieren. Essen muss es nicht. Aber es gibt bis zur nächsten planmäßigen Mahlzeit nichts Alternatives zu essen, v. a. darf das Kind sich nicht selbstständig bedienen. Wenn es Ihnen gelingt, auf diese Weise liebevoll, aber klar zu sein, garantiere ich Ihnen, dass Sie keine Probleme rund um das Thema Essen mehr haben werden.
Und noch ein Tipp, wenn Kinder nicht essen mögen: Laden Sie andere Kinder ein und machen Sie „Ess-Feste". Auch können Sie sich ein Picknick im Kinderzimmer einfallen lassen oder mal eine Bude

unter dem Esstisch bauen, die vorübergehend als „Ort des Essens" auserkoren und „streng bewacht" wird. Sie werden sehen, die Lust zu essen wird angeregt.

Was ist eine Allergie?

Allergien – der seelische Aspekt der Abgrenzung einerseits und das Nieren-Nebennieren-System andererseits

Einführung

Ich möchte eine medizinische Abhandlung zum Thema Allergie versuchen, die den Menschen als körperliches, seelisches und geistiges, daher auch spirituelles Wesen begreift. Sie ersetzt keine schulmedizinisch-naturwissenschaftliche Betrachtung; darüber gibt es reichlich Literatur, s. auch Literaturliste.

Allergien haben in erschreckender Weise zugenommen, bei Kindern wie auch bei Erwachsenen. Jede Kinderklinik hat eine stetig größer werdende Abteilung, in der allergische Erkrankungen ambulant und stationär behandelt werden. Etwa 25 Prozent der Kinder leiden an allergischen Erkrankungen – das ist jedes vierte Kind!

Für unsere Betrachtung ist es sinnvoll, alle allergischen Erkrankungen gemeinsam anzuschauen, um zu versuchen, die Geste, die sich hinter einer Allergie verbirgt, zu verstehen. Damit meine ich Nahrungsmittelunverträglichkeiten, den Heuschnupfen, die Neurodermitis, die Hausstaubmilbenallergie und das allergische Asthma.

In der Klinik fallen die allergischen Erkrankungen der Haut in das Gebiet der Hautärzte, der Heuschnupfen und das Asthma in das Gebiet der Lungenärzte.
Dieses komplexe Erkrankungsbild der Allergien zeigt uns auf, dass wir Menschen offenbar immer mehr Mühe haben, angemessen auf Reize zu reagieren.

Wenn wir die jeweilige Geste aller Krankheiten zusammenfassen, können wir diese in zwei Bereiche einteilen:

Heisse und kalte Krankheiten

Bei heißen Krankheiten liegt ein Entzündungsprozess vor, wie z. B. bei Infektions- und Kinderkrankheiten.

In früheren Zeiten hat das teilweise epidemische Auftreten von Infektionskrankheiten wie Tuberkulose, akuten Durchfallerkrankungen, septischen Verläufen von Verletzungen oder auch nach Geburten das Durchschnittsalter der Menschen beeinflusst.
Dank verbesserter sozio-ökonomischer und hygienischer Verhältnisse sowie dank der Einführung von Antibiotika und Antiseptika wurde in dieser Hinsicht viel geleistet. Die Infektionskrankheiten wurden stark zurückgedrängt, mit dem Ergebnis, dass die Menschen im Durchschnitt immer älter werden.

Bei kalten Krankheiten liegt eine kalte, das bedeutet eine degenerative oder sklerosierende (verhärtende) Geste vor. Diese finden wir typischerweise bei Tumorerkrankungen, aber auch bei Herz-Kreislauf-Krankheiten wie Herzinfarkt und Schlaganfall,

Atherosklerose oder Osteoporose. Dies ist eine durch Kalkablagerung entstandene Verhärtung der Gefäße, wie das bei Herzkranzgefäßen oder Gefäßen im Gehirn zu beobachten ist, die zu sehr akuten Krankheitsbildern und nicht selten zum Tod führen kann. Zu den kalten Krankheiten zähle ich auch die meisten Formen des Bluthochdruckes, den Diabetes mellitus, Steinleiden wie Gallen- oder Nierensteine und auch Allergien bzw. Autoimmunerkrankungen. Letztere liegt z. B. bei der Schilddrüse als Autoimmunthyreoiditis vor, eine Krankheit, bei der sich Antikörper gegen körpereigene Zellen (Autoantikörper) entwickelt haben.

In den Industrienationen haben die Menschen heute eher das Problem einer zu frühen Sklerosierung oder Verhärtung, die das Auftreten von kalten Krankheiten begünstigen kann. In der Tat machen Herz-Kreislaufkrankheiten inkl. Bluthochdruck, Diabetes mellitus, Tumorerkrankungen, Osteoporose und Allergien den größten Anteil sämtlicher Erkrankungen aus.

Allergien sind aus meiner Sicht kalte Krankheiten, so unter anderem der Heuschnupfen, die Neurodermitis, das Asthma bronchiale, Nahrungsmittelallergien, allen voran Kuhmilchallergien und so manche Kontaktdermatitis. Sie weisen zwar grundsätzlich eine Entzündung auf, etwa die entzündete Haut bei Neurodermitis, jedoch haben sie eine kalte Geste.

Medizinischer Aspekt:

Der Begriff Allergie wurde erstmals von Clemens De Pirquet (1874-1929) im Jahr 1906 geprägt. Damals ging der Kinderarzt und Klinikleiter aus Wien davon aus, dass jede fehlerhafte Reaktion des Immunsystems, d. h. sowohl eine zu starke als auch eine zu schwache Reaktion als Allergie bezeichnet werden kann.

Nach heutigem Verständnis ist eine Allergie eine zu starke Reaktion auf einen Reiz. Man spricht von hypererger Reaktion im Gegensatz zu einer hypo- oder anergen Reaktion, also einer zu schwachen oder keiner Reaktion. Letzteres finden wir typischerweise bei Tumorerkrankungen. Auch die Plaquebildung bei Atherosklerose könnten wir als anerge Reaktion bezeichnen. Tumorwachstum und Plaquebildung entwickeln sich an dem sonst so wachsamen Immunsystem vorbei. Das Immunsystem merkt nicht, dass sich eine fremde Substanz (Kalkablagerung oder Tumor) im Organismus ausdehnt.

Leidet ein Mensch beispielsweise an einer Kuhmilchallergie, setzt eine heftige Immunreaktion ein, sobald Kuhmilch aufgenommen wird. Die Kuhmilch wird als Allergen bezeichnet. Die ersten Begegnungen des Organismus mit dem Allergen bleiben normalerweise symptomlos. Der Organismus wird erst sensibilisiert. Die heftige Reaktion entwickelt sich erst mit der Zeit.

Schulmedizinisch kommen wir in der Behandlung allergischer Erkrankungen bald an unsere Grenzen – unabhängig, um welche allergische Erkrankung es sich handelt. Der Griff zum Kortison erfolgt in der Regel rasch. Einerseits kann man das verstehen, andererseits müssen wir uns klar machen, dass

Kortison ein hervorragendes Notfallmedikament ist, aber nicht zur Heilung führt oder das Problem behebt. Wie oft erleben wir, dass die Symptome wieder beginnen, wenn Kortison abgesetzt wird.

Wie kommt es zu einer Allergie aus ganzheitsmedizinischer Sicht?

Offenbar kann der Körper auf einen bestimmten Reiz nicht adäquat reagieren. Seine Reaktionsweise ist zu heftig. Weiter oben haben wir erwähnt, dass es sich eigentlich um eine kalte Krankheit handelt. Ziehen wir die Informationen aus dem Kapitel der Wesensglieder hinzu, können wir sagen, dass der Astralleib zu intensiv bei der Allergie agiert, ohne adäquat durch das Ich geführt zu werden.
Wie kommt es dazu? Nun, schulmedizinisch gesprochen sagen wir, dass es sich bei der Allergie um ein multifaktorielles Geschehen handelt. Damit meinen wir, dass nicht nur ein Faktor für die Entstehung einer Allergie verantwortlich ist. Eigentlich ist es auch eine Verlegenheitsbezeichnung, weil wir nicht wissen, warum bei dem einen Kind eine Allergie entsteht, bei dem anderen nicht.

Aus der Lehre der Traditionellen Chinesischen Medizin und der Elektroakupunktur nach Voll (EAV) hat eine Allergie immer mit dem System Niere-Nebenniere zu tun. Der typische Allergiker ist ein sogenannter „Nierentyp". Die Nebennieren sind kleine Organe, die auf den Nieren sitzen und wichtige Aufgaben im Hormonhaushalt haben. Die Achse Hypothalamus im Gehirn zu den Nebennieren ist aus hormoneller Sicht daher sehr wichtig. Übrigens ist der Hypothalamus auch bei der Fieberentwicklung beteiligt (s. Kapitel Fieber). Wichtige Hormonschaltungen laufen über diese Achse Hypothalamus-Nebennieren wie Adrenalin, Kortison und die Geschlechtshormone. Bei einer Frau, die die Pille nimmt, wird diese Achse der Geschlechtshormone medikamentös beeinflusst. Hat die Frau eine Allergie, sollte sie auf eine hormonelle Verhütung daher verzichten. Denn bei jemandem, der allergisch reagiert, ist diese Achse gestört bzw. geschwächt. Sie funktioniert nicht angemessen, daher kommt es zu einer überschießenden Reaktion, auf lange Sicht nicht selten zu einer verringerten Reaktion oder gar keiner Reaktion mehr. Das kann den Boden für die Entstehung einer chronischen Krankheit bereiten. Wir sprechen von einer Nebennierenschwäche.

Möchte ich ganzheitlich eine Allergie therapeutisch beeinflussen, sollte ich dies berücksichtigen und die Nebennierenschwäche in die therapeutischen Bemühungen einbeziehen.

Wenn über lange Zeit immer wieder Kortison gegeben wird, kann ich zwar allergische Reaktionen unterdrücken, jedoch schwäche ich die Funktion der Nebenniere immer mehr. Das heißt, das Organ, welches ich therapeutisch stärken möchte, schwäche ich durch Kortison.

Für die Therapie einer Nebennierenschwäche gibt es verschiedene therapeutische Möglichkeiten. Für mich bewährt hat sich eine Kombination aus Elektroakupunktur nach Voll und anthroposophischer Medizin. Nicht selten spielen auch seelische Aspekte eine Rolle, insbesondere bei Kindern. Nach diesen ist dann in ähnlicher Weise zu „fahnden", wie ich das bei dem Beispiel von Sara und ihrer Mittelohrentzündung beschrieben habe (s. Kapitel „Typische Krankheitsbilder – die Otitis media").

Erinnern wir uns an die o. g. Einteilung in heiße und kalte Krankheiten. Vor 100 Jahren hatten wir ein Zuviel an heißen Erkrankungen. Das Durchschnittsalter der Menschheit wurde bestimmt durch Epidemien und Seuchen. Nun sind wir in das andere Extrem gerutscht und haben ein Zuviel an kalten Krankheiten. Diese bestimmen nicht mehr das Durchschnittsalter, doch zeigen sie uns deutliche Grenzen. Wir haben bisher keine wirksamen Therapien gefunden, die das **Entstehen** allergischer Erkrankungen reduzieren hilft. Wir laufen den Allergien hinterher, d. h. wir reagieren erst, wenn die Allergie da ist – schulmedizinisch oder ganzheitlich oder beides.

Wie können wir das Entstehen von Allergien positiv beeinflussen oder gar verhindern?

Weiter oben wurde beschrieben, dass in den Industrienationen die Menschen eine zu frühe Verhärtung bzw. Sklerosierung erleben. Wir können auch sagen, dass wir in einer „sklerosierenden" Zeit leben. Daraus resultiert ein Übermaß an kalten Krankheiten, zu denen die Allergien gehören.
Was können wir im Alltag tun, um sklerosierende Tendenzen aufzuhalten oder zu minimieren?
Viele Dinge im Alltag haben eine sklerosierende Wirkung, angefangen von einem eng eingetakteten Alltag, dem sich oftmals Kleinkinder und gar Säuglinge (Krippe) unterziehen müssen. Nicht selten ist der

Wochenalltag in Familien so organisiert, dass ein Familienleben mit gemeinsamen Unternehmungen wie Spazierengehen, Spielen, Musizieren, Malen, gemeinsamen Mahlzeiten, gemeinsamen Zubettgeh-Ritualen mit den Kindern nicht mehr existiert oder wenn, dann nur noch am Wochenende. Auch sei an dieser Stelle der Medienkonsum bereits im frühen Kindesalter genannt. So fallen viele Dinge weg, die per se einer sklerosierenden Entwicklung entgegenwirken könnten, die Freude und Begeisterung hervorrufen, wie wir das im Umgang mit Künsten wie Musik, Malen, manuellen Arbeiten und Theater oft erleben können. Wie erleben Sie ihren Alltag? Dürfen Begeisterung und Humor einen ausreichenden Raum haben oder jagen Sie eher gehetzt von einem Termin zum nächsten und sind abends froh, die auferlegten Ziele gemeistert zu haben?

Ferner hat die unkritische Einnahme von synthetischem Vitamin D eine sklerosierende-verhärtende Wirkung insbesondere bei Kindern, die es nicht brauchen würden, ebenso ein nicht angemessener Umgang mit Fieber (s. entsprechende Kapitel). Gerade das angemessene Durchmachen-Dürfen fieberhafter Erkrankungen wirkt dem sklerosierenden Geschehen von heute gut entgegen.

Prophylaxe und Heilung allergischer Erkrankungen ist ein schwieriges Thema. Nachhaltig sind Allergien allein durch einen schulmedizinischen oder komplementärmedizinischen Ansatz nicht zu heilen. Die rasante Zunahme und das sogenannte multifaktorielle Entstehen fordern uns auf, uns den Allergien in moderner Weise zu stellen. Wir sind aufgerufen, unsere Lebenshaltung und unsere Ernährungsgewohnheiten, unsere Art des Miteinanders, unsere familiensystemischen Verhältnisse zu überprüfen und neben einer therapeutischen Begleitung – Schulmedizin und Ganzheitsmedizin Hand in Hand – einen Weg einzuschlagen, der sich der „allergischen Geste" wirksam entgegenstellt.

So gesehen sind die Allergien ein dankbares Gebiet, weil sie uns auffordern, uns in schöpferischer Weise modernen therapeutischen Wegen zu öffnen und diese zu betreten.

Schlussbemerkung

Ich habe versucht, in dieser Schrift mir wichtige Themen im Zusammenhang mit Kindern zusammenzufassen: für Menschen, die Kinder privat oder beruflich begleiten; seien es die Eltern, Großeltern, Geschwister, Tanten, Onkel, Freunde oder Kindergärtnerinnen und Kindergärtner, Lehrerinnen und Lehrer, Therapeutinnen und Therapeuten oder Ärztinnen und Ärzte, Pfarrerinnen und Pfarrer. Dabei haben mich viele Patientinnen und Patienten inspiriert.
Durch Gespräche, Fragen, Kommentare und Kritiken konnte ich erkennen, wo die Nöte der Menschen sind und wie sie sich im Laufe der Jahre verändern. Überaus interessant empfinde ich die Beobachtung, wie rasant sich die Menschen in den letzten 20 oder 30 Jahren verändert haben. So zeigen die „neuen" Kinder heute eine Sensibilität, die für die Menschheit neu ist und die mir ein Zeichen dafür ist, welchen globalen Veränderungen wir entgegensteuern. Dies passt zu den großen Umschwüngen unserer Zeit: zum Ende des Fische-Zeitalters und Beginn unseres neuen Zeitalters, des Wassermann-Zeitalters.

Ich verstehe diese Schrift nicht als Ratgeber. Bewusst habe ich keine Empfehlungen ausgesprochen zum Beispiel zum Thema Impfen. Diese Schrift möchte Sie vielmehr sensibilisieren für den Umgang mit Kindern. Dass es Ihnen gelingen möge, möglichst losgelöst von konfessionellen, gesellschaftlichen oder

familiären Postulaten auf Ihr Kind zu schauen und wahrnehmen zu lernen und die Frage zu bewegen, was jetzt für Ihr Kind das Beste ist.
Dabei ist es fast einerlei, ob es sich um Erziehungsfragen handelt, eine fieberhafte Erkrankung, Impffragen, die Schulwahl oder wie der Alltag neu gestaltet wird nach einer Trennung. Dafür wünsche ich Ihnen viel Glück, Geduld und ein offenes Herz!

Anhang

Notfälle im Kindesalter

Für alle Infekte und fieberhaften Episoden im 1. Lebensjahr gilt eine spezielle Betrachtung. Hier ist inbesondere zu prüfen, ob das Kind noch in ausreichendem Maße trinkt. Der Arzt sollte immer mindestens telefonisch konsultiert werden.
Alle unten erwähnten Empfehlungen gelten für Kinder nach ihrem 1. Geburtstag.

Fieber

Definition: Ab 38 Grad Celsius spricht man von Fieber, bei 37.5 bis 38.0 Grad spricht man von erhöhter Körpertemperatur.

Fieber ist ein Symptom! Wir wissen primär oft nicht, wodurch es entsteht.
Beispiele: einfacher Infekt, Zahnen, eine Kinderkrankheit, seelischer Stress, beginnende Hirnhautentzündung, Durstfieber im Säuglingsalter.

Entscheidend ist nicht die Höhe des Fiebers, sondern wie es dem Kind geht!
Dies gilt grundsätzlich für alle sonst gesunden Kinder ab dem 2. Lebensjahr (s. Kapitel Fieber).

Fieberkrampf (6 Monate bis 5 Jahre)

Akutes Ereignis, das wie ein epileptischer Anfall aussieht, jedoch keiner ist.

Symptome: Bewusstseinsverlust, Atmung setzt aus, Starr- und Steif-Werden, Kind wird blau und verdreht die Augen.
Die Eltern verlieren aufgrund der Schocksituation oft das Zeitgefühl.
Ein Fieberkrampf tritt oftmals bei erstmaligem Ansteigen einer fieberhaften Erkrankung und unabhängig von der Höhe des Fiebers auf.
Die Dauer des Fieberkrampfes kann bis zu 10 Minuten betragen.

Ein Elektroenzephalogramm (EEG) wird empfohlen, um den Fieberkrampf vom klassischen epileptischen Anfall abzugrenzen. Die Diagnose ergibt sich jedoch meist aus der Anamnese.

Magen-Darm-Infekt

Magen-Darm-Infekte sind sehr verbreitet, insbesondere im Frühjahr und Herbst. Kinder erbrechen rasch oder haben schnell einmal Durchfall. In der Regel ist die Gefahr des „Austrocknens" nicht sehr hoch. Oft sind diese Infekte viraler Natur und selbstlimitierend.
Therapeutisch muss man die ersten Tage außer diätetischen Maßnahmen nichts unternehmen. Ist der Durchfall aber hartnäckig, beginnt man mit Arsenicum album D6 und Nux vomica D6 (immer

zusammen geben), vier Mal täglich 2 bis 7 Globuli je nach Alter. Wenn es dem Kind wieder besser geht, gibt man dies zwei Mal täglich für ein bis zwei Wochen weiter.

Diätetische Maßnahmen: Dünnen Fencheltee mit Traubenzucker schluck- oder löffelchenweise verabreichen. Nicht viel Flüssigkeit auf einmal, sondern ganz wenig kontinuierlich. Dies ist wichtig, damit das Verabreichte nicht wieder erbrochen wird. Der Magen soll sich gerade nicht dehnen, weil dies zu Brechreiz führt. Es ist völlig in Ordnung, wenn Kinder ein paar Tage nichts oder annähernd nichts essen. Denn sie haben ja anderes zu verdauen. Milchprodukte sind in der akuten Krankheitsphase vollständig zu meiden, weil die Keime, die den Magen-Darm-Infekt verursacht haben, sich mithilfe von Milchprodukten gut vermehren können.

Dehydrierung (Flüssigkeitsverlust)

Trockene Schleimhäute, Oligurie (= verminderte Urinausscheidung, Windel bleibt trocken), halonierte Augen, stehende Hautfalte,
Bewusstseinsveränderung: Unruhe, später Lethargie (Schläfrigkeit bis apathisches Verhalten)
>> Kind immer einem Arzt vorstellen!

Merke: Bei Kindern, die erbrechen, Durchfall haben oder bluten (Nase, anal), verschätzt man sich oft hinsichtlich der Menge. Es scheint oft mehr, als es ist.

Husten

Zu fragen ist: Im Rahmen eines Infektes oder plötzlich wie aus dem Nichts aufgetreten? (Dann auch an Fremdkörperaspiration denken, s. unten.) Gibt es andere Symptome, und wenn, dann welche? Fieber, Schnupfen, andere?

Trocken – feucht?
Einzelne Hustenattacken oder eher Salven? Mehr nachts, mehr tagsüber?

Abklärung je nach Allgemeinzustand des Kindes, in jedem Fall bei Persistenz.
Husten ist im Rahmen eines Infektes ein sehr häufiges Symptom bei Kindern. Durch die vermehrte infektbedingte Schleimproduktion müssen die Kinder diesen Schleim abhusten.

Atemnot

Betrifft es die Ein- oder die Ausatmung oder beide?
Ist die Atemhilfsmuskulatur tätig? Bewegt sich z. B. das Grübchen am Hals zwischen den Schlüsselbeinen im Atemrhythmus?

Fremdkörperaspiration (Kinder unter 4 Jahre)

Symptome treten meist akut auf: Husten, Würgen, Keuchen, eventuell Atemnot und Heiserkeit

Weitere mögliche Erkrankungen bei Husten und/ oder Atemnot: Bronchitis, Bronchiolitis, Pneumonie, Asthma, akute allergische Reaktion, Vergiftung

Schmerzen allgemein

- Wo genau treten die Schmerzen auf? Punktuell? Je kleiner das Kind, desto unspezifischer die Lokalisation!
- Achtung: Beim Kleinkind können Bauchschmerzen auch Schmerzen in der Brust oder in den Beinen bedeuten. Gut beobachten! Wesensveränderung? Bewegungsmuster verändert?
- Allgemeinzustand? Andere Symptome? Fieber?
- Seit wann? Plötzlicher oder schleichender Beginn? Immer Schmerzen oder gibt es schmerzfreie Intervalle?
- Tendenz zur Verschlechterung?
- Schmerzcharakter: Kolikartig? Wie ein Messer? Stumpf?
- Tasten Sie die Stellen ab: ist äußerlich eine Verletzung sichtbar, wird durch leichten Druck der Schmerz stärker? Ist die Stelle überwärmt oder geschwollen?
- Intensität? Kind klagt, sonst ist es nicht sehr beeinträchtigt? Oder weint/schreit das Kind vor Schmerzen?
- Körperlich? Seelisch? Trauma?

Je nach dem Bild, das aus den Antworten auf diese Fragen entsteht, müssen Sie handeln. Verbessert sich die Situation im Verlauf nicht, kontaktieren Sie den Kinderarzt.

Unfälle: Kopf

Wo am Kopf? Gestoßen, gefallen?

>> Commotio: Gehirnerschütterung bzw. Contusio: Prellung

Durch einen Sturz oder Schlag auf den Kopf verursacht, gibt es immer das sogenannte „Coup-contrecoup"-Phänomen. Das heißt, dass das Gehirn gegen den Schädel prallt an der Stelle, an der der Schlag erfolgt, dann aber auch gegen die Gegenseite prallt.

Wichtigste Maßnahme: (Bett-)Ruhe, wenn erforderlich auch mehrere Tage.

Symptome: Wesensveränderung in den ersten Stunden nach dem Ereignis? Kopfschmerzen? Erbrechen: Ein Kind kann durch den Schreck des Ereignisses panisch reagieren und daraufhin erbrechen, je nach Charakter des Kindes. Das heißt, das Erbrechen sollte immer im Zusammenhang damit gesehen werden, wie es dem Kind sonst geht.
>> Je panischer das Umfeld des Kindes reagiert, desto schlimmer für das Kind. So kann ein Sturz eines Kindes zum Trauma werden, weil das Umfeld entsprechend unangemessen reagiert hat.

Klassischer Kopfschmerz? Eventuell mit Übelkeit?
Kopf frei beweglich? Nackensteifigkeit? Ist bei Kleinkindern nicht sicher zu beurteilen.

>> Auch in Betracht ziehen: Halsweh? Ohrenweh? Zahnweh?

Unfälle: Brust

Atemabhängig oder nicht?
Ist das Kind in seiner Atmung beeinträchtigt?

Infekt, Lungenentzündung, Rippenfellentzündung, Irritation der Rippen-Nerven

Unfälle: Bauch

Gut lokalisierbar? Ganzer Bauch? Gürtelförmig? Kolikartig? Permanenter Schmerz? Loslass-Schmerz?

Mit/ohne Erbrechen oder/und Durchfall => Farbe verändert? Schleim? Blut? => aufgelagert oder ist der ganze Stuhl mit Blut durchmischt?
Zum Beispiel Trauma, Vergiftung, aber auch Magen-Darm-Infekt oder Blinddarmentzündung u.a.

Seelische Traumata sowie körperlicher oder seelischer Missbrauch können sich als Bauchweh äußern!

Im Verlauf beobachten; wenn es nicht besser oder die Symptomatik sich verschlimmert, kontaktieren Sie den Kinderarzt!

Unfälle: Genitalien

Mädchen: Entzündung des äußeren Genitale? => warmes Bad ev. mit Kamille, wenn keine Besserung Arzt konsultieren und Urincheck
Buben: Hodentorsion ist ein Notfall, jeder Verdacht

muss sofort abgeklärt werden, da sonst der Hoden absterben kann. Hoden ist meist bläulich verfärbt und sehr schmerzempfindlich!

Unfälle: Extremitäten

Wo genau? Aktiv und passiv beweglich? Nur bei Belastung oder bei Bewegung?
Äußerlich etwas sichtbar? Trauma erinnerlich?

Sturz-Trauma

>> Hat jemand die Dynamik gesehen?

>> Wenn der Sturz **nicht** gesehen wurde, ist davon auszugehen, dass der Kopf immer mitbeteiligt ist, bis das Gegenteil sich zeigt! Daher ist die direkte Untersuchung des Kopfes in Ruhe erforderlich
>> anfassen >> Druckschmerz >> sichtbare Verletzung?

Auch wenn Kinder nach einem Sturz „freudig weiterplappern", können sie traumatisiert sein >> hysteroide Gegenregulation durch Schock (Sympathikus).
Je nach Kindertyp: Die eher phlegmatischen Kinder werden von einem Kopftrauma berichten, die sanguinischen Kinder eher nicht, weil sie es bewusst meist selbst nicht wahrgenommen haben. Beim Befragen werden sie es eher verneinen.

>> Wenn der Sturz gesehen wurde:

>> Beachte: Reißen Sie das Kind nicht gleich hoch, sondern bücken sich zu ihm hinunter oder setzen Sie sich neben das Kind und suchen Sie so erst einmal den Kontakt zu ihm; erst dann sanft hochheben.

Verbrennung/Verbrühung

(meist erste 5 Lebensjahre, sehr oft ziehen 2- bis 3-jährige Kinder etwas Heißes vom Herd oder Tisch)

>> sofort mit kaltem Wasser kühlen! >> Combudoron flüssig

Eine Verbrennung geht immer mit der Gefahr der sekundären Infektion (Sepsis!) einher.
Je kleiner das Kind, desto eher eine kinderärztliche Konsultation. Bei jedem Zweifel immer Kontaktaufnahme mit dem Arzt/Krankenhaus!

Vergiftungen

Jegliche Wesensveränderung des Kindes kann ein Hinweis auf eine Vergiftung sein. Daher sind giftige Reinigungsstoffe in Kinderhaushalten außer Reichweite zu lagern (abschließbarer Hängeschrank).

Mögliche Symptome einer Vergiftung:
Übelkeit, Erbrechen, Durchfall, Schwitzen, graue Hautfarbe, blaue Lippen, plötzlich auftretende Bauchschmerzen, ungewöhnliche

Müdigkeit, Bewusstseinstrübung, Atem- und Herzrhythmusstörung, unkontrollierte Bewegungen, Gangstörung

Ätzende Substanzen:
Geschirrspülmittel, Rohrreiniger, Backofenreiniger, WC-Reiniger

Reste entfernen, etwas zu trinken geben, keine kohlensäurehaltigen Getränke, keine Milch
Erbrechen vermeiden, denn dadurch könnte die Speiseröhre ein zweites Mal verätzt werden.

Schaumbildende Substanzen:
Handgeschirrspülmittel, Waschmittel

Kein Erbrechen auslösen, Schaumbildung kann Atmung behindern.

Weitere Substanzen:
Zigaretten, Medikamente, Giftpflanzen, Lampenöle

Die im Kapitel Notfälle im Kindesalter ausgesprochenen Empfehlungen sind meine jahrzehntelangen Erfahrungswerte. Sie haben weder den Anspruch auf Vollständigkeit noch ersetzen sie einen Arztbesuch. Sie sollen Ihnen helfen, das Kind in einer Notsituation objektiver beurteilen zu können.

Notfallnummern (bitte selbst eintragen)

Giftnotruf:

Feuerwehr:

Notfall Kinderklinik:

Betreuender Kinderarzt:

Hilfreiche Medikamente in einem Kinderhaushalt

Wala und Weleda sind Heilmittelbetriebe, die auf der Grundlage der anthroposophischen Medizin entstanden sind. Daher verwenden anthroposophische Ärzte oftmals Medikamente dieser Firmen.

Viburcol Supp.
Paracetamol z.B. ben-u-ron oder Dafalgan

Infludoron Globuli (Weleda)
Apis Belladonna c. Merc. Glob. (Wala)

Sambucus nigra D6
Tartarus stibiatus D6
Galphimia glauca D6

Drosera D6
Cuprum aceticum D6

Lavendel Entspannungsöl Weleda

Rhinodoron Nasentropfen (Weleda)
Nasivin Nasentropfen
Levisticum Ohrentropfen (Wala)

Arnica e pl. tota D4
Rescue Tropfen
Cerebellum comp. Glob (Wala)
Traumeel Salbe

Levisticum e rad. D3 Glob. (Wala)
Myristica sebifera comp. Glob. (Wala)

Apis D4 Glob.
Combudoron flüssig/Gel (Weleda)
Staphisagria D4

Arnica Essenz 10%

Arsenicum album D6
Nux vomica D6
Okoubaka D2

Literaturliste *Kommt ein Kind zum Arzt...*

Banzhaf Hajo, Haebler Anna: Schlüsselworte zur Astrologie, Kailash Verlag, München, 2008

Burkhard Gudrun: Das Leben in die Hand nehmen. Arbeit an der eigenen Biographie, Verlag Freies Geistesleben, Stuttgart, 16. Auflage, 2001

Doerfler Siegfried: Hilfe, Allergie! Allergiebehandlung konkret, sanitas Ratgeberverlag, Rosenheim, 1998

Dykstra Ingrid: Wenn Kinder Schicksal tragen – kindliches Verhalten aus systemischer Sicht verstehen. Kösel Verlag, München, 5. Auflage 2010

Dreikurs Rudolf, Soltz Vicki: Kinder fordern uns heraus. Wie erziehen wir sie zeitgemäss? Klett-Cotta Verlag, Stuttgart, 17. Auflage 2010

Goddard Neville: Die Macht des Bewusstseins, Panfokus Verlag, Gladbeck, 1. Auflage 2017

Goebel Wolfgang, Glöckler Michaela, Michael Karin: Kinder-Sprechstunde, Verlag Freies Geistesleben und Urachhaus GmbH, Stuttgart, 20. Auflage 2015

Gosztonyi Alexander: Grundlagen und Praxis der Rückführungstherapie. Das Schicksal des Menschen aus Sicht der Reinkarnationslehre, Windpferd-Verlag, Oberstdorf, 1. Auflage 2009

Hellinger Bert: Die Mitte fühlt sich leicht an. Kösel-Verlag München, 8. Auflage 2001

Hellinger Bert: Die Quelle braucht nicht nach dem Weg zu fragen. Carl-Auer Verlag Heidelberg, 6. Auflage 2015

Husemann Friedrich, Wolff Otto: Das Bild des Menschen als Grundlage der Heilkunst. Entwurf einer geisteswissenschaftlich orientierten Medizin (Standardwerk der Anthroposophischen Medizin) Band 1-3, Verlag Freies Geistesleben, Stuttgart, 2. Auflage 2017

Hüther Gerald: Bedienungsanleitung für ein menschliches Gehirn, Verlag Vandenhoeck und Ruprecht, Göttingen, 11. Auflage

Hüther Gerald: Mit Freude lernen, Verlag Vandenhoeck und Ruprecht, Göttingen, 2016

Inderbitzin-Türler Sascha, von Blarer Ulrike: Die ersten 1000 Tage für Mutter und Kind, Bacopa-Verlag, Schiedlberg, Österreich, 2018

Innecken Barbara: Weil ich euch beide liebe. Systemische Pädagogik für Eltern, Erzieher und Lehrer, Kösel Verlag, München 2007

Kiel-Hinrichsen Monika, Hinrichsen Helmut: Pubertäts-Sprechstunde, Verlag Freies Geistesleben und Urachhaus GmbH, Stuttgart, 2010

Kühne Petra: Säuglingsernährung. Babykost selbst zubereiten. Verlag Arbeitskreis für Ernährungsforschung, 2012

Kühne Petra: Säuglingsernährung, Stillen und vegetarische Beikost, mit Rezepten. Verlag Arbeitskreis für Ernährungsforschung, 2010

Kutschera Ilse, Schäffler Christine: Was ist nur los mit mir? Krankheitssymptome und Familienstellen, Kösel Verlag, München, 5. Auflage 2007

Largo Remo H.: Babyjahre: Die frühkindliche Entwicklung aus biologischer Sicht, Piper Verlag GmbH, München, 19. Auflage 2009

Largo Remo H., Czernin Monika: Glückliche Scheidungskinder, Trennungen und wie Kinder damit fertig werden, Piper Verlag GmbH, München, 12. Auflage 2015

Largo Remo H.: Kinderjahre. Die Individualität des Kindes als erzieherische Herausforderung, Piper Verlag GmbH, München, 2010

Merkblatt Masern, GAÄD, Gesellschaft anthroposophischer Ärzte Deutschland

Müller-Wiedemann Hans: Mitte der Kindheit. Das 9.-12. Lebensjahr. Beiträge zu einer anthroposophischen Entwicklungspsychologie, Verlag Freies Geistesleben, 4. Auflage, 1993 (Antiquariat)

Patzlaff Rainer: Der gefrorene Blick. Physiologische Wirkungen des Fernsehens und die Entwicklung des Kindes, Verlag Freies Geistesleben, Stuttgart, 3. Auflage 2004

Patzlaff Rainer: Medienmagie oder die Herrschaft über die Sinne, Verlag Freies Geistesleben, Stuttgart, 2010

Peppler Antonie: Bedeutung der Symptome und Krankheitsbilder, CKH Verlag, Grossheubach, 1. Auflage 2005

Renz-Polster Herbert, Hüther Gerald: Wie Kinder heute wachsen. Natur als Entwicklungsraum. Ein neuer Blick auf das kindliche Lernen, Fühlen und Denken, Beltz Verlag, Nordhausen, 4. Auflage 2016

Rosenberg Marshall: Gewaltfreie Kommunikation. Eine Sprache des Lebens. Junfermann-Verlag Paderborn, 12. Auflage 2016

Schäfer Erika Isolde: Der Sinn von allem was einst war. Das holographische Modell der Regressionstherapie, Synergia Verlag Basel, Zürich, Rossdorf, 1. Auflage 2016

Schäfer Erika Isolde: „Mama, glaub mir, ich hab schon mal gelebt, Kinder malen ihre früheren Leben/ Reinkarnationstherapie mit Kindern. Synergia Verlag, Basel, Zürich, Rossdorf, 5.Auflage 2015

Schäfer Erika Isolde: Nachtmeerfahrt der Seele. Systemisch-karmische Aufstellungsarbeit mit Kindern und Erwachsenen, Synergia Verlag Basel, Zürich, Rossdorf, 2. Auflage 2015

Schramm Henning: Heilmittel der anthroposophischen Medizin, Elsevier, Urban & Fischer Verlag, München, 1. Auflage 2009

Soesman, Albert: Die zwölf Sinne, Tore der Seele, Verlag Freies Geistesleben Stuttgart, 2014

Soldner, Georg: Wie leben wir mit der Sonne? Der Merkurstab, 6/2011, S. 544-558

Spitzer Manfred: Vorsicht Bildschirm! Elektronische Medien, Gehirnentwicklung, Gesundheit und Gesellschaft, Deutscher Taschenbuch Verlag, München, 8. Auflage 2012

Steiner Rudolf: Der Mensch als siebengliedriges Metall, GA 312, 20. Vortrag, Rudolf-Steiner Verlag Dornach, Schweiz

Steiner Rudolf: Die Bedeutung des Mysteriums von Golgatha für die Bewusstseinsentwicklung der Menschheit, 11. Vortrag, GA 174b, Rudolf-Steiner Verlag Dornach, Schweiz

Steiner Rudolf: Die Bewusstseinsentwicklung der Menschen in der nachatlantischen Zeit, 8. Vortrag, GA 114, Rudolf-Steiner Verlag Dornach, Schweiz

Steiner Rudolf: Die menschliche Bewusstseinsevolution, 14. Vortrag, GA 94, Rudolf-Steiner Verlag Dornach, Schweiz

Steiner Rudolf: Die pädagogische Praxis vom Gesichtspunkte geisteswissenschaftlicher Menschenerkenntnis, Rudolf-Steiner Verlag, Dornach, Schweiz, Taschenbuch, 4. Auflage 1989

Weber Gunthard: Zweierlei Glück – die systemische Psychotherapie Bert Hellingers, Auer Verlag, München, 18. Auflage 2017

Wolff Otto: Was essen wir eigentlich? Praktische Gesichtspunkte zur Ernährung. Verlag Freies Geistesleben, Stuttgart 2102